근대 지식과 저널리즘

글쓴이(게재순)

장칭(章淸, Zhang Qing) 중국 푸단대학교 사학과 교수

김선희(金宣姫, Kim, Seonhee) 이화여자대학교 이화인문과학원 HK연구교수

차태근(車泰根, Cha, Taegeun) 인하대학교 중국언어문화학과 교수

스즈키 사다미(鈴木貞美, Suzuki Sadami) 일본 국제일본문화연구센터 명예교수

김진희(金眞禧, Kim, Jinhee) 이화여자대학교 이화인문과학원 HK교수

김수자(金壽子, Kim, Sooja) 이화여자대학교 이화인문과학원 HK교수

정선경(鄭宣景, Jung, Sunkyung) 이화여자대학교 이화인문과학원 HK교수

박숙자(朴淑子, Park, SukJa) 경기대학교 융합교양대학 조교수

신하경(申河慶, Shin, Hakyoung) 숙명여자대학교 일본학과 부교수

서동주(徐東周, Seo, Dongju) 서울대학교 일본연구소 HK교수

최진석(崔眞碩, Choi, Jinseok) 이화여자대학교 이화인문과학원 HK연구교수, 수유너머N 연구원

이선주(李善珠, Lee, Seonju) 이화여자대학교 이화인문과학원 HK연구교수

근대 지식과 저널리즘

초판 인쇄 2016년 7월 5일 **초판 발행** 2016년 7월 15일

엮은이 이화인문과학원 **펴낸이** 박성모 **펴낸곳** 소명출판

출판등록 제13-522호 **주소** 서울시 서초구 서초중앙로6길 15, 1층

전화 02-585-7840 **팩스** 02-585-7848 **전자우편** somyungbooks@daum.net **홈페이지** www.somyong.co.kr

값 32,000원

ISBN 979-11-5905-090-9 93800

ⓒ 이화인문과학원, 2016

이 저서는 2007년 정부(교육과학기술부)의 재원으로 한국연구재단의 지원을 받아 수행된 연구임 (NRF-2007-361-AL0015)

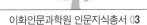

이화인문과학원 인문지식총서 03

근대 지식과 저널리즘

MODERN KNOWLEDGE AND JOURNALISM

이화인문과학원 엮음

이 책은 인문지식의 형성과 재구성의 동력으로 근대 저널리즘에 주목하고, 동아시아 지식장(場)에서 지식의 생산, 확산, 대중화의 지형을 새롭게 그려보기 위해 시도되었다. 이 책에서 질문하고 있는 것은 '저널리즘이 근대 지식장을 어떻게 변화시켰는가?' 하는 것이다. 여기에 실린 글들은 이러한 질문을 동아시아적 관점에서 심화, 확장시켜 근대사회와 지식문화 사이의 긴밀한 역동성과 상호성을 드러내주고 있다.

동아시아 지식장의 근대적 전환을 생각할 때 저널리즘의 역할은 중요한 쟁점으로 떠오른다. 근대 이후 저널리즘은 그 자체가 지식이 창출되는 중요한 장이면서, 새로운 지식의 확산과 대중화에 기여했기 때문이다. 뿐만 아니라 저널리즘과 연계된 근대 지식은 사회와 시대에 대한 비판정신과 실천성을 발휘하며 아카데미즘의 변화를 이끌어 오기도 했다.

이 책은 저널리즘과 아카데미즘의 상호침투적 역동성을 염두에 두고 2부로 구성했다. 제1부 '근대 저널리즘과 동아시아 지식장의 전환'에서는 동아시아 지식장에서 펼쳐진 근대 지식의 존재 방식과 재편 구도, 담론의 형성과 구성 등을 다루고 있다. 저널리즘이 제도화되면서 지식장에서 펼쳐지는 담론의 경합, 즉 학술성과 대중성, 전근대성과 근대성뿐 아니라 지식인 주체의 부상과 그에 따른 지식장의 변화 및 담론형성에 대해 조명하고 있다. 전근대 지식이 어떻게 재구성되는지 염두에 두면서 신문·잡지 등의 정기간행물 이외 인쇄출판물도 논의의 범주에 포함시켰다.

우선 장창의 「만청(晚清)시기 중국 신매체에 의한 지식장의 형성」은 만청 시기에 발행된 근대 신문과 잡지가 근대 지식을 소개하고 보급하면서 지식 장을 형성해 나가는 중요한 매개였음에 주목한 글이다. 더불어 중국에서 초 창기에 발행된 신문과 잡지의 특징 및 발전 양상에 대해 살펴보고, 사회와 지 식인의 삶에 미친 영향에 대해서 다루었다. 초창기에 발행된 신문과 잡지는 학술적 성격이 뚜렷했는데 필자는 근대 학문을 통해 부국강병을 실현하고자 했던 지식인들의 바람이 담겼기 때문이라고 지적한다. 초창기에 종합지적 성 격이 강했다면 근대식 학제와 분과 개념이 소개되면서 분야별로 세분화된 전 문성이 두드러졌고, 대학 교수들과 학생들이 신문과 잡지 창간에 참여하면 서 학술성이 강화되었음을 보여준다. 또 과거제도 폐지 이후 지식인들의 사 회적 지위와 정체성을 재확립시키는데 기여했던 저널의 역할과 활용에 대해 분석하고 있다.

김선희의 「전근대 문헌의 공간(公刊)과 근대적 호명―근대 계몽기 지적 공 인(公認)의 변화」는 20세기 초반에 이루어진 성호, 연암, 다산 등 18~19세기 저술들의 공간(公刊)을 통해 근대 계몽기 지적 공인의 방식과 목적의 변화 양 상에 대해 살펴본 글이다. 전근대 문헌의 간행은 이 시기 지식의 정당성을 승 인하던 전통적 체제가 변화했으며 간행의 취지 역시 변화하고 있음을 보여 준다. 중국에서 연암집이 간행된 것은 연암이 서구 근대의 핵심 사상을 선취 했다는 이유 때문이며, 다산의 저술이 공간된 것 역시 그의 사상에 루소와 몽 테스키외에 비견될 근대성이 담보되어 있다는 평가 때문이었다. 결과적으로 20세기 초반 전시대의 지적 자원들은 전통적 공인과 유통의 체계에서 이탈 해 근대적 호명의 방식으로 소환되고 유통된 것이다. 국가, 문중, 유림이 아 닌 개인 혹은 근대 출판 기관을 통한 전근대 문헌의 공간은 '근대'와 대면하기 위해 선별되고 기획된 근대적 실천임을 지적하고 있다.

차태근의 「근대 지식―저널리즘과 아카데미즘의 길항관계」는 동아시아 근대 지식의 생산방식과 지식의 사회적 기반 변화에 따라 두 가지 지식으로 분화되어 왔던 점에 주목한 글이다. 상호 경쟁과 보완의 역할을 했던 아카데미즘과 저널리즘은 근대 지식을 주도한 두 축이었다. 두 지식은 자신의 정체성을 형성함에 있어 상호적으로 타자의 역할을 수행했을 뿐만 아니라 상호 경쟁을 통해 근대 지식의 생산과 확산에 기여했다. 이 글은 근대적 저널리즘이 전통적인 학문을 대체하여 중국사회의 주요 지식 생산방식으로 부상하는 과정과, 이후 저널리즘을 비판하며 새로운 근대적 아카데미즘이 제기되는 과정을 통해 중국 근대 지식 운동의 성격을 분석하고 있다. 나아가 저널리즘과 아카데미즘이라는 근대의 두 지식 사이의 긴장관계가 지니는 의미를 통해 현재 두 가지 지식이 처한 문제 상황을 반성적으로 돌아볼 것을 주장하고 있다.

스즈키 사다미의 「일본 근대 저널리즘에서 탄생한 새로운 두 장르―1920년대와 1930년대 일기와 수필 개념을 중심으로」는 일본에서 '일기'와 '수필'이란 장르가 언제, 어떻게 성립되어 오늘날에 이르렀는지를 고찰한 글이다. 오늘날 '일기문학'으로 분류되는 『도사일기(土佐日記)』는 당시에는 기행문으로, '수필문학'으로 분류되는 『방장기(方丈記)』는 일기로 받아들여졌다. 1920년대 이전까지 실체가 없던 '일기문학'이란 장르는, 이케다 기칸(池田龜鑑)이 내면적 삶을 기록한다는 일기 형식을 참조해 새롭게 구축했다. 또 소설을 제외한 모든 장르의 산문을 포함한 일본의 '수필'은 이해하기 쉬운 다양한 글을 요구하는 대중독자층이 형성되면서 또 다른 장르 개념으로 등장했다. 필자는 일본의 '일기문학'과 '수필'이 1920~30년대 초반 문학저널리즘의 분위기 속에서 새롭게 만들어진 장르임을 지적하고 있다.

김진희의 「근대 저널리즘과 '문학-지식'의 성격과 위상-1910년대~1920년대 이광수의 문학론을 중심으로」는 저널리즘을 통해 이광수의 문학론을 재고한 글이다. 신문화를 이끈 지식인으로 당대 주요한 문학론의 필자였던 이광수의 문학론을 통해 저널리즘과 문학-지식의 문제를 연구하는 작업은 근대문학의 정립과 발전 및 확장의 과정에 대한 주목이기도 하다. 근대국가 건설과 계몽의 의지를 지향한 유학생 장의 저널리즘을 반영한 「문학의 가치」(1910), 일제 문화정책을 의식하면서 근대문학의 문학성을 논의한 「문학이란 하오」(1916), 창조적인 신문화 주체의 전문성과 도덕성을 강조했던 「문사와 수양」(1921), 대중과의 소통을 전제로 문학 감상의 방법을 설명한 「문학강화」(1924) 등을 논의한 이 연구는 근대 저널리즘이 글쓰기의 스타일과 문학 지식의 성격에 미치는 영향력을 각 문학론의 변화 분석을 통해 구체적으로 밝히고 있다.

김수자의 「『신여성』 여성기자의 여성담론 구성방식-1920년대~1930년대 허정숙과 송계월을 중심으로」는 1920~30년대 초 여성담론을 활발하게 유통시킨 여성 잡지의 여성기자들이 여성문제를 인식하고 그 해결책을 구성해 가는 담론의 방식을 고찰한 글이다. 특히 이 시기 가장 많은 여성 독자를 가지고 있었던 『신여성』의 여성기자로 활약한 허정숙과 송계월의 기사를 중심으로 여성문제 인식과 여성 해방의 모색 방안 등을 구체적으로 살펴보고 있다. 이들의 여성권익 향상과 여성해방 의식 고취를 전제로 한 여성담론의 핵심적인 내용은 여성도 '인간'이라는 점이었다. 그리고 한 인간으로서 여성 개인의 존엄과 여성의 경제적 자립을 중요하게 여기고 이를 위한 여성 단체의 결성과 연대의 강조는 여성의 문제를 한 개인의 문제로만 여기는 것이 아닌 사회문제로 인식하고 해결해 나가려는 과정이었음을 자세히 설명하고 있다.

제2부 '근대 저널리즘과 지식 대중화의 양상들'에서는 지식의 생산과 유통에 직접적인 영향을 미쳤던 문학적·역사적 실천 양상을 다룬다. 저널리즘의 부상은 지식형성의 주체와 유통 방식에 어떠한 변화를 가져왔는지, 신문·잡지 등의 근대 미디어는 지식의 공유, 소통 및 확산에 어떻게 관계했는지, 그 대중화 방식에 대한 고찰을 통해 근대 지식의 고유성과 역사성을 재발견하려는 논의들로 구성했다. 동아시아의 경험에 집중하면서 서구로부터의 충격과 영향의 양상도 논의의 범주 안에 포함시켜 두었다.

정선경의 「만청 4대소설의 신문잡지 연재와 문학장의 전환」은 정치사회적으로 특수했던 만청시기에 전례 없이 급증했던 소설 창작과 유행에 주목하여 만청 4대소설이 근대매체와 결합하면서 중국문학의 장이 어떻게 변화되고 있었는지 살펴본 글이다. 주변적 장르였던 소설이 중심장르로 전이되는 과정에서 신문·잡지의 기능과 역할이 부각되었고, 저널에 연재된 소설은 전통적인 글쓰기 방식과 문체에 큰 변화를 가져왔다고 분석했다. 애국적 열정에서 부각된 소설 속에서 정부의 무능과 사회의 부패를 노골적으로 질책했고, 정치변혁과 사회개량을 선전하기 위해 입말과 글말을 일치시키려 했던 점에 대해 분석했다. 문학이 예술성보다 정치성을 강조했던 것은 중국역사의 특수한 상황 속에서 사회변혁의 과도기에 형성된 문학장의 일면이었는데, 전통의 창조적 전화라는 관점에서 과도기적 경계면의 탐색에 주목했다.

박숙자의 「식민지 조선에서 '별의별 것들'이 다루어지는 방식」은 1926년 창간된 대중오락잡지 『별건곤』을 중심으로 대중성이 해석되고 재구성되는 과정을 살펴본 글이다. '별건곤(別乾坤)'은 도시문명의 화려한 이미지를 '별세계'로 표상한 기호로서 1920년대 새롭게 유입된 근대 문화의 이질성과 역동성을 드러낸 표현이다. 『별건곤』은 대중매체가 '앎'과 동시에 '즐거움'을 주어야 한다며 대중오락의 패러다임을 재구성한다. 저개발의 식민지 근대가 야기하는 딜레마를 공론장으로 가져오는 대신, 욕망하고 향유하는 주체를 유지하고 보존하고자 한 것, 이 과정에서 공론장 내부는 성별 위계로 분할되면서 욕망 / 감시, 쾌락 / 앎으로 이분화되고 대중적 재미는 남성주의적 욕망으로 변주된다. 필자는 식민지 조선에서 '별의별 것들'이 야기할 수 있는 대중주의 역동이 작동하지 못한 채 근대(資本)의 역풍 속에서 통속성의 기호로 경사된 풍경이 있었음을 지적한다.

신하경의 「1920년대 일본 부인잡지와 '가정소설' 속 여성상」은 기쿠치 칸 [菊池寬]의 『수난화(受難華)』라는 작품을 중심으로 1920년대 일본의 대중소비사회 형성 과정에서 부인잡지가 담당했던 사회적 기능을 다룬 글이다. 1920년대 일본사회는 대중소비사회의 도시 인프라가 정비되며, 출판 미디어가 가히 '빅뱅'이라 불릴 만큼 확장된다. 이 글은 『수난화』의 분석을 통해, 새로운 미디어 환경 속에서 문학 작품이 생산되는 과정을 보여준다. 새로운 작가-미디어-독자의 관계는 신중간층의 형성이라는 시대성과 미디어의 추동에 따라 작가의 내러티브로 수렴된다. '소비'라는 문화코드는 여성의 '정조'라는 봉건적인 가부장제적 가치관을 근저에서 흔들게 되어, 여성의 윤리를 둘러싼 격렬한 논쟁의 장을 형성시킨다. 필자는 기쿠치 칸이 '소비'와 '정조' 사이의 윤리적 경계에서 갈등하는 여성상을 그림으로써 시대의 패러다임 변화에 적극적으로 참가했다고 지적한다.

서동주의 「1930년대 식민지 타이완의 '일본어문학'과 일본의 문단 저널리즘」은 1930년대 식민지 출신 작가들의 '일본어문학'이 타이완 출신 작가들에 의해 등장했음을 밝히는 글이다. 필자는 일본의 문단 저널리즘이 출판시장과 문학적 소재의 확장을 위해 도입한 '현상 공모'라는 제도 속에서 작가로서의 '성공'을 지망하는 식민지 문학청년의 '자발적' 참여를 통해 출현했다고 논의하고 있다. '현상 공모'에서 통합 입상과 등단의 결정권은 철저히 일본의 문단에 귀속되어 있었으며, 식민지의 문학청년은 수상작의 경향을 의식하지 않을 수 없었다. 이러한 점에서 이 시기의 '식민지 일본어문학'은 일본이 식민지에 관철시켰던 문화적 권력의 지배 양상을 보여준다고 주장하고 있다.

최진석의 「근대 러시아 지식장과 역사철학 논쟁─서구주의 비평가의 내면적 초상으로부터」는 러시아 근대 지식의 제도사적 의미와 기능에 대해 고찰한 글이다. 이 글에서 필자는 한 사회의 지식장은 사회 구성원들의 담론적 논쟁을 통해 구성되고 변형을 겪는다는 것을 19세기 러시아 지식장의 상황을 통해 보여준다. 이 글은 지식과 근대사회의 관계가 어떻게 조형되는가를 선명하게 보여주는 사례로 '러시아의 길'에 대한 서구주의자들과 슬라브주의자들의 역사철학 논쟁을 들고, 서구주의 비평가 비사리온 벨린스키의 내면 풍경에 주안점을 두고 있다. 그 결과, 서구를 향한 발전만이 러시아의 보편성과 특수성을 함께 살리는 길이라 믿고 실천했던 벨린스키는 근대에 관한 자신의 지적 표상을 교체하는 과정을 통해 러시아의 근대성에 대해 일정 부분 이해하고 있었다고 논의하고 있다.

이선주의 「근대 영국 잡지를 통해 본 허버트 스펜서의 사회진화론」은 스펜서의 핵심적 사상을 압축적으로 보여주는 영국 잡지의 글들을 통해서 그의 사상을 정리하고 이 사상들이 흔히 말하는 사회진화론의 특성과 상당히 연결되어 있음을 밝히는 글이다. 또 1893년에서 1895년 3년에 걸쳐 『컨템포러리 리뷰』에서 스펜서가 독일의 진화학자 바이스만과 논쟁한 내용을 고찰하고 있다. 스펜서는 라마르크의 획득형질의 유전을 인간 진화의 가장 중요한 법칙으로 제시하는 반면 바이스만은 자연선택이 모든 유기체의 진화의 법칙이라고 밝힌다. 저널을 통해 두 사람이 주고받은 일련의 논박은 변이가 어떻게 후손에 전해지는가에 대한 담론의 생성과 진화를 보여준다. 아울러 20세기 초의 호전적인 군국주의와 우생학은 스펜서의 사상을 어떻게 그들의 필요에 따라 작위적으로 선택하여 정치에 이용하는지 분석하고 있다.

이상의 글들 중 일부는 "근대 지식장과 저널리즘"이란 주제로 지난 2015년 6월 이화인문과학원이 주최한 국제학술대회에서 발표된 원고를 수정, 보완한 연구들이며, 나머지는 이 주제 분야의 전문 연구자들께 청탁한 논고들이다. 이 자리를 빌려, 소중한 옥고로 공동학술총서를 꾸며주신 필자들께 다시한 번 감사드린다.

동아시아의 지식 체계는 근대 시기에 서구의 지식과 문화와의 접촉을 통해 새로운 문화로 변용, 산생되는 과정을 겪었다. 외래 문화와 사상들이 유입되고 다양한 권력 관계의 역학구조가 반영되면서 전통적인 지식은 굴절되고 변화되었다. 시대와 사회에 대한 비판정신은 새로운 지식을 생산하고 확산시키며 동시에 지식장의 변화를 이끌었는데 그것의 중심에는 저널리즘이 자리했다. 지난 세기 아시아가 겪었던 문화적인 충격과 변용 속에서 지식 전반에 대한 재해석을 시도하고, 지식장을 유동 및 전환시킨 주요한 동력으로서 저널리즘에 주목했던 연구성과들을 인문지식총서 제3권 『근대 지식과 저널리즘』에 담았다.

21세기는 과거 어느 때보다도 복잡한 양상으로 급변하고 있으며, 인문학의 존립방식과 유효성에 대해 많은 질문을 던지고 있다. 이화인문과학원은 21세기의 지식, 기술, 문화 등 다각적인 사회 변화 속에서 인문학의 새로운 패러다임을 구축하기 위해 노력해 왔다. 이화인문과학원의 탈경계지식형성 연구팀은 서로 다른 문화권의 텍스트와 소통, 교차하면서 근대 지식이 형성되고 지식장이 역동적으로 재구성되는 과정에 집중적으로 천착해 왔다. 이는 작금의 한국 인문학의 현실 속에서 동아시아 근대 지식의 발생과 변동 과정을 다양한 문화적 경험으로 재인식하고 인문지식의 정체성에 대해 총체적으로 조망하기 위한 것이다. 인문학과 지식에 대한 새로운 해석과 담론을 모색하려는 이러한 시도가 급변하고 있는 오늘의 삶을 연원적으로 성찰하는 실천적 작업이 되기를 기대해 본다.

2016.6

필자들을 대신하여, 정선경 씀

••• 차례 •••

근대 저널리즘과 동아시아 지식장의 전환

만청(晩淸)시기 중국 신매체에 의한 지식장의 형성

장칭

　중국에서 근대 지식의 소개와 발전은 서구화되는 과정에서 이루어졌다. 이 과정에서 신문과 잡지로 대표되는 신매체의 역할을 간과해서는 안 되는데 이는 근대 지식이 신매체와 더불어 성장했기 때문이다. 서구에서 그러했고, 만청시기의 중국에서도 마찬가지였다. 처음 중국에 도입되었을 당시의 근대 신문과 잡지는 짙은 학술적 색채를 띠며 근대 지식의 발전을 촉진하는 촉매제 역할을 했다. 중국 지식인들은 신문과 잡지를 통해 외국의 다양한 '지식'을 접했고 또 신문과 잡지를 발간하는 작업을 통해 '신지식'이 '보급'될 수 있도록 힘썼다. 신문화운동의 영향에 따라 '책의 역사', '독서의 역사'가 지식인들에게 주목받기 시작한 것도 한몫했다. 따라서 근대 지식이 '생산'되고 '보급'되는 과정에 대해 살피고 근대 세계에 대해 다양하고 풍부한 지식을 전달하는 신문과 잡지에서 의미 있는 '지적 자원'을 발굴하는 연구가 필요하다.

신문과 잡지에 의해 구축된 '정보 세계'의 핵심은 근대 지식의 '생산'과 직접적인 관련이 있다. 또한 신문과 잡지는 기존의 '출판물'과는 다른 형태로써 지식의 '생산' 외에 '서적'의 유통 매개로도 이용되었으며 지식을 '확산'시키는 데 있어 다른 매개가 대체할 수 없는 역할을 해 주목할 만한 '지식장'[1]을 형성했다. 이 글에서는 만청 이래로 신문과 잡지가 어떻게 신지식의 매개체가 되었는지, 지식의 '생산'과 '보급'에 있어 어떤 특수한 메커니즘을 형성했는지, 근대 지식의 발전에 어떤 역할을 했는지 등에 대해 논의해보고자 한다. 차오쥐런[曹聚仁]은 이런 인식에 기반해 당시의 문학계에 대해 "만청시기 중국문학사는 다른 시각에서 보면 저널리즘 발전사라고도 할 수 있다", "중국의 문단과 저널리즘의 관계는 사촌자매지간과 같다"[2]라고 말한 바 있다. 물론 문학과 저널리즘의 관계가 차오쥐런의 비유처럼 단순한 것은 아니지만 문학의 발전이 저널리즘과 밀접한 관계에 있다는 그의 지적은 우리에게 근대 지식의 발전이 신매체에 상당히 의존하고 있다는 점을 일깨워준다.

---

1 피에르 부르디외(Pierre Bourdieu)가 말한 '장(field)' 이론의 상당 부분은 '지식을 생산하는 장에 대한 탐구'다. '문학장(literary field)', '예술 장(artistic field)', '문화 장(cultural field)'과 '지식 장(intellectual field)' 등은 '장' 이론을 설명하는 구체적인 예시이다. Pierre Bourdieu, Edited and Introduced by Randal Johnson, *The Field of Cultural Production : Essays on Art and Literature*, New York : Columbia University Press, 1993 참조.
2 曹聚仁, 『文壇五十年』, 東方出版中心, 1997, 8 · 83쪽.

1. '학문전쟁[學戰]' 의식과 '저널리즘'

일부 학자들이 지적한 바와 같이 중국과 서구의 경쟁이 결국 '학문전쟁[學戰]'으로 발전되었다는 것은 만청 지식인들이 중서간의 문화경쟁을 매우 중시했음을 알 수 있는 중요한 지표다.[3] '상업전쟁'에서 '학문전쟁'으로의 전환은 기술보다 '학문'에 보다 무게가 실리기 시작했다는 점을 시사한다. '학문'의 매개에는 여러 번역 단체에서 발간하는 출판물이 포함되는데 그 중에서도 지식의 보급 측면에서 신문과 잡지의 역할은 특히 두드러진다. 서구인들이 초창기에 중국 내에서 발행한 신문과 잡지는 '서학'을 보급시키는 주요 매개였다. 티모시 리처드(Timothy Richard)는 한 서문에서 "유럽 각국에는 신문사가 즐비하다. 각국의 강점과 약점에 대해 모르는 바가 없기에 신문사는 신학문을 보급시키고 사람들을 교육시키는 수단으로 간주되었다"[4]고 말한 바 있다. 그렇다면 만청 지식인들이 발행한 신문과 잡지 역시 같은 특징을 띠고 있을까? 이에 대한 대답은 '그렇다'이다. 만청 지식인들은 처음 신문과 잡지를 접했을 때 군주제 시기의 관보(官報)와 같은 성격의 것으로 이해하면서도 '위와 아래를 이어주는[上下通]', '중국과 외국을 이어주는[中外通]' 매개로 여겼다. 또한 신문과 잡지의 학술적 기능에 대해서도 매우 중시했다.

---

3 '학문전쟁'에 대한 개념과 이로써 야기된 '권력이동'에 대해서는 王爾敏, 「商戰觀念與重商思想」, 『中國近代思想論』(社會科學文獻出版社, 2003, 198~322쪽) 및 羅志田, 「新的崇拜 : 西潮衝擊下近代中國思想權勢的轉移」, 『權勢轉移 : 近代中國的思想, 社會與學術』(湖北人民出版社, 1999, 18~81쪽) 참조.

4 Timothy Richard, 「『時事新論』辯言」, 『時事新論』, 廣學會, 1894, 1쪽.

1) '한 학문이 있으면 한 신문이 있어야 한다'

중국 지식인들이 초창기에 발간한 신문과 잡지에는 상하(上下)와 중외(中外) 간 '소통'에 대한 글이 주류를 이루었다. 그러나 학문에 대해 논한 글도 적지 않았다. 『술보(述報)』는 광서 10년 3월 23일(1884년 4월 18일)에 광저우에서 창간된 석인 신문이다. 『술보』는 신문의 역할이 '위아래의 소식을 이어주고 국내외 정세를 정확히 파악'하는 데 있다고 밝히면서도 서학을 보급하는 수단으로서의 역할도 강조했다. 또한 '서학'을 받아들이고 보급시키는 데 있어 신문과 잡지가 '서학 서적'보다 효과적이라고도 평한 바 있다. 이를 통해 『술보』 발간에 참여했던 사람들이 신문과 잡지를 '일반 서적'과는 완전히 다른 특성을 가진 것으로 인식했다는 점과 서학을 소개하는 새로운 방법을 모색하는 일에 노력을 기울였다는 것을 알 수 있다. 『술보』는 석인기술을 이용해 종종 당일 게재될 글에 맞는 그림을 매치시켜 발간하기도 했다. 창간호에는 '서국격치서원(西國格致書院)'이, 제2호에는 '서국박물원(西國博物院)' 등의 그림이 실렸다.[5]

청일전쟁 이후 중국 지식인들은 보다 적극적으로 신문과 잡지를 창간하기 시작했다. 이 시기는 프로테스탄트 선교사들에 의해 서학이 중국에 소개된 지 이미 여러 해가 지났을 무렵이다. 초기에 발간된 중문 신문과 잡지는 서학을 소개하는 주요 매개로 활용되었고 동문관(同文館), 강남제조국번역관(江南製造局飜譯館) 등 번역기관의 출판 활동도 활발히 이루어졌다. 만청 지식인들이 신문과 잡지를 '위아래를 이어주는', 또는 '중국과 외국을 이어주는' 매개

---

5   吳相湘 主編, 「『述報』的起源」, 『中國史學叢書』 · 『述報』, 臺北學生書局, 1965, 1~3쪽.

로 인식했든 아니든 이를 서학 보급의 수단으로 생각했다는 것을 분명하다. 펑쯔유(馮自由)는 당시의 상황에 대해 다음과 같이 말했다. "당시 광저우와 홍콩에서 발간되는 신문은 사소한 이야기를 싣거나 상하이 신문기사를 그대로 옮겨오는 수준에 불과했으며 신학(新學)에 대해 전혀 알지 못했다. 1897년, 상하이와 마카오에서 각각 『시무보(時務報)』와 『지신보(知新報)』가 창간되고 신학(新學)에 대한 기사를 경쟁적으로 쏟아내자 홍콩의 신문사들이 시류를 따랐고 광저우의 신문사들도 당시 논의에 대해 간략하게나마 언급하기 시작했다."[6] 펑쯔유의 말이 모두 사실인지는 확신할 수 없지만 『시무보』와 같은 성격의 신문과 잡지의 창간은 서학에 대한 인식의 변화가 신문과 잡지의 구체적인 내용에 영향을 미쳤다는 점을 시사한다. 모호하던 서학의 개념이 점차 '분과 학문'으로 받아들여지고 이러한 인식이 주류가 되면서 중국 지식인들 사이에서 "학문 분과별로 전문적인 신문이 있어야 한다(有一學卽有一報)"는 목소리가 높아졌다.

『시무보』 창간호에 게재된 량치차오(梁啓超)의 글 「신문사가 나랏일에 도움이 됨에 대해 논함(論報館有益於國事)」에서 바로 이러한 인식의 변화를 찾아볼 수 있다. 량치차오는 서구에서 발행되는 신문이 세상일을 전하는 데 있어 다양한 분야에서 폭넓게 기사를 싣고 있음을 예로 들면서 중국의 신문도 분야별로 세분화되어야 한다고 주장했다. "정무에 대해서는 관보(官報)를, 지리에 대해서는 지학보(地學報)를, 군사에 대해서는 수륙군보(水陸軍報)를, 농업에 대해서는 농학보(農學報)를, 상업에 대해서는 상회보(商會報)를, 의학에 대해서는 의보(醫報)를, 공업에 대해서는 공정보(工程報)를, 과학에 대해서는 천문학,

---

6   馮自由, 「廣東報紙與革命運動」, 『革命逸史』 初集, 中華書局, 1981, 113쪽.

수학, 음성학, 광학, 전기학 등 세부 분야별 신문을 만들어 논의의 장을 펼쳐야 한다. 분과 학문별로 각 분야의 내용을 전문적으로 다루는 신문이 있어야 한다. 새로운 학설은 곧 그 분야 신문의 기사가 된다." 이러한 인식을 바탕으로 량치차오는 신문사가 "신학(新學)을 보급하고 국가의 치욕을 청산하는" 일에 도움이 된다고 말했다. 신문과 잡지는 "정세에 대한 기록이자 새로운 학문과 기술을 배울 수 있는 도구"이며, 이를 통해 "독자들은 모든 경험적 지식의 기원과 발전과정을 알 수 있게 된다"고 한 것이다.[7] "학문 분과별로 전문적인 신문이 있어야 한다"는 주장은 신문의 기능과 역할에 대한 량치차오의 이상이 그대로 반영된 것이다. 이로써 '학문'과 '신문'의 관련성이 보다 밀접해졌음을 알 수 있다.

실제로 변법유신운동기간에 발행된 신문과 잡지를 살펴보면 학문에 대한 각자의 이해와 견해를 드러내고 있다는 것을 확인할 수 있다. 『시무보』 제15책에 『시무보』에 '기술'에 대한 논의가 충분하지 못한 점을 보완하기 위해 마카오에서 『광시무보』를 창간할 계획이라는 내용의 「『광시무보』 창간 공지[廣時務報公啓]」 글이 게재된 바 있다. "『시무보』가 번역 소개하는 서구신문의 기사는 주로 정치에 관한 것으로 기술에 대해서는 중시하지 않았다. 『광시무보』는 『격치휘편(格致彙編)』을 참고해 주로 서구의 농학, 광업학, 공예학, 과학 분야에 대한 기사를 번역 소개할 것이며 정치에 대한 기사는 보조적으로 다룰 것이다(기술분야 60%, 정치분야 40%)."[8] 『광시무보』는 후에 『지신보(知新報)』로 개명했으며 신문사의 비전을 새로운 학문을 소개하는 데에 두었다. '농업', '산업', '상업', '광업', '과학' 등 분야로 나누어 기사를 냈고, 게재된 글의 상당

---

7 梁啓超, 「論報館有益於國事」, 『時務報』 第1冊, 1896.8.9, 1~2쪽.
8 「『廣時務報』公啓」, 『時務報』 第15冊, 1896.12.25, 2쪽.

부분은 서학 서적을 번역한 연재 원고였다.

1987년 창사(長沙)에서 창간된『상학신보(湘學新報)』(旬刊, 제21책부터『상학보(湘學報)』로 개명)도 대표성을 띠는 신문 중 하나다. 「서언」에서는 당시 신문계에 대해 중국이 문호를 개방한 이래로 각지에 신문사가 설립되었지만 "정치에 대한 기사가 주를 이루었고 학문에 대한 기사는 적었으며, 정치를 개혁하자는 주장은 많았지만 학문을 넓혀야 한다는 주장은 적었다"고 하면서『상학신보』의 창간 목적이 "중국과 서구의 유용한 학문을 배워 익히고 학문의 육성과 교육에 힘써 나라의 부강을 도모하고 중화민족을 보존하고 평화를 유지하는 데 있다"고 밝혔다. 또한 신문사의 비전에 따라 크게 역사, 일화(逸話), 지리, 수학, 상업, 외교 등 여섯 분야로 구성되어 있다고 소개했다.[9]

신문에서 신학(新學)에 대한 비중이 점차 커진 이유에는 여러 가지가 있겠지만 '학문 부흥' 열풍과 지식인들의 적극적인 개입의 직접적인 결과로 볼 수 있다. 신문과 잡지는 학문 분야별로 전문적인 신문이 있어야 한다는 사회적 인식을 형성시키고 '전문 분야'를 소개하는 장으로써의 역할을 담당하며 분과 학문이 성장할 수 있는 기반을 마련했다.

2) 저널과 '전문 분야'

옌푸[嚴復]는 1897년에 발표한 글에서 청일전쟁 이후 신문과 잡지의 발전 양상에 대해 다음과 같이 정리했다.『시무보』창간 이래로 "잇따라『지신보

---

9   「『湘學新報』例言」,『湘學新報』第1冊, 1897.4.22, 1~4쪽.

(知新報)』,『집성보(集成報)』,『구시보(求是報)』,『경세보(經世報)』,『취보(翠報)』,『소보(蘇報)』,『상보(湘報)』 등이 생겼으며 전문 분야를 다룬 저널로는『농학(農學)』,『산학(算學)』 등이 있었다."[10] 그가 언급한 '전문 분야'에 관한 내용은 만청시기 신문과 잡지가 발전해 온 양상을 살펴보는 데 있어 주목할 만하다. 그 중『농학보(農學報)』와『산학보(算學報)』는 분과 학문의 개념이 자리 잡았음을 보여주는 대표적인 예다.

『농학보』의 원래 명칭은『농학(農學)』으로 무농회(務農會)가 1897년 5월 25일 창간한 것으로 제15책부터『농학보』로 개명되었다. 약 9년 동안 총 315책까지 발간되었는데 당시로서는 상당한 성과라고 할 수 있다. 신문명에서도 알 수 있듯 '농학을 부국의 근본'으로 여긴다.『시무보』에 게재된「농학보 발간기관 소개[農會報館略例]」에서 확인할 수 있다. 첫째, "농업 관련 소식을 전하는 것을 위주로 하고 잠업(蠶業)과 축목업에 대해서도 소개하지만 그 외 분야에 대해서는 다루지 않는다." 둘째, "동서양의 다양한 농학 신문과 서적을 전문적으로 번역 소개한다. 정기적으로 회의를 개최해 본 기관에서 진행하는 업무에 대해 상세히 기록한다. 신문 발간 업무가 많아지면 인력을 충원해 책 번역을 담당하게 하고 신문의 부록으로 넣지 않음으로써 책이 신속히 출간될 수 있게 한다."[11] 상기 내용을 통해『농학보』의 주 업무가 집필과 번역이며 신문 발간과 별개로『농학총각(農學叢刻)』,『농학총서(農學叢書)』등 총서를 출판했음을 알 수 있다.

1897년에 창간된『산학보』는 월간 잡지로 총 12책까지 발행되었다. 개인이 창간하고 집필에 참여했으며 그 중심에는 황칭청[黃慶澄]이란 인물이 있었

---

10 嚴復,「『國聞報』緣起」,『國聞報』第1期, 1897.10.26(출처 :『國聞報彙編』, 競化書局, 1903, 2쪽).
11 「農會報館略例」,『時務報』第22冊, 1897.4.2, 1쪽.

다. 위웨[俞樾]는 『산학보』 서문에서 황칭청에 대해 "수학에 박식하며 중국과 서구의 방법론에 모두 능통하다"[12]며 찬사를 보냈다. 황칭청은 "본 신문은 수학 분야에의 최신 동향과 중요 학설을 전문적으로 소개해 수학에 관심 있는 독자들이 쉽게 이해할 수 있도록 할 것이다. 궁벽한 시골, 혹은 교사나 책이 없는 곳에 있더라도 이 신문에 실린 그림과 설명을 따라가다 보면 스스로도 배울 수 있다"[13]면서 『산학보』 발간 취지와 목표를 밝혔다.

'전문 분야'를 다룬 신문과 잡지의 등장은 19세기 말 중국 지식인들이 새로운 학문에 대한 추구와 이를 통해 부국강병을 실현하고자 하는 노력의 결과물이다. 그러나 학술적인 성격이 강한 탓에 일부 상류인사들에게 호응을 얻었을 뿐 대중들에게는 외면을 받았다. 만청시기에 처음 등장한 전문 지식을 다룬 신문과 잡지가 '학술지'로 발전하기까지는 상당한 시간이 소요됐다. 전문 잡지는 근대식 학제가 성립된 후에야 개념이 명확해졌으며 비로소 성장할 수 있었다.

2. 분과 학문과 '저널리즘'

앞에서 말한 '전문 분야'는 '분과 학문'의 또 다른 표현이다. 근대 지식은 기본적으로 분과 학문이다. 만청시기 신문과 잡지의 발전사를 보면 분과 학문

---

12 俞樾, 「序」, 『算學報』 第1冊, 1897.7, 1쪽.
13 黃慶澄, 「公啓」, 『算學報』 第1冊, 1897.7, 1쪽.

개념이 형성되는 과정을 엿볼 수 있다. 신문과 잡지는 신학(新學)을 보급하는 매개에 그치지 않고 분과 학문 개념이 형성되는 과정에서 선구자적 역할을 수행했다. 이에 대한 인식의 차이는 신문사, 잡지사 간의 격렬한 논쟁을 야기하기도 했다.

1) 근대 지식 분과에 대한 량치차오의 인식 변화

미국 학자 레이놀즈(Douglas R. Reynolds)는 "중국이 1898년부터 1910년까지 12년 동안 겪은 사상과 체제의 변화는 놀라울 정도다. 그러나 변화 과정 전반에 걸쳐 일본이 중국의 모델, 혹은 적극적인 참여자로서의 역할을 하지 않았더라면 지금과 같은 성과는 거두지 못했을 것이다"[14]라고 말한 바 있다. 근대 지식의 성장 과정에서 '일본 요소'가 중국에 미친 영향에 대해서는 여러 측면에서 논의된 바 있다. 이 글에서는 일본에서 출판된 신문과 잡지가 중국 내에서 분과 학문 개념을 형성시키고 성장시키는 촉매제 역할을 했다는 점에 대해서 논하고자 한다.

량치차오는 1898년에 일본으로 망명했는데 이는 근대 지식의 분과 개념에 대해 새롭게 인식하게 되는 계기가 된다. 그는 여러 편의 글에서 이러한 인식의 변화에 대해 서술했다. 「일본의 학문을 배우는 것의 이로움에 대해 논함[論學日本文之益]」이라는 글에서는 이렇게 말했다. "일본은 메이지유신 이래로 30년 사이에 세계 각지의 지식을 받아들여 수천 권에 달하는 유용한 번역서

---

14 Douglas R. Reynolds, 李仲賢 譯, 『新政革命與日本』, 江蘇人民出版社, 1998, 7쪽.

와 저서를 출판했다. 특히 정치, 경제, 철학, 사회학을 중점적으로 다루었고 국민을 계몽시키고 국가의 근본을 공고히 하는 일을 급선무로 여겼다."[15] 「동적월단(東籍月旦)」 서론에서는 "오늘날 중국 지식인들 중에서 일본어를 익혀 일본 서적을 읽을 수 있는 사람은 늘었지만 체계적으로 일본 학문을 배우는 방법에 대해서는 모른다. 어느 것을 먼저 익히고 어느 것을 나중에 익혀야 하는지, 어떤 학문을 배우기 위해 어떤 선행학습이 필요한지에 대해 알지 못한다"고 지적하면서 일본의 중학교 보통교과 체제를 참고해 10개의 지식 분과를 선정했다. 참고한 일본 교과목은 윤리, 국어(일본어), 중국어, 외국어, 역사, 지리, 물리, 화학, 법학, 경제 등으로 량치차오는 "상기 교과목에서 다루는 내용은 모든 학자들과 국민들이 기본적으로 알아야 하는 지식"[16]이라고 했다. 량치차오의 글을 통해 그가 일본에 간 이후 '분과 학문' 개념을 받아들였으며 무엇을 어떻게 배워야 하는지에 대한 고민을 했음을 알 수 있다.

　이러한 인식은 그가 창간한 신문과 잡지에 그대로 반영되었다. 그는 신문과 잡지가 분과 학문을 소개하는 주요 매개가 되도록 힘썼다. 1902년에 창간한 『신민총보(新民叢報)』에 실린 「본 신문에서 알립니다(本報告白)」라는 글에서 "『신민총보』는 외국의 종합지 체제를 참고했으며 세계각지의 다양한 지식을 분야별로 나누어 독자들에게 소개할 것이다"라며 창간 취지를 밝혔다. 여기서 언급된 '다양한 지식'이란 곧 분과별 지식을 지칭하는 것으로 저널이 이를 독자들에게 소개할 의무가 있다고 강조했다. 물론 신문이나 잡지가 모든 분과 학문을 아울러 소개할 수는 없었지만 당시 분과 학문 개념이 명확해지고 널리 받아들여지기 시작했다는 사실은 확실하다.

15　梁啓超,「論學日本文之益」,『飮氷室合集』第1冊, 中華書局, 1989년 영인본, 80~81쪽.
16　梁啓超,「東籍月旦」,『飮氷室合集』第1冊, 1989년 영인본, 83・85쪽.

량치차오가 발행하는 『신민총보』 외에도 다양한 저널이 분과 학문에 대해 소개했다. 『신민총보』 제26호에 게재된 「종합지의 진보[叢報之進步]」라는 글에서 『신세계학보(新世界學報)』, 『대륙보(大陸報)』, 『유학역편(游學譯編)』, 『역서휘편(譯書彙編)』, 『호북학생계(湖北學生界)』, 『절강조(浙江潮)』 등의 간행물을 소개하면서 "반년 사이에 다양한 저널이 우후죽순처럼 쏟아져 나왔다. 질에 대한 평가는 차치하고 다양한 언론매체의 등장은 학계에 활기가 넘친다는 사실을 방증한다"[17]고 했다. 이는 저널이 학계 상황을 반영하는 주요 매개임을 시사한다. 또한 저널이 서점과 상호 네트워크를 형성했다는 점에도 주목할 만하다. 서점에서 책을 출판하면 저널은 광고를 실어주고, 서점은 저널의 인쇄 및 발행 등 출판 관련 업무에 도움을 주었다.

저널과 학계의 관계는 저널이 '분야[界]'별로 나누어 기사를 게재했다는 점에서 보다 확실히 알 수 있다. 당시에는 주로 '학계(學界)', '정계(政界)', '상계(商界)', '군계(軍界)', '민계(民界)', '의계(醫界)', '여계(女界)', '출판계(出版界)', '교육계(教育界)', '유학계(留學界)', '실업계(實業界)' 등의 분류에 따라 출판되었다. 1906년 재일 중국 유학생들에 의해 창간된 『신역계(新譯界)』는 모든 기사를 '정치·법률계'(정치, 경제, 법률), '문학계'(철학, 종교, 역사, 지리), '과학계'(천문학, 지질학, 생물학, 자연과학, 물리학, 화학, 수학), '산업계'(가정학, 상공업), '교육계'(교육행정, 교육학, 교육사, 여성학), '군사계'(육군, 해군), '외교계'(교섭, 조약), '시사계'(중국시사, 외국시사) 등으로 구분해 게재했다.[18] 여기서 말한 '분야[界]'는 사실상 '분과 학문[學]'과 같은 개념이다.

---

17 「叢報之進步」, 『新民叢報』第26號, 1903. 2. 26, 81~82쪽.
18 「發刊辭」, 『新譯界』第1號, 1906. 11. 壽從鼎의 『新譯界』 소개글 (丁守和 主編, 『辛亥革命時期期刊介紹』第3集, 人民出版社, 1983, 303~314쪽) 참고.

이러한 시대적 상황 속에서 소위 '무일불학(無一不學)'이란 말은 배움을 중시하는 사회적 분위기를 대변한다. 1907년 『신문보(新聞報)』 논설란에 게재된 「중국인의 학문에 대해 논함(論中國人之學問)」에 "학문전쟁이 벌어지는 시기에는 농업에도 배움이 필요하고, 산업에도 배움이 필요하고, 상업에도 배움이 필요하고, 정치에도 배움이 필요하고, 교육에도 배움이 필요하고, 군사에도 배움이 필요하고, 심지어 불구자도 배움이 필요하다. 모든 분야에는 배움이 필요하다. 학문이 없이는 아무것도 이룰 수 없으며 나라를 위할 수도 없다."[19] 학문에 대한 중시를 대변하는 이 말은 한편으로 근대 지식의 성장 과정에서 피할 수 없는 난제를 내포하고 있다. 분과 학문의 개념이 수용되면서 학문을 어떻게 '분류'할 것인가에 대한 문제가 해결해야 될 과제로 남았다.

2) 저널리즘을 통해 전개된 '동학(東學)'과 '국학(國學)' 진흥 운동

일본에서 발행되는 저널이 분과 학문을 소개하는 중요한 매개가 되었다는 것은 근대 지식의 습득에 있어 '서학'에서 '동학'으로 중심이 이동했음을 의미한다. '서학', '동학', 또는 후에 등장한 '신학(新學)'이라는 용어는 그저 표현상의 작은 변화가 아니라 만청시기에 근대 지식을 습득하는 방식과 내용에 큰 변화가 있었다는 사실을 알려준다. 20세기 초에 일본에서 발행된 간행물은 '동학'을 번역하고 소개하는 역할을 맡았다. 비슷한 시기에 '국학'에 대한 논의가 일기 시작했는데 신문과 잡지 등 신매체가 토론의 장으로 활용되었다.

---

19 「論中國人之學問」, 『新聞報』, 1907.1.9, 1쪽.

따라서 학문의 발전이 저널리즘의 도움을 받았다는 사실을 재차 확인할 수 있다.

1900년 12월 6일에 창간된 『역서휘편』은 재일 유학생이 발행한 저널 중에서도 상당히 인정받았다. 펑쯔유는 『역서휘편』과 여지회(励志會)의 관계에 대해 언급하면서 이 잡지는 당시에 "유학생 잡지의 원조"[20]로 간주되었다고 지적했다. 제1기 표지에 인쇄된 목차를 살펴보면 정치 관련 글 3편, 행정 관련 글 1편, 법률 관련 글 1편, 정치사학 관련 글 3편, 정치이론학 관련 글 2편 등으로 전체적으로 학문 분야별로 분류되어 있다. 「요강(簡要章程)」에는 "본 저널은 정치, 행정, 법률, 경제, 역사, 정치이론 등 정치와 관련된 내용 위주로 구성했다. 매 기(期)마다 네다섯 분야에 대한 글을 게재할 것이며 간혹 잡록(雜錄)을 추가할 것"이라고 하면서 "정치 관련 서적은 동서양 각국의 부강책에 대한 내용이 주를 이루기에 본 저널에서는 정치 분야를 우선적으로 다루었다. 향후 군사, 농업, 산업, 상업 등 분야에서 중요한 역서가 출간되면 선별하여 게재할 것"[21]이라는 입장을 밝혔다.

1902년 11월 도쿄에서 창간된 『유학역편』은 호남(湖南) 출신 유학생들이 발행하는 월간지로 "(우월한) 문명을 수입하고 국민 지식을 증진시키는 일"을 목표로 삼았다. 역술(譯述) 형식으로 구성되었으며 글 제목과 성향을 보면 분과 학문 개념의 영향을 받았다는 점을 알 수 있다. '학술'을 상위 범주로 두고 '교육', '군사', '산업', '경제', '내정', '외교', '역사', '지리', '시사', '뉴스', '소설' 등을 하위 범주로 두었다. 모든 항목이 분과 학문과 관련된 것은 아니지만 기초적인 틀을 마련한 것은 분명하다.[22] 편집장 양두(楊度)는 "오늘날은 학문 분야

---

20 馮自由, 「励志會與譯書彙編」, 『革命逸史』初集, 中華書局, 1981, 98~99쪽.
21 「簡要章程」, 『譯書彙編』第1期, 1900.12.6, 1쪽.

에서도 전쟁이 일어나고 상공업 분야에서도 전쟁이 벌어지는 시기로 군대는 충돌을 막는 일만을 책임진다"[23]고 당시 상황을 꼬집어 말했다.

　재일 유학생들이 창간한 저널은 '동학'을 소개하는데 주력했다. 그들이 분과 개념을 바탕으로 근대 지식을 받아들였다는 점은 이해하기 어렵지 않다. 그 외에 다양한 학술 활동을 추진하고 진흥시키기는 데 저널의 힘을 빌렸다. 전통 학문도 예외가 아니었다. '국학진흥운동'은 만청시기에 일어난 학술 발전을 도모하기 위한 운동의 일환으로 '국학보존회(國學保存會)'는 신매체의 영향력을 십분 활용해 국학진흥운동을 전개했다.

　1902년 2월 정스(鄭實), 황제(黃節) 등이 상하이에서 창간한 『정예통보(政藝通報)』는 "애국의 방법으로 새로운 학문을 배운다는 것을 세상에 알리는 데 힘쓸 것이다. 학문이 살아나면 나라는 절대 망하지 않는다"[24]고 강조했다. 상·하편으로 구성되어 있으며 상편에서는 '정치[政]', 하편에서는 '기술[藝]'에 대해 다루었다. 저널을 활용한 것은 "국민의 정치적 사고는 어떻게 키울 수 있는가? 신문과 잡지를 통해 가능하다"[25]고 판단했기 때문이다. 「신문과 잡지의 관계[新聞紙與雜誌之關係]」란 글에서는 신문과 잡지에 대한 높은 기대감을 표현했다. "신문과 잡지의 발전은 지식 증진에 영향을 미친다. 신문, 잡지가 있으면 사람들의 지식은 한 단계 높아질 것이고, 사람들의 지식이 한 단계 높아지면 신문, 잡지의 수준도 한 단계 높아질 것이고, 판매량도 한 단계 증가할 것이다.[26]

22　「『游學譯編』簡章」,『游學譯編』第2冊, 1902.12.14, 표지 2쪽.
23　楊度, 「游學譯編」敍」,『游學譯編』第1冊 , 1902.11.16, 7・18쪽.
24　鄭實, 「第七年『政藝通報』題記」,『政藝通報』戊申第1號, 1908.2.16, 1〜3쪽.
25　鄭實, 「論政治思想」,『政藝通報』癸卯第1號, 1903.2.12, 1〜2쪽.
26　「新聞紙與雜誌之關係」,『政藝通報』癸卯第12號, 1903.7.24, 1〜2쪽.

이러한 인식을 바탕으로 정스 등은 적극적으로 학회 설립에 힘썼으며 1905년 1월 상하이에서 국학보존회를 창립했다. 또한 국수학당(國粹學堂)을 세우고 『국수학보(國粹學報)』를 발간하는 등 신매체를 십분 활용해 국학을 진흥시키고자 했다. '국학'에 주목한 이유는 "국가의 경계가 무너지면 학문은 존재할 수 없다. 학문이 존재하지 않으면 또 어찌 국가가 존재할 수 있겠는가?"[27]라고 생각했기 때문이다. 그들은 신매체의 영향력에 주목했다. 「국학보존회 회칙[國學保存會簡章]」에 "본회에서는 매월 『국수학보』를 발행하고 이를 기관지로 삼는다"[28]고 명시했다. 신매체를 이용한 학술 진흥은 『정예통보』와 『국수학보』가 특히 중시했던 방법이다. 국학보존회보다 후에 성립된 남사(南社)와 비교해보면 그 차이를 쉽게 알 수 있다. 남사는 정기간행물이 없었기 때문에 학회의 영향력과 결속력도 상대적으로 약했다. 이를 통해서도 저널과 학술활동 간의 밀접성이 크다는 것을 알 수 있다.

량치차오는 1911년 발표한 글에서 다음과 같이 언급했다. "오늘날의 모든 일과 지식은 분야별로 발전하고 있다. 일상에서 마주치는 현상이 날이 갈수록 복잡해졌고, 한 현상이 아우르는 폭과 깊이가 넓고 깊어졌기 때문이다. 전문 지식이 없으면 일을 제대로 해내기 어려워졌다. 잡지도 마찬가지다. 각국의 저명한 잡지들은 대개 한 분야만을 다루며 그 분야의 발전에 기여하는 바가 크다."[29] 그의 말은 만청시기 신문과 잡지의 성장이 '학문'과 밀접한 관련이 있다는 점을 부각시키며 신문과 잡지가 신학(新學)을 보급하는 매개이자 '학문'을 진흥시키는 역할을 수행했음을 강조한다.

27　黃節, 「『國粹學報』敍」, 『國粹學報』第1期, 1905.2.23, 1쪽.
28　「國學保存會簡章」, 『國粹學報』第1期, 1905.2.23, 1쪽(鄭實, 『國學保存會小集敍』, "附錄" 참고).
29　滄江, 「『法政雜誌』敍」, 『法政雜誌』第1年 第1期, 1911.3, 1쪽.

3. 대학 · 저널 · 사회—저널의 새로운 '비즈니스'

앞에서 만청시기에 저널이 서학을 보급하는 주요 매개였다는 점에 대해 논했다면 이 절에서는 저널과 교육기관의 관계가 저널리즘 발전에 미친 영향에 대해 다루고자 한다. 근대식 학교가 생기면서 신문과 잡지는 새로운 발전 기회를 맞이한다. 민국시기에 대학이 설립되고 발전하면서 새로운 '비즈니스' 대상으로 주목받기 시작했다. 오사시기 저널리즘이 '학문'에 주목했다는 것은 이미 여러 차례 언급했으며 대학과 연계하면서 새로운 비즈니스 기회를 잡게 되었다. 만청시기과 비교해 새로운 국면으로 접어들었다고 할 수 있으며 저널의 성격과 특징에도 영향을 미쳤다.

1) 『신청년』의 새로운 '비즈니스'

대학과 저널리즘의 연계로 인해 민초시기의 사상계는 만청시기와 다르게 전개되었다. 이러한 변화는 천두슈[陳獨秀]가 창간한 『청년(靑年)』을 통해서 엿볼 수 있다. '비즈니스' 측면에서 보자면 『청년』의 초창기 경영 상태는 매우 심각했다. 매 기(期)에 1,000부밖에 인쇄할 수 없었고 제6호 발행 후에는 반년 동안 휴간해야 했다.[30] 심지어 인쇄를 맡길 적당한 곳을 찾는 일도 어려웠다.[31]

---

30 汪原放, 『亞東圖書館與陳獨秀』, 上海學林出版社, 2006, 33 · 37쪽.
31 汪孟鄒, 「致胡適」(1918.10.5), 耿雲志 主編, 『胡適遺稿及秘藏書信』第27冊, 安徽黃山書社, 1994, 278~279쪽.

이에 천두슈는 다소 낙담했고 당시 심정에 대해 이렇게 말했다. "『청년』이 발행된 지 반년이 지났는데 잡지의 성격이 대중들의 견해와 충돌하는 경우가 많았다. 그럼에도 이에 대한 비평이나 논쟁은 거의 없었다. 이는 『청년』 잡지의 불행이자 사회의 불행이 아닐 수 없다."[32] 암담하기만 했던 상황은 천두슈가 베이징대학 문과대 학장이 된 후 새로운 전환점을 맞이했다.

1917년 1월 14일, 차이위안페이[蔡元培]는 베이징대학 학장 취임 연설 4일 후 천두슈를 문과대 학장으로 추천했는데 이 과정에서 『신청년(新靑年)』으로 개명한 『청년』의 역할이 크게 작용했다. 차이위안페이는 천두슈를 초빙하는 과정을 '삼고초려' 끝에 모셔올 수 있었다고 회고했다. 차이위안페이가 처음 학장 자리를 제안했을 때 천두슈는 잡지 발행 중이니 수락할 수 없다면 거절했다. 그러자 차이위안페이는 "그 이유라면 문제 될 것이 없습니다. 잡지를 교내로 가지고 오셔서 발행하시면 됩니다"[33]라며 다시 제안했다. 천두슈가 문과대 학장으로 취임한 뒤에 발행된 『신청년』 제3권에 투고한 사람은 대부분 베이징대 교수와 학생으로 『신청년』은 단시간 내에 교내 개혁파 인사들의 진영이 되었다.[34] 이때까지 천두슈는 독자적으로 편집을 했지만 제4권 제1호부터는 동인들을 모아 편집부를 운영했으며 제6권 제1호부터 교대로 편집하는 체제를 도입했다.[35] 후스[胡適], 첸쉬안퉁[錢玄同], 가오이한[高一涵], 리다자오[李大釗], 류반눙[劉半農], 선인모[沈尹默], 타오멍[陶孟], 루쉰[魯迅], 저우쭤런[周作人] 등은 핵심 인사들로 잡지 발간에 있어 중요한 역할을 담당했고 이로써

---

32 陳獨秀,「答陳恨我」,『新靑年』第2卷 第1號, 1916.9.1, 7쪽.
33 蔡元培,「我在北京大學的經歷」,『東方雜誌』第31卷 第1號, 1934.1.1, 99쪽. 唐寶林·林茂生 編, 『陳獨秀年譜』, 上海人民出版社, 1988, 75쪽.
34 陳萬雄,『五四新文化的源流』, 三聯書店, 1997, 1~23쪽.
35 「本誌編輯部啓事」,『新靑年』第4卷 第3號, 1918.3.15, 속표지.「本雜誌第六卷分期編輯表」,『新靑年』第6卷 第1號, 1919.1.15, 속표지.

『신청년』과 대학의 관계는 더욱 가까워졌다.

왕멍쩌우(汪孟鄒)는 1919년 4월에 후스에게 보낸 서신에서 『신청년』류의 잡지가 시장에서 점차 환영을 받고 있다고 말하며 총무직을 맡을 의사를 드러내기도 했다.[36] 『신청년』의 판로가 어느 정도 안정되자 편집부와 발행부는 발행 조건에 대해 다시 논의해 수정했다.[37] 계약 내용을 살펴보면 편집부가 주도권을 잡고 있으며 편집자의 권익을 보호하고자 했다는 것을 알 수 있다.

2) 대학 교원의 간행물 창간 참여

만청시기와 비교해 민초시기의 눈에 띠는 변화는 간행물의 창간자 중에 대학 교수직을 겸한 사람이 많아졌다는 점이다. 이는 대학 교수가 간행물 발간 활동에 적극적으로 참여하기 시작했음을 의미한다. 베이징대학의 경우 1920년대 말에 이미 『북경대학 월간(北京大學月刊)』, 『북경대학 일간(北京大學日刊)』, 『북경대학 학생주간(北京大學學生週刊)』, 『신조(新潮)』, 『수리잡지(數理雜誌)』, 『음악잡지(音樂雜誌)』, 『회학잡지(繪學雜誌)』, 『비평반월간(批評半月刊)』, 『평론지평론(評論之評論)』 등의 정기간행물이 있었다.[38] 장궈타오(張國燾)는 당시 지식인들이 간행물 발간에 참여하게 된 이유에 대해 "실천의 첫 걸음"이었다고 말한다. "나라를 구하기 위해서는 단체를 조직해야 한다. 간행물을 발행하는 것은 실천의 첫 걸음이다. 당시 소규모 단체를 결성하는 것이 유행했다. 포부를

---

36 汪孟鄒, 「致胡適」(1919.4.23), 耿雲志 主編, 『胡適遺稿及秘藏書信』第27冊, 安徽黃山書社, 1994, 289~290쪽.
37 「『新靑年』編輯部與上海發行部重訂條件」, 『新靑年』第7卷 第1號, 1919.12.1.
38 「出版品」, 『北京大學日刊』, 1920.12.17, 7쪽.

지닌 젊은이들은 이러한 방법을 통해 자신의 능력과 뜻을 펼쳐보이고자 했다."[39]

신조사(新潮社)와 소년중국학회(少年中國學會)가 각각 발행하는 간행물 『신조(新潮)』와 『소년중국(少年中國)』은 당시에 상당한 영향력이 있었다. 신조사는 1919년 말, 푸쓰녠[傅斯年], 뤄자룬[羅家倫], 구제강[顧頡剛] 등을 주축으로 한 베이징대학 학생 단체로 이러한 '학생 단체'와 '저널'의 상호 건설적인 관계는 주목할 만한 현상이다. 신조사의 초기 조직 형태는 잡지사로 "뜻이 맞는 사람들이 모여 『신조』라는 월간지를 만들었습니다. 서구의 근대 사상을 소개하고, 중국 근대 학술 및 사회 제 문제에 대한 비평을 주요 내용으로 삼았습니다"[40]라며 창간 취지와 목적을 밝혔다. 푸쓰녠은 "오늘날 출판계에게 주어진 임무는 국민들로 하여금 자국 학술에 대한 자각심을 갖게 하는 것"[41]이라며 저널리즘의 책임을 강조했다.

소년중국학회는 1919년 7월 1일에 정식으로 성립되었다. 학회 성립과 동시에 『소년중국』을 기관지로 삼았으며 "과학 정신을 본받아 문화 운동을 위해 '소년중국'을 창간한다"[42]는 취지를 밝혔다. 학회의 정신적 지주였던 왕광치[王光祈]가 이러한 사상을 주도했다. 신조사와 유사하게 소년중국학회는 높은 학문적 잣대를 가지고 있었으며 성원들에게 인문학, 과학, 산업, 농업, 의학, 산업, 정치, 법률, 경제 중에서 한 분야를 택하도록 했다. 심지어 "전공을 선택한 후 도중에 바꾸고자 하는 경우 학회에 사유서를 제출해야 한다"[43]는

---

39 張國燾, 『我的回憶』上冊, 東方出版社, 2004, 43쪽.
40 「新潮雜誌社啓事」, 『北京大學日刊』, 1918.12.13, 2쪽.
41 傅斯年, 「『新潮』發刊旨趣書」, 『新潮』第1卷 第1號, 1919.1.1, 1~2쪽.
42 「『少年中國』月刊的宣言」, 『少年中國』第1卷 第3期, 1919.9.15, 속표지.
43 「少年中國學會規約修正案」, 『少年中國』第3卷 第2期, 1921.9.1, 61~62쪽.

규정이 있었다. 물론 학회 내부적으로 이 규정에 대해 모두 의견이 일치했던 것은 아니다. 이러한 규정은 학회 성립 초창기에 학문적인 성향이 강했다는 점을 말해주며 뒤로 갈수록 의견이 벌어지기 시작했다.

대학에 몸담고 있는 지식인들이 신문과 잡지 발간에 참여하면서 간행물의 학술적 성격이 짙어졌고 다른 저널에도 영향을 미쳤다. 장멍린[蔣夢麟]은 차이위안페이가 베이징대학의 학장 취임에 대해 "고요하던 물에 지식 혁명의 돌이 던져진 것과 같다"[44]고 비유했는데 매우 적절한 표현이다. 지식인들의 이러한 움직임은 저널이 사회와 소통하는 통로역할을 할 수 있게 만들었다. 대학 교수와 학생들이 참여한 잡지는 자연스럽게 독자의 흥미를 유발했다. 베이징대학 독문과에서 수학했던 펑즈[馮至]는 당시 상황을 회고하면서 『어사(語絲)』와 『현대평론(現代評論)』이 폭발적인 인기를 얻은 것은 베이징대학에서 발간한 잡지였기에 가능했다고 언급했다. "작은 주간지에 투고하는 사람들은 주로 베이징대학 소속 교수와 학생들"이었다. "그들은 저널을 통해 독자와 교감했고, 자유롭게 자신의 의견과 감정을 표현했다. 글에는 생기가 넘쳤고 정감이 느껴졌다."[45]

중요한 사실은 많은 신문사, 잡지사, 서점이 대학 인사들을 합류시켜 대학과 사회와의 소통을 추구했다는 것이다. 그 중 가장 돋보인 것은 10여 종의 주간 학술지를 발간한 『대공보(大公報)』였다. "이런 간행물의 편집자와 작가는 대부분 베이징, 톈진 소재 대학의 교수들이었다. 『대공보』의 '주간 논문[星期論文]'는 저널과 대학의 관계를 더욱 가깝게 만들었고, 결과적으로 학술계

---

44 蔣夢麟, 『西潮』, 臺北業强出版社, 1991, 120~121쪽.
45 馮至, 「但開風氣不爲師-記我在北大受到的敎育」, 北京大學校刊編輯部 編, 『精神的魅力』, 北京大學出版社, 1998, 16쪽.

와 독자 사이도 더욱 밀접해졌다."[46] 오사시기에 대학 지식인들이 만든 잡지는 상업잡지에 직접적인 타격을 입히기도 했다. 이에 상무인서관(商務印書館)은 자체 발간 간행물의 내용과 체제에 변화를 주고자 했다. 학계 인사들의 도움을 받아 질적 성장을 꾀했으며 이런 노력을 통해 상무인서관은 새롭게 도약할 수 있었다.

거시적인 관점에서 보면 중국의 신문화운동은 출판업을 기초로 하고 있다고 해도 과언이 아니다. 장멍린은 저서 『과도기의 사상과 교육(過渡時代之思想與教育)』(1932)의 머리말에서 신문, 잡지와 사상 변화 간의 밀접한 관계에 대해 다음과 같이 언급했다. "민국 7년에서 민국 11년까지의 상황을 되돌아보면 글로써 중국 사상계의 변화를 이끌어낸 일등공신은 바로 『신청년』 잡지이다. 『신청년』 진영은 문학혁명, 사상혁명을 제창했고 당시 청년들에게 지대한 영향을 미쳤다. 그 외에 베이징의 『매주평론(每週評論)』, 상하이의 『성기평론(星期評論)』 및 기타 간행물들이 사회에 미친 영향도 매우 컸다."[47]

당시 사람들은 출판업에 대해 다음과 같이 바라보았다. "중국에서 신문화운동이 흥기할 수 있었던 것은 출판업을 기초로 했기 때문이다. 혁명사상의 전파, 세계사조의 소개, 근대문학의 제창, 신흥예술의 도입, 과학정신의 보급, 철학이론의 탐구는 모두 신문, 잡지, 서적을 매개로 이루어졌다. 이는 모두 출판업에 속한다."[48] 만청시기와 비교해보면 변화의 핵심이 분과 개념의 성장과 근대 학제의 확립에 있다는 것을 알 수 있다.

---

46 蕭乾, 「我當過文學保姆 ─ 七年報紙文藝副刊編輯的甘與苦」, 『新文學史料』 第3期, 人民文學出版社, 1991, 24~47쪽.
47 蔣夢麟, 『過渡時代之思想與教育』, 商務印書館, 1932, 3쪽.
48 楊壽清, 附錄 「對於中國出版界之批判與希望」, 『中國出版界簡史』, 上海永祥印書館, 1946, 75쪽.

4. 신문과 잡지 – 지식인의 '출세의 길'

'삼천 년 역사 속 가장 중대한 변화'라 평가받으며 지식인들의 삶에 영향을 미친 사건으로는 단연 과거제의 폐지를 꼽을 수 있다. 과거제 폐지는 당시 지식인들에게 심각한 타격을 입혔다. 이러한 사회적 충격은 여러 변화를 야기했다. 위기 속에서 새로운 기회도 생겨난 것이다. '구사회'가 붕괴되고 '신사회'가 일어나는 경계에서 신문과 잡지, 근대식 서점은 지식인들과 사회를 이어주는 통로 역할을 했다. 지식인의 정체성이 재정립되면서 새로운 '출세의 길'이 열린 것이다. 만청 이후 신문과 잡지가 지식인들에게 새로운 '생계'의 수단으로 떠오르기 시작했다는 점은 결코 간과해서는 안 된다. 1923년 『성보부간(晨報副刊)』에 실린 한 글에서 이러한 변화에 대해 언급했다. 과거 선비와 오늘날의 지식인의 글쓰기를 비교하면서 다소 분개한 어투로 다음과 같이 말했다. "옛 선비들은 글로써 자신의 생각을 세상에 알리고자 했고, 지금 사람들은 글로써 돈을 벌고자 한다"[49] 신문사과 잡지사는 시장원리에 따라 운영되는 영리기관이기에 지식인들이 '글을 팔아 생계를 유지'하는 일이 가능해진 것이다.

---

49 臧啓芳, 「出版與文化」, 『晨報副刊』, 1923.8.9, 1쪽. 본문에서는 이 글의 제3장 "我國出版界之現狀" 인용.

1) 지식인을 사회와 연결시켜 주는 통로

1905년에 과거제가 폐지되면서 사실상 '선비' 계층은 사라지게 되었다. 선비라는 신분이 사라지게 되면서 그들은 새로운 출로를 모색해야 했다. 어떻게 새로운 사회적 역할과 정체성을 정립할 것인가의 문제는 당시 지식인들의 고민거리였다. 신문과 잡지는 사회 곳곳에 영향을 미치고 있었다. 신문읽기는 이미 일상생활의 일부가 되었고 학문을 익히는 과정에서도 신문과 잡지의 영향을 피할 수 없었다. 뿐만 아니라 지식인들은 자각적으로 신문과 잡지를 통해 국가, 사회와 관계를 맺고자 했다. 량치차오는 한 연설에서 "내가 최초로 국가와 관계를 맺은 것은 신문사를 경영하면서부터다"[50]라고 했고 취추바이[瞿秋白]는 『아향기정(餓鄕紀程)』에서 『신사회(新社會)』 발간에 참여하면서 그의 사상이 "처음으로 사회와 만나게 되었다"[51]고 말했다. 신문과 잡지가 어떻게 지식인들과 사회를 연결시키고 소통하는 통로가 되었는지에 대해서는 심도 있는 논의가 필요하다.

지식인들 중에서 신문과 잡지에 기고해 사회적 명성을 얻은 사람이 꽤 많았으며 편집자가 재능 있고 유명한 작가에게 원고를 의뢰하는 경우도 있었다. 천옌[陳衍]이 장즈둥[張之洞]의 보좌인이 될 수 있었던 것도 장즈둥이 『구시보(求是報)』에 실린 천옌의 글을 보고 "근래에 찾아보기 힘든 문장력이 뛰어난 재능 있는 인재"라고 높이 평가해 후베이로 불러왔기 때문이다.[52] 천수퉁[陳叔通]은 '상무편역소(商務編譯所)가 어떻게 사람을 구했는지'에 대해 회고

---

50 「梁任公對報界之演說」, 『東方雜誌』 第14卷 第3號, 1917.3.15, 183쪽.
51 瞿秋白, 「餓鄕紀程 - 新俄國遊記」, 『瞿秋白文集』 文學編 第1卷, 人民文學出版社, 1985, 26쪽.
52 李細珠, 『張之洞與淸末新政硏究』, 上海書店出版社, 2003, 345쪽.

하며 가오멍단[高夢旦]이 상무편역소에 들어갈 수 있었던 것은 장위안지[張元濟]가 가오멍단이 『시무보』에 기고한 글에 찬사를 보냈기 때문이라고 했다.[53] 신문과 잡지에 기고해 명성을 얻은 지식인의 대표적인 인물로는 량치차오를 꼽을 수 있으며 일본에서 『중국신보(中國新報)』를 창간한 양두 역시 성공한 지식인의 전형이다.[54] 신문과 잡지가 유행하면서 지식인의 '입신양명'은 과거와는 다른 새로운 의미를 부여받았다.

2) '글로 생계를 유지하는' 방식

'글을 써주고 사례를 받는 것[作文受謝]'은 중국의 상당히 오래된 전통이다. 1930년대 한 지식인이 원고료의 기원에 대해 연구한 결과를 다음과 같이 요약했다. "한나라 때 시작되었으며 당나라 때 성행했고 송나라 때 관례가 되었고 근대에 이르러 만연했다."[55] 그러나 이는 근대에 형성된 '글을 발표해 보수를 받는' 것과는 다른 문제로 같이 논의되어서는 안 된다. 이 글에서는 근대 신문과 잡지가 등장한 후에 원고료 지급 시스템이 어떻게 형성되었는가에 대해 중점적으로 살펴볼 것이다. 기고자에게 원고료를 지급하는 시스템은 근대 신문과 잡지의 등장과 함께 시행되었던 것은 아니다. 신문과 잡지의 발행기관에서 편집과 번역에 종사하는 사람들은 '전문 신문인'으로 불렸다. 이 글에서 지칭하는 '글로 생계를 유지'하는 것은 지식인들이 자신이 쓴 글을 발표

---

53 陳叔通, 「回憶商務印書館」, 『商務印書館九十年－我和商務印書館』, 商務印書館, 1987, 135쪽.
54 『凌霄一士隨筆』(二), 山西古籍出版社, 1997, 590쪽.
55 黃魯珍, 「稿費考略」, 『國聞週報』 第13卷 第8期, 1936.3.2, 6쪽.

하고 원고료를 지급받는 현상에 한정된 표현으로 '전문 신문인'이 받는 보수와는 다른 개념이다.

중화서국(中華書局)을 창립한 루페이쿠이[陸費逵]에 따르면 청말민초 시기 상하이 도서시장에는 통용되는 원고료 기준이 있었다고 한다. 1,000자당 2～4위안 정도가 평균 수준으로 5～6위안을 주는 경우는 드물었고 작은 서점의 경우 0.5～1위안을 지급하는 경우도 있었다고 한다.[56] 원고료를 지급하는 방식도 다양했다. 경영에 능했던 상무인서관은 색다른 방식으로 지급했는데 『동방잡지』 제7권 제1호에 게재된 「투고규칙(投稿規則)」에서 명확하게 설명하고 있다. "원고가 게재되면 원고료에 상응하는 상무인서관 상품권을 증정한다. 등급별 지급기준은 다음과 같다. 1등급은 1,000자당 5위안, 2등급은 4위안, 3등급은 2위안, 그 외는 별도 논의, 게재되지 않은 경우는 지급하지 않음."[57] 제10권 제6호에 실린 「상무인서관 투고요강[本社投稿簡章]」에는 "원고가 게재된 후에 본사에서 판단하여 1,000자당 5위안에서 2위안 수준으로 원고료를 책정해 상품권을 증정한다. 짧은 글에 대해서도 감사의 표시를 한다"[58]고 밝혔다.

지식인들의 생계를 유지하기 위해 기댈만한 곳은 대형 서점이나 신문사였다. 신문, 도서출판업은 중요 사업 분야로 자리 잡았고 많은 지식인들의 수입원이 되었다. 량치차오의 경우를 살펴보면, 그는 1895년 『중외기문(中外紀聞)』을 시작으로 다양한 저널의 창간작업에 참여했고 수많은 글을 기고했다. 만청 지식인들 중에서 기고를 통해 생계를 유지한 대표적인 인물로 꼽을 수

---

56 陸費逵, 「六十年來中國之出版業與印刷業」, 『中國出版史料補編』, 中華書局, 1957, 281쪽.

57 「投稿規則」, 『東方雜誌』 第7卷 第1號, 1910.3.6.

58 「本社投稿簡章」, 『東方雜誌』 第10卷 第6號, 1913.12.1.

있다. 신문사, 서점과 밀접한 협력관계를 맺은 지식인으로 량치차오를 제외한 다른 이를 떠올리기 어려울 정도이다. 신문사와 서점에서 제공하는 다양한 '대우'도 량치차오의 주요 수입원이었다. 1911년 량치차오는 상무인서관과 계약을 맺게 되는데 이는 그의 생계에 중대한 변화를 가져왔다. 장위안지가 량치차오에게 보내는 답신에서 당시 출판사와 상의한 내용을 확인할 수 있다. "원고료는『국풍(國風)』을 기준으로 1,000자당 7위안을 지급하고자 합니다. 주제와 내용은 선생님의 재량에 맡기겠습니다."[59] 장위안지의 다른 편지를 참고해 계산해보면 상무인서관이 매월 량치차오에게 지불하는 원고료는 약 300위안이다.[60] 량치차오는 꽤 많은 양의 원고를 상무인서관에서 발행하는『동방잡지』에 게재했다.

신문과 잡지는 중국 지식인들의 일상생활 뿐 아니라 사고방식에도 영향을 미쳤다. 개인과 사회를 이어주는 '공공 플랫폼'으로서 지식인들이 사회와 관계 맺는 방식을 바꾸었고, 지식인들에게 새로운 입신양명의 기회를 제공했다. '글로 생계를 유지하는 것'은 정당한 선택이 되었다. 과거제가 시행되던 시기와는 전혀 다른 방향으로 발전한 것이다. 이상의 논의를 통해 신매체가 새로운 '지식장'을 형성했으며 과거제 폐지 이후 중국 지식인들이 새로운 역할과 정체성을 찾는 데 기여한 바가 크다는 것을 확인할 수 있다.

---

59 張元濟,「致任公同年書」(1911.5.12), 丁文江・趙豐田 編,『梁啓超年譜長編』, 上海人民出版社, 1983, 546쪽.
60 편지에서 "매월 300위안을 지급해 드리겠습니다. 톈진 분점에서 책임지고 댁으로 보내드리겠습니다. 확인 부탁드립니다"라고 했는데 이 금액은 상무인서관이 량치차오에게 지급하는 원고료로 추정된다. 張元濟,「致梁啓超」(1923.12.17), 丁文江・趙豐田 編,『梁啓超年譜長編』, 上海人民出版社, 1983, 1007~1008쪽.

5. 남은 말

『신보』 50주년을 기념하기 위해 편집부에서 출간한 『지난 50년[最近之五十年]』이란 책에는 신문에 대해 이렇게 개괄했다. "지난 50년 동안 중국 사회에서 벌어진 사상적, 물리적 변화, 그리고 인심과 민속의 변화도 모두 이 작은 신문 안에 고스란히 담겨있다."[61] 장지롼[張季鸞]은 『대공보』 발행 1만 호 기념사에서 "신문은 근대 지식의 개혁을 선도했다", "근대국가에서 신문은 중요한 사명을 짊어지고 있다. 개혁이 진행 중인 국가에서는 더욱 그러하다"[62]라는 견해를 밝혔다. 만청 이래로 신문과 잡지가 근대 지식을 '생산'하고 '보급'하는 특수한 메커니즘과 중요한 '지식장'을 형성했다는 것은 신매체가 지니는 여러 의미 중 일부이다. 신매체는 서구화의 산물로서 서구, 근대 문물이 중국에서 유통되었을 때와 마찬가지로 특수한 의미를 부여받았다. 만청 지식인들이 근대 신문과 잡지를 받아들인 것은 '문명의 수입'과 직접적인 연관이 있으며 신문을 읽는 습관을 키워 문명 국가로 거듭나고자 하는 의도에서 비롯되었다.

만청시기를 거치며 성장한 신매체가 문명 발전에 기여했다는 점은 모두가 인정하는 바다. '학문전쟁'과 '사상전쟁'은 신매체가 사회에 미치는 막대한 영향력을 나타내는 중요한 지표가 되었다. 두야취안[杜亞泉]은 1915년에 발표한 글에서 "오늘날은 사상전쟁의 시대다. 18세기에 인권 개념이 보급되면서 미국이 독립하고 프랑스혁명이 일어났으며 세계 각국에서 혁명의 물결이 일

---

61 李嵩生, 「本報之沿革」, 『最近之五十年－申報館五十週年紀念刊』第三編, 申報館, 1923, 29쪽.
62 張季鸞, 「『大公報』一萬號紀念辭」, 『大公報』, 1931.5.22, 1쪽.

었다. 19세기 민족주의 개념이 보급되면서 이탈리아가 통일되고 발칸은 분열되었으며 각지에서 민족전쟁이 발발되었다. 이러한 사상은 태평양, 인도양을 건너 아시아 동쪽에 이르렀고 중국에도 영향을 미쳤다. 그 결과 신해혁명이 있어났으며 이는 중국에서 있었던 최대의 사상전쟁이다"[63]고 했다. 앞서 언급했듯 중-서간 경쟁은 최종적으로 '학문전쟁'으로 이어졌다. 두야취안이 말한 '사상전쟁'은 만청시기에 유행했던 '학문전쟁'과는 서로 다른 개념이다. '사상전쟁'이 부각되기 시작한 것은 사회 개혁에 대한 요구가 높아졌고 또 사회 개혁 과정에서 사상의 역할이 강조되기 때문이다. 신매체의 등장은 '사상계' 형성에 일조했고, 근대 중국의 학술계와 정치계를 변화시키는 데 중요한 역할을 했다.[64]

---

63 杜亞泉, 「論思想戰」, 『東方雜誌』 第12卷 第3號, 1915.3.1, 4쪽.
64 필자는 최근에 출판된 학술서에서 이 문제에 대해 주목했다. 장칭의 『清季民國時期的思想界 -新型傳播媒介的浮現與讀書人新的生活形態』(社會科學文獻出版社, 2014) 참조.

참고문헌

자료

「『湘學新報』例言」, 『湘學新報』第1册, 1897.4.22.

「『廣時務報』公啓」, 『時務報』第15册, 1896.12.25.

「『少年中國』月刊的宣言」, 『少年中國』第1卷 第3期, 1919.9.15.

「『新青年』編輯部與上海發行部重訂條件」, 『新青年』第7卷 第1號, 1919.12.1.

「『游學譯編』簡章」, 『游學譯編』第2册, 1902.12.14.

「簡要章程」, 『譯書彙編』第1期, 1900.12.6.

「國學保存會簡章」, 『國粹學報』第1期, 1905.2.23.

「農會報館略例」, 『時務報』第22册, 1897.4.2.

「梁任公對報界之演說」, 『東方雜誌』, 第14卷 第3號, 1917.3.15.

「論中國人之學問」, 『新聞報』, 1907.1.9.

「發刊辭」, 『新譯界』第1號, 1906.11.

「本社投稿簡章」, 『東方雜誌』第10卷 第6號, 1913.12.1.

「本雜誌第六卷分期編輯表」, 『新青年』第6卷 第1號, 1919.1.15.

「本誌編輯部啓事」, 『新青年』第4卷 第3號, 1918.3.15.

「新聞紙與雜誌之關係」, 『政藝通報』癸卯第12號, 1903.7.24.

「新潮雜誌社啓事」, 『北京大學日刊』, 1918.12.13.

「叢報之進步」, 『新民叢報』第26號, 1903.2.26.

「出版品」, 『北京大學日刊』, 1920.12.17.

「投稿規則」, 『東方雜誌』第7卷 第1號, 1910.3.6.

杜亞泉, 「論思想戰」, 『東方雜誌』第12卷 第3號, 1915.3.1.

梁啓超, 「論報館有益於國事」, 『時務報』第1册, 1896.8.9.

李嵩生, 「本報之沿革」, 『最近之五十年－申報館五十週年紀念刊』第三編, 申報館, 1923.

傅斯年, 「『新潮』發刊旨趣書」, 『新潮』第1卷 第1號, 1919.1.1.

楊度, 「『游學譯編』敍」, 『游學譯編』第1册 , 1902.11.16.

嚴復, 「『國聞報』緣起」, 『國聞報』第1號, 1897.10.26.

俞樾, 「序」, 『算學報』第1册, 1897.7.

張季鸞, 「「大公報」一萬號紀念辭」, 『大公報』, 1931.5.22.

臧啟芳, 「出版與文化」, 『晨報副刊』, 1923.8.9.

鄭實, 「論政治思想」, 『政藝通報』 癸卯第1號, 1903.2.12.

____, 「第七年『政藝通報』題記」, 『政藝通報』 戊申第1號, 1908.2.16.

陳獨秀, 「答陳恨我」, 『新靑年』 第2卷 第1號, 1916.9.1.

滄江, 「『法政雜誌』敍」, 『法政雜誌』 第1年 第1期, 1911.3.

黃慶澄, 「公啓」, 『算學報』 第1冊, 1897.7.

黃魯珍, 「稿費考略」, 『國聞週報』 第13卷 第8期, 1936.3.2.

黃節, 「『國粹學報』敍」, 『國粹學報』 第1期, 1905.2.23.

논저

『凌霄一士隨筆』(二), 山西古籍出版社, 1997.

耿雲志 主編, 『胡適遺稿及秘藏書信』 第27冊, 安徽黃山書社, 1994.

瞿秋白, 「餓鄕紀程－新俄國遊記」, 『瞿秋白文集』 文學編 第1卷, 人民文學出版社, 1985.

唐寶林・林茂生 編, 『陳獨秀年譜』, 上海人民出版社, 1988.

羅志田, 「新的崇拜 : 西潮衝擊下近代中國思想權勢的轉移」, 『權勢轉移 : 近代中國的思想,
　　社會與學術』, 湖北人民出版社, 1999.

梁啓超, 「東籍月旦」, 『飲氷室合集』 第1冊, 1989년 영인본.

_____, 「論學日本文之益」, 『飲氷室合集』 第1冊, 中華書局, 1989년 영인본.

陸費逵, 「六十年來中國之出版業與印刷業」, 『中國出版史料補編』, 中華書局, 1957.

李細珠, 『張之洞與淸末新政硏究』, 上海書店出版社, 2003.

蕭乾, 「我當過文學保姆－七年報紙文藝副刊編輯的甘與苦」, 『新文學史料』 第3期, 人民文
　　學出版社, 1991.

楊濤淸, 附錄「對於中國出版界之批判與希望」, 『中國出版界簡史』, 上海永祥印書館, 1946.

吳相湘 主編, 「『述報』的起源」, 『中國史學叢書』・『述報』, 臺北學生書局, 1965.

汪原放, 『亞東圖書館與陳獨秀』, 上海學林出版社, 2006.

王爾敏, 「商戰觀念與重商思想」, 『中國近代思想論』, 社會科學文獻出版社, 2003.

張國燾, 『我的回憶』 上冊, 東方出版社, 2004.

蔣夢麟, 『西潮』, 臺北業强出版社, 1991.

ㅋ蔣夢麟, 『過渡時代之思想與敎育』, 商務印書館, 1932.

章清, 『清季民國時期思想界－新型傳播媒介的浮現與讀書人新的生活形態』, 社會科學文獻
　　出版社, 2014.

丁文江・趙豐田 編, 『梁啓超年譜長編』, 上海人民出版社, 1983.

曹聚仁, 『文壇五十年』, 東方出版中心, 1997.

陳萬雄, 『五四新文化的源流』, 三聯書店, 1997.

陳叔通, 「回憶商務印書館」, 『商務印書館九十年－我和商務印書館』, 商務印書館, 1987.

馮自由, 「廣東報紙與革命運動」, 『革命逸史』初集, 中華書局, 1981.

＿＿＿, 「励志會與譯書彙編」, 『革命逸史』初集, 中華書局, 1981.

馮至, 「但開風氣不爲師－記我在北大受到的教育」, 北京大學校刊編輯部 編, 『精神的魅力』,
　　北京大學出版社, 1998.

Douglas R. Reynolds, 李仲賢 譯, 『新政革命與日本』, 江蘇人民出版社, 1998.

Pierre Bourdieu, Edited and Introduced by Randal Johnson, *The Field of Cultural
　　Production : Essays on Art and Literature*, New York : Columbia University Press, 1993.

Timothy Richard, 「『時事新論』辯言」, 『時事新論』, 廣學會, 1894.

전근대 문헌의 공간(公刊)과 근대적 호명

근대 계몽기 지적 공인(公認)의 변화

김선희

1. 타자와의 대면 – 제국주의 일본, 연활자 그리고 시간

그 당시 사회상은 여기에서 재론하지 않더라도 잘 알려져 있지만, 식자간(識者間)에 우리 고문헌 정리·간포(刊布) 사업이 오늘에 못지않았으니 그 이유는 첫째, 나라 잃고 일제에 억압당한 형편에 장래에 있을 독립의 사상적 기초 작업의 일환으로였고 다음은 일제의 동화정책 내지 우리 문화 말살정책의 반동으로, 스러져가는 고유문화를 지탱하려는 필사의 노력에서 이루어지고 있었던 것이다.[1]

1940년대에 19세기 학자 이규경(李圭景, 1788~1865)의 『오주연문장전산고

---

1   김춘동, 「노두생애(老蠹生涯) – 오주연문(五洲衍文) 장전산고(長箋散稿)에 취하여」, 『민족문화연구』 1권, 고려대 민족문화연구원, 1964, 223쪽.

(五洲衍文長箋散稿)』의 간행 작업에 참여했던 김춘동의 회고에 따르면 『오주연문장전산고』는 서울 광교 근처의 군밤장수가 군밤 싸는 종이로 쓰던 것을 권보상이라는 사람이 구입해서 최남선에게 양도한 것이라고 한다. 조선 문헌을 수집[2]하고 간행했던 최남선과 그의 동료들의 노력이 담긴 저 문장은 일제 강점 초기, 조선이 처한 난국의 한 장면을 보여 준다. 당시 최남선은 뜻을 같이 하는 사람들과 함께 다방면의 조선 문헌 즉 '고문헌(古文獻)'을 정리하고 간행하여 대중에 유통시키고자 노력했다. 1908년 최남선이 세운 조선 문헌 연구 기관이자 간행 단체, 조선광문회가 그 중심에 있었다. 그러나 이 글에서 주목하는 것은 당시의 상황 혹은 당시 문헌의 근대식 출판 과정이나 결과가 아니다. 20세기 초반 지식인들이 전시대 조선의 문헌을 '고문헌'이라고 부르며, 그 명칭에 합당한 작업을 하고자 했다는 사실이다.

사실 조선의 학문이자 제도, 이념이었던 유학은 조선 역사상 한 번도 대상화되거나 다른 학문 체계와 경쟁해 본 일이 없다. 유학자들은 자신들의 학문 전통을 외부의 시선으로 포착해 본 일이 없는 것이다. 유학자들이 자신들의 학문인 '유학(儒學)'을 '사문(斯文)' 즉 '이 학문'이라 부르고, 자신들을 '우리 유가吾儒'라고 부를 때, 이 표현에 담긴 것은 자신들의 학문이 유일한 정통이자 권위 그 자체라는 이념이자 자부였다. 성리학 전통을 '도학(道學)', '실학(實學)'으로 부르는 것 역시 이 학문의 범위와 특징을 불교나 도교 같은 이단의 전통과 구별하기 위해서이지, 여러 학문 분과 중 하나로 분류하기 위한 것은 아니었다.

---

2 다음의 신문 기사가 참고가 된다. 「육당의 장서」, 『동아일보』, 1965.9.18. "당시는 국문학이 무시당하고 덮어놓고 지식인들이 외래문화에만 식욕을 느낄 때였다. 육당은 남이 거들떠보지 않는 민속 종교 역사 관계의 서적을 왕성하게 사들였다. 서울 안의 서점치고 최남선 씨를 몰라보는 사람은 없을 뿐더러 진본이 나오면 으레 간직했다가 육당에게 팔기까지 했다." 이 기사에 따르면 6·25 이전 최남선의 장서는 13만 권 혹은 17만 권에 달했다고 한다.

한편 유학자들은 다른 학문 전통과 변별하기 위해 실학(實學)―허학(虛學) 등의 구도를 활용하기도 했지만 적어도 이 구분이 대등한 학문 간의 경쟁을 의미하는 것은 아니었다. 자신들의 학문을 대상화하거나 동등한 지위에서 분류해 본 일이 없었기 때문에, 유학자들은 자신들의 학문에 변별적인 이름을 붙일 필요조차 느끼지 않았던 것이다.[3]

그렇다면 조선의 지적 전통과 학술적 자원들은 언제부터 '고문헌', '고서'로 불리며 '과거'의 자원으로 통용되게 되었을까? 14세기 고려 유학자 목은 이색(李穡, 1328~1396)에게도, 16세기 성리학자 퇴계 이황(李滉, 1501~1570)에게도, 19세기까지 살았던 다산 정약용(丁若鏞, 1762~1836)에게도 기원전 5세기 문헌『논어(論語)』는 '고문헌(古文獻)'이 아니었으며, 19세기 유학자들에게 300여 년 전의 유학자 퇴계의 글 역시 그러했다. 만일 이들이 퇴계의 학문을 '과거'라는 관점으로 인식한다면 그것은 전통과 권위를 표현하기 위한 것에 가까울 것이다. 퇴계의 철학적 메시지나 문제의식이 '과거'의 것으로 봉인되거나 변별되었다고 보기 어려운 것이다.

'고서(古書)'라는 명칭을 단순히 시간적 차이에 따른 명명이라고 보기도 어렵다. 바로 앞 세대 문헌을 '고서'로 분류하는 것은 자연스럽지 않기 때문이다. 예를 들어 1910년대 활동했던 조선광문회의 간행예정서목 중에는 1865년에 죽은 이규경(李圭景, 1788~1856)의『오주연문장전산고』, 1877년에 죽은 최한기(崔漢綺, 1803~1877)의『인정(仁政)』등 바로 전시대 문헌들이 포함되어 있었다. 그런 맥락에서 20세기 초반, 조선의 지적 전통이 고문헌, 고전(古典), 고서(古書)가 되었다는 것은 어떤 맥락에서건 당시 조선 지식장의 패러다임

---

3 유학(儒學)에 대해 그 발원지를 드러내는 명칭인 '한학(漢學)'이라는 명칭을 부여하며 대상화했던 근세 일본과 비교할 수 있다.

자체가 변동했음을 의미한다. 결과적으로 20세기 초반에 이루어진 전근대 문헌에 대한 '고문헌'이라는 명명은 조선에서 벌어진 지적 주체 혹은 지적 체계의 단절을 상징적으로 보여준다.

사실 조선의 지적 전통을 대상화하는 작업은 이미 19세기 말에 시작된 것이다. 국권을 상실하기 전, 19세기 후반의 조선 지식인들은 자신들의 지적 전통을 '시간성'의 차원에서 조망하기 시작한다. 이 시기 서구에서 유입된 '문명 (civilization)' 개념의 세례를 받았던 일군의 지식인들은 '문명개화'를 조선에도 이식하고자 했다. 밀려드는 열강에 대한 위기감 위에서 작동했던 '문명개화'라는 구호는 당시 늘어나기 시작한 근대 신문과 학회지 등을 통해 조선 지식인들을 빠르게 설득해 나갔다. 신학(新學) 즉 서구적 학제를 도입하자는 시대적 요구는 전통 지식인들을 다양한 갈래로 분기시켰고, 이 반응들은 이른바 '신·구학 논쟁'으로 표면화되었다.

이 논쟁은 주로 유림들이 세운 단체가 발행한 학회지와 회보 등을 통해 전개되었다. 예를 들어 유림의 친일화를 목적으로 이토오 히로부미[伊藤博文]가 지원하여 1907년에 설립된 대동학회는 처음부터 신학(서양 근대 학문)과 구학 (유학)의 합일을 표방하는 학술 단체로 출발했다. 1908년부터 간행된 『대동학회월보』는 대동학회의 교양지이나 학술지로, 당시로서는 드물게 전국에서 판매되는 상업지였다.[4]

노선별 차이를 나누거나 논쟁의 양상을 추적하는 것보다 더 중요한 것은 당시 조선에 서양 학문을 신학(新學)으로, 전통적 유학을 구학(舊學)으로 분류하는 새로운 분류법이 도입되었다는 것이다. 조선의 뿌리이자 모든 가지였

---

4   한국사데이터베이스시스템 한국근현대잡지자료 『대동학회월보』해제 참조.

던 유학을 '구학'으로 분류하는 시간적 분류법의 등장은 서구 근대의 학문과 제도가 이미 조선의 지식장과 그 유통 구조를 장악했음을 의미한다. 물론 유학이 구학이 되었다 해서 신학 도입을 주장하던 일부 유림이 근대 지식인이 되었다는 것을 의미하지는 않는다. 신학 도입을 주장했다 해도 이들이 유학을 완전히 폐지하거나 한문을 포기하지 않았기 때문이다. 그런 점에서 신학을 주장하던 유림 역시 최남선과 같은 다음 세대 지식인들과는 구분되는, '전통 유림'이었다고 할 수 있다.[5]

따라서 신·구학 논쟁은 여전히 한문(漢文)을 사용하는 전통적 지식인들 간의 '근대'에 대한 입장 차이에서 비롯된 갈등이라고 할 수 있다. 그렇다면 이 논쟁에 조선 지식장 자체를 바꿀 강력한 내파의 힘이 담겨 있다고 보기는 어렵다. 신학을 주장하는 유림들이 여전히 구학의 가치와 이념을, 그리고 무엇보다 전통적 언어인 '한문(漢文)'을 포기하지 않았기 때문이다.

20세기 초반, 조선의 지적 전통에 강력한 시간성을 부여하며 현존하던 조선 지식장을 '과거'로 밀어내린 것은 지식의 형성과 유통 구조의 변화였다. 조선을 과거와 현재로 나눈 이 시간의 단층은 특히 '연활자(鉛活字)'라는 근대적 매체를 통해, 이 매체를 조직적으로 운용하는 문헌 간행기관 혹은 출판사라는 근대적 기관을 통해 20세기 조선에 가시화되고 있었다. 이러한 맥락에서 이 글은 20세기 초반에 이루어진 성호, 연암, 다산 등 18~19세기 저술들의 공간(公刊)을 통해, 근대 계몽기 지적 공인(共認)의 방식과 목적의 변화 양상을 살펴보고자 하는 것이다.

---

5   일본에 다녀온 뒤 단발을 하고 양복을 입으며 신학 도입을 제창했던 계몽주의자 해학 이기(海鶴 李沂, 1848~1909)가 사서삼경(四書三經)의 체제를 대상화하거나 부정하지 않았다는 점이 이를 보여준다.

2.『연암집』의 공간(公刊)과 연암의 근대적 소환

조선에서 근대식 인쇄술이 처음으로 도입된 것은 고종(高宗) 20년(1883)에 설치된 박문국(博文局)에서 일본으로부터 도입한 신활자(新活字, 연활자)로『한성순보(漢城旬報)』를 인쇄한 일로 알려져 있다.[6] 이후 개화기를 거치며 근대 인쇄 기술과 장비가 도입됨에 따라 인쇄소와 출판사가 급격히 증가하기 시작했다. 본격적인 민간 출판사가 출현하고 활동하기 시작한 것은 1905년 을사조약 전후였다.[7] 당시 출판 운동은 상업적 이윤보다는 애국계몽운동의 일환으로,[8] 국권 상실의 위기감이 컸던 만큼 다양한 주체들이 참여한 일종의 사회 운동의 성격이 강하다.

근대식 인쇄 기계와 기술의 도입이 조선 지적 상황을 변화시켰음은 실제 사례에 대한 체계적 조사 없이도 유추할 수 있는 사실이다. 그러나 이 인쇄 매체의 도입이 조선 지식장을 그대로 근대적 토대로 이동시켰다고 평가하기는 이르다. 일제 치하에서 근대 인쇄 매체가 빠르게 보급되던 1910년대 초기에 전근대 출판의 핵심이었던 개인 문집(文集)의 출간이 오히려 늘어났다[9]는 점을 근거로 들 수 있다.

6 　근대식 인쇄술의 도입에 관해서는 다음을 참조하였다. 김봉희,「근대 인쇄문화의 도입과 발전 과정에 관한 연구」,『서지학연구』 10집, 서지학회, 1994; 현영아,「韓國의 近代 西洋印刷術 流入의 影響에 관한 硏究」,『서지학연구』 36집, 서지학회, 2007.

7 　선행 연구에 따르면 1905년부터 1910년까지 새로 설립된 출판사는 67개소에 이른다. 강명관,「근대계몽기 출판운동과 그 역사적 의의」,『민족문학사연구』 14호, 민족문학사학회, 1999, 52쪽; 채백,「근대 민족주의 형성과 개화기 출판」,『한국언론정보학보』 41호, 한국언론정보학회, 2008, 16쪽.

8 　강명관, 위의 글, 52쪽.

9 　신하늘,「20세기 초기 간행 목판본 문집 연구」, 성균관대 석사논문, 2015, 7쪽.

선행 연구에 따르면 전통적으로 조선시대 출판물 가운데 문집의 비율은 약 40%로, 매우 높은 편이었다.[10] 문집을 통해 지적 계보에 일원으로 등록하고 가문의 위상을 확보하고자 했던 조선에서, 문집이 중시되었던 것은 자연스러운 현상이다. 그러나 중요한 점은 근대로 이행하던 일제 강점기에도 여전히 전통적인 문집 간행이 줄지 않았고 오히려 전시대에 비해 증가했다는 것이다.[11] 다양한 이유가 있겠지만 인쇄술의 변화도 그 배경 중 하나라고 할 수 있다. 1910년대 이후 시간과 비용이 많이 드는 목판본 대신, 비용과 시간을 절약할 수 있는 근대식 인쇄 기법인 석판인쇄술 즉 석인본(石印本)[12]이 등장하면서 문집 간행이 용이해졌기 때문이다.

사실 조선 시대에는 이미 금속활자가 보편화되어 있었지만 대량으로 인쇄해야 하는 경우 목판을 선호했으며 급히 활자로 간행했다가 나중에 다시 목판으로 인쇄하는 경우도 많았다. 한번 인쇄한 뒤 곧 해판(解版)하는 금속활자와 달리, 목판은 보관했다가 언제라도 다시 찍어낼 수 있었기 때문에 조선 지식인들은 오자가 많은 활자본은 임시방편적인 수단에 불과하며, 보존 가능

---

10 신승운, 「유교사회의 출판문화─특히 조선시대의 문집 편찬과 간행을 중심으로」, 『대동문화연구』 39집, 성균관대 대동문화연구원, 2001, 366쪽.

11 일제 강점기 사이에 간행된 문집은 조선시대 전시기를 걸쳐 간행한 문집 총량을 능가하는 수준이었다. 위의 글, 366쪽. 선행 연구에 따르면 개인 문집의 간행은 일제 강점기나, 국문 사용을 제도화한 국가적 제도 개혁과 관계없이 20세기 이후에도 전국적으로 지속된 광범위한 현상이다. 선행 연구에 따르면 1910년 이후 사망한 근대 인물의 문집은 서울 경기지역 52종, 호서지역 302종, 호남지역 663종, 대구 경북지역 391종, 부산 경남지역 462종으로, 총 1,800여 종으로 집계된다. 황위주·김대현·김진균·이상필·이향배, 「일제 강점기 전통지식인의 문집 간행 양상과 그 특성」, 『민족문화』 41집, 한국고전번역원, 2013, 203~204쪽.

12 선행 연구에 따르면 독일로부터 인쇄 기계를 발주하고 인쇄기술자를 초빙해 최초로 석판 인쇄를 시작한 곳은 우표와 엽서를 발행하기 위해 설치된 관영 인쇄공장, 농상공부 인쇄국으로, 그 시작은 1899년으로 추정된다. 석판 인쇄술은 다른 인쇄 방식에 비해 비교적 공정과 설비가 간단하며 대량 인쇄에는 한계가 있지만 복잡하고 정교한 소량 인쇄에 적합하다는 특징이 있다. 오영란, 「한국 석판인쇄술에 관한 연구」, 이화여대 석사논문, 1977, 12~21쪽.

한 목판본이 정본이라는 인식을 가지고 있었다.[13] 이런 상황에서 연활자로 인해 싼 값에 대량 출판이 가능해지자 많은 이들이 집안에 보관되어 있던 문집을 간행했던 것으로 보인다.

이러한 현상은 20세기 초 조선에 서구 기술과 제도의 도입으로도, 갑오경장을 통해 공식 문서에 국어만을 사용하는 제도 개혁, 교육 개혁으로도 바뀌지 않는 단단한 지적 지층이 존재했음을 보여 준다. 물론 결과적으로 근대는 결국 조선에 도래하고 정착했으며, 조선을 변화시켰다. 그러나 이 도래, 변화, 정착의 과정을 보편성으로서의 서구 근대의 연착륙으로 평가해서는 곤란하다. 이러한 결과론적 평가는 일제 강점기 근대와 조선의 관계를 보편성과 특수성의 문제로 위계화시킴으로써 조선을 무력한 미숙아로, 영원한 계몽의 대상으로 가둔다는 한계가 있다.

근대의 도래와 정착을 정체성·특수성의 극복을 통해 세계사적 보편성에 도달하는 과정으로 이해할 경우 일종의 자기 부정에 빠지기 쉽다. 예를 들어 일제 강점기에 활동했던 마르크스주의 사회 경제학자 이청원은 일본어로 쓴 『조선역사독본』(1936)의 서문에서 '조선의 얼' 즉 민족과 전통을 강조하는 일부 지식인들을 강력하게 비판하며 다음과 같이 말한다. '과거의 조선은 많은 정체성 특수성을 가지고 있었으나 가지고 있었지만 그럼에도 불구하고 과거 및 현재를 통해 역시 세계사의 일환으로서의 발전에 지나지 않았다. 따라서 조선의 과거와 현재는 모든 점에 있어서 과학적인 규명의 처녀지이며, 그리하여 도끼를 받지 않은 원시림이었다.'[14] 그는 세계사적 관점을 명분으로 조

---

13 신하늘, 「20세기 초기 간행 목판본 문집 연구」, 성균관대 석사논문, 2015, 7쪽. 이 연구에 따르면 20세기 전반기에 초간된 목판본 문집은 317종으로, 이 중 30%를 차지하는 95종이 1900년대에 간행되었고 점차 줄어들어 1940년대에는 9종만이 목판으로 간행되었다고 한다. 같은 글, 17쪽.
14 이청원, 『朝鮮歷史讀本』, 白揚社, 1937, 1쪽.

선의 역사를 타자화하고 부정한다.

이런 식의 자기 부정에 거리를 두는 방법 중 하나는 조선의 근대 이행을 복잡하고 비균질적 사태의 총합으로 보고 해석의 각도를 세밀하게 설정하는 것이다. 그 해석의 각도 중 하나는 무시간적인 조선의 지적 전통이 과거의 고전, 수집해야 할 '고서(古書)'가 되는, 일종의 시간적 전도의 과정과 기제다. 이 전도의 중심에 근대 매체, 근대적 출판이 있다.

일본과 러시아의 국권 침탈 시도가 가시화되던 1897년, 고종은 연호를 광무로 바꾸고 국호를 대한제국으로 변경하며 자주독립의 토대를 다지고자 했다. 옛 것을 바탕으로 하되 새로운 것을 참고하겠다는 이른바 '구본신참(舊本新參)'의 정책 이념을 바탕으로, 고종은 조선의 독립을 유지하기 위해 '위로부터의 개혁'을 시도했다. 이 변화의 시기에, 지적 상황 역시 동요하지 않을 수 없었을 것이다. 이 동요의 한 가지 양상이 18세기 조선 지식인들의 20세기적 소환이다.

1900년 연암 박지원(朴趾源, 1737~1805)의 『연암집(燕巖集)』의 간행을 시작으로 정약용(丁若鏞, 1762~1836)의 『흠흠신서』와 『목민심서』가 1901년과 1902년에 간행되었고, 1911년에는 박지원의 『열하일기』, 1914년에 정약용의 『경세유표』가 간행되었다.[15] 이 밖에도 이긍익(李肯翊, 1736~1806)의 『연려실기술』이 간행되었고, 이덕무(李德懋, 1741~1793)의 『사소절』이 간행될 예정이었다. 현재 우리가 '실학자'로 분류하는 인물의 저서 가운데 상당 부분이 1900년대 초반부터 일제 강점기 사이에 처음으로 공식 간행된 것이다.

---

15 조선 문헌의 근대적 출판은 1930년대에 다시 시작된다. 1929년에는 성호 이익(李瀷, 1681~1763)의 『성호사설유선』이 문광서림에서 간행되었고 1934~38년에 『여유당전서』, 1939년에 담헌 홍대용(洪大容, 1731~1783)의 『담헌집』이 신조선사에서 간행되었다.

20세기의 문을 연 것은 박지원의 『연암집』(1900)이었다. 이미 후손에 의해 편집이 완료[16]되었음에도, 연암의 글이 공적으로 간행되지 못했던 것은 연암의 글과 사상이 가진 독특성과 이질성 때문이다. 주지하듯 연암은 어느 한쪽에 귀속시킬 수 없을 만큼 다양한 문체로 이질적인 글쓰기를 보여주었고, 그 넓이와 복잡성만큼의 거부감이 그가 활동하던 당대부터 사후까지, 상당히 오랜 동안 지속되었다. 이른바 '문체반정(文體反正)'이라는 국가적 비판과 규제는 연암의 사후에도 여전히 영향력을 발휘했고, 연암의 글이 공식적으로 간행되는 것을 막았다. 추종과 찬탄의 힘이 비판과 금지의 힘을 이긴 것은 그가 죽은 지 백여 년이 흐른 뒤였다.

조선에서 문집이 간행되려면 학문적 권위를 인정받는 일종의 사회적 승인 절차를 거쳐야 했다. 조선 사회에서 문집은 학문적 사승관계를 드러내는 종적인 학문 계보라는 점에서 한 개인의 저술 출판이라는 개인적 의미를 넘어선다. 전통적으로 문집 간행은 사후에 자제나 제자에 의해 이루어지는 경우가 많다. 간행에 백여 년 이상 걸리는 경우도 많았는데, 문집 간행에 상당한 경비가 소요되었던 탓에 재력을 갖춘 자손이 나온 후에나 간행될 수 있었기 때문이다.

그러나 문집 간행에서 더욱 중요한 것은 그 인물과 저술에 대한 학술적 평가였다. 조선 전기에는 간행할 수 있는 여건이 된다 해도 향촌 사회에서 인정받지 못하면 문집이 간행될 수 없었고, 심지어 간행된다 하더라도 배포할 수 없었다.[17] 학문적 평가가 확정되지 않았던 박지원의 문집이 출간되지 못했

---

16 박지원의 아들 박종채가 1831년에 쓴 「과정록추기(過庭錄追記)」에 의하면 1829년 전에 유고의 수집과 정리가 일단락된 것으로 보인다. 『한국문집총간』, 『연암집』 해제 참조.
17 장원연, 「조선시대 개인문집의 간행과 교정」, 『서지학보』 34집, 한국서지학회, 2009, 63쪽.

듯, 전근대 조선에서 문집 간행은 개인 저술의 출판이 아니라 인맥과 학술의 계보와 위계에 등록하는 행위였던 것이다.

그런 의미에서 비록 선집(選集)이긴 하지만 1900년에 창강 김택영(金澤榮, 1850~1927)에 의해 『연암집』이 간행된 것은 조선 지식장의 변동을 보여주는 하나의 사건이라고 할 수 있다. 구한말 3대 시인으로 꼽히는 애국 계몽운동가 김택영은 1900년 원집 6권 2책, 1901년 속집 3권 1책으로, 조선에서 통용되던 활자인 전사자(全史字)[18]를 사용해 『연암집』을 간행한다. 김택영은 1905년 중국으로 망명, 양자강 하류지역인 통주(通州)에 정착하여 '한묵임인서국(翰墨林印書局)'이라는 출판사에서 일하며 중국의 진보적 지식인인 장건(張謇), 엄복(嚴復, 1853~1921) 등과 교류하기도 한다.[19]

사실 1900년 김택영의 『연암집』 간행은 엄밀히 말해 전근대 지식장의 연장선에서 이루어진 일이라고 할 수 있다. 『연암집』이 간행되지 않은 이유, 그리고 간행된 이유가 모두 연암 안에 있기 때문이다. 『연암집』이 간행될 수 있었던 것은 그의 문장이 탁월했기 때문이었다. 김택영은 '(조선의 다른 문장가들에 비해) 오직 연암만이 그 기(氣)가 특히 성대하고 다른 이들의 장점을 모두 가지고 있으며 웅장하고 두터우며 변화하면서도 아득하니 마치 천태만상이 조물주가 물에 따라 형상을 부여한 것과 같이 갖추어지지 않음이 없습니다'[20]라고 말하며 『연암집』의 가치를 연암의 문장에서 찾는다. 연암은 여전히 전통적인 학술적 평가 속에서 20세기에 소환된 것이다.

---

18 1816년(순조 16) 때 만들어진 구리 활자를 말한다.
19 김동훈, 「김택영, 근대적 각성과 중국문인들의 영향」, 『한국문학연구』 Vol. 28, 동국대 한국문화연구소, 2005, 113쪽.
20 김택영, 「與河晦峰論燕巖文書」, 『重編朴燕巖先生文集』, 中國 : 翰墨林書局, 1917 : 惟燕翁其氣也, 特盛旣已, 盡有諸家之長而兼之雄豪鉅厚變動杳冥, 千態萬象無之不具如化工之隨物賦形.

그런데 한 가지 주목할 만한 사항이 있다. 김택영이 1917년 7권 3책의『중편연암집(重編燕巖集)』을 신연활자로 간행[21]한 장소다. 중국으로 망명했던 김택영은 조선이 아니라 중국에서『연암집』을 재간행한다.『연암집』은 조선의 지식장을 월경해 낯선 중국 땅에서 세상에 나왔다. 이처럼『연암집』의 공간(公刊)에 걸린 시간[22]과 공간적 이동은 연암의 글이 일반적인 문집의 형성과 유통과는 다른 경로에 놓여 있음을 의미한다.

『연암집』이 세상에 나온 것, 심지어 조선이 아니라 중국에서 출판되었다는 것은 지식을 승인하고 유통시키던 주체와, 그 아래의 전통적인 지식장이 약해지거나 유동하고 있음을 말해주는 것이다. 조선에서 지식 전승과 정당성과 명분을 최종적으로 승인하는 것은 과거 시험을 비롯해 다양한 제도와 정책을 운영하는 국가였다는 점에서 그러하다.

그러나『연암집』이 보여주는 지식장의 변동은 단순히 국권이나 정학(正學)의 이념이 약화되었다는 점에 국한되지 않는다. 이 시기 연암은 이미 이 시대에 다른 각도에서 읽히기 시작했다.[23] 박규수(朴珪壽)의 문인(門人)으로, 김택영(金澤榮), 이건창(李建昌) 등과도 교유했던 운양 김윤식(雲養 金允植, 1835~1922)이 바라보는 연암은 이미 전통적인 문장가에 한정되지 않는다. 온건개화파

---

21 김영진, 「박지원의 필사본 소집들과 작품 창작년 고증」,『대동한문학』23집, 대동한문학회, 2005, 49쪽. 그런데 김택영이 1917년에 중편(重編)의 간행을 진행하던 중에도 연암의 글이 공간되는 것에 대한 비판의 시선이 남아 있었다. 연암의 글은 20세기 초반 개명한 유림에게조차 여전히 '이단'이나 '규범을 거스르는' 불순한 글로 치부되었던 것이다. 송혁기, 「연암 문학의 발견과 실학의 지적 상상력」,『한국실학연구』18권, 한국실학학회, 2009, 452~453쪽.

22 개인 문집 간행에 백여 년 이상 시간이 걸리는 것은 조선에서 흔한 일이었지만『연암집』의 간행에 든 백여 년의 시간이 길게 느껴지는 것은 평안 감사를 지낸 그의 손자 박규수(朴珪壽, 1807 ~1877) 때문이다. 유림들의 반대가 없었다면 명망과 재력을 갖춘 박규수가 보다 일찍『연암집』을 간행할 수 있었을 것이다.

23 연암은『연암집』간행에 앞서 이미 1860년대 개화파 지식인들에 의해 '중국 중심주의를 벗어나 상대적 세계관에 눈뜬 선각자이고, "귀족을 공격하는 글"을 통해 평등사상을 고취시킨 인물'로 평가받았다. 송혁기, 앞의 글, 456쪽.

로, 강제 병합 이후 총독부로부터 작위까지 받았지만 3·1운동 이후의 행보로 작위를 박탈당하는 등 시류에 따라 다양한 굴절을 겪었던 김윤식은 『연암집』에 대해 다음과 같이 평한다.

　　이 문집에 실린 내용을 살펴보건대 오늘날 가장 긴요하고 가장 중대한 시무의 제반 학문과 저절로 합치하고 있다. 무릇 이 10조의 학설은 모두 서양인들의 경우 힘을 다해 추구하고 정신을 집중해서 사고한 결과였으니 열강 제국이 실천을 거쳐서 1백 년이나 2백 년에 겨우 한두 가지씩 성취했던 것이다. 선생(박지원)은 조용히 앉아서 거기에 도달하여 담소하는 즈음에 들추어내고 글을 엮는 사이에서 발휘를 하였다.[24]

　　김윤식은 이 글에서 연암을 루소, 몽테스키외와 비교하면서 그를 현대적 의미의 '평등 겸애(平等兼愛)', '사회학(群學)'의 취지를 선취하고, '철도(鐵道)'나 '유학(遊學)'을 예견한 인물로 평가한다. 이들은 문장이 아니라 연암의 사상으로 연암을 20세기 조선에 소환한다. 이들에게 연암은 계승의 대상이 아니라 발견과 호명, 그리고 소환의 대상이었다. 이들이 연암에게서 읽고자 했던 것은 더 이상 뛰어난 문장력이 아니라 근대의 지표였다는 점에서 이 호명과 소환의 근거는 제국주의 일본을 경유해 밀려들어오던 '서구 근대'였다고 할 수 있다.[25]

---

24 김윤식, 「연암집 서」, 『운양집』 권10. 1902년에 작성된 이 글은 실제 『연암집』에 포함되지 않았다. 김윤식이 다른 경로에서 『연암집』의 출판에 개입했을 가능성을 말해준다.
25 연암에 대한 근대적 호명과 소환은 다음 세대에도 이어진다. 다음의 글들이 근대에 연암이 어떻게 구성되고 소환되었는지를 추적한 연구들이다. 김동석, 「일제 강점기 때 소개된 연암 저술」, 『고전번역연구』 제4집, 한국고전번역학회, 2013; 김남이, 「연암이라는 고전의 형성과 그 기원─19세기~20세기 초 연암 박지원이 소환되는 방식을 중심으로」, 『어문연구』 58집, 어문

근대적 차원에서 호명되고 소환된 것은 연암만이 아니다. 다산 역시 비슷한 호명과 소환을 받는다. 사실 문집으로 인한 한(恨)이라면 연암보다는 다산이 훨씬 컸을 것이다. 그 자신이 생전에 자신의 문집이 꼭 간행되기를 간절히 바랐지만 성취될 수 없었고,[26] 재력과 명망을 갖춘 박규수 같은 후손도 없었기 때문이다. 그러나 사실 20세기 초는 연암보다는 다산의 시대였다고 할 수 있다.

대한제국 시기(1897~1910)에 역관이었다가 후에 계몽운동가, 교육자로 활동한 현채(玄采, 1856~1925)가 1901년 설립한 출판사 광문사(廣文社)에서 1902년 정약용의 『목민심서』와 『흠흠신서』를 출간했기 때문이다. 황성신문사에서도 1904년 다산의 『아방강역고』[27]를 장지연이 증보해서 완성한 『대한강역고』를 출간한다. 이후 다산의 저작은 1908년 최남선이 설립한 조선광문회를 통해서도 출판된다. 중요한 것은 조선광문회의 『경세유표』에서 서문을 썼던 난곡 이건방(蘭谷 李建芳, 1861~1939)이 다산을 전통적 방식과는 다르게 호명했다는 사실이다.

일찍이 들으니, 서양 사람인 몽테스키외는 『만법정리(萬法精理)』[28]를 저술했고, 루소는 『민약론(民約論)』[29]을 저술했는데, 정부에서 그 책을 급히 구해서 시

연구학회, 2008; 김남이, 「20세기 초~중반 '燕巖'에 대한 탐구와 조선학의 지평—연암이라는 고전의 형성과 기원」, 『한국실학연구』 21집, 한국실학학회, 2011; 김동석, 「『熱河日記』의 서사적 구성과 그 특징」, 『한국실학연구』 9집, 한국실학학회, 2005; 김명호, 「『燕巖集』 번역에 대하여」, 『大東漢文學』 제23집, 대동한문학회, 2005; 김영진, 「朴趾源의 필사본 小集들과 작품 창작년 고증」, 『大東漢文學』 23집, 대동한문학회, 2005.

26 정인보, 「『여유당전서』 總序」, 정양완 역, 『담원문록』 中, 태학사, 2006, 214쪽. "(다산은) 유독 자기의 저술만은 너무도 아껴서 기어이 전하려고 하여 두 아들에게 유언으로 당부하고 또한 영남에 있는 아는 이에게 편지로 말하여 거두어 판각하기를 바랐다."

27 원래 『아방강역고(我邦疆域考)』는 다산이 강진 유배기인 1811년에 집필한 책으로, 필사본으로 전해지다가 1903년에 장지연이 증보해 황성신문사에서 활자본 『대한강역고(大韓疆域考)』로 간행한 것이다.

28 『법의 정신(Esprit des Lois)』을 말한다.

행하지 않는 나라가 없었다 한다. (…중략…) 지금 유럽 여러 나라가 나날이 부강하게 되는 것은 모두 학술의 공이다. 지금 선생의 글을 몽테스키외와 루소 등 여러 사람의 학술을 비교하면 그 사이에 경중을 가늠하기는 진실로 쉽지 않으나, 다만 저들은 모두 분명한 말로 바로 지적하고 숨기거나 꺼리는 바가 없는 까닭에 가슴속 기이한 포부를 능히 죄다 발표할 수가 있었다. 그런데 (…중략…) (선생은) 여러 번 탄식하면서 감히 말을 다하지 못했는 바, 이것은 선생이 만났던 시기가 그러했기 때문이다. 만약 이러한 이유로 선생이 저 사람들보다 못함이 있다 한다면, 사리에 합당한 말이 아니다.[30]

이건방 역시 루소와 몽테스키외를 통해 다산을 읽고자 한다. 이런 독해는 전통적인 조선 지식장에서는 낯선 것이었다.[31] 루소와 몽테스키외의 등장은 연암과 다산이 전근대 지식장을 이탈해, 다른 경로와 맥락에서 다른 의미로 읽히기 시작했음을 보여준다. 이들에게는 전시대의 지적 자원을 현재화해야 할 시대적 요청이 있었다. 성호, 담헌, 연암, 다산 등은 이들이 받은 요청에 대한 대답이었을 것이다.

1902년 5월 19일자 『황성신문』은 『목민심서』 출간에 관한 논설에서 '그 책은 내용은 만국이 교통하는 오늘에 당해서 시행하더라도 맞지 않아 삐걱거리는 폐단이 별로 없을 것'이라 하면서 '실로 우리 대한 제국의 정치학 가운데 제일 신서(新書)'라고 찬사를 보낸다. 당시 조선인들은 이 책들의 간행의 근거를 '시의성'에서 찾고자 한다. 그러나 현실에 적용하는 것이 목표였다는

---

29 『사회계약론(Du contrat social)』을 말한다.
30 이건방, 「邦禮草本 序」, 『經世遺表』, 조선광문회, 1908.
31 김윤식이나 이건방이 몽테스키외나 루소에 대한 정보를 얻은 것은 양계초의 글을 통해서였다. 양계초는 명말 유학자 황종희(黃宗羲, 1610~1695)를 중국의 루소라고 부르기도 한다.

그들의 말을 그대로 수용하기는 어려울 것이다. 저 책들이 담고 있는 교훈은 이미 그 전에도 유효했던 것이기 때문이다. 이미 신학, 서구 근대적 제도에 대한 정보가 밀려들고 그로 인한 사회적 갈등이 드러나는 상황에서 갑자기 지난 세기의 제도 개혁론과 법제론 등의 "실용성"을 자각했다는 말을 문자 그대로 받아들이기는 어렵다. 그런 의미에서 이들의 공간(公刊)은 실제로는 미래를 향한 투자가 아니라 과거를 붙들어 놓고자 하는 심정에서 비롯되었을 가능성이 높다.

이런 상황에서 새롭게 유입된 서양 지식을 곧바로 조선에 이식하여 그 언어와 체계로 사유할 수 없는 일제 강점기 지식인들은 당연히 자신들이 유산으로 받은 지식과 담론들 안에서 서구 근대 지식을 이해하고 흡수하려는 절충적 방법을 시도한다. 이들은 서구 근대 사상으로 조선의 학문적 유산들을 비추어 본 것이다. 이 겹쳐보기의 과정은 당연히 '발견'과 '선별'의 방식을 취하게 된다. 조선의 모든 지적 유산이 아니라 오직 서구 근대에 대응할 수 있는 자원만을 상속받아야 했기 때문이다. 이런 맥락에서 연암, 다산, 성호, 담헌 등은 일제 강점기 조선에서 특정한 목적에 따라 '발견'되고 '기획'된, 다시 말해 다음 세대에 의해 한정승인(限定承認)된 사상적 유산이었다. 사실 이러한 평가는 연구자들의 공통된 인식[32]이라고 할 수 있다. 그러나 이 과정에서 간과해서는 안 되는 문제가 있다.

일제 강점기 지식인들이 전근대의 지적 자원을 유산으로 상속받아 공증(公證)하는 방식, 즉 전근대 유학자들의 저술이 공적으로 간행되는 방식이다.

---

32 많은 연구자들이 전근대 지식인들에 대한 20세기의 소환에 '발견'이라는 표현을 사용한다. 다음의 글을 예로 들 수 있다. 송혁기, 「연암 문학의 발견과 실학의 지적 상상력」, 『한국실학연구』 18집, 한국실학학회, 2009; 최재목, 「1930년대 조선학 운동과 '실학자 정다산'의 재발견」, 『다산과 현대』 4집, 연세대 강진다산실학연구원, 2012.

다산, 성호, 담헌의 저서들은 전통적 문집 간행의 방법과는 달리, 후손도 제자도 아닌, 심지어 '유학자'도 아닌 새로운 지식인들에 의해 근대적 출판물로 간행된다. 이후 '실학자'로 분류되게 된 이들의 저술은 일반적인 문집 간행의 주기나 방법과 다르게, 근대적 출판사를 통해 공간됨으로써 지적 정당성을 얻고 근대 지식장 안에서 공증된다.

3. 근대의 다산, 전근대의 성호

다산의 저술이 처음으로 세상에 공간된 것은 1902년 근대적 출판 기관 광문사(廣文社)를 통해서였다. 다산을 조선 지식장에 낯선 방식으로 등록한 것은 광문사의 설립자 현채와 그의 동료 장지연(張志淵, 1864~1921)이었다. 1856년 역관의 아들로 태어나 18세에 역과(譯科)에 급제하여 관료 생활을 시작한 현채는 고종 치하에서 서기관, 번역관 등의 업무를 맡아 보다가 1896년 경 학부(學部) 편집국[33]에서 번역과 저술 업무를 시작했다.

그는 학부에 재직하면서 학부 편집부에서 얻은 근대 서적의 인쇄와 발행의 경험을 바탕으로 민간에서 근대적 출판기관인 광문사(廣文社)를 조직해 활동했다.[34] 현채는 운양 김윤식, 위암 장지연, 창강 김택영 등과 교류했고[35] 특히

---

33 학부 편집국은 도서의 인쇄와 교과용 도서를 번역 편찬 발행하며 교과용 도서를 검증하고 관리하는 등의 업무를 처리하는 기관이었다.
34 정은경, 「개화기 현채가의 저, 역술 및 발행서에 관한 연구」, 이화여대 석사논문, 1995, 10쪽.
35 田中隆二, 「白堂 玄采의 生涯와 思想」, 연세대 박사논문, 1989, 12~16쪽.

장지연, 양재건과 함께 다산 정약용의 『목민심서』와 『흠흠신서』를 간행했다.
이 과정을 장지연은 다음과 같이 기록한다.

　(광무 4년, 37세) 겨울 10월에 광문사를 설립하였다. 현채와 양재건 등이 나
　(장지연)와 협의하여 민치설에게 청해서 임금께 주품하여 이전의 시무총보사[36]
　를 광문사로 만들어서 그 기계와 활자를 사용하여 서적 인쇄의 업에 종사하였다.
　그리하여 나는 편집원이 되어 맨 먼저 정다산의 『목민심서』와 『흠흠신서』 등을
　간행하였다.[37]

　광문사는 인쇄와 출판을 겸하고[38] 이를 상업적으로 판매[39]하던 근대식 출
판기관이라고 할 수 있다. 광문사에서 가장 먼저 다산의 책을 간행한 것은 광
문사 설립의 주역이었던 장지연의 영향이었을 것이다. 장지연은 자신이 주
필로 있던 『황성신문』에서 1899년 4월 17~18일자로 「아국(我國)의 경제학
(經濟學)[40] 대선생(大先生) 정다산약용씨(丁茶山若鏞氏)의 소술(所述)한 바를 적

36　시사총보사는 고종 황제가 직접 재정을 공급한 황당파(皇黨派)의 신문 『시사총보』를 발행하
　　던 신문사였다. 장지연이 주필을 맡았으나 1899년 7월에 폐간되었다. 신용하, 「19세기 말 장지
　　연의 다산 정약용의 발굴」, 『韓國學報』 제29권 제1호, 일지사(한국학보), 2003, 9쪽.
37　장지연, 『장지연전집』 제10권, 단국대부설 동양학연구소, 1979, 1119쪽 : (光武)4년 庚子 三十
　　七世, 冬十月設廣文社, 玄采 梁在騫等 與余協議, 請民致高, 奏稟于上, 以前時事總報社, 爲廣文社.
　　而因用機械活字, 從事於書籍印刷之業, 而余爲編輯員, 首刊 丁茶山牧民心書及欽欽新書等. 위의
　　글, 9쪽 재인용.
38　『황성신문』에 낸 광고를 통해 광문사가 인쇄 업무를 진행했음을 알 수 있다. 『황성신문』, 1901.
　　5.9 : 본사에서 印刷機械與各種鑄字를 具備하고 各項 書籍의 印刷를 請求하는대로 廉價酬應할
　　터이니 諸君子는 照亮하시오. 中署下漢洞 廣文社.
39　광문사는 『황성신문』에 꾸준히 『목민심서』와 『흠흠신서』의 광고를 낸다. 『황성신문』, 1901.
　　6.28 : 廣告. 欽欽新書 一帙四冊, 合八百頁, 定價 金一元六十錢, 賣却所, 中署下漢洞廣文社; 『황
　　성신문』, 1902.5.17 : 廣告. 牧民心書, 一帙定價金二元五十錢, 發售處 漢洞廣文社.
40　여기서 말하는 '경제'란 경국제세(經國濟世)의 준말로 현대적 의미의 경제학과 다르다.

요(摘要)하노라」라는 논설을 게재한 바 있다.[41]

장지연은 후에 다산의 『아방강역고』를 증보해 황성신문사에서 근대적 인쇄물로 간행하기도 한다.[42] 또 장지연은 1902년 5월 19일자 『황성신문』 논설 「광문사신간목민심서(廣文社新刊牧民心書)」에서 조선 유학의 계보를 잠곡 김육(金堉, 1580~1658), 반계 유형원(柳馨遠, 1622~1673), 성호 이익(李瀷, 1681~1763), 연암 박지원, 다산 정약용으로 새롭게 구성한다.[43] 장지연은 그 중 다산이 가장 뛰어나다고 평가함으로써 다산을 새로운 계보의 중심에 세운다.[44]

광문사가 다산의 저술을 신활자로 간행하던 때는 아직 '조선'이 '국가'로서 작동하고 있었던 시기였다. 현채가 설립한 광문사 역시 고종의 지원을 받았다. 1901년 광문사에서 30권 4책의 신활자본으로 간행한 『흠흠신서』에 붙인 「흠흠신서 발(欽欽新書 跋)」에서, 고종 때 관료였던 민치헌은 '이 책이 아직 간행되지 못해 식자들이 탄식한지 오래였다. 다행히 우리 황제께서 문학의 힘을 권장하심에 힘입어 광문사를 설치하고 서적을 인쇄하였는데 이 책이 먼저 나오게 되었다(是書尙未刊行, 識者咄嘆久矣. 幸賴我聖天子勸獎文學之力, 設寘廣文社, 印行書籍, 而是書爲之先焉)'라며 간행의 사정을 기록한다.[45] 이 맥락에서 다산은 구본신참이라는 고종의 정책적 이념에 걸맞은 존재로 기획되고 신문과 근대 출판물로 20세기 지식장에 등록된 것이다.

---

41 신용하, 앞의 글, 3쪽.

42 『황성신문』, 1904.4.6 : 大韓疆域考는 本是我國政治經濟家로 有名한 丁茶山若鏞氏가 撰述한 原書를 張志淵氏가 更히 增補訂校하여 今番에 印刷.

43 이 계보는 이후에도 비슷한 방식으로 계승되어 이후 1930년대 이후에는 '실학(實學)'이라는 이름으로 묶이게 된다.

44 「廣文社新刊牧民心書」, 『황성신문』, 1902.5.19 : 政治家者 有金潛谷堉氏柳磻溪馨遠氏李星湖瀷氏丁茶山若鏞氏朴燕岩趾源氏四五先輩 ᄒᆞ야 以經濟政治學으로 皆表表著稱이로더 最其立言著書之富는 惟茶山公이 爲尤ᄒᆞ니.

45 민치헌, 「欽欽新書 跋」, 『흠흠신서』, 광문사, 1901.

이후 다산의 저술이 본격적으로 조선 지식장에 등장한 것은 1908년 최남선이 이끈 조선광문회의 출판을 통해서였다. 이 간행을 주도한 것도 후손도, 제자도, 향촌 유림도 아닌 시대적 요구에 응답하려던 몇몇의 지식인들이었다. 조선광문회의 다산 저술 간행에 관여한 인사는 조선광문회를 만든 최남선 이외에도, 순한문으로 사유하고 저술하는 정통 유학자 이건방[46]부터 이후 1930년대 중반 『여유당전서』를 간행함으로써 조선학 운동을 이끌었던 안재홍, 문일평에 이르기까지 다양했다. 이들은 광문사와 달리 국가의 지원 없이 민간 차원의 문헌 연구 단체와 근대식 출판사를 통해 다산의 저술을 간행했다. 이때 다산은 간행 방식의 면에서도, 간행 주체의 면에서도 전통적 맥락을 떠나 새롭게 근대 지식장에 등록된 것이다.

다산의 공간은 시대적 변화에 따른 자연스러운 결과인가? 다산 보다 앞 세대로, 다산의 학문적 스승이라고 볼 수 있는 성호 이익의 문집 간행을 비교해 보면 꼭 그렇다고 답하기 어렵다. 성호의 문집인 『성호선생문집』이 처음으로 간행된 것은 1917년 밀양에서였다.[47] 성호의 문집은 성호가 죽은 뒤 11년 후 그의 조카인 이병휴에 의해 70권 분량으로 편집되어 있었고 간행이 논의되기도 했지만 결국 성사되지 못하다가[48] 영남 지역에서 활동하던 성호 우파 학맥의 유림들에 의해 공식적으로 간행된 것이다.[49] 간행의 주체들은 전

---

46 조선광문회에서 1908년에 간행한 『경세유표』에 붙인 서에서 이건방은 '근래에 뜻을 같이 하는 사람 여럿이 모임을 창설하여 국조(國朝)의 문헌과 산림에 은거하던 학자들의 저술을 수집하였는데 먼저 이 책을 간행하게 되었다(近有同志諸人, 倡會設社, 而蒐集國朝文獻及山林耆宿之著述, 而首刊是書以行. 이건방, 「邦禮草本 序」, 『經世遺表』, 조선광문회, 1908)'고 말한다.

47 성호의 전집은 1922년 다른 판본으로 중간된다. 『성호선생문집』이 성호의 글을 일부 삭제한 채 간행되자 논쟁이 일어났고 그 결과 1922년 다른 이들에 의해 『성호전집』으로 중간되었다. 신항수, 「李瀷의 문집 간행과 그 성격」, 『한신인문학연구』 Vol.3, 한신대 한신인문학연구소, 2002 참조.

48 유탁일, 「성호계 실학자 문집간행의 출판사회학적 연구」, 『교사교육연구』 30집, 부산대 사범대학, 1995, 17쪽.

통적인 방식대로 지역의 유림들에게 통문(通文)을 돌려 유지를 모은 뒤 정식의 절차를 거쳐 간행했다.[50] 일반적으로 명망 높은 인물의 문집은 자제나 제자들이 아니라 지역의 유림들이 중심이 된다. 유림들은 공의를 모은 후에 지역 사회의 여론을 형성하여 협조를 구하고 각자 역할을 분담한 뒤에 공적으로 간행하는 절차를 거치게 된다.[51] 결국 『성호선생문집』은 연암이나 다산의 저술들과는 달리 전통적이고 정통적인 방법을 통해 공간된 것이다.

물론 이 공간에 근대적 자극이 없었던 것은 아니다. 사실 성호의 저술이 처음으로 공간된 것은 1915년 조선고서간행회에 의해서였다. 일본인이 설립한 조선고서간행회는 성호의 제자 안정복이 『성호사설』을 편집한 『성호사설유선』을 『조선군서대계(朝鮮群書大系)』 중 한 권으로 간행한다. 일본인에 의한 『성호사설』의 간행은 성호의 후손들이나 문인들을 긴장시켰을 것이다. 한편 『성호선생문집』 간행에 직접적 계기가 된 것은 밀양에 살던 성호의 가문인 여주 이씨 집안에서 석판인쇄기를 구입한 일이었다고 한다.[52]

그러나 결과적으로 『성호선생문집』은 석판이 아니라 목판으로 인쇄되었다. 전집 간행에 관여한 인사들은 간행이 쉽지만 일회적인 활자본 대신 보존이 가능한 목판본을 선택[53]함으로써 스승 성호에 대한 추존을 표현하고자 했기 때문이다. 간행 주체뿐 아니라 간행 방식도 전통적이었던 것이다. 『성호선생문집』을 공간한 이들의 이념과 지향은 여전히 19세기에 머물러 있었다.

49　주지하듯 『성호선생문집』이 간행된 것은 성호 이익의 학문을 계승하고자 했던 성재 허전(性齋許傳, 1797~1886)의 영향이다. 당시 명망이 높았던 성재 허전은 김해부사로 부임하면서 틈만 나면 성호의 저술이 간행되지 못하는 것을 안타까워했고 결국 그의 문인들이 중심이 되어 다수의 영남 지역 유림들이 모여 전통적인 방식으로 『성호선생문집』을 간행하게 된다.
50　유탁일, 앞의 글, 44~63쪽.
51　김윤제, 「조선시대 문집 간행과 성리학」, 『韓國史市民講座』 Vol.37, 일조각, 2005, 78~79쪽.
52　유탁일, 앞의 글, 20쪽.
53　위의 글, 20~21쪽.

이질적인 문체 때문에 조선에서 공식적으로 간행되기 어려웠던『연암집』의 간행이 당시 정통의 권위에 균열이 발생하며 유동하기 시작한 조선 지식장의 상황을 보여주는 사건이라면, 다산 저술의 간행은 지식의 사회적 공인과 유통의 체계, 그리고 그 주체가 바뀌기 시작했음을 드러낸다.

한편 1917년에 전통적인 방식으로 간행된 성호의 문집은 조선의 지적 전통이 여전히 현재성을 잃지 않은 채 작동하고 있었음을 보여준다. 연암이나 다산, 성호는 간행 주체나 방식이 모두 달랐지만 그럼에도 한 가지 확인할 수 있는 것이 있다. 당시 이들을 호명하고 공적 매체 안에 담았던 문집 간행의 주체들에게, 조선의 지적 전통은 '과거'나 '전통'에 묶이지 않는 현실이자 현재성을 가진 지적 자원이었다는 점이다.

> 근래에 백당 현채씨가 서적의 광포에 뜻을 두고 동지 제공과 함께 자금을 모아 특별히 광문사를 설립하여 무릇 국내의 고인의 문집이나, 흩어진 서적 가운데 시무에 도움이 될 만한 것과 외국 학문가들이 새롭게 발명한 책들을 장차 차례로 간포해서 작금에 혜택을 주고자 하니[54]

이 논설은『목민심서』나『흠흠신서』의 간행이 시무(時務)의 일환으로, 근대 지식을 담은 외국의 신서적과 같은 반열에서 다루어지고 있음을 보여 준다. 신연활자로 인쇄하고 출판사를 통해 상품으로 판매했지만, 20세기 출판의 주역들은 18세기 조선 지식인들을 '현재' 속에 배치하고 서양과 나란히 두

---

54 「廣文社 新刊 牧民心書」,『황성신문』, 1902.5.19 : 近有白堂玄君采氏有志於書籍之廣佈ᄒ야 與同志諸公으로 鳩資捐金에 特設廣文一社ᄒ고 凡國內遺篇佚書之有補時務者와 與外國學問家新發明諸書를 將次第刊佈ᄒ이 以惠當世ᄒ니.

고자 한다. 『흠흠신서』(1901)는 '이 책이 널리 보급되면 형정(刑政)에 도움됨이 있을 것'[55]이라는 기대를 받았고, 『경세유표』(1914) 역시 '무릇 선생의 저서가 정치에 적용됨을 얻어 서전질례(叙典秩禮)의 근본을 밝히게 된다면 겨우 일국의 법이 되는데 그치지 않고 천하 후세의 법이 될 것'[56]이라는 희망을 불러일으켰다.

20세기 초반에 연암, 다산, 성호를 간행했던 주체들은 여전히 이 책들을 '읽었고' 그 내부에서 조선의 난국을 해결할 대안적 사유를 발견할 수 있다고 믿었다. 아직 성호, 연암, 다산은 보관되어야 할 고서로 책장 안에 갇히지 않았던 것이다. 그렇다면 20세기에 이루어진 연암과 다산의 소환, 일제 강점 초기 성호의 등장은 조선이 아직 과거로 박제되기 전, 전근대 문헌들이 아직 '고서'로 분류되기 전 현존하는 조선의 마지막 가능성과 유동성의 신호였을 것이다.

4. 나가며

일제 강점 초기부터 시작된 일본인들의 조선 서적 출판은 조선 왕조와 총독부의 후원을 바탕으로 민간에서 상업적으로 이루어진 근대적 출판 행위다. 이들은 총독부가 접수하여 분류하고 관리한 조선 왕실의 문헌에 비교적 쉽

---

55 丁大愗, 「欽欽新書 序」, 『欽欽新書』, 광문사, 1901 : 此書從以均布, 有所補於刑政.
56 이건방, 「邦禮草本 序」 『經世遺表』, 조선광문회, 1908 : 夫以先生之書, 而得措之於政, 以明夫叙典秩禮之本, 則其不僅爲一國之法, 而爲天下後世法也無疑.

게 접근할 수 있었다.[57] 이들의 출판 행위를 통해 조선의 문헌들은 근대 지식
장에 등장하게 되었다. 효율적인 식민 지배를 위한 조선 연구와 이해라는 명
분과, 과거 조선의 지적 자원을 수집하고 감상하려는 호사가의 취미가 만나
이루어진 이 상업적 출판 행위는 조선의 지적 자원이 타자의 손에 의해 관리
되고 통제되며 더 나아가 근대적 출판시장에서 상업적 이윤의 대상이 되었
음을 보여 준다.

이 관리와 통제, 조작의 가장 큰 영향은 조선의 지적 전통이 시간성에 의
해 통제되고 조작되기 시작했다는 것이다. 조선의 문헌들을 통해 조선은 이
시기에 처음으로, 그리고 새롭게 '과거'가 되었다. 이들에게 한문으로 쓰인 전
시대의 책들 여전히 의미있는 당대의 지적 자원이나, 시의성을 가진 현재의
책이 아니라 이미 지나간 시대의 '고서(古書)' 또는 시간이 벌어진 만큼 가치
가 올라가는 '진서(珍書)'에 불과했다.

이와는 달리 20세기 초에 근대 매체에 담긴 연암, 다산, 성호의 저작들은
근대적 독자를 상정하지 않은 출판이었다고 할 수 있다. 연암과 성호의 문집
은 값이 매겨지지 않은 채 전통적 지식장 안에서 전통적 방식으로 유통되었
다. 이에 비해 『목민심서』나 『흠흠신서』는 상업적으로 판매되었지만 이 책의
소비자 역시 근대적 읽을거리나 교양을 구하는 독자라기보다는 비슷한 지적
전통에서 성장한 이들이었을 것이다.

---

57 호소이 하지메는 자신들이 발행한 조선의 고사(古史)・고서(古書) 및 시가(詩歌)・소설(小說)
에 관한 20여 종의 책이 총독부의 고서해제(古書解題)에 근거해 엄선한 것이라고 밝힌다. 이들
은 총독부 참사관(參事官) 분실(分室)에 보관되어 있던 문헌의 내용을 검토하여 내용이 빈약
한 것 등을 발견하고 서목을 변경했다고 밝히고 있다. 細井肇, 「鮮滿叢書第一卷の卷頭に」, 『선
만총서』제1권, 자유토구사, 1922, 1쪽. 이들은 총독부가 수집한 조선 문헌을 바탕으로 상품성
이 있는 책들을 선별했다. 1921년에 전 12권으로 간행된 『통속조선문고』 1집에 정약용의 『목
민심서』가, 10집에 『아언각비』가 포함되어 일본어로 번역되었다.

그러나 재조 일본인과 조선광문회 등이 시도한 근대 매체를 통한 출판은 지식의 생산 방식을 바꿀 뿐 아니라 생산자와 소비자를 분리한다. 지적 정당성에 대한 설득이 이루어진 후에야 공적으로 간행되었던 전근대의 지식 생산과 달리, 간행의 정당성과 의의를 심의할 공적 체계가 없는 상황에서 근대적 출판과 신문 잡지의 홍보는 그 자체로 지적 가치를 공인하는 제도의 역할을 하게 된다. 이 제도가 작동하자 전시대 조선 문헌들은 본래의 맥락에서 벗어나 새로운 지식장에서 유통되었던 것이다.

물론 이 이탈을 부정적이거나 제한적인 것으로 평가할 필요는 없을 것이다. 전시대의 지적 자원들은 그 맥락과 계보를 떠나고, 지식 생산의 주체와 분리됨으로써 새로운 위상과 가치를 얻을 수 있기 때문이다. 그러나 이 새로운 위상과 가치는 어떻게 결정되는가? 문제는 전시대 문헌들에 새로운 위상과 가치를 부여하는 근거가 그 문헌 내부에 없었다는 것이다. 이 문헌들은 그것들이 감당해 본 일 없는 낯설고 도전적인 질문의 대답으로 제안된 것이기 때문이다.

20세기 초반 조선은 외부로부터 도래한 낯선 질문을 과제로 부여받았다. 어떻게 일제의 지배를 벗어나 국권을 회복할 것인가? 어떻게 서구 국가들과 어깨를 나란히 할 것인가? 국가를 상실한 당시의 조선의 지식인들은 문명, 개화, 신학, 민족, 과학 같은 낯선 관념들로 질문의 세부 항목을 구성하고 답변의 내용을 제안해야만 했다. 이 과정에서 근대 출판에 관여한 지식인들은 전통적 지식 체계를 '구(舊)'와 '고(古)'로 분류해서 선별적으로 근대 지식장에 이전하고자 했다. 이 선별의 기준은 '근대성'이었고, 이 근대성이 요구하는 특질들을 전통적인 지적 체계에서 찾기 위해 발출해 낸 말이 '실학(實學)'이었던 것이다.

이후 일제 강점기 내내 조선의 지적 전통 가운데 근대와 친연적인 일부의 지식만 '실학'이라는 이름으로 근대적 지식장에 자리를 얻을 수 있었고, 주자학(朱子學)이나 예학(禮學), 경학(經學) 등 전통적인 학문은 구학(舊學)이라는 이름으로 배제되었다. 그리고 이러한 구도는 국권을 회복한 뒤에도, 서구와 어깨를 나란히 하는 지금도 여전히 유지되고 있다. 이 시기에 만들어진 유학-성리학의 낡은 이미지, 실학에 부여된 과도한 근대성의 이미지가 여전히 우리 사회에 영향력을 발휘하고 있다. 질문이 바뀐 지금도 여전히 '근대성'은 우리 학계의 규제적 이념으로 작동한다. 한정 승인의 효과와 역학이 여전히 작동하는 것이다.

참고문헌

자료

박지원, 『重編朴燕巖先生文集』, 中國 : 翰墨林書局, 1917.

정약용, 『經世遺表』, 조선광문회, 1908.

_____, 『欽欽新書』, 광문사, 1901.

장지연, 『장지연전집』 제10권, 단국대부설 동양학연구소, 1979.

정인보, 정양완 역, 『담원문록』 中, 태학사, 2006.

논저

강명관, 「근대계몽기 출판운동과 그 역사적 의의」, 『민족문학사연구』 14호, 민족문학사학
    회, 1999.

김남이, 「연암이라는 고전의 형성과 그 기원－19세기～20세기 초 연암 박지원이 소환되는
    방식을 중심으로」, 『어문연구』 58집, 어문연구학회, 2008.

_____, 「20세기 초～중반 '燕巖'에 대한 탐구와 조선학의 지평－연암이라는 고전의 형성과
    기원」, 『한국실학연구』 21집, 한국실학학회, 2011.

김동석, 「『熱河日記』의 서사적 구성과 그 특징」, 『한국실학연구』 9집, 한국실학학회, 2005.

_____, 「일제 강점기 때 소개된 연암 저술」, 『고전번역연구』 제4집, 한국고전번역학회,
    2013.

김동훈, 「김택영, 근대적 각성과 중국문인들의 영향」, 『한국문학연구』 Vol.28, 동국대 한국
    문화연구소, 2005.

김명호, 「『燕巖集』 번역에 대하여」, 『大東漢文學』 제23집, 대동한문학회, 2005.

김봉희, 「근대 인쇄문화의 도입과 발전과정에 관한 연구」, 『서지학연구』 10집, 서지학회,
    1994.

김영진, 「박지원의 필사본 소집들과 작품 창작년 고증」, 『대동한문학』 23집, 대동한문학회,
    2005.

김윤제, 「조선시대 문집 간행과 성리학」, 『韓國史市民講座』 Vol.37, 일조각, 2005.

김춘동, 「노두생애(老蠹生涯)－오주연문(五洲衍文)장전산고(長箋散稿)에 취하여」, 『민족
    문화연구』 1권, 고려대 민족문화연구원, 1964.

송혁기, 「연암 문학의 발견과 실학의 지적 상상력」, 『한국실학연구』 18권, 한국실학학회, 2009.

신승운, 「유교사회의 출판문화−특히 조선시대의 문집 편찬과 간행을 중심으로」, 『대동문화연구』 39집, 성균관대 대동문화연구원, 2001.

신용하, 「19세기 말 장지연의 다산 정약용의 발굴」, 『韓國學報』 제29권 제1호, 일지사(한국학보), 2003.

신하늘, 「20세기 초기 간행 목판본 문집 연구」, 성균관대 석사논문, 2015.

신항수, 「李瀷의 문집 간행과 그 성격」, 『한신인문학연구』 Vol.3, 한신대 한신인문학연구소, 2002.

오영란, 「한국 석판인쇄술에 관한 연구」, 이화여대 석사논문, 1977.

유탁일, 「성호계 실학자 문집간행의 출판사회학적 연구」, 『교사교육연구』 30집, 부산대 사범대학, 1995.

장원연, 「조선시대 개인문집의 간행과 교정」, 『서지학보』 34집, 한국서지학회, 2009.

田中隆二, 「白堂 玄采의 生涯와 思想」, 연세대 박사논문, 1989.

정은경, 「개화기 현채가의 저, 역술 및 발행서에 관한 연구」, 이화여대 석사논문, 1995.

채 백, 「근대 민족주의 형성과 개화기 출판」, 『한국언론정보학보』 41호, 한국언론정보학회, 2008.

최재목, 「1930년대 조선학 운동과 '실학자 정다산'의 재발견」, 『다산과 현대』 4집, 연세대 강진다산실학연구원, 2012.

현영아, 「韓國의 近代 西洋印刷術 流入의 影響에 관한 研究」, 『서지학연구』 36집, 서지학회, 2007.

황위주·김대현·김진균·이상필·이향배, 「일제 강점기 전통지식인의 문집 간행 양상과 그 특성」, 『민족문화』 41집, 한국고전번역원, 2013.

근대 지식 : 저널리즘과 아카데미즘의 길항관계

차태근

1. 두 가지 지식

지식의 생산이라는 측면에서 보면, 근대 지식의 주요한 원천은 바로 아카데미즘과 저널리즘이다. 근대적인 규범적이고 제도적인 학술연구로서의 아카데미즘과 당면한 현재사건과 문제에 대한 보도와 비평을 중심으로 하는 저널리즘[1]은 대학과 연구소. 학회, 그리고 신문잡지라는 제도적 장치를 바탕

---

1 저널리즘에 대해 논자마다 의미규정이 다르지만, 본고에서는 "공적 매체가 눈앞의 현실적 사건과 견해를 보도하고 논평하는 양식(form) 또는 창작물(invention)"이라는 아담(Adam)의 정의를 바탕으로 하되, 그러한 양식과 창작물을 생산하는 저널리스트들의 정체성내지 사회적인 직업관념을 가리키는 용어로 사용하고자 한다. Gordon Stuart Adam, *Notes Towards a Definition of Journalism : Understanding an Old Craft as an Art Form*, The Poynter Institute for Media Studies, 1993, p. 11; Mark Deuze, "What is journalism?—Professional identity and ideology of journalists reconsidered," *Journalism*, Vol. 6 No. 4, 2005, pp. 442~464.

으로 사회에서 필요로 하는 지식과 정보를 생산해오고 있다. 이들이 생산하는 지식은 그 내용적인 측면에서뿐만 아니라 그 제도의 사회적 지위와 영향력에 의해 한 사회의 지식과 정보에 대한 패권적 지위를 누리고 있다. 한편두 지식 생산제도는 각기 다른 유형의 지식을 지향하면서도 상호 보완관계를 이루고 있으며, 양자 사이의 공동 지대와 상호 월경이 빈번함으로 인해 그경계는 매우 모호하다. 또 양자 사이에는 학술연구자와 저널리스트라는 상이한 직업적 영역이 구분되어 있기는 하지만, 지식을 생산하는 동일한 인물이 실제 글쓰기와 지식생산에서는 이 양자를 겸하거나 양자를 오가는 경우도 적지 않다. 그러나 또 한편으로는 이 양자는 상호 경쟁관계에 있으면서 한시대의 사상과 전체 사회의 방향을 둘러싼 헤게모니를 다투기도 한다.

일본의 근대 사회사상가 스미야 에츠지[住谷悦治]는 일찍이 1937년에 아카데미즘과 저널리즘의 대립과 상호비판적인 경향을 지적한 바 있다. 그에 의하면 당시 일본에서 아카데미즘이라 하면 대학의 교단이나 연구소를 연상시키고 전문적인 학문분과에서의 언어논리성에 기반한 고원하고 심원한 영구적인 진리를 탐색하는 것을 떠올리게 된다. 이에 비해 저널리즘은 사회적, 상식적, 외부적인 동시에 천박하고 비속적이라는 인상을 지니고 있으며 현실적인 행동지향성을 중시한다.[2] 이는 두 지식생산 주체에 대한 사회적인 인상과 반응을 지적한 것이며, 저널리즘에 대한 사회의 양가적인 태도를 잘 보여준다. 즉 19세기 중반 이후 저널리즘은 언론이라는 측면에서 그 중요성과 가치를 부단히 승인받아 왔지만, 다른 한편으로는 언론자본의 논리에 따른 선정적이고 대중 취향적인 경향에 대한 비판이 줄곧 이어져 왔다.

---

2   住谷 悦治, 「アカデミズムとジャーナリズム」, 夕刊大阪新聞社 '文化と批判' 編, 『時代と思索』, 甲文堂書店, 昭和12년, 28쪽.

하지만 이러한 사회적 인식과 이미지는 사회나 독자층의 제3자적 입장에서의 반응을 보여주는 것이 아니라 새로운 근대적 지식을 둘러싼 아카데미즘과 저널리즘 사이의 논쟁과 관련이 있다. 스미야 에츠지[住谷悦治]에 의하면, 당시 두 진영 간의 상호비판은 노골적으로 표출되지는 않았지만 내부적으로는 자못 격렬했던 것으로 보인다. 저널리즘을 생산하는 주체는 단지 신문잡지의 기자만이 아니라 그것과 밀접한 관계를 유지하고 있던 평론가나 문필업자들을 포함하고 있다. 이들과 비교하여 당시 학자와 교육자들 가운데는 자신들의 지위를 특별히 고귀한 것으로 자부하며, 참된 학문은 대학 연구소에 깊이 숨겨져 있어 고원한 진리는 오직 자신들과 같은 전문가들이 이해할 수 있는 학술잡지를 통해서만 드러나며, 대중적인 신문이나 통속잡지에 의한 것은 무식한 대중들의 환영을 받을 뿐 학문이라고 할 수 없다고 여기기도 했다. 이에 대해 저널리즘의 진영은 아카데미즘은 단지 추상적이고 허위적이며 보수적이라고 하면서 이른바 세속과 시대를 초월한 학문적 진리를 비판했다.[3]

1930년대 후반은 일본에서 근대적인 지식체계와 지식생산 제도가 이미 확립된 시점이라는 점을 고려하면, 이러한 상호 비판적 시각은 저널리즘과 아카데미즘이 각자 자신의 고유 특성에 대한 강한 자의식을 갖추기 시작하면서 나온 현상인 것으로 보인다. 이는 비슷한 시기에 당시 행정·정치학자였던 타무라 도키치[田村德治] 역시 학문 성격을 논하면서 아카데미즘의 주요 특징을 저널리즘과의 차별을 통해 설명하고 있는 것을 통해서도 알 수 있다. 그는 저널리즘과 아카데미즘의 차이가 정신적인 태도[精神情況]와 대상을 취하

---

3   위의 글, 29쪽.

는 방법[取材方針]에 있다고 보고 있다. 그에 의하면 정신적인 태도의 측면에서 아카데미즘은 기본적으로 엄숙하여, '극명(克明)', '충실', '방법적', '지속적'이며 '침착해 보이지만 실은 열정적'이다. 반면에 저널리즘은 기본적으로 분방하여, '자유', '자의적', '비방법적', '발작적(發作的)'이며, '정열적인 것처럼 보이지만 실은 감흥적'이다. 또 대상을 취하는 방법에 있어서 아카데미즘은 추상적이고 장소와 시간을 초월한 심원한 이론을 추구하는데 반해, 저널리즘은 개별적이고 구체적인 것을 추구하며 무엇보다도 시간적이고 장소적인 것을 중시한다. 이처럼 타무라 도키치는 아카데미즘과 저널리즘이 각각 서로 상이한 지식을 추구하면서 순수학문과 대중학문을 생산하고 있다고 보고 있다.[4] 하지만 그는 양자의 관계는 상호대립적이라기 보다는 오히려 상호보완적이라고 주장한다. 왜냐하면 아카데미즘은 진리를 발견하고 확립하고 천명하는 데는 장점이 있지만, 그것을 보급하고 실현하는 데는 저널리즘이 더 유리하다고 보기 때문이다.[5]

일본에서 이러한 논의가 진행된 것은 저널리즘이든 아카데미즘이든 근대적 지식생산체계가 확립된 이후, 즉 메이지 유신으로부터 반세기가 훨씬 지난 시점이다. 이는 근대적인 학제의 확립과 저널리즘의 사회적 위상이 확립된 상황에서 지식에 대한 사회적 헤게모니와 영향력을 둘러싼 양 진영 사이의 경쟁의 결과이자, 또 다른 한편에서는 본격적인 대중사회로 진입하면서 지식 및 지식생산자의 정체성을 새롭게 재조정할 필요성이 부각된 것과 무관하지 않다. 그러나 여기서 주목할 것은 아카데미즘과 저널리즘이 공히 근대적 지

---

4   田村 德治, 「アカデミズムとジャーナリズム」, 『關西學院新聞』 夏季特輯號, 昭和10년 7월 20일 (田村 德治, 『學問と世界の眞實』, 立命館出版部, 昭和12, 1~12쪽).
5   위의 책, 10쪽.

식을 생산하고 있기는 하지만 분과학문상의 지식의 차이만큼이나 각자 생산하는 지식의 차이점을 강조하고 있다는 점이다. 이를 좀 더 간단히 요약하면 하나는 전문적인 분과학문의 논리정합적으로 구성되는 학리(學理)에 기반한 지식이고 다른 하나는 현실문제를 중심으로 한 사회적 소통과 행동지향적인 지식이다. 만약 이 두 지식이 자연과 인문·사회와 같은 '두 문화'에 관한 지식처럼 서로 다른 별개의 지식이라면 상호 경쟁보다는 보완의 역할이 더 크지 않을까 생각된다. 뿐만 아니라 사회적 측면에서 볼 때 이른 바 "두 문화"는 모두 각자의 특성과 상호의존적 성격을 지니고 있는 만큼 어느 하나를 선택해야 하는 문제는 아닌 것이다. 그럼에도 불구하고 양자 사이에 경쟁과 상호 비판, 혹은 상호차이에 대한 재인식이 요구되었다는 것은 두 가지 유형의 지식의 분화가 더 심화되는 과정에서 한편으로는 지식생산자의 이중적 활동과 월경이 빈번해지고 현상적으로도 그 경계가 모호해지는 지는 현실적인 문제가 부상되었다는 것을 의미하며, 또 다른 한편으로는 저널리즘이 아카데미즘의 체계 속으로 편입되면서 아카데미즘의 관점에서 두 지식의 관계를 성찰하기 시작했다는 것을 의미한다.

따라서 두 가지 지식의 문제는 단순히 지식의 성격만이 아니라 그것에 직접적으로 종사하는 지식인들의 사회적 위치와 역할의 문제와도 밀접히 연계되어 있다. 뿐만 아니라 지식의 사회적 기능과 전파, 지식생산자와 독자층의 관계의 부단한 변화와도 밀접한 관계가 있다. 정보화 사회 이후 두 지식의 경계가 더욱 모호해지고 있는 것도, 근대사회에서 두 지식 사이에 상존해 오던 공통된 기반과 갭의 긴장이 극대화 된 것이라고도 볼 수 있다.[6] 그런 의미에

---

6 근대 지식의 위기론이 아카데미즘과 저널리즘의 위기론과 동시적으로 나타나고 있는 것도 두 지식의 관계가 근대 지식의 특징과 밀접한 관계가 있음을 말해 주고 있다. 20세기 말부터 본격

서 실제 근대사회의 전환과정에서의 두 지식의 관계에 대한 보다 심도 있는 이해는 근대 지식의 모종의 특징을 이해하는 데 단서가 될 수 있다.

이상은 1930년대 일본에서의 몇 가지 논의 사례이지만 근대적 사회와 지식체계의 확립을 경험한 대부분의 사회에서 공히 나타나는 현상이다. 20세기 이래 중국에서의 두 지식의 변화과정도 예외는 아니다. 중국에서 근대적 학제와 학문체계의 수립과 저널리즘의 제도화는 20세기 초부터 동시에 시작되었다. 그러나 그 전환은 일본에 비해 보다 복잡한 과정을 거쳐 이루어졌으며, 특히 근대적 아카데미즘의 형성과정이 상대적으로 완만히 진행되면서 아카데미즘은 물론 저널리즘에 대한 학문적 논의도 1920년대 이후에 와서야 체계화되기 시작하였다.[7] 하지만 두 지식이 근대 지식의 형성에서 점하는 역할과 상호관계는 오히려 체계가 확립되기 이전시기에 더 잘 보여준다.

제기된 아카데미즘과 저널리즘의 위기론이 거의 동시에 제기되고 있는 것은 양자 사이에 서로 다르면서도 같은 기반을 공유하고 있기 때문이 아닌가 생각된다. 인문학을 중심으로 한 아카데미즘의 위기는 이미 사회적인 주된 이슈가 되고 있어 별도로 언급할 필요가 없을 듯하다. 저널리즘의 위기에 대한 목소리는 1990년대 이후 본격적으로 제기되고 있다. 이에 대해서는 다음 참고. Katz, E., "The end of journalism? Notes on watching the war", *Journal of Communication*, vol.42 no.3, 1992, pp.5~13; Bromley, M., "The end of journalism? : Changes in workplace practices in the press and broadcasting in the 1990s", in M. Bromley and T. O'Malley(eds), *A Journalism Reader*, London : Routledge, 1997, pp. 330~350; Bardoel, J., "Beyond Journalism : A Profession between Information Society and Civil Society", *European Journal of Communication*, vol.11 no.3, September 1996, pp.283~302; 조용중·김영희 등, 「저널리즘의 위기와 대응 방안」, 『관훈저널』, 2010, 200~229쪽; 김무곤, 「한국 신문위기의 현상과 그 대응방안에 관한 고찰」, 『사회과학연구』, Vol.17 No.2, 2010, 69~94쪽; 김승수, 「한국저널리즘의 위기와 대안」, 『언론과학연구』 제11권 3호, 2011.9, 5~32쪽.
7 중국에서 본격적인 아카데미즘의 형성은 1916년 차이위안페이의 베이징대학 개혁 이후의 시기이며, 저널리즘에 대한 체계적 연구 역시 1918년 베이징대학에 "저널리즘연구회(新聞學研究會)"가 조직된 것이 거의 시발점이었다. "저널리즘연구회"는 베이징대학 총장 차이위안페이 [蔡元培]의 적극적인 추동하에 쉬바오황(徐寶璜)이 주임을 맡아 이끌었으며, 그는 1919년 12월 연구회에서의 강연내용을 중심으로 하여 『신문학(新聞學)』을 출간하였다. 徐寶璜撰, 『新聞學』, 國立北京大學新聞學研究會, 民國8.

2. 저널리즘과 근대 지식의 성격

동아시아에서 신문을 비롯한 근대 저널이 본격적으로 출현한 것은 19세기 후반이다. 그러나 신문이 출현하면서 곧바로 그것의 존재가치가 사회적으로 승인받은 것은 아니었다. 동아시아에서 근대적인 신문과 잡지가 처음 출현하고 나서 사회적으로 합법적인 기능을 승인받기 위해서는 근대적인 저널리즘이 전제되어야 했다. 일본과 중국을 비교하면 근대적인 신문의 출현은 시간적인 차이가 거의 없지만, 저널리즘이 출현하는 데는 적지 않은 시간적인 차이가 존재한다. 일본에서는 1871년 1월 28일 『요코하마마이니치신문[橫濱每日新聞]』을 시작으로 근대 신문이 출현하기 시작했으며, 출현과 동시에 정부의 적극적인 지원을 받으며 그 합법성이 곧바로 추인되었다. 이는 일본에서의 근대적 신문이, 신문을 정부의 문명개화정책을 지원하는 매체로 인식하던 메이지 정부의 신문 보호육성정책과 긴밀한 연계가 있었기 때문에 가능한 일이었다. 1871년에 메이지 정부에서 신문 발행자에게 제시한 문서를 보면 "신문은 사람들의 지식을 개발하는 것을 목적으로 하며, 사람들의 지식을 개발하여 완고하고 편협한 마음을 타파하고 문명개화로 이끄는" 것으로 보고 있다.[8] 이에 비해 중국에서는 거의 같은 시기인 1872년 본격적인 근대적 대중신문 『신보(申報)』가 출현했음에도, 중국 사회의 주도층으로부터 그 사회적 가치와 의미를 적극적으로 승인받은 것은 청일전쟁(1894~1895) 이후의 일이었다. 그 이전시기까지 신문의 사회적 역할과 그것에 대한 사회적 인식이 부

---

8 內川芳美・新井直之編, 『日本のジャーナリズム : 大衆の心をつかんだか』, 東京 : 有斐閣, 1983, 6~7쪽.

단히 변화해 오기는 했지만 학문으로서의 지위는 물론이고 지식인들의 정당한 활동영역으로도 승인받지 못하고 있었다. 그보다는 대부분의 사회에서 초기 신문들이 취급받은 것처럼 중국에서도 독자들의 흥밋거리를 위해 허황되거나 사회적 흑막을 폭로하는 무가치한 것으로 간주되었다.[9] 그러한 인식에 변화가 발생하게 된 계기는 청일전쟁으로 인한 중국사회, 특히 지식계의 변화였다.

1896년 『시무보(時務報)』가 정부의 주요 관원들과 지식인들의 광범한 지원을 받으며 발간된 것은 바로 신문에 대한 사회적 승인을 의미하는 것이었다. 그리고 그 발간사에 해당하는 량치차오의 다음과 같은 주장은 바로 중국에서 초기 저널리즘의 성격을 이해하는 데 있어 중요한 시사점을 보여준다. 비록 장문이기는 하지만 그 일단을 소개하면 다음과 같다.

서구의 나라에서는 인구의 수, 제품의 생산, 국민의 사업, 상업에 대해 매일 명확하게 기록하여 신문지상에 함께 실어 모든 사람이 알 수 있도록 한다. (…중략…) 서구인들은 과학 및 제조와 관련된 전문적인 영역을 위해, 관방에서는 학교를 세우고, 사인(士人)들은 학회를 세워 갈고 연마함으로써 매일 새로운 법이 나온다. 따라서 신문에 게재되기가 무섭게 다투어 그러한 소식을 먼저 보려고 한다. (…중략…) 그렇다면 신문의 규준은 어떠해야 하는가? 널리 5대륙의 최근 소식을 번역하여 싣고, (…중략…) 각 성의 새로운 정치소식을 게재하며, (…중략…) 외교교섭과 중요한 사건을 널리 취재하고, (…중략…) 아울러 정치와 학예(學藝)의 중요한 서적을 소개함으로써, 독자로 하여금 모든 실학의 원류 및 방법과 날로

---

9   19세기 말 중국에서 신문의 의미에 대해서는 Barbara Mittler, *A Newspaper for China? Power, Identity, and Change in Shanghai's New Media, 1872~1912*, Harvard East Asia Center, 2004 참고.

새로워지는 현상들을 이해하게 함으로써 더 이상 팔고와 팔운(八韻), 고증과 사장
(詞章)의 학문에 파묻혀 공허하게 자신을 과대평가하지 않도록 해야 한다.

西國人數, 物産, 民業, 商册, 日有記注, 展卷粲然, 錄副印報, 與衆共悉 (…중략…)
西人格致制 造專門之業, 官立學校, 士立學會, 講求觀摩, 新法日出, 故亟登報章, 先睹
爲快 (…중략…) 然則報之例當如何? 曰 : 廣譯五洲近事, (…중략…) 詳錄各省新政,
(…중략…) 博搜交涉要案, (…중략…) 旁載政治, 學藝要書, 則閱者知一切實學源流
門徑, 與其日新月異之跡, 而不至抱八股八韻考據詞章之學, 枵然而自大矣. [10]

위 발간사는 일본의 경우와 마찬가지로 신문의 취지를 새로운 지식과 정
보를 널리 전파함으로써 국민을 계발시킬 수 있다는 점에 두고 있다. 그 지식
에는 세계의 소식과 중국 각 성의 정치소식, 외교교섭과 학예 등 다양한 정보
가 망라되어 있다. 그러나 주목할 것은 단순히 새로운 지식을 통한 국민의 계
발을 강조하는 데 그치는 것이 아니라 전통적인 학술, 즉 당시 아카데미즘의
가치에 대해 부정을 하고 있다는 점이다. 팔고와 팔운(八韻), 고증과 사장은
다름 아닌 당시 관료가 되거나 학자 혹은 문인으로 인정받을 수 있는 사회적
으로 공인된 지식이자 준 제도화된 학문영역이었다. 당시 전통적인 학술 즉
전통시기 아카데미즘에 대한 비판은 이미 지식계에서 풍미하기 시작한 신조
류였기 때문에 특이한 현상으로 볼 수는 없다. 그러나 근대적 저널리즘이 등
장과 더불어 자신의 존재의의를 구성함에 있어서 전통적 아카데미즘을 극복
하고 대체해야 하는 대상으로 삼았다는 것은 의미심장한 일이다. 전통적 아
카데미 지식을 대신한 것은 세계와 국내외의 변화하는 각종 지식, 학술과 과

---

10 梁啓超, 「論報館有益於國事」, 『時務報』 第1册, 1896.8.9.

학기술 연구가 생산하는 각종 지식들이었다.

새로운 지식은 20세기 들어서면서 학당이나 학회[11]와 같은 교육과 연구를 전담하는 제도적 장치들이 미비한 상황에서, 대부분의 지식은 출판기구들에 의한 번역에 의존하였다. 그 가운데 신문과 잡지의 역할이 매우 중요했다. 그것이 중요한 이유는 실제로 얼마나 중요한 역할을 했는가하는 점보다도 당시 저널리즘이 그러한 역할을 자처하고 있었다는 점이다. 덩스(鄧實)는 1903년 『정예통보(政藝通報)』를 발간하면서 학술사상을 통해 국민의 정치사상을 양성하는 것이 급무라고 보고, 그 구체적인 방법이 바로 신문잡지라고 주장하였다.[12] 즉 학술사상을 전파하는 가장 중요한 미디어로 신문잡지를 거론한 것이다. 20세기 들어 약해진 전통적인 학술의 권위를 대신한 것은 새로운 학술제도가 아니라 바로 언론계였다. 신문과 잡지를 중심으로 한 언론계는 단순히 사회 여론의 형성기제가 아니라 새로운 방식의 정치기제이자 학술기제로서 급속하게 사회의 중요한 권위로서 자리 잡아 갔다. 그리고 이러한 언론의 중심에는 바로 여러 정치 및 사회운동 집단이 존재하고 있었는

---

11 왕얼민[王爾敏]의 대략적인 조사에 따르면, 1895년부터 1910년까지 162개의 각종 학회가 조직되었다. 王爾敏, 『晩淸政治思想史論』(華世出版社, 民國58年) 중 제6장 "淸季學會彙表"(134~165쪽) 참고. 무술변법시기 학회의 상황에 대해서는 張玉法, 「戊戌時期的學會運動」, 『歷史硏究』, 1998(05), 5~26쪽 참고.

12 鄧實, 「論政治思想(『政藝通報』發行之趣意)」, 『光緖癸卯政藝叢書·政學文編卷一』, 臺北文海出版社影印, 1976, 94쪽. 신문잡지의 국민계몽에 대한 중요한 역할은 량치차오의 다음과 같은 주장에서도 잘 보여준다. "(국가의) 현상은 혼탁하고 전도가 암담하여 어느 하나 절망케 하지 않는 일이 없다 그 가운데 한 줄기 광명이 있어 그런대로 위안이 되는 것은 세 가지 있으니, 학생이 나날이 증가하고, 서국(書局)이 날로 늘어나고 있으며, 신문잡지사가 나날이 많아지고 있다는 점이다. (…중략…) 내가 생각하기에 신문잡지사의 두 가지 천직은 첫째 정부에 대한 감독자이며, 두 번째는 국민을 이끄는 자라는 점이다(其現象之混濁, 其前途之黑暗, 無一事不令人心灰望絶. 其放一線光明, 差强人意者, 惟有三事 : 日學生日多, 書局日多, 報館日多是也. (…중략…) 某以爲報館有兩大天職 : 一曰, 對於政府而爲其監督者; 二曰, 對於國民而爲其向導者是也)." 梁啓超, 「敬告我同業諸君」, 『新民叢報』 第17期(光緖二十八年, 1902).

데, 이들 조직은 제도적인 측면이나 학술적인 측면에서 보더라도 전문적인 그룹이라기보다는 계몽운동가적인 성향이 지배적이었다. 그 결과 당시 신문 잡지를 통한 정치사상의 보급이 학술적인 방식을 취하고 있다고 하더라도 학술의 내적인 규범에 비추어 볼 때 상당히 한계를 지닐 수밖에 없었다. 서학을 단순히 계몽적 도구가 아니라 학문의 내적인 논리와 학적 규범이라는 측면에서 접근하던 왕궈웨이(王國維)가 "경신(庚申)이래 각종 잡지가 연이어 출간되었지만, 그 필자는 호사가적인 학생이 아니면 망명중인 수배자들이었다. 이러한 잡지는 본래 학문이 무엇인지 모르고, 단지 정치적인 목적만이 있을 뿐이다. 비록 학술적인 의론이 있다고 하더라도 지리멸렬한 표절에 불과하다"[13]고 비판한 것은 아카데미즘적 학술의 입장에서 당시 저널리즘이 주도하던 신학(新學)에 대한 불만을 표출한 것이었다.

저널리즘이 새로운 시대의 지식생산의 중심으로서, 기존의 지식 생산방식, 즉 전통적 학문을 대체하게 된 데는 무엇보다도 기존 지식의 무용론에 있었다. 여기서 문제는 유용한 새로운 지식이라고 볼 수 있는 근대적 지식, 특히 근대적 학문으로 대체함으로써 해결될 수 없는, 단순히 지식의 내용만이 아니라 지식의 미디어, 문(文)의 형식이나 양식과도 연관이 있었다. 20세기 초 중국에서 저널리즘의 대두는 단순히 '근대적' 학문의 미성숙이나 미비만으로 그 원인을 설명하기에는 부족하다. 량치차오의 다음과 같은 설명이 이를 잘 보여주고 있다. 량치차오는 중국의 지식계에 신문잡지의 합법성과 사회적 의미를 설득하고 실천하는데 가장 중요한 역할을 한 인물이지만, 그는 활동초기부터 이미 학문과 저널사이의 중요한 차이점과 대립적인 성격을 인식하고 있었다.

13　王國維, 「論近年之學術界」, 『靜庵文集』(『王國維遺書』5冊), 上海古籍出版社, 1983年 影印本, 94쪽.

학자가 천하를 각성시키는 것을 소임으로 한다면 문(文)을 저버릴 수 없다. 세
상에 전하고자 하는(傳世) 문장은 깊고, 고아하고 훌륭함에 힘쓰거나, 심원하고
넓고 아름다운 것에 치중하며, 또는 진기하고 심오한 것을 추구하는 것으로 없어
서는 안되는 것이다. 이에 비해 세상을 각성시키는(覺世) 문장은 의미가 전달되
면 되는 것으로, 조리가 세밀하고 문장은 예리하고 사리에 통달하는 것을 으뜸으
로 삼으며 반드시 공교로움을 추구할 필요가 없다(學者以覺天下爲任, 則文未能舍
棄也. 傳世之文, 或務淵懿古茂, 或務沉博絶麗, 或務瑰奇奧詭, 無之不可; 覺世之文, 則
辭達而已矣, 當以條理細備, 詞筆銳達爲上, 不必求工也).[14]

량치차오가 여기서 구분하고 있는 "세상에 전하는 문장"과 "세상을 각성시
키는 문장"은 각각 학문과 저널리즘에 상당한다고 보아도 무방하다. 이에 따
르면 학문은 시대를 초월한 보다 보편적인 가치와 의의를 추구하는 것으로
사상의 깊이와 더불어 문장의 필치까지도 완비할 것을 요구하는데 비해, 저
널리즘은 날카로운 논리와 사회 문제의 핵심을 꿰뚫는 안목으로 비평하는
것을 목적으로 한다. 몇 년 후 량치차오는 또 학문과 저널리즘에 대한 차이점
을 밝히고 있는데, 여기서 저널리즘의 특징에 대한 그의 인식이 보다 잘 나타
나 있다. 그에 의하면 학문적인 "저서는 장기간 동안 가치 있는 것을 기획하
고 보편적인 의미를 밝히는 것이지만, 신문잡지는 특정시기를 구하고 제한
된 특정한 의미를 밝히는 것이다. 따라서 한 신문잡지에 종사하는 사람은 일
단 목적이 정해지면 극단적인 주장을 내세우게 되는데, 이로 인해 설령 편협
하고 과격한 부분이 있더라도 문제될 것이 없다(著書者規久遠, 明全義者也, 報館

---

14 梁啓超,「湖南時務學堂學約」,『梁啓超全集』第一卷, 北京出版社, 1999, 109쪽.

者救一時, 明一義者也. 故某以爲業報館者, 旣認定一目的, 則宜以極端之義論出之, 雖稍偏稍激焉而不爲病)."[15] 그의 이러한 주장은 마치 앞서 언급한 1905년 왕궈웨이의 비판을 예견하고 미리 자기변호를 하기 위해 쓴 것인 양, 기본적으로는 신문잡지의 사회적 의의를 강조하는데 초점이 있지만 당시 그러한 문장에 대한 사회적 비판, 즉 자기 자신의 실천 활동과 이른바 '신문체(新聞體)'라고 불리던 자신의 글쓰기 방식에 대한 변명처럼 보인다.

그러나 왕궈웨이의 비판에도 불구하고 저널리즘이 국민에 대한 신학문의 교육을 주도한 것은 1920년 전후시기까지 지속되었다. 이는 량치차오가 지적한 바와 같이 전통적 아카데미즘을 대체할 새로운 아카데미즘이 형성되지 않았다는 점과 더불어, 당시 신지식의 의미가 체계적이고 학술 내적인 논리에 의거한 지식생산보다는 세계와 사회의 당면 문제점을 새롭게 통찰하고 이해하기 위한 관점이라는 측면이 더 부각되었기 때문인 것으로 보인다. 당시 지배적인 지식의 특징은 신지식을 판단하는 기준이었던 과학에 대한 사회적 이해방식을 통해서 잘 보여준다. 후스(胡適)는 일찍이 19세기 말 이래로 중국에서 수구인물이든 개혁적 인물이든 모두 함께 숭배하는 지고무상의 지위를 지니고 있었던 것이 바로 과학이라고 지적한 바 있다.[16] 후스의 이러한 주장은 당시 과학과 인생관의 논쟁으로 과학의 문제가 지식계의 중요한 초점이 되고 있던 시기의 발언이라는 점을 감안해서 이해해야 하지만, 청말에서 민국 초기 중국 지식계의 과학에 대한 추종에 대해서 이미 많은 논자들에 의해 주장되어 온 바와 같이, 과학이 20세기 전반 중국에서 각별한 의미를 지니고 있었던 것은 부정할 수 없다.

---

15 梁啓超, 「敬告我同業諸君」, 『新民叢報』 第17期, 1902.10, 5쪽.
16 胡適, 「科學與人生觀序」, 『科學與人生觀』, 上海亞東圖書館, 1923, 2~3쪽.

서구의 근대적 과학은 1900년 이후 본격적으로 수용되기 이전 이미 1876년 상해격치서실(上海格致書室)의 『격치휘편(格致彙編)』(1876~1890)을 비롯하여 여러 잡지나 번역서를 통해 소개되기 시작하였지만, 그것은 어디까지나 중국의 학술에 대한 보완적인 의미와 통유(通儒)가 함께 섭렵해야 할 지식의 일부이라는 의의에서 벗어나지 못했다. 하지만 1900년 이후에 이르러 과학은 전체 지식이나 사상에 있어서 전혀 다른 차원의 의미로 사용되기 시작한다. 20세기 초기 20년간 중국에서 출현한 과학잡지는 자연과학, 기술과학, 의학 등 128종에 달할 정도로 급증하였다.[17] 그러나 이들 잡지는 대부분 각 분야에서의 독창적인 연구성과를 발표한 것이 아니라 주로 외국의 과학소식을 단순히 소개하는게 그치거나 계몽선전 및 교육보급에 중점을 두고 있으며, 과학에 대한 관점 또한 기본적으로는 과학에 기반한 정치, 문명, 사회, 문화, 국가에 대한 개조와 건설이라는 '계몽'의 틀에서 크게 벗어나지 못했다. 즉 당시 과학은 전문적 학술영역에 국한된 것이라기보다는 하나의 세계관이자 사회와 역사를 이해하고 제반가치를 평가하는 가치기준에 가까웠다.[18]

세계관으로서의 과학관념이 근대 중국의 학술이나 지식생산 및 보급에 미친 영향은 양면적이다. 우선 정치 및 사회, 문화 등 제반 분야에서 새로운 지식과 관념을 수용한다는 측면에서는 근대적 학술의 형성을 위해 적극적인 역

---

17 張小平・潘岩銘,「中國近代科技期刊簡介(1900~1919)」,『辛亥革命時期期刊介紹』IV, 北京 : 人民出版社, 1986, 694쪽.

18 19세기 말 20세기 초 서구의 과학사상을 중국에 소개함에 있어 중요한 역할을 한 옌푸(嚴復)의 과학관념을 논하면서 왕후이는 그의 "과학"개념은 중국 이학(理學)의 "격치(格致)" 개념과 내재적으로 연계있다고 보면서 다음과 같이 평하고 있다. "실증적 방법론은 마치 전통의 신비주의를 타파하는 것처럼 보이지만, 그 과학관이 함축하고 있는 전체적인 의의구조는 모종의 방법에 있어서 신학가(神學家)의 바람과 동시에 발생한 것이다. 사실상, 옌푸가 내심으로 고대하는 것은 세계질서에 대한 과학적 발견을 통해 우리의 혼란한 지식을 명확하게 하고 존재의 원칙을 파악하는 것이다." 汪暉,『汪暉自選集』, 桂林 : 廣西師範大學出版社, 1997, 235쪽.

할을 하였다. 근대적 아카데미즘이 전통적 아카데미즘에 대한 부정을 기초로 세워져야 한다면, 과학은 바로 전통적 아카데미즘의 가치를 부정하는데 최일선에 있었다고 할 수 있다. 그러나 다른 한편 근대적 아카데미즘이 단순히 서구학술의 소개나 과학적 태도만으로는 구성되기 어렵다는 측면에서 보면, 단순히 신지식의 소개, 세계와 사회에 대한 과학적 태도를 새로운 학문과 동일시하는 것은 보다 체계적이고 심도 있는 근대적 학문의 수립에 있어 부정적인 역할을 했다고 볼 수 있다. 당시 다투어 내세우던 '과학적'이라는 태도는 서로 자신의 입지에 근거를 부여하는 수사논리에 가까운 것으로 실제로 과학적인가와는 별개의 것이었다. 청말 민국 초기의 이러한 세계관으로서의 과학관념이 지닌 양면성은 바로 당시 저널리즘이 근대학술 특히 근대적 아카데미즘의 형성에 미친 양면적 역할이기도 했다. 상기와 같은 과학관념을 사회적으로 통용시키는 데는 전문성이 있는 과학잡지들보다도 오히려 인문사회과학에 가깝거나 일반적인 신문잡지의 역할이 더 컸다. 당시 신문잡지들 대부분은 이른바 "과학적"인 태도에 입각하여 국가 및 사회의 중요문제나 일상적인 제반현상 혹은 문제점을 비판하거나 세계의 새로운 지식과 문화를 소개하였다. 따라서 1920년에 이르러서도 대학생들조차 새로운 지식과 학문을 접하는 주요 통로는 역시 신문잡지였다.

오늘날 우수한 인재들은 다수가 잡지에 종사하며 단편적이고 자질구레한 학설로 청년들을 고무시키고, 심도 있는 학술에 있어서는 심원한 사고나 체계적인 연구를 하지 못합니다. 오늘날 각 학교의 학생들을 가만히 살펴보면 매일 정해진 수업이외에는 모두 잡지를 읽거나 잡지를 만들고 있습니다. 이러한 상황이 지속되어 고쳐지지 않는다면 학문이 영원히 단절될까 우려됩니다.

今日優秀之才, 多從事於雜志;以東鱗西爪之學說鼓舞靑年, 對於精深之學術, 不能澄

思渺慮, 爲有系統之硏究. 默觀今日各校學生, 每日除照例上課外, 人人讀雜志, 人人做

雜志. 長此不改, 將永遠有絶學之憂[19]

1920년 초에 차이위안페이에게 보낸 슝스리[熊十力]의 위 서신은 차이위안
페이가 뤄쟈룬[羅家倫]에게 보내 『신조(新潮)』에 게재를 요청하여 공개된 서신
으로, 5·4신문화운동 이후 다시 새롭게 잡지의 붐이 일던 시기에 학생들의
연구활동 방식의 문제점을 지적하고 있다. 이러한 문제를 해결하기 위해 그
는 해외유학을 한 사람들이 단기간의 효과에 치중하지 말고 서양학술을 전문
적으로 연구할 것을 주문하였다. 슝스리의 이러한 언술에서 엿볼 수 있듯이
그는 교육과 연구기관이여야 할 대학이나 학자들이 힘쓸 바는 전문성 있는 학
술연구라고 보고 이를 저널리즘적인 저술활동이나 학술 소개와 대비시켜 비
판하고 있다.

3. 근대적 아카데미즘과 과학담론

중국에서 저널리즘이 주도하던 근대학술에 대해 본격적으로 문제를 제기
하기 시작한 것은 1915년을 전후한 시기이며, 1920년을 전후한 시기에는 사

---

19 「通信 : 熊子眞致蔡元培」, 『新潮』 2卷 4號(1920年 5月), 上海書店, 1986年 影印本, 828쪽.

상-학술적 논쟁으로 전개되었다. 슝스리의 위의 서신도 바로 이러한 시대적 조류를 배경으로 한 것으로 이는 단순히 그의 개인적 문제의식이 아님을 말해 준다. 저널리즘과의 차별화를 통한 근대적 아카데미즘을 건립하려는 시도는 두 방면에서 시작되었다. 하나는 1916년 차이위안페이가 베이징대학 총장으로 부임하면서 시도한 베이징대학의 개혁이고, 다른 하나는 단순히 과학기술이나 서구학술을 소개하는 차원이 아니라 학리적 연구를 지향하는 일련의 연구자 집단들에 의한 새로운 학술조류이다. 전자는 대학의 연구와 교육의 중심인 대학교수들에 대한 인적개선과 학제개편, 그리고 연구활동 중심의 연구소 건립을 주요 내용으로 진행되었다.[20] 후자는 주로 서구에서 유학한 유학생 출신들을 중심으로 한 연구집단이 사회-정치담론과 사상운동 담론이 주도하는 지식계에 대해 전문적인 학술연구방법에 기반한 연구기풍을 주창하면서 시작되었다.

제1차 세계대전이 발발하고 중국 내의 정치상황이 혼미한 상태에 있던 1914년, 미국 코넬대학에서 유학을 하고 있던 런훙쥔[任鴻儁]은 「학계(學界) 건립론」이라는 제목의 글을 발표하였다.[21] 이 문장에서 주목할 것은 '학계(學界)'라는 일종의 전문적 학술공동체의 문제를 제기했다는 점 외에도, 중국에는 학계가 없다고 선언했다는 점이다. 그는 이 글에서 '학계'의 기준에 대해 몇 가지를 제시하였는데, 학계란 단순히 지식인 집단의 유무를 가리키는 것이 아니라 바로 특수한 문제에 대해 전문적인 과학에 입각해 논하거나 제안하여 사람들로부터 준칙이나 표준으로 공인받을 수 있는 '권위(authority)'의

---

20 차이위안페이의 베이징대학 개혁에 대해서는 陶英惠, 「蔡元培與北京大學(1917~1923)」, 『近代史研究所集刊』第五期, 1976, 263~312쪽 참고.
21 런훙쥔은 학계건립에 대해 연속 2편의 글을 발표하였다. 「建立學界論」, 『留美學生季報』, 民國三年夏季 第二號(1914.6); 「建立學界再論」, 『留美學生季報』, 民國三年秋季 第三號(1914.9).

존재를 가리키는 것이라 말하고 있다. 지식인이 모여 지식을 재생산하는 대학이라는 것은 학계를 건설하기 위한 토대이자 수단일 뿐이다. 그렇다고 학계의 유무는 단지 전문적인 권위의 존재여부만으로 논할 수는 없다. 런훙쥔에서 주목할 것은 그가 학계뿐만 아니라, '학(學)' 그 자체에 대해서도 일정한 조건을 제시하고 있다는 점이다. 그에게 있어 학(學)이란, 대학과 같은 일정한 제도적 훈련을 거친 것이거나 창의적 사고에 입각한 입론이어야 하는데, 그것을 요약하면 결국 과학적인 학(學)이다. 즉 그에게 있어 학(學)의 기본 모델은 과학이었다. 이때 과학이란 그 목적에 있어서 바로 구체적인 실리를 추구하지 않는 것이며, 반드시 논증을 위한 특정한 방법을 준수하는 것이다. 이러한 비공리성과 진실을 추구하는 과학적 방법(특히 귀납적 방법)이 바로 '학'의 기본 전제이다.[22]

또 학자의 모델은 당연히 과학자이다. 이때 과학자란 단순히 과학연구의 종사자라는 의미가 아니라, 좀 더 엄격히 제한적인 의미를 부여하고 있다. 즉 그에 따르면 과학자란 사실적 학문을 연구하여 미지의 이치에 대한 발명을 목적으로 삼고 있는 사람을 말한다.[23] 더 정확히 말하면 그러한 연구를 통해 전례 없는 새로운 발명을 함으로써 인류지식의 진보에 기여하는 사람을 말한다. 이것은 학자가 단순히 교양적인 지식인이 아니라 특정 지식분야의 전문가이자 권위자여야 한다는 것을 의미한다.

이러한 그의 주장은 단순히 일반론적인 시각을 토로한 것이 아니라 당시 중국 사회의 몇 가지 주요 현상을 겨냥한 것이다. 먼저 그가 가장 비판적인

---

22 「論學」, 『科學』第二卷 第五期(1916.5); 「建立學界再論」, 『留美學生季報』民國三年秋季 第三號 (1914.9).
23 「何爲科學家」, 『新靑年』第六卷 第三號(1919.3).

대상으로 삼은 것은 앞서 왕궈웨이도 지적한 바 있는 중국의 지식계, 또는 유학생계의 문제점이었다. 즉 대부분의 지식인 혹은 유학생들은 심도 있는 학문연구의 능력을 익히기도 전에 일반적인 지식을 습득한 후 교육이나 사회개혁 운동에 참여하거나 또 상당수는 유학을 배경으로 관리가 되기 위해 베이징의 정가에 더 관심을 두고 있었다. 따라서 그들은 유학 후 귀국을 하고나서도 찾는 것은 지속적인 연구 활동을 위한 것이 아니라 사회단체나 정치권에의 진입이었다. 런훙쥔의 학계건설은 바로 중국의 이러한 지식계의 상황을 겨냥한 것이었다. 그는 특히 1915년 국가에서 유학생을 대상으로 관리임용을 위한 시험을 실시하자,[24] 이는 "천하의 인재들을 모두 정치로 끌어들이는 것이며, 인재가 정치라는 한 분야에 집중되면 사회의 사업은 자연 소실된다"[25]고 강하게 비판하였다. 이러한 현상은 단순히 유학생만이 아니라 베이징대학 등 중국 내 대학생들도 마찬가지였다.

두 번째는 전문가 집단의 부재로 인한 각 분야의 사회개조와 변혁, 건설 등에 있어서 소모적인 정치적 언설이 지배하는 현상이다. 이러한 문제점은 단순히 효율성과 관련될 뿐만 아니라 더 중요한 것은 정치권력의 사회 전 분야에 대한 지배와 농단의 온상이 된다는 점이었다. 따라서 런훙쥔이 말하는 학계의 건립은 바로 사회 각 분야에서의 전문가에 의한 정책결정과 더불어 정치권력을 견제할 수 있는 학계권력을 창출하려는 것이었다.

마지막으로 또 하나는 정치적 복벽이 상징하듯이 여전히 사회 각 분야에서 실질적 권력을 행사하고 있는 구문화 집단이다. 이들은 모두 사회의 덕망 있는 지식인 집단으로 자부하였지만, 런훙쥔은 그들로부터 '학인(學人)'의 자

---

24 『上海時報』(1915.2.28).
25 「歸國後之留學生」, 『留美學生季報』民國四年夏季 第二號, 1915.6.

격을 박탈하였다. 즉 학문에 사실성과 정확성, 방법론적 훈련 등을 요구함으로써 주로 '문자'의 연구,[26] 즉 문장과 문학연구에 집중했다고 본 문사집단(文士集團)에 대해 "學"의 권위를 취소하는 한편 새로운 학문진보의 장애물로 선언함으로써 사회에서의 이를 대체할 새로운 권위를 수립하고자 하였다. 즉 그의 '학계' 건립은 바로 신문화 집단의 사회적 권력을 수립하는 것이었다.

런훙쥔의 이러한 '학계 건립론'은 실은 1915년부터 본격화되는 중국사회의 중요한 변화의 방향이자 핵심내용이었다. 특히 그는 학계의 건립을 위한 방법이자 수단으로서 학교와 학회의 조직을 내세웠는데, 1915년에 미국유학생을 중심으로 결성한 "중국과학사(中國科學社)"[27]는 바로 1914년부터 그가 제기해 온 학계 건립론의 일환이었다. 물론 그가 제기한 학회는 중국 역사상 전통적인 학회와 구분되는 특수한 학회이다. 그에 따르면 전통 학회는 주로 고서(古書), 경사(經史)를 바탕으로 『대학(大學)』의 이념 즉 '수신-평천하'를 목적으로 한 덕육 중심의 학회이며, 한 명망 있는 대가의 강연을 중심으로 진행된다. 이에 비해 그가 주장하는 새로운 학회는 실험과학 및 그 응용에 바탕한 지육(智育) 중심의 학회이며, 다수의 대등한 전문학자들의 상호토론과 연구를 통해 진행되는 학회이다.[28] 따라서 그의 관점에서 보면 중국은 역사상 이렇다 할 "학사(學社)"가 존재한 적이 없다. 그는 당시 영국, 독일, 미국 등의 대표적인 학회를 소개하면서 영국의 왕립협회를 모델로 하여 "중국과학사"를 조직한 연유를 다음과 설명하였다.

---

26 "吾國二千年來所謂學者, 獨有文字而已"「建立學界再論」,『留美學生季報』(民國三年秋季 第三號 (1914.9).
27 원명은 "과학사(科學社)"였으며, 1915년 미국 코넬대학 중국 유학생 자오위안런[趙元任], 런훙쥔[任鴻雋], 양취앤[楊銓] 등이 중심이 되어 조직한 학회로서 기관지『과학(科學)』을 발행하였으며, 1959년까지 활동한 중국 현대의 가장 대표적인 과학학회였다.
28 「外國科學社及本社之歷史」,『科學』, 第三卷 第一期(1917.1).

지금 한 국가의 문명의 수준에 대한 평가는 영토 및 국민의 규모나 군사무기의 수준을 기준으로 하지 않고 국민의 지식 수준과 사회조직의 완비 및 일반 생활의 진화를 평가의 기준으로 삼고 있다. 현대 과학의 발달로 이미 인류 생활, 사상, 행위, 욕망에 새로운 국면이 발생하고 있다. 국가에 과학연구가 없다면 지식이 불완전하다고 할 수 있으며, 과학적인 조직이 없다면 사회조직은 불완전하다고 할 수 있다. 이 두 완전한 현상이 존재한다면 사회생활의 상황은 곧 가늠해 볼 수 있다. 과학사의 조직은 바로 이 두 방면의 결함을 보충하려는 것이다.[29]

이와 같이 런훙쥔과 중국과학사 멤버들은 과학 구국론을 주창하면서 국민들의 지식과 사회조직을 위해 과학을 연구하는 학술공동체의 필요성을 역설하였다. 특히 사회조직을 위해서는 과학에 근거해야 함을 주장함으로써 과학과 과학자의 사회적 지위와 권위를 높이 평가하였다. 그리고 이를 위해 체계적인 조직 편성과 활동 규약을 바탕으로 정기적인 학술활동을 전개하는 한편, 『과학』 잡지 발간, 서구의 전문적인 과학도서 번역, 전문용어 정리, 도서관 설립, 연구소(특별 연구소 포함) 설립, 박물관 설립 등 제도적 장치를 구비하였다.[30]

중국과학사(中國科學社)의 이러한 시도는 19세기 말 이후 여러 학회와는 성

---

29 "現在觀察一國文明程度的高低, 不是以廣土衆民, 堅甲利兵爲標准, 而是以人民知識的高明, 社會組織的完備和一般生活的進化來做衡量的標准, 現代科學的發達已經將人類的生活, 思想, 行爲, 願望開了一個新局面, 一國之內, 若無科學研究, 可算是知識不完全, 若無科學的組織, 可算是社會組織不完全, 有了這兩種這完全的現象, 那麼社會生活的情形就可想而知了. 科學社的組織是要就這兩方面彌補缺陷." 任鴻雋, 「中國科學社社史簡述」, 全國政協文史和學習委員會, 『文史資料選輯』第15卷, 中華書局, 1961. 이 글은 런훙쥔이 1920년 과학사 제5차년회 겸 과학사 연구소와 도서관 건립을 경축하는 개회사에서 언급한 것이다. 雷頤, 『歷史的裂縫 : 對歷史與人性的窺探』, 秀威資訊科技出版, 2009, 214쪽에서 재인용.

30 과학사의 조직과 활동에 대해서는 范鐵權, 『體制與觀念的現代轉型－中國科學社與中國的科學文化』, 人民出版社, 2005 참고.

격이 완전히 다르다. 하지만, 과학일원론적인 사고방식에 기반하여 사회의 제반 문제를 접근하거나 해결하려고 했다는 점에서는 이전 계몽지식인들과 큰 차이가 없는 것처럼 보인다. 『과학』 창간호 일러두기에서는 "학문의 도리는 진리와 실용성의 추구, 이 두 측면을 함께 중시해야 한다. 본 잡지는 과학만을 다루어 효용과 실리를 목적으로 한다. 현담은 훌륭하더라도 싣지 않고, 과학 원리에 관한 글은 반드시 취한다. 공예의 사소한 것 역시 싣고, 사회, 정치의 논의는 싣지 않는다"[31]고 하였지만, 그들의 관심은 실험실의 연구에 머물지 않고 사회 제반 문제에 걸쳐 있었으며 일부사람들은 적극적으로 담론 정치에 개입하기도 하였다.

과학과 도덕은 또한 떼어놓을 수 없는 관계에 있다. (…중략…) 인간이 악해지는 것은, 진실로 옳은 것을 즐거움으로 삼지는 않기 때문이다. 사리를 변별하는 마음은 얕고, 이해관계에 대한 견해는 어지럽다. 그러므로 때로 감히 잔혹한 짓을 저지르고도 후회하지 않는다. 과학을 크게 제창하면서부터, 자연의 법칙을 명확히 익히고 남과 나의 관계를 자세히 살피니, 옳고 그름에 대한 견해가 진실해지고 좋고 나쁜 감정을 얻게 된다. 사람이 경제학의 정리에 밝으면, 남에게 손해를 입히면 결국 자기에게 손해가 됨을 아니, 반드시 이웃을 구렁텅이에 빠뜨리는 행동을 하지 않는다. 사회학의 원리에 밝으면 자신이(小己) 홀로 존재할 수 없음을 알고 인생에 있어서 서로 돕는 것을 유용하게 여기니, 사람들 사이에 협력하며 자비와 화합의 마음이 저절로 생긴다. (…중략…) 사해일가(四海一家), 영원한 평화는 모두 과학에서 구할 뿐, 어찌 다른 곳에서 찾겠는가. (…중략…) 많은 중생들이

---

31 『科學』 第1卷 第1期.

생명을 위탁하는 바는 오직 과학일 뿐이로다, 과학일 뿐이로다![32]

科學與道德, 又有不可離之關系焉. (…중략…) 人之爲惡, 固非必以是爲樂也. 辨理
之心淺, 而利害之見淆;故有時敢爲殘賊而不顧, 自科學大昌, 明習自然之律令, 審察人
我之關系, 則是非之見眞, 而好惡之情得. 人苟明於經濟學之定理, 知損人之終於自損
也, 必不爲以鄰爲壑之行, 明於社會學之原理, 知小己之不能獨存, 而人生以相助爲用
也, 而人偶共作慈祥豈弟之心油然生矣. (…중략…) 四海一家, 永遠和平, 皆當於科學
求之耳, 奚假鑠外哉. (…중략…) 爲芸芸衆生所托命者, 其唯科學乎, 其唯科學乎!

과학사 동인들은 사회문제에 대한 인식과 해결 방안에 대한 독자적이고
통일된 인식을 갖추고 있었으며, 사회정책이나 인생관과 같은 문제에 대해
서도 과학을 통해 접근해야 한다고 보았다.[33] 그리고 이러한 사회적 관심에
서 출발하여『과학』잡지에는 적지 않은 담론이나 비평성격의 문장들이 게
재되었다.[34] 이는 당시 중국사회에서 전문적인 학술의 독립성 및 그 중요성
에 대해 공통된 인식이 부족하여, 이른바 인정투쟁을 위해 사회적 담론에 적
극 개입하거나 저널리즘적인 방식을 취하지 않을 수 없었던 데서 기인한다.
즉 과학이 자신의 독자성과 가치를 사회로부터 승인받기 위해서는 오히려
'비과학적'인 방식인 담론정치에 개입하지 않을 수 없는 역설적 상황으로 인

---

32 「發刊詞」,『科學』第1卷 第1期.
33 이에 대해서는 張君勱, 任鴻雋 等,『科學與人生觀』, 遼寧出版社, 1998 참고.
34 예를 들어 초기 1~2권의 내용을 보면 「說中國無科學之原因」(第1卷 第1期), 「科學與經驗」(第1
卷 第2期), 「解惑」(第1卷 第6期), 「科學與教育」(第1卷 第12期), 「科學精神論」(第2卷 第1期), 「論
學」(第2卷 第5期), 「吾國學術思想之未來」(第1卷 第12期) 등과 같이,『과학』잡지에는 단지 실험
과 관찰에 근거한 실증적 연구결과만이 게재된 것이 아니라 이른바 과학담론에 관한 문장들
도 적지 않게 게재되었다. 이는 중국과학사가 정치-계몽적 저널리즘을 비판하고 과학적 방법
에 기반한 학계의 건립을 지향하기는 했지만, 그것을 사회적으로 승인받기 위해서는 또 저널
리즘의 방식에 의거하지 않을 수 없었다는 것을 말해준다.

해, 과학적인 방식을 통한 아카데미즘의 형성은 결국 저널리즘의 방식을 우회할 수 없었던 것이다. 그러나 청말시기의 계몽적 과학담론과 태도에 있어서 표면적인 유사성을 지니고 있지만, 『과학』잡지는 중국의 과학담론의 역사에 있어서 방법론적인 전환이라는 중요한 의미를 지니고 있다.

4. 저널리즘에 대한 비판-"문제와 주의" 논쟁

『과학』이 이른바 전문 학술지를 지향하면서 과학과 연관된 사회담론을 전개했다면, 과학적 관점에서 사회적 비평을 적극적으로 전개한 것은 바로『신청년(新青年)』잡지였다. 『신청년』잡지의 특징은 주요 기고자들이 학계와 교육계에 종사하는 사람들이었다는 점이며, 1917년 이후에는 주로 베이징대학 교수들 중심의 사상-교양잡지의 성격을 지니고 있었다. 주로 인문계 출신인 교수들은 베이징대학에서도 신학문을 고취하는 대변자를 자임했을 뿐만 아니라 사회변화를 위한 활동에도 적극적으로 참여하는 행동가적인 경향을 지니고 있었다. 이러한 측면에서 볼 때, 『신청년』의 주요 기고자 즉 편집동인들은 차이위안페이가 학문 연구와 교육 중심의 대학을 위해 제도 개혁을 진행 중이던 베이징 대학이라는 제도권의 학자이면서 동시에 다양한 비평활동을 통해 사회적 여론의 형성을 추구하던 저널리스트라는 양면성을 동시에 지니고 있었다고 할 수 있다. 물론 이러한 아카데미즘과 저널리즘의 경계를 넘나들며 활동하는 방식은 『신청년』 동인들에만 국한되는 것이 아니라 넓은 의미에서 새로운 지식과 학문의 세례를 받은 지식인들에게서 일반적으로 보이던 시대적 특징이었다.

그렇지만 당시 『신청년』 동인들의 활동방식은 다른 지식인들과 비교하여 독특한 면을 지니고 있다. 우선 그들은 대학의 분과학문체계에 맞추어 고유의 전문영역을 갖추고, 교육과 연구활동을 진행해야 했다. 당시 베이징 대학에서는 체계적인 교학을 위해 보다 세분화된 학제구분과 교과목을 두고, 대학교수들에게 사전에 일정한 분량이상의 강의안을 준비할 것을 요구하였다. 따라서 대학 교원들은 교육과 연구활동에 대한 대학의 강화조치와 베이징대학이 지닌 상징적 지위가 부여하는 압박 하에서 전문능력을 갖추어야만 했다. 그 결과 『신청년』 동인들이 제기하는 담론가운데는 학술적인 성격의 주제가 많이 포함되어 있다.[35] 두 번째는 『신청년』 동인들의 담론활동은 단순한 계몽지식의 전파에 그치는 것이 아니라 구체적인 비판대상을 겨냥한 진영논리의 성격을 지니고 있었다. 즉 그들의 논쟁과 비판은 단순히 관념적 차원이 아니라 특정 사회집단과 세력을 겨냥하고 있었다. 그로 인해 그들의 주장은 종종 편협하다고 할 정도로 선명한 입장을 내세웠으며, 논리성과 감성적 호소력이 병존하였다. 세 번째는 어느 집단보다도 서구의 새로운 사조에 민감하고 적극적으로 수용하는 자세를 취하였다. 1919년을 전후한 시점은 중국만이 아니라 전세계적으로 새로운 사상적 조류가 널리 유행하던 시기였다. 제1차 세계대전의 종결과 러시아 혁명이 가져온 사상계에 대한 충격은 『신청년』

---

35 당시 『신청년』이 제기하거나 다루었던 담론 주제들을 보면 사회, 정치, 종교와 문학의 갖가지 문제, 즉 공교(孔敎) 문제, 문학개혁문제, 국어통일문제, 여자해방문제, 정절(貞節)문제, 예교문제, 교육개량문제, 혼인문제, 부자문제, 희극개량문제 등과 서양의 신사상, 신학술, 신문학, 신신앙 등 서구의 새로운 학술 및 사상조류였다. 이러한 문제들은 학술적인 연구범위에 국한되는 것은 아니지만, 주제들이 이전에 비해 전문화와 집중화의 경향을 보여주고 있다.

(이후 『매주평론(每週評論)』, 『신조(新潮)』 포함) 진영의 사상문화운동에 직간접적으로 영향을 미쳤다.[36]

이로부터 알 수 있는 바와 같이 1919년 전후시기에 『신청년』 동인들은 전문가적인 지식인과 사회 비판적 계몽가라는 두 가지 역할을 겸하고 있었으며, 두 역할은 서로 대립되기보다는 상호보완적 기능을 하였다. 천두슈와 후스는 학문적 실천이든 계몽적 실천이든 그 방법은 마땅히 과학에 의거해야 한다고 보았으며, 자신들의 활동방식을 과학적 방법에 의거한 비판적 평가 태도라고 보았다.[37] 이런 의미에서 그들은 지식에서 방법으로 과학의 중점을 전환시키려고 한 『과학』 잡지와 같은 입장을 취하고 있었다. 방법론으로의 전환은 근대 지식사에 있어서 중요한 의미를 지닌다. 왜냐하면 이는 과학을 단순히 지식이나 세계관으로 간주하는 차원에서 언술의 방식과 논증의 방식으로 그 중심을 전환시키는 것이자, 과학은 이제 더 이상 교양이 아니라 전문적인 영역임을 선언하는 것이기 때문이다.

문제는 과학적 방법(이는 실증적인 방법, 실험주의적 방법, 마르크스주의적 방법 등 다양한 유형의 방법을 통칭한다)이 저널리즘적 활동에 있어서 일관성있게 관철하기가 용이하지 않다는 점이다. 특히 당시 과학, 신문화, 신사상 등은 『신청년』 동인들의 독점물이 아니라 사회의 각 세력들이 공히 다투고 있던 대상이었다. 따라서 실제 정치적, 사상적 입장은 전혀 상이함에도 불구하고 각각

---

36 이시기 중국에는 무정부주의, 마르크스주의, 실험주의, 신디칼리즘(syndicalisme), 길드주의, 사회주의, 자유주의, 국가주의 등 각종 사상 유파가 소개되었을 뿐만 아니라 경제학, 심리학, 미학, 사회학, 정치학 및 각종 자연과학과 같은 다양한 학술적 지식이 새롭게 유입되었다.

37 후스胡適는 '5·4' 신문화 운동을 총괄하며, "나의 개인적 관찰에 의하면, 신사조의 근본 의의는 단지 새로운 태도에 불과할 뿐이다. 이러한 새로운 태도는 '비평[評判]적 태도'라고 일컬을 수 있다. (…중략…) '일체의 가치를 새롭게 정한다(重新估定一切價值)'는 이 12글자는 바로 비평적 태도에 대한 가장 좋은 해석이다"라고 회고하였다. 胡適, 「新思潮的意義」, 『新青年』 第7卷 第1號(1919年12月1日).

이 내세우는 담론만으로는 그 차이를 구분하기가 어려울 정도였다. 1919년 7월 20일 후스가 『매주평론』(제31호)에 「문제를 많이 연구하고 "주의(主義)"는 적게 말하자(多研究些問題, 少談些"主義")」는 문장을 발표하여 이른바 "문제와 주의" 논쟁을 촉발시키는 것은 바로 위와 같은 상황을 염두에 둔 것이었다.[38] "문제와 주의" 논쟁이 지닌 의미는 개혁방법(전체에 대한 혁명적 방법과 부분에서 시작한 점진적 방법), 이념과 방법의 이론적 토대 및 논리적 선후문제, 양자의 동시병행 여부의 문제 등 여러 측면에서 논의되어야 하지만, 여기서 우리가 주목할 것은 저널리즘을 통해 생산되는 사상—문화담론이 지닌 한계와 문제점이다.

현재 여론계의 큰 위험은 바로 지상(紙上)의 학설에 편중되어 있고, 오늘날 중국이 무엇을 필요로 하는지에 대해 실제적인 고찰을 하지 않는다는 점이다. 저 공자를 존경하고 하늘에 제사를 지내는 사람들은 진실로 현재 사회가 필요로 하는 바를 알 수가 없다. 그렇다고 군국주의나 무정부주의를 믿는 사람들이 현재 사회가 필요로 하는 바를 알 수 있다고 할 수 있는가? 여론계의 천직은 바로 사회의 실제상황을 세심하게 고찰하는 것이라 점을 알아야 한다. 모든 학리와 모든 "주의"는 단지 이러한 고찰을 위한 수단일 뿐이다.

---

38 이 논쟁은 "문제와 주의"라고 논쟁의 성격을 규정하는 것에서도 알 수 있듯이 후스가 "주의"의 제창과 구체적인 문제에 대한 연구를 대립시켜 전자를 비판하고 후자를 옹호한데서 비롯되었으며, 『신청년』 진영의 후스의 실험주의와 천두슈, 리다자오(李大釗)의 마르크스주의의 대립으로 이해해 왔다. 그러나 최근 10여년 사이의 연구성과들에 의하면 후스가 겨냥한 것은 당시 정계를 장악하고 있던 안복계(安福系)를 비롯한 정객들의 주장과 자신들의 주장이 언론을 통해 구분없이 통용되어 비판적 담론이 오히려 정객들에 의해 이용당하는 것을 겨냥하여 지적한 것이며, "문제와 주의"의 관계에 대한 『신청년』 진영내의 의견 차이는 크지 않았다고 보고 있다. 이에 대한 자세한 연구는 羅志田, 「因相近而區分 : "問題與主義"之爭再認識之一」, 『近代史研究』, 2005年 第3期, 44〜82쪽; 「整體改造和點滴改革 : "問題與主義" 之爭再認識之二」, 『歷史研究』, 2005年 第5期, 100〜116쪽 참고.

現在輿論界的大危險, 就是偏向紙上的學說, 不去實地考察中國今日的社會需要究竟是什麼東西. 那些提倡尊孔祀天的人, 固然是不懂得現時社會的需要. 那些迷信軍國主義或無政府主義的人, 就可算是懂得現時社會的需要嗎? 要知道輿論家第一天職, 就是要細心考察社會的實在情形. 一切學理, 一切'主義', 都只是這種考察的工具.[39]

후스가 지적한 문제, 즉 공소(空疏)하고 피상적인 사상이론이 난무하는 언론은 사실 기존의 아카데미즘이 권위를 상실한 상황에서 새로운 사상과 학술을 수용하여 국민들을 계몽시키려는 상황에서 보편적으로 보이는 현상이다. 1919년을 전후한 시기에 세계적인 학술조류와 맞물려 어느 시기보다도 이러한 현상이 더 심각했다고는 할 수 있지만, 1900년 이래로 중국의 지식계와 언론계에서 줄곧 보이던 보편적인 현상이었다. 즉 후스의 위 글은 바로 근 20여 년 동안 중국 저널리즘에서 보이던 문제점을 지적한 것이자, 1919년을 전후한 중국에서 각종 이념의 '난무' 현상을 겨냥한 것이었다. 여기서 주의해야 할 것은 후스가 직접 비판대상으로 삼고 있는 것은 일반적인 지식계가 아니라 '여론계'라는 것이다. 그가 말하는 여론계는 사회의 여론이나 담론을 주도해 가는 계층을 포괄적으로 지칭한 것으로 볼 수 있지만, 이를 저널리즘으로 바꾸어 불러도 전혀 이상할 것이 없다. 그에 의하면 저널리스트는 학리와 '주의'를 선전하는데 주안점을 두어서는 안 되며, "사회의 실제상황을 세심하게 고찰하는 데" 집중해야 한다. 학리와 주의는 바로 현실을 분석하기 위한 도구일 뿐이다. 후스의 이러한 비판은 앞서 왕궈웨이의 비판과는 다소 차이점이 있다. 왕궈웨이는 당시 아카데미즘과 저널리즘의 차이점에 대한 인식

---

39 胡適, 「多研究些問題, 少談些"主義"」, 『每週評論』 第31號, 1919.7.20.

에 기반하여 당시 저널리즘을 비판했다기보다는 당시 신학문과 신학설을 주도하는 세력의 새로운 학문에 대한 이해가 천근(淺近)함을 비판한 것이었다. 반면 1919년 말 후스의 비판은 저널리즘의 '천직'에 근거하여 당시 저널리즘의 이탈적인 현상을 비판하고 있다. 즉 '문제와 주의'와 관련하여 후스의 논점은 주의의 가치를 폄하하거나 지식인들이 주의에 대한 연구를 할 필요가 없다는 것을 주장하는데 있는 것이 아니라 바로 저널리즘의 주요 직분은 현재와 이곳의 문제에 대해 보다 구체적으로 분석하고 논하는데 있음을 환기시키는 데 있었던 것이다. 그가 "주의를 적게 논하라"고 한 것은 주의가 단순한 도구이기 때문이라기보다는 주의는 이론적인 것으로 체계적인 연구를 통해서만이 그 사상의 의의와 실질을 제대로 이해할 수 있다고 보았기 때문이다. 따라서 이념이나 주의에 대한 체계적인 연구는 대학이나 연구소와 같은 학술기구를 통해서 이루어져야 하는 것이지 저널리즘에서 논할 성질의 것이 아니라는 것이다. 저널리즘은 단지 아카데미의 이념과 주의에 대한 연구결과를 정확히 이해하고, 이를 바탕으로 현실문제에 대한 분석을 통해 문제를 제기하고 설명해야 한다고 본 것이다.

독자들은 나의 뜻을 오해하지 말아달라. 나는 결코 모든 학설이나 "주의"를 연구하지 말라는 것이 아니다. 학리는 우리가 문제를 연구하는 도구이다. (…중략…) 각종 학설과 주의에 대해서 우리는 당연히 연구를 해야 한다. (…중략…) 그러나 나는 중국의 여론가들이 모든 "주의"를 사고 한편에 두고 참고자료로 삼기를 바라며, 공허하게 입으로 떠벌이고 제대로 알지도 못하는 사람들이 설익은 주의를 주워 담아 구두선으로 삼지 않길 바란다.

讀者不要誤會我的意思. 我並不是勸人不研究一切學說和一切"主義". 學理是我們研

究問題的一種工具. (…중략…) 種種學說和主義, 我們都應該研究. (…중략…) 但是 我希望中國的興論家, 把一切"主義"擺在腦背後做參考資料, 不要掛在嘴上做招牌, 不要 叫一知半解的人拾了這半生不熟的主義, 去做口頭禪.[40]

이상 후스의 문제제기는 저널리즘을 대상으로 한 것이기 때문에 이론을 구체적으로 어떻게 연구해야 하는가에 대해서는 구체적인 언급이 없다. 다만 이론은 만병통치약이 아니라 특정한 문제 해결에 적용될 수 있는 처방이며, 따라서 이론을 수용함에 있어서는 중국이 안고 있는 현실적인 문제가 무엇인지 파악해야 한다고 주장하고 있을 뿐이다. 그러나 이론연구와 현실적인 문제에 대한 비판을 구분해야 한다는 의식이 논쟁의 맥락 속에 자리 잡고 있으며, 발언을 함에 있어서는 전문 학자이자 언론가로서 발언대상과 위치가 다르면 발언도 달라야 한다는 의식이 행간에 놓여있음은 부정할 수 없다. 사회적 발언을 위해서는 이론이든 문제이든 구체적이고 실제적인 연구가 우선되어야 한다는 주장으로부터 지식인의 중심적인 역할이 계몽가적인 모습에서 연구자적인 모습으로 바뀌어 가고 있음도 알 수 있다.

구체적인 문제에 대한 연구라는 영역으로 관심을 전환하고 나면, 지식인들의 발언은 매우 제약을 받을 수밖에 없다. 왜냐하면 문제의 대상과 성격에 따라 서로 다른 지식과 연구능력을 요구하기 때문에 한 지식인이 책임 있게 발언할 수 있는 영역은 자신의 전문영역으로 국한될 수밖에 없기 때문이다. 이는 중국의 전통적인 통유(通儒) 혹은 근대적인 계몽사상가의 역할을 부정하는 것이며, 동시에 저널리즘과 아카데미즘의 분화를 의미한다. 이제 사회의

---

40 위의 글.

문제에 대해 전반적인 통찰을 바탕으로 대안과 방향을 제시할 수 있는 지식인 혹은 그러한 지식은 존재하기 어렵다.

5. 근대적 아카데미즘 – 국고정리(國故整理) 운동

후스의 '문제와 주의'가 주로 언론계, 즉 저널리즘의 문제점을 겨냥하여 제기된 것이라면, 그로부터 3개월 뒤에 발표된 「신사조의 의의(新思潮的意義)」는 전반적인 지식상황을 염두에 두면서도 주로 당시 아카데미즘의 문제에 대해 논하고 있는 문장이다. 이 문장은 5·4운동의 의미를 평가하는 일환으로서, 그 운동을 통해 사회적으로 형성된 새로운 조류의 성격과 향후의 발전 방향을 논하고 있다. 후스는 5·4신문화운동 전체의 의미를 내용적인 측면보다도 태도, 모든 가치에 대해 재평가(Transvaludtion of all Valuss)하는 태도, 즉 모든 가치와 제도, 문화에 대해 현재적 의미나 가치의 유무를 따지는 것이라고 보았다. 나아가 그것의 구체적인 실천으로 정치, 종교, 문학상의 여러 문제들을 토론하는 '문제 연구', 그리고 서양의 신사상, 신학술, 신문학, 신신앙을 소개하는 "학리의 수입"을 들었는데, 이로부터 위 문장이 앞서 언급한 '문제와 주의'에 관한 문제의식의 연장선상에 있음을 알 수 있다. 여기서도 그는 서구의 학리에 대한 소개가 중국 구사상에 대한 부정과 서구정신문명에 대한 재발견에서 비롯된 것으로 보면서도, 이론 그 자체보다도 이론을 참조하여 구체적인 문제를 연구하는 것이 더 중요하고 효과가 있다고 주장하였다. 그러나 여기서 주목할 것은 그가 '신사조'의 한 의미로서 중국의 구사상에 대한 '국고정리(國故整理)'를 제시했다는 것이다.[41] 국고정리는 성격상 전문성을 갖춘 학술연구에 속하는 것인데, 이는 그가 말하는 "신사조"가 단순히 사회적 이론만이 아니라 학술계의 새로운 변화까지 포함하고 있음을 말해준다.

그가 국고정리의 필요성을 제기한 이유를 보면, 학술적인 의미와 사회적의미를 모두 지니고 있다. 우선 고대사상에는 조리나 체계가 없어 역사적인시각에서 체계적으로 정리를 하지 않고서는 그 가치와 의의, 문제점을 제대로 파악할 수 없기 때문이다. 또 국고의 가치와 문제점을 이해해야 하는 까닭은 신문화를 건설함에 있어서 중국 문명의 문제점의 원인과 결과를 정확히인식해야 한다고 보았기 때문이었다. 여기서 천두슈(陳獨秀)와 후스의 전통사상에 대한 관점에 차이가 있다. 천두슈는 과학과 민주라는 기준 하에 국수(國粹)와 구문학을 부정했지만, 후스는 부정에 앞서 체계적인 정리를 바탕으로한 객관적 평가에 더 방점을 두고 있다. 즉 그에게 있어서 국고정리는 바로 전통사상이라는 문제에 대한 역사적 시각 하에서의 '연구'의 일환인 것이다.

국고정리가 사회적 호응을 받아 확대된 데에는 역사적이고 학술적인, 그리고 베이징 대학교수 진영 내부의 특성 등 여러 요인들이 복합적으로 작용한 바가 크다. 뿐만 아니라 사학을 중심으로 철학과 문학 등 중국의 전통학술에 대해 근대학술의 방법과 시각 하에서 재정리·재평가함으로써, 인문학 영역에서의 근대적인 학술연구의 체계를 수립하는데 중요한 기여를 한 것으로평가를 받는다.[42] 즉 국고정리는 근대적인 아카데미의 형성과 직접적인 연

---

41 胡適,「新思潮的意義」,『新青年』第7卷 第1號(1919年 12月 1日).
42 지금까지 국고정리 운동에 대한 연구는 매우 많으며, 다양한 방면에서 연구가 이루어져왔다. 그 중에서도 체계적이고 전면적인 연구를 진행한 천이아이[陳以愛]의 석·박사 연구논문이 돋보인다. 陳以愛,「整理國故運動的興起, 發展與流衍」(臺北 : 政治大學歷史系研究部博士論文),

관이 있으며, 이 연구활동은 베이징 대학의 연구기구의 설립과 상호추동적으로 진행되었다. 그러나 어떻게 근대 아카데미즘 형성에 있어 국고정리가 중요한 역할을 할 수 있었던 것일까? 그것이 근대 아카데미즘에 대해 시사하는 바는 무엇일까? 이에 대해서는 보다 많은 분석이 필요하다.

『신청년』 진영은 대부분 베이징대학 가운데서도 문학(국문학과 영문학)과 사학, 철학을 연구하던 이른바 인문학자들이었다. 그 가운데서도 대부분 중국의 문학과 역사, 철학을 전문영역으로 삼고 있었다. 이러한 상황에서 그들이 자신의 고유영역에서 중국의 문제와 이론을 연구한다면, 이는 중국의 사회적인 문제보다는 전통학문에 대한 연구, 즉 국학이 대상이 될 수밖에 없다. 왜냐하면 1920년을 전후한 시점에서 중국에는 연구대상으로 삼을 수 있는 중국의 근대적 문학이나 철학, 역사가 존재하지 않았기 때문이다. 당시의 시각에서 볼 때 근대란 주로 1840년 아편전쟁 이후나 1895년 청일전쟁 이후를 가리키기는 했지만,『신청년』 진영의 시각에서 볼 때 1920년 이전은 가치적인 측면에서는 여전히 전통적인 역사의 지속에 가까우며 근대성을 갖추었다고 볼 수 없었다. 뿐만 아니라 현시대의 특수하고 구체적인 문제보다는 역사적으로 보편적인 문제를 다루는 인문학 연구의 성격 때문에 신문학 진영이 저널리즘에서 대학이라는 학술기구로 귀환했을 때 그들은 지금까지와는 다른 대상과 문제에 직면하지 않을 수 없었다. 즉 현실문제 대한 비평, 미래지향

2002;『中國現代學術研究機構的興起-以北京大學研究所國學門爲中心的探討(1922~1927)』(臺北 : 國立政治大學歷史學系), 1999(천이아이, 박영순 역,『현대 중국의 학술운동사-베이징 대학 연구소 국한문을 중심으로』, 길, 2013). 그 밖에도 李孝悌,「胡適與整理國故-兼論胡適對中國傳統的態度」,『食貨月刊(復刊)』(臺北)第15卷 第5-6期, 1985年11月; 耿雲志,「胡適整理國故平議」,『歷史研究』, 1992年 第2期; 桑兵,「晩淸民國時期的國學研究與西學」,『歷史研究』, 1996年 第5期; 羅志田,「古今與中外的時空互動 : 新文化運動時期關於整理國故的思想論爭」,『近代史研究』, 2000年 第6期 참고.

적인 관점에서의 현실 비판이 가능했던 저널리즘의 공간과는 달리 대학에서
는 보다 전문적이고 학리적인 방법에 따라 대상과 문제를 분석하고 관찰해
야 했기 때문이다.

한편 전통을 부정하는 신문화운동의 진행은 전통적 사상과 문명의 위기의
식을 자극을 하였으며, 그 결과 베이징대학을 중심으로 한 국고(國故)(혹은 국
수(國粹))연구를 위한『국고(國故)』라는 잡지가 창간되었다. 또 신문화 조류가
사회적으로 확산되어가는 것과는 대조적으로 대학의 제도권 내에서 연구를
주도한 것은 여전히 장타이옌[章太炎] 제자와 류스페이[劉師培] 등과 같은 전통
적 학술 전문가 집단들이었다. 따라서 이들 및 그 학생들이 '학리적 연구방법
(주로 청대의 고증학)'에 입각하여 주도하는 대학 내에서의 국고연구는 단순히
일부 보수적 지식인들에 국한된 것이 아니라 대학 아카데미즘의 헤게모니와
관련된 문제였다. 이런 측면에서 볼 때 후스가 국고정리를 신사조의 중요한
한 부분으로 간주한 것은 아카데미의 헤게모니를 둘러싼 신구간의 경쟁을
선언하는 것이었다고 할 수 있다. 후스가 단순한 국고정리가 아니라 연구목
적과 태도, 방법의 측면에서 기존의 국고연구와 선명한 차별화를 시도한 이유
도 바로 이러한 목적 때문이었다고 볼 수 있다.

1920년 이후 후스를 비롯한 많은 신문화운동의 지지자들이 국고정리운동
에 참여하면서 대학 내에서는 이전과 다른 서구의 근대적 학문방법에 의거
한 전통적인 역사, 문화, 사상연구가 진행되었으며, 이를 통해 20세기 20년
대 이후 대학과 연구소를 중심으로 한 새로운 아카데미즘이 형성되었다. 그
러나 동시에 국고정리운동을 통한 아카데미즘의 형성은 저널리즘의 차원에
서 새로운 문제를 야기하였다. 특히 학술적 차원을 넘어 사회 각 부분에서의
개조운동을 전개하던 지식인들은 국고정리운동이 신문화운동 이후의 변화

조류를 약화시키거나 퇴보시킬 수 있다고 우려하였다. 비록 후스 등이 주도한 국고정리운동은 소위 보수적 학자들에 의한 국수연구와는 성격이 달랐다고는 해도, 처음 국고의 가치를 옹호하며 연구를 제창한 진영이 보수적인 학자들이었던 만큼, 그 담론 자체는 학생을 포함하여 대중들에게 신문학에 대한 국고의 가치와 의미를 강조하는 것으로 받아들여졌다. 아카데미즘의 학리적인 논리와 방법적인 차이는 일반 신문잡지의 독자들이 분별하기에는 너무 전문적이어서 독자들에게는 모두 간단히 국고의 가치를 강조하는 의미로 이해되었고, 이는 신문화운동의 전통에 대한 비판과 서구의 사상과 문화에 입각한 새로운 문화건설에 오히려 문제를 제기하는 것으로 받아들여질 수 있다는 것이 바로 신문화운동론자들의 우려였다. 결국 신문화운동을 지향하는 저널리즘의 입장에서 보면, 아카데미즘의 논리를 저널리즘에 적용할 경우 그 결과는 후스의 기대와는 달리 부정적일 수밖에 없었다.[43] 보편적인 가치와 방법을 강조하는 아카데미즘과 현실적인 문제에 대한 비평에 중점을 둔 저널리즘의 관계는 단순히 이론과 실천 혹은 연구와 응용이라는 차원으로 구분할 수 있는 것이 아니었던 것이다. 그 사이에는 아카데미의 학술장과 저널리즘의 여론장의 성격차이가 존재할 뿐만 아니라 지식이나 정보를 수용하는 수용자 및 수용방식상의 차이가 중요한 요인으로 작용하고 있었다.

---

43 1923년 1월 『소설월보(小說月報)』(第14卷 第1號)는 '정리국고와 신문학운동'이라는 주제 하에 여러 논문을 기획하여 鄭振鐸, 「新文學之建設與國故之新研究」, 顧頡剛, 「我們對於國故應取的態度」, 王伯祥, 「國故的地位」, 余祥森, 「整理國故與新文學運動」, 嚴旣澄, 「韻文及詩歌之整理」 등 5편의 문장을 게재하였다. 위 문장을 기획한 목적은 신문화론자들이 국고정리의 의의를 공유하기 위한 것이었지만, 대부분의 논자들은 국고정리의 필요성에 대해서는 긍정하면서도 그것을 적극적으로 제창하는 데는 소극적인 태도를 보여주고 있다. 이는 아카데미즘이 아닌 사회운동 혹은 저널리즘의 입장에서는 국고정리 운동을 적극적으로 수용하기가 어려웠기 때문인 것으로 볼 수 있다. 이에 대한 상세한 분석은 羅志田, 「新舊能否兩立 : 二十年代『小說月報』對於整理國故的態度轉變」, 『歷史研究』, 2001年 第3期 참고.

6. 두 가지 지식의 상호관계

타무라 도키치에 의하면 아카데미즘과 저널리즘은 상호 의존관계이기는 하지만 성격이 확연히 구분되는 두 가지 지식인 것처럼 보인다. 그러나 실제 현실에서 두 지식의 경계를 명확히 판단하기는 여전히 어렵다. 특히 전통적 아카데미의 권위를 유지하며 시대의 조류에 부응해 끊임없이 새로운 학술적 이론이나 이념을 생산하는 일부 소수 국가를 제외하면 대다수 후발 근대국가에게 있어서 근대 초기의 아카데미즘은 바로 신사조의 수입과 학습에 중점을 두고 있었다. 수입과 학습이라는 것 역시 일종의 보편적 이론과 방법에 근거한 연구활동이기는 하지만, 그러한 이론을 정리하고 소개하는 점에 있어서는 저널리즘의 활동과 근본적인 차이점이 있다고 보기 어렵다. 오히려 이론의 전파와 확산이라는 측면에서는 타무라 도키치가 지적한 바와 같이 아카데미즘보다 저널리즘이 보다 더 효과적이다.

중국의 근대 초기에 근대 지식의 생산과 보급에 있어서 아카데미즘보다 저널리즘이 더 중심적인 역할을 할 수 밖에 없었던 까닭은 단순히 아카데미즘의 미확립이라는 원인 때문만은 아니었다. 설사 아카데미즘이 확립되었다고 하더라도 급격한 사회변화와 다양한 근대적 지식의 전사회적 확산이 필요하던 시기에는 저널리즘이 더 중요한 기능을 할 수 밖에 없다. 1920년을 전후하여 대학의 교육과 학문체계가 정비되고, 저널리즘 내부에서도 사상적 분화가 진행됨에 따라 저널리즘과 아카데미즘 사이에 새로운 관계가 설정되기 시작했음에도, 중국 지식계에서 '과학과 현학', '혁명문학논쟁', '사회성질논전' 등 사상논전이 전개될 때마다 여전히 그 중심에 아카데미즘보다는 저널리즘이 자리잡고 있었던 까닭도 바로 이 때문이다. 저널리즘이 행하기 어려운 아카데미의 고유의 전문성에 기반한 기초적인 이론과 이념의 생산이 가능할 때 두 지식의 차이점도 명확해 질 수 있다. 단순한 태도나 방법만으로는 두 지식을 구분하기 어렵다. 순수학문이나 과학연구라는 것도 사회의 제반요소들로부터 영향을 받을 뿐만 아니라 그 가치와 의의에 대한 결정도 결국에는 사회의 제반 담론과 연계될 수 밖에 없는 상황에서 그러한 담론의 장을 주도하는 저널리즘의 아카데미즘에 대한 영향은 다양한 방식으로 상존하기 마련이다.[44]

따라서 두 지식의 상호성은 단순히 진리를 발견하고 천명하는 한편과 그것을 사회적으로 확산시킨다는 차원에서의 상호적인 보완관계가 아니라 두 지식이 사회라는 동일한 공간에서 근본적으로 연계되어 있는 존재적인 상황을 통해 설명되어야 한다. 또 아카데미즘이 사회적인 지식으로서 구현되고 그 가치를 승인받기 위해서는 스스로 저널리즘의 방법에 의존할 수밖에 없고, 또 지식생산과 보급의 주체들의 두 지식 사이에서의 이동이 자유롭게 이루어지는 이상, 학술장과 여론장이 서로 다른 장의 규칙을 요구한다고 하더라도 그 상호관계는 불가분의 관계에 있다고 보아야 할 것이다. 거기에 날로 더욱 확대되는 대중적 저널리즘의 확대는 아카데미즘의 순수영역의 존립을 더욱더 어렵게 하고 있다. 그런 의미에서 본다면 근대초기에 보여지는 저널리즘 중심의 근대 지식의 생산과 확대는 처음부터 근대 지식의 근본적인 특징이었다고 할 수 있을 것이다.

---

44 근대 지식의 근본적인 문제점에 대해서는 이매뉴얼 월러스틴, 유희석 역, 『지식의 불확실성』, 창비, 2013 참고.

참고문헌

자료

『時務報』
『新民叢報』
『留美學生季報』
『科學』
『新潮』
『新青年』
『小說月報』
『每週評論』

논저

김무곤, 「한국 신문위기의 현상과 그 대응방안에 관한 고찰」, 『사회과학연구』 Vol.17 No.2,
    2010.
김승수, 「한국저널리즘의 위기와 대안」, 『언론과학연구』 제11권 3호, 2011.9.
조용중·김영희 등, 「저널리즘의 위기와 대응 방안」, 『관훈저널』, 2010.
이매뉴얼 월러스틴, 유희석 역, 『지식의 불확실성』, 창비, 2013.
천이아이, 박영순 역, 『현대중국의 학술운동사―베이징 대학 연구소 국한문을 중심으로』,
    길, 2013.

耿雲志, 「胡適整理國故平議」, 『歷史研究』, 1992年 第2期.
桑兵, 「晚淸民國時期的國學硏究與西學」, 『歷史研究』, 1996年 第5期.
內川芳美·新井直之 編, 『日本のジャーナリズム：大衆の心をつかんだか』, 東京：有斐閣,
    1983.
陶英惠, 「蔡元培與北京大學(1917~1923)」, 『近代史研究所集刊』 第五期, 1976.
鄧實, 「論政治思想(『政藝通報』發行之趣意)」, 『光緒癸卯政藝叢書·政學文編卷一』, 臺北文
    海出版社影印.
羅志田, 「古今與中外的時空互動：新文化運動時期關於整理國故的思想論爭」, 『近代史硏

究』, 2000年 第6期.

_____, 「新舊能否兩立：二十年代『小說月報』對於整理國故的態度轉變」, 『歷史研究』, 2001年 第3期.

_____, 「因相近而區分："問題與主義"之爭再認識之一」, 『近代史研究』, 2005年 第3期.

_____, 「整體改造和點滴改革："問題與主義"之爭再認識之二」, 『歷史研究』, 2005年 第5期.

雷頤, 『歷史的裂縫：對歷史與人性的窺探』, 秀威資訊科技出版, 2009.

李孝悌, 「胡適與整理國故－ 兼論胡適對中國傳統的態度」, 『食貨月刊(複刊)』(臺北) 第15卷 第5-6期, 1985.11.

范鐵權, 『體制與觀念的現代轉型－中國科學社與中國的科學文化』, 人民出版社, 2005.

徐寶璜撰, 『新聞學』, 國立北京大學新聞學研究會, 民國8.

王國維, 「論近年之學術界」, 『靜庵文集』(『王國維遺書』5冊), 上海古籍出版社, 1983年影印本.

王爾敏, 『晚清政治思想史論』, 華世出版社, 民國58年.

汪暉, 『汪暉自選集』, 桂林：廣西師範大學出版社, 1997.

任鴻雋, 「中國科學社社史簡述」, 全國政協文史和學習委員會, 『文史資料選輯』第15卷, 中華書局, 1961.

張君勱, 任鴻雋 等, 『科學與人生觀』, 遼寧出版社, 1998.

張小平·潘岩銘, 「中國近代科技期刊簡介」(1900~1919), 『辛亥革命時期期刊介紹』IV, 北京：人民出版社, 1986.

張玉法, 「戊戌時期的學會運動」, 『歷史研究』, 1998(05).

田村 德治, 「アカデミズムとジャーナリズム」, 『關西學院新聞』夏季特輯號, 昭和10년7월 20일(田村德治, 『学問と世界の真実』, 立命館出版部, 昭和12).

住谷 悅治, 「アカデミズムごジャーナリズム」, 夕刊大阪新聞社『文化と批判』編, 『時代と思索』, 甲文堂書店, 昭和12.

陳以愛, 『整理國故運動的興起, 發展與流衍』, 臺北：政治大學歷史系研究部博士論文, 2002.

_____, 『中國現代學術研究機構的興起－以北京大學研究所國學門為中心的探討(1922~1927)』, 臺北：國立政治大學歷史學系, 1999.

胡適, 「科學與人生觀序」, 『科學與人生觀』, 上海亞圖東書館, 1923.

____, 「多研究些問題, 少談些"主義"」, 『每週評論』, 第31號, 1919.7.20.

____, 「新思潮的意義」, 『新青年』 第7卷 第1號, 1919.12.1.

Barbara Mittler, *A Newspaper for China? Power, Identity, and Change in Shanghai's New Media, 187*
    2~1912, Harvard East Asia Center, 2004.

Gordon Stuart Adam, *Notes Towards a Definition of Journalism : Understanding an Old Craft as an Art*
    Form, The Poynter Institute for Media Studies, 1993.

Bardoel, J., "Beyond Journalism : A Profession between Information Society and
    Civil Society," *European Journal of Communication* vol.11 no.3, September 1996.

Bromley, M., "The end of journalism? : Changes in workplace practices in the press
    and broadcasting in the 1990s", in M. Bromley and T. O'Malley (eds), *A*
    Journalism Reader, London : Routledge, 1997.

Katz, E., "The end of journalism? Notes on watching the war", *Journal of Communication*
    vol.42 no.3, 1992.

Mark Deuze, "What is journalism? – Professional identity and ideology of journalists
    reconsidered", *Journalism* Vol.6 No.4, 2005.

일본 근대 저널리즘에서 탄생한
새로운 두 장르

1920년대와 1930년대 일기와 수필 개념을 중심으로

스즈키 사다미

1. 개념 체계의 형성

이번 학회에서 제기된 질문 "어떻게 저널리즘이 지식장을 변화시켰는가?"
에 답하기 위해 두 가지 중요한 사례를 소개하고 싶다. 하나는 헤이안 시대에
나온 것으로 여겨지는 '일기 문학'이다. 오늘날, '일기 문학'이라고 하면 많은
일본인들은 『도사 일기』(土佐日記, 약 935년), 『가게로 일기』(蜻蛉日記, 약 975년),
『사라시나 일기』(更級日記, 1059년 이후), 『무라사키 시키부 일기』(紫式部日記,
1010년), 『이즈미 시키부 일기』(和泉式部日記, 1008) 등을 금방 떠올린다. 학생
들이 대학 입학시험을 준비하면서 읽는 것이 바로 이런 작품들이기 때문이
다. 그러나 이 작품들 간의 차이를 꼼꼼히 비교해본다면 이것들을 하나의 장
르로 묶어버리려는 시도는 하지 않을 것이다.

『도사 일기』는 배 여행 중 일어난 일들을 매일 기록한 것으로 전형적인 일기처럼 보인다. 『가게로 일기』는 남편에게 안 좋은 감정을 지닌 저자가 자신의 삶을 회고적으로 쓴 것이다. 제목에 '일기(日記)'라는 용어를 사용함으로써 여성 저자는 자신의 작품을 허구적 이야기인 '모노가타리(物語)'와 차별화한다. 그러므로 그 작품은 현대의 '사소설(私小說)'처럼 보일 수도 있다.

『사라시나 일기』는 사건의 날짜를 쓰지 않고 저자의 삶을 따라가는 회고록이다. 저자는 『가게로 일기』를 쓴 작가의 친조카로, 고모에게서 글쓰기를 배웠음을 인정한다. 『무라사키 시키부 일기』는 궁정 생활을 날짜에 맞춰 연대기 순으로 기록한 것으로, 당시 집권하던 후지와라 가문을 위해 일했던 궁녀가 쓴 기록들 중 하나였음이 확실하다. 하지만 그 중 한 부분이 서간체 스타일로 쓰여 있어 이 부분을 놓고 오랫동안 연구자들이 논의를 벌여왔다. 『무라사키 시키부 일기』는 중세 시대에는 다른 제목이었고, 거기에 현재의 제목이 언제 붙었는지는 불확실하다.

위에 언급된 작품들은 모두 저자들의 실제 경험을 서술하고 있다. 하지만 『이즈미 시키부 일기』가 저자의 실제 삶을 그린 것인지는 확신할 수 없다. 그 작품은 '여성'의 이름을 가진 주인공의 9개월에 걸친 연애를 그린 것으로 어떤 옛 문서에서는 『이즈미 시키부 이야기』라고도 불린다. 우리는 그것이 이즈미 시키부나 다른 누군가가 쓴 새로운 형태의 연애 소설일 것이라고 추측할 수 있다.

이런 작품들은 서로 매우 다르지만, 한 가지 공통점을 지니고 있다. 거기에는 그 당시 '모노가타리'(이야기)의 일반적인 형태였던 와카(和歌)라는 일본식 시가 많이 포함되어 있다는 것이다.

왜 이 작품들이 하나의 장르, 혹은 범주로 구분되는 걸까? 그 대답은 현대에서 찾을 수 있다. 『국사대사전(國史大辭典)』(vol.11, 1990)에서 '일기 문학'을 찾아보면, "이 용어는 다이쇼(大正) 시기 말과 쇼와(昭和) 시기 초 사이에 처음 사용되었다"고 적혀 있다. 이는 아마도 유명한 일본 고전 연구자인 이케다 기칸(池田龜鑑)이 쓴 1928년 작품 『궁정 어류 일기문학(宮廷女流日記文學)』에 기인했을 것이다. 이 책에서 이케다는 이 작품들이 하나의 공통된 특징을 보인다고 지적하는데, 그것은 저자들이 모두 그들 자신의 감정을 표현하고 있다는 것이다. 그러나 이른바 '궁녀들의 일기 문학'뿐 아니라 실제 경험을 다룬 다른 글들도 정도의 차이는 있지만 저자의 감정을 표현하고 있다. 만약 헤이안 시대의 '궁녀들의 일기 문학'이라는 장르를 정의하는 기준으로 감정의 풍부한 묘사를 내세운다면, 그런 정의는 결코 충분하지 않을 뿐 아니라 설득력도 얻지 못할 것이다.

1996년, 스즈키 도미는 장르와 성, 그리고 문학사 담론에 대한 자신의 글에서 '일기 문학'은 새롭게 창조된 장르임을 이미 지적한 바 있다.[1] 그녀는 『국문교육(國文敎育)』(1926년 11월)이라는 잡지에 실린 「자조 문학의 역사적 전개(自照文學の歷史的展開)」라는 이케다의 글을 소개했는데, 거기에서 이케다는 이런 장르에 대해서 "고백과 기도를 통해서 개인의 내밀한 진실을 털어놓고자 하는 하나의 문학적 노력"이자 또한 "현재에 열광적으로 몰두하는" 서정시와는 전혀 다른, "과거에 대한 사색과 반성"이라고 설명했다. 그는 또한 "자기 성찰 문학의 황금기"가 고전 문학을 새롭게 해석하는 지평을 열었다고 덧붙

1　鈴木登美,「ジャンル・ジェンダー・文學史記述-『女流日記文學』の構築を中心に」, ハルオ・シラネ・鈴木登美 編,『創造された古典-カノン形成・國民國家・日本文學』新曜社, 1996, 108쪽; T. Suzuki, "Gender and Genre : Modern Literary Histories and Women's Diary Literature", eds. H. Shirane, in *Inventing the Classics : Modernity, National Identity, and Japanese Literature*, Stanford University Press, 2000.

였다.[2]

'일기 문학'이라는 용어뿐 아니라 그에 대한 개념까지도 명백히 이케다에 의해서 만들어진 것이다. 이 실체 없는 장르는 1926년 이래로 의문시되는 법 없이 일본 고전 연구와 교육에서 줄곧 이어져 왔다. 오늘날 대부분의 일본인 들은 '일기 문학'이라는 장르가 헤이안 시대에 존재했었다고 믿는다. 비록 스 즈키 도미가 그 개념의 어원은 이케다가 만들었다고 제대로 지적하긴 했지만, 왜 이케다가 헤이안 시대의 다른 글들을 하나의 장르로 분류했는지 그 이유 에 대해서는 우리에게 적절하게 알려주지 않았다. 우리는 "자기 성찰 문학의 황금기"의 담론을 만들었던 그 당시의 저널리즘 환경을 주의 깊게 살펴볼 필 요가 있다.

대개 어떤 일정한 시기에 장르 개념이 확산될 때는 지식의 영역이 나타난 다. 하나의 장르 개념은 대체로 상위 개념에 속하는 개념 체계 속에서 유지되 며, 하위 개념들을 갖고 있다. 개념과 구상들을 살펴보기 위해서는 우선 개념 의 전후맥락을 찾아야 한다. '일기 문학'이라는 새로운 장르는 긴 허구적 이야 기인 '쓰쿠리 모노가타리[作り物語]'와 짧은 허구적 이야기인 '우타 모노가타리 [歌物語]'와 같이 부수적으로 따라오는 하위 장르를 갖고 있지 않았다. 그러므 로 우선 '일기'와 '문학'이라는 하위 개념들로부터 분석을 시작할 필요가 있다.

일단 일본의 '수필(隨筆)'이라는 개념으로 옮겨가기 전에 1925년 무렵의 문 학 저널리즘을 주의 깊게 살펴볼 것이다. 일본의 '수필'은 다양한 스타일을 지 니고 있으며 '논리적인 사고'에 초점을 맞추고 있어서 유럽의 '에세이'와는 매 우 다르다고 할 수 있다. 또한 유명한 '사소설'의 전통적 개념이 바로 이 시기

---

2   池田龜鑑, 『日記・和歌文學』, 至文堂, 1968, 56쪽.

에 만들어졌다. 이런 장르 개념과 생각들은 오늘까지도 계속되고 있다.

이 글에서는 '일기'에 상응하는 일본식 개념인 '사소설'과 '수필'의 역사를 개괄적으로 살펴볼 것이다. 나는 일본에서 '문학' 개념이 어떻게 형성되었는지를 탐구해 왔다.[3] 그것은 넓은 의미에서 '인문학'을 뜻하기 위해서 사용된 일본의 독특한 개념이다.

2. 일본에서 '일기' 개념 변화

일본에서 '일기'라는 용어는 적어도 현대 이전에는 문학 장르의 개념이 아니었다. 원래 고대 중국에서 일기(riji)는 황제에게 올리는 문서 같은 공식적인 글을 배제한 모든 사적인 글들을 의미했다.

중국에서 가장 오래된 '일기(riji)' 형태는 왕충(王充)의 『논형(論衡)』(1세기 후반) 13권에 실린 '효과에 대하여'라는 제목의 글에서 나타난다. 왕충은 한나라의 11번째 황제인 성제(成帝)를 모셨던 곡자운(谷子雲)이 쓴 공식 문건들의 사례와 『춘추(春秋)』에서 공자가 쓴 사적인 글의 예를 보여준다. 『춘추』는 고대 노(魯)나라의 역사서로 공자가 '일기'처럼 쓴 것으로 알려져 있다. 중국에서는 고대 이래로 날짜를 기입한 글들을 써왔다. 하지만 이런 글들을 오늘날 중국의 학자들이

---

3 鈴木貞美, 『日本の「文學」概念』(作品社, 1998), 『「日本文學」の成立』(作品社, 2009), 『日本文學の論じ方－体系的研究法』(世界思想社, 2014) 등을 참조하기 바란다.

'일기'라고 부르지는 않는다. 그리고 『사고전서 총목제요(四庫全書總目提要)』에는 '일기'라는 항목이 하나의 장르 이름으로 등장하지 않는다.

고대에서 근대 이전까지 일본에서 등장한 개념들의 역사에 대한 나의 연구 결과에 따르면, '일기'라는 용어는 서너 가지 의미들이 중첩되어 사용된 것이다. 그것은 ① 사적인 글, ② 날짜가 기입된 기록이나, 날짜가 아닌 어떤 특정한 시기의 기록, 혹은 여행자의 기록 같은 과거 사건들의 모음, ③ 정부 기관과 기업들의 활동을 기록한 일지 등이다.

『가게로 일기』를 보면 "이 글"은 "일기"로 불려서는 안 된다는 문장이 나오는데, 그것은 저자의 마음으로부터 우러난 사사로운 삶의 개인적 경험을 기록하기 때문이다. 일본에서는 처음으로 저자가 독자를 위해서 개인의 사적인 경험을 쓴 것이다.

에도 시대에 처음 편찬된 일본 고전들의 장르별 모음집인 『군서류종(群書類從)』(1819년부터 1911년까지 출간)에는 '니키[日記]'라는 제목으로 날짜가 기입되거나, 혹은 특정한 시기 동안에 쓰인 '우타 니키[歌日記]', 즉 와카[和歌]의 기록이 열거되어 있다. '일기'라는 제목 외에도, 또 다른 제목 '기행(紀行)'라는 제목이 있는데 그것은 날짜가 있거나 없는 여행 기록으로서 「도사 일기」, 「사라시나 일기」 같이 제목에 '일기'라고 붙어 있는 작품들이다. 확실히 '일기'가 근대 이전 시기에는 독립적인 장르가 아니었음을 알 수 있다.

전통적으로 일본에서 장르의 분류는 대개 당나라의 『예문유취(藝文類聚)』(624) 같은 분류식 백과사전의 일본 방식을 따르되, 제목에는 일본의 신(神)과 시(詩) 등의 이름을 붙인다.[4] 그 대표적인 사례가 우다 천황(宇多天皇)의 명을 받아 스가

와라노 미치자네[菅原道眞]가 편찬해 낸 『유취국사(類聚國史)』(892)와 다치바나 나리스에[橘成季]가 이야기를 주제별로 묶어낸 『고금저문집(古今著聞集)』(13세기 초) 등이다. 예외적 경우인 『군서류종』을 제외하고는 이러한 책들에서 '일기'라고 분류된 장르는 발견되지 않는다.

메이지 시기에 이르러 'diary'와 'journal' 같은 영어 단어들이 일본에 도입되었다. 'diary'는 원래 날짜가 기입되어 있는 비망록이나 시간(미래) 계획을 의미하고, 'journal'의 원래 의미는 날짜가 있는 기록이라는 뜻이다. 책과 핸드북의 다이어리 형식이 1895년 처음 등장했지만, 업무의 기록 방식은 바뀌지 않았다.

마사오카 시키[正岡子規]가 설립한 하이쿠 잡지 『호토토기스(ホトトギス)』에서는 독자들에게 각자의 'diary'를 기고하도록 독려했고, 1900년경에는 구어체적인 문장 어미인 'する'나 'した'를 'だ'나 'である'와 같은 문어체적인 어미로 바꾸지 않고 출간했다. 메이지 시기에 이루어진 언문일치인 것이다.[5]

그러나 'diary'와 'journal'이 항상 날짜가 적힌 일지나 미래 계획을 뜻하는 것은 아니다. 예컨대, 에드워드 월도 에머슨(Edward Waldo Emerson)이 편찬한 『랩프 월도 에머슨의 일기(*Journals of Ralph Waldo Emerson : with Annotations*)』에는 날짜가 항상 적혀 있는 것이 아니라서 애매모호하다. 또 다른 사례로는 이반

---

4 나의 책 『「日記」と「隨筆」』(日記で讀む日本史), 倉本一宏監修, 臨川書店, 2016 참조.
5 バーバラ・佐藤=編, 『日常生活の誕生―戰間期日本の文化変容』, 柏書房, 2007에 실린 스즈키 사다미의 「日々の暮らしを庶民が書くこと―『ホトゝギス』の募集日記をめぐって」을 참조.

투르게네프(Ivan Sergeevich Turgenev)의 단편집 『사냥꾼의 수기(A Sportsman's Sketches)』(1852, 1890)가 있는데, 1897년 콘스탄스 클라라 가넷(Constance Clara Garnett)이 번역한 영어판을 1907년 도가와 슈코씨戸川秋骨가 일본어로 번역해 출간하면서 제목을 『사냥꾼의 일기[獵人日記]』로 바꾸었다. 잘 알려진 것처럼 『사냥꾼의 일기』에 실린 각 단편들은 러시아 농촌 생활을 날짜 없이 그린 것이다. 추측건대, 『사냥꾼의 일기』라는 제목은 20세기로 접어들 무렵 자연에 대한 세밀한 관찰과 자연에서 받은 인상을 정확하고 간결하게 묘사하려는 움직임이 예술가와 작가들 사이에서 유행했다는 사실에서 기인했을 것이다.

시인이자 조각가인 다카무라 고타로高村光太郎는 「녹색의 태양緑色の太陽」(1910)이라는 자신의 유명한 글에서 만약 태양을 녹색으로 본다면 그것을 녹색으로 그릴 수 있을 것이라고 적었다. 그런 인상주의적인 글쓰기가 점차 사회 속에 퍼져나갔다. 그와 같은 사상을 작문 교본인 『통속 신문장 문답(通俗新文章問答)』(1913)에서도 발견할 수 있는데, 거기에는 새로운 문학예술에서는 예리한 감성과 독창적인 표현이 결합된 개개인의 감각을 중시한다고 적고 있다.

이런 인상주의 운동 이후, 일기 쓰기는 개인의 내적 삶에 집중되기 시작했고, 세 단계의 과정을 통해서 '수양 일기(修養日記)'로 발전한다. 첫 번째 단계는 영국의 사회주의 운동가 윌리엄 모리스(William Morris)의 미술공예운동(Arts and Crafts Movement)의 도입이었다. 모리스는 "일상의 모든 세세한 일들에 대한 관심"으로부터 행복이 생기며 그것이 "삶의 장식적인 부분"으로 이어진다고 주장했는데, 이런 그의 생각은 1910년까지 지식인들 사이에서 크게 유행했다. 일본에서는 1910년에 일어난 '대역사건'으로 인해 1920년까지 사회주의 운동이 철저하게 봉쇄되었다. 그런 강력한 탄압이 사라진 후 일본은 국제

노동기구(ILO)가 소속되어 있는 국제연맹의 회원국이 되었다. 그리고 1920년 무렵부터 사회주의 이데올로기가 활기를 되찾았다.

두 번째 단계는 철학자 아베 지로[阿部次郎]의 『산타로의 일기(三太郎の日記)』 (vol.1 1914, vol.2 1915, 합본 1918)가 젊은 지식인들 사이에서 큰 인기를 끌었던 일이다. 이 책은 주인공을 등장시키지 않은 채 저자 자신의 심리를 그려나간다. 1911년에 아베는 이미 「내적 생활 실사의 문학(內生活直寫の文學)」(1911)이라는 자신의 수필에서 마음속 벅찬 비애감에 따라오는 변화무쌍한 감정을 "직접적으로 표현하는" 방법을 소개했는데, 그것은 프리드리히 니체가 『비극의 탄생』(1872)에서 "직접적이고 내적인 경험"의 추구를 이야기한 방식을 따른 것이었다.

세 번째 단계는 개인의 정신적 성장을 반영하는 일기 쓰기를 통한 '자기 형성'에 대한 생각이 널리 퍼진 것이다. 20세기 무렵 청일전쟁(1894~1895)과 러일전쟁(1904~1905) 사이에 일본에서는 수양(修養)의 시기가 도래하면서, 메이지 유신으로부터 비롯된 사회적 성공에 대한 높은 평가에 의문이 제기되었다. 이로 인해서 사람들은 자유롭게 자신의 직업을 선택할 수 있게 되었다. 러일전쟁 후 자본주의 발전이 가속화되고 사회적 갈등이 깊어지자 젊은 세대들은 주도적인 지식인들의 독려 속에서 삶의 목적을 되새기고 인생과 우주의 의미를 고민하며 위대한 인물들의 이야기, 특히 선불교와 왕양명(王陽明)의 철학 책들을 읽으면서 정신적인 힘과 평정심을 키우려고 노력했다.

'수신(修身)'과 유사한 '수양'은 동아시아에서는 전통적으로 자기를 갈고 닦는다는 의미를 지닌다. 메이지 시기에는 '수양'이 자기 훈련을 강조한 반면, '수신'은 국가와 사회에 필요한 능력을 기른다는 공교육적인 의미로 사용되었고, 특히 충

성심과 애국심을 강조하는 일본에서는 성리학에 바탕을 둔 '사회적인 성공'과 상 응하는 의미를 지니게 되었다. 이 때문에 일기에 자신의 내면적 삶을 쓰는 것이 '수양 일기'로 불리게 된 것이다. 그러나 아베 지로가 사적 개인주의에서 보편적 개인주의로 나아간 것처럼, 글쓰기의 방식도 대개 전통적인 '수양'에서부터 '문화 적으로 세련된' 서구적인 방식으로 옮겨간 것으로 보인다. 1920년대 중국에서는 일기가 전형적으로 '수신일기(修身日記)'로 불려졌다. 중국에서는 '수신'의 의미가 일본에서와는 달리 '수양'보다 더 포괄적이었다.

우리는 이케다 기칸이 내면적 삶을 기록하는 일기의 형식으로부터 일본 고전문학의 새로운 형식인 '일기 문학'을 만들어냈음을 추측할 수 있다. 그러 나 이케다는 그의 글에서 '자기 성찰의 일기'가 아니라 '자기 성찰 문학의 황 금기'가 고전문학의 새로운 지평을 이끌었다고 적은 바 있다. 그렇다면 다음 으로는 그 당시의 '문학' 개념에 대해서 고려해보아야 한다.

3. 20세기 초반 '문학'의 개념 변화

20세기에 접어들면서 미술(fine art)에 커다란 변화가 생겼다. 상징주의 운 동으로 미학 개념이 바뀌고 기독교에 의해 탄압받던 '이단'과 '불필요한 숭배' 가 미술에 도입되었다. 이 운동은 특히 기독교권이 아닌 지역을 중심으로 빠 르고 널리 확산되었다. 예컨대, 1913년 아시아에서 처음으로 노벨 문학상을 수상했던 타고르(Rabindranath Tagore)가 런던에서 상징주의 운동을 접한 후 벵갈로 돌아와 힌두 신비주의에 바탕을 둔 시를 썼다.

근대 유럽에서는 임마누엘 칸트가 『판단력 비판』(1790)에서 '미'는 감정에 의해 판단되고 '진실'과 '도덕'은 이성에 의해서 판단된다고 주장한 이래로, 철학적으로 '미'의 개념이 '진실'과 '도덕'의 개념으로부터 분리되었다. 한편으로는 공공장소에서 미술과는 거리가 먼 전통적 이미지들을 볼 수 있고, 다른 한편으로는 산업이 발달하면서 중세의 장인들이 노동자와 예술가로 분리되었다. 전반적으로 미술은 종교로부터 독립하게 되었다. 프랑스의 아카데미즘은 '미술'을 오로지 그림과 조각으로 한정했다. 이것은 '미술'의 협소한 개념이다. '미술'의 가장 넓은 의미는 '교양 학술'이며, '미술'의 중간 의미가 바로 오늘날의 '미술'인 것이다.

상징주의 운동으로 인해 중간 의미와 좁은 의미의 '미술'에 중요한 변화가 일어났다. 아서 시먼스(Arthur Symons)의 책 『문학의 상징주의 운동(The Symbolist Movement in Literature)』(1899)에서 이를 발견할 수 있다. 시먼스는 파리에서 상징주의 시인들과 우호적인 관계를 유지하면서 시끌벅적한 데카당스의 분위기 속에서 그 운동에 초점을 맞추어 19세기 프랑스 문학에 대한 이 책을 썼다. 그는 「서문」에서 고대 그리스에서 '상징'은 원래 "환대의 약속으로서 반으로 분리된 명패 두 개"를 의미했다고 설명하면서 토머스 칼라일(Thomas Carlyle)이 『의상철학(Sartor Resartus : The Life and Opinions of Herr Teufelsdrockh)』(1831)의 3장에서 "조물주의 어떤 구현이자 계시"라고 설명한 '상징'의 정의를 언급했다. 시먼스는 상징을 의식적으로 사용함으로써 오늘날의 상징주의가 과거의 상징주의와 달라졌다고 지적했다. 그러면서 그는 상징주의가 "하나의 종교"가 되었다고 주장하면서 「서문」을 끝맺었다. 바로 이런 주장으로 인해 상징주의 예술이 기독교를 대체하면서 세상의 주목을 받게 되었다. 달리 말하자면, 이것이 미술을 숭배의 대상으로 만든 바로 그 운동의 시발점이 되었다.

일본에서 이 운동이 널리 퍼졌다. 프랑스 조각가 오귀스트 로댕에 대해 특별호에서 다룬 잡지 『시라카바[白樺]』에서 그런 경향을 찾을 수 있다. 이 잡지를 중심으로 한 시라카바 그룹은 로댕을 숭상하고 있었다. 일본에서 상징주의 운동은 윌리엄 모리스의 사회주의적 이데올로기와 유사하게 '미술과 삶을 통합하는' 운동으로 조금씩 바뀌었다. 나는 이런 현상이 일본에서의 특별한 근대적 '문학' 개념으로부터 탄생되었다고 생각한다. 좋든 싫든, 그 개념 자체는 불가피하게 전통적인 종교 사상, 예컨대 신도와 유교, 불교, 도교 등과 뒤섞이게 되었다. 좁은 의미에서는 모든 '미술'은 물론이거니와 넓은 의미에서 '인문학'도 '미술'에 포함된다.

상징주의 문학 운동 속에서 아베 지로는 『산타로의 일기』를 일종의 '미술'로 소개했다. 한 개인의 삶의 기록이 '미술'의 일부분으로서 받아들여진 것이다. 그렇다면 이제 문학의 하위 장르인 1920년대의 소설과 수필의 개념을 검토해보도록 하자.

4. 소설의 개념 변화와 저널리즘의 환경

위에서 언급한 것처럼, 1926년 이케다 기칸은 "자기 성찰 문학의 황금기로 인해 고전의 새로운 지평이 펼쳐졌다"고 적었다. 1926년 무렵 사소설도 마찬가지로 전성기를 구가했음은 잘 알려져 있다. 같은 시기에, '프롤레타리아 문학'과 읽기 쉬운 역사소설과 탐정 소설 등으로 구성된 '대중 문학'이라는 두 가지 새로운 문학 운동이 일어났다. 사소설 양식은 쇠퇴하기 시작했고, 그로 인해 사소설 양식에 대한 활발한 논의가 일어났다. 당연히 이케다도 그런 배경에 대해 자신의 의견을 피력했다.

이런 논의는 우노 고지[宇野浩二]의 사소설인 「달콤한 세상이야기—우라시마 다로 이야기(甘き世の話—新浦島物語)」(『中央公論』 1920년 9월호 게재)의 18장에서 넌지시 암시되어 있는데, 그 내용은 이렇다. "최근에 일본 소설계의 일부에서는 이상한 현상이 나타나고 있음을 현명한 여러분들은 알고 있을 것이다. 그것은 무턱대고 '나'라고 하는 이상한 인물이 등장해서, (…중략…) 묘한 감상 같은 것만 이야기하는 것이다. 정신을 차리고 보면 아무래도 그 소설을 지은 작가자신이 다시 말해 '나'인 듯하다. 대체로 그렇게 정해져 있다. 그렇기에 '나'의 직업은 소설가이다. 그래서 '나'라고 쓰면 그 소설의 저명인을 가리키는 것이 되는 이상한 현상을, 독자도 작가도 조금도 괴이치 않는다."[6]

우노 고지는 이런 환상이 모델로 사용된 남자나 여자들에게 어려움을 안겨준다고 썼다. 당시에 우노는 수와 온천에서 만난 아름다운 게이샤 여성인 유메코와의 로맨스를 그린 짧은 사소설 연작을 쓰고 있었다. 「달콤한 세상」에서 내레이터는 그의 연애에 대해서 설명하면서 독자들의 추정 때문에 유메코가 영향을 받고 있는 것 같다고 말한다. 소설의 말미에서 내레이터는 자기 자신을 "서른 살의 대머리 남자"라고 묘사한다. 그것은 사소설이 만연하는 가운데 나온 하나의 자기 풍자라고 할 수 있다.

---

6   宇野浩二, 『美女 : 小說』, アルス, 1920, 355쪽. 『宇野浩二全集』 第2卷, 中央公論社, 1968(개정판), 301쪽.

그 시기에 사소설이라는 개념은 문학계에서 종종 사용되고 있었고, 모델의 문제도 자주 도마에 올라왔다. 하지만 우노가 지적한 주된 문제는 소설 주인공의 특징이나 환경이 아닌 소설 스타일의 문제였기 때문에 모호해졌다. 사소설에서 내레이터는 대개 에세이처럼 자신의 개인적인 경험과 감정을 직접적으로 말한다. 우노는 「『사소설』 사건」(『私小説』 私見, 1925)이라는 에세이를 쓰면서 시라카바 그룹을 시종일관 염두에 두고 있었다. 이것으로부터 우리는 그가 누구의 저술 스타일을 언급하고 있는지를 추측할 수 있다.

시가 나오야志賀直哉의 작품 「기노사키에서」(城の崎にて, 『白樺』, 1917년 5월호)의 앞부분에서 내레이터는 이렇게 시작한다. "야마노테선 열차에 치어서 상처를 입었다. 그 후 회복을 위해 혼자서 다지마[但馬]에 있는 기노사키 온천에 갔다."[7] 우리는 내레이터가 누구이고, 몇 살이고, 어떻게 생겼고, 직업이 무엇인지가 궁금하지만, 작품 속에 언급된 "아오야마 묘지에 있는 가족묘"를 보지 않고서는 그 해답들을 찾을 수가 없다. 하지만 우리는 그것이 벌의 사체와 죽기 전 꼬챙이에 끼워진 쥐의 버둥거리는 모습, 삶과 죽음은 불가분의 끊을 수 없는 관계라고 믿는 주인공이 던진 돌에 우연히 얻어맞은 도롱뇽의 죽어가는 과정 등을 지켜보는 저자의 경험에 바탕을 두고 있다고 추정한다. 내레이터의 관찰과 사색에 대한 묘사는 정확히 에세이나 일기의 그것과 일치한다.

이런 식의 글쓰기는 작가가 각 등장인물의 배경을 말로 설명하고 독자가 말을 통해 그 내용을 이해하는 보통의 허구적인 소설과는 다르다고 우노는 지적했다. 에세이 같은 이런 스타일은 당시까지는 중국과 유럽, 그리고 일본에서조차 이름 붙여지지 않은 장르였다.

---

7 『志賀直哉全集』第3卷, 岩波書店, 1999, 4쪽.

예를 들어, 그보다 조금 앞서 나가이 가후[永井荷風]는 1916년에 자신의 작품 「야하즈구새[矢はずぐさ]」(매듭풀)에서 일종의 서문처럼 다음과 같은 글을 썼다.

"애초에 나와 같은 소설가가 신변에서 일어난 일들을 그대로 써서 한편의 이야기로 만드는 것은 서양에서 19세기 초에 접어들어야 새롭게 등장해 '로망 페르소넬(roman personnel)'이라 불리며 오늘날까지도 계속 이어져 오고 있다. 예를 들면, 괴테의 『젊은 베르테르의 슬픔』이나 샤토 브리앙(Chateaubriand)의 『르네』 등이 그런 소설이다. 오자키 고요[尾崎紅葉]의 『청포도(靑葡萄)』는 아마도 우리나라에서 나온 첫 사례일 것이다. (…중략…) 나의 경우에는 야에[八重]와의 경험들 소재로 소설책으로 만드는 것이, 예상과는 달리 매우 어려운 일이었다. 소설을 쓰려면, 등장인물들의 특징을 세밀하게 결정해서 이야기의 플롯을 주의 깊게 만들어야 한다. 그런데 최근 나는 병치레를 자주 겪은 상태였고, 체질도 건강하지 못한 편이었다. 그러니 내 경험에 바탕을 둔 소설책을 쓴다는 것은 견디기 어려운 고된 노동이었다. 그래서 대신 나는 야에와 보냈던 시간들을 생각나는 대로 써내려가는 수필 형태로 글을 쓰기 시작했다."

가후가 '로망 페르소넬'이라고 부른 것은 프랑스 용어로서, 그것은 독일어로는 '이히-로망(Ich-Roman)'에 해당한다. 선구적인 '이히-로망'은 요한 볼프강 폰 괴테(Johann Wolfgang von Goethe)의 『젊은 베르테르의 슬픔(Die Leiden des jungen Werthers)』(1774)으로 알려져 있다. 25세 때 출간된 이 작품으로 괴테는 전 유럽에 걸쳐 유명해졌다. 베르테르는 비탄에 빠져 자살을 했지만, 괴테는 죽지 않고 자신의 경험을 바탕으로 소설을 썼다. 이 소설에서는 베르테르의 외양과 성격, 일상 등이 아주 잘 묘사되어 있다.

'이히-로망'은 프랑스 낭만주의로 계승된다. 잘 알려진 작품으로는 프랑수아 르네 샤토브리앙(François-René de Chateau-briand)의 『르네(René)』(1802), 에티

엔느 피베르 드 세낭쿠르(Etienne Pivert de Senancour)의 『오베르망(*Obermann*)』(1804), 그리고 처음으로 주인공의 심리를 묘사한 작품으로 꼽히는 벤자민 콩스탕(Benjamin Constant)의 『아돌프(*Adolphe*)』 등이 있다. 톨스토이(Lev Nikolaevich Tolstoy, 1828~1910)가 쓴 작품들은 거의 다 그 자신의 경험에 바탕을 둔 것이다. 20세기에는 넓은 의미의 의식의 흐름(좁은 의미에서는 넘쳐나는 무의식)이 글의 주된 양식이 되었는데, 마르셀 프루스트(Marcel Proust, 1871~1922), 제임스 조이스(1882~1941), 버지니아 울프(1882~1941), 윌리엄 포크너(1897~1962), 헨리 밀러(1891~1980)의 작품들에서 그런 예들을 볼 수 있다. 일본에서는 시인이자 소설가인 이와노 호메이[岩野泡鳴]가 인상주의 운동의 영향을 받아 '일원 묘사(一元描写)'라는 이름의 글쓰기 방식을 선보였다.

또 다른 사례를 들자면, 영문학자인 후쿠하라 린타로[福原麟太郎]가 『신초세계문학소사전(新潮世界文学小辞典)』(1966)에 실린 '에세이'라는 제목의 글에서 "공교롭게도 일본의 사소설 같은 작품들은 영국에서는 '에세이'로 간주된다"고 썼는데, 이는 후쿠하라가 유럽의 '이히-로망'을 잘 알고 있었기 때문이다('에세이'에 대해서는 나중에 논의할 것이다).

사소설의 논의에서, 에세이 스타일의 작품들은 또한 '심경소설(心境小説)'이라고도 불린다. 1924년 에세이 스타일의 가사이 젠조[葛西善蔵] 작품들의 영향을 받아 우노 고지는 앞에서 언급한 「『사소설』 사건」이라는 글에서 '심경소설'을 특정한 형태의 사소설로 분류했다. 그는 또한 일본인 작가들이 프랑스의 위대한 소설가인 발자크와 같은 작품을 쓰기는 어렵지만 일본의 위대한 '하이카이[俳諧]'의 대가인 바쇼[芭蕉]처럼 쓰기는 쉽다고 덧붙였다.

당시 거의 모든 학자들은 작가가 자기 자신의 관점과 내면 독백의 방식을 포함해 내면의 삶을 직접 표현하는 '심경소설'을 사소설과 구별했다. 그것은 이케다 기칸이 "개인의 내밀한 사실을 털어놓는 고백과 기도의 일련의 문학적 작품들"에 대해서 썼을 때 그 안에 허구적인 작품들은 고려하지 않았다는 것을 의미한다.

'심경소설'을 유럽의 '본격 소설'과 대조하거나 하이쿠(俳句)와의 친밀성을 고려하는 가운데, 우노 고지가 제기한 주된 문제는 점차 시들해졌다. 오랫동안 그런 논의들이 무질서하고 혼란스럽게 이어진 탓이다. 그렇게 시들해진 또 다른 문제는 사토 하루오(佐藤春夫)의 『전원의 우울(田園の憂鬱)』(1919)로서, 거기에서는 내레이터인 주인공의 의식이 전원생활에 집중되어 나타난다. 작품 속에서는 내레이터가 다른 젊은 문학 애호가들처럼 바쇼의 하이카이를 깊이 음미하는 장면이 나온다.

『기노사키에서』를 쓰고 8년이 지난 후, 시가 나오야는 「속 창작여담(続創作余談)」(1928)이라는 제목의 대담에서 "내게는 창작과 수필의 경계가 아주 모호하다"고 말했다.[8] 이런 태도는 그의 전형적인 에세이 스타일이 담긴 「어느 아침(或る朝)」(1908)의 초고에서 그가 '비소설(非小説)'이라는 단어를 썼을 때처럼 그의 초기 저술에서 잘 드러난다. 잡지 『여성(女性)』의 에세이 칼럼에 실린 그의 짧은 글 「우감(偶感)」(1924년 1월)은 『청개구리(雨蛙)』(1925)라는 제목의 단편집에 실렸다. 당시 문학 저널리즘에서는 사소설, 심경소설, 문뜩 떠오른 생각을 담은 에세이, 일기 등을 구별하지 않았다. 이런 저널리즘 전반의 분위기로 말미암아 이케다 기칸은 '일기 문학'이나 '자기 성찰 문학' 같이 서로 다른 스타일의 문학도 하나의 장르로 분류할 생각을 갖게 된 것이다. 이런 나의 논

---

8 『志賀直哉全集』第6卷, 岩波書店, 1974, 221쪽.

리를 증명하기 위해서 다음 절에서는 당시 에세이들의 상황을 검토해볼 것이다.

5. 수필 개념의 형성

후쿠하라 린타로는『신초세계문학소사전』에서 '에세이'라는 제목으로 중국 고전에서 선구적인 '수필'로 꼽히는 남송시대의 홍매(洪邁)가 쓴『용재수필(容斎随筆)』(1180)과, 일본에서는 처음으로 '수필'이라는 제목을 사용한, 무로마치[室町] 시대 중기의 궁중 귀족인 이치조 가네요시[一条兼良]가 편찬한『동재수필(東斎随筆)』(약 1430년?)을 처음 소개했다. 그런 뒤 후쿠하라는 프랜시스 베이컨(1561~1626)에서부터 프랑스 모랄리스트였던 미셸 에켐 드 몽테뉴(Michel Eyquem de Montaigne)가 쓴 방대한 분량의 에세이집『수상록(Les Essais)』(1580, 1588) 등을 언급하면서 유럽의 '에세이' 개념을 자세히 설명했고, 후에 로마 제국의 철학자인 루키우스 세네카(Lucius Annaeus Seneca, 약 B.C. 1 ~A.D. 65)가 쓴 서신들을 여기에 추가했다. 이러한 분류는 널리 확대되어 이성과 감정에 대한 가벼운 글들을 포함하게 되었다. 이것은 이런 스타일의 짧은 산문에 다양한 종류의 내용들이 포함된다는 것을 암시한다. 그런 이유로 후쿠하라가 "공교롭게도 일본 사소설 같은 작품들은 영국에서는 '에세이'로 간주된다"고 썼던 것이다.

후쿠하라는 아마도 19세기 영국의 대표적인 에세이집인『엘리야 산문집

(*Essays of Elia*)』(1823)을 염두에 두었던 것 같다. 이 산문집에서 새로운 예절이나 도덕을 풍자적으로 비판하고 있는 엘리야는 작가인 찰스 램(Charles Lamb)이 만들어낸 허구적 인물이다. 하지만 작품 속에서 엘리야와 찰스는 옥스퍼드 대학의 같은 학생 기숙사에 머문다. 『엘리야 산문집』의 3장 첫 부분에서 찰스 램의 이름이 등장하는데, 이를 통해 그 작품이 실지로 작가의 자서전이라는 것을 알 수 있다.

12세기에 나온 중국의 『용재수필』은 가치를 높게 평가받는 작품으로 처음 출간된 이후에도 계속 내용이 추가되다가 저자인 홍매의 죽음으로 인해 5권에서 집필이 중단되었다. 이 작품은 수많은 고전의 인용문에 대한 저자의 정확한 논평과, 윤리, 정치, 역사, 천문, 역법, 의술, 약초, 불교, 민간 신앙, 도덕 등과 같은 다양한 분야에서 뽑은 주석들에 대한 날카로운 비평 때문에 유명해졌다. 저자는 1권의 서문에서 '수필'은 문뜩 떠올라 자유롭게 쓴 글을 의미한다고 적었다. 『용재수필』의 각 권에는 분류 없이 250개 이상의 단문들이 담겨 있다.

이런 종류의 글로 이보다 앞선 작품으로 북송 시대에 심괄(沈括)이 편찬한 『몽계필담(夢溪筆談)』(본권 26권, 추가본 2권, 11세기 후반)이 있다. 여기에는 천문, 역법, 음악, 토목, 화학, 산술 등 다양한 분야들이 담겨 있다. 여기서 '필담'이란 아마도 대화체의 글쓰기를 의미하는 것으로 보인다. 작품은 각 권마다 저자의 방식에 맞추어 분류가 되어 있다. 우리는 인쇄 기술의 발달과 독자층의 증가, 쉬운 주석을 단 고전 인용문들의 인기 등으로 말미암아 이 작품이 탄생했으리라고 추측한다. 다양한 분야의 고전 인용문에 대한 논평과 비평, 주석들로 이루어진 이런 종류의 책들은 당시 하나의 장르 개념을 형성했을 것이다. 『몽계필담』과 『용재

수필』의 큰 차이는 전자가 범주를 가진 반면, 후자에는 범주가 없다는 것이다. 유럽의 에세이에 상응하는 이런 자유롭고 거침없는 중국의 작품들을 보면, 우리는 이런 종류의 장르 개념이 근대 이전의 일본에서는 형성되지 않았다고 결론지을 수 있다. 그런 글쓰기는 단지 아무렇게나 휘갈겨 쓴 글(雜纂)처럼 다루어졌다.

『사고전서 총목제요』는 중국의 고전들을 크게 윤리학인 경부(経部), 역사서인 사부(史部), 제자백가인 자부(子部), 문집인 집부(集部) 등의 네 분류로 정리한다. 그리고 제자백가(자부)의 50, 51, 52, 53, 54의 번호가 붙은 다섯 부분들이 소설가류(小說家類)로 되어 있다. 52번과 54번에는 홍매가 엮은 것으로 유명한 설화집 『이견지(夷堅志)』(1192) 3권이 포함되어 있다.

일본의 이치조 가네요시가 펴낸 『동재수필』은 오래된 책들에서 뽑은 이야기들을 논평이나 분류 없이 모아 놓은 책이다. 그 후 50년이 훨씬 넘은 뒤, 후기 무로마치 시대의 렌가[連歌] 시인인 아라키다 모리타케(荒木田守武, 1473~1549)가 자신이 쓴 원고와 와카들을 모아 『모리타케 수필[守武随筆]』을 냈다. 그의 원고들은 농담과 도시 남녀들 간의 인기 있는 연애 사례 등을 논평이나 분류 없이 모아 놓은 것이다. 우리는 거기에 왜 '수필'이라는 이름이 붙었는지, '쇼모노[抄物]'라고 불리는 해설이나 주석이 달린 중국과 일본의 인용문 모음집과 비교해보면 그 이유를 알 수 있다.

에도 시대에는 자유로운 글쓰기가 번성했고, 거기에 '수필', '만필(漫筆)', '만록(漫錄)' 등의 이름이 붙었다. 에도 시대 후기에는 도시민들 사이에서 역사 연구가 인기를 끌었다. 많은 아마추어 역사가들이 각 분야의 저술들을 모으기 시작했고, 자신들의 보고서를 '수필'이라고 지칭했다. 그렇지만 아직 유럽의 에세이에 상응하는 장르 개념이 형성되지 않은 상태였다. 『군서류종』에도 '수필'라는 제목의 분류가 보이지 않는다.

유럽에서와 같이 근대 이전의 중국과 일본에서 시, 소설, 희곡 등과 같은 장르 개념을 찾을 수 있다 하더라도, 산문은 분류 체계에서 분리되어 있었다. 중국의 네 가지 큰 분류인 경(経), 사(史), 자(子), 집(集)은 하위체계에서 더 자세하게 분류되었다. 일본에서는 분명하지 않지만, 앞서 언급한 것처럼 주로 중국 유서(類書)의 일본식 체계에 따라 분류 주제가 만들어진 것으로 보인다. 에세이처럼 보이는 많은 작품들이 근대 이전의 중국과 일본에서 나타났지만 유럽의 '에세이'라는 장르 개념은 분명하게 생기지 않았다.

메이지 시기에 접어들어 일본문학계에서도 '수필'라는 장르 이름이 나타났다.

네 권의 중요한 책들이 있다. 우선 첫 번째는 미카미 산지[三上参次]와 다카쓰 구와사부로[高津鍬三郎]가 펴낸 『일본문학사(日本文学史)』(1890)로 이것은 넓은 의미의 '문학', 혹은 일본식 개념의 '인문학'을 바탕으로 일본에서 처음 나온 문학사 책이라고 여겨진다. 두 번째는 좁은 의미로 미술로서의 '문학'을 바탕으로 하여 하가 야이치[芳賀矢一]가 펴낸 『국문학사십강(国文学史十講)』(1899), 세 번째는 문학의 넓은 의미와 좁은 의미 모두를 포괄하여 후지오카 사쿠타로[藤岡作太郎]가 펴낸 『국문학사강화(国文学史講話)』(1911), 네 번째는 좁은 의미의 문학을 바탕으로 쓰다 소키치가 펴낸 『문학에 나타난 우리 국민사상 연구(文学に現はれたる 我が国民思想の研究)』(1916~21) 등이다.

하지만 거기에는 가모노 조메이[鴨長明]의 『방장기(方丈記)』(1212)와 겐코 호시[兼好法師]의 『쓰레즈레구사(徒然草)』(약 1330년) 등은 포함되지 않아 의미가 불분명한 상태였다. 『방장기』는 중국 고전의 2행 연구 방식을 주로 차용하고 저자의 실제 경험을 바탕으로 현실을 묘사한 작품이고, 『쓰레즈레구사』는 분류 없이 단문들을 모아 놓은 작품이다. 만약 『동재수필』과 『모리타케 수필』을 잘 아는 일본문학사 편집자라면 그러한 '수필'의 개념들을 재고해보아야 할 것이다.

일본에서는 1920년 무렵부터 이해하기 쉬운 다양한 글들에 대한 독자의 요구가 늘어나면서 여성 잡지를 포함한 주요 잡지들에서 '수필'라는 단어가 하나의 장르 개념으로 빈번히 사용되기 시작했다. 새로운 중산 계층이 증가하고 문학의 양과 질이 좋아지면서 대중 독자층이 형성된 것이다.

메이지 시기에는 도쿠토미 소호[德富蘇峰]가 이끄는 잡지 『국민의 벗[国民之友]』(1887~1898)이 사회적으로 많은 주목을 받았다. 그 잡지에서는 '문학' 혹은 '인문학'의 중심부에 역사 관련 에세이(史論)들을 실었다. 또한 '역사와 전기물'을 의미하는 「사전(史伝)」이 잡지 목차에 들어 있는 것을 볼 수 있다. 1885년부터는 잡지 『태양(太陽)』이 박문관(博文館)에서 나왔다. 『태양』은 메이지 시기 후반에 여론을 형성했던 대형 잡지로, 「사전」이 비평적 에세이를 뜻하는 '평론(評論)' 장르에 게재되었다. 반면 창간호에서부터 1910년까지 비평과 관련이 없는 에세이들은 잡다한 글들인 「잡록(雑録)」, 「잡조(雑組)」, 「잡찬(雑纂)」, 「총담(叢談)」이라는 칼럼에 실렸다. 1911년부터는 『태양』의 목차 목록에서 그런 분류가 사라졌다. 『태양』의 인기가 점차 식어가고 있었다.

잡지 『중앙공론(中央公論)』이 1887년 창간되었고, 다이쇼 데모크라시의 영향을 받아 1912년 무렵부터 세를 늘려가기 시작했다. 그 잡지의 목차는 대개 「공론(公論)」, 「시론(時論)」, 「설원(説苑)」, 「창작(創作)」 등 네 범주로 이루어졌다. 편집자인 다키타 초인[滝田樗陰]은 매달 무라마쓰 쇼후[村松梢風]와 다나카 고타로[田中貢太郎]로 하여금 읽기 쉬운 글인 「설원」 칼럼을 번갈아서 쓰도록 했다. 그들이 쓴 가벼운 글들과 에도 시대에 유행했던 연애담과 괴담을 고쳐 쓴 작품들은 굉장한 명성을 얻게 되면서 독자 수도 급격히 증가했다. 1920년 무렵부터는 『중앙공론』이 「상화(想華)」, 「사화(詞華)」라는 비정기 칼럼을 시작했고, 1927년부터는 「가후 수필(荷風随筆)」이라는 또 다른 비정기 칼럼을, 그리고 나중에 「하쿠초 수필[白鳥随筆]」의 칼럼도 시작했다. 「창작」 부분 외에도 「문예(文芸)」라는 칼럼이 1913년부터 시작되었는데 거기에는 때때로 소설과 희곡이 나란히 실리기도 했다. 하지만 1919년부터 「창작」 칼럼에는 오로지 소설만 실리기 시작했다. 또한 1921년부터는 『태양』도 목차에서 「창작」 칼럼에 소설을 집어넣었다. 그러나 『태양』은 1928년 2월에 문학계에서 사라졌다.

일본은 영국의 동맹국으로 '자유'를 위해 제1차 세계대전에 참전했다. 전쟁 후 자본 합병이 일어나고 경제가 호황을 누리면서 대규모 생산, 대규모 선전, 대규모 소비의 체계가 자리를 잡았다. 관동대지진으로 인해 도쿄의 출판사들도 피해를 입은 탓에 관서 지역의 출판사들이 기업들과 협력에 들어갔다. 『오사카 마이니치신문[大阪毎日新聞]』은 『도쿄 니치니치신문[東京日日新聞]』과 협력했고, 『오사카 아사히신문[大阪朝日新聞]』는 『도쿄 아사히신문[東京朝日新聞]』과 합쳐졌다. 그 신문들은 각각 일본 전역에 배포를 시작했다. 라디오 방송은 1923년부터 시작되었는데 1930년 무렵에는 청취자의 수가 급격히 증가했다. 대중 미디어가 대중 운동을 이끌게 된 것이 바로 이 시기였다.

출판 산업을 보면, 1924년 대일본웅변회강담사(大日本雄弁会講談社)에서 창간한 대중 잡지 『킹(キング)』이 단기간에 1천만 부로 부수를 늘렸다. 1926년 무렵에는 다양한 회사에서 나온 이른바 '엔본[円本]'(1부당 1엔) 시리즈가 인기를 끌었다.

산업 규모가 빠르게 팽창하면서 많은 잡지들이 유행했다. 1923년 1월에 기쿠치 간(菊池寬)이 『문예춘추(文藝春秋)』를 창간했는데, 처음에는 팸플릿 형태로 나왔던 이 잡지에는 아쿠타가와 류노스케(芥川龍之介)의 잠언과, 대중 소설가였던 나오키 산주고(直木三十五)의 소설과 문학계 가십, 그리고 기쿠치 간자신이 직접 쓴 가볍고 짧은 에세이 「잡문(雜文)」들이 실렸다. 기쿠치는 "좌우모두로부터 중립적"이고 "60퍼센트의 위안과 40퍼센트의 지식 충족"이라는 전략을 펼쳤다. 그 결과 짧은 시간에 『문예춘추』는 잡지에서 최고 위치에 올라섰고 새로운 중산층을 이끌기 시작했다.

반면, 1923년 12월에 나카토가와 기치지(中戶川吉二)가 소설가인 미즈모리가메노스케(水守亀之助)와 마키노 신이치(牧野信一)와 함께 협력하여 출간한 고급 잡지 『수필』은 단명했다. 그러나 미즈모리는 '인문회출판부(人文会出版部)'라는 이름의 출판 회사를 설립해서 1924년 11월 『메이지 다이쇼 수필선집(明治大正随筆選集)』 시리즈물을 출간하기 시작했다.

그 선집 중 처음 세 작품은 당시 문학계 거장들이 쓴 『시키 수필집(子規随筆集)』, 『돗포 수필집(独歩随筆集)』, 『도손 수필집(藤村随筆集)』 등이다. 이듬해인 1925년, 그는 시마무라 호게쓰(島村抱月)와 오마치 게게쓰(大町桂月)의 수필 선집 두 권을 출간했고, 1926년에는 마사무네 하쿠초(正宗白鳥), 고이즈미 야쿠모(小泉八雲), 구리야가와 하쿠손(厨川白村) 등의 수필집을 냈다. 이런 선집 출간은 1927년까지 계속되었다.

이에 덧붙여, 1923년 무렵 '소품(小品)'이라는 용어가 어떤 장르에도 속하지 않는 짧은 글들을 지칭하는데 사용되었다. '소품'은 원래 명나라 시대에 중국에서 유행했던 장르였는데, 일본에서는 메이지 시기를 거쳐 인기를 끌었다. 여기에는 '콩트'와 마찬가지로 아이러니와 풍자, 난센스가 녹아 있다. '콩트'라는 말 또한 프랑스에서 왔으며 어떤 장르에도 속하지 않는다. 그런 작품으로는 샤를 페로(Charles Perrault)의 우화집 『교훈이 담긴 지난 시절의 이야기 혹은 콩트(*Histoires ou contes du temps passé, avec des moralités : Contes de ma mère l'Oye*)』(1697), 빌리에 릴아당(Villiers de l'Isle-Adam)의 소설집 『잔혹한 이야기(*Contes cruels*)』(1883), 샤를 피에르 보들레르(Charles Pierre Baudelaire)의 산문 시집 『파리의 우울(*Le Spleen de Paris : Petits poèmes en prose*)』(1869) 등이 있다. 콩트는 1923년 파리에서 일본으로 돌아온 소설가 오카다 사부로[岡田三郎]가 소개한 것으로 알려져 있다. 또한 우치다 햣켄[内田百閒]의 단편집 『명도(冥途)』(1922)와 가와바타 야스나리[川端康成]가 '손바닥 이야기들'이라고 스스로 명명하고서 잡지에 게재한 몇몇 단편들에 주목할 필요가 있다. 그런 단편들은 수필 스타일과 유사하다.

또한 1926년 미즈모리는 외국 작품들을 포함해서 작가, 비평가, 언론인들이 저술하는 새로운 스타일의 가벼운 글을 시리즈로 출간하기 시작했다. 많은 출판사들이 그의 행보를 좇았고, '수필'라는 단어가 일본에서 넘쳐나게 되었다.

장르의 혼재가 가속화되었다. 앞에서 언급했듯이 '수필', '만필(漫筆)', '만록(漫錄)', '잡기(雜記)', '잡록(雜錄)', '야화(夜話)', '차화(茶話)' 등과 같은 수많은 유사한 이름들과 저술 스타일들이 에도 시대의 출판 시장에 넘쳐났다. 쇼와 시기 초기에는 출판사인 국민도서(国民図書)에서 그것들을 수집해 『수필전집(随筆全集)』(20권, 1927~1930)이라는 제목으로 묶어서 출간했다. 또한 우연찮게 요시카와홍문관[吉川弘文館]도 『일본수필대성(日本随筆大成)』(첫 번째 시리즈는 12+2권, 1928~29년, 두 번째 시리즈는 12+2권, 세 번째 시리즈는 13권)을 출간했다. 오늘날에는 디지털화된 자료들을 통해서 당시 그 시리즈에 붙어 있던 다음과 같은 광고 문구를 볼 수 있다. "여기에 수록된 『수필』이란 현대의 에세이와는 달리, 보다 폭넓고 내용이 풍부한 견문, 술회, 기행, 논증 등 에도 사람들이 자유로운 필치로 써내려간 다종다양한 이상하고 신기한 이야기들의 집대성이다. 소설보다 재미있으며 역사, 국문학, 민속, 풍속 자료의 보고이기도 하다."

이 문구는 아마도 쇼와 시기 초기에 쓰였을 것이다. 그 당시 '수필'은 소설을 제외한 모든 장르의 산문을 포함하는 장르 개념이었다. '소설'은 앞서 언급했듯이 '수필'과 인접한 개념이 되었다. 이것이 바로 유럽의 에세이와는 다른 일본의 '수필' 개념이 탄생하게 된 배경이다. 일본의 '수필'은 이웃하는 장르인 소설, 산문시, 콩트와 함께 거의 모든 분야의 자유로운 저술을 포괄하고 있는 것이다.

6. 결론

마지막으로 또 다른 전통이 만들어졌다는 사실을 덧붙이고 싶다. 소설가 후나바시 세이치[船橋聖一]는 사소설에 대한 논의가 활발해지자 문학잡지인 『문학계(文学界)』(1935년 10월호)에 게재된 에세이 「사소설과 테마소설[私小説とテーマ小説]」에서 사소설이 어떻게 헤이안 시대 여성들의 '일기 문학'에서 유

래되었는지를 설명했다. 후나바시는 이케다 기칸보다 3년 늦게 도쿄제국대학 국문학과를 졸업했다. 이케다는 1925년 무렵 헤이안 시대에 '일기 문학'이라는 새로운 장르를 만들었고, 그의 후배인 후나바시는 사소설을 새로이 소개했다. 우리는 2차 세계대전 이후 현재까지 나온 여러 다양한 사전들 속에서 '사소설 전통'이니 '사소설 특징' 같은 말들을 많이 접할 수 있다.

그러나 어떤 일본문학 연구자도 가마쿠라 시대 이후에는 사소설 같은 '일기 문학'을 찾을 수 없다. 무로마치 시대부터 메이지 시기 중기에 이르기까지 저자 개인의 경험을 견문기나 자서전 스타일로 저술한 글들은 많이 존재했지만, 그런 것은 당시에 결코 소설 장르로 간주되지 않았다. 잘 알려진 것처럼 그것과는 별개로, 여러 스타일의 인기 있는 이야기들과 소설들이 17~19세기에 많이 있었다. 소설가들은 모두 설화적인 픽션과 이야기 픽션의 두 가지 전통을 물려받고 있었다. 그 두 가지 모두 중국의 모험담(伝奇)과 백화소설(白話小說)에 영향을 받은 것이었다. 모든 소설가들이 그런 허구적인 스타일의 사용에 관심을 두었다. 그리고 확실히 사소설 양식이 메이지 시기 중반에 생긴 것은 유럽의 사소설을 수용했기 때문으로 보인다.

결론적으로, '일기 문학'과 유럽의 에세이보다 더 넓은 개념을 가진 일본의 '수필'은 새로이 만들어진 두 장르였다. 그것은 1920~30년대 쇼와 시기 초반에 문학 저널리즘에서 다작과 경쟁의 분위기가 조성되면서 생긴 것이었다. 우리는 학술적인 체계뿐 아니라 저널리즘의 상황들을 감안해 다른 장르와의 연관성을 검토하면서 장르 개념을 연구할 필요가 있다. 기존의 작품 평가 방식, 특히 장르 개념과 관행적인 분석 도구들에 대해 올바로 비판해야만 지난 역사에서 새로운 문화적 관점을 발견할 수 있다.

참고문헌

자료

『阿部次郎全集』, 角川書店, 1960.

『宇野浩二全集』, 中央公論社, 1968.

『荷風全集』, 岩波書店, 1971.

牧野英二 訳, 『カント全集』, 岩波書店, 2000.

『定本 佐藤春夫全集』, 臨川書店, 2001.

『新版 志賀直哉全集』, 岩波書店, 1999.

『高村光太郎全集』, 筑摩書房, 1957.

浅井真男 訳, 『ニーチェ全集』, 白水社, 1979.

논저

船橋聖一, 「私小説とテーマ小説」, 『文学界』, 1935年10月号.

池田亀鑑, 『日記・和歌文学』, 至文堂, 1968.

国史大辞典編集委員会 編集, 『国史大辞典』 第11巻, 吉川弘文館, 1990.

津田左右吉, 『文学に現はれたる我が国民思想の研究』, 洛陽堂, 1916~1921.

芳賀矢一, 『国文学史十講』, 富山房, 1899.

バーバラ・佐藤 編, 『日常の誕生―戦間期日本の文化変容』, 柏書房, 2007.

ハルオ・シラホ・鈴木登美 編, 『創造された古典―カノン形成・国民国家・日本文学』, 新潮社, 1996.

藤岡作太郎, 『国文学史講話』, 開成館, 1911.

福原麟太郎, 『新潮世界文学小辞典』, 新潮社, 1966.

三上参次・高津鍬三郎, 『日本文学史』, 金港堂, 1890.

Arthur Symons, *The Symbolist Movement in Literature*, Dutton : New York, 1899.

Haruo Shirane & Tomi Suzuki(eds.), *Inventing the Classics : Modernity, National Identity, and Japanese Literature*, Stanford University Press, 2000.

근대 저널리즘과 '문학-지식'[1]의 성격과 위상

1910년대~1920년대 이광수의 문학론을 중심으로

김진희

1. 근대 학지(學知)로서의 문학과 저널리즘

서구에서 근대 이후 학문은 전통적인 지식에 관한 가르침과 배움보다는 새로운 것을 찾아 발견하는 탐구 및 연구 활동을 뜻하는 것으로 이해되었다.[2] 이런 맥락에서 새로운 지식의 탐구를 기저로 하는 과학 중심의 학문 체계의 변화는 전문적이고 실용적인 지식을 생산하는 물적 조건이 되었으며 분화된 학문 체계와 지식의 전문화는 방대한 양의 지식을 생산함으로써 근대 학문은 지식의 공장 역할을 했다.[3] 특히 근대과학은 지식 개념에 큰 변화를 초래했

1 　이 글에서 '문학-지식'은, 학지(學知)로서의 문학이 근대 저널리즘의 장안에서 아카데미즘으로서 연구와 진리 탐구를 의미하는 학(學)보다는 배우고 알게 되는 구체적인 내용을 의미하는 지식(知識)의 성격과 위상을 갖는다는 의미로 사용했다.

2 　강영안, 「근대 지식의 이념과 인문학」, 『인간의 얼굴을 한 인문학』, 소나무, 2002.

는데, 과학자들이 주도한 지식의 발전은 사변과 전통에 입각한 지식관을 떠나 관찰과 가설을 세우고 실험을 통해 입증하는 새로운 개념을 지식에 도입했다. 과학적 지식은 실천적이며 기술적인 힘과 자연의 지배와 연관되었고[4] 삶의 구체적인 현실을 변화시킴으로써 그 실용성을 강조할 수 있었다.

동아시아 한·중·일의 경우 서구 근대 학문이 수용되면서 근대적인 학문의 체계화가 시작되었으며 이런 과정 속에서 지식의 개념 역시 변화하였는데, 특히 서구 근대학문의 '실용성'에 주목했다. 단적으로 동아시아에서 가장 먼저 근대 학문과 지식을 받아들인 일본의 후쿠자와 유키치는 그의 저서 『학문을 권함』에서 서구 근대 학문의 실용성을 강조한다.

이처럼 생활에 도움이 되지 않는 학문은 다음으로 돌리고, 지금 하지 않으면 안될 것은 일상생활에 필요한 '실용의 학문'이다. (…중략…) 이러한 학문을 하려면 서양의 번역서를 읽고 조사하는 것이 필요하겠지만 대부분의 경우 쉬운 우리말로 번역한 책으로도 충분하다. 나이가 젊고 학문에 재능이 있는 사람이라면 외국어 원서를 읽고 어떤 과목이든 사실에 입각해 이를 확실히 하고, 사물의 이치를 추구해 일상생활에 도움을 주어야 한다. 이런 것은 누구나 배워야할 實學이며 신분상하를 막론하고 모든 인간이 알아야 할 학문이다.[5]

이런 상황은 조선이나 중국에서도 마찬가지로 계몽과 개화와 맞물려 실용적, 도구적 성격의 지식이 강조되었다. 따라서 동아시아에서는 연구하고 탐

---

3 박승억, 『학문의 진화』, 글항아리, 2015, 17쪽.
4 신국원, 「근대 이후의 지식개념의 변천 요약」, 『어린이문학교육연구』 1, 2000.
5 후쿠자와 유키치, 이동주 역, 『학문을 권함』, 기파랑, 2011, 22~23쪽.

구하며 진리를 찾는 근대학문이라는 개념으로부터 보다 실제적이고, 실용적이며 실생활과 밀접한 '지식'으로의 의미가 보다 강조되는 상황이 만들어졌다. 따라서 학(學)과 지(知)는 탐구하는 학문과 실제적인 지식으로 그 의미가 분화되었다. 한 예로 최남선은 '학(學)'은 '조직된 지식'으로 객관적, 체계적, 합리적인 과정을 거쳐 학문적 정체성을 갖는 것이라고 개념화함으로써 학문과 지식이 다른 층위의 것임을 밝혔다.[6] 알려져 있듯이 당대 사용한 '지식 (Knowledge)'이라는 단어는 동아시아에서 근대 이전부터 사용되어 온 것이지만, 오늘날과 같은 의미로 사용된 것은 근대 이후 서구의 개념어가 번역, 유입되면서부터이다. 리디아 리우는 '지식'이라는 용어를 회귀차형어(return graphic loan)로 분류했다. 즉 유럽어를 번역하기 위해 일본인들이 사용한 고전 중국어 복합어가 중국인들에 의해 재수입되어 사용된 단어라는 의미이다.[7] 그 '지식'이라는 용어는 1900년대가 되면서 근대학문 체계가 수용되면서 개인이나 국가가 근대화를 위해 필수적으로 갖추어야하는 요소로 자리 잡았는데, 이런 인식과 함께 동아시아 각국의 근대 지식의 개념 역시 형성했다고 할 수 있다. 특히 식민지하에 놓이게 된 조선의 경우 한말 이후 학문과 지식의 실용성은 계몽의 자장 안에서 식민지 시기 전반에 걸쳐 지속적으로 추구되었다. 이런 맥락에서 근대 초기 '문학론' 역시 문학이 갖는 특수한 본질–지식성을 규명함으로써 실제적 삶 안에서 문학의 위상을 자리매김하려는 노력과 관련되어 있다.

한편 근대 지식의 형성과 유통에 근대 초기 미디어가 중요한 역할을 담당했음에 관해서는 문학사적으로 의미 있는 연구들이 풍부하게 최근까지 이루

---

6   최남선, 「百學名解－學(英 Science 德 Wisenschaft)」, 『靑春』 제1호, 1914.
7   리디아 리우, 민정기 역, 『언어횡단적 실천』, 소명출판, 2005, 464~486쪽.

어져왔다. 서구에서 근대학문이 대학제도의 정립과 관련되었다는 역사적 사실은 식민지 조선에서도 근대학문을 탐구하고, 연구하며 교육하여 재생산할 수 있는 제도적 기반이 필요했음을 보여준다. 그러나 계몽 담론과 연관되어 근대 학문의 체계화를 모색했던 일련의 노력들은 식민지적 상황 속에서 아카데미즘의 장으로 심화, 확장되지 못했다.[8] 이런 상황 속에서 근대 미디어는 아카데미즘의 장 밖에서 근대 지식에 대해 소개하고 파급한 제도인 동시에 사립학교와 더불어 식민지 민간학의 형성에 큰 축을 담당했다.[9] 특히 미디어를 통한 글쓰기는 캉유웨이[康有爲]가 철도에 비유했던 것처럼 일종의 이동성, 소통, 네트워크를 속성으로 하는 것으로 인식되었다. 이에 근대 초기 지식은 미디어를 통해 빠르게 이동, 확산, 공개되어야 하는 속성으로써 드러났다.[10] 말하자면 앎의 새로운 존재 방식은 새로운 형식으로 파급력을 가지며 전통적인 지식의 장에 균열을 만들어 내기 시작했다. 지식인들은 미디어를 생산하고, 그 미디어를 통해 담론을 만들었으며 다시 그 담론에 의해 영향을 받는 일종의 저널리즘의 장 안에서 근대 학문의 이념과 가치, 방향 등을 만들어나갔고, 이런 생각들이 사회적 공신력을 발휘하길 기대했다.

언급했듯 근대 동아시아에서 학문과 지식의 근대적 제도화와 체계화에 대한 관심과 이해가 요구되면서 문학 역시 학지(學知)로서 어떤 위상을 갖고 있으며 근대 학문적 정체성은 어떤 것인지 규명하려는 노력들이 이어졌는데,[11]

---

8 박헌호, 「식민지 조선에서 작가가 된다는 것 — 근대미디어와 지식인, 문학의 관계를 중심으로」, 『상허학보』 17집, 2006.

9 구장률, 「식민지 시기 문학 개론의 지형 — 잡지를 중심으로 본 식민지 아카데미즘의 일면」, 『국어국문학』 161호, 2012.

10 천진, 「길항하는 근대 중국의 文/學 — 20세기 초 동경유학생의 근대 지식의 생산과 文의 운동」, 『중국현대문학』 51호, 2009.

11 이보경(이광수), 「문학의 가치」, 『대한흥학보』, 1910.3; 춘원생(이광수), 「문학이란 하오」, 『매일신보』, 1916.11.10~23; 최두선, 「문학의 의의에 관하여」, 『학지광』 3호, 1914; 김억, 「예술적

이광수를 포함하여 당대의 논자들 역시 근대 미디어를 통해, 문학도 인간에게 필요한 지식이라는 생각을 전달하고자 했다. 특히 이광수는 문학의 학문적 위상과 근대성, 그리고 지식으로서의 효용성 등을 탐구하는데 집중했다.

이광수의 초기 문학론은 국문학계에서 1990년대 이후 근대문학의 기원 형성에 주목하면서 '문학' 개념의 서구 및 일본으로부터의 수용 및 번역, 비교 연구를 토대로 개념사적 연구가 정치하게 분석 고찰되었다.[12] 이 연구들은 이광수가 '문학'을 역어(譯語)로 유입된, 학지(學知)의 하나로 이해했으며 개화, 계몽이라는 신문화의 장(場) 안에서 조선인이 배워야하는 하나의 학문과 지식의 영역으로서 정치, 법률, 경제 등과 함께 위치 지었음을 밝히는 한편 이광수의 문학론이 정(情)을 중심으로 자율적 문학의 개념을 정립하고 있음에 주목했다. 이 연구 성과들은 학계에서 최근까지 주요한 논의로 참조되고 있다. 한편 기원론, 번역론을 중심으로 이루어진 개념사 연구 이후 이광수의 문학론이 갖는 이념성, 정치성, 탈계몽성, 소통성 등이 지속적으로 연구되고 있는데[13] 이 연구들은 이광수의 문학론이 그의 사상사적 구도 속에서 어떻게 구체적인 역사적 삶과 단절 혹은 소통의 가능성을 확보하였는가라는 주제의식으로 수렴되고 있다. 이런 연구의 방향은 이광수가 자신의 문학을 통해 어떻게 사회와 소통하고 또 관계를 맺고자 했는가를 탐구함으로써 궁극적으로

생활」, 『학지광』 6호, 1915; 안확, 「조선의 문학」, 『학지광』 6호, 1915 등.

12 황종연, 「문학이라는 역어」, 『한국문학과 계몽담론』, 새미, 1999; 김동식, 「한국의 근대적 문학 개념 형성과정 연구」, 서울대 박사논문, 1999; 권보드래, 『한국 근대소설의 기원』, 소명출판, 2000; 최원식, 『문학』, 소화, 2012 등.

13 이경돈, 「근대문학의 이념과 문학의 관습-「문학이란 하오」와 『조선의 문학』」, 『민족문학사연구』 26권, 2004; 하정일, 「자율적 개인과 부르주아-1910년대 이광수의 문학론과 사회사상을 중심으로」, 문학과사상연구회, 『이광수문학의 재인식』, 소명출판, 2009; 한기형, 「지식문화의 변동과 문학장의 재구성-1910년대와 1920년대의 상황」, 『반교어문연구』 38권, 2014; 김동식, 「1910년대 이광수의 문학론과 한국 근대문학의 비민족주의적 기원들-기능분화, 감정의 관찰, 표상으로서의 세계문학」, 『비평문학』 45호, 2012 등.

는 이광수 문학의 의의와 역사성을 묻고 있다.

이 글은 위에서 언급했던 이광수 문학론에 관한 연구 성과들 ─ 문학성, 이념성, 탈 / 계몽성, 소통가능성 등에 주목하면서 다음과 같은 문제의식을 갖는다. 우선 이광수 문학론의 변화와 그 계기를 사회적, 문화적 장에서 찾아보려 한다. 문학사적으로 근대문학의 의미를 정립한 것으로 평가받는 이광수의 1910년대~1920년대 문학론은 내용이나 수준, 입장 등이 균질적이지 않다. 문학론의 차원에서 이광수는 1924년 「문학강화」가 가장 완성된 글이라고 언급하기도 했다. 그러나 이광수의 생각과는 또 다른 차원에서 각 문학론들은 차이와 변화를 갖고 있다. 이는 이광수의 지적, 사상적 변화라는 내적 계기에 근거한 것이겠지만 한편으론 변화를 가능케 하는 외적 계기가 무엇인지 생각해 볼 필요가 있는데, 이 연구에서는 그 외부적 동인으로서 당대 저널리즘의 장을 고려해보려 한다. 즉 이광수 문학론을 근대 문학 형성에 중요한 역할을 하였던 근대 미디어를 포괄하는 저널리즘이라는 개념을 통해 재고해 보는 것이다. 한편 문학을 생산하고 움직이는 동인이자 그 결과에 대한 복잡한 이해를 위해서는 미디어보다는 '저널리즘'이라는 개념이 효과적이다. 물적이며 중립적인 '미디어'나 단순한 보도를 의미하는 '언론'이라는 용어에 비해 저널리즘은 자본을 바탕으로 정보와 지식의 복합적인 생산과 소비의 관계를 환기한다.[14] 이런 맥락에 주목하여 1930년대 임화는 근대 저널리즘의 출발을 한말에서부터 잡고 있다.[15] 이는 한말 이후, 식민지 언론과 미디어의 장이 계몽성과 상업성을 두 축으로 하면서, 다양한 정보와 지식, 담론과

---

14 강명구, 「訓民과 啓蒙─한국저널리즘은 왜 애국적인가」, 『저스티스 The Justice』 134-2호, 2013.
15 임화, 「신문화와 신문」, 『조광』, 1940. 10.

사상, 이데올로기가 복잡하게 얽힌 근대 저널리즘의 공간이었음을 의미한다. 이런 관점을 통해 이광수 문학론이 제기하는 문학성, 이념성, 탈 / 계몽성, 소통성 등의 논의를 확장적으로 이해할 수 있으리라 생각한다.

다음으로는 미디어와 저널리즘과 관련하여 문학의 지식으로서의 성격을 논의해보는 것이다. 즉 근대란 무엇인가, 근대 지식이란 무엇인가, 문학이란 무엇인가 등에 관해 '알아야 한다'는 신문화 주체들의 욕망을 움직인 저널리즘의 장 안에서 문학은 어떤 지식으로서의 성격을 갖게 되었으며, 그 위상을 확보했는가에 대한 관심이다. 아카데미즘의 장에서 소통되는 제도권의 교육이나 연구 학술서와 달리, 상업적 목적을 갖고 정기적으로 출간되는 신문과 잡지를 통해 제공되는 지식은 대중들에게 그것을 습득함으로써 일상과 교양의 수준이 높아질 것이라는 관념을 심어준다. 특히 대중적으로 권위를 인정받은 매체를 통해 주어지는 정보와 지식은 독자들에게 큰 영향력을 발휘한다. 1910년대 이후 근대 미디어의 활성화와 매체들의 문학 집중화는 문학을 사회문화적으로 중요한 지식으로 자리매김 시켰다. 문학은 바로 이런 미디어의 권위와 매개를 통해 사회·문화·학술적인 지위를 갖게 되었다. 그런데 그런 매체를 움직이는 힘은 매체 자체에서 나온다기보다 저널리즘의 상황 속에서 나온다. 따라서 아카데미즘의 장과는 달리 실용적 지식이 강조된 저널리즘의 장에서 문학의 지식화의 문제를 생각해볼 수 있을 것이다. 이런 문제의식은 저널리즘의 방향이나 미디어의 성격이 구체적으로 글쓰기와 지식의 형성에 어떤 영향을 줄 수 있는가라는 주제와도 관련된다. 이광수는 당대 중요한 문사이기도 했지만 한편으로 신문화의 선도자이자, 매체의 운영에 적극적으로 참여한 지식인이기도 했다. 이런 의미에서 이광수는 당대 저널리즘의 방향을 이끈 지식인이자 그 방향에 가장 적극적으로 대응한 지식인이기도 하다. 또한 그는 1900년대 이후 해방 전까지 가장 많은 문학관련 평문을 쓴 지식인이었다.[16] 이런 점에서 이광수가 당대 저널리즘을 의식하면서 문학론을 어떻게 개진시켜나갔는가, 그리고 그 문학사적 함의는 무엇이었는가를 살피는 일은 근대문학의 정립과 발전, 그리고 확장의 과정을 고찰하는 의미 있는 연구가 되리라 생각한다.

이광수의 초기문학론은 많은 논자들에 의해 연구되어 왔다. 이 글은 이광수의 문학론을 미디어와 저널리즘이라는 외부적 동인들을 토대로 살펴보려는 연구이다. 그간 『조선문단』이나 『매일신보』 등의 미디어와 관련하여 이광수를 연구한 논의들이 있어 왔는데,[17] 이 연구들은 이광수와 그 매체 간의 관계에 주목하고 있다. 이에 본 연구는 글쓰기라는 구체적인 작업이 미디어와 저널리즘의 장안에서 어떻게 그 성격과 위상을 전환시키게 되는가를 초창기 근대문학론과 근대 미디어의 장, 저널리즘과의 관계를 통해 본다는 점에서 근대 미디어와 문학과의 관련성의 논의를 확장할 수 있으리라 생각한다.[18]

---

16 구장률, 「문학지의 번역 — 이광수를 중심으로」, 『민족문학사연구』, 47호, 2011.
17 이경훈, 「『조선문단』과 이광수」, 『사이間SAI』 제10호, 2011(이외 각주 49 참고).
18 류시현, 「1910년대 이광수의 시대인식과 전망 — 『매일신보』 글쓰기를 중심으로」, 『역사학연구』 54권, 2014.

2. 저널리즘과 근대문학지식 형성과 변화

언급했듯 근대 미디어는 근대문학의 터전이자 재생산구조의 핵심으로 기능했는데, 한말(韓末) 이후 유학생 잡지나 회보, 그리고 신문 등은 근대 문학의 형성과 탐구에 큰 역할을 했다. 이광수 역시 초창기 미디어인 『학지광(學之光)』, 『대한흥학보(大韓興學報)』, 『매일신보』 등을 통해 자신의 문학에 대한 이념과 사유를 발표할 수 있었다. 그런데 왜, 어떻게, 미디어는 근대문학의 이념과 가치를 만들어 내는 역할을 수행할 수 있었는가. 이런 상황은 한말 저널리즘의 방향이 신문화의 방향과 같았음과도 연관된다.[19] 즉 근대 국가 건설, 민중 계몽과 개화, 신지식의 수용 등을 지향하던 신문화의 이념은 초기 미디어의 장을 움직이는 힘이었으며 이는 미디어의 내용과 성격에 자연스럽게 영향을 미치게 되었다. 이처럼 사회역사적 상황, 신문화의 방향, 미디어의 성격, 지식장의 상황 등은 미디어가 구성하는 지식의 성격과도 연관된다. 그렇다면 미디어를 움직이는 저널리즘의 장 안에서 구성되는 문학론 역시 달리 이해될 수 있을 것이다. 저널리즘과 지식, 혹은 저널리즘과 문학-지식의 생산은 어떤 관련성이 있는 것일까. 미디어와 인쇄의 발전이 근대문학의 생산 기제로 역할 한 것이 사실이라면 이런 과정 속에서 문학이란 어떠한 것으로 인식되어져 갔는가를 충분히 논의할 수 있을 것이다. 이런 변화의 과정을 근대문학의 정립기인 1910년대부터 1920년대로 이어지는 이광수의 문학론과 저널리즘의 관련성을 통해 재고할 수 있다.

---

19 강명구(앞의 글)는 한말(韓末)의 저널리즘을 '訓民的 계몽주의를 지향하는 저널리즘'이라 규정한다.

1) 근대 학문의 이상(理想)과 문학의 가치와 효용성

　이광수가 쓴 첫 번째 문학론은 1910년 3월 이보경이라는 이름으로 『대한
흥학보』 11호에 발표한 「文學의 價値」이다. 최초로 근대 문학의 개념과 정
체성을 탐구하는 글의 제목과 주제는 왜 '문학이란 무엇인가'가 아니고, 문학
의 '가치'인가. 왜 이광수는 문학이 무엇인지 따지기보다 문학이 무엇을 할
수 있는가를 먼저 탐구하고자 했을까. 이런 문제의식을 이 발표지가 놓여 있
었던 상황, 그리고 유학생 지식인의 존재 상황 등과 함께 이해해 볼 수 있다.
「문학의 가치」가 발표된 『대한흥학보』(1909.3~1910.5)는 재일 유학생단체인
태극학회, 대한학회 등이 주축이 되어, 시무(時務)에 적합한 '학문'을 얻고자[20]
1909년 1월에 만든 대한흥학회의 학보였다. 『대한흥학보』는 세계정세를 소
개하고 자국의 현상을 분석, 비판하며 철학, 교육, 의학, 공학, 상업, 농업 등
논설과 실제적인 지식을 소개하는 계몽종합지의 역할을 했다.[21] 이광수와 당
대 유학생들을 포함하여 한말 저널리즘의 장에서 활동한 언론인, 지식인들
은 '계몽자'로서 지사(志士)이며, 사회개혁자이고, 정치인이었다. 재일 유학생
이었던 이광수가 놓인 미디어의 장 역시 계몽과 훈민을 통해 신문화를 지향
하는 저널리즘의 장이었다. 이런 상황 속에서 일본에 유학하는 청년들에게
계몽의 주체가 되라는 사회적 요구는 강력하게 작용하고 있었는데, 유학생
단체 출간 미디어는 국내외의 불안한 정세를 겪으며[22] 보다 더 학문의 시무

20　"대저 학문이란 시세(時勢)를 따라 시무(時務)의 학문이 있으니, 현시 풍조(風潮)를 알지 못하
　　고 어찌 시무에 적합한 학문을 얻겠는가? 이 때문에 우리들 청년이 분연(奮然)히 해외로 건너
　　와 유학한 지 여러 해가 되는데 실지로 연구가 없는 것이 부끄러워서 한심스럽다"(「대한흥학
　　회 취지서」, 『대한흥학보』 제1호, 1909.3.20)
21　하타노 세츠코, 「「문학의 가치」에 대하여─이광수의 초기문학관」, 최주한 역, 『무정을 읽는
　　다』, 소명출판, 2008.

성(時務性)과 계몽성을 강조하고 있었다. 이광수 역시 이런 관점에서 문학에 접근하고 있다.

「문학」은 인류사상에 심히 중요한 것이라. 이제 余와 같은 寒書生이 「文學의 가치」를 論한다 하는 것은 자못 猥越한 듯하나 지금껏 我韓 문단에 한번도 此等言論을 見치 못하였나니 이는 곳 「문학」이라는 것을 閑却한 緣由로다. 夫我韓의 현상은 가장 岌業하여 전국민이, 모다 실제문제에만 악착하는 고로 얼마큼 실제문제에 소원한 듯한 문학 등에 對하여는 주의헐 여유가 無하리라. 然이나 문학은 과연 실제와 沒交涉한 無用의 長物일까. 此는 진실로 선결할 중요문제로다. 於是乎 余는 淺見薄識을 不顧하고 감히 數言을 陳코자 하노라.[23]

위의 인용문에서 이광수 스스로 묻고 있듯이 '문학이 무용의 장물이 아님을 주장'하려는 것이 이 글의 목적이다. 이광수는 많은 사람들이 실제 문제 즉, 실용적인 학문과 지식에만 집중하여 관심을 두고 있으나 주의를 기울여 탐구해보면 문학은 실제적 삶과 밀접한 존재임을 알 수 있다고 진술한다. 이를 입증하기 위해 이광수가 근거로 제시한 것은 우선 근대 문명을 이끈 '문예부흥'의 가치이다.

서양사를 讀하신 제씨는 알으시려니와 금일의 문명이 과연 何處로 從하여 來하였는가. 제씨는 卽日 「뉴-톤의 신학설(물리학의 대진보), 다윈의 진화론 왓트의 증기력 발명이며, 기타 전기, 공예 등의 발전 진보에서 來하였다」 하리라. 실로 然

---

22 1909년 10월 이토 히로부미 암살 사건, 1910년 8월 대한제국 패망 등. 위의 글 참조.
23 이보경(이광수), 「문학의 가치」, 『대한흥학보』, 1910.3.

하도다. 누가 능히 此를 부인하리오마는 한번 더 其 源을 溯求하면 십오 육세기경 「문예부흥」이 有함을 발견할지라. 만일 이 문예부흥이 無하여 인민이 其 사상의 자유를 자각치 아니하였던들 어찌 如此한 발명이 有하였으며 금일의 문명이 有하였으리요.[24]

이광수는 표면적으로 보면 뉴톤의 신학설이나 다윈의 진화론이 문명의 기원인 것 같지만, 다시 생각해보면 서구의 과학적 문명은 문예, 즉 문학의 발전에 그 기원을 두고 있음을 강조한다. 그러므로 문학, 문예란 표피적으로 보면 실생활과의 교호관계가 잘 안보이지만, 인류의 실생활을 움직이며 발전시킨 강력한 진보의 힘이었음을 주장한다. 그는 이 글의 다른 부분에서 프랑스 혁명이 루소가 쓴 글에서 비롯되었고 미국 노예 해방전쟁의 승리 역시 포스터 등 문학자의 힘에 의해 가능했던 것이었다고 설명하기도 한다. 일본 유학 중 학습한 내용을 토대로 문학의 효용적 가치를 논한[25] 이 글의 주장은 『대한흥학보』의 방향이기도 했고, 당대 유학생이 속한 저널리즘의 장을 움직인 주요한 의식이기도 했다. 이광수는 문학이 "인생과 우주의 진리를 천발하며 인생의 행로를 연구하며 인생의 정적 (즉 심리상) 상태 급 변천을 공구"함으로써, 단순한 유희적, 오락적인 존재가 아님을 천명하고 있다.

이런 맥락에서 「문학의 가치」는 근대 최초의 문학론이지만, 문학 자체에 대한 본격적이고 원론적인 고찰은 짧은 편이다. 이광수는 "본론에 入하는 해제로 '文學이라는 것'에 관하여 극히 간단히 述하겠노라"라면서 문학에 관한 정의를 아래와 같이 진술한다.

---

24 위의 글.
25 하타노 세츠코, 앞의 글.

「문학」이라는 字의 유래는 심히 요원하여 확실히 其 출처와 시대는 攷키 難하나, 하여튼 其 의의는 본래 「일반학문」이러니 人智가 점진하여 학문이 점점 복잡히 됨에 「문학」도 차차 독립이 되어 其 의의가 명료히 되어 시가, 소설 등 情의 分子를 포함한 문장을 문학이라 칭하게 至하여시며(이상은 동양) 영어에 (Literature) 「문학」이라는 字도 또한 전자와 略同한 역사를 유한 자라.

이광수는 문학이 '일반학문'이며 학문이 복잡해짐으로써 문학도 학문체계 속에서 독립성, 즉 독자적 위상을 가졌다는 사실을 밝힌다. 정(情)의 분자를 포함한 문장을 문학이라 칭하고 있는 이 정의는 문(文)을 학(學)의 체계 안에 위치시키고 있다. 그는 "인류가 생존하는 이상에 인류가 학문을 유한 이상에는 반드시 문학이 존재할" 것인데 이는 "인류가 智가 유함으로 과학이 생기며 또 필요한 것과 같이 인류가 情이 유할진대 문학이 생길지며 또 필요할지라"면서 인간의 '정'을 중심에 놓고 문학의 정의를 시도한다.[26] '情'을 중심으로 하는 문학에 대한 보다 깊이 있고 체계적인 고찰은 1916년 『매일신보』에 발표한 「문학이란 하오」에서 이루어진다.

吾人의 정신은 知, 情, 意 삼방면으로 作하나니, 知의 작용이 有하매 오인은 진리를 추구하고, 意의 방면이 有하매 오인은 善 又는 義를 추구하는지라. 然則, 情의 방면이 有하매 오인은 何를 추구하리요. 즉 美라. 美라 함은, 즉 오인의 쾌감을 與하는 者이니 진과 선이 오인의 정신적 욕망에 필요함과 如히, 미도 오인의 정신적

---

26 '지(知) 정(情) 의(意)'라는 틀에서 문학의 학문적 독자성으로서 '정'을 강조하는 사정은 비단 조선에서만 일어난 일은 아니었다. 이는 동아시아 전반적인 상황이었다. 이재봉, 「근대의 지식체계와 문학의 위치」, 『韓國文學論叢』 52권, 2009; 스즈키 사다미[鈴木貞美], 김채수 역, 『일본의 문학개념』, 보고사, 2001, 50~55쪽.

욕망에 필요하니라. 何人이 완전히 발달한 정신을 有하다 하면 其人의 진선미에 대한 욕망이 균형하게 발달되어 있음을 云함이니, 지식은 愛하여 此를 갈구하되, 선을 무시하여 행위가 불량하면 만인이 감히 彼를 責할지니 此와 同理 진과 선은 애하되 미를 애할 줄 不知함도 역시 기형이라 謂할지라. 毋論, 人에는 진을 편애하는 과학자도 유하고, 선을 편애하는 종교가, 도덕가도 유하고, 미를 편애하는 문학자, 예술가도 유하거니와 此는 專門에 入한 자라, 보통인에 至하여는 가급적 此 三子를 均愛함이 필요하니 玆에 품성의 완미한 발달을 見하리로다.[27]

문학이란 특정한 형식 하에 人의 사상과 감정을 발표한 자를 謂함이리라. (…중략…) 문학은 실로 學이 아니니 대개 學이라 하면 某事, 혹은 某物을 대상으로 하여 其 사물의 구조, 성질, 기원, 발전을 연구하는 것이로되, 문학은 기 사물을 연구함이 아니라 감각함이니, 고로 문학자라 하면 人에게 기 사물에 관한 지식을 敎하는 자가 아니요, 人으로 하여금 미감과 쾌감을 發케할 만한 서적을 作하는 人이니, 과학이 人의 知를 만족케 하는 학문이라 하면 문학은 인의 정을 만족케 하는 서적이니라[28]

우선 첫 번째 인용문은 인간의 정신을 지(知), 정(情), 의(意) 세 층위에서 나눈 후, 이 중 정을 문학과 관련시킨 글이며, 두 번째 인용문은 문학이 추상적인 의미에서 '학문'으로부터 서적, 즉 사람의 정을 만족케 하는 구체적 작품으로 인식되고 있음을 보여주는 글이다. 이광수는 인간의 심리가 지, 정, 의 삼자에 의해 작용되고 있음을 전제하고, 문학의 논리를 이에 기대어 설명한

---

27 춘원생(이광수), 「문학이란 하오」, 『매일신보』, 1916.11.10~23.
28 위의 글.

다. 이광수의 논리는 인간의 심리를 지정의로 나누던 서구 관념론의 논리를 그대로 수용하고 있으며, 이를 학문을 분류하는 틀로 사용했고 문학을 설명하는 중요한 개념적 토대로도 사용한다.[29] 이처럼 "정(情)의 분자를 포함한 문장"이라고 밝힌 이광수 외에도 "글 가운데 정의(情意)를 넣는 것"(최두선), "미감상(美感想)을 문자로 표현하는 것"(안확) 등 문학이 정(情)적인 요소를 함유하고 있다는 논의들이 존재했다. 이들은 인간의 사상과 감정을 표현하는 문학의 특수성에 착목함으로써 다른 학문과 구별되는 문학만의 독자성, 나아가 다른 학문과 문학이 대등하다는 사실을 강조하고자 했다.[30] 이런 점이 바로 다른 학문, 특히 실용적인 학문과는 다른 문학의 독자적 능력임을 이광수는 강조한다.

서양 문화 속에서 'literature'는 독서를 통한 교양이라는 의미로 14세기에 영어에 유입된 이래 대체로 읽고 쓰는 능력이라는 'literacy'의 의미를 갖는 학식(學識)이라는 의미로 통용되다가, 인쇄술이 발전하는 18세기, 낭만주의 세례를 받은 19세기를 거치면서 상상적, 창조적 문학으로 시, 소설, 희곡을 중심으로 이해되었다.[31] 일본의 경우에는 메이지 초기 '학문'으로서의 문학을 포함하던 문학의 개념이 메이지 20년 후, 1887년을 전후하여 언어예술로서의 문학이라는 개념으로 정착되면서 근대적 의미의 분가쿠(文學)가 출현하고, 러일전쟁 시기 즈음(1904~1905) 언어예술 중심의 분가쿠가 안정되어 소설가나 시인들의 그룹을 가리키는 협의의 개념으로 정착한다.[32] 중국에서도 1908

---

29 지, 정, 의와 관련한 이광수의 문학에 대한 개념적 고찰은 앞에서 언급한 황종연(1999), 김동식 (1999), 권보드래(2000), 최원식(2012)에서 상세하게 논의되고 있다. 본 연구에서 이와 관련된 부분은 이 연구들을 참고하여 정리했다.
30 이현식, 「근대문학의 탄생」, 『제도사로서의 한국 근대문학』, 소명출판, 2006.
31 레이몬드 윌리암스, 김성기 역, 『키워드』, 민음사, 2010, 276~283쪽.
32 스즈키 사다미, 앞의 책, 179~230쪽.

년 무렵 리터래처를 번역한 분가쿠의 번역어 '문학'은 '감정'이라는 개념을 통해 文의 질서를 사유하는 새로운 태도를 요청하고 있었다. 특히 '감정'은 세계에 개입하는 독특한 개체의 사유태도의 하나로 이해되었는데, 사상과 분리된 것이 아니라 오히려 사상을 운동시키는 정신 작용의 일종으로 인식되었다는 사실은 주목을 요한다. 이런 맥락에서 이해하면 동아시아의 지식장에서 문학에 관한 공통적 인식소로 논의된 '정' '감정'은 문학의 자율적 가치를 포함하면서 보다 포괄적인 이해가 필요함을 알 수 있다.

정을 중심으로 하는 이광수의 문학론은 「문학의 가치」(1910)를 거쳐 「문학이란 하오」(1916)에서 본격화된다. 즉 「문학의 가치」에서 이광수는 문학의 실용적, 계몽적 가치를 우선 중심에 두었고, 문학 자체의 고유성에 대해서는 본격적으로 사유하지 못했다. 그런데 「문학이란 하오」에서 그는 인간의 정신세계와 관련하여 보다 학술적이며, 체계적으로 문학의 본질을 논의하고 있다. 이광수는 정의 분자로서 문학의 독자적 위상을 학술적으로 규명함으로써 민족과 사회의 계몽에 기여하는 문학의 근대적 理想을 완성할 수 있었다. 문학의 자율성 확보와 계몽의 수단으로서의 문학이라는 논리가 일견 모순되어 보이지만 그는 '문학의 정의', '문학과 감정', '문학의 재료', '문학과 도덕', '문학의 실효', '문학과 민족성', '문학의 종류', '문학과 문', '문학과 문학자' 등 9개의 장으로 나누어 문학이란 무엇인가에 대해 학술적으로 설명한다. 그는 앞에서 언급했듯 미학적 쾌감과 연관하여 정의 문학을 개념화함으로써 문학에 대한 본질적인 접근을 보여주고 있다. 그런데 주목할 것은 문학의 본질에 관한 규명의 저변에 계몽에 대한 이광수의 의식이 놓여 있다는 사실이다. 앞의 인용문에서도 드러나듯 지, 정, 의 삼자의 균형을 통해 인격의 완미한 발달을 도모한다는 취지나 감정의 만족으로서의 문학의 실효성이 추구될 수 있다는 논지 등, 문학의 도덕성, 민족성, 문학자의 태도 등의 주제들은 문학이 사회적으로 '인간의 마음이나 생각을 가르쳐서 깨우칠 수 있다'는 계몽의 원리를 내포하고 있다.

그는 '문학의 실효'를 논하는 장에서 위에 인용한 대로, 지·정·의에 입각하여 정의 만족과 지정의 균형에 기여하는 것이 문학의 실효라고 설명한 후, 주요 논점보다 더 길게 문학의 '부산적 실효'를 강조한다. 이들은 첫째, 문학이 인생을 묘사함으로써 문학을 읽는 자에게 세태인정의 기미를 궁하게 하고, 인생의 정신적 방면에 관한 지식을 습득하게 하여 처세와 교육에 필요함. 둘째, 각 계급의 인정세태를 이해함으로써 동정심을 기름. 셋째, 사람의 향상 진보하는 경로를 목도함으로써 삶의 모범을 제시함. 넷째, 자유로운 상상을 통해 정신적 재산을 갖게 됨. 다섯째, 유해한 쾌락으로부터 벗어날 수 있음. 여섯째, 품성 도야, 지능개발 등으로 실생활과 문학이 맺는 관련성을 자세하고도 구체적으로 서술했다. 이처럼 「문학의 가치」에서 문명사회를 만들기 위해 정의 만족을 가능케 하는 문학이 필요하다고 추상적인 주장을 펼친 것에 비하여, 이글에서 논의되는 효용성은 구체적이고 실용적이다. 이광수의 이런 주장은 이글의 발표지였던 『매일신보』를 포함하여 1910년대 중반 저널리즘의 상황을 보여준다.

근대문학이 상업적 자본을 의식하면서 경제적인 순환의 장에 정착하는 시기는 1917년 전후로 논의되고 있다. 이는 1910년 『매일신보』의 출간 및 최남선의 『청춘』(1914)의 상업적 성공, 그리고 정론지 『신문계』(1913) 등의 출간 등을 기준으로 삼는다. [33] 『청춘』이 근대 학지의 관점에서 서구문학 작품을

---

33 유석환, 「문학시장의 형성과 인쇄매체의 역할(1) – 1917년 전후의 문학사의 국면」, 『민족문학사연구』 48호, 2012.

번역 소개하고 이를 통해 한국 근대문학에 대한 기획과 상상을 확장했다면 『매일신보』는 사회문화적으로 문학의 일상화, 대중화에 기여했다고 할 수 있다. 특히 『매일신보』는 문학에 대한 개방적 시스템을 통해 문학을 생산하고 유통시키는 동력이 되었다. 이는 상업성과 창조성이라는 저널리즘의 속성을 보유하면서 문학 생산과 소비의 방향을 움직여 나갔다. 1910년대 전반기를 지나면서 일제는 식민체제의 공고화와 장기적 유지를 위해 사회문화적 차원에서 대중 계몽운동을 추진했다. 이에 그들은 조선의 대중은 물론 지식인까지 계도할 수 있는 매체와 문필가가 필요했는데, 이런 기획은 넓은 의미에서 일제 총독부의 관보로 활용되었던 『매일신보』를 통해 추진될 수 있었다.[34]

이광수는 『매일신보』의 주요 필자로 활동하면서[35] 문학론은 물론 이와 함께 계몽성을 앞세운 『무정』(1917)을 발표할 수 있었는데, 이는 통속성을 내세운 동시대의 다른 소설과는 차이를 갖는 것이었다. 이런 맥락에서 『매일신보』에 실린 「문학이란 하오」 역시 문학의 독자성을 내세운 학술적 논문이었지만 한편으로 그것은 문학이 인간의 실생활에 도움을 줌으로써 보다 나은 사회를 만들 수 있다는 계몽적 이념이 강조된 글이었다. 문학론에서 규명된 인간의 情과 이를 구현한 문학 작품이 같은 지면에 발표된 『무정』이기도 했다. 『무정』은 새로운 문학적 스타일과 주제를 통해 계몽의식을 담아낸 작품이었다는 점에서 문학에 관한 이광수의 이상을 단적으로 표출한 작품이기도 하다. 『매일신보』에는 이광수, 양건식 등 당대 비중 있는 필자들의 평론과

---

34 김현주, 「1910년대 초 『매일신보』의 사회 담론과 공공성」, 『현대문학의 연구』 39권, 2009; 김영민, 「1910년대 신문의 역할과 근대소설의 정착 과정 − 『매일신보』를 중심으로」, 『현대문학의 연구』 25권, 2005.

35 김윤식은 1910년대 중반 이광수가 유학생계와 동인지의 세계를 넘어 보다 영향력 있고 확장된 발표지를 필요로 했는데, 이때 가장 많은 부수를 찍는 『매일신보』가 가장 적합한 것이었다고 언급했다(김윤식, 『이광수와 그의 시대』 2, 한길사, 1986, 507쪽).

작품이 실림으로써 문학평론, 글쓰기 등 문학의 사회적 가치가 고양되었다. 이는 대중적으로는 문학이 일상과 삶에 유용한 지식의 일종으로 자연스럽게 안착하는 과정이었고, 지식인 소위 문학청년들에게는 문사(文士)가 선망하는 직업으로 각인되는 과정이기도 했다.

이광수는 문학이 독자성을 확보할 때 가장 문학적인 효용성을 발휘하리라 강조하는데 이는 '문학인–지식인–문사'로서 문인들의 지식장에서의 위상을 확실히 보여준다. 즉 문학의 독자적 위상 확보–문학의 독자성을 통한 사회적 영향력 확보라는 인식은 문학인의 배타적이고 독자적인 위상을 강조적으로 보여준다. 이런 점에서 이광수는 1910년대 저널리즘의 장, 나아가 이를 포괄하는 지식장의 성격을 명확히 파악하고 있었고, 문학과 문인이 그 계몽의 장과 방향을 움직이는 주요한 존재임을 인식하고 있었음을 알 수 있다.

2) 신문화 건설과 '문사(文士)'의 문학

「문학의 가치」와 「문학이란 하오」가 '문학' 개론적 차원에서 문학의 본질적 특성에 접근하고자 한 글들이었다면, 1920대 초반에 발표한 두 편의 글, 「문사와 수양」, 「문학에 뜻을 두는 이에게」[36]는 문사, 즉 작가의 차원에서, '문사'에게 문학이란 무엇인가, 혹은 무엇이어야 하는가에 대한 가르침에 중심을 두었다. 그런데 주목할 것은 이광수가 이 글의 독자로 '문사' 즉 작가가

---

36 이광수, 「문사와 수양」, 『창조』, 1921.1('문사와 우리 민족', '문사와 수양', '문사와 덕성의 수양', '문사와 知, 禮의 수양 등의 4장으로 구성되었다). 「문학에 뜻을 두는 이에게」, 『개벽』, 1922.3 ('문학이란 무엇인가', '문학자, 문사의 수양 2장으로 구성되었다). 이 글들은 기본적으로 문학의 주요 본질을 설명한 후, 문사가 갖출 지식과 덕성에 관해 설명하고 있다.

될 교육받은 청년, 즉 지식인 계층을 상정하고 있음이다. 이는 「문학의 가치」와 「문학이란 하오」에서 '我韓', '吾人', '인류', '인간', '민족', '조선' 등을 문장의 주요 주체요, 독자로 상정했던 것과는 차이를 보인다. 그는 글의 서두에서 "나는 뜨거운 정성과 많은 희망으로써 이 소논문을 나의 혹은 아는, 혹은 모르는, 사랑하는 문사 여러분께 드립니다"라며 "사랑하는 반도의 청년 문사 제위"를 특정한 수신자를 내세운다. 이런 의미에서 이글은 문학을 '작(作)'하는 자들이 알아야 유용한 문학–지식으로 구성되어 있다. 그런데 이처럼 이광수가 문사에게 이글을 주려는 이유는 그들을 신문화의 주체, 지도자로 상정했기 때문이며 본인도 역시 그런 위상을 가진 존재임을 강조할 수 있기 때문이다.

언급했듯 1910년대 중반 이후 권위 있는 대중지를 중심으로 문학이 대중의 일상에 막강한 영향력을 발휘하는 사회문화적 조건 속에서 청년들에게 문학은 입신양명의 유용한 수단이자 목적으로 인식되었다. 따라서 1920년 전후, 이상적 청년상으로 문사가 거론되는 일이 유행처럼 번질 수 있었던 것은 이런 사정에서 기인한다. 1910년대 『소년』, 『청춘』 등의 문예잡지 등은 독자 투고문을 통해 젊은 독자들의 문학을 통한 출세에의 욕망과 입신양명의 꿈을 대변해주었으며[37] 『매일신보』는 새로운 세대를 작가로 등단시킴으로써 문학적 성공의 환상을 심어줄 수 있었다. 이광수는 이런 저널리즘의 변화에 반응했고, 또 그것을 선도하기도 했다. 이광수는 1919년 이후 점화된 신문화에의 열망과 민족적 이상에 대한 열기로 가득 찬 저널리즘의 분위기 속에서 실제 신문화의 주체가 되려하는 이들을 위한 문학–지식을 생산했던 것이다.[38]

---

37 소영현, 「근대 인쇄매체와 수양론·교양론·입신출세주의–근대주체형성에 관한 일고찰」, 『상허학보』 18집, 2006.

문예는 신문화의 선구가 되고 母가 되는 것이니 지금 우리나라에 장차 신문화가 건설되려 하고 또 우리가 전심력을 다하여 신문화를 건설하려 할 때에 우리 중에 신문예의 운동이 일어나는 것은 극히 의의있는 慶賀로운 일이라 합니다. (…중략…) 문사가 동시에 사상가요, 사회의 지도자요, 사회개량가요, 청년의 모범이 되어야할 여러 가지 중임을 함께 부담한 현대의 우리나라의 문사리오. 우리나라의 문사되는 자는 진실로 刻苦에 각고를 가하고 勉勵에 면려를 가하여 工夫하고 공부하고 修養하고 수양하여야 할 것이외다.[39]

이광수는 신문화의 핵심으로 문예와 문학을 중심에 두고 있으며, 신문예 건설의 주체로 문사가 양성되어야 함을 강조한다. 문사는 신문화의 지도자이며, 사회에 발언하는 사람이며, 사회의 정론(正論)을 이끌어가는 사람으로 인식된다. 때문에 그들은 인격을 수양하고, 각고와 면려의 노력으로 공부해야 한다. 이처럼 사회적으로 중책을 맡은 문사는 "돈을 벌자는 직업이 아니외다. 장남삼아 소일거리도 하는 직업은 더구나 아니외다. 문사라는 직업은 적게는 일민족을, 크게는 전 인류를 道率하는 목민의 聖職"에 봉사하는 자이다. '문사와 수양'이라는 전통적인 용어와 덕목을 내세우는 이 글의 주요 취지는 조선조 선비들의 성리학적 전통을 환기한다.[40] 조선조 이래 성리학적

---

38 1910년대 유행한 '自助論'은 근대주체의 정신 개조와 수양을 강조하면서 신문화건설, 부국자강이라는 주제로 일본, 중국, 조선 등 동아시아 저널리즘의 장을 움직였다. 위의 글 참조.

39 이광수, 「문사와 수양」, 『창조』, 1921.1.

40 한말에는 탈중화와 동아시아의 재편이라는 의식 하에 정치적, 사회적, 문화적 측면에서 중화주의의 해체에 대한 강력한 의식이 저널리즘의 장을 움직였다. 이광수가 「문학의 가치」에서 한자문학을 조선문학에서 배제하고자 한 것 역시 이런 분위기를 반영했다. 이광수는 「今日我韓用文에 대하여」(『황성신문』, 1910.7.24~27)에서 국한문혼용체도 비판했는데, 이 당시는 민족주의자들이 토착어를 재발견하고 중국적인 것을 배척하고자 한 욕망이 글쓰기 개혁운동에서 성공적으로 실현되었기 때문이다(앤드레 슈미드, 정여울 역, 『제국 그 사이의 한국』, 휴머니스트, 2007, 191~193쪽). 그런데 중국을 타자화함으로써만 조선의 근대를 상상할 수 있

전통은 도덕적 수양에 기반 한 사회개혁의 실천을 덕목으로 여겨왔다. 한말과 식민지시기를 거쳐 온 근대화 과정에서도 한국 지식인의 이러한 전통은 크게 변화하지 않았다. 따라서 조선조 왕을 중심으로 관료와 유생이 '이끌어 가던' 공론장의 전통은 개화기 지식인들이 활동했던 한말, 그리고 식민지체제의 저널리즘 장에서도 유지되었다.[41] 문사는 왜 수양이 필요한가. '문(文)은 인(人)'이라는 인식을 토대로 건전한 인격을 갖지 못한 문사는 사회적으로 위험하다는 이광수의 진술은 인품, 즉 성정을 갈고 닦음으로써 좋은 글을 쓸 수 있다는, 즉 문(文)이 도(道)를 담고 있다는 전통적 사유에 기초해 있다.

그렇다면 신문화의 건설을 위해 문사들은 무엇을 어떻게 배워 수양할 것인가. 이 부분에서 이광수는 자신의 인격적 수양도 중요하지만, 한편으로 고등교육 기관에서의 학습이 필요함을 역설한다. 이런 점에서 문학은 철저하게 엘리트화된다. 즉 전문화된 대학교육을 통해서만 우수한 문사가 가능해진다는 논리 때문이다. 이때 그들이 배워야 하는 문학 관련 다양한 지식들은 대학이라는 전문화된 교육 기관에서만 접해볼 수 있는 학문이다. 즉 이 글에서 이광수는 문학에 관한 체계적인 지식을 아카데미즘의 장에서 습득해야 함을 강조한다.[42]

었던 이런 분위기는 1910년대 이후 식민체제 속에서 문화적으로 유교가 다시 소환되면서 저널리즘의 장은 새로운 국면을 맞이했다.

41 강명구, 앞의 글.

42 한편 이광수는 경성제대에 조선문학 교육의 현황에 대한 비판적인 언급을 한 바 있는데, 1928년 조선문학과 교수인 다카하시 도루(高橋亨)가 조선문학 연습용 교과서로 조선시대 율곡 이이의 『격몽요결』(1577)을 사용하는데 대해서 문학서가 아닌 것으로 학생들에게 문학을 가르치는 것에 대해 비판한다(「조선문학의 개념」, 『新生』 2-1호, 1929.1). 1920년대 중반을 지나면서 이런 생각이 개진되는데, 이는 아카데미즘의 장에서 이루어지는 실제 문학교육이 조선문학의 실제와 수준에 맞지 않는다는 점을 지적한 것이다. 이런 생각들은 「문학강화」의 저술의 도와도 연관된다.

그러므로 각국의 대학의 文科에서 이를 課하나니, 이것은 결코 무의미한 것도 아니요, 저능아를 위하여 設 한 것도 아니라, 무릇 문사가 되려는 자는 시인이거나 소설가거나 평론가가 되거나 반드시 밟아야 하는 學科니 혹 문과 출신 아닌 자로 위대한 문사된 이도 있고 혹 대학을 졸업하지 아니한 자로 그러한 이도 있다 하나 그네가 대학이나 문과를 修 하지 않았다 하면 반드시 독학으로라도 이를 공하였을 것이니 이러한 기초 지식이 없이 문사가 된 자는 오직 우리나라에 현대에서만 보는 현상일 것이다. 이에 말한 바와 같이, 문사가 되기에 그 기술의 수양과 인문과학의 지식이 필요한 외에 실지의 인생의 관찰과 사색도 필요하며 구상과 묘사의 연습도 필요할지니[43]

단적으로 말하면 우리 중에서 문학자나 문사가 될 이는 연희전문학교의 문과나 일본 각 대학의 문과 중에 英文學科(獨, 佛, 露도)에 입학하여 거기 규정한 학과를 잘 공부하고 졸업하는 것이 가장 정당한 길이요, 또 가장 첩경일 것이외다. 대학의 문학과를 졸업한다고 곧 반드시 문학자나 문사가 된다는 것이 아니나 반드시 문학자나 문사가 되려면 적더라도 대학의 문학과에서 배우는 것만한 것은 배워야 그만한 기초지식과 훈련과 지도는 받아야 할 것이외다.[44]

이처럼 대학의 문학과에서 배우는 기초지식과 훈련이 문학을 위해 반드시 필요하다는 이광수의 주장은 문학이 이미 아카데미즘의 장에서 학문의 한 분과로 운영되고 있음을 보여주며 이런 교육과정을 통해 칭직 주체들이 문학을 배워 '문학'이라는 새로운 지식을 생산할 수 있다는 논리이다. 이처럼 문사

---

43 이광수, 「문사와 수양」, 『창조』, 1921. 1.
44 이광수, 「문학에 뜻을 두는 이에게」, 『개벽』, 1922. 3.

가 되기 위해 일정한 대학교육이 필요하다는 논리, 그리고 교육받은 문사가 사회를 이끄는 중요한 지식인이라는 주장은, 문학이 식민지 조선사회를 구성하는 요소로서 확실히 자리매김하고 있음을 분명히 보여준다. 이제 1910년대처럼 문학의 독자적 영역을 정초하기 위한 작업은 불필요하게 되었다. 그래서 문학이 무엇인지를 식민지 조선 사회에 납득시켜야했던 이광수는 이제 문학을 직업으로 삼는 일에 대해 망설이지 않고 말할 수 있었던 것이다.[45]

1920년 전후 식민지의 문화정치 그리고 일본 유학생 출신 문인의 다양한 동인지의 출간은 자율적이면서도 한편으론 문인 중심의 엘리트의식을 만들었고, 이들을 신문예의 주체로 자리매김하였다. 동인지는 작은 문학의 유통 장이었지만, 이들이 가능했던 이유는 사회적으로 문사라는 직업에 대한 선망이 있었기 때문이며 동경 유학파 중심의 이상적 청년 문사상(文士像)이 만들어질 수 있었기 때문이었다. 동경 아카데미즘의 장에서 배출된 문사들이 활동한 저널리즘의 장 역시 이들의 사상과 경향에 의해 자연스럽게 움직여 나갔다. 『창조』가 창간호에서 진정한 청년으로 살고 싶다면 『창조』를 구독하라고 독려한 것이나 이광수가 「문사와 수양」을 『창조』에 발표할 수 있었던 것도 이런 분위기와 무관하지 않을 것이다. 「문사와 수양」, 「문학에 뜻을 두시는 이에게」는 1910년대 「문학이란 하오」나 「문학의 가치」에서 주장한 바, 문학이 사람들의 생각과 마음을 변화시킬 중요한 매체임을 강조하면서, 이를 효과적으로 관철시키기 위해 문사의 교육이 필요함을 역설하고 있다. 이런 의미에서 1920년대 초반 '문학'은 학문적으로 체계화되고 구성된 지식으로 교육을 통해 습득하는 것이며, 이를 학습한 문사를 통해, 사회를 변화시

---

45 유석환, 「문학시장의 형성과 인쇄매체의 역할(2) – 1925년 전후의 문학사의 국면」, 『대동문화연구』 78집, 2012.

키고자 대중에게 전달되는 특수한 지식이기도 했다.

3) '문예저널리즘'[46]과 교양지식으로서의 문학

서구 근대화 초기에 언론인들은 이윤이 목적이라기보다는 그들이 지향하는 이념이나 가치가 목적이었다. 비록 시장으로부터 자유롭지 못했지만 출판사나 신문사를 만든 목적은 이념이나 가치를 외화시키기 위함이었다. 그들은 지향하는 가치나 목적을 위해 출판 상품이 생산되고 소비되기를 원했다. 그러므로 상품 소비를 통한 이윤이 목적이 아니라 그들의 이념이나 가치를 사람들에게 널리 전달하여 그것을 공유할 수 있도록 하기 위해 자금이 필요했고 그 자금을 위해 시장이 존재하길 바랐다.[47] 이러한 소박한 의미에서의 상업성에 기반 한 출판 활동이 바로 앞장에서 언급했던 동인을 중심으로 하는 동인지의 출판이었다. 그들은 자신들의 문학적 이념과 가치를 중심으로 문예지를 발간했고, 한정된 엘리트 독자들과 그것을 공유했다. 그러나 1920년대가 지나면서 동인지는 상업적 매체에 의해 사라질 위기에 직면했다. 1919년 3·1운동 이후 문화적인 유화 정책으로 인해 동인지 작가들의 자율적 출판의 장이 성장했지만, 한편으로 아이러니하게도 바로 문화정치정책이 인쇄

---

46 '문예저널리즘'이라는 용어는 임화가 『조선문단』 창간의 의의를 평가하며 사용한 말인데(임화, 「문예잡지론—조선잡지사의 일측면」, 『조선문학』, 1939.4~6), 임화는 「문학과 저널리즘의 교섭」(『사해공론』, 1938.6)에서 문예저널리즘의 태도는 단순한 보도성, 목전의 시사성을 넘어서 좋은 작품과 그렇지 않은 작품을 선택, 배제하는 정신이라고 언급한다. 본 연구에서는 출판 자본과 상업성을 기저로 하면서 정기적인 문예지의 출간을 통해 문학이 생산, 소비, 유통, 평가 등이 이루어지는 문예활동 장의 의미로 사용했다.

47 문종대, 「언론사 : 역사와 철학의 만남과 어긋남—자유주의 언론철학을 중심으로」, 『한국언론정보학보』 73호, 2015.

매체 시장을 급속히 활성화시킴으로써 자율성은 위축될 수밖에 없었다.

그러나 대중매체를 중심으로 근대문학의 경제적 가치는 점점 확장되어 종합지 『개벽』은 물론 신문들에서 문학 비중이 증가해나갔다. 상업적 자본이 투입된 신문과 잡지의 발간 등은 작가들에게는 발표 매체의 확장을 의미했으며, 교육 받은 독서 대중의 교양과 문화에 대한 수요를 충족시키면서 당대 문화 예술 전반의 활성화에 기여했다. 1920년 『조선일보』, 『동아일보』의 창간은 1910년대 『매일신보』가 독점하고 있었던 신문 시장의 독점체제를 붕괴시키면서 저널리즘의 장을 확장시켰고 경쟁구도를 만들었고 문화생산에 주요 매체가 되었다. 『개벽』(1920)과 『조선지광』(1922) 등 거대 종합지의 등장, 그리고 임화에 의해 동인지 시대를 마감한, '최초의 문예저널리즘의 모뉴멘트'로 평가받은 『조선문단』(1924)의 창간은[48] 자본을 기저로 하는 문학 생산이 1920년대 중반 이후 활발하게 전개되었음을 보여준다.[49] 이런 맥락에서 자본을 바탕으로 1920년대는 이윤 창조와 신문화 창조라는 긴장 속에서 나름의 저널리즘의 방향성이 만들어졌다. 예를 들어 천도교를 배경으로 한 종합잡지 『개벽』은 계몽적, 정론적 내용을 이념의 방향으로 하면서도 상업성을

---

[48] 『조선문단』은 이광수, 전영택, 주요한, 방인근을 주축으로 1924년 10월 1호를 창간하여 1927년 3월에 20호로 휴간한 후, 다시 1935년 2월에 속간하여 1935년 12월에 6호를 내고 종간했다. 『조선문단』은 문학사에서 동인지의 시대에 막을 내리고, 대중문예지의 출발을 알린 잡지로 평가되어 왔다.

[49] 『조선문단』에 대한 기존의 연구의 전반적인 경향은 『조선문단』을 문예지 자체의 특성이나 구성물에 주목하여 그 특성을 분석, 평가하면서 편집 원리나 기획의 방향 등을 통해 잡지의 성격을 연구하고 문단사적 의미 및 의의 등에 주목하는 것이었다. 차혜영, 「『조선문단』 연구─'조선문학'의 창안과 문학장 생산의 기제에 관하여」, 『한국문학이론과 비평』 32집, 2006; 이봉범, 「1920년대 부르주아문학의 제도적 정착과 『조선문단』」, 『민족문학사연구』 29호, 2005; 이경돈, 「『조선문단』의 재인식」, 『상허학보』 7집, 2001 등. 특히 『조선문단』을 신문학의 주체들인 작가들이 자신을 국민문학의 기원으로 자리매김하면서 문학의 장과 독자를 생산했다는 논의(차혜영)나 1920년대 문단의 판도 안에서 매체의 변화와 문학의 인식과 태도에 대한 변화를 『조선문단』을 통해 이해하는 연구(이경돈)는 저널리즘이라는 문제의식을 환기시킨다.

바탕으로 1920년대 최대의 대중 종합지로 성공했다.[50]

　이처럼 대중을 상대로 문학이 발표되고 유통되는 상황에 직면한 이광수는 『조선문단』을 통해 적극적으로 응답했다. 그는 상업적 문예지를 통해 자신의 문학을 갖고 광범위한 문학 대중과 만나고자 했다.[51] 그는 『조선문단』의 주재와 필자로 활동하면서 정력적으로 자신의 문학 관련 평문 『문학 강화』는 물론 당대 문인들로 하여금 문학에 관한 풍부한 지식을 집필, 전달하도록 했다. 『조선문단』의 이러한 성격은 언급했듯 문학이 대중에게 지식으로 유통될 수 있는 저널리즘의 장이 존재하고 있었음을 시사한다.

　『조선문단』의 발간 목적은 제2호의 「편집여언」에서 '참된 문예, 건전한 문학'으로 설정되었고, 이후 창간기념호 통권 12호 「조선문단일주년감상」에서도 '건전한 조선민중예술'을 목표로 삼고 있다. 뿐만 아니라 이광수는 일련의 「권두사」에서 건전한 조선민중예술 생산을 위하여 이 잡지가 좋은 예술품을 통해 백성─조선의 어린 아들 딸들의 정신 형성에 기여할 것임을 강조했다.[52] '인생을 위한 예술'을 표방하는 이광수의 주장은 1910년대 「문학의 가치」나 「문학이란 하오」에서 제기했던 인간의 사상과 감정을 고양시키기 위한 문학이라는 이념을 기저로 한다. 즉 문학이란 좋은 예술작품으로 사람들에게 이상의 빛을 보여주고 사상과 정신을 높고 깊게 만들어주는 지식으로, 우리의 삶과 밀접한 존재임을 「권두사」를 통해 강조하는데, 문학을 통해 사람들이 이상적이고, 정신적이며, 건전한, 어떤 의미에서는 품위 있고, 교양

50　한기형, 「『개벽』의 종교적 이상주의와 근대문학의 사상화」, 임경석·차혜영 편, 『『개벽』에 비친 식민지 조선의 얼굴』, 모이는사람들, 2007.
51　창간 멤버였던 방인근은 『조선문단』 창간 당시가 문학열은 심한데 그 고갈을 면하게 할 만한 문예지의 출현이 기다려지던 때였다고 했다(방인근, 「『조선문단』 시절」, 『조광』 32, 1938.6).
52　이광수, 「권두사」, 『조선문단』, 1924.10~12.

있는 근대적인 인간으로 탄생할 수 있다는 계몽적 이념을 제시했으며 독자를 그런 방향으로 선도하고자 했다. 이런 특성은 상업성을 바탕으로 하는 문예지였으나 그 이념적 방향성은 민중의 계도와 계몽에 있었음을 보여준다. 이는 동시대 잡지들과도 공통된 성격으로 이것이 당대 저널리즘의 방향이기도 했음을 이광수는 보여준다.

『조선문단』은 1924년 창간호부터 이광수의 「문학강화」(1호~5호),[53] 주요한의 「노래를 지으시려는 이에게(시작법)」(1호~3호), 김억의 「작시법」(7호~12호), 김동인의 「소설작법」(7호~10호) 등 일종의 문학 개론에 해당되는 기획물을 집중적으로 연재했다. 이런 일련의 기획들은『조선문단』이 추구했던 건전한 문학, 문예를 조선의 민중들에게 '보급'하려는 출간 목표와 부합했다.

> 불완전한 금일의 조선의 가정과 학교 교육, 사회의 공기, 이 속에서 건전한 성격의 훈육을 받지 못하고 게다가 舊套를 갓 벗어버린 나체의 청년남녀가 닥치는 대로 아무러한 사상이나를 집어 입으려 할 때에, 아편과 같고 독주와 같고 음녀와 같고 음랑과 같고 독향을 가진 버섯과 같은 문학이 이 순결한 어린 靈들을 蠱惑하여 악마의 군에 넣어 광취난무하게 함을 볼 때에 우리는 인성을 위하여 切齒扼腕하고 오족의 장래를 위하여 搏胸慟哭하지 아니할 수 없다. (…중략…) 그런데 우리 청년 간에 점점 문학열이 昻騰하여 문학을 감상하는 이가 날로 증가하는 것은 물론이어니와 혹은 시가, 혹은 소설, 드물게는 극 같은 데 맘을 쓰는 이가 점점 일어나는 것을 보매, 필자는 문학개론을 하나 써서 사랑하는 제매에게 드리고 싶은

---

53 『조선문단』 창간호에서 5호(1924.10~1925.2)까지 연재된 「문학강화」의 내용은 다음과 같다. '문학개론과 문학사', '문학은 왜 있나 — 문학의 어의, 문학의 요구', '문학은 무엇인가 — 동기와 작자의 인격, 작품—감상—비평—가치' 등 크게 3장으로 구성되어 있다. 인간의 감정을 중심으로 하는 문학의 본질에 대한 탐구를 토대로 문학에 대한 개론적인 지식을 기술했다.

마음이 간절하여지었다.[54]

위 인용문은 왜 「문학강화」를 쓰게 되었는가에 대한 부분인데, 이는 앞에서 『조선문단』의 발간 목적으로 밝힌 '건전한 문학과 문예'의 생산과 보급, 그리고 이광수가 거듭 잡지의 「권두사」에서 밝힌 청년남녀를 위한 인생을 위한 깊이 있는 문학의 필요성과 같은 맥락에서 읽힌다. 이런 상황은 이광수의 글이 현재 조선의 사회문화와 문단적 요구에 의해 필요한 기획임을 강조적으로 보여준다.

문학이란 무엇이냐, 이 물음에 대답하는 것이 본 講話의 목적이다. 대학의 강의에서나 또는 冊肆의 서가에 문학개론이란 것이 이것이다. 문학 연구하는 이는 무론이어니와 문학적 창작을 하려든지, 또는 다만 문학적 작품론의 지식이 필요할 것이다. 그런데 내가 아는 한에서는 아직 우리 조선에서는 此種의 저술이 있단 말을 듣지 못하였다. 필자가 일찍 팔구년전에 『매일신보』지상에 「문학이란 무엇이냐」하는 논문을 십수회나 연재한 일이 있었다. 그러나 그것은 문학의 일단을 논한 것이었고, 문학개론이라 할 수 없음은 물론이며, 그루 3, 4년을 경하여 『창조』라는 잡지에 「문사와 수양」이라는 일편의 논문을 揭하여 창작에 종사하는 자의 견지로 본 몇가지 요건을 논한 일이 있었고 또 작년인가 재작년에 『개벽』지상에 「문학에 뜻을 두는 弟妹에게」라는 논문으로 문학이란 어떠한 것이라는 개론에 또 개론이라 할 만한 것을 말하였다. 그러나 이 세 가지를 다 보아 합한다 하더라도 그것이 문학의 개론을 말하였다 할 수는 없을 것이다.[55]

---

54 이광수, 「문학강화」, 『조선문단』, 1924.10~1925.2.
55 위의 글.

이광수는 아직 조선에서 문학에 관한 개론적인 소개가 한번도 이루어진 적이 없다는 점을 분명히 하면서 「문학강화」가 본격적인 '문학개론'임을 밝힌다. 그리고 이 글이 1910년대부터 이어진 작업의 총체적 결산을 의미함도 시사한다. 당대 일본의 경우 문학개론이 강의록 혹은 단행본으로 출간 된 것 중 일본의 학계와 한국인 유학생들에게 파급력이 컸던 텍스트는 주로 와세다 대학 문학과 교수들이 쓴 문학개론들이었다. 쓰보우치 소요[坪內逍遙]의 『문학입문(文學入門)』(1907), 시마무라 호게츠[島村抱月]의 『문학개론(文學槪論)』(1909), 혼마 히사오[本間久雄]의 『문학개론(文學槪論)』(1917년 이전)이 대표적으로 잘 알려져 있었다. 이광수 역시 이 책들을 토대로 문학 공부를 해왔다.[56] 이런 상황 속에서 이광수는 조선에서도 전문적이고 학술적인 문학개론의 필요성을 인식하고 있었는데, 「문학강화」에서는 전문적인 지식을, 교양지식의 수준에서 대중적인 방식으로 소개하는 것으로 실현된다. 이런 선택의 근저에는 바로 청년들의 문학열의 증가와 오락과 교양물로서 문학의 확대라는 현실적 수요가 놓여 있었으며, 한편으론 대중 독자들의 실제적인 수준에 대한 이해가 놓여 있었다.

오락과 교양을 위하여 민중이 가장 많이 섭취하는 것은 문학이다. (…중략…) 문학의 감상은 책한권만 사면 그만이요, 우편이 있는 곳에서는 어디서나 求得할 수 있고 겸하여 언어와 문자만 알면 특별한 전문적 교양이 없더라도 불충분하게나마 감상할 수 있는 까닭이다. 이 때문에 문학은 모든 예술 중에 가장 통속성과 보편성을 가지게 된 것이요, 이 때문에 문학이 다른 모든 예술 중에서 가장 국민

---

56 구장률, 「문학지의 번역-이광수를 중심으로」, 『민족문학사연구』 47호, 2011.

생활(한 국가를 표준으로 보면) 에 密接緊着한 관계를 가진 것이다. 그런 즉 중등교육(그것은 국민교육의 中軸이다)에서 문학(특히 국문학)에 관한 기초지식을 일반 국민에게 주어 하여금 문학의 기원과 발달의 경로와 또 문학이란 어떠한 것임과 또 문학을 감상하고 비평하는 방법과 또 어떤 문학적 작품(가령 誰 某 의 작품, 무엇이라는 작품)이 가치 있는 작품인 것을 지시하는 것은 당연한 일이다.[57]

위의 인용문을 통해 이전의 문학론과 이「문학강화」가 갖는 차이점이 분명해진다. 이광수는 이전에 발표했던 문학론이 문학에 관해 다 말한 것이 아니라고 언급하고 있는데, 무엇을 보완함으로써 그는 문학론의 총결산이 가능했을까.「문학의 가치」,「문학이란 하오」가 문학원론차원에서 일종의 장르적 고찰을, 그리고「문사와 수양」,「문학에 뜻을 두는 이에게」가 문사, 즉 문학 생산자로서의 작가의 태도를 중심으로 쓰인 문학론이었다면,「문학강화」는 독자의 차원에서 문학을 설명하고 있는 글이다. 이제 문학은 신문화 건설의 핵심적 요소로 인식되기보다는 민중의 교양과 오락을 위한 중요한 매체로 자리매김 된다. 독자로서 대중과 민중의 문학으로 이해되고 있다.

따라서 그 이전과 달리 수용자의 '감상'이 부각되고, 비평의 방법이 필요해지며, 무슨 작품이 좋은 작품인가의 문제가 생긴다. 그리고 이와 관련하여 독자의 마음속에 일어나는 재미, 쾌미 등이 주요하게 설명된다. 이런 변화는 이글의 성격과 단적으로 관련된다. '문학 강화'라는 제목에서 알 수 있듯이 이글은 대중을 대상으로 문학에 관해 강의하듯이 쉽게 풀어서 이야기 하려는목적을 갖고 있다. 당대 독자의 많은 비중을 차지하는 청년남녀들의 어학실

---

57 이광수,「문학강화」,『조선문단』, 1924.10~1925.2.

력 수준의 저급함과 좋은 조선어 작품의 부재에 대한 문제의식은 첫째, 조선
어로 쉽게 글을 써서 문학을 가까이 하도록 하고, 둘째, 건전한 정신과 사상을
기를 수 있는 좋은 작품을 이해할 수 있는 안목을 기르고, 또 창작할 수 있도록
문학이란 무엇인가에 대한 지식을 전달해야 하는 것이었다. 따라서 이광수는
사람들이 잘 알고 있는 문학 작품 — 조선의 시조, 번역 작품 등 — 을 인용하
면서 문학의 이론을 자세하고 쉽게 설명하고 있다. 전문적이거나 현학적이기
보다는 '중등교육'의 교양 수준에서 친절하고 자세하게 이론을 펼치고 있다.

"노자 노자 / 젊어서 노자 / 늙어지면 못 노느니라"를 읊을 때에 그것이 다만 유
희일까. 이것을 읊을 때에 그의 정신에는 상이한 전적 감동을 받지 아니할까. 인
생의 덧없음, 그리고도 인생의 의무의 무거운 짐, 이런 것이 섞인 일종의 말할 수
없는, 오직 그 노래로만 표현할 수 있는 정서를 경험할 것이다. (…중략…) "동창
이 밝았느냐 노고지리 우지진다. / 소치는 아희놈은 상기 아니 일었느냐 / 재 너
머 사래긴 밭을 언제 갈려하느냐 ―남구만, 호 악천" 우리는 이 글을 읽을 때에 일
종의 快味를 깨닫는다. 왜 그런지 모르지마는, '좋다', '잘 지었다!' 하는 생각이 난
다. 다른 말로 하면 이들은 '재미'가 있다. 재미가 있으므로 이것을 한번만 읽고 내
버리지 아니하고 또 한번 읽고 또 한번 읽는다. (…중략…) 이 쾌미는 결코 맛나
는 음식을 먹거나 부드러운 옷을 입거나 육체적 만족에서 오는 쾌미와 다르다.
(…중략…) 그 쾌미는 퍽 깊은 무엇에 생기는 것과 같고 또 우리가 나라고 부르는
인격 전체에서 생기는 것 같다. 그것을 혹은 전정신의 만족의 쾌미라고 부를 수
있고 (…중략…) 심미적감정(그것을 약하여 심미감이라고 부른다)의 만족이라고
하고 이 감정을 불러일으키는 물건(철학적 명사를 쓰면 대상 혹은 물상)을 美한
것(The beautiful) 이라 하고[58]

위의 인용문에서 이광수는 예술, 문학이 단순히 유희에 불과한 것이 아니라 삶에 관한 깊이 있는 정서를 주는 것임을 설명하고 있다. 대중들에게 친숙한 민요를 인용하여 이것이 단순한 가사인 것 같지만 생각해보면 '놀자'라는 말의 이면에는 삶의 무게, 인생의 덧없음 등의 간단치 않은 주제 등이 놓여 있음을 이야기한다. 이것이 바로 문학의 힘이자 본질이라는 점을 이광수는 강조한다. 다음 문학을 통해서 우리가 얻는 것은 무엇인가에 대해서는, 종래에 그가 정의 내려 왔던 '문학은 감정의 만족'이라는 기본 개념을 바탕으로, '재미', '쾌미'라는 말로 논의를 풀어나가는데, 이것이 전문적인 용어로 심미성임을 설명한다. 그는 대중에게 다소 어려울 수 있는 이 개념을 설명하기 위해서 다른 즐거움과 어떻게 다른지 쉽고도 다양한 관점에서 설명한다. 이와 같이 이광수는 「문학강화」를 통해 작품을 창작하는 법, 혹은 쓰는 법을 넘어 작품을 읽는 법, 느끼는 법에 관해 이야기를 하고 있다. 즉 문학에 관한 개론적인 이야기를 바탕으로 독자의 입장에서 어떤 문학 작품이 좋은 작품이고 유용한 것인지에 관해 설명하고 있는 것이다.

3·1운동 이후 이른바 문화정치의 시기였던 1920년대는 비교적 어느 시대보다 잡지 및 신문 등 출판물의 양적·질적 발전이 추구되었던 시기였다. 『조선문단』을 포함하여 당대 미디어를 움직인 저널리즘은 출판 자본을 기저로 하는 상업성과 사회, 문화적인 의식의 개선을 추구하는 계몽성 두 방향으로 움직이고 있었다. 즉 재미있고 쉬운 콘텐츠로 독자를 만나고, 그들을 정치적, 문화적으로 고양시키는 것이 당대 저널리즘이 추구한 방향이었다. 이런 분위기에 빠르게 대응한 이광수는 그의 '문학' 안에 대중 독자를 위치시킨

---

58 위의 글.

다. 독자는 이광수에게 계도와 계몽의 대상이었으므로 훌륭한 언어와 형식, 상상을 통해 독자의 정신과 의식이 높은 수준에 이르기를 기대한 것이다. 대중 계몽과 교육 그리고 상업적인 출판 시장의 존속, 이는 당대 저널리즘이 움직인 방향이었다. 최초의 상업문예지 『조선문단』과 이광수는 문학론을 통해 보다 많은 대중독자의 계몽과 상업적 이윤을 모두 얻고자 했다. 이런 맥락에서 교양지식으로서의 문학론은 실제 대중을 움직이고 변화시킬 중요한 지점이었다. 이제 문학은 특정한 계층만이 아니라 대중들의 교양의 일부로 위상화되었고, 그것을 더 잘 향유하기 위한 문학지식이 저널리즘의 장에서 유행했다. 이는 문학의 상업적 성공을 위해서도 필요한 것이었다. 문학 향유층의 증가와 잡지와 단행본의 증가 등은 문학작품을 보다 잘 읽기 위한 지식으로서의 문학론이 필요했음을 보여준다.

3. 근대 저널리즘과 이광수 문학론의 의의

식민지하에서 근대 미디어가 근대문학의 생산과 확산에 주요한 매체였음은 잘 알려진 사실이다. 이 글에서는 미디어를 움직이는 보다 거시적인 틀로서 저널리즘이라는 개념을 제안하고, 1910년대에서 1920년대 걸쳐 쓰인 이광수의 문학론에 대한 재고를 시도해 보았다. 신문화를 이끈 주요한 지식인이었고 문학론의 필자였던 이광수를 통해 근대 저널리즘과 근대 문학-지식의 성격과 변화를 살피는 것은 근대문학의 정립과 발전 및 확장의 양상과 그 과정에 대한 주목이기도 했다.

　근대국가 건설과 계몽의 의지가 관철되었던 유학생 집단의 저널리즘의 방향을 의식하면서 문학의 실제적 가치를 탐구했던 「문학의 가치」(『대한흥학보』, 1910), 일제의 문화정책을 의식하면서 근대문학의 문학성을 살핀 「문학이란 하오」(『매일신보』, 1916), 자율적이며 창조적인 신문화의 주체를 위해 작가의 차원에서 문학의 전문성과 도덕성을 강조했던 「문사와 수양」(『창조』, 1921), 「문학에 뜻에 두는 이에게」(『개벽』, 1922), 그리고 독자의 차원에서, 대중과의 소통을 염두에 둔 강화(講話)의 글쓰기로 문학 감상의 중요성과 실제 유용성을 설명한 『조선문단』의 「문학강화」(1924), 이 글들은 모두 문학론을 구성하는 장르론, 작가론, 독자론 등의 근대적 논의로 확장되면서 이광수의 문학론을 보완, 완성해나갔다. 그리고 이런 변화의 근저에는 당대 저널리즘의 힘이 작동했음을 알 수 있었는데, 이는 저널리즘에 의해 글쓰기의 스타일은 물론 지식의 성격이 변화되기도 한다는 것을 시사한다. 이광수는 1910년대에서 1920년대에 이르는 동안 지속적으로 미디어의 주체가 되어 이 장을 통해 독자들과 소통하려 했다. 특히 그는 문학론을 통해 문학의 실용적인 지식의 성격을 지속적으로 개진했는데, 이는 당대 저널리즘의 방향성은 물론 그의 내면의식인 계몽에 대한 욕망과도 연동되는 것이었다. 이런 점에서 이광수는 한말 이후 저널리즘의 변화를 빠르게 간파했으며 이에 적극적으로 대응했고, 활용했던 지식인이자 문인이었다. 그는 근대 저널리즘의 동력이기도 했고 또 저널리즘의 성과이기도 했던 것이다.

참고문헌

자료

이광수, 「今日我韓用文에 대하여」, 『황성신문』, 1910.7.24~27.

이보경(이광수), 「文學의 價值」, 『大韓興學報』 11호, 1910.

춘원생(이광수), 「문학이란 하오」, 『매일신보』, 1916.11.10~23.

이광수, 「문사와 수양」, 『창조』, 1921.1.

_____, 「문학에 뜻을 두는 이에게」, 『개벽』 제21호, 1922.3.

_____, 「권두사 1~3」, 『조선문단』 창간호~3호, 1924.10~12.

_____, 「문학강화」, 『조선문단』 제4호, 1925.1.

_____, 「조선문학의 개념」, 『新生』 2-1호, 1929.1.

_____, 「前『조선문단』追憶談」, 『조선문단』 속간 제4호, 1935.8.

김사설, 「學文體用」, 『대동학회월보』 1, 1908.2.25.

김억, 「예술적 생활」, 『학지광』 6호, 1915.

방인근, 「『조선문단』 시절」, 『조광』 32, 1938.6.

안확, 「조선의 문학」, 『학지광』 6호, 1915.

임화, 「문예잡지론-조선잡지사의 일 측면」, 『조선문학』 7집, 1939.4.

____, 「문학과 저널리즘의 교섭」, 『사해공론』, 1938.6.

최남선, 「百學名解-學(英 Science 德 Wisenschaft)」, 『靑春』 제1호, 1914.

최두선, 「문학의 의의에 관하여」, 『학지광』 3호, 1914.

한철식, 「조선문단은?-朝鮮文壇公開狀」, 『조선문단』 제9호, 1925.6.

『조선문단』 창간호(1924.10)~속간 제6호(1935.12).

논저

강명구, 「訓民과 啓蒙-한국저널리즘은 왜 애국적인가」, 『저스티스 The Justice』 134-2
호, 2013.

강영안, 「근대 지식의 이념과 인문학」, 『인간의 얼굴을 한 지식』, 소나무, 2002.

구장률, 「문학지의 번역-이광수를 중심으로」, 『민족문학사연구』 47호, 2011.

_____, 「식민지 시기 문학 개론의 지형-잡지를 중심으로 본 식민지 아카데미즘의 일면」,

『국 어국문학』 161호, 2012.

권보드래, 『한국 근대소설의 기원』, 소명출판, 2000.

김동식, 「한국의 근대적 문학 개념 형성과정 연구」, 서울대 박사논문, 1999.

_____, 「1910년대 이광수의 문학론과 한국 근대문학의 비민족주의적 기원들－기능분화, 감정의 관찰, 표상으로서의 세계문학」, 『비평문학』 45호, 2012.

김병익, 『한국문단사』, 일지사, 1973.

김영민, 「1910년대 신문의 역할과 근대소설의 정착 과정－『매일신보』를 중심으로」, 『현대문학의 연구』 25권, 2005.

김윤식, 『이광수와 그의 시대』 2, 한길사, 1986.

김현주, 「1910년대 초 『매일신보』의 사회 담론과 공공성」, 『현대문학의 연구』 39권, 2009.

류시현, 「1910년대 이광수의 시대인식과 전망－『매일신보』 글쓰기를 중심으로」, 『역사학연구』 54권, 2014.

문종대, 「언론사 : 역사와 철학의 만남과 어긋남－자유주의 언론철학을 중심으로」, 『한국언론정보학보』 73호, 2015.

박승억, 『학문의 진화』 글항아리, 2015.

박헌호, 「식민지 조선에서 작가가 된다는 것－근대미디어와 지식인, 문학의 관계를 중심으로」, 『상허학보』 17집, 2006.

백철, 『신문학사조사』, 수선사, 1948.

소영현, 「근대 인쇄매체와 수양론 · 교양론 · 입신출세주의－근대주체형성에 관한 일고찰」, 『상허학보』 18집, 2006.

송건호, 「저널리즘과 아카데미즘」, 『송건호 전집－직필과 곡필』, 한길사, 2002.

송민호, 「1920년대 근대 지식체계와 『개벽』」, 『한국현대문학연구』 24호, 2008.

신국원, 「근대 이후의 지식개념의 변천 요약」 『어린이문학교육연구』 1, 2000.

유석환, 「문학시장의 형성과 인쇄매체의 역할(1)－1917년 전후의 문학사의 국면」, 『민족문학사연구』 48호, 2012.

_____, 「문학시장의 형성과 인쇄매체의 역할(2)－1925년 전후의 문학사의 국면」, 『대동문화연구』 78집, 2012.

_____, 「『조선문단』의 재인식」, 『상허학보』 7집, 2001.

이경돈, 「근대문학의 이념과 문학의 관습－「문학이란 하오」와 『조선의 문학』」, 『민족문학사연구』 26호, 2004.

이경훈, 「『조선문단』과 이광수」, 『사이間SAI』 제10호, 2011.

이봉범, 「1920년대 부르주아문학의 제도적 정착과 『조선문단』」, 『민족문학사연구』 29호, 2005.

이재봉, 「근대의 지식체계와 문학의 위치」, 『韓國文學論叢』 52권, 2009.

이행훈, 「'學問' 개념의 근대적 변환」, 『동양고전연구』 제37집, 2009.

이현식, 「근대문학의 탄생」, 『제도사로서의 한국 근대문학』, 소명출판, 2006.

전은경, 「유학생 잡지 『대한흥학보』와 문학 독자의 형성」, 『국어국문학』 169호, 2014.

차태근, 「근대 지식, 교육과 문학」, 『중국현대문학』 제42호, 2007.

차혜영, 「『조선문단』 연구-'조선문학'의 창안과 문학장 생산의 기제에 관하여」, 『한국문학이론과 비평』 32집, 2006.

천진, 「길항하는 근대 중국의 文/學-20세기 초 동경유학생의 근대 지식의 생산과 文의 운동」, 『중국현대문학』 51호, 2009.

최원식, 『문학』, 소화, 2012.

하정일, 「자율적 개인과 부르주아-1910년대 이광수의 문학론과 사회사상을 중심으로」, 문학과사상연구회, 『이광수문학의 재인식』, 소명출판, 2009.

하타노 세츠코, 「『문학의 가치』에 대하여-이광수의 초기문학관」, 최주한 역, 『무정을 읽는다』, 소명출판, 2008.

한기형, 「최남선의 잡지 발간과 초기 근대문학의 재편」, 『대동문화연구』 45집, 2004.

_____, 「근대잡지와 근대문학 형성의 제도적 연관」, 『근대어, 근대매체, 근대문학』, 성균관대 대동문화연구원, 2006.

_____, 「『개벽』의 종교적 이상주의와 근대문학의 사상화」, 임경석·차혜영 편, 『『개벽』에 비친 식민지 조선의 얼굴』, 모이는사람들, 2007.

_____, 「지식문화의 변동과 문학장의 재구성-1910년대와 1920년대의 상황」, 『반교어문연구』 38권, 2014.

황종연, 「'文學'이라는 譯語」, 『한국문학과 계몽담론』, 새미, 1999.

레이몬드 윌리암스, 김성기 역, 『키워드』, 민음사, 2010.

리디아 리우, 민정기 역, 『언어횡단적 실천』, 소명출판, 2005.

스즈키 사다미[鈴木貞美], 김채수역, 『일본의 문학개념』, 보고사, 2001.

앙드레 슈미드, 정여울 역, 『제국 그 사이의 한국』, 휴머니스트, 2007.

후쿠자와 유키치, 이동주 역, 『학문을 권함』, 기파랑, 2011.

『신여성』 여성기자의 여성담론 구성방식

1920년대~1930년대 허정숙과 송계월을 중심으로

김수자

1. 1920년대 지식의 유통과 여성기자에 대하여

한국의 1920~30년대는 일제에 의해 정치, 경제, 사회, 문화 등 모든 분야에서 강한 제약을 받던 식민시기이면서 동시에 근대적인 '새로운 것'들을 경험하고, 제한적이지만 '표현'을 할 수 있었던 시기라 할 수 있다. 이것은 '근대'를 경험하고 표출할 수 있었던 지식인과 그들의 글을 담아낼 수 있는 매체가 있었기 때문이다. 이 발간물들이 담아낸 새로운 지식, 사상 및 문화 관련 글들은 그 어느 때보다 급속도로 일반 대중에게 확산되었으며 영향을 미쳤다. 이것은 당시 한국의 지식인들이 신문, 잡지 등을 통해 새로운 담론들을 소개하는 것을 넘어, 그것들을 유통, 확대 재생산하며 대중들을 '계몽'시키고자 했던 목적과 새로운 것을 '흡수'하고자 했던 일반 대중의 욕구가 결합되었기 때문이라고 할 수 있다.

이 시기 여성과 관련하여 활발하게 유통되었던 담론 중 하나는 '신여성' 담론이었다. 신여성 담론의 확산은 교육받은 여성들의 증가와 1920년대 다양한 형태로 자신의 소리를 내고자 하는 '여성'들의 출현과 무관하지 않다. 소위 신여성이라 지칭된 이들은 당시 민족문제, 사회문제 뿐 아니라 여성문제에 있어서 의식의 성장을 보였다. 그리고 신문, 잡지의 발간은 전통적, 가부장적 관습에서 벗어나고자 하는 '의식'을 가진 여성들에게 새로운 형태의 담론 장을 제공해 주었다. 여성들은 이 담론 장에서 작가, 기자, 독자 등 포괄적 의미의 여성지식인으로 자신들의 생각과 지향하는 바를 드러내며 담론 생산의 주체로 성장하기도 하였다.

특히 여성기자들은 이전 한국사회에서는 볼 수 없었던 새로운 유형의 전문직업인이자 지식인으로서 담론 생산의 현장에서 활동하였다. 이들은 '근대화', '민족문제' 해결의 토대로서의 여성의 문명화와 계몽을 강조하는 남성지식인들이 생산한 담론들을 그대로 전달하는 전달자의 역할을 하기도 하였지만, 남성지식인들과는 달리 여성을 중심에 놓고 여성문제를 인식하고 해결책을 제시하고자 하였던 지식인이기도 하였다.

그리고 1920년대 여성기자들의 활동은 신문에서보다 잡지를 통해 보다 적극적으로 표출되었다. 방문, 취재기 중심의 기사를 다루었던 신문기자보다 잡지 특히 여성잡지의 여성기자는 기획, 편집, 취재, 글쓰기 등에 있어서도 좀 더 주도적인 역할을 담당할 수 있었으며, 지면의 확보 면에 있어서도 신문에 비해 용이했다고 할 수 있다. 내용면에 있어서도 여성 관련 기사에 많은 지면을 할애할 수 있고, 기사의 내용 또한 압축적이기 보다는 설명적일 수 있다는 점, 독자투고란과 편집 후기 등을 통해 여성독자와 상호작용의 가능성을 가질 수 있었다는 점 등의 장점을 가지고 있었다. 이 글은 1920~30년대의 대표적인 여성잡지 중 하나라 할 수 있는 『신여성』에서 활동한 여성기자들의 여성문제에 대한 인식을 보여주는 기사를 중심으로 여성담론의 내용과 여성론의 전개방식을 고찰하였다.

2. 『신여성』의 발간과 여성기자 채용의 필요성

『신여성』은 1920~30년대 가장 오랫동안 발간된 대표적인 여성잡지 중 하나로 이 시기 여성지식인들의 여성문제에 대한 인식을 고찰하는데 유효한 자료라 할 수 있다.[1] 『신여성』의 발간 주체는 『개벽』을 발간한 천도교청년회였다. 『신여성』은 1923년 9월 창간되어 1926년 10월까지 대략 31호가 발간된 후 휴간되고, 1931년 1월 복간되어 1934년 6월까지 통권 71호를 냈다.[2] 1926년 11월 휴간은 1926년 8월 『개벽』이 일제의 탄압으로 강제 폐간됨에 따른 인적, 재정적 타격 때문이었고, 1934년 폐간은 재정난이 가장 큰 이유였다.

『신여성』은 『개벽』의 자매지로 천도교청년회의 여성을 계몽하고 계도하려는 목적하에 출간된 잡지였다고 할 수 있다. 『신여성』의 편집은 초기부터

---

1 『신여성』은 새로운 세계를 창조하는 주체로서의 '신여성'을 화두로 삼아 여성계몽을 목표로 하는 여성담론들을 생산해냈다는 평가를 받고 있다. 김수진, 『신여성, 근대의 과잉』, 소명출판, 2006, 138쪽.
2 『신여성』은 통권 표시가 없기 때문에 정확히 총 몇 호가 발행되었는지 알기 어렵다. 현재 『신여성』은 71호 또는 73호로 발간되었다고 추정된다. 그리고 현재 영인본으로 『신여성』을 확인할 수 있는 것은 총 48권이다. 이상경, 「부인에서 신여성까지」, 『근대서지』 2호, 2010, 151~152쪽.

개벽사 편집국의 체계 속에서 이루어졌다고 해도 과언이 아니었다. 『신여성』의 기자들은 모두 개벽사 소속이었고, 개벽사의 기자들은 당시 개벽지의 자매지들인 『별건곤』, 『어린이』, 『제일선』, 『혜성』, 『여학생』 등에서도 활동하였다. 그리고 『신여성』의 여성기자가 공석이면 개벽지의 여성기자가 역할을 대신하기도 하였다. 『신여성』의 판매도 개벽사의 판매망을 바탕으로 이루어졌기 때문에 다른 잡지들 보다 안정적인 판로를 확보할 수 있었다. 당시 『신여성』은 1판 인쇄에 2,000부씩 발행되었으며, 대체로 절판되어 '구해보고 싶다'는 내용의 편지를 받을 정도로 판매 실적이 좋았다. 1923년 9월 창간호의 경우는 발간된 지 열흘 만에 절판되어 읽어보지 못한 독자들이 잡지를 요청하는 편지가 쇄도해 『신여성』의 판매부에서는 '돌려가면서 읽어 줄 것'과 '창간호를 구매한다'는 광고를 낼 정도였다.[3] 1924년 6월호에는 "구독자들의 요구에 의해 9판 인쇄에 들어간다"는 기사가 실렸다. 이 기사에 따르면 『신여성』은 최대 18,000부 정도의 발행부수를 기록하였으며, 잡지를 읽은 구독자는 그 이상이었을 것으로 추정된다.[4] 이것은 『신여성』이 당시 여성들에게 직·간접적으로 영향을 미칠 수 있는 잡지였음을 보여주는 것이다.

일제시기 출판물들은 총독부의 신문지법이나 출판법에 의해 검열 등의 규제를 받았다. 출판법은 출판허가를 받은 매체가 사전에 원고 상태에서 검열을 받은 후에 발간할 수 있게 하는 규제 법률이었다. 반면 신문지법은 신문이나 책을 미리 만들어 놓고 사후 검열을 받는 법이었다. 당시 한 달 간기의 발간물인 『신여성』은 출판법의 적용을 받았으며, 시사적이거나 정치적 내용을

3 　신여성 편집실, 「편집후기」, 『신여성』, 1923. 11, 74쪽.
4 　"놀라지 마시오, 8판이 또 절판되었고, 9판 인쇄 중, 기어코 8판 1만 6천부 매진"; 신여성 광고부, 「방정환의 사랑의 선물 광고」, 『신여성』, 1924. 6.

신는 것에 대한 부담이 컸다. 이것은 검열에 통과되지 못하면 한 달간 준비한 발간 작업이 수포로 돌아가기 때문이기도 하고, 다른 한편으로는 독자들과의 약속을 지키지 못하는 것이었기 때문이다. 실제로 원고의 사전검열 등으로 인해 잡지는 발행일을 넘겨서 나오는 경우가 빈번하였다. 『신여성』 편집후기에는 자주 제 날짜에 발행하지 못해 '죄송'하다는 글을 싣고 있는데 이런 연유 때문이었다. 그리고 합본 형태로 잡지가 발간되는 경우가 많았던 것도 재정적 이유 뿐 아니라 검열에 의한 출판법의 규제로 제 날짜에 나오지 못해 다음호로 넘겨졌기 때문이기도 하였다.[5] 또 검열과 관련하여 당시 기자들은 필명과 가명을 사용하였다. 어떤 경우 한명의 기자가 여러 개의 필명을 사용하여 한 호에 여러 꼭지의 글을 싣기도 하였는데 이것은 필자의 부족, 원고료 사정 등의 이유도 있었지만 검열을 피하기 위한 하나의 수단이기도 하였다.[6] 이러한 출판 상황은 『신여성』에도 그대로 나타난다.

『신여성』의 초기 편집 및 발행 책임자는 천도교청년회를 주도하였던 박달성이었으며, 후에 방정환, 방정환 사후에는 차상환이었다. 당시 『신여성』의 여성기자의 중요 업무는 편집이었다. 『신여성』의 편집은 개벽사 편집국의 체계 속에서 이루어졌고, 잡지의 편제는 시사, 논설, 시, 소설이 포함된 문예란까지를 아우르는 종합지적 성격을 갖추었다.

『신여성』 발간의 목적은 권두언, 천도교청년회의 남성 지식인들의 논설, 편집실 기자들의 편집후기, 그리고 여성기자의 기사 등을 통해 분명하게 드러난다. 당시 발간 주체의 한 사람이었던 김기전의 논설을 통해 『신여성』 발

---

5   "금번 11월호는 검열관계로 시기가 늦은 때문에 12월호 합병호로 하게 되었으며" 신여성편집실, 「사고」, 『신여성』, 1925.11, 53쪽.
6   이상경, 「부인에서 신여성까지」, 『근대서지』 2호, 2010, 173쪽.

간 목적을 살펴보면 아래와 같다.

　　물론 현대의 문명을 짓고 부강을 지은 오늘까지의 남성의 활동은 사실 굉장한 것이다. 굉장한 그 점까지는 누구라도 이론치 못하리라. 그러나 굉장한 것은 그 뿐 이 무슨 용처가 잇스리요. 오늘날의 그들은 자기가 지어 노혼 그 굉장한 업적 (가론 문명 가론 부강에) 자기네 스스로가 회의하게 되엿다. 한거름 나아가서는 자기네 스스로가 저주하게 되엿다. (…중략…) 저 남자 중의 가련한 일군과 힘을 아울너 새 세상 창조의 홍업자가 되리라. 이것이 오늘 여자 특히 신여자로서의 가질 공통한 이상이 아닐가. 여자 자신이 먼저 여성자기를 주시하고 남성 그것을 주시하여 현재대로의 여성과 현재대로의 남성이 뒤틀리어서 지여 나온 이 세상, 이 사회란 것을 주시하야 거긔에서 큰 부정을 엇고 큰 긍정을 어드라 이것이 역시 오늘 여자–신진여자로서의 가질 첫 각성이 아닐가. (…중략…) 적어도 여자고등보통학교 삼학년 정도 이상의 학급에 재학하는 여자며 또는 보통학교를 위시하야 각종의 학교에나 강습소에나 또 혹은 유치원에 교편을 잡은 여러 여자야 직접으로 전문으로 사회의 일을 위해서 힘을 쓰기로 작정하고 국내국외에서분투, 진췌하는 여자 여러사람아 당신들의 주소와 씨명과 또 연령은 서로 다름이 잇다할지라도 당신들은 다–가티 신여자란 칭호에 포포된 신여성이라.[7]

　이처럼 『신여성』의 발간 주체들은 남성들이 만들어낸 '문명', '부강'과 같은 업적 및 현대문명의 회의적이며 부정적인 면을 남성들과 함께 보완할 수 있는 "새 세상 창조의 홍업자(興業者)로서의 신여성을 깨우치기 위한 것"임을

7　기전, 「남녀문제에서 인간문제에－큰 부정과 큰 긍정」, 『신여성』 창간호, 1923.9, 2~4쪽.

밝히고 있다. 그리고 여자고등보통학교 3학년 정도 수준의 여학생, 각종 교육기관에서 활동하고 있는 교사, 전문직 여성 등을 신여성이라 지칭하고 이들을 주요 독자층으로 설정하였으며, 여성운동의 다양한 이념을 포괄하고 정보와 재미를 함께 충족시키고자 하는 계몽적 대중지의 성격을 지향하였다.

그리고 『신여성』은 출판 활동을 넘어 여성들의 각성을 꾀하는 '여성운동'을 계획함을 창간호에서 밝히고 있다. 당시 『신여성』의 발간주체인 남성 지식인들이 표방한 '여성운동'의 핵심적 내용은 여성의 자각을 중심에 놓은 계몽활동이었다.[8] 이러한 목표는 『신여성』이 속간되던 1931년에도 잡지의 목적을 "부인해방운동 제일선에 입각하여 과감히 부인대중의 복리를 전취하고, 부인문화의 여명기에 있어 가장 중대한 광영(光榮)있는 역할을 수행"하는 것으로, 그리고 "부녀의 당면이익과 더 나아가서 여권확장의 공정한 이론과 그 실천적 임무에 힘쓰는 것"이라고 명시할 정도로 일관된 것이었다.[9]

여성의 권익 향상을 본령으로 삼은 『신여성』은 여성운동의 단계를 다음과 같이 설정하였다. 첫 번째는 여성 스스로가 자신이 여성이라는 것을 자각하도록 한다는 것이었다. 그리고 여성의 지위가 과거와 비교하여 어떤 차이가 있는지를 인식하는 것이 중요하다고 보았다. 두 번째는 여성도 남성과 동등한 지위에 있고, 동등한 대우를 받고, 동등한 자유와 권리를 향유하려는 의지를 갖는 '존재'라는 것을 강조하였다. 그리고 이것을 기반으로 남성의 전횡에 대한 저항운동을 전개시키는 것이 여성해방의 첫 걸음이며, 나아가 개인의 해방에서 출발한 시작을 민중적, 사회적으로 확산시킬 수 있다고 강조하였다.[10] 즉 『신여성』은 여성의 자각을 중심에 둔 계몽지의 역할을 수행함과

8　신여성 편집실, 「편집을 마치고」, 『신여성』 창간호, 1923.9, 86쪽.
9　「편집여언」, 『신여성』, 1931.12.

동시에 자각한 여성들이 개인의 '자각'이나 해방에 머무르지 않고 여성운동의 사회적 확산을 꾀하는 존재가 될 것을 목표로 삼았던 잡지였다. 『신여성』은 긴급히 해결해야 할 구체적인 문제들도 설정하였는데 가정개량, 생활개선 등이 그것이었다. 이를 위해 창간호부터 〈가정난〉, 〈부인가정난〉 등을 별도로 두어 의견과 여론을 모으기 위해 독자들에게도 투고를 권장하였다.[11]

당시 신문사와 잡지사의 여성기자 채용은 여성 독자의 증가와 각종 방문기류의 기사들의 유행 등으로 '방문 취재에 여성이 유리'하다는 시대적 분위기와 관련이 깊다. 그리고 여성기자 채용의 이면에는 잡지의 선전, 홍보, 판매 등 여성독자층을 더 많이 확보하려는 상업적 의도가 강하게 내포되어 있었다.[12] 1930년대까지 신문사와 잡지사에는 1, 2명의 여성기자들이 활동을 하였다.[13] 1920년 9월 『매일신보』의 이각경을 시작으로 1922년에는 개벽사에서 김경숙을 여성기자로 공식 채용하였다. 그리고 1924년 『조선일보』사에서 최은희를 채용하면서 『동아일보』, 『시대일보』 등 각 신문사에서도 여성기자의 채용이 이어졌다. 『신여성』도 1925년 개벽사의 여성기자의 도움을 받아 여성관련 기사를 싣던 것에서 벗어나 적극적으로 전담 여성기자 채용에 들어갔다.

지금 와서는 필연적으로 부인기자의 수완을 받게 된 것이 신문잡지계 현상인 것 같습니다. (…중략…) 아직도 여학교 같은데서 까지 사내기자의 면회를 딱 거절하는 희귀 교육식이 있고, 가정방문, 개인교제에도 남자로서는 도저히 원만하

---

10 「권두이언」, 『신여성』, 1925.1, 2쪽.
11 신여성 편집실, 「오는 호부터, 가정난 특설」, 『신여성』 창간호, 1923.9, 45쪽.
12 취운생, 「조선 신문잡지의 부인기자 역할」, 『신여성』, 1932.3.
13 외돗생, 「동아, 조선, 중외 3신문사 여기자 비판기」, 『별건곤』 24호, 1929.3.

게 하기 어려운 즉 소위 남녀유별의 무슨 도덕이 알아도 고쳐지지 않고 그대로 켜켜이 남아 있는 현상의 사회에서 여자사회의 발전이나 진보를 도모하려면 적어도 여기자 분들의 분투와 노력을 기다려야만 할 것을 깊이 깨닫는다. 그러므로 여기자 되신 분들의 책임도 중대한 줄을 알아야 될 것입니다. (…중략…) 자격으로는 특별히 지정한 것이 없고, 그들 특별히 양성하는 기관도 없지만 상당한 학력이 있고, 상식이 풍부하고 냉정하고, 명석한 두뇌와 쾌활하고도 진실한 성격을 가진 여자에게는 가장 적당한 직업이라고 믿습니다.[14]

이와 같이 『신여성』 잡지도 취재기자로서 남성기자를 꺼리는 사회적 분위기와 여성사회의 발전 도모를 위해 여성기자가 필요함을 제기하였다. 그리고 여성에게 유익한, 여성의 권익을 향상시키는 글의 내용을 여성만큼 잘 아는 이가 없을 것이라는 취지에서도 여성기자의 채용은 당연한 것으로 인식되었다. 실제로 당시 사회에서는 여학교 재학생 및 졸업생에 대한 관심이 고조되던 시기였다. 이들에 대한 관심은 이들이 속한 학교, 단체에 대한 관심과 연결되어 있었다. 그러므로 여학교, 여성단체 등과 여학생, 여성명사 등에 대한 기사들이 여성이나 남성 모두에게 인기를 끌자 신문, 잡지사에서는 서로 경쟁적으로 이와 같은 기사를 실기 시작하였다. 여성들의 접근이 편안하고 용이한 곳의 취재를 위해 여성기자가 필요했던 것이다. 그리고 이것은 더 많은 여성 독자층의 확대와 밀접하게 관련이 있었다. 이처럼 여성 계몽을 위해 '여성의 입장에서 여성을 이야기하는, 여성을 대변하는 잡지'가 요구되고 있었다.

---

14 「처음 나오는 여기자」, 『신여성』, 1925.4, 32쪽.

여성기자들의 활동은 대체로 명사 및 화제의 인물 탐방기 및 학교탐방기 작성, 그리고 여성의 교육과 취업, 위생, 육아, 의식주 등 가정경영 관련 기사를 싣는 것이 주였다. 그러므로 신문사나 잡지사에서도 여성기자는 '가정난'이나 학예면을 담당하거나 남성기자의 보조적 역할에 국한 되는 경우가 많았다. 그러므로 당시 여성기자들은 부인기자, 화초기자 또는 방문기자, 다리기자, 번역기자, 창작기자, 탁상기자로 불리기도 하였다.[15]

신여성지는 1925년 편집진 보강과 여성기사의 체계적인 틀을 위해 여성기자를 채용하였다. 당시 입사한 기자가 허정숙이었다. 허정숙을 시작으로 신여성지의 여성기자는 폐간될 때 까지 편집 활동에서부터 육아를 비롯한 가정상식 소개, 좌담회의 기획 및 진행 등의 역할을 담당하였다. 신여성지의 허정숙은 이미 『동아일보』의 여성기자로의 경력이 있으며 게재했던 기사들은 방문기사 내용 외에도 여성의식 고취와 사회주의 운동과 관련된 내용들이었으며 많은 호응을 받았다. 그러므로 신여성지의 허정숙의 채용은 여성기자에게 적극적인 역할을 기대했던 것으로 보이며, 이것은 나아가 여성독자들의 여성의식 고취에 강조점을 두고 있었던 것을 보여주는 것이다.

---

15 「여기자군상」, 『개벽』 4호, 1935. 3, 70~75쪽.

3. 『신여성』 여성기자의 활동

1920년대 여성기자들에게는 『신여성』에 게재한 기사에서도 알 수 있듯이 여성을 대표하여 여성사회의 발전이나 진보를 도모하여야 한다는 시대적 책임의식에 대한 기대가 있었다. 이것은 비단 사회적 요구뿐 아니라 여성기자 자신들도 이와같은 의식을 가지고 있었다.[16]

『신여성』에서 활동했던 여성기자로는 허정숙, 박경식, 김원주, 송계월, 장덕조, 이선희가 있다. 이들 중 박경식, 장덕조는 『신여성』의 여성기자가 퇴사하거나 병가 등으로 자리를 비울 경우 책임을 맡았던 개벽사 소속의 여성기자였다. 『신여성』 여성기자의 재직기간은 〈표 1〉에서 볼 수 있듯이 송계월을 제외하고는 6개월 내외로 짧았다.

1925년 8월 『신여성』지의 기자가 된 허정숙은 식민지 한국의 여성문제를 사회구조적인 문제와 결부시켜 인식하고자 하였던 사회주의 운동가였다.[17] 신여성지에 입사하기 전 허정숙은 1925년 1월~6월까지 『동아일보』 학예부 기자로 활약하였으며, 기자가 되기 전 1924년 11월 수가이라는 필명으로 『동아일보』에 「여성해방은 경제적 독립이 근본」이라는 글을 발표한 경력도 있을 정도로 글쓰기를 통한 여성운동에 일찍부터 관심을 가지고 있었다.[18]

---

16 편집부, 「우리 직업부인계의 총평」, 『신여성』, 1925.4, 32쪽.

17 허정숙은 1924년 5월 사회주의 여성단체인 조선여성동우회 결성에 참여, 집행위원이 되는 등 적극적으로 사회주의 운동을 전개시킨 인물이다. 그는 1924년 『동아일보』 기자이며 사회주의자인 임원근과 결혼하였으나 1925년 5월 박헌영과 같이 철필구락부의 임금인상투쟁에 가담해 형 집행을 받았으며 이후 『동아일보』를 퇴사하였다. 강혜경, 「일제하 허정숙의 기자활동」, 『한국민족운동사 연구』 50, 2007.

18 허정숙, 「여성해방은 경제적 독립이 근본」, 『동아일보』, 1924.11.3.

기자명	재직기간	필명	학력	비고
허정숙	1925.8. ~1926.2	허정숙(許晶淑), 허(許), 晶淑, 貞淑, 성숙, 스카이, 수가이, SKY, 칠보산인	일본 고베신학교	『동아일보』 기자 (1925.1~5) 조선여성동우회 근우회 활동
박경식	1926.3 ~1926.9	경식, P.K.S, KS생, P생	경성여고보, 일본 영학숙 유학	『개벽』 여성기자 근우회 활동 『신여성』 정간 (1926년 10월)
김원주	1931.1 ~1931.3	金源珠	동경고등 잠사전문학교	입사 2개월 『매일신보』로 이직 『신여성』 속간 (1931년 1월)
송계월	1931.4 ~1932.5. 1932.10 ~1933.4	송적성, 송계옥	경성여상	서울여학생만세 사건 징역 6개월 형 받음 근우회 활동 1933년 5월 사망
장덕조	1932.7 ~1932.9		이화여전 영문과 중퇴	『개벽』 여성기자 소설가
이선희	1933.12 ~1934.4.	李順伊, RSH	이화여전 문과 수료	소설가 신여성 폐간 (1934년 5월)

허정숙은 『신여성』 1925년 3월호에 『동아일보』의 여성기자 자격으로 '문 밖에서 26분'이란 기자 체험담을 실으며 『신여성』과 인연을 맺었다. 1925년 5월 허정숙은 『동아일보』를 그만두고, 『신여성』에 입사하였다. 허정숙은 당 시 신문, 잡지사의 보조적 성격의 여성기자 역할을 넘어 적극적으로 잡지 편 집에 참여하였다. 이것은 『신여성』지가 가지고 있는 진보적 성격을 보여주 는 것이라 할 수 있다. 허정숙은 1925년 8월부터 1926년 1월까지 『신여성』의 편집부원으로 잡지 발간을 주도하였을 뿐 아니라 매호 권두언과 세 개 이상 의 기사와 논설, 번역, 그리고 인쇄 교정 등의 업무를 담당하며 잡지 발간에 대한 능력을 인정받았다.[19] 허정숙은 '단발문제', '여성의 직업 소개', '신여성

---

19 「여기자 군상」, 『개벽』 4호, 1935.3, 70쪽.

번민', '현대여성의 신 소망' 등의 특집 기사를 실으며 기존의 남성 편집자들이 계몽적 어조로 여성들의 생활과 처지의 개선을 이야기하는 것에서 벗어나 여성의 입장에서 여성에게 필요한 것, 여성을 위해 개선되어야 할 것 등 여성 자각을 꾀할 수 있는 글들을 적극적으로 실었다.[20] 허정숙은 취재 기사 외에도 사회주의 여성운동에 관한 이론들의 기사를 필명을 사용하여 게재하였다.

허정숙은 신문기자 시절 하지 못했던 편집 책임을 맡아 직접 논설을 쓰고 기사화하는 것은 물론 인쇄, 교정까지 하는 열정을 보여주었다. 이러한 활동에 의해 허정숙은 『동아일보』 신문기자였을 때보다 잡지기자일 때 더 능력을 인정받았다. 신여성지 입사 이후 허정숙은 매호 3〜4편의 글을 실었다. 〈표 2〉에서도 볼 수 있듯이 1925년 9월호와 1925년 11월호 등을 보면 활발한 활동을 잘 알 수 있다. 1926년 2월, 허정숙은 잡지사를 그만두고 미국 유학을 떠났다. 허정숙의 후임으로 3월부터 박경식이 활동하였다. 그러나 1926년 10월 『신여성』이 정간되자 박경식은 『개벽』의 자매지인 『별건곤』으로 옮겨 활동하였다.

1926년 10월 정간에서 1930년 12월까지 공백기를 거쳐 1931년 1월 복간되면서 신여성지는 김원주(金源珠)를 여성기자로 채용하였다. 그러나 그녀는 3개월 후 월급이 더 많은 매일신문사로 이직하였다. 그러나 김원주는 이후에도 『신여성』에 '선배가 후배에게 전하는 글', '언니가 동생에게 전하는 글' 등의 수필을 게재하였다.

1931년 4월 송계월이 입사하였다. 송계월의 입사는 일종의 초빙의 형태를 띠었으며 『신여성』지가 복간을 맞아 편집진 보강의 의미와 여성의식 관련 기

---

20 강혜경, 「일제하 허정숙의 기자활동」, 『한국민족운동사 연구』 50, 2007.

〈표 2〉『신여성』 여성기자들의 기사명

기자명	기사명 및 필명	게재 호수	비고
허정숙	-여기자의 생활	1925년 4월호	『동아일보』 기자 시절
	-향촌에 도라가는 여학생 제군에게 -여름의 추억-SKY -회오(悔悟)의 기도(산문)-스카이	1925년 8월호	
	-창간 3주년을 마지면서-許 -여성을 중심으로 한 사회상의 사적변천 -인도의 여류시인 사로지니나이두-스카이 -로레라이의 시가(소설)-SKY	1925년 9월호	
	-나의 단발과 단발전후	1925년 10월호	
	-감정을 살리라 두언(頭言)-許 -우리 여성의 번민을 논하야 -평론 : 일여성(一女性)의 도태-晶淑 -미래의 여성이 되어라-SKY역 : 모(母)는 자녀의 신, 처녀는 청년의 등 화, 처는 부(夫)의 행복의 원천	1925년 11월호	
	-신년과 새결심 권두-許 -신년의 소망과 소원-정숙 -무엇보다도 자각과 단결을 특히 농촌부인 에게-SKY -위인의 연애관-七寶山人	1926년 1월호	
	-성품 인간운동에-七寶山人 -개성을 회수하는 사상혁명에	1926년 2월호	
박경식	-글도 참글을 쓰자	1926년 3월호	개벽사 여성기자 자격
	-자살하는 심리와 여자 -고 박정진형을 추억함	1926년 6월호	
	-그런 행복과 환경이 또 다시 왔으면-KS생 -도회의 여자와 향촌의 여자 -두사람(소설)-경식	1926년 8월호	
	-新秋수필 -두사람(소설)-경식	1926년 9월호	
	-직업부인과 육아	1933년 4월호	직업부인문제 특집호 개벽사 여성기자 자격
김원주	-우리들의 점묘 -생활단편	1931년 3월호	
	-여학교는 졸업했지만 : 어데로 갈가? 번민하는 동무에게	1931년 5월호	1931년 4월 『매일신보』로 이직
	-여인논단 : 꿈를 하나를	1931년 8월호	
	-복 만흔 얼골?(수필)	1932년 1월호	
	-망우의 시체를 붓안고(수필)	1932년 3월호	
	-딴궁리 하는 남자(수필)	1932년 6월호	
	-7월 9일(수필)	1932년 12월호	

	-내가 신여성이기 때문에-송적성	1931년 4월호	
	-우리의 가을 -해아밀사 이준씨 부인방문기	1931년 10월호	
	-명사 가정 부엌 참관기-宋	1931년 11월호	
	-이동좌담 : 내가 이상하는 남편	1931년 12월호	
	-로자를 생각하면서	1932년 1월호	
	-직업부인 이동좌담회	1932년 2월호	
월	-남녀 정조문제 지상 논의 -여인문예가 그룹문제	1932년 3월호	기획의도 서술.
	-봄과 감옥여성	1932년 4월호	도시, 농촌, 공장, 감옥 여성언파레드
	-병창편감(病窓片感)	1932년 6월호	
	-조선의 코론타이 허정숙론 -데마에 항허여 -바닷가(소설)	1932년 11월호	조선의 코론타이 허정숙론은 목차에만 존재(검열로 본문에는 실리지 않은 것으로 보인다.)
	-처녀대좌담회 : 명일을 약속하는 신시대	1933년 1월호	
	-직업부인대좌담회	1933년 4월호	좌담회 기획
	-유고(遺誥) : 병창의 편상	1933년 7월호	고 송계월 추도 글 수록
조	-기차(소설)	1934년 4월호	개벽 부인기자
	-불(수필) -재강(再降) 공자 암행기-李順伊	1933년 12월호	
회	-병의 제일 철학 : 조혼 자녀를 기릅시다-R·S·H	1934년 1월호	
	-남자에게의 질문서-李順伊	1934년 3월호	
	-노랑 페이지-R·S·H 연애의 혼전 시대(수필)	1934년 4월호	

여성』에서 여성기자의 이름이나 필명으로 쓴 기사를 중심으로 표를 작성.
·가 부인기자로 명시된 것은 개벽지의 부인기자일 가능성이 있어 포함하지 않았음.
기간 당시 작성한 글이 아니어도 포함하였음.

사를 강화하기 위한 조치로 이루어진 것이었다. 송계월은 서울여학생만세사

건으로 집행유예 2년 형을 선고 받은 경력이 있는 인물이었다. 송계월은 1932

년 5월부터 9월, 병으로 잠시 휴직하고 고향인 함북 북청에 내려가 있기도 했

으나『신여성』편집에 계속 관여하였다. 1932년 10월 복귀하였으나, 1933년

4월 다시 병으로 그만두었다. 송계월의 휴직기간 동안 여성기자 역할은 소설

가이자『개벽』의 기자였던 장덕조가 담당하였다. 1933년 5월 송계월의 사망

이후 그해 12월에 이선희가 입사, 편집에 참여하였다. 이선희는『신여성』에 글을 게재한 경험이 있는 문학도였다. 이 인연으로 신여성지는 편지 후기에 이선희를 찾는 사고(社告)를 내기도 하였다.[21] 이선희는 논설보다 수필 및 가정 상식 등의 기사를 구성하며 1934년 5월 잡지가 폐간될 때까지 활동하였다.

이처럼『신여성』은 여성기자 채용에 적극적인 태도를 취하고 있었다. 즉 허정숙, 송계월, 이선희의 경우처럼 그들의 활동과 글을 접하고 적극적으로 편집후기나 사고 등을 통해 영입하는 모습이 이를 잘 보여준다. 그러므로『신여성』은 여성 담론을 주도하는 잡지로 자리매김 할 수 있었다.

『신여성』에서 활동한 여성기자들은 대체로 글쓰기를 '좋아하는' 문필가들이었다고 할 수 있다. 사회주의 여성운동가였던 허정숙과 송계월 뿐 아니라 박경식, 장덕조, 이선희도『신여성』에 수필, 산문 및 문학 작품들이 실렸다. 그러나 당시 여성기자들은 자신의 문학적 글쓰기보다 일반 여성들을 깨우치기 위한 계몽에 목적을 둔 글쓰기를 우선하였다고 할 수 있다. 특히 허정숙과 송계월은『신여성』을 통해 일반여성들과 농촌여성들을 향해 적극적으로 여성문제에 대한 자각과 여성해방의 방법을 모색하는 내용을 담은 여성담론을 제기하였다.

---

21 「편집후기」,『신여성』, 1933. 10.

4. 여성기자 허정숙과 송계월의 '여성론'의 전개

1920~30년대 한국 사회는 기자들에게 '시대정신'을 밝히는 '운동가'로의 책임의식을 기대하였으며, 이것은 여성기자들에게도 마찬가지였다. 그리고 여성기자들 자신도 여성의식 고취와 여성권익 향상을 위한 여성담론을 생산, 유통시키는 것을 시대적 책무로 여겼다. 신여성지에서 여성담론을 가장 활발하게 전개시킨 대표적인 여성기자로는 허정숙과 송계월을 들 수 있다.

허정숙은 신여성지 입사 전 『동아일보』 기자로 활동하며 신문기자 활동의 장점과 그 한계를 토로한 적이 있었다. 그녀는 1925년 4월 신문기자 시절을 회상하며 "매일 너무도 분주하게 돌아가는 생활로 도모지 아무러한 방면으로 던지 일분의 여유가 없는 생활이었으나, 기자 생활을 하면서 기사 거리를 찾기 위해 여러 가지 사회상을 가까이 접촉, 관찰하면서 한국사회 특히 한국의 가정 상태가 참으로 참혹한 상태에 있음을 절실히 느끼게" 되었다며 기자로 바쁜 시간을 보냈지만 직접 취재를 하면서 한국사회의 실제적 모습을 목격한 것을 큰 소득이라고 밝혔다. 그리고 다른 한편으로 "자기의 주의주장을 버리고 오직 객관적으로 기록하는 것이 기자의 의무라는 신문사의 기자에 대한 주의 사항"에 대해 자신의 주의를 '누르고' 객관적으로 기재하는 것에 대한 고민을 토로하기도 하였다.[22]

신문 기자 시절에도 허정숙은 "어떤 것을 써야만 일반 부녀계에 유익하게 할 수가 있을가", "만약에 기자로서의 내 생활이 일반 여자계에 공헌이 없다

---

22 허정숙, 「문밖에서 26분」, 『신여성』, 1925.4, 50쪽.

면 아무 가치 없는 직업"이라고 생각하며 매 순간 "내일은 무엇을 쓸가?" 하는 고민을 할 정도로 기자로서 여성사회에 도움이 되는 기자로서의 책임의식을 지니고 있었다.[23]

허정숙이 일반여성의 여성의식을 고취시킬 목적으로 작성한 글들은 '여성도 인간이다'라는 것을 강조하는 것으로 시작된다. 허정숙은 한국의 여성들이 자신의 감정을 드러낼 줄 아는 '개인'이자 '인간'이 되어야 하고, 근본적으로는 '여성도 인간이다'라는 요지의 글을 잡지를 통해 유통시키고자 하였다.[24]

허정숙은 여성에게 부덕이라는 이름하에 무조건 복종하고 이유도 없이 복종하는 자세를 여성 스스로 벗어던져 인간이 되기 위해 그리고 감정을 억누르고 반항할 줄 모르는 상황을 벗어버리고 자신의 감정에 충실한 근대적 주체인 인간이 되기를 강조하였다. 여성 스스로 자신의 감정을 '표현'하는 것을 여성이 할 첫 번째 일이라고 보았다.

그리고 현재 한국여성의 현 상황에 대한 정확한 인식을 강조하였다. 한국여성은 몇 천 년의 긴 세월을 통해 "노예 노릇을 하는 열등한 부인의 지위"를 가지고 있었고, 이와 같은 여성의 열등한 지위는 남성들에게 경제적으로나 성적으로 얽매여 있었기 때문임을 인식시키려고 노력하였다. 그리고 이와 같은 여성의 열등한 지위는 자본주의적 경제구조 하에서 강화되었다며 자본주의에 대한 비판적 태도를 보여주었다. 그러므로 이러한 인식에 의거하여 여성의 해방은 단순히 남성을 상대로 하는 운동으로는 이룰 수 없고, 근본적으로 가부장적이며 자본주의적인 남성을 만들어낸 현 사회 조직을 개혁하는 운동을 해야 한다고 강조하였다.[25]

---

23 위의 글, 51쪽.
24 許, 「감정을 살리라」, 『신여성』, 1925.11, 1쪽.

그리고 한국의 여성이 사회적인 인간으로서의 대우를 받기 위해서는 '개성 회수 운동'을 시작해야 한다고 하였다. '개성을' 찾는 운동의 전제조건 또한 여성이 자신이 속한 사회의 현재 환경을 인식하는 것에서부터 시작한다고 보았다. 그러므로 한국의 여성들은 현재 한국사회가 어떤 사회인지, 여성은 그 사회에서 어떠한 위치에 있는지에 대한 파악이 이루어져야지만 비로소 진정한 의미의 여성운동을 시작할 수 있다고 보았다.[26]

다른 한편으로 여성들의 자존감을 되찾는 것이 중요하다며 그 중 하나의 방법으로 역사적 고찰을 자주 시도하였다. 역사적으로 여성이 중요한 역할을 담당했던 시기에 대한 고찰을 통해 여성이 느끼는 '무능', '무력'이 원래부터 있었던 것이 아님을 강조하고, 역사 속에서 활약한 유명한 여성을 찾아내 희망을 전하고자 하였다.[27]

이처럼 여성도 인간임을 강조한 이후 허정숙은 독립된 여성을 여권신장, 여성독립의 핵심으로 보았다. 독립된 인격체로서의 여성은 남편이나 남성에게 의존적이어서는 안 되며 이를 위해서는 경제활동을 해야 한다고 주장하였다. 허정숙은 "현재 조선사회에서 여성에게 직업은 남자의 전제(專制)로부터 합법적으로 벗어나고, 남자와 대등한 지위에서 살아가기 위해서, 생활경제를 윤택하게 하기 위해서 가져야만 하는 것"이라고 말하며 여성이 직업을 갖는 의미에 대해 적고 있다.

여자들도 지금 와서는 예전 시대의 모든 불완전한 제도를 부인하고 엄청나게

---

25 허정숙, 「문밖에서 26분」, 『신여성』, 1925.4, 52쪽.
26 칠보산인, 「성품 인간운동에 개성을 회수하는 사상 혁명에」, 『신여성』, 1926.2.
27 허정숙, 「여성을 중심으로 한 사회상의 사적 변천」, 『신여성』, 1925.9, 10쪽.

구속과 압박과 전제와 학대가 많든 그 속으로부터 해방되기를 요구하게 되었습니다. 여자에게도 같은 권리를 다오 같은 기회를 다오 하며 자유연애와 자유결혼을 주창케되며, 모성보호를 부르짖게 되었습니다. (…중략…) 이 모든 주장의 부르짖음이 잘 실천되도록 하는 데는 무엇보다도 경제적 독립, 즉 생활의 독립을 도모치 않고는 안될 것입니다. 첫째 여자도 자기 손으로 일해야 할 것, 그리고 경제적 독립을 하여 놓아야 할 것임 (…중략…) 남의 아래서 얻어먹고 허수아비나 인형 같이 살면서 생식기계나 완롱물(玩弄物)이 되야가지고서야 무슨 해방이니 보호니 찾을 것이 무엇이며 찾아지겠습니까?[28]

허정숙은 "여성의 취업을 통한 경제적 독립이 이루어져야지만 여성이 남성에게 종속되지 않고 한 인간으로서의 독립이 가능"함을 지속적으로 강조하였다. 한국 여성의 지위가 열등한 이유는 경제적으로 남편에게 구속되어 있기 때문이며, 이를 벗어나기 위해서 경제적 독립이 필요하다고 강조하였다. 그러나 이것은 여성 개인이 해결할 수 있는 개인적 문제가 아닌 사회구조 즉 자본주의 경제체제를 개혁하는 것에서 가능하다며 여성문제 해결을 사회구조적 문제와 연결시켰다. 이것은 여성이 직업을 구할 때 당면하는 현실적이며 제도적 측면으로의 문제들을 염두에 둔 것이었다.[29] 직장을 얻지 못하는 것이 여성 개인의 문제가 아니라 한국사회의 구조적이며 관습적인 문제 그리고 여성을 차별적으로 바라보는 뿌리 깊은 사회적 인식에서 연유하는 것임을 분명히 하였다.

---

28 편집실, 「우리 직업부인계의 총평」, 『신여성』, 1925.4, 33쪽.
29 강혜경, 「일제하 허정숙의 기자활동」, 『한국민족운동사 연구』 50, 2007, 102쪽.

은행이나 회사원 등도 남자만 뽑는 것은 아니지만 여자들이 어쩌다가 은행이나 회사원이 되면 지극히 희한하게 보고, 또한 관리로 진출하는 것도 어려워 다만 관공립학교의 교원이 약간 있을 뿐인데 이 역시 특수한 여자만이 가능하다는 것이다. 자유직업으로 변호사, 의사 등도 의사의 경우 약간 여자 의사가 있기는 하지만 변호사의 경우 '남자가 아니면 절대되지 못한다'는 일본 법률의 지배를 받고 있는 조선에 있어서는 불가능하다고 하고 있다.[30]

허정숙은 한국 여성의 직업을 개관하는 글에서 여성의 사회적 진출의 제약과 한계를 지적하였다. 그러므로 현실적으로 여성이 직업을 가지기 위해서는 사회제도의 개선이 요구되는 것이라고 주장하였다. 한국사회에서 여성에게 가해지는 제약은 단순히 직장을 구하는 것에서 뿐 아니라 교육의 기회에 있어서도 많은 제약이 있음을 기사들을 통해 제기하였다. 그러므로 허정숙은 단순히 '여성이 교육을 받아 깨달아야 한다'거나, '직업을 가져야한다'는 남성지식인들이나 자유주의 여성운동가들의 주장을 넘어서는 것이라 할 수 있다.

그리고 허정숙은 사회제도 및 사회구조의 개선을 위해서는 개인의 노력과 더불어 조직을 통한 단체 활동의 중요성을 강조하였다. 허정숙은 근우회 등 사회주의 운동을 하면서 조직이 가지고 있는 힘과 효과를 알고 있었던 것이다.[31] 그리고 동시에 이것은 허정숙이 기본적으로 사회주의운동의 틀에서 한국여성의 문제를 해결하려고 한 것임을 알 수 있다.

---

30 허정숙, 「조선의 현상과 부인직업문제」, 『동아일보』, 1925.4.30・5.8.
31 SKY 譯, 「미래의 여성이 되어라, 母는子女의神!, 處女는青年의燈火!, 妻는夫의幸福의源泉」, 『신여성』, 1925.11, 8쪽.

허정숙이 『동아일보』를 그만두고 신여성지 기자로 재직했을 당시 (…중략…) 잡지를 상당한 수준에 맞추어 내놓은 것으로 보아 그 실력을 족히 짐작하겠고, 『신여성』에 단발호를 내어 일반 여성의 단발을 주창하는 동시 자기가 솔선하여 여성동우회의 주세죽 외 모모 여성과 같이 용감하게 단발한 것으로 보면 그의 주의 또는 실행력이 상당히 강한 것을 알 수 있다.[32]

그리고 허정숙은 자신이 제기한 문제들에 대해 직접 행동으로 보여주고자 하였다. 그 대표적인 것이 단발이었다. 그녀는 긴 머리를 봉건주의의 상징으로 보고 단발을 단행하며 여성의 굴레인 봉건적 인습을 떨쳐내고자 하였다.

그러나 개인으로서의 허정숙은 1925년 11월 신의주사건으로 인한 남편 임원근의 체포와 수감, 이후 송봉우와의 동거설 등으로 그녀를 바라보는 사회의 부정적 시선 등을 견디지 못해 1926년 2월 퇴사 후 아버지 허헌과 함께 5월 미국 유학길에 올랐다. 이후 허정숙은 『신여성』에 1〜2차례 기사를 투고하는 정도의 활동만을 하였다.

허정숙 이후 기존의 계몽적, 의식적 성격이 강한 기사를 실어 여성운동을 고취시키고자 했던 여성담론의 틀을 유지하면서도 새로운 형식으로 여성문제를 제기한 인물이 송계월이었다.[33] 송계월은 1931년 개벽사에서 『신여성』의 진보적 성격을 강화하기 위해 초빙한 인물이다.[34] 1924년 허정숙과 함께

---

32 「여기자 군상」, 『개벽』 4호, 1935.3, 69〜70쪽.

33 송계월에 대한 연구는 첫째 『신여성』 잡지 연구 중의 송계월의 활동, 두 번째로는 여류문인으로서의 그녀의 삶과 작품에 대한 연구, 세 번째로는 송계월 개인의 활동에 대한 것으로 이루어졌다고 할 수 있다. 이상경, 『부인에서 신여성까지』, 『신여성』, 케포이북스, 2005; 김수진, 『신여성, 근대의 과잉』, 소명출판, 2009; 박정애, 「어느 신여성의 경험이 말하는 것」, 『여성과 사회』 14호, 2002; 심진경, 「문단의 여류와 여류문단」, 『상허학보』 13, 2004; 진선영, 「추문의 데마고기화, 수사학에서 정치학으로」, 『여성문학연구』 제30호, 2012 등이 있다.

34 백철, 「개벽시대―여류작가의 러브신」, 『대한일보』, 1969.4.7.

서울여학생만세사건에 참여하였으며 1931년 송계월은 신여성지의 기자로 근무하면서 작가로 등단, 조선프로레타리아예술가동맹(카프)의 회원으로도 활동하였다.[35] 사회주의 운동가로 송계월은 허정숙의 영향을 받았으며 허정숙을 여성해방과 혁명을 일치시키려 노력했던 사회주의 여성운동가인 콜론타이에 비유하여 글을 구성할 정도로 존경을 표하였다.[36] 『신여성』에 입사한 후 약 5개월 정도의 휴직 기간이 있었지만 방문기, 이동 좌담회 등을 기획하며 『신여성』 편집에 관여하였다. 송계월의 여성의식은 입사 후 쓴 여성의 독립성, 투쟁성을 강조한 「내가 신여성이기 때문에」라는 기사에 잘 나타난다.[37]

송계월은 '각 학교 졸업생 졸업 좌담회'(1931년 4월호), '내가 이상 하는 남편 이동 좌담회'(1931년 12월호), '직업부인 이동 좌담회'(1932년 2월호), '명일을 약속하는 신시대 처녀 좌담회'(1933년 1월호) 등의 주제와 관련된 인물들을 초대하여 사회를 보며, 이야기를 주고받는 좌담회를 많이 기획하였다.

송계월은 이들 좌담회를 통해 여성의식 및 남녀평등의식은 물론 현재 여성들이 겪고 있는 문제들을 같이 고민하며 문제 해결을 꾀하고자 하였다. 그리고 이들 기획을 통해 기존에 남성이 제기하는 방식으로서의 여성문제가 아닌 여성이 남성에게 제기하는 '반대' 방식으로 남성 및 남성 중심의 한국사회를 비판하고자 하였다. 특히 '내가 이상 하는 남편'이라는 제목의 이동좌담회는 협성여자 사범학교 교원 조현경, 중앙보육교원 이응숙, 삼천리 여기자 최정희, 배화여고출신 권완진, 근화여학교출신 강송상 등 여학교 출신자들과

---

35 홍구, 「여류작가 군상」, 『삼천리』, 1933.3, 73쪽.
36 송계월, 「조선의 코론타이 허정숙론」, 『신여성』, 1932.11. 이 글은 목차에는 있으나 수록되지는 못하였다. 이것은 아마도 사회주의운동에 대한 내용을 포함하고 있을 것으로 보여 일제의 검열에 의해 수록되지 못한 것으로 보인다.
37 송적성, 「내가 신여성이기 때문에」, 『신여성』, 1931.4, 72쪽.

전문직 여성들인 교원, 기자인 송계월이 함께 토론을 하는 방식으로 진행되었다. 송계월은 사회를 보며 이 좌담회의 개최 이유를 "여성 중심적 입장에서 남성을 바라보고자 하는 것"임을 밝히고 있다. 즉 "기존의 잡지의 글은 남성을 중심으로 남성들에게 '어떤 여성을 연인으로 삼고 싶으냐' 등의 기획 주제들이 만들어지는데 이것을 반대로 하여 여성 중심적으로 여성들에게 '어떠한 남성을 이상적 남편이라 생각하는가', '평소 남성들에게 가지고 있었던 불만이 있다면 어떤 것들이 있었는가'" 등에 대해 이야기하며 여성들이 '올바른 남성상'을 그려볼 수 있게 하는 기존의 남성 중심적 틀을 바꾸어 보려 한다고 밝히고 있다. 좌담회의 사회를 보면서 송계월은 참석자들의 발언을 정리하며, 다음 주제로 이야기를 이끌어가는 것에서 그치지 않고, 자신의 의견도 적극적으로 개진하였다. 이 좌담회에서 송계월이 강조하였던 것은 남성들이 가지고 있는 여성에 대한 우월적 태도에 대한 비판이었다.[38]

1932년 1월 2일자 『동아일보』에서 실시하는 '각계 신구여성의 남성에 대한 설문'에서도 송계월은 "가정과 사회에서 여성을 노예로 취급하고 놀림의 대상으로 삼고 있는 봉건적 관습을 그 무엇보다 먼저 철폐하여야 하며 이것이 철폐되지 않으면 여성들은 여러 의미에서 노예로 남아 있는 것이나 마찬가지다"라고 하였다.[39] 그리고 송계월의 "남성들이 조직해놓은 사업단체에 소수의 여성이 섞이어 일을 한다는 것은 지금 현상에서는 곤란한 점이 많습니다"라며 여성활동의 한계에 대해 적고 있다.[40] 이러한 사회적 조건이 여성 스스로 여성 해방 운동에 적극적으로 참여시키지 못한 원인이라고 본 것이

---

38 편집부, 「내가 이상하는 남편」, 『신여성』, 1931.12, 38쪽.
39 「각계 신구여성의 남성에 대한 설문」, 『동아일보』, 1932.1.2.
40 송계월, 「직업전선에 나선 여성들(5)」, 『매일신보』, 1931.11.8.

다. 그러나 이러한 인식은 곧 여성 중심의 조직 결성과 연대로 극복해야 한다며 그 대안을 제시하고 있다.

송계월은 여성권익향상을 위해 우선적으로 해야 할 것은 모든 여성을 제약하는 현실적인 조건을 극복하는 것이며, 이것이 한국사회에서는 봉건적 요소의 제거라고 보았다. 봉건제 요소를 '악(惡)'으로 규정하고 이를 철폐하기 위한 실천적 방안으로 다음과 같은 것을 제시하였다.

① 노동부인 또는 직업부인에게 완전한 보호법을 제정(그 중요한 것은 남녀동일한 임금, 8시간 노동제의 확립, 산전산후에는 특별한 휴일)

② 부인 참정권, 부인결사의 확립

③ 부인에게 대한 교육기관의 균등(부인대중의 교양을 높이기 위하여 부인에게 대한 교육의 문호개방을 실행하지 않아서는 안 될 것)

④ 인신매매에 의한 창부(娼婦)제의 금지(공창이고 사창이고 간에 인신매매에 기인되는 창부제의 존재는 여성의 치욕 고통인 까닭에 끝까지 싸울 것)

⑤ 부인을 모욕(侮辱)하는 봉건적 제법률의 폐지(지금 실행하고 있는 상속법, 혼인법, 이혼법의 봉건적 제법률은 부인의 인격을 모욕하는 것이니 이러한 봉건적 제법률은 속히 폐지토록 싸울 것)[41]

그리고 여성에게 불합리한 봉건적 요소들을 철폐하여 위의 실천적 사항들을 실현시키기 위한 투쟁을 주장하였다. 두 번째로 해야 할 것으로 제시한 것은 여성은 남성으로부터 해방되어야 하며, 해방되는 방법은 경제적 자립이며

---

41 송계월, 「악제도의 철폐」, 『동광』, 1932. 1, 72~73쪽.

경제적 자립을 위해 여성은 취업과 회사활동을 해야 한다고 강조하였다.[42]

그리고 여성이 경제적으로 자립하면, 독립적 존재가 될 수 있고, 남성과 동등한 지위를 가진 존재로 같은 일에 참여해 나갈 수도 있다고 하였다. 나아가 과거와 같은 개인적 여성운동이 아닌 조직적이며 집단적 운동을 강조하였다. 이와 같은 여성운동에 대한 인식은 허정숙의 강조점과도 연결되는 부분이라고 할 수 있다. 그러나 송계월은 보다 구체적으로 공장부인위원회, 농촌부인위원회 조직 등의 결성과 여성과 남성 사이에 이루어진 모든 봉건적 관계의 극복을 강조하면서도[43] 여성 전체를 아우르는 여성조직 보다 분화된 조직의 결성과 조직의 연대를 강조하였다. 그리고 이것이 허정숙과 차이를 보이는 부분이라 할 수 있다. 즉 여성해방의 대상으로 '일반 여성'을 넘어 여성노동자와 농촌 여성들의 해방을 강조하고 있다는 점이 특징이다.[44] 송계월은 여성운동이나 사회운동의 주체를 여성노동자로 설정하고 있음 알 수 있다. 이것은 시대적 상황에 따른 사회주의 운동의 전개와 관련이 있는 것이다. 즉 1920년대 중반의 사회주의 운동은 신간회 결성과 같이 좌우연합전선을 시도하며 대중성 확보에 중점을 두었다. 그러므로 허정숙의 여성론에는 일반여성을 대상으로 하는 운동에 중점을 준 것이었다. 그리고 1930년대 사회주의 여성운동은 신간회 해체 이후 대중운동, 연합전선적 운동보다는 계급적 성격의 노동, 농민운동에 주력하였기 때문에 여성운동에 있어서도 계급성을 표방하는 방식의 운동이 강조되었다.

이러한 인식은 1932년 3월 『삼천리』의 여성기자이자 작가인 최정희가 여

---

42 박정애, 「어느 신여성의 경험이 말하는 것─여기자 송계월」, 『여성과 사회』 14, 2002.
43 편집부, 「각계 신구여성의 남성에 대한 설문」, 『동아일보』, 1932.1.2.
44 편집실 송(宋), 「편집여언」, 『신여성』, 1932.2, 114쪽.

성 문예작가들만의 그룹결성을 제안하자 이를 비판하면서 분명히 드러났다. 송계월은 한국사회에서의 진정한 의미의 진보적 운동은 남성대 여성이라는 성적 대립 구도에 있는 것이 아니라 부르조아 계급 대 프로레타리아 계급이라는 계급적 관계에 있다고 보았다.[45] 그리고 여성의 특수성만을 강조하며 일반 대중과 관계없이 진행되는 독자적 운동에 대해 경계를 표하였다.[46] 그리고 궁극적으로 송계월은 진정한 여성해방은 노동자, 농민의 해방이 이루어져야 가능하다는 사회주의적 인식을 강력하게 표방하였다.[47] 그리고 이런 가운데 진정한 의미의 여성해방이 이루어진다고 인식한 것이다.

1933년 5월 송계월은 지병인 폐결핵으로 23세의 나이로 생을 마감하였다. 이후 신여성지는 1933년 12월 이선희를 여성기자로 채용하였다. 그러나 여성기자들의 역할이나 활동은 이전 시기에 비해 많은 제약을 받았다. 이것은 1930년대의 전쟁과 일제의 한국에 대한 지배정책의 강화 때문이라고 할 수 있다. 즉 전쟁과 더불어 일제의 언론탄압이 강화되면서 신문, 잡지에 대한 검열도 이전보다 강화되었고 이로 인해 신문, 잡지의 운영은 크게 위축되었다. 그러므로 신문, 잡지는 활발한 담론 장의 역할을 하지 못하였다고 할 수 있다. 이러한 분위기는 여성담론을 전개하는데도 영향을 미쳤다. 신여성지도 1933년 이후를 '여성기자의 몰락의 시대'라고 지칭할 정도로 여성중심의 여성담론을 주도하던 주체적 활동은 크게 약화되었고, 그 활동 영역 또한 매우 제한적일 수밖에 없었다. 더욱이 1934년 6월 『신여성』이 폐간되면서 더욱 위축되는 양상을 보였다.[48] 이후 담론장의 제한은 활발한 담론의 생산을 제

---

45 박정애, 「어느 신여성의 경험이 말하는 것 ─ 여기자 송계월」, 『여성과 사회』 14, 2002.
46 송계월, 「여성평단 여인문예가 그룹문제 최정희군의 선언과 관련하여」, 『신여성』, 1932.3.
47 송계월, 「내일을 약속하는 신시대 처녀좌담회」, 『신여성』, 1933.1.
48 「제일선상의 신여성」, 『신여성』, 1933.12, 56쪽.

한하는 것 뿐 아니라 기존에 진행되었던 담론들도 보수화시키는 양상을 보여주고 있다.

5. 『신여성』 폐간 이후

1923년 9월 창간되어 1934년 5월까지 발간되었던 『신여성』은 1926년 10월부터 1930년 12월까지 휴간으로 인한 공백기간이 있었지만 1920~30년대 여성의식을 고취시키고 여성해방을 추구하던 진보적 성격의 여성잡지였다고 할 수 있다. 『신여성』은 창간 당시부터 여성의 권익향상과 여성해방의식 고취를 주요한 목표로 설정하였으며, 이 담론 장에서 활동하였던 여성기자들도 이 잡지의 목표를 '실천'하고자 하였다. 특히 이 담론의 장에서 여성기자 및 여성지식인들이 만들어가고자 했던 여성담론의 핵심적 내용은 인간인 '여성'이었다.

당시 『신여성』의 여성기자들이 주요하게 설정하였던 여성담론의 내용 또한 인간으로서의 여성 개인의 존엄과 그에 따른 자각을 논설, 수필, 좌담회 기획 기사 등 다양한 방식으로 강조하였다. 그리고 여성이 주체적 인간이 되기 위한 과정의 하나로 직업을 통한 경제적 자립, 여성조직의 결성 등을 중시하였다. 『신여성』의 기자들은 잡지사의 화초기자나 보조기자로서가 아니라 기사를 주도적으로 취재, 생산을 해나가는 잡지를 통해 활발하게 생산하고 유통시키고자 하였다.

대표적으로 허정숙은 여성이 개성을 살리고 인권을 갖는 완전한 인간이 되는 것이 여성에게 제일 중요한 문제이며 그리고 진정한 독립은 경제적 독립으로부터 시작된다는 취지의 글을 자주 실어 여성의 자각과 실천을 강조하였다. 그리고 동시에『신여성』의 여성기자들은 자각한 여성들이 개인의 해방에만 국한되지 않고 여성운동의 민중적, 사회적 확산을 꾀하여야 한다며 여성들의 실천성을 강조하였으며 여성조직의 결정, 연대적 활동의 중요성을 이야기하였다. 특히 송계월의 경우는 여성조직에 있어서도 여성전체의 조직보다 분화된 여성노동조직, 여성농민 조직 등을 강조하며 여성운동의 주체로 여성노동자를 설정하고 있었다. 이것은 당시 사회주의 운동의 영향이라고 할 수 있으며, 사회주의 운동과 맥을 같이하며 그 연장선상에서의 여성운동, 여성해방을 꾀하는 모습이라고 할 수 있다.

그러나 1934년『신여성』폐간 이후 여성의식을 고취시킬 수 있는 담론장은 급속히 쇠퇴하였다. 그리고 이런 상황에 의해 1930년대 중반 이후 여성적 관점에서 제시되는 여성담론은 위축되었고, 소위 보수화되는, 전통으로 회귀하는 담론들이 주를 이루었다고 할 수 있다. 특히 여성담론의 생산자이자 유통자였던 여성기자들의 역할 또한 1930년대 중후반 급격히 약화되었으며 문학적 글쓰기를 중심으로 하는 여성문학인으로 존재하는 정도였다고 할 수 있다. 이를 통해 담론을 펼칠 수 있는 공간과 담론 생산자의 관계가 얼마나 긴밀히 연결되어 있는지를 잘 알 수 있다.

참고문헌

자료

『신여성』, 『별건곤』, 『개벽』, 『동아일보』, 『삼천리』, 『매일신보』, 『동광』

논저

강혜경, 「일제하 허정숙의 기자활동」, 『한국민족운동사 연구』 50, 2007.

김연숙, 「저널리즘과 여성작가의 탄생－1920~30년대 여기자 집단을 중심으로」, 『여성문
학연구』 14, 2005.

박용규, 「일제하 여기자의 직업의식과 언론활동에 관한 연구」, 『한국언론학보』 41호, 1997.

박용옥, 「신여성에 대한 사회적 수용과 비판」, 『신여성』, 청년사, 2003.

박정애, 「어느 신여성의 경험이 말하는 것－여기자 송계월」, 『여성과 사회』 14, 2002.

서주홍, 「일제시기 여기자 최은희의 여성인식」, 숙명여대 석사논문, 2007.

송연옥, 「1920년대 조선 여성운동과 그 사상－근우회를 중심으로」, 『1930년대 민족해방
운동』, 거름, 1984.

_____, 「일제하 신여성의 사회인식－『신여성』과 『개벽』지를 중심으로」, 『이대사원』 제21
집, 1985.

신영숙, 「일제시기 여성운동가의 삶과 그 특성 연구－조신성과 허정숙을 중심으로」, 『역사
학보』 제150집, 1996.

윤은순, 「일제시기 일간지 여기자의 역할과 위상」, 『숭실사학』 28, 2012.

이배용, 「일제하 여성의 전문직 진출과 사회적 지위」, 『국사관논총』 83, 1999.

이상경, 「식민지에서의 여성과 민족의 문제」, 『실천문학』, 2003 봄.

장　신, 「1930년대 언론의 상업화와 조선·동아일보의 선택」, 『역사비평』 70, 2005.

전은정, 「일제하 '신여성' 담론에 관한 분석」, 서강대 석사논문, 1999.

김경일, 『여성의 근대, 근대의 여성－20세기 전반기 신여성과 근대성』, 푸른역사, 2004.

김수진, 『신여성, 근대의 과잉』, 소명출판, 2006.

박용옥, 『한국 여성 근대화의 역사적 맥락』, 지식산업사, 2001.

제2부

근대 저널리즘과 지식 대중화의 양상들

만청(晚淸) 4대소설의 신문잡지 연재와 문학장의 전환

정선경

1. 만청시기 문학장의 변화

19세기 말부터 20세기 초 수차례에 걸친 외세와의 충돌 속에서 중국은 전 래없는 충격과 변화를 겪었다. 청일전쟁의 패배는 아편전쟁 때보다 더 큰 수 치심과 모욕감을 중국인들에게 안겨주었고, 외부로부터 반 강요된 문명의 충 격은 구국과 자강을 위한 내부적인 반성과 자각을 일깨웠다. 수천 년간 이어 져온 중화중심의 문화적 우월주의가 붕괴하면서 동–서 간에, 동아시아 국가 간에 불평등한 위계질서가 조성되었다. 국제질서가 새롭게 재편되는 과정에 서 지식인들은 보수를 부르짖거나 개혁을 시도하면서 반식민상태로 전락한 조국을 다시 일으키고자 고군분투했다.

서태후 등의 보수파에 의해 유신변법운동이 백일 만에 실패로 끝나자 위로부터가 아닌 아래로부터 개혁의 필요성을 깨달았다. 서구에서 유입된 신교육의 보급과 학제의 개편을 통해서 근대적 교육제도가 차츰 확립되어 갔고, 신학문의 소양을 갖춘 지식인들도 생겨났다. 과거제도의 폐지는 지식인들의 정계진출의 직접적인 통로를 차단했으나 그들의 학문적 관심과 애국적 열정을 새로운 방향으로 분출시키는 계기가 되었다. 지식인들은 신문잡지 등에 글을 기고하면서 각자의 정견을 발표하고 지지 세력을 형성해 나갔다. 사회에 대한 책임의식을 글에 의탁하여 구국과 계몽을 이끌고자 하였으니 대다수의 작품에서 정치논변적인 성격이 농후했다. 군주국의 인민들에게 국가라는 어렴풋한 개념이 자리 잡기 시작했으며, 국가를 이끌어 갈 주체로서 신민이 요청되었다. 유신변법을 주장했던 지식인들을 중심으로 신민을 형성하는 데에 소설이 아주 중요한 역할을 할 수 있다고 인식되었고 정치와 사회를 개혁하기 위한 목적에서 주목받았다. 소설은 전통시기 대아지당의 자리에 있었던 시(詩)를 대신해서 문학 중 최상의 장르로 부각되었다. 19세기 끝자락에서 10여 년 남짓한 짧은 기간 동안 급작스레 많은 소설들이 창작되었는데, 1907년 한 해 동안 중국 전역에서 출판된 서적을 대략 550종 1,300책으로 추산한다면 그 중 소설이라고 증명할 수 있는 것이 199종이나 되었다.[1] 당시 사회의 온갖 병폐와 타락한 현실을 노골적으로 질책하는 내용이 소설의 주류를 이루었다. 소설의 유행과 동시에 더 많은 사람들에게 보급하고 선전하기 위하여 쉽게 이해되는 글쓰기의 필요성이 대두되었다. 이상의 변화들은 전환과 격동의 소용돌이 속에서 정치적 수요와 무관할 수 없었던 중국문학의 한 단면을 보여준다.

---

1   천핑위안, 이종민 역, 『중국소설의 근대적 전환』, 산지니, 2013, 38쪽.

주목할 것은 이들의 사상과 견해는 당시 새롭게 흥성하고 있던 신문과 잡지라는 근대매체를 통해 발표되고 널리 유통되었다는 점이다. 일찍이 아잉[阿英]은 만청시기 소설 창작의 급증과 번영에 관해 연구하면서 그 사회적 배경에 관해 다음과 같이 제시한 바 있다. 첫째 석판 인쇄사업과 신문사업의 발달로 대량생산에 대한 수요가 늘었고, 둘째 당시 지식인 계층에서 소설의 사회적 의의와 중요성을 인식했으며, 셋째 청 왕조의 정치적 부패와 무능함에 대한 좌절로 인해 유신과 혁명을 제창하기 적합한 소설이 급증했다고 주장했다.[2] 소설에 대한 수요가 늘면서 소설의 창작이 증가했고 나아가 소설을 전문적으로 게재하는 잡지가 창간되었다. 1892년 『해상기서(海上奇書)』부터 1919년까지 소설잡지가 60여 종에 달했는데, 창작소설 중 신문이나 잡지에 발표된 작품은 1901년에 79%, 1904년에 81%, 1915년에 95%에 이르렀다.[3] 차오쥐런[曹聚仁]이 "중국의 근대문학사는 바로 신문사업의 발달사"[4]라고 언급했듯이, 이 시기 문학연구에 있어서 신문잡지와의 관련성 탐색은 중요한 의미를 지닌다. 이전에 볼 수 없었던 내용과 유통방식이 등장하면서 과거와는 다른 문학의 장이 형성되고 있었다. 단순히 통계적 수치에 주목하기보다 5·4문학혁명으로 나아가는 과도기적 경계면의 탐색에 주목할 필요가 있다.

이 글은 정치사회적으로 특기할 만한 이 시기에 중국문학사상 전래 없이 급증했던 소설 창작과 그것의 유행에 주목하여 만청시기 대표적인 4대소설이 신문잡지와 만나면서 중국문학의 장이 어떻게 변화되고 있었는지 살피고자 한다.[5] 주변문학의 장르였던 소설이 중심장르로 전이되면서 어떤 내용을

---

2 阿英, 『晚清小說史』, 人民文學出版社, 1980, 1쪽.
3 郭浩帆, 「淸末民初小說與報刊業之關系探略」, 『文史哲』, 2004년 제3기(총제282기), 46·48쪽.
4 曹聚仁, 『文壇五十年』, 東方出版中心, 1997, 83쪽.
5 이 글에서 사용하는 만청소설은 1898년 무술변법운동의 실패부터 1911년 신해혁명의 성립 이

담아내고 있었는지, 매체와 결합된 소설은 전통적인 글쓰기 방식에 어떤 변화를 주었는지 고찰하고자 한다. 내외부적으로 격동하는 문학 환경의 변화 속에서 구국을 위한 지식인들의 고심과 노력은 소설 속에 어떻게 담겨 있었는지, 계몽과 개혁을 위한 지식과 정보는 어떻게 유통되고 있었는지 살피는 데 도움이 될 것이다.

2. 소설, 신문잡지와 결합하다

1872년 창간된 신문 『신보(申報)』는 원고공모 후 투고량이 많아서 11월부터 문예부간 형식으로 매달 『영환쇄기(瀛寰瑣記)』를 별도로 출판했는데 이것이 바로 근대문학잡지의 효시라고 할 수 있다. 『영환쇄기(瀛寰瑣記)』는 천문, 지리 등 새로운 문물에 대한 지식 정보와 시사성 논문을 포함하고 있었지만 주요 내용은 소설, 산문, 시사(詩詞) 등으로 구성되었다. 소설은 만물을 이해하고 인륜을 살피는데 큰 도움이 되며, 사람의 마음 속 깊이 파고들 수 있으므로 소도(小道)일 수 없다며 기존의 소설이 극복해야 할 네 가지 병폐만 제거한다면 사회적으로 매우 유용한 가치가 있다고 했다. 새로운 사건이나 지식의 전달적 기능과 전기체 소설의 오락적 기능이 결합하면서 소설이 문학의

전 발표된 소설을 지칭하는 용어로 쓰였다. 아잉[阿英]의 『만청소설사(晚清小說史)』가 출간된 이후 만청소설이라 함은 광서 후기부터 선통 년간에 이르는 10여 년을 지칭하는 것으로 통용된 이유 이외에, 무술변법운동의 실패 이후 사회 개혁을 위한 실천적인 주체가 위가 아닌 아래로부터임을 자각하는 전환점이었음에 주목하기 때문이다.

중심부로 진입하는데 단초적인 토대를 제공했다.[6] 기독교 선교사들에 의해 창간된 교회신문이었다가 1874년 개칭된 『만국공보(萬國公報)』는 서구 국가들에 대한 정보, 자연과학, 경제학설, 사회주의 학설 등 서학의 공급원일 뿐 아니라 중국 정세에 대한 평론 등을 실었다. 1889년 광학회(廣學會)의 기관지로 복간된 후 단순히 서구지식을 소개하는 차원을 넘어서 국제질서와 중국 정치의 형세를 보도하고 개혁에 대한 논변을 실어서 무술변법운동 발생에 적접적인 자극제가 되었다. 1895년 6월 제77책에 「구저시신소설(求著時新小說)」을 게재하여 "사람의 마음을 감동시키고 풍속을 변화시키는 데에 소설만한 것이 없기 때문에" 전래된 폐단을 제거하고 낡은 습관을 바꾸기 위해서 소설의 가치에 주목했다. 신문에서 소설을 공모한 획기적인 사건은 독자들의 참여를 독려하면서 중국의 구습을 일소하고 계몽을 선도하고자 했다는 점에서 중요한 시사점을 남겼다.

유신파 지식인들은 청일전쟁에서 패배한 근본원인이 중국의 낡은 정치제도에 있다고 판단하고 각종 제도를 개혁하려는 변법운동을 전개했다. 캉유웨이(康有爲) 등이 공거상서(公車上書)를 올리면서 각종 제도를 과감하게 개혁하고 백성들을 계몽하기 위해 근대적 신문 잡지의 발행을 촉진시킬 것을 상주했다. 1895년 8월 『중외공보(中外公報)』와 1896년 1월 『강학보(強學報)』가 발간되고 이로부터 변법의 필요성을 강조하는 정론지가 크게 유행하게 되었다. 청 조정의 탄압 속에서도 강학회 회원들은 1896년 8월 『시무보(時務報)』를 창간했다. 창간호에 「논보관유익어국사(論報館有益於國事)」를 실어서 팔고문과 시 중심의 정통문학을 강조했던 지식인들의 한계점을 지적하고 과거시

---

6   차태근, 「19세기 중국 신문잡지와 文界의 재편」, 『중국문학』 제56집, 2008, 307~308쪽.

험을 위한 공부는 그만두고 실용적 지식의 도입을 주장했다. 서구의 의회,
정치, 경제, 지리, 법률, 병력, 과학 등에 관한 지식을 전달할 뿐 아니라 중국
의 구습을 타파하고 새로운 질서를 개편하고자 발간한다는 취지를 밝혔다.
당시『시무보(時務報)』는 상당히 많은 독자들을 확보하면서 다른 매체들을
압도해 나갔다. 국외 정보에 무지했던 중국 인민을 깨우치기 위해 외국신문
에 실린 뉴스를 보도했던『국문보(國文報)』에 옌푸(嚴復)와 샤쩡유(夏曾佑)는
1897년「본관부인설부연기(本館附因說部緣起)」를 발표했다. "유럽과 미국 및
일본에 대해 들어보니 그 나라들이 개화할 당시에 종종 소설의 도움을 받았
다"[7]며 소설과 국민 지식과의 상관성에 주목했다. 독자들의 마음 속에 전달
되는 점이 경전이나 역사보다 뛰어나서 세상의 인심과 풍속이 모두 소설에
들어있기 때문에 소설이 흥성했다고 하면서 소설의 종지는 백성을 개화시키
는 데 있음을 밝혔다. 1898년 무술변법의 실패로 광서제가 구금되고 일본으
로 망명갔던 량치차오(梁啓超)는 요코하마에서『청의보(淸議報)』를 창간했다.
외국 신문잡지들의 기사를 번역하고 서양이나 일본의 학술 및 사상서적을
소개했다. 내용은 크게 논설, 근사(近事), 철학, 소설 등의 6개 분야로 나누고
소설란을 별도로 두었다. 백성들의 공론 혹은 정의의 소리를 의미하는 '청의'
라는 제호를 표방했듯이 지식보급과 정론전개에 충실한 잡지였다.[8] 중국 백
성의 지식을 넓혀주고, 백성의 기를 진작시키기 위한 창간목적에 따라 1898
년 12월 23일「역인정치소설서(譯印政治小說序)」를 발표하여 정치소설의 효능
과 중요성을 강조했다. 양계초는 유럽 각국이 변혁할 때 지식인들이 자신의
정치적 견해를 소설에 기탁하여 발표하니 전국의 여론이 달라졌다며 "소설

---

7   「本館附因說部緣起」,『國文報』, 1897.11.18.
8   차배근,『중국 근대언론발달사』, 서울대 출판부, 2008, 187쪽.

은 국민의 혼"이라고 강조했다.

유신운동 전개과정 중 소설의 사회적 효용성이 강조되었고, 민지를 계발하고 국민계몽을 선도하는 정론지가 유행하는 시점에서 매체와 소설은 더욱 긴밀하게 결합했다. 정치와 사회를 개량하는데 소설은 효율적인 매개가 되었다. 신학문을 공부한 지식인층을 중심으로 소설은 새롭게 평가되고 있었고 소설에 대해 이야기하는 것이 더 이상 경박한 일이 아니라 국가와 민족을 위한 새로운 실천적 방식이 되었다. 사대부들이 사서와 오경에만 빠져있던 습관을 스스로 바꾸어 소설을 구독하고자 했으니[9] 이들은 90%가 구학계에서 나와 신학설을 수용한 지식인들이었다.[10] 소설에 대한 수요가 급증했고 소설 창작이 흥행하면서 소설잡지가 출간되었다. 무수히 창간되고 사라졌던 소설잡지 중 만청 4대 소설잡지로 손꼽혔던 것은 『신소설(新小說)』, 『수상소설(繡像小說)』, 『월월소설(月月小說)』, 『소설림(小說林)』이었다.

최초의 근대적 소설전문지인 『신소설(新小說)』은 1902년 량치차오에 의해 일본에서 창간되었다. 제1호 목차에 소설을 역사, 정치, 과학, 철리, 모험, 정탐, 전기로 분류했고 소설을 지식전달 매체로 간주하고 있었다.[11] 대중적인 문학형식이 인민 계몽에 효과적이라고 판단했기 때문에 소일거리로 취급되던 소설을 사회적 목적이 뚜렷한 신문학으로 변화시키려는 정치적 경향이 들어났다. "소설가의 말을 빌어 국민정치사상을 불러일으키고 그 애국정신을 격려"[12]하는데 창간 목적을 두고, 정치 변혁의 도구로서 소설의 영향력과 효용성을 분석했다. 1902년 11월 14일 발간사에 「논소설여군치지관계(論小說與

9   老棣, 「文風之變遷與小說將來之位置」, 『中外小說林』 1권 6기, 1907.
10   「丁未年小說界發行書目調査表」, 『小說林』 9기, 1908.
11   차태근, 「19세기 중국 신문잡지와 文界의 재편」, 『중국문학』 제56집, 2008, 314쪽.
12   「中國唯一之文學報新小說」, 『新民叢報』 14호, 1902.

群治之關係)」를 발표해서 소설계혁명을 제창했다. 한 나라의 백성을, 도덕을, 종교를, 정치를, 풍속을, 학예를, 심지어 사람의 마음을 새롭게 하고 인격을 새롭게 하려면 소설을 새롭게 해야 한다는, 일종의 선언문 같은 논설문을 실었다. 다른 글보다 소설을 좋아하는 것은 인류의 보편성이라며 정치와 사회를 개량하기 위한 도구적 관점에서 소설의 효용성에 주목했던 이 글은 많은 사람들의 호응을 얻어 소설의 위상을 격상시키는데 큰 역할을 했다. 제7호부터 「소설총화(小說叢話)」란을 만들어 소설과 관련된 평론과 토론을 실었는데, 소설의 사회적 기능, 백화 사용의 필요성 등을 강조했고 신도덕, 신정치, 신풍조, 신문예 등의 내용으로 채워나갔다. 1903년 리바오자[李寶嘉]가 주편을 맡아 반월간으로 발행되던 『수상소설(繡像小說)』은 문학의 통속성을 통해 인민의 지식을 계발하고 부강한 국가 건설을 위해 창간되었다. 장편소설과 전기(傳奇), 희곡, 번역작품 등을 실었으며 제국주의의 침략, 봉건정치의 부패를 비판하면서 사회적 영향력을 확대해 나갔다. 창간호에 실린 「본관편인수상소설연기(本館編印繡像小說緣起)」에서 강담하고 노래하는 것으로 사람을 감화하는 것은 매우 쉬우니 동지들을 규합해서 멀리는 유럽의 좋은 규범을 취하여 우매한 백성을 개화시키고 민지를 계발하기 위해 한 달에 두 번 출간한다는 창간목적을 밝혔다. 제3호에 샤쩡유[夏曾佑]의 「소설원리(小說原理)」를 실어서 소설의 특징이란 바로 지식의 이치를 상세히 쓰는 것이라면서 소설 유행의 원인을 분석하고, 소설의 통속성이야말로 새로운 문화를 받아들여서 지식을 계발하고 사회발전을 촉진한다고 했다. 또 1906년 우워야오[吳沃堯], 저우구이성[周桂生] 등이 주편을 맡았던 『월월소설(月月小說)』은 역사, 철학, 사회, 전기, 골계, 과학, 정탐, 예기소설, 도화, 잡록 등의 내용으로 구성되었다. 통속적인 소설을 이용하여 사회를 개량하고 민지를 개통하기 위해 발간한다는 목적을 밝혔다. 창간호에 우젠런(吳趼人)은 「월월소설서(月月小說序)」를 발표해서 도덕이 땅에 떨어진 시기에 구습과 악습을 바꾸려면 소설로부터 시작해야 함을 강조했다. 미국의 독립이나 프랑스 혁명과 같은 위대한 과업이 완수되려면 많은 사람들이 함께 힘을 모아야 하는데 량치차오의 「논소설여군치지관계(論小說與群治之關係)」의 발표 후 중국에 소설이 많아졌다면서 량치차오의 정견에 동조하며 소설의 사회 개량적 효능을 긍정했다.[13] 쉬녠츠(徐念慈) 등이 주편을 맡아 1907년 상해에서 창간된 『소설림(小說林)』은 단편소설과 문학평론, 시사 및 희극작품을 위주로 실었다. 「소설소화(小說小話)」라는 고정란을 만들어서 소설에 대한 견해와 고증을 실었는데 소설이론 방면에서 많은 주목을 받았다. 발간사에서 "오늘날은 문명이 서로 교류하는 시대이다. 바로 소설이 교통하는 시대"[14]이며 소설은 그 일어남이 활발하고 영향력이 크기 때문에 예리한 글로써 현 상황을 개척할 수 있다며 창작소설 뿐 아니라 번역소설도 많이 실었다. 창간호에 황런(黃任)의 「소설림발간사(小說林發刊詞)」와 쉬녠츠(徐念慈)의 「소설림연기(小說林緣起)」를 발표하여 신문명, 신문화 교류를 위한 소설의 중요성을 인식하면서 당시 효용론을 중심으로 한 급작스런 소설의 부상에 대해 반성적 검토를 시도하기도 했다.

소설은 새로운 인쇄매체와 결합하면서 빠르게, 널리 유통되고 있었다. 국민의 지식 함양과 계몽교육을 담당했던 신문잡지의 부상 속에서 전래없이 높은 가치와 위상을 부여받았다. 정치사회적 효용성에 힘입어 문학의 중심부로 들어왔고, 『신소설(新小說)』 창간 후 '소설'이란 명칭을 단 잡지들이 무수히 창간되었다. 소설전문지 뿐 아니라 종합성 문예지에도 소설의 게재 빈

---

13 「月月小說序」, 『月月小說』 제1기, 1906.9.
14 「小說林發刊詞」, 『小說林』 제1기, 1907.

도가 가장 높았다. 1900년부터 1911년까지 나온 218종의 간행물 중 102종에 소설이 게재되었다.[15] 정보의 보급과 확산이라는 매체 본연의 성격이 소설의 감화력과 결합하면서 단순한 지식 전달이 아니라 사회 변화에 따른 시의적 요구를 담아내고 있었다.

3. 풍자에서 견책으로, 사회 개혁의 서막

폭발적으로 증가했던 소설의 창작은 다수의 인민이 중심되는 개혁의 필요성 고조와 무관하지 않았다. 소설가들은 각자의 입각점과 착안점이 달랐을 뿐 구국을 위한 책임의식에서 정치를 개량하는데 관심을 가지지 않는 이가 없었다.[16] 서구의 사상과 지식을 받아들이고 중국의 부패한 정치와 사회를 공격하는 작품을 창작했는데 이 시기에 발표된 소설 중 90% 이상이 이러한 유형에 해당되었다.[17] 과거에 빗대어 현실사회를 반영하던 전통적인 풍자소설과 달리, 당대의 정치와 사회의 병폐를 노골적으로 질책하는 소설이 등장했다. 이러한 소설들이 수백 종 창작되고 유통되었으며 루쉰은 '견책소설'이라고 분류했다. 그 중 대표적인 것으로 우워야오(吳沃堯)의 『이십년목도지괴현상(二十年目睹之怪現狀)』, 리바오자(李寶嘉)의 『관장현형기(官場現形記)』, 류어

---

15 劉永文,「晚淸報刊小說的傳播與發展」,『社會科學輯刊』, 2003년 제1기(총제144기), 175쪽.
16 천핑위안, 이종민 역,『중국소설의 근대적 전환』, 산지니, 2013, 210쪽.
17 阿英,『晚淸小說史』, 人民文學出版社, 1980, 4~5쪽.

[劉鶚]의『노잔유기(老殘游記)』, 쩡푸(曾樸)의『얼해화(孽海花)』네 작품을 꼽을 수 있다. 정기간행물에 연재된 견책소설은 전국적으로 인기를 끌었다. 이들은 외국에 대한 지식과 정보를 전달하며 서구 세계와 만나는 창구이기도 했고, 자국민들의 반성과 자각을 촉구하는 자리이기도 했다. 대부분 4대 소설 잡지에 실렸으며 당대 사회현실에 대한 반성과 자책에서 비롯된 '사회 개혁의 서막'[18]이었다.

우워야오의『이십년목도지괴현상(二十年目睹之怪現狀)』은『신소설(新小說)』에 발표되었다. 1903년 10월부터 1906년 1월까지 연재된 후 상해 광지서국에서 부분적으로 단행본이 간행되다가 1910년 말에 와서야 108회 전체가 완성되었다. 구사일생(九死一生)이라는 주인공의 시각으로 1884년 청프전쟁부터 청일전쟁 후 1904년까지 20년간 각종 비리와 부패로 얼룩진 봉건왕조 말기의 사회 현상에 대해 강도 높은 비판과 질책을 쏟아냈다. 상해의 군수공장에서 일했던 작가의 실제 경험을 바탕으로 만청사회 정관계의 암흑, 상업계의 부패, 조계지의 무질서 등 사회의 온갖 부패상에 대해 신랄하게 폭로했다.

리바오자의『관장현형기(官場現形記)』는 자신이 주관하던『번화보(繁華報)』에 1903년 4월부터 1905년 6월까지 게재되었다. 먼저 12회를 연재한 후 신문사에서 부분적으로 나눈 단행본이 인쇄되었으며 전체는 60회로 구성되어 졌다. 내용은 주로 청 정부의 부패와 그로 인한 관계의 추악한 행위, 관료계급에 대한 풍자이다. 탐관오리의 악행, 폐병환자와 아편중독자로 구성된 군대의 무질서한 기강, 출세를 위해 어떤 일도 서슴지 않는 부도덕한 관료, 무분별한 문명의 유입이 초래한 얼치기 지식인, 국외 사정에 무지한 관료계층 등에 대한

---

18 胡適, 「官場現形記序」, 歐陽哲生 編, 『胡適文集』4(胡適文存三集), 北京大學出版社, 1998, 438쪽.

비판이 담겨있다. 또 류어의 『노잔유기(老殘游記)』는 『수상소설(繡像小說)』에 발표되었다. 1903년 제9기부터 1904년 제18기까지 13회가 연재되었고, 1905년 『천진일일신문(天津日日新聞)』에 다시 연재되었다. 노잔이란 도인을 등장시켜 배를 타고 봉래산으로 여행가는 내용을 기록하면서 침몰 직전의 큰 배는 중국을, 배 안의 사람들은 통치 관료, 하급 관료, 혁명당과 무지한 백성을 비유했다. "우리 인간은 세상에 태어나서 국가, 사회, 종교 등에 대하여 감정을 가지고 있다. 그 감정이 깊을수록 울음도 더욱 통렬한 것"[19]이라며 망국의 위기에 놓여 있는 국가 정세에 대해 노골적으로 개탄했다. 1870년부터 1900년대까지 만청 30년의 정치와 사회의 변혁을 묘사했던 『얼해화(孽海花)』는 원래 진쑹천[金松岑]이 기획해서 1904년 『강소』 제8기에 원고의 앞부분을 발표했다. 뒤이어 진쑹천의 위임을 받은 쩡푸가 제3회부터 35회까지 완성했다. 1905년에 제1회부터 10회까지를 초집(初集), 제11회부터 20회까지를 이집(二集)으로 묶어 소설림서사(小說林書社)에서 출판했고, 1907년부터 1908년에 제21회부터 25회까지 자신이 주편으로 있던 『소설림(小說林)』에 연재했다. 이어서 1927년 『진미선(眞美善)』이란 잡지에 26회에서 35회를 연재했다.[20] 실존인물을 모델로 한 진원칭[金雯靑]과 푸차이윈[傅彩雲]을 주인공으로 유명인사의 생활과 세태를 역사적 사건 속에 담아냈다. 외국의 개혁운동과 신사상의 소개, 양무운동, 변법운동, 청일전쟁, 혁명사상의 홍기, 봉건 지식계층의 무능, 외국인에 대한 두려움 등을 사실적으로 담아냈다.

세상을 바로 잡으려는 취지는 풍자소설과 동일했으나 그 언사가 훨씬 노골적이고 기탄없으며 표현이 과장적이었고, 어느 시대에나 목격할 수 있는

---

19 劉鶚, 哈洛德·謝迪克 英譯, 『老殘游記, The Travels of Lao Ts'an』, 南京 : 譯林出版社, 2005, 48쪽.
20 위행복, 『얼해화』, 지만지, 2009, 8쪽.

정부와 관료에 대한 부패를 다룬 것이 아니었다. 역사적 사건에 빗대어 당시의 현실을 이야기하거나 능력자의 출현과 구원으로 해결되는 구성이 아니었다. 개탄하는 가운데 해학이 있고, 완곡한 의미가 담겨진 기존의 풍자소설이 아니고, "숨겨진 것을 밝혀내고 폐악을 들추어 정치를 엄중하게 규탄"[21]하는 견책소설을 통해 사회를 개혁하고자 했다. "일반 백성들은 우매하여 차나 마시면서 역도들을 평정하는 무공담이나 듣기 즐겼으나 지식인들은 이미 개혁을 생각하고 적개지심에 기대어 유신과 애국을 부르짖고 부강에 대해 관심을 기울이고 있었으니"[22] 신문잡지와 결합한 소설은 정치와 사회의 병폐를 담아내면서 우민(愚民)을 각성시키고자 했다.

먼저, 청 정부의 무능에 대한 비판과 정세에 대한 개탄을 담았다. 『얼해화(孼海花)』의 첫 장면은 콜럼버스도 찾아내지 못하고 마젤란도 가보지 못한, 북위 30도, 동경 110도 근방의 노예들의 나라는 1년 내내 날이 흐렸기 때문에 자유와 같은 신선한 공기가 매우 부족해서 사람들이 강권을 숭배하고 외국인에게 아부하며 살아가고 있다는 노골적인 질책으로 시작하고 있다. 옛날부터 다른 나라와 교류가 없었고 자유로운 공기를 마신 적이 없었기에 백성들은 먹을 것, 입을 것, 부귀공명을 모두 갖춘 것으로 여기며 살아갔고 러일 전쟁이 일어나는 상황에서도 여전히 마작과 경극을 즐기는 사회 정세에 대해 비판했다. "30년의 옛 일, 쓰고 보니 온통 핏자국이다. 4억 동포들이여, 바라건대 어서 깨달음의 언덕으로 오르소서!"[23]라며 중국의 반식민지적 상황을 애통해하는 작가의 처절한 심정을 드러냈다. 써놓은 원고를 들고 곧장

---

21 魯迅, 『中國小說史略』, 上海古籍出版社, 2011, 205쪽.
22 위의 책, 같은 쪽.
23 曾樸, 『孼海花』, 上海古籍出版社, 1980, 3쪽.

『소설림(小說林)』인쇄소로 가서 정부의 무능을 폭로하고 백성의 자각을 촉구하려던 작가의 울분이 생생하게 전해진다. 둘째, 관계의 부패에 대한 신랄한 질책이다. 『관장현형기(官場現形記)』에 보면, 누구나 돈만 있으면 살 수 있기에 어린이 뿐 아니라 심지어 태아도 미리 관직을 사고, 아편중독자에게 가짜 약을 파는 사기꾼도 관직을 사서 관료가 된다. 가난했던 서생이 1년 동안 관리를 역임한 후 온갖 호화찬란한 생활을 누리고, 국정이 시급한 상황에서도 관료들은 임금을 알현할 때 머리 조아리는 방법에만 골몰하는 등 관계의 온갖 추잡한 백태를 폭로했다. 『이십년목도지괴현상(二十年目睹之怪現狀)』에서는 청조의 신식군대 남양해군의 병선들은 애당초 사용할 수 없는 무용지물이었음을, 신식무기를 소지한 신기영 군인의 흐트러진 기강을 신랄하게 질책했다. 귀족 자제들로 구성된 신기영 군인들은 하인을 한 명씩 데리고 입대하여 총은 하인에게 들게 하고 자신들은 관상용 매만 신경 쓰며 아편을 피우는 어처구니없는 실상을 폭로했다. 프랑스와 일본에게 패배할 수밖에 없는 군대의 흐트러진 기강, 자주 의식과 주체사상이 결여된 관료, 금전만능주의 속 윤리성을 상실한 관리를 노골적으로 묘사했다. 셋째, 무지함에 대한 비판과 함께 신문명 유입의 필요성을 강조했다. 『노잔유기(老殘游記)』에서 세상의 일들은 간신들보다 세상사 모르는 군자들이 그르치는 것이 훨씬 많다면서 생명력을 상실한 유가의 책만을 읽는 도덕군자들과 청렴함만을 내세운 관리가 탐관들보다 훨씬 가증스럽고 무지하다고 비판했다. 간신보다 군자가, 탐관보다 청관이 국가에 더 해로운 존재라고 날카롭게 지적했다. 『관장현형기(官場現形記)』에서 서구의 상품을 받으면 평생의 정조를 버리는 것으로 인식하는 고관 흠차대신의 고지식한 언행을, 『얼해화(孼海花)』에서는 『손자병법』과 『맹자』를 들먹이고 싸우지 않고도 이길 수 있다며 청일전쟁

중에 한가로이 산수화를 그리는 장수의 어리석음을 조소하고 있다. 이와 대조적으로 "외국의 언어와 학문에 능통해서 그들이 부강한 이유를 깨닫고, 모든 과학적 학문 및 기선·총포의 제조 기술을 다 익혀야만 쓸모 있는 배움"[24]이라며 서구 신지식과 신문명의 필요성을 강조했다. 구국을 위해 무지에서 깨어나야 한다는 경고이자 입으로만 신학문을 외치는 얼치기 지식인들에 대한 개탄을 담았다.

풍자소설의 함축온양의 맛은 없었으나 외세강국들이 중국을 어떻게 잠식해 갔는지, 부패한 관료들이 그들과 어떻게 영합했는지, 청 정부는 얼마나 무능하게 대처했는지, 신학문과 신지식을 어설피 수용한 지식인들의 폐단과 우매한 백성들의 실상, 그로 인한 사회의 각종 부패상을 밝혀내고 정치를 규탄했다. 중국이 처한 특수한 역사적 환경 속에서 지식인들의 계몽과 구망을 향한 고민은 노골적인 질책과 분노의 방식으로 소설에 담겨졌다.

전통적 지식인들이 학문을 닦아 과거시험에 급제하여 관료가 되기를 희망했다면, 견책소설의 작가들은 대체로 구학문을 배웠으나 나중에 신학문과 신지식을 받아들였다. 『관장현형기(官場現形記)』를 지었던 리바오자(李寶嘉)는 어려서 팔고문을 비롯한 전통학문을 공부했으나 성년이 되어서 선교사에게 영어를 배웠다. 수재에 합격했지만 가정의 변고와 외세침략에 대한 국정의 위급함을 느끼고 관직에 나가지 않았다. 백성을 각성시키는 빠른 길은 신문잡지의 발행이라고 생각하여 상해에서 1903년 『수상소설(繡像小說)』의 주편을 맡아 소설 작가로서, 저널리스트로서 활발한 활동을 했다. 자신이 창작한 『문명소사(文明小史)』, 류어의 『노잔유기(老殘游記)』, 우젠런의 『할편기문(瞎騙

---

24 위의 책, 9쪽.

奇聞)』 등을 연재했고, 주로 청 정부와 관료계의 부패, 제국주의 열강의 중국 침략, 유신변법운동과 입헌파의 지식 보급, 번역을 통한 서구문명의 전파와 관련된 내용을 실었다.[25] 창간호에서 밝혔던 바, 서구의 발전된 나라에서는 소설의 영향이 컸음을 강조하고 "천하의 대세를 살피고 인류의 이치를 통찰하며 과거를 추측하고 미래를 예단하여 자신의 견해를 드러내" "인간 집단의 오랜 폐단에 대해 바른 소리로 지적하거나 혹은 국가의 위험에 대해 귀감을 세워"[26] 국가에 도움이 되고 백성을 이롭게 하기 위해 잡지를 발간했다. 그 밖에도 『지남보(指南報)』 『유희보(遊戲報)』 『번화보(繁華報)』 등을 창간했다. 『이십년목도지괴현상(二十年目睹之怪現狀)』의 저자 우워야오(吳沃堯)는 관료가 문에서 태어났으나 너무 가난하여 과거에 응시해보지도 못한 채 소설가로서 생활을 했다. 직업작가로서 원고료 수입도 상당했었던 그는 이후 관직에 추천을 받았으나 사양하고 소설작가로서 지냈다. "소설의 재미를 빌어 덕육(德育)을 양성하는데 도움이 되고자"[27] 했던 『월월소설(月月小說)』의 편집장이었고, 일찍부터 저널리스트로 활동하면서 관계의 부패를 적나라하게 폭로했다. 『노잔유기(老殘游記)』를 지었던 유악은 사대부들의 공명의식을 버리고 부국강병을 위한 경제상업 분야를 부흥시키고자 노력했다. 산업부흥을 위한 철도부설, 탄광개발 등에 대한 노력이 서양 자본을 끌어들이기 위함이라는 지탄을 받아 관료계를 떠난 문인이었다. 정계와 상경계에서 실제 관료 생활을 했던 경험을 바탕으로 "바둑판이 끝나가고 있는데 나도 늙어가니 울지 않을 수 없다"[28]며 쇠락하는 국가에 대한 통한의 심정을 기탄없이 드러낼 수 있었

---

25 임경석 편저, 『동아시아 언론매체 사전 1815~1945』, 논형, 2010, 760쪽.

26 『本館編印繡像小說緣起』, 『繡像小說』 제1기, 1903.

27 「月月小說序」, 『月月小說』 제1기 제1호, 1907.

28 劉鶚, 哈洛德・謝迪克 英譯, 『老殘游記, The Travels of Lao Ts'an』, 南京 : 譯林出版社, 2005, 48쪽.

다. 『얼해화(孽海花)』를 창작했던 증박은 구학문을 공부해서 거인(擧人)이 된 후 1892년 회시(會試)를 마지막으로 더 이상 과거시험 준비를 하지 않고 서구 신학문을 배우는데 몰두했다. 신병상의 이유로 관계를 떠나 문학창작에 몰두하며 소설림사를 세웠고 잡지 『소설림(小說林)』을 창간했다. 진미선 서점을 개설하고 『진미선(眞美善)』이라는 잡지도 발간했다. 오대양 너머의 거대한 바다를 '얼해'라 묘사했고 그 바다 가운데 섬을 노예들의 낙원인 노락도(奴樂島)로 설정했으며, 죄악의 바다 가운데 핀 꽃 '얼해화'라는 용어로 낙후한 중국을 노골적으로 빗댄 작가의 직설적인 질책과 분노는 자신이 출판사를 경영하면서 시국의 위태로움을 널리 전파하려는 저널리스트로서의 책임의식과 무관하지 않다.

과거시험의 공식적인 폐지는 지식인들이 직업작가나 출판계에서 활동하는 환경을 마련했고, 이들은 새로운 문화 활동을 통해서 과도기 사회질서 속으로 편입되고 있었다. 자발적이거나 피동적으로 정관계를 떠났던 지식인들은 비교적 언론의 자유가 보장되었던 조계지 상해에서 출판사를 운영하거나 신문잡지 등을 발행하면서 서구 각국의 정치사회적 상황, 청 정부의 무능함, 관계의 부패, 가증스런 사회악, 현실을 직시하지 못한 중국인들의 실상을 노골적으로 폭로하며 각성을 촉구했다.

이 시기 소설은 계몽과 유신을 위한 정치선전의 도구적 기능이 지나치게 강조되었다. 공정성을 견지하면서 당시의 폐단을 지적하는 전통 풍자소설의 객관성과 사실성이 결여된 채 견책만을 강조하다 예술적인 면에서 떨어지는 비판을 면치 못했다.[29] "소설은 수십 회로 이루어져 있어서 그 전체적인 구

---

29 魯迅, 『中國小說史略』, 上海古籍出版社, 2011, 155 · 215쪽.

조가 수미일관되려면 심혈을 기울여야 한다. 그래서 이전의 작가들은 늘 원고를 몇 번씩 교정한 뒤에야 마음에 맞는 작품을 얻을 수 있었다. 오늘날은 신문의 격식에 맞춰 매월 한 회씩 제출하기 때문에 원고를 수정할 수 없어서 뛰어난 작품이 나오기 어렵다"[30]는 『신민총보(新民叢報)』의 기록처럼 장기간 연재되면서 앞뒤의 의미가 모순되는 경우가 많았다. 정기간행물의 지면에 맞게 서술해야 했기에 수미가 완결된 작품이 드물었다. 자본의 부족으로 1년 수개월 만에 폐간되는 경우가 열에 일고여덟이 되었기에 잡지사가 정간되면서 연재가 완료되지 못하는 경우도 많았으니 예술성을 고려할 충분한 여건이 형성되지 못했다. "다 쓰고 나서 세상에 공개할 생각이었으나 수년이 걸려도 완성하지 못할까 걱정되어 차라리 신문잡지에 연재하여 스스로를 채찍질하는 방식으로 조금씩 써내려가는"[31] 방식을 선택하면서 예술적 심미성의 제고보다 신지식의 유입, 구습에 대한 비판, 시정 개혁에 대한 다수의 자각을 촉구했다. 구국을 위한 지식인들의 사회를 개량하려는 목적이 해학적인 풍자를 넘어 노골적인 분노와 질책으로 표현되고 있었다. 당대의 사회악과 부패한 현실을 분석하고 병폐의 근본적인 원인을 노골적으로 질책하는 것은 이전에 볼 수 없던 것들이었다.

---

30 「新小說第一號」, 『新民叢報』 제20호, 1902.
31 「新中國未來記・緒言」, 『新小說』 제1호, 1902.

4. 아(雅)에서 속(俗)으로, 글쓰기 언어의 재편

문학의 주변 장르였던 소설이 사회변혁의 격동기에 계몽과 구국을 위한 최적의 장르로 부상하면서 담겨진 내용뿐 아니라 전달하는 글쓰기 언어에서도 변화가 있었다. 소설을 계몽선전의 도구로 선택하면서 첫 번째 부딪힌 문제는 입말과 글말의 큰 거리였다.[32] 이천여 년 정종(正宗)의 위치였던 문언은 신사상과 신지식을 담아내기에 너무 경직되어 있었고 일반 백성들까지 쉽게 읽고 이해할 수 있는 전파성이 강한 백화를 활용해야 했다. 보다 많은 사람들이 이해하고 동조할 수 있는 문체로 글을 쓰는 것은 중요한 문제였다.

구교육을 받고 성장했던 지식인들은 과거시험에 급제하기 위하여 팔고문을 학습했다. 팔고문은 명청시기 과거시험에 사용된 문체로 사서오경의 유가 경전을 중심으로 엄격하게 규정된 형식에 따른 글이었다. 문학적 생명력이 상실된, 사상 통제에 적합한 문체였으며 실제로 사용하는 입말과 거리가 멀었다. 일찍이 『만국공보(萬國公報)』에서, 소설의 감화력으로 중국의 구습 중 가장 큰 폐단인 아편, 팔고문, 전족의 세 가지를 개량시킬 수 있다며[33] 소설을 공모한 사건은 시문(時文)인 팔고문의 폐해가 상당했기 때문이었다. 『시무보(時務報)』창간호에 양계초는 "옛 사람들의 문자와 언어는 합치되었으나 오늘날 사람들의 문자와 언어는 떨어져 있어서" 부녀자나 어린이 등이 글을 읽는 것은 매우 어려우니, "오늘날의 속어 중 음도 있고 글자도 있는 것으로 책을 쓴다면 이해하는 사람들이 많을 것이고 읽으려는 사람들도 훨씬 많을 것"[34]

---

32 이보경, 『근대어의 탄생』, 연세대 출판부, 2003, 28쪽.
33 「求著時新小說」(陳伯海・袁進 主編, 『上海近代文學史』, 上海人民出版社, 35쪽)

이라며 문체개혁의 필요성을 강조했다. "일본의 변법은 속요와 소설의 힘에 의지"[35]하고 있음과 문자와 언어가 통일되자 신문의 독자가 증가했다는 사례를 거론하면서 통속적인 글쓰기의 필요성을 강조했다. 1897년 옌푸와 샤쩡유도 소설을 부록으로 싣는 이유를 설명하면서 "만약 책에 사용된 언어문자가 입말의 언어와 비슷하면 그 책은 쉽게 전파된다. 만약 책에 사용된 언어문자와 입말의 언어가 서로 멀다면 그 책은 전파되지 않는다. 그러므로 책의 전파 정도는 글말과 입말의 거리에 비례"[36]한다며 입말과 글말의 거리는 사상의 보급과 전파에 방해가 크다고 밝혔다. 1897년『소보(蘇報)』에 실린 추팅량(裘廷梁)의「논백화위유신지본(論白話爲維新之本)」이 발표되면서 문언의 폐해를 직접적으로 비판하고 백화의 보급이야 말로 유신의 기본임을 강조했다. "문자가 있으면 지혜로운 나라이고 문자가 없으면 어리석은 나라이며, 문자를 알면 지혜로운 백성이고 문자를 모르면 어리석은 백성"임은 모든 나라가 동일한데 유독 중국은 문자가 있어도 지혜로운 나라라 할 수 없는 이유가 바로 '문언의 폐해' 때문이라고 주장한다. "천하를 어리석게 하는 도구는 문언만한 것이 없고 천하를 지혜롭게 하는 도구는 백화만한 것이 없다"며 중국 인민을 계몽시키기 위해서 백화로 글을 써야 실학이 흥성하게 되고 그 다음에 백성이 지혜롭게 된다며 백화의 중요성을 강조했다.

시대적 요구를 담아내려는 지식인들의 노력은 문체 개혁의 방면에서 진행되었고 신민체(新民體)라고 불리는 글쓰기 문체가 창안되었다. 신민체는 양계초가 일본에서 창간했던『신민총보(新民叢報)』와 여기에 발표된「신민설(新民

---

34 「變法通議・論幼學」,『飮冰室文集』1(『飮冰室合集』1), 中華書局, 2011, 54쪽.
35 「蒙學報演義報合叙」,『飮冰室文集』2(『飮冰室合集』1), 中華書局, 2011, 56쪽.
36 「本館附因說部緣起」,『國文報』, 1897.11.18.

說)」이 많은 사람들의 호응을 얻으면서 유래된 명칭이다. 신문잡지에 적합하다고 해서 보장체(報障體), 신문체(新聞體), 새로운 글쓰기라고 해서 신문체(新文體), 쉬운 글이라고 해서 통속체라고도 불렸다. 스스로 언급했듯 "평이하고 유창한 글이 되도록 힘썼고 속어와 운어, 외국의 어법을 섞었으므로 글은 어디에도 구속되지 않았으며, 조리가 분명하고 붓 끝에 언제나 감정을 담고 있어 독자들에게 특별한 마력을 지니고"[37] 있었다. 원기 왕성한 필봉으로 신문잡지 문체의 새로운 길을 열었던 보장체에 관해 아잉은 신문사업의 발달로 인해 청말에 일종의 새로운 형식의 문학이 탄생했는데 바로 담사동이 말한 보장문체이며 이 문체는 당시에 영향이 매우 컸다고 했다.[38] 보장체는 비단 소설에 국한된 글쓰기는 아니었다. 그러나 당시 서구 각국의 정세와 신지식을 보급하며 시의적 내용을 간행물에 연재하던 만청소설의 문체에 자연스럽게 영향을 미쳤다.

1902년 『신소설(新小說)』 창간호에 문자는 언어만 못하지만 언어의 힘은 널리 퍼질 수 없으며 오래갈 수 없으니 문자에 의지해야 한다는 주장이 입말과 문자의 거리를 완화시키려는 문학적 분위기를 촉진시켰다. 1905년 『신소설(新小說)』 「소설총화(小說叢話)」에서 "고어의 문학에서 속어의 문학으로 바뀐다는 사실은 문학진화에 있어 중요한 법칙이며 각국 문학사의 전개 법칙"이니 "사상을 보급하려 한다면 이러한 문체를 소설 뿐 아니라 모든 문장에 적용시켜야" 한다며 고아한 문언이 아닌 통속적인 백화의 보급이 급선무라고 강조했다. 쉬운 글쓰기에 대한 필요성이 증대되는 시기에 1902년 팔고문으로 관료를 뽑는 제도는 사라지고 1905년 과거제도는 공식적으로 폐지된다. 4대

37 　梁啓超, 『淸代學術槪論』, 北京 : 東方出版社, 1996, 77쪽.
38 　崔桓, 「만청소설의 문체연구」, 『중어중문학』 제20집, 1997, 434쪽.

견책소설은 팔고문으로 글을 써야 하는 통념적인 부담이 사라진 후에 창작되었다. 『관장현형기(官場現形記)』가 가장 통속적인 문체로 쓰여졌는데 작품 내용상 관장의 온갖 부패를 노골적으로 질책하기에 적합했을 뿐 아니라 널리 유통시키는 방면에서도 효과적이었다. "섬서성 동주부 조바현 남쪽 30리에 한 마을이 있었다. 마을에는 다만 조씨와 방씨 두 성씨만 살고 있었다"로 시작되며 이해하기 아주 쉬운 백화로 쓰여졌다. 『이십년목도지괴현상(二十年目睹之怪現狀)』도 "상해는 상인들이 무리지어 몰려드는 곳으로 중국인과 외국인들이 함께 살고 인가가 빼곡하며 기선과 배가 드나들어 많은 상품들이 운송된다. 소주, 양주 지역의 기녀들도 모두 상해의 호상들을 노렸고 배를 타고 사마로 일대로 와서 기예와 미모를 다투었다"라며 평이하고 쉬운 문장으로 시작된다. 『얼해화(孽海花)』에서도 "게걸들린 고양이처럼 잔뜩 욕심이 많고 제대로 씹지도 않는다"며 여주인공 차이윈의 남자편력 관계를 비꼬는 대화는 아주 통속적이다. 또 경치 묘사에 있어서도 평이하고 정확한 용어를 사용하고 있다. 『노잔유기(老殘游記)』에 산동 황하강의 결빙의 풍경을 묘사하는데 "攔住"·"站住"·"逼的"·"竄到"·"壓"·"擠的"[39] 등의 솔직담백한 백화를 활용하여 강의 풍경이 독자의 뇌리에 분명히 남을 수 있도록 직설적으로 서사하고 있다. 평이하고, 사실적이고, 통속적인 백화는 신문잡지에 연재된 견책소설의 독특한 언어적 특징이 되었다.[40]

사실, 4대 견책소설의 형식은 장편의 이야기가 회나 장으로 이어진 장회소설이었다. 장회소설은 송대 이야기꾼의 대본인 화본소설에서 유래된 것으로 설화인들의 구어체적 성격이 농후한 백화소설이다. 작품 안에는 설화인

39　劉鶚, 哈洛德·謝迪克 英譯, 『老殘游記, The Travels of Lao Ts'an』, 南京 : 譯林出版社, 2005, 278쪽.
40　蔡之國, 「晚淸譴責小說傳播硏究」, 揚州大學 博士學位論文, 2010, 156쪽.

의 구어체 상투어인 '각설(却說)', '화설(話說)', '차설(且說)', '간관(看官)', '욕지후사여하(欲知後事如何), 차청하회분해(且聽下回分解)' 등이 여전히 사용되었다. '여러분, 내가 설명하는 것을 잘 들어보시라' 등 청자를 대상으로 한 흔적을 곳곳에서 찾아볼 수 있으나 그 사용빈도는 이전에 비해 줄어들었다. 또, 주요 대목에서 감정을 고조시키거나 분위기를 환기시킬 때 시로써 증명한다는 '유시위증(有詩爲證)'의 흔적은 현격히 사라졌다. 신문잡지라는 제한된 지면에 연재되었기 때문에 매회 어떤 사건의 완결성이 중요한 문제였다. 사건의 완결성과 거리가 멀었던 '전아한 시로써 사건을 증명하는' 형식은 많이 자취를 감추었는데 산장시(散場詩)가 사라진 『노잔유기(老殘游記)』와 『관장현형기(官場現形記)』에서 그러했다. 그러나 독자를 염두에 둔 구어체 문장은 늘어났다. 『얼해화(孽海花)』의 "독자들이 여기까지 읽고서는 내 이야기 전개가 분명 느슨하다고 생각할 것이다"[41] 등 앞에서 제시한 사건을 긴박하게 전개하지 못했거나 혹은 제한된 지면 때문에 완결되지 못한 사건을 해명하듯 서술하기도 했다. 독자의 반응에 민감할 수밖에 없는, 정기간행물 연재라는 특수한 환경이 창출한 면모였다.

쉬운 글쓰기로 소설을 지어야 한다는 지식인들이 상당수였으나, 백화 사용에 문제를 제기하는 사람들이 있었다. 1908년 『중외소설림(中外小說林)』에서 황보야오(黃伯耀)는 "문인 학사들이 문자 때문에 보급에 지장을 줄까 우려하여 중국백화를 만들어 소설에 적용하여 진화를 도모했다. (…중략…) 우리나라는 각 성마다 다르고 토음도 각기 다르다. 정음교육을 받은 사람이 몇이나 되겠는가? 만약 이와 같다면 독자들이 완전히 이해하지 못하는 것보다

---

41 曾樸, 『孽海花』, 上海古籍出版社, 1980, 292쪽.

각 성의 경계에 따라 토음을 사용하여 일반 사람들의 마음에, 입에 명료하게 하는 게 낫다"[42]고 하여 북방관화를 중심으로 한 백화보다 오히려 각 지방에서 통용되는 토착어로 쓰는 것이 전파에 더 효율적이라고 주장했다. 상당수 지식인들이 속어 사용을 강조했지만 그것은 실제적으로 북방관화를 중심으로 한 글말이었음을 비판한 대목이다.[43] 백화에서 '백(白)'은 '수식을 가하지 않은 담백한', '쉽게 이해되는' 의미를 지니며 그러한 성격의 '화(話)'이기 때문에 구어를 지칭하는 듯 하나 본래 입말 구어와 입말 서면어를 통칭하는 용어였다. 관화란 원명시기부터 통용된 관리들의 공식 언어이며 중국의 지역을 크게 네 구역으로 나누어 각 해당 구역 방언들의 특징을 토대로 종합해서 사용했던 지역별 공식 언어였다. 유신파 지식인들이 강조했던 백화는 입말 서면어, 즉 관리들의 언어인 관화를 가리켰고, 그 중에서도 대표격인 수도 북경을 중심으로 한 북방관화를 지칭했다. 북방관화는 상해를 위시한 남방에서 실제 사용하는 입말이 아니라 학습을 통해 익혀야만 하는 별도의 언어였던 것이다. 13, 14세기의 소설들이 북방관화를 기초로 하여 쓰어졌고 이러한 화본, 장회체 소설들이 널리 전파되면서 관화는 관료들의 공식적 언어가 아닌 일반 백성에게 통용되는 언어가 되었다. 관화와 백화가 모호하게 혼용되면서 둘 사이에 중첩된 공통성 때문에 백화를 들어 입말과 글말의 일치를 주장하며 글쓰기의 통속화를 주장했으나 이것은 애초부터 한계를 안고 있었다. 그들이 주장했던 쉽게 이해되는 글은 관화였고 이것은 입말의 성격이 농후하긴 하나 입말이 아닌 서면화된 언어였기 때문이다. 백화의 모범으로 제시했던 『유림외사(儒林外史)』도 양자강 유역의 관화인 오어로 기록된 작품이었

---

42 黃伯耀, 「曲本小說與白話小說之宜於普通社會」, 『中外小說林』 제2년 제10기, 1908.
43 이보경, 『근대어의 탄생』, 연세대 출판부, 2003, 31쪽.

다. 그러나 신문잡지 사업이 융성했던 상해 주변에는 북방관화보다 각 지역의 토속어인 방언이 통용되고 있었다. 『이십년목도지괴현상(二十年目睹之怪現狀)』에서 좀 더 생동적인 표현을 구사하기 위해 호북 방언인 '니가(你家)'를 13차례나 사용했을 뿐 아니라 광동, 북경, 소주의 방언을 혼용하여 강렬한 지방색을 드러내고 있다.[44] 다른 작품에 비해 고아한 문체로 쓰여졌던 『얼해화(孽海花)』조차 소주 방언이 곳곳에 등장하는데 소주나 상해에서 기방을 의미하는 '서우(書寓)'라는 용어가 자연스럽게 노출된다. 1902년 『신소설(新小說)』 창간호에 "본 잡지는 문언과 속어를 섞어 쓴다. 속어는 관화와 월어를 섞어 쓴다. 하지만 어떤 소설이 모종의 문체를 선택했으면 처음부터 끝까지 일률적으로 사용해야 한다"[45]는 공지가 증명하듯 문언과 관화, 방언이 함께 상용되고 있었다.

쉬운 글쓰기에 대한 수요가 엄청났지만 여전히 백화를 반대하고 문언인 고문을 지지하는 보수파들도 있었다. 183종이나 되는 서구 문학작품을 번역해서 넓은 독자층을 확보하고 있었던 린쉬(林紓)의 번역문은 실제적으로 큰 영향력을 미쳤다. 그는 백화로 된 번역문의 질적 수준에 대해 비판하면서 쉽게 이해되는 글쓰기가 문학계의 발전을 저해할 뿐이라며 고문으로 번역해야 함을 주장했다. 백화로 쓰여진 견책소설에도 고어나 고문의 성분이 없었던 것은 아니었다. 『얼해화(孽海花)』에 나오는 '당차(堂差)'[46]라는 용어는 본래 주밀(周密)의 『제동야어(齊東野語)』에 기록된 바, 중서성에서 내리는 관직의 명칭이었다. 만청시기 기녀들이 외부에서 온 손님들의 부름을 기다리는 것을

---

44 崔桓, 「만청소설의 문체연구」, 『중어중문학』 제20집, 1997, 440쪽.
45 「中國唯一之文學報新小說」, 『新民叢報』 14호, 1902.
46 曾樸, 『孽海花』, 上海古籍出版社, 1980, 291쪽.

과거에 합격한 후 관직의 제수를 기다리는 거인(擧人)에 비유하여 사용한 고
어였다. 또『이십년목도지괴현상(二十年目睹之怪現狀)』에서 '인하(人蝦)'[47]는 원
래 명말의 유신이 충절을 위해 순절하려고 했으나 낙타의 등처럼 허리가 굽
어질 만큼 오래 살면서 술과 기생 놀음에만 빠졌던 것을 조소하는 용어였다.
이후 마음의 심지도 없으면서 자신도 타인도 속이는 사람을 비유했는데 이
러한 전고들이 삽입되면서 완벽한 백화로 된 작품의 산출은 아직 시기상조
였다.[48] 1907년『소설림(小說林)』창간호에 실린 "편폭이 장편이던 단편이던,
언어가 문언이던 백화이던"[49] 소설을 모집한다는 광고에서 알 수 있듯이, 백
화와 문언은 아직까지 혼용적으로 사용되고 있었다. 그러나 글쓰기 언어의
주도권은 문언이 아닌 통속적인 백화로 옮아가고 있었다.

5. 과도기의 문학장

　구망과 계몽의 사조는 19세기 말부터 20세기 초까지 중국의 정치사회를
이끄는 중심축이었고, 문학이 현실정치 개혁에 선두적인 역할을 담당하면서
작품의 생산과 유통에 전반적인 영향력을 행사했다. 청 정부에 대한 더 이상
의 희망을 버리고 인민을 계몽시켜 아래로부터 개혁하려는 목적에서 주목했

47　吳沃堯,『二十年目睹之怪現狀』下, 江西人民出版社, 1988, 732쪽.
48　'堂差'와 '人蝦'에 관하여 蔡之國,「晚淸譴責小說傳播硏究」, 揚州大學 博士學位論文, 2010, 150쪽
　　참조.
49　「募集小說」,『小說林』創刊号, 1907. 2.

던 것이 소설이었다. 그리하여 문학이 예술성보다 정치성을 강조했던 것은 중국역사의 특수한 상황 속에서 사회변혁의 과도기에 형성된 문학장의 일면이었다. 소설전문지의 홍행과 소설계혁명에서 이룩한 성과는 문학의 판도를 완전히 전복시킬 만한 파장을 지녔던 것은 아니었다. 그러나 소설을 문학 주변부에서 중심부로 옮겨 놓았고, 독자들을 소수의 문인에서 다수의 인민으로 확대시켜 놓았다. 소설잡지의 등장과 함께 직업소설가도 탄생했고, 소설은 먼저 잡지에 연재 발표된 후 단행본으로 발간되었다. 이들은 모두 이전 문학장에서 일찍이 존재하지 않았던 새로운 문화적 산물이었다.[50]

최초의 소설잡지 『신소설(新小說)』 창간 이후 『수상소설(繡像小說)』, 『월월소설(月月小說)』, 『소설림(小說林)』 등에서 지식인들은 어떻게 하면 새로울 수 있는지를 고민하면서 옛 것에서 새 것으로의 접목과 전환을 시도했다. 전통에 대한 맹목적인 추구에서 벗어나 보수와 혁신 사이를 갈등하며 비판적인 수용의 과정을 거쳤다. 애국적 열정에서 부각된 소설 속에서 정부의 무능과 사회의 부패를 노골적으로 질책하며 우매한 인민을 깨우고자 했다. 사회개량의 목소리를 북돋웠고 다수의 사람들을 공론의 장으로 이끌고자 했다. 소설잡지의 광범위한 유통은 작가에게 새로운 창작 환경을 제공했을 뿐 아니라 불특정 다수의 독자와 교류하는 문학의 장으로 변화시키고 있었다.

정치사회의 현실적인 면모를 생생하게 반영하는 데에 전아한 문언보다 통속적인 백화가 적합했다. 입말과 글말을 일치시키려는 노력은 더 많은 사람들에게 정치변혁과 사회개량을 선전하기 위한 목적에서 출발했다. 글쓰기 언어는 신문잡지의 파급력과 결합한, 이해하기 쉬운 백화를 중심으로 재편

---

50 吳福輝, 『中國現代文學發展史』, 北京大學出版社, 2010, 49쪽.

되고 있었다. 통속적인 글쓰기의 보급은 문학 언어의 본질적인 차원에서 제기된 것이 아니라 선전의 효용성에서 기인했다. 계몽과 개혁의 필요성에서 주목했으며 문학 언어로서의 글쓰기라는 문제의식에 이르지 못했다. 문학혁명의 기치를 본격적으로 내건 것은 『신청년(新靑年)』의 시대를 기다려야 했으나 수천 년간 정종의 위치였던 고문 위주의 문언에서 백화로의 전환을 추동하고 있었으니 백화로써 문언을 대체하려는 문학혁명의 토대가 다져지고 있었다. 단순히 글쓰기 언어의 개혁이 아니라 자연스러운 표현수단을 통해 사상 해방을 이끌기 위한 기초작업이었다.

어떠한 문학혁명도 단기간에 이루어질 수 없으며 상당한 준비 기간을 거쳐서 완성된다. 옛 것에 대한 반성과 회의, 새 것에 대한 충격과 변용의 과정을 되풀이하면서 새로운 방법을 모색하고 시도한다. 계몽 선전의 효용적 측면에서 주목받던 소설이 사회비판과 정치 변혁의 내용을 거침없이 담아냈고, 누구나 이해할 수 있는 쉬운 글쓰기의 필요성을 강조하면서 5·4문학혁명의 추동을 준비하고 있었다. 중국의 전통사상과 구 정치제도, 구 사회제도를 통렬히 비판하고 백화와 고문의 위계질서가 해체되는, 새로운 시대에 새로운 사상을 담은 '살아있는 문학'을 창작하려는[51] 문학혁명의 첫 단계는 이미 진행 중이었다.

---

51 「文學改良芻議」, 『新靑年』, 1917. 1.

참고문헌

자료

『新小說』

『繡像小說』

『月月小說』

『小說林』

논저

김수연, 「만청 소설작가의 네트워크」, 『중국어문논총』 제57집, 2013.

김월회, 「중국 근대의 어문개혁운동과 신체 산문에 관한 고찰」, 『중국문학』 제38집, 2002.

김태관, 「출판, 인쇄매체의 발달이 만청소설의 발전에 미친 영향」, 『인간과 문화연구』 제9집, 2004.

민정기, 「근대 중국 정기간행물의 지식 편제와 '문학'」, 『중국문학』 제64집, 2010.

박봉순, 「4대 견책소설의 창작동기」, 『중국소설논총』 제16집, 2002.

심형철, 「중국 근대 원고료 제도에 관한 소고」, 『중국현대문학』 제35호, 2005.

차태근, 「19세기 중국 신문잡지와 文界의 재편」, 『중국문학』 제56집, 2008.

崔 桓, 「만청소설의 문체연구」, 『중어중문학』 제20집, 1997.

구양근, 『청말 견책소설의 사실관계연구』, 성신여대 출판부, 1988.

이보경, 『근대어의 탄생』, 연세대 출판부, 2003.

차배근, 『중국 근대언론발달사 : 1815~1945』, 서울대 출판부, 2008.

루쉰, 조관희 역주, 『중국소설사』, 소명출판, 2004.

천핑위안, 이종민 역, 『중국소설의 근대적 전환』, 산지니, 2013.

郭浩帆, 「晚淸印刷技術的提高及其對小說的影響」, 『貴州大學學報』 제25권 제4기, 2007.

_____, 「淸末民初小说與报刊业之关系探略」, 『文史哲』, 2004년 제3기.

刘永文, 「晚淸报刊小说研究」, 上海师范大学 博士學位論文, 2004.

方晓红, 「晚淸小说与晚淸报刊发展关系研究」, 南京師範大學 博士學位論文, 2000.

藩光哲, 「時務報和它的讀者」, 『歷史研究』, 2005년 제5기.

傅元峰,「讽刺的跨度：从反讽到谴责」,『浙江社会科学』, 2001년 제5기.

周凌雲・溫明明,「論清末"譴責小說"受報刊傳媒之影響」,『明清小說研究』총86기, 2007.

蔡之國,「晚淸譴责小说传播研究」, 揚州大學 博士學位論文, 2010.

魯迅,『中國小說史略』, 上海古籍出版社, 2011.

刘鹗・哈洛德・谢迪克 (共)英译,『老残游记, The Travels of Lao Ts'an』, 南京：譯林出版
　　社, 2005.

阿英,『晚淸小說史』, 人民文學出版社, 1980.

梁啓超,『淸代學術槪論』, 北京：東方出版社, 1996.

＿＿＿,『飮冰室合集』, 中華書局, 2011.

吳福輝,『中國現代文學發展史』, 北京大學出版社, 2010.

吳沃堯,『二十年目睹之怪現狀』上下, 江西人民出版社, 1988.

王德威,『晚淸小說新論－被抑壓的現代性』, 臺北：麥田人文, 2003.

李寶嘉,『官場現形記』上下, 人民文學出版社, 1985.

張朋園,『梁啓超與淸季革命』, 上海三聯書店, 2013.

曾樸,『孽海花』, 上海古籍出版社, 1980.

陳平原,『中國現代小說的起點－淸末民初小說研究』, 北京大學出版社, 2006.

＿＿＿・夏曉虹 編,『二十世紀中國小說理論資料』, 北京大學出版社, 2009.

胡適,『胡適文集』, 北京大學出版社, 1998.

식민지 조선에서 '별의별 것들'이 다루어지는 방식

『별건곤』의 대중성과 여성성

박숙자

1. 앎 / 쾌락의 기호로서의 여성

1920년대 '궁핍한 시대의 상상력' 속에 '별의별 것들'이 선보인다. '식민지' 와 '조선'의 일반적 함의에 포괄되지 않던 주제들, 이를테면 그간 공론장의 담론으로 주목하지 않았던 취미 담론이 부상한다. '별건곤(別乾坤)'은 도시문 명의 화려한 이미지를 '별세계'로 압축한 기호로서 1920년대 새롭게 유입된 근대 문화의 이질성과 역동성을 드러내는 표현이다. 이는 '북촌'으로 상징되 는 조선의 궁핍한 현실과 동시에 일본 상점이 즐비한 '진고개'에 대한 발견을 드러내는 것이자 그 문화의 향유를 담아낸 것이다. 때문에 개벽사에서 발간 했던 『개벽』, 『신여성』, 『어린이』와 『별건곤』은 발간 배경에 차이가 있다. 『개벽』, 『신여성』, 『어린이』가 '민족'이라는 넓은 범주를 공론장으로 상상하며 성별, 연령에 따른 매체로 고안해낸 것이라면 『별건곤』은 '대중'이라는 새로운 범주를 제시하며 공론장의 변화를 기하고 있기 때문이다.[1] 그래서 일각에서는 『별건곤』이 '계몽의 탈각'으로 읽힌다고 지적하기도 하지만, 분명한 것은 공론장에서의 매체 역할이 달라지고 있다는 사실이다.[2]

『별건곤』은 말 그대로 '별의별 것들'의 매체다. 미디어가 공론장의 담론을 매개한다고 가정했을 때, 조선의 공론장에서 '별의별 것들'이 다루어진다고 생각하는 것은 다소 파격적이다. 있어야 할 당위, 말해져야 하는 진실 이외에 '별의별 것들'이 당위와 진실을 대신할 수 있다는 상상은 식민지 조선에서는 처음 등장하는 것이다. 식민지 시기에 『삼천리』나 『조광』, 해방 이후 『아리랑』, 『명랑』에 이어 『선데이서울』로 이어지는 대중잡지의 계보를 고려해보았을 때 『별건곤』은 대중잡지 계보의 첫 자리에 놓인다. 이런 맥락에서 식민지조선에서 발견한 '별의별 것들'이 무엇인지, 그리고 '별의별 것들'을 담아내는 방법으로 어떤 방법과 형식이 기획되었는지 물어보려고 한다. 『별건곤』의 상상은 이후 다른 대중잡지의 대중성과 연동하고 있기 때문이다.

우선, 대중잡지 『별건곤』의 발행을 '계몽'의 반납으로 이해하는 것은 다소 일면적이다. 오히려 '계몽'의 방식이 왜 폐기된 것처럼 보이는지, 그리고 어떠한 이유에서 '취미', '오락'의 문제에 집중하게 되었는지 먼저 물어야 한다. 창간호에서는 이와 관련해서 "인간 사회에 만일 취미 생활이 없다고 하면 그 인간들은 전도에 광명이 없고 희망이 없고 원기가 없고 윤기가 없다"고 지적

---

1 『별건곤』은 1926년 11월 '취미독물잡지'로 개벽사에서 발간되었다. 당시 개벽사에서 발간했던 『개벽』은 1926년 8월 폐간되었고, 『신여성』은 1926년 10월호로 정간되었다. 시기적으로 『개벽』과 『신여성』을 종합하는 내용으로 해체, 통합, 변용되었을 가능성이 적지 않다. 이런 맥락에서 『별건곤』이 대중잡지로서 가지는 내적요구에 의해 변용되는 과정은 주목해 볼 만하다.

2 『별건곤』은 '완연한 계몽의 탈각'을 보여주면서 '저급한 취미독물'로 인식되기도 하였다(이경돈, 「별건곤과 근대취미독물」, 『대동문화연구』 46권, 2004, 249~287쪽).

하며 인간 삶에 밀착된 '취미'를 보여주고 들려주겠노라고 말한다. 이 논의에 따르자면, 『별건곤』은 취미(오락)와 교양을 결합하려는 시도처럼 보인다. 즉 '읽을 거리'가 계몽이자 교양이며 동시에 '오락'일 수 있으며 지금 조선에서 이 오락이 필요하다는 진단이다. 이는 계몽을 반납하면서 얻은 결과가 아니라 1920년대에 대중매체가 계몽을 전유한 결과이다.

이 속에서 『별건곤』은 취미담론을 매개로 공론장의 변화를 꾀하려고 한다. 이들에게 취미란 근대 경험을 개인적으로 감응해내는 능력이다. 식민지 조선에서 근대 도시 문명이라는 스펙터클한 이미지를 지식화할 수 있는지, 그리고 이를 적절하게 공론화 내부의 대중적 담론으로 수용할 수 있는지 하는 문제이다. 이 속에서 분명한 것은 '검열'이라는 외부 억압과 별개로 공론장 내부에서 새로운 요구들이 출현하고 있다는 사실이다. 그리고 이를 매체의 내용과 형식으로 끌고 오려는 의지이다. 그러므로 '취미담론'으로 시작된 대중성의 기획이 공론장을 어떻게 활성화시키는지, 그리고 그 방법은 무엇인지 한번 생각해 보고자 한다.

2. 식민지조선에서 '별의별 것들'의 욕망

1926년 『별건곤(別乾坤)』은 화려한 근대 도시 문화를 상징적으로 드러내며 대중매체의 등장을 예고한다. 『별건곤』 이전의 매체들이 '민족'이라는 단일한 범주 안에서 상상적, 상징적으로 소통하는 기획에 충실했다면 『별건곤』은 건강한 삶의 활력에 기대어서 취미담론을 욕망의 코드로 부각시킨다. 이 과정은 공론장에 참여하는 독자들의 실제적 요구에 기댄 현실적 진단으로 설계되고 있다.

압혼 생활에서 때때로는 웃어도 보아야겟다. 웃어야 별 수는 업겟지만은 그러타고 울고만 잇슬 것도 안이다. 우리는 형편도 그러케 되지 못하엿지만 웃음을 우슬 줄도 모른다. 자-좀 웃어 보자! 입을 크게 버리고 너털 우슴을 우서보자! 그러타고 압혼 것을 이저서도 안이된다.

그럼으로 우리는 벌서 일년이나 전부터 취미와 과학을 가추인 잡지 한아를 경영하여 보자고 생각하엿섯다. 그러나 일상하는 일이지만 말이 먼저 가고 실행이 나종가는 것은 일반이 아는 사실이라 더 말할 것도 업지마는 별느고 별느든 것이 일년 동안이나 나려오다가 開闢이 금지를 당하자 틈을 타서 이제 『別乾坤』이라는 취미 잡지를 발간하게 되엿다. 물론 開闢의 後身으로는 언론 잡지의 출간이 허가되는 대로 또 편집을 시작하려니와 『別乾坤』으로 말하면 휴가 한 겨울을 이용하야 시작한 것이니 결국 압흐로 二種의 잡지를 우리는 기대하여 보자!

그리해서 결국 시작이 반이라고 편집에 착수한 결과 겨우 편집을 맛치기는 하엿스나 생각하면 우리가 이상으로 생각하는 취미 잡지는 사실 고난을 면할 수 업섯다. 취미라고 무책임한 讀物만을 느러놋는다든지 혹은 방탕한 오락물만을 기사로 쓴다든지-등 비열한 정서를 조장해서는 안이될 뿐만 안이라 그러한 취미는 할 수 잇는 대로 박멸케 하기 위해서 우리는 이 취미 잡지를 시작하엿다.[3]

---

3   「餘言」, 『별건곤』, 1926.11, 135쪽.

우선, 창간호 편집자 후기를 보면 『별건곤』의 탄생 배경을 짐작할 수 있는 몇 가지 단서가 제시된다. '아픈 생활에서 때때로는 웃어도 보아야겠다'는 지향 아래 『개벽』과는 종류가 다른 대중잡지로 '취미에 대해 이야기하는 잡지를 생각했다는 것, 단 취미에 대한 잡지이지만 '방탕한 오락물만을 기사로 쓴 다든지'하는 안이한 태도를 지양하겠다는 것이다. 이는 대중들에게 웃음을 줄 수 있는 잡지를 만들겠다는 대중 잡지의 일반적인 포부이다. 그런데 이 기획은 '독자의 요구'를 진단하는 실제적인 지점에서 모호해진다. 이를테면 매체의 독자를 '아픈 생활을 하는' '무산계급'이라고 범주화하는데[4] 그럼에도 불구하고 이들이 원하는 것이 '일반적으로 새 것을 보고 십허하고 새 것을 듯고 십허하는 것은 공통된 욕망'[5]이라고 말한다. 그래서 비록 가난하지만 "근자(최근)에 대세가 된" "극 활동사진 같은 것"을 즐기고 싶다는 것, 즉 조선의 물질 문명 수준이 낙후되어 있지만 그럼에도 '새것'에 대한 욕구가 공통적이라고 말한다. 이를 통해 암암리에 '무산계급'을 잡지 독자로 전제하며 근대문명의 향유를 독자의 요구로 내세우게 된다. 민족의 일반적 조건으로 '무산계급'의 요구를 전제하고 이들에게 공통된 욕망이 있다고 가정하는 것, 이를 통해 분명해지는 것은 '욕망에 대한 욕망'이 공인되었다는 점이다.

이러한 의도가 창간호에서 가시화되는 일차적인 키워드는 '양행'과 '대경성'이다. '양행'은 외국 여행을 다녀온 사람들의 소식을 담아낸 것으로, 최승일의 「신변잡사 동경행」, 정석태의 「洋行中 雜觀雜感」 등이 있다. '세계적 명작', '세계음악명곡해설' 등의 기사가 연이어 게재되면서 세계문명(문화)에 대해 관심을 드러낸다.

---

4   『개벽』이 설정하는 독자의 성격과 달라지고 있다.
5   碧朶, 「貧趣味症慢性의 朝鮮人」, 『별건곤』, 1929.11.

동대문 근처에서 물건 파는 하이카라 모습 스케치
(「대경성의 움즉이는 현상을 박혀 모으라!」,
『별건호』 2호, 1926.12)

이런 관심은 「노상의 인」,[6] 「대경성의 움즉이는 현상을 박혀 모으라!」에서도 반복된다. '사회는 움즉인다. 시시각각으로 움즉인다'는 기사의 첫 줄이 말해주는 것처럼[7] 기자 동원령을 내려 기자 5명을 경성거리로 내보내어서 '대경성'의 역동적인 모습을 그대로 담아낸다.[8] 「노상의 인」도 마찬가지인데, 기자가 노트 한 권을 들고 거리를 만화로 담아낸다. 또 거리 상점의 간판에 대한 품평회와 진열창에 대한 품평회도 마찬가지다.[9] 진고개의 진열창을 염두에 두면서 북촌의 상점이 얼마나 '취미'가 덜한지 지적하며 색채와 크기 등에 대한 감각이 부족하다고 말한다. 이들은 근대 도시의 스펙터클한 이미지를 향유하며 이를 지식으로 담론화한다.

'양행'과 '대경성'의 기사 속에서 반복적으로 보이는 것은 '새것'들이 부유하는 세계에 대한 호기심과 그에 대한 욕망이다. 그러나 이 욕망이 안전하게 표현되지 못한다. 이를테면 2회에 걸쳐 경성 상점의 진열창을 장황하게 품평하지만, "돈 업는 사람들과는 아무런 관련이 업는 진열창을 평한다는 것이

6　「노상의 인」, 『별건곤』 2호, 1926.12.
7　「大京城白晝暗行記, 기자총출동(제1回) 1時間社會探訪」, 『별건곤』 2호, 1926.12.
8　'대경성'은 경성을 대도시로 확장시켜내려는 기획이다. 이에 대해 이순탁 연희전문교수는 대경성이 허울 좋은 계획일 뿐이라고 일갈한다. 경성은 "사치의 중심이었으며 착취의 중심이었으며 협잡의 중심이었으며 죄악의 중심"이라고 지적하며 '대경성'의 수혜자는 경성의 땅을 많이 소유한 일본인들이라고 지적한다. 「경성이냐? 게이죠냐?」, 『동아일보』, 1927.1.5.
9　「경성각상점 간판품평회」와 「경성각상점 진열창품평회」는 별건호 3, 4호에 실린 기획 기사이다.

무슨 흥미잇는 일이겟소. 그리고 감상을 말할 것도 업거니와 도리혀 쑥스러운 일인줄 암니다"[10]라고 말하면서 '돈없는 자'들의 '감상'이 '쑥스러운 일'이라고 개탄스럽게 얘기한다. 이는 식민지 조선에서 도시문명의 향유가 오락 기능을 수행하기에 적합하지 않거나 능력에 맞지 않다는 점을 강조한 것으로 욕망의 실현이 쉽지 않음을 표현한 것이다.

근대 문화를 향유하고자 하지만 조선의 현실에서 쉽지 않다는 사실을 알게 된 것, 그럼에도 욕망의 향유에 기반한 오락기능은 여성의 몸을 전유하면서 유사하게 반복된다. 일단 『신여성』에서 초점화되었던 여성의 내밀한 이야기들이 『별건곤』에 이르러 그대로 반복 변용되면서 신변잡기적인 일상과 미시적인 시선이 전면화되는데 이 과정에서 '욕망'의 문법이 유사하게 되풀이된다.[11]

『그러면 조혼 수가 잇소. 당신의 신부 후보자인 마흔 두세 명의 미처녀(美處女)에 관한 원고를 쓰시구려 그러면 만냥짜리 원고가 안이겟소 「쌍에스의 신부 후보자 공개」라 하면 굉장한 긔사임닌다』『그건 그건 안 되지 내자신의 일이닛가 안 되지』

『안이요 그걸 쌕 쓰시오 그걸 쓰면 아즉 결혼 안이한 미혼 남녀에게 참고도 될

---

10 「京城各商店 陳列窓品評會」, 『별건곤』, 1927. 2, 135쪽.
11 『별건곤』이 내세우는 '취미'는 절대적인 이념이 후경화된 시기에 '계몽이 탈각'하는 과정에서 대중들의 교양과 오락을 동시에 담보하기 위한 목적으로 제시된 일종의 미디어 아젠다이다. '취미'가 특정 잡지의 목적이 되고 있다는 것은 익명화된 대중과 개인주의적 가치가 이미 전 사회에 만연해 있음을 알리는 것이다. 『별건곤』 창간호에는 "무산계급의 취미 증진"을 위해서 "취미독물"을 발간한다는 글이 실려 있다. "무산계급이란 취미증진을 위해서"라는 목표가 잡지 발간의 목표로 제시되어 있는 것이다. 이 글에서 '무산계급'은 대중독자를 달리 이르는 표현으로 민족주의적 지향으로 독자를 상정한 것과는 분명한 차이를 보인다. 『별건곤』이 대중독자를 '무산계급'으로 호명하고 있는 것은 제국 / 식민지과는 다른, '유산계급 / 무산계급'과 같은 자본주의 체제 이해를 담고 있는 것이다.

것이요 쌍에스식으로 멋잇는 양념을 툭툭 처가면서 쓰면 풍자의(諷刺)교과도 만커니와 제일 녀름날 더운낫에라도 자미잇게읽슴닌다 그러케 해서 더위와 모긔와 빈대에게 쏘들니는 사람을 위로해 주는 것도 한 적선이 안이겟소』『그래도 안되지 안되여 절대로 그건안되지』

『그러케 四十여명의장덤 단덤 용모 성격을자세공개해노코 독자의투표를모아서 제일 만흔 투표를 엇는 이와 결혼하여도 좃치 안소? 쌍에스식에 맛처서 긔발하고 조치안소 생각해 볼 것 업시 그러케 합시다』[12]

이양.

20세. 턱이 조곰 빠르기는 하지만은 날씬한 미인이라『아이스크림 미인』이라고 이 미인을 숭배하는 사람들이 일흠을 지엇다. 얼골이 날카롭게 어엽부고 자태가 날씬한데 (…중략…)

서양.

21세. 서울 청진동 어느 과택의 맛따님으로 ○명을 조혼 성적으로 졸업하고 (…중략…) 미인 명부에 오를 자격이 잇는 이다. (…중략…)

백양.

20세. 버들가지가티 호리호리한 여자다. 세상이 변해오지 안엇든들 이 여자는 우선 그 가느다란 태격에 잇서서 누구보다도 더 잘난 미인이라고 특별한 대접을 바덧슬 것이다 (…중략…)

길양.

29세. 서양 류학을 마치고 머리를 깍고 도라와서 갑자기 유명해진 여자다. 용

12　雙S, 「신부 후보자 전람회, 입장무료」, 『별건곤』 29호, 1930.6.30.

모나 자태로 미인될 수는 업스나 탐스럽게 풍부한 육테를 가진 것이 자랑이요

(…중략…)

명양.

26세. 시를 잘 쓰며 단발 양장 미인이다. 조선 여자로 문예에 지조가 잇기는[13]

이를테면 '雙S'라는 작가는 자기 주변에 신부감이 사십이삼 명이 된다고 너스레를 떤다. 그러자 편집자가 바로 그 내용을 기사로 작성하자고 청탁한다. 그럼에도 작가는 '내 자신의 일'을 기사로 쓰는 것은 마뜩찮은 일이라고 재차 거절하는데 편집자가 '미혼 남녀에게 참고가 될 것'이라는 점과 '모기와 빈대에게 쪼들리는 사람을 위로해 주는 것'이라는 기사의 의의를 말하면서 설득한다. 아울러 雙S의 신부감으로 가장 적합한 이를 투표로 결정하게 되면 '기발'하기도 하고 본인에게도 도움이 될 것이라고도 얘기한다. 기사청탁 과정에서 보여지는 바 개인의 일상은 이미 기사거리로 활용되고 있다. 또 이것은 궁극적으로 '무산계급의 취미 증진을 위하여'라는 잡지의 지향과 연동하며 '모기와 빈대로 쪼들리는 사람'에게 '참고'와 '위로'가 될 것이라는 맥락에서 수용된다.[14] 지극히 신변잡기적인 일이 기사로 기획되고 있지만 이 사사로움이 자연스럽게 용인되고 있다.

여기에서 주목할 것은 신변잡기적인 일상이 전람회 형식으로 보여지는 것에서 더 나아가 여성이 전시된 상품과 유사하게 소비된다는 점이다. 간판과 진열창에 대해 품평했던 기사 형식을 그대로 가져와서 여성을 소개하고 품평한다. '백양', '길양', '명양' 등으로 이름을 호명하며 몸매가 '버들가지' 같은

---

13 雙S, 「신부 후보자 전람회, 해학 풍자 기발(제 삼회), 입장무료」, 『별건곤』 31호, 1930.8.30.
14 『삼천리』 잡지에서 이와 유사한 형식으로 미스조선을 선발하려고 했던 것도 같은 맥락이다.

지 '풍부한 육체'인지, 또 '지조가 있는'지 등등의 내용이 소개된다. 상품을 소개했던 방식과 크게 다르지 않다. 여성이 상품처럼 전시되고 소비되고 있는 과정에서 욕망의 적절성 등은 부분적으로도 거론되지 않는다. 상품을 품평하는 것과 여성을 전시하는 것은 전혀 다른 문제임에도 이렇게 같은 방식으로 논의될 수 있는 것은 욕망에 대한 무차별적 승인이 이루어지고 있기 때문이다. 그러나 상품의 경우 전시, 소비, 유통에 대한 사회적 논의가 파생될 수 있는 데 반해 여성에 대한 논의는 사적 취향의 폭로 이상으로 나아가기 어렵다. 즉 이 기사에서 '신부후보감'이 언급되는 내용을 보면 일차적으로 나이와 미모, 학력을 포함한 성격 등이 서술되는데 마치 미인 선발 대회를 보는 것처럼 여성의 몸에 대해 선정적으로 표현된다. '탐스럽게 풍부한 육체'라거나 '아이스크림 미인'이라는 표현을 통해서 서술자의 시선이 반영된다. 이 기사에 따르면, 미인은 날씬한 몸매를 갖추어야 하지만 "풍만한 육체"도 높은 점수를 받을 수 있으며 단지 몸매만이 아니라 견문이 빠지지 않는 여고보 출신이어야 한다. 또 감상적인 성격으로 인해 자주 울거나 웃게 되면 '히스테리'로 비난받을 수 있으니 적절하게 감정을 조절할 수 있어야 한다고 전한다. 한 개인의 취향에 근거해서 얼굴과 몸을 묘사하는 것뿐만 아니라 지적, 감정적 자질까지 품평한다.

그런데 이렇게 개별적 사건(혹은 개인)을 사적 취향으로 논의하는 것은 '비밀' 이야기를 통해 더 확산된다. 「비밀한 이야이」, 「남녀 미신굴 비밀공개」, 「부부생활의 비밀 대탐험기」, 「여선생의 비밀 공개」, 「여학교 기숙사의 비밀」, 「처녀시대의 생리적 비밀」, 「여학교 기숙사의 비밀」, 「누구든지 알어둘 비밀 각 방면의 비밀 내막」, 「동양인을 유혹식히는 영국의 비밀여자굴」, 「남녀 각 숨은 장기」, 「외국서 도라오는 박사호의 비밀」, 「學園에 숨어잇는

女先生들의 結婚 이약이」 등 『별건곤』에서는 '비밀'이야기를 내세운 기사거리가 풍미한다.[15] 한 개인에 대한 관심이 '비밀'로까지 나아갔다고 볼 수도 있지만 실은 그와 다른 양상이다. 이를테면 『별건곤』 이전에도 아무개가 결혼한다더라 혹은 어느 집에 무슨 일이 생겼다더라라고 전하는 보고형 기사나 '○○ 교장댁 방문기' 등의 기사가 실렸지만 이 기사들의 초점은 공적세계의 일부로 환원될 수 있는 사적생활이었다. 즉 '가정'이 초점화되고 있기는 하지만 이때의 '가정'은 공적 세계의 일부분이었다.[16] 동일한 소재의 기사라 하더라도 이것을 '동정'류 기사로 전달하는 경우와 '비밀'이야기로 전달하는 경우는 전달 효과가 판이하다. 신문기사의 기본 목적은 공공성에 부합하는 내용으로 작성되게 마련인데, '비밀' 코드는 '사실'보다 '폭로'나 '흥미'에 더 무게중심이 실리게 되면서 추문에 더 방점이 찍히게 된다. '추문'이 야기하는 것은 공공성의 강화가 아니라 이면에 놓인 인간의 추악한 본능이나 선정적 욕망이다. 「여선생의 비밀 공개」, 「여학교 기숙사의 비밀」 등의 제목처럼 폭로해야 할 사실이 새롭게 대두한 것이 아니라 비밀코드를 통해 관음증적 욕망이 일반화된다.

본지의 비밀조사반 기자가 항상 출동 준비를 하고 독자 제씨의 명령을 기다리고 잇습니다. 아모 곳 아모 집에 독갑이 작란이 잇스니 조사하라던지 아모 곳 아모 집에 괴이한 마굴이 잇스니 그 내면을 조사하라던지 어느 곳에 괴상한 인물이

---

15 비밀코드는 당대 신문에서도 적지 않게 드러난다. 다만 매체의 성격까지 변화시키고 있다고 보기는 어렵다. 오히려 동시적으로 유입되는 일본 취미잡지의 영향력으로 보는 것이 더 적당하다.

16 "김재익씨와 원금씨의 결혼식을 음력 팔월 금일 하오 사시에 연동과 목사가에서 거행흐기로 결정하였다더라"라는 사실에 근거한 소식이나 동정기사와도 다르다. 「결혼거행」, 『황성신문』, 1908.9.3.

잇거나 의심나는 사건이 잇스니 조사하라고 넌즛이 『별건곤조사부』로 통지해 주시면 즉각 출동 비밀조사하야 지면으로 보고 하겟슴니다. 지상에는 비밀을 직히드라도 본사까지 그 장소 번지 인물이면 성명 연령을 명기하시고 투고하시는 이의 주소도 알려주서야 조사상 연결할 수 잇겟슴니다(『비밀명령 환영』, 1928.12)

『별건곤』에서는 아예 "비밀조사반" 글을 통해서 비밀이야기를 수집하겠다고 한다. 그래서 일차적으로 '독갑이 작란(도깨비 장난)', '괴상한 마굴', '괴상한 인물' 등 '기괴한 것'이 '비밀' 조사의 대상으로 거론하지만 여기에 머무르지 않고 도시의 골목 안에서 벌어지는 인물과 사건까지 확대해서 비밀조사를 하겠다고 선포한다. 발빠른 취재를 공식화하고 있는 것처럼 보이지만 취재를 '비밀조사'로 한정짓는 것은 결과적으로 취재 기능을 축소시킨다.

제1경

○○동 개천가로 지내느라니 마수거리로 등창문이 열리었다. 때는 밤 9시. 여름밤의 9시는 그다지 저문 때가 아니다. 굽어다 보니 단가살님의 셋방인지 이것저것 오밀조밀한 세간사리가 노여 잇고 윗목 반다지 압헤 상보로 덥흔 밥상이 노여 잇다. 부인의 얘기를 때려 울녀 노코는 다시 안고 아래묵에 누우니까 밧갓 양반은 웃묵에서 코를 곤다.

제2경

『훈도시』 하나만 찬 40여세의 영감이 20관의 위대한 몸뚱이를 『다다미』 우에다 아무러케다 내던지고 있다. 상말로 ○샤를 연상할 만큼 그의 살짐 폼은 위대하다.

그 엽헤는 저녁 목욕을 하고 도라온 듯한 녀인—목욕하고 도라온 녀인은 보기

가 조흔 것이다(넘우 노골적으로 말을 하면 풍기문란이 되니 그저 보기 조타구만 해둔다)

　말소리는 아니 들니나 동작은 활동사진과 가티 잘 보인다. (單S, 「들창으로 드려다 본 이야기」, 1933.7, 32쪽)

이를테면 한 기자가 개천가를 지나가게 되는데 창문이 열려 있어 '굽어보니' '오밀조밀한 세간'이 놓여 있고 거기서 '부인이 애기를 때려 울려' 놓았다고 한다. 무의식적 행위인 양 쓰고 있지만 실은 목격의 알리바이를 위한 진술이다. 아무개 들창을 쳐다본 것은 기사거리가 되기 때문에 본 것이고 '목격'과 탐문 행위로 정당화되고 있지만 이렇게 해서 드러나게 된 것은 개인의 내밀한 사생활 그 이상도 그 이하도 아니다. 비밀조사반의 '비밀' 이야기에서 가장 두드러지는 것은 관음증적 시선이다. 이 글은 특정 메시지를 담아내고 있지 않으며 목격한 장면의 묘사가 전부다. 또 다른 취재기사는 훈도시 하나만 걸친 사내와 목욕을 하고 돌아온 듯한 여인의 모습을 묘사하고 있다. 개인의 사생활이 진열장에 놓인 상품처럼 보여지는 것에서 더 나아가 기자가 '넘우 노골적으로 말하면 풍기문란이 되니'라는 말을 통해 목격자의 환상을 보충적으로 서술한다. 그리고 '활동사진과 가티 잘 보인다'는 말로 이미지가 매개하는 관음증적 욕망을 조장한다.[17]

더욱이 문제적인 것은 기괴한 것, 혹은 비밀로 볼 만한 것들이 성별화되고 있다는 인상이다. 앞서 보았던 '2경'의 묘사만 하더라도 기자는 남녀의 육체

17　"오늘날 농촌사람이 거리로 몰리는 것이 적은 것, 사람들이 또다시 大都會로 집중하는 것은 복잡한 都會에는 취미 기관이 많을 것을 동경하는 사교 본능에서 나온 慾的 충동이라 하겟다."(碧朶, 「貧趣味症慢性의 朝鮮人」, 『별건곤』, 1926.11, 58쪽)

를 동시에 드러내지 않는다. 남자의 육체에 대해 '위대한 몸뚱이'라는 점만을 강조하고 있다면 여자의 육체 묘사에서는 남성적인 욕망이 더 부각된다. '2 경' 기사에서 제시되고 있는 것처럼 몰래 엿보고 있는 여인을 두고 '목욕하고 도라온 듯'하다고 하면서 짐작하면서 '노골적으로 말을 하면 풍기문란'이라고 덧붙여 언급함으로써 여성의 육체에 대한 기자의 환상을 노골적으로 드러낸다. 이를테면 여학생 기숙사를 섹슈얼리티 공간으로 서술한다든지, 부부의 안방을 여성의 육체가 전시되는 은밀한 장소로 상상한다든지 하는 것과 같은 방식이다. 또 결혼 첫날밤 명사 숙녀들이 무엇을 말했는지 묻는 기사가 설문의 형식으로 물어진다. '결혼 첫날밤', '명사 숙녀'들의 키워드에서처럼 관음증적 시선이 노골적으로 드러난 기사이다. 그래서 "잡지의 이름이 別乾坤이니까 기사도 별의별 것을 다 취급하십니다"[18]라고 얘기할 정도이다. 이들의 취재가 일반적인 관행이나 상식으로 이해되기 어렵다는 점을 보여준다.

　여성의 몸을 상품처럼 다루는 전람회 형식을 차용하고, '비밀' 코드로 여성의 몸에 대한 관음증적 시선을 자연스럽게 수용하는 과정에서 국가의 경계조차 흐리마리해진다. 「5대 도시 미인 비판기」, 「세계 각국의 처녀 생활」, 「세계 3미인 정화」 등이 그러하다. 당대 유행어의 하나였던 '에로그로' 감각의 반복을 통해 강화되기도 한다. '에로그로'는 여성의 몸을 통해 대중적 쾌락을 생산하는 매개인 동시에 여성의 성욕망에 대한 과잉된 상상을 변용한 것이다. "신흥의 토이기에 새로 해방된 여성들은 별안간에 남자와 놀기를 즐거워하는 경향이 심하여져서 더욱 자동차 속 가튼 데서 동승한 남자의 모가지를 물어뜯는 것쯤은 예사"[19]라는 기사에서 드러나는 것처럼, 토이기 여성

18　박찬희, 「명사숙녀결혼초야의 첫 付託, 첫날밤에 무엇을 말했나」, 1928.12, 60쪽.
19　「부인해방과 자동차 사고」, 『별건곤』, 1929.4, 111쪽.

의 성욕망을 '기괴'한 시선으로 언급한다. '세상에 이런 일이!'와 같은 식의 기이한 사건에 대한 대중적 호기심을 여성의 몸을 통해 설명하는 것이다. 그래서 '에로그로'는 다소 양가적이다. 여성의 몸에 대한 에로틱한 시선을 드러내면서도 이를 '그로테스크'한 감각으로 억압하기 때문이다. 여성의 몸을 욕망하고 향유하지만 여성의 몸에 대해 일정한 거리를 유지하는 것은 '독자적인 욕망의 체계'를 구축하는 과정에서 나타나는 억압의 예이다.[20] 여성의 몸을 매개로 쾌락을 생산하기도 하지만 이 쾌락을 정당화하는 담론도 동시에 제시되고 있는 것이다.

이처럼 대중들의 삶에 생기를 주고자 하는 『별건곤』의 기획은 근대 문명이 선사하는 거대한 스펙터클을 향유하고 욕망하고 언어화하는 과정으로 나타난다. 또 이 과정에서 교양과 오락, 사적 영역의 공론화 문제가 성별화되는 방식으로 기획된다. 대중들의 삶의 생기를 욕망의 문제로 압축하고, 또 이 욕망을 남성적인 것으로 해석한 것이다. 『개벽』이 공적인 가치를 통해 개인의 일상을 개량하고자 했다면 『별건곤』은 개인의 욕망을 긍정한 뒤 사적영역을 공론화 대상으로 만든다. 1920년대 개인의 취미가 도달한 것은 근대주의와 식민주의가 만나 식민지민을 소비자로 둔갑시킨 변화이다. 이 속에서 긍정되는 것은 소비할 수 있다는 욕망뿐으로 '별의별 것들'의 기호는 남성적 시선이 전유한 욕망의 문법 속에서 재구성된다.

---

20 김예림, 「조선, 별천지의 소비에서 소유까지─에로그로 취향과 식민지근대의 타자 상상」, 『1930년대 후반 근대인식의 틀과 미의식』, 소명출판, 2004, 272쪽.

3. 소비하는 여성 - 저당잡히는 남성

식민지조선의 공론장에서 삶의 생기를 담아낸 리얼한 담론들이 가능할까? 아니, 대중들의 실감에 육박할 수 있는 논의를 생산할 수 있을까에 대한 고민은 언제나 유효하다. 『별건곤』의 최초의 문제설정도 이와 비슷한 지점에서 시작된 것이다 그러나, 앞서 보았던 것처럼 '민족'을 '무산계급'으로 달리 표현해 낸 후 '취미'를 일반적인 욕망이자 원초적인 것으로 해석하면서 결국에는 이 욕망을 성별화하는 일련의 과정을 밟게 되었다. 이 속에서 그간 논의되지 않았던 '별의별 것들'이 수면 위로 올라오면서 대중매체에 일정한 활력이 생겼다. 또, 그에 준해서 사생활에 대한 관심이나 일상의 자잘한 에피소드가 말해지고 개인들의 사생활을 상상적으로 향유하게 되었다.

이 과정 속에서 근대의 환상이 야기하는 자본주의적 삶의 양식, 특히 '소비'의 문제가 중요하게 다루어진다. 자본주의 체제 속에서 소비란 자본의 매개를 통해 삶의 의미 있는 경험을 야기하는 주체의 행위이다. 대량생산되는 재화를 시장의 질서로 감각해낸 후 이를 개인의 경험으로 만드는 과정에서 소비는 중요하다. 그러나 식민지에서 '소비'는 쉬운 문제가 아니다. 부분적으로는 소외와 배제를 동반하기도 해서 다소 양가적이기도 하다. 향유하고 싶으나 자유롭지 않은 행위인 것이다. 이는 근대주의에 대한 이중적 감정과도 연동한다.

이를 테면 유행과 관련한 미적인 민감성 논의에서 미적 세련성이 적절한 소비의 기준으로 말해지는데, "조선 여자들은 남편의 양복과 넥타이 색깔이나 모양을 전혀 맞출 줄 모른다는 것, 혹은 제 옷조차 자신이 직접 고르지 않고 일하는 어머니나 할멈을 시켜 골라갔다가 바꾸어 오는 경우"가 있다고 지적하는 것이나 '무지한 맵시를 보면 너무도 정이 떨어진다'고 언급되는 구절도 적지 않게 드러난다. 또 '노란 구두에 흰 양말에 녹색 치마에 흰 적삼에 분홍우산'을 하고 다니는 여성을 보면 울화병이 날 것 같다는 지적도 흥미롭다. 즉 '무지한 맵시'라는 말이 단적으로 지시하는 것처럼 유행과 풍속에 민감한 소비를 강조하면서 자기 옷을 직접 골라 입을 수 있는 안목과 취향을 강조한다. 즉 '소비'의 적절성을 이야기하면서 자본주의 삶의 풍속에 따르는 미적, 도덕성을 논의한다. 이를테면 '이 여자는 집안은 넉넉지 못하지만은 몹시 모양을 내는 여자나 얼굴을 화장하는 솜씨라든지 머리 치장을 하는 솜씨라든지 과히 어색한 점이 없는 만큼 항상 맵자하게 차리고 나선다'[21]는 언급에서 보이는 것처럼 화장과 머리치장에 대한 언급을 통해 개인의 도덕적 미적 특질을 동시에 지적하게 된다. 그리고 이를 여성의 '취미 있는' 선택으로 권장한다.

「경성중학교 교장 부인 방문기」, 「신생활을 하여 본 실험」, 「신생활창조의 제 일보」, 「하로 시간을 엇덕케 쓰나―각 방면 명사의 일일생활」, 「명사 가정 부부간 용어 조사」, 「일문일답 김활란씨 방문기」 등의 기사에서 초점이 되는 것은 공리적인 것으로 환원되지 않는 개인적인 것에 대한 관심 속에서 인터뷰 대상도 '교장'이 아니라 '교장 부인'으로 인터뷰하는 과정에서도 옷을 사 입는지 직접 만들어 입는지 또는 취미생활로 책을 읽는지 안 읽는지 그리고 토끼를 기르는 취미가 있는지까지 묻는다. 이는 독자의 관심사가 사적영역에 경도되어 있음을 드러내는 것이다.

이렇게 사적 영역에 대한 관심과 동경이 높아지게 되면서 여성의 역할 또

---

21 雙S, 「신부 후보자 전람회, 입장무료」, 『별건곤』 29호, 1930.6.30.

한 중요해진다. 그러나 또 다른 한편에서는 '소비'를 사치와 등가화하며 절약을 권장한다. 특히 여성의 소비 행위에 초점을 맞춘다. 앞서 언급한 「교장부인 방문기」에서도 '알뜰한 살림살이'가 부각되면서 암암리에 현모양처의 기준이 제시된다. '소비생활의 합리화에 노력'[22]하자는 주장이 바로 그것인데 개인의 '소비'를 '합리화'하는 담론이 풍미한다. 가계부 쓰기, 통장 사용하기, 일하는 사람 두지 않기, 옷을 직접 만들어 입기 등에 관한 구체적인 항목이 제시된다. 또 이렇게 하는 것이 현모양처의 적절한 '취미'로 둔갑한다. 마땅한 당위로서의 '현모양처'론이 아니라 세련된 취향으로서의 '현모양처'론이 등장하게 된다.

> 그런 즉 針繕, 식사 세탁 기타 전부 가정의 행사로서 생명을 삼는 구여성과 화장 산보 잡담 기타 전부 非家의 행사로서 천직을 사는 신여성과 어느 것이 현하 조선 사람이 생활에 필요할가 나는 하우하열 말하지 안코 각기의 일고를 바란다 (…중략…) 나는 朝鮮식 신구여성을 역시 총괄적으로 2등분하야 구여성은 실용품적 여자 신여성은 사치품적 여사라고 하야 보앗다. 이것이 當不當은 내가 보증치 안커니와 여하간 나의 관찰이 그러하얏고 또는 年來로 小範圍의 견문으로 보아도 신여성은 사치품적 부속품 行使가 만흠을 보아 하야본 말이다.[23]

> 신여자는 구여자보다 허영심이 너무 만흔 것 갓습니다. 물론 교육과 지식의 정도를 따라서 욕망과 생활정도도 느러가는 것이 사실이지만은 실제사정을 생각지

---

22 이순탁, 「수감수상, 요새요때에 새로히 생각키워지는 일들」, 『별건곤』, 1928. 2, 81쪽.
23 이동원, 「배운 여자는 사치품—誌上討論 現下 朝鮮에서의 主婦로는 女校出身이 나흔가 舊女子가 나흔가?!」, 『별건곤』, 1929. 12, 95쪽.

안코 허영에만 띄워서 작고 자기의 욕망대로만 살어가랴면 그 엇지 될 수가 잇슴 닛가. 셋방도 어더살기가 어려운 판에 양옥집 타령만 하며 솟 釜鼎器 살 돈도 곤란한데 피아노만 사자고 졸으고 滿洲栗밥도 3시 걱정을 하는데 양요리 맛이 엇더니 청요리 맛이 엇더니 하고 반찬거리가 업는데 화장품만 사드린다면 그 안이 걱정이겟슴닛가. 구여자는 그러한 일은 업지만은 신여자는 대개가 그러한 경향이 잇는 것 갓슴니다. [24]

「조선에서의 주부로는 女校 출신이 나흔가 구여자가 나은가?」라는 설문에서 사치 / 절약의 이분법이 사용된다. 우선 '주부'로서 '여교출신'과 '구여자' 중에 어느 편이 더 나은지 묻는데, 설문만 보면 명사들의 생각을 이러저러하게 알 수 있어 흥미롭기도 하지만, '전람회' 형식 못지 않게 여성을 타자화하는 방식이다. 또, 신여성에 대한 편견과 구여성에 대한 편견이 노골적으로 담론화하는 방식도 문제다. 위의 인용에서 보다시피 신여성은 화장 산보 잡담이나 하면서 '동전 한푼 없이 소비만 하는' 여성으로 '칠 줄도 모르는 피아노를 터줏대감처럼 모시어 놓고' 사치하는 여성으로 말해진다. 신여성에 대한 편견을 노골적으로 드러내며 혐오스럽게 표현하는 것, 그런데 이 혐오의 핵심적인 내용이 실은 '소비'에 대한 것이다. '소비만 하는' 여성은 결국 가정을 위태롭게 한다는 내용으로 차별적 시선이 노골적으로 드러나게 된다. 또 이 사치와 허영의 핵심에는 '자기 욕망대로 하는' 욕망의 적절성 문제가 그 중심에 놓인다.

하지만 분명하게 염두에 둘 것은 소비 행위에는 일정 부분 근대를 경험하

---

24 최규동, 「新女子의 二大缺點―誌上討論 現下 朝鮮에서의 主婦로는 女校出身이 나흔가 舊女子가 나흔가?!」, 『별건곤』, 1929.12, 92쪽.

고자 하는 지향이 반영되어 있다는 점이다. 앞선 언급에서 사치하는 신여성의 행위로 화장과 산보가 말해지지만 또 다른 맥락에서 '화장'은 맵시 있는 여성의 몸가짐으로 논의되고 있으며 산보는 근대를 경험하는 일종의 퍼포먼스로 간주되기도 한다. '긴저고리 짜른 치마입기 비누질 분칠 면경보기 체경보기 구두신기 풍금치기' 모두 같은 맥락에서 논의될 수 있다. 그럼에도 소비와 사치의 의미 격차를 줄인 채 신여성의 기호로 사치를 말하는 것은 담론의 결과일 뿐이다. 결국은 누구의 욕망이고 누구의 소비인지 묻는 것이다. 즉 '별의별 것들'의 기호가 욕망의 성별 문제로 귀착된다.

뿐만 아니라 이렇게 소비하는 여성과 동시에 '저당 잡히는 남성'이 대립적으로 담론화되는 양상도 흥미롭다. '빈대피와 전당표가 없으면 흉가'[25]라는 논의 속에서 필자가 누군가를 호명하는 방식은 '제군'이다. 민중의 삶 속에서 저당잡히는 삶에 대한 고단함을 이야기하는 내용인데, 제군이라고 반복적으로 호명함으로써 곤궁한 삶의 주체를 성별화 한다. 즉 곤궁한 삶의 주체가 누군인지 언급한다. 또 '남자가 보는 여자의 개조점' 기사에서는 여성에게 '경제적 상식'을 가지고 '절약하였으면 좋겠다'고 말해지기도 한다. 여성의 소비 행위 자체가 윤리적으로 적절하지 않다는 점을 부각시키며 '사치'하는 인물을 성별화하지만 앞의 기사를 가만히 살펴보면 '저당잡히는' 행위와 '소비하는' 행위가 내용적으로 대립하지 않는다. 저개발의 식민지 일상에서, 돈과 시간을 계획적이고 합리적으로 쓰지 못했다고 비난하는 것은 '합리'가 가능하지 않은 사회에 대한 푸념일 뿐이다. 저당잡히는 생활은, 절대적 가난으로 빚어진 문제인 동시에 식민지자본주의의 구조적 문제점일 가능성이 더 농후하

---

25 「지상공개 폭리대취체(第2回), 전당포 · 셋집 · 洋服店)」, 『별건곤』, 1930.10, 97쪽.

다. 그럼에도 소비하는 행위와 저당잡히는 행위가 마치 인과적으로 이해될 여지를 남긴다.

그럼에도 여성들의 '사치'로 인해 파생되는 결과처럼 '인과적으로' 연동시키고 있다. 이런 식의 논의는 여성의 욕망이 감시의 대상이 되어야 하는 이유로 읽힌다. 여성의 소비 행위를 사치로 진단함으로써 소비행위를 부적절한 것으로 진단하기 때문이다. 이렇게 여성의 소비를 문제적인 것으로 드러냄으로써 여성에 대한 욕망을 '감시'할 수 있는 도덕적 정당성을 얻게 되었다. 즉 성적 욕망을 공공의 것으로 일반화하는 과정에서 대중매체가 성적욕망의 장치의 활용되고 있다면, 이에 대한 윤리적 알리바이로 욕망의 적절성이 제시된 것이다. 소비하는 여성-저당잡히는 남성에 대한 구도는 감시 / 처벌의 도덕적 정당화이다. "무엇보담도 가정이라는 것이 우리의 것이다"라고 말해지는 것처럼 가정에 거는 기대 안에 공적인 가치들을 여성에 대한 소비의 문제로 전치시키고 있다. 그래서 조선의 '신가정' 논의 속에서 바람직한 국가에 대한 상과 건강한 사회에 대한 요구가 포함된다. 그런데 『별건곤』에서 공공연히 드러나는 '신가정' 논의는 공적 가치로 환원될 수 있는 일반적인 주제가 아니라 공리적인 감각으로 환원되지 않는 사적 취향이다. 이 과정에서 관음증적 시선과 여성의 몸에 대한 규율권력이 강조된다. 『별건곤』이 여성에 대한 욕망 / 감시에 기초해서 매체의 오락 / 교양의 근거를 만들어내고 있다는 점을 알 수 있다. 그 결과 욕망은 개별 남성의 취향으로 머무르지 않고 공론장의 담론으로까지 확대된다. 수평적인 관계로 상상되는 '민족'이라는 공론장 내부를 욕망 담론으로 재편하게 되는 것, 이 과정에서 식민지 대중주의가 남성의 욕망을 자명한 것으로 간주하며 사적영역을 욕망의 대상인 동시에 쾌락의 장소로 탈바꿈시키게 된다. 이는 근대주의와 자본주의에 연루된 욕망을 드러낸 것이다.

'별의별 것들'로 함축된 '별건곤'이라는 말이 그러하듯 이 시기 근대성을 계몽의 시선만으로 해석해서는 곤란하다. 계몽이 후퇴하고 탈각하는 대신 '별의별 것들'이 수면으로 올라오고 있으며 민족국가의 경계를 재구성해내고 있는 양상이 분명하기 때문이다. 이는 민족국가의 상상력으로 환원할 수 없는 공론장의 변곡점인 동시에 대중주의가 도달한 식민지 자본주의가 또 다른 이면이기도 하다. 그럼에도 저당잡히는 저개발의 식민지 일상을 공론으로 다루지 못하고 젠더위계를 통해 과소비로 추궁하는 강박, 그리고 이 속에서 분명해지는 남성주의적 쾌락은 1920년대 대중매체의 특징을 단적으로 보여준다. 민족주의가 대중주의를 거치며 젠더위계를 고수하는 일 단면도 엿볼 수 있다. 이 속에서 '별의별 것들'이 붙잡아야 하는 다양성과 잡종성의 가치는 성별 위계가 분명한 사적취향으로만 남게 되었다.

4. '별의별 것들'의 대중성, 그리고 여성성

이 글에서는 1926년 창간된 대중잡지 『별건곤』을 통해 식민지 조선에서 '별의별 것들'이 논의되는 양상을 살펴보았다. '별의별 것들'은 일차적으로 도시 경관의 이미지를 압축적으로 드러내는 기호로서 1920년대 계몽 중심의 잡지들과 달리 '주변성', '다양성', '잡종성'을 응축적으로 표상한다. 이를 통해 그간 식민지조선의 공론장에서 논의되지 않았던 '별의별 것들'이 잡지 안에

이입된다. 하지만 이러한 매체의 기획은 식민지 조선의 구체적 현실 속에서 변용되고 전치되는 과정을 겪는데 이 과정에서 공공영역은 이산되고 사적 영역만이 돌출적으로 드러나면서, 별의별 것들의 기호가 다양성으로 포괄되지 못한 채 욕망의 무차별적 승인으로만 남게 되었다. 식민지 공론장에 새롭게 등장한 '욕망'이 도달한 곳은 사적 취향의 공공연한 인정이다. 이로 인해 『별건곤』의 대중성 기획이 그 의도와는 다르게 현실화되었다.

『별건곤』에서는 대중들의 근대주의의 욕망을 일반적인 것이자 자명한 것으로 간주하였다. 그런데 대중들의 '욕망'을 자명한 것으로 말하는 것은 가능한가? 또 그간 말하지 않았던 욕망이 실은 있었다고 말하는 것이 가능한가? 라고 물어보아야 한다. 이런 문제제기에 대해 『별건곤』에서는, 대중들의 삶의 생기를 해석하는 과정에서 '욕망'의 문제를 본능적 수준에서 제시하며 대중들의 원초적 욕망을 일반화한 후 이를 소통의 담론으로 활성화하겠다고 이야기한다. 그리고 이러한 문제설정을 통해 앎과 쾌락을 동시에 취하겠다는 포즈를 취하기도 한다. 이 과정에서 '욕망'을 자명한 것으로 합리화하며 '쾌락'이 야기하는 위안과 오락을 상정한다. 그러나 대중오락을 풀어내는 방식으로 '욕망'을 대입하는 상상력이 당연한 것은 아니다. '별의별 것들'이 신변잡기적인 일상으로 개인화되는 것, 그리고 '별의별 것들'을 공통의 욕망으로 합리화하는 것은 실은 앞서 이야기한 것처럼 원초적 욕망을 승인하는 것이다. 욕망해도 괜찮아라고 말하며 원초적 본능을 공론화하는 과정에서 남성적인 욕망이 서술자의 시선으로 간주하게 되는데, 이 과정에서 관음증적 시선과 객관적 취재의 구분 자체가 흐려지기도 하였다. 또 이 시선이 욕망의 시선일 뿐만 아니라 실은 감시의 시선으로 이어지며 미적인 동시에 도덕적인 윤리로 전유되었다.

이처럼 대중매체가 교양과 오락이라는 두 마리 토끼를 한 손에 거머쥘 수 있었던 것 대중잡지가 성욕망을 매체의 역동으로 활용했기 때문이다. 알권리와 즐길 권리를 가진 남성적인 시선과 그것을 충족시키는 여성적인 육체라는 은유, 이러한 양상은 여성의 육체에 대한 관심에서 더 두드러지게 드러났다. 알듯말듯하게 자물쇠로 잠겨져 있는 듯한 여성의 육체를 해석하고 탐독하기 시작하면서 남성적인 쾌락이 농후해진다. 이러한 과정이『별건곤』에 이르러 본격적으로 가시화된다. 여성의 기호를 타자화 물신화하면서 앎과 쾌락의 대상으로서 여성의 기호를 생산하게 된 것이다. 이 속에서 관음증적 시선은 시선의 쾌락으로만 작동하는 것이 아니라 실은 여성의 몸에 대한 감시 / 처벌에 대한 정당화로 이어지며 매체의 대중성을 만들어내는 역학으로 자리 잡는다. 그래서 그전까지 계몽과 야만의 대립구도로 매체의 담론이 생산되었다면『별건곤』이후에는 성별화된 가치 체계를 이용해 대중매체의 담론 생산을 하게 된다. 이 과정에서 여성의 기호는 담론의 중심에 놓이게 되는데 그러면 그럴수록 여성은 가일층 물화된다. 계몽과 야만, 계몽과 무지라는 이분법 대신에 대립적 가치를 젠더 위계로 재구성한 것, 즉 계몽과 오락의 대립이 성별화된 교양과 쾌락으로 전이된다.

이 글에서는『별건곤』의 대중적 관심사인 취미담론을 매개로 대중성이 어떻게 기획, 편집, 구성되었는지, 그리고 이 과정에서 공론장에 미친 영향은 무엇인지 생각해보았다. 대중의 요구에 기반한 대중잡지의 기획이 결국 성차별적 욕망에 대한 담론 생산으로 경사됨으로써 공론장 내부는 사적 취향의 전시장이 되고 대중매체는 추문을 통한 폭로성 기사를 양산하는 구조가 되었다.『별건곤』의 이러한 경향은 대중들의 일반적 욕망을 사회적인 요구로 해석 / 분별해내지 못한 것, 그리고 욕망의 일반화 속에서 오히려 근대주의와 자본주의에 연루되는 위험을 감지해내지 못한 것과 더불어 매체의 대중성 기획과 선정적인 대중잡지를 차별화하지 못했기 때문이다. 이 속에서 대중성과 통속성의 기준 자체가 모호해진 채 여성의 몸에 대한 욕망/감시를 매체의 역학으로 내재화하는 위험이 그대로 드러나게 되었다. 또 이 과정에서 '별의별 것들'의 대중성의 기호가 성적 욕망이 편재한 통속성의 기호로 전환되었다. 차후 논의에서는 대중 잡지에서 이러한 시도가 어떻게 변용되며 한국의 대중잡지 계보를 이어지는지 살펴볼 일이다.

참고문헌

자료

『별건곤』

논저

김진량, 「근대 잡지 『별건곤』의 취미담론과 글쓰기의 특성」, 『어문학』 88호, 2005.6.

소래섭, 「에로그로 넌센스-근대적 자극의 탄생」, 살림, 2005.

이경돈, 「별건곤과 근대 취미독물」, 『대동문화연구』, 2004.

이현진, 「근대 취미와 한국 근대소설 관련 양상 연구」, 경기대 박사논문, 2005.

김춘식, 『미적 근대성과 동인지 문단』, 소명출판, 2003.

다니엘 벨, 김건욱 역, 『자본주의의 문화적 모순』, 문학세계, 1990.

에이드리언 포티, 허보윤 역, 『욕망의 사물, 디자인의 사회사』, 일빛, 2004.

이재선, 『한국 근대소설사』, 홍성사, 1979.

진노 유키, 문경연 역, 『취미의 탄생』, 소명출판, 2008.

1920년대 일본 부인잡지와 '가정소설' 속 여성상

기쿠치 칸[菊池寬] 『수난화(受難華)』를 중심으로

신하경

1. 1920년대 일본 출판 미디어 빅뱅과 기쿠치 칸[菊池寬]

1920년대 일본에서는 제1차 세계대전 후의 경제적 호황 가운데에서 급격히 대중소비사회가 형성되고 그에 결부하여 가히 미디어 빅뱅이라고 부를 만한 현상이 나타나게 된다. 이 글은 그 속에서 출판인이자 통속작가로 중요한 역할을 담당하게 되는 기쿠치 칸의 한 작품 『수난화(受難華)』(1925)를 중심적으로 고찰함으로써 출판 미디어와 문학 생산의 역학관계 및 그 사회적 역할에 대해 살펴보고자 한다.

일본에서는 관동대지진(1923) 직후 그 부흥 과정에서 급속한 도시화가 진행되고, 철도, 지하철, 교외주택, 아파트 등의 도시 인프라가 확충되며, 지방에서 유입된 '신중간층'이 형성된다. 그들을 주요 타겟으로 하는 도시 문화

(흔히 '쇼와 모더니즘'이라고 불린다)가 화려하게 발달하여, 서구의 문화가 동시기적으로 유입되는 과정에서, 카페, 스포츠, 레뷰, 영화 등의 유흥문화가 꽃피게 되며, 백화점으로 상징되는 '대중소비사회'가 그 위용을 갖추게 된다.[1] 이러한 샐러리맨을 중심으로 하는 '신중간층'의 형성과 그들을 주동력으로 하는 '대중소비사회'의 형성 과정에서 가장 중심적인 역할을 담당한 것이 '미디어'이다.

이 시기에는 가히 '미디어 빅뱅'이라고 부를만한 미디어 확장 현상이 나타난다. 먼저 주지하는 바와 같이 문학 영역에서는 '엔본붐(円本ブーム)'이 발생한다. 1926년에서 1930년 사이에 개조사(改造社)의 『현대일본문학전집(現代日本文学全集)』, 평범사(平凡社)의 『현대대중문학전집(現代大衆文学全集)』 등 300종 이상의 '문학전집'이 간행되는데, 이것은 문학전집을 정기간행물 형식으로 간행하며, 게다가 파격적으로 싼 가격에 판매함으로써 '지식의 대중화' 현상을 낳게 된다. 또한 이 엔본붐은 역으로 창작가들에게도 큰 영향을 미치게 되어 많은 문학의 상업화 현상을 낳게 된다.[2]

또한 잡지의 약진도 주목된다. 그 중에서도 『킹(キング)』(講談社)의 등장은 특기할 만하다. 1925년 처음에는 새로운 부인잡지의 일환으로 기획되었으나, 도중에 대중오락잡지로 기획이 변경되어 '재미있다! 도움이 된다! 싸다!'는 선전 문구와 함께 창간된다. 모든 한자에 읽기를 표기하고, 사진이나 일러스트를 다용함으로써 저학력 독자층도 쉽게 접근할 수 있게 하였으며, 내용적으로는 성공 미담을 근간으로 하는 입신출세와 청년들의 수양, 국가 봉

---

1   南博 編, 『昭和文化 1925~1945』, 勁草書房, 1987; 和田博文, 『テクストのモダン都市』, 風媒社, 1999.
2   山本芳明, 『文學者はつくられる』, ひつじ書房, 2000. 특히 「円本ブームを解讀する」를 참조.

사 의식을 고취함으로써 '국민 잡지'로 성장해 간다. 또한 통속소설 영역을 충실히 하여, 역사, 추리, 가정소설 영역의 일선에서 활약하는 작가들을 기용함으로써 오락잡지로서는 처음으로 100만 독자를 개척하게 된다.[3] 당시로서는 도쿄와 오사카 양 지역에서 『마이니치신문毎日新聞』,『아사히신문朝日新聞』이 각각 130만의 독자를 보유하고 있었다는 점을 고려하면,『킹』 등장의 충격과 파급력은 가히 짐작이 갈 것이다.

이와 같은 잡지 『킹』이 애초의 기획 의도에서는 『퀸』으로, 즉 부인 잡지의 일종으로 개간되려 했다는 사실에서 당시 부인 잡지가 출판 미디어에서 차지하고 있었던 비중도 짐작될 것이다. 이에 대해서는 마에다 아이前田愛의 선구적인 논문(「大正後期通俗小説の展開」)이 존재한다. 그에 따르면 1920년대 엔본붐과 『킹』과 같은 잡지 출현의 배경에는 부인잡지의 급성장이 존재한다. 당시 납세기준으로 볼 때 '신중간층'으로 분류할 수 있는 인구가 140만 명 정도이며, 이 수치는 부인잡지 5사(『主婦之友』,『婦女界』,『婦人俱楽部』,『婦人世界』,『婦人口論』 등)의 판매부수 총합과 비슷하다. 이러한 수치는 대중소비사회의 형성과 도시문화의 중심축이 '신중간층'에 있다는 사실을 말해주며, 이러한 잡지들에서는 공통적으로, 다이쇼大正 말기의 '수양(修養)주의'에서 '문화생활'에 대한 강조가 발견되며, 구체적으로는, 소시민적 가정중심주의 지향, 소비생활 중시, 향락주의, 취미생활의 중시, 저널리즘의 발전과 영화, 라디오(JOAK, 1925) 등 시청각 미디어의 발달 등이 특징적으로 발견된다. 그리고 1920년에서 1925년 사이에 이러한 부인잡지에서 '가정소설' 장르의 극적인 세대교체가 나타나는데, 신파극의 대표작가 기쿠치 유호(菊池幽芳, 대표작

---

3 佐藤卓己,『「キング」の時代 : 國民大衆雜誌の公共性』, 岩波書店, 2002.

으로『己が罪』) 등에서 기쿠치 칸, 구메 마사오[久米正雄]로의 이동이 발견된다고 설명한다.[4] 즉 기쿠치 칸의 등장은 러일전쟁(1904) 전후에 정착된 '신파극'이라는 장르에서 관동대지진을 기점으로 대중소비사회가 등장하고 그 흐름을 반영하는 '가정 소설'로 장르의 성격이 이동하는 지점을 상징적으로 드러내고 있는 것이다.

이 기쿠치 칸에 대한 일본 내 연구는 크게 네 방향 정도로 정리할 수 있다. 먼저 아쿠타가와 류노스케[芥川竜之介]와의 관련 속에서, 그가『신사조(新思潮)』의 동인으로 문단에 데뷔하여 발표했던 단편소설 및 희곡들의 '문학성'에 대한 연구, 둘째로『문예춘추(文藝春秋)』창간 및 아쿠타가와 류노스케상(순수문학상)과 나오키상(대중소설상) 제정 등 출판 저널리즘의 선구자로서 이루었던 역할에 대한 연구, 셋째로『진주부인(真珠夫人)』부터 시작된 그의 방대한 통속소설군 및 그 원작을 바탕으로 제작된 영화에 대한 연구, 마지막으로 패전 후 '전범' 문학자로 처벌되었던 그의 만년에 대한 연구 등으로 분류[5]할 수 있다. 다만 이러한 선행 연구가 각각의 주제군 별로 균질하게 연구되어온 것은 아니다. 그의 초기소설에 대한 연구가 주류를 이루며, 저널리스트 및 오피니언 리더로서의 역할이 평전, 혹은 회고담과 같은 형식으로 출간되어 왔다. 이것은 문학연구자들이 뛰어난 '문학성'을 중심으로 문학을 인식할 때, 그의 통속소설은 저평가된다는 저간의 문학사적 평가 때문일 것이다.

---

4 前田愛, 「大正後期通俗小説の展開」, 『近代讀者の成立』, 岩波現代文庫, 2001.
5 대표적인 선행연구를 나열해 보면 다음과 같다. ① 片山 宏行, 『菊池寛の航跡－初期文學精神の展開』, 和泉書院, 1997. ② 猪瀬 直樹, 『こころの王國－菊池寛と文藝春秋の誕生』, 文藝春秋, 2008. ③ 前田愛, 『近代讀者の成立』, 有精堂, 1973 및 영화에 대해서는, 志村三代子, 「菊池寛の通俗小説と戀愛映畫の変容－女性觀客と映畫界」(岩本憲兒 編, 『家族の肖像－ホームドラマとメロドラマ』, 森話社, 2007)을 포함하는 일련의 志村 논문들, ④ 이에 대해서는 기쿠치 칸과 교류가 있었던 여러 작가와 비평가의 회고담 속에서 산견된다.

한국에서도 기쿠치 칸이 주목받지 못하는 것은 마찬가지다. 다만 천정환이 독자론적 관점에서 정리한 연구에 따르면, 일본의 1920년대에서 30년대에 이르기까지 기쿠치 칸이 여성독자들 사이에서 압도적인 인기를 구가하고 있을 당시, 조선에서도 일본어 읽기가 상용화되는 가운데에서 그의 인기가 매우 높았다는 사실은 확인할 수 있다. 그리고 일본의 문학사적 평가와 마찬가지로 당대 문인들은 그의 통속소설은 문학성이 뛰어난 작품들과 비교할 때 낮게 평가하고 있음을 확인할 수 있다.[6]

그러나 '문학성'이 부족하다고 하여 그의 통속소설들이 연구 가치가 떨어지는 것은 결코 아니다. 그의 통속소설들이 담당했던 사회적 기능, 대중의 욕망을 가공하는 대중서사의 방식, 다양한 미디어가 동원되는 방식이 보여주는 대중서사와 미디어편성의 관계(현재 용어로 말하는 미디어믹스 현상) 등, '문학성'이라는 제한된 시각으로는 결코 포괄할 수 없는 문제들을 기쿠치 칸 연구는 포괄하고 있는 것이다.

조금 더 구체적으로 살펴보자. 기쿠치 칸 연구에 있어서는 그가 문단 데뷔

---

6 천정환, 『근대의 책읽기 – 독자의 탄생과 한국 근대문학』, 푸른역사, 2003, 451쪽. 그에 따르면, "1931년 경성지역 여자 고보생 독서경향(『동아일보』, 1931.1.26) 조사에서 이를 확인해 볼 수 있다. (…중략…) 경성지역 3개 여고보 최상급반 44명을 대상으로 한 이 조사에서도 투르게네프, 톨스토이, 이광수가 변함없이 가장 중요한 자리를 차지하고 있지만, 일본 작가들의 작품이 지목된 점이 두드러진다. 1931년 경성의 여학생들 사이에서 기쿠치 칸, 츠루미 유스케, 나쓰메 소세키 등 일본 유명 작가들의 작품이 광범위하게 읽히고 있었던 것이다. (…중략…) 여학생들 중 조선 소설을 거명한 사람은 단 세 명뿐인데, 2명이 『무정』을, 1명이 『재생』을 읽었노라고 답했다. 모두 이광수의 작품이다. 1918년에 단행본으로 처음 발간된 『무정』은 식민지시기 전체에 걸쳐 꾸준히 읽혔다. 소설로는 일본 인기작가 기쿠치 칸의 작품을 거명한 학생이 가장 많았"다(348~349쪽), 및 "김동인 : 『진주부인』을 읽었는데 다시 더 볼 생각 아니 나서 이 작가 작품을 아니 보았습니다. 값싼 통속작가일 뿐" 이광수의 『무정』은 멜로드라마의 장르 형성에 있어서 주요한 작품이며, 그와 더불어서, 당대에는 그 이상으로 기쿠치 칸의 통속소설들이 여학생들 사이에서 광범위하게 읽히고 있었다는 사실은 기쿠치 칸 소설의 멜로드라마적 성격을 연구하는 이 글의 취지를 뒷받침하고 있다.

직후 발표했던『아버지 돌아오다(父帰る)』(희곡,『新思潮』, 1917),『다다나오경 행상기(忠直卿行状記)』(『中央公論』, 1918),『은혜와 원한 저편에(恩讐の彼方に)』(『中央公論』, 1919) 등이 여전히 그의 대표작으로 인식되고 있다. 하지만 그가『진주부인』이후 20여 년간 발표한 작품의 대부분은 '통속소설'이며, 희곡이나 평론, 사회교육적인 글 등이 그에 부수적으로 남아 있다. 따라서 이러한 점에 대한 지적만으로도 그에 대한 평가가 매우 편향된 것임을 알 수 있을 것이다.

그러면 먼저 그의 방대한 통속소설군 중에서 주요한 작품들만을 열거해 보면 다음과 같다. 1920년『진주부인(真珠夫人)』(『大阪毎日新聞』,『東京日日新聞』), 1921년『자비심조(慈悲心鳥)』(『母の友』), 1922년『불꽃(火華)』(『大阪毎日新聞』,『東京日日新聞』), 1923년『진주(真珠)』(『婦女界』), 1924년『육지의 인어(陸の人魚)』(『大阪毎日新聞』,『東京日日新聞』), 1925년『수난화(受難華)』(『婦女界』), 1927년『붉은 백조(赤い白鳥)』(『キング』),『결혼이중주(結婚二重奏)』(『報知新聞』), 1928년『명모화(明眸禍)』(『婦女界』),『도쿄 행진곡(東京行進曲)』(『キング』), 1929년『깨지지 않는 진주(不壊の白珠)』(『朝日新聞』), 1930년『연애결혼 제도(恋愛結婚制度)』(『婦女界』),『깨지는 진주(壊けゆく珠)』(『婦女界』),『유우화(有憂華)』(『報知新聞』), 1931년『벌레먹은 봄(蝕める春)』(『婦人倶楽部』), 1932년『신여인장(新女人粧)』(『婦女界』), 1933년『결혼가도(結婚街道)』(『読売新聞』), 1934년『부모 마음(親心)』(『キング』),『정조문답(貞操問答)』(『大阪毎日新聞』,『東京日日新聞』), 1936년『신도(新道)』(『大阪毎日新聞』,『東京日日新聞』), 1937년『아름다운 매(美しき鷹)』(『東京日日新聞』), 1938년『결혼 기상도(結婚天気図)』(『主婦之友』), 1940년『여성의 소원(女性本願)』(『東京日日新聞』) 등이다.[7] 여기에서 열거한 기쿠치 칸의 통

---

7 「菊池寛年譜」(『現代日本文學大系 44 山本有三・菊池寛』, 筑摩書房, 1981)에서 발췌. 이외에도 다수의 희곡과 평론, 좌담회 기록들이 남아있다.

속소설들이 전부인 것은 아니며, 그는 1928년에서 1932년 사이를 정점으로 매해 적게는 3편에서 많게는 5개까지의 연재소설을 발표하고 있다. 여기에서 열거한 그의 통속소설들이 위에서 기술한 주요 신문, 부인 잡지, 그리고 『킹』에 연재되었던 사실을 알 수 있으며, 당대에 그가 누렸던 문학가적 지위를 확인할 수 있을 것이다.

기쿠치 칸이 통속소설 작가로 본격적으로 활동을 시작하고, 1923년 『문예춘추(文藝春秋)』를 창간하면서 출판 사업가로 성공을 거두는 것의 배경에는 이러한 '문학의 대중화' 현상이 존재하고 있었던 것이며, 그것을 내용적으로 정리해 보면, 유호의 신파소설에서 보이듯이, 기존의 가정소설 장르의 여성 주인공이 일반적으로, 가부장제적 혈연관계나 가족제도에 의해 일방적으로 억압되거나, 자기희생을 강요당하는 여성상이었다면, 이 시기가 되면 기쿠치 칸의 소설에서 잘 나타나듯이, 억압적 가부장제의 도덕률에 저항하며, 때로는 복수를 달성하고, 화려한 도시문화에 대한 동경과 더불어 자기의 주체성을 모색해가는 주인공들이 등장하기 때문인 것으로 설명할 수 있다. 이러한 설명이야말로 왜 기쿠치 칸의 소설세계가 당시 신중간층 여성(또한 조선의 지식인 여성)에게서 압도적인 지지를 받았는지에 대한 본질적인 해석이 될 것이다.

그리고 기쿠치 칸의 소설 읽기는 그것으로 그치지 않고 영화 영역으로 확장된다. 당시 도시 문화의 가장 대표적인 시각 미디어로 영화가 급성장하고 있었으며, 영화를 통해서 유입되는 헐리우드 및 유럽 문화는 도시부 '신중간층'의 동경 대상이 된다. 이러한 사실은 도쿄의 영화관 수가 관동대지진 이후, 1924년 101개, 1925년 191개로 급증하고, 그 중 외국영화전문관이 신주쿠[新宿—武蔵野館]나 메구로[目黒キネマ], 이케부쿠로[池袋], 시부야[渋谷] 등 대부분 도쿄의 도시화와 신중간층 형성과정에서 발달한 교통요지에 위치하고 있

다[8]는 사실만으로도 알 수 있을 것이다.

이러한 관객층을 대상으로 기쿠치 칸의 소설은 거의 리얼타임으로 영화화된다. 위에서 통속소설을 발표순서로 정리한 것과 마찬가지로 기쿠치 칸 소설이 영화화된 것을 나열해 보면 다음과 같다. 1926년 〈교코와 시즈코[京子と倭文子]〉(聯合映画芸術家協会, 松竹蒲田, 日活大将軍 삼사 경쟁, 원작명「두 번째 키스[第二の接吻]」), 〈육지의 인어[陸の人魚]〉(日活大将軍), 〈수난화(受難華)〉(松竹蒲田), 1927년 〈불꽃[火華]〉(松竹蒲田), 〈신주(新珠)〉(松竹蒲田), 〈진주부인(真珠夫人)〉(松竹蒲田), 〈자비심조(慈悲心鳥)〉(日活大将軍), 1928년 〈결혼이중주 전편, 후편(結婚二重奏 前篇, 後篇)〉(日活大将軍), 1929년 〈도쿄행진곡[東京行進曲]〉(日活太秦), 〈신여성감(新女性鑑)〉(松竹蒲田), 〈깨지지 않는 진주[不壊の白珠]〉(松竹蒲田), 〈明眸禍〉(松竹蒲田), 1930년 〈연애결혼제도(恋愛結婚制度)〉(東亜京都), 1931년 〈유우화(有憂華)〉(松竹蒲田), 1932년 〈수난화(受難華)〉(日活太秦), 1933년 〈진주부인(真珠夫人)〉(日活太秦), 1935년 〈정조문답 고원편[貞操問答 高原の巻]〉(入江プロ), 〈정조문답 도회편[貞操問答 都会の巻]〉(入江プロ), 1936년 〈자비심조(慈悲心鳥)〉(日活多摩川), 〈신도 전편, 후편(新道 前篇, 後篇)〉(松竹大船), 〈일본여성독본(日本女性読本)〉(PCL), 1939년 〈여성의 싸움[女性の戦ひ]〉(松竹大船)[9] 등이다. 기쿠치 칸 소설은 신문, 잡지 연재 직후에, 혹은 작품의 인기에 힘입어 연재 종료 이전에도 영화화되며, 영화사들이 동일작을 동시에 경쟁에 붙일 정도로 인기가 높았으며, 주요한 작품은 몇 년이 지난 후에 다시 리메이크되기도 하였다.

8　國際映畵通信社 編,「昭和二年全國主要都市代表的常設館月別入場人員統計」,『昭和三・四年版 日本映畵事業總覽』, 國際映畵通信社, 1928, 60~64쪽.

9　'일본영화데이터베이스'(www.jmdb.ne.jp)에서「菊池寛」으로 검색(2013.1.6). 이에 따르면 1922년에서 1945년까지 기쿠치 칸 원작, 제작, 각색 작품은 무려 87편에 이른다. 본문에서는 기쿠치 칸이 다이에[大映] 사장 재직 시 제작한 작품 및 시대물 등을 제외하고, 본문에서 언급한 통속소설에 대응하는 작품을 우선적으로 나열하였다.

그리고 그의 인기가 정점에 있었던 1928년에서 1932년 사이에는 5편에서 많게는 8편에 이르는 기쿠치 칸 원작 영화가 상영되기에 이른다. 이처럼 기쿠치 칸 소설의 인기에 기대어 제작된 영화들은 '기쿠치칸물[菊池寬もの]'로 불리며 그 대부분은 흥행에 성공하였다.[10]

이상에서 살펴본 바와 같이, 기쿠치 칸은 당시 급속도로 성장하는 신문, 오락잡지, 부인잡지, 영화 영역에서 가장 주목받는 유행 작가로 군림하면서, '신중간층'의 형성이 야기한 가부장제적 도덕률이라는 구태에 저항하며 주체성을 획득해가는 여성상을 각각의 미디어의 특성에 맞게 끊임없이 그려내면서 대중의 욕망을 주조하였다. 그리고 그것을 역으로 말하면, 한편으로는 대중소비사회의 형성이 가져온 도시 문화와 미디어를 통해 동시대적으로 전달되는 서구 문화를 그 상위에 위치시키는 '문화적 위계질서'를 받아들이면서, 다른 한편으로는 여전히 현실적으로 기능하는 가부장제적 도덕률 사이에서 갈등하는 도시부 중간층 여성의 삶을 온건히 투영한 것이기도 한 것이다.

2. 『수난화』의 '모던걸' 표상

이제 구체적으로 『수난화』에 대해 살펴보자. 이 텍스트를 선택한 이유는 1920년대 미디어 빅뱅 상황에서 기쿠치 칸이라는 한 작가가 어떠한 에크리

---

10 志村三代子, 「菊池寬の通俗小說と戀愛映畵の変容—女性觀客と映畵界」, 岩本憲兒 編, 『家族の肖像—ホームドラマとメロドラマ』, 森話社, 2007.

츄르(의도와 작법, 혹은 쓰여진 것)에 의해 그에 대응해 갔는가 하는 점이 가장 잘 나타나기 때문이다.

기쿠치 칸은 이 소설에서 '모던걸'이란 여성상을 그린다. 모던걸이란 관동 대지진 직후에 형성된 대중소비사회 가운데서 일어난 생활양식의 변화와 서구화된 정서의 유입이 여성신체의 변화, 즉 단발과 양장이라는 현상으로 특화되어 인식되었던 '미디어적' 존재를 말한다.[11]

이 『수난화』에 대해서 기쿠치 칸은, '저의 초기 장편소설 중에서는 좋은 작품으로, 지금 다시 읽어 보아도 부끄럽게 여겨지는 곳이 없다'[12]고 자부하고 있으며, 평론가 고바야시 히데오小林秀雄도 「기쿠치 칸 론菊池寬論」[13]에서, '『수난화』는 『타다치카경 행상기忠直卿行状記』보다도 뛰어난 작품이다'고 언급하는 등, 『진주부인眞珠夫人』이래의 대표작으로 인정되어 왔다. 그러나 그럼에도 불구하고 이 텍스트에 대해서는 현재까지 주목할 만한 연구성과가 남아있지 못하다.

그 적은 선행 연구 가운데, 마에다 아이의 상기 연구는 주목할 만하다. 마에다는 당시의 여성독자층에 압도적인 인기를 끌고 있었던 기쿠치 칸의 작품을 케이스 스터디로 분석하면서, 그의 소설 속 주인공상의 변천을 지적하며 다음과 같이 설명한다. '남성본위의 도덕에 과감하게 도전한 『진주부인』의 루리코瑠璃子에서, 애정보다도 생활의 기쁨을 선택하는 『수난화』의 스미코壽美子로 미묘하게 변화는 여성상은 관동대지진을 사이에 두고 일어난 여

---

11 여기에서 '미디어적 존재'라고 유예를 두어 말하는 것은 적어도 1920년대까지는 대중적 차원에서 단발이나 양장이 나타나지 않으며, 모던걸은 영화와 소설과 같은 미디어를 통해서 주로 표상되었기 때문이다.
12 菊池寬, 『菊池寬 作家の自伝10』, 日本図書センター, 1994, 105쪽.
13 小林秀雄, 「菊池寬論」, 『小林秀雄 第四卷 作家の顔』, 新潮社, 2001, 84쪽.

성의 생활의식 변화와 관계없지 않을 것이다. (…중략…) 신여성의 모습을 통속소설 세계에 도입한 것이 『진주부인』이었다고 한다면, 『수난화』는 모던 걸의 생태와 풍속을 앞서 그렸던 작품이었다고 할 수 있다'고 하며, '기쿠치 칸의 인기는 그의 통속소설이 소시민적인 문화생활, 대가족적 구속에서 해방된 둘 만의 결혼생활에 대한 환상을 가장 전형적으로 표현하고 있던 것과 무관하지 않다. 『수난화』에서 그려지는 세 쌍의 현대적 남녀의 연애는, 모던 걸의 생활의식과 제대로 대응하고 있었던 것이다'라고 결론내리고 있다.

마에다 아이의 이 논고는 독자론적 지평에서 실증적 방대함을 갖춘 뛰어난 연구이지만, 기쿠치 칸의 소설세계를 분석하는 데에 있어서 당시의 마르크스주의적 비평가 아오노 스에키치[青野季吉]의 주장에 너무 의거하여 분석하고 있다는 점을 지적하지 않을 수 없다.

> 그러나, (기쿠치 칸 소설세계가 보이는－인용자) 파괴도, 비평도, 그 자유 세계의 창조도, 결코 래디컬한 색채를 띠어서는 안 된다. 그것은 정감적 요소에 의해, 내용 면에서도 표현 면에서도, 적당히 완화되고 "시화(詩化)"되지 않으면 안된다. 그것은 예를 들어 말하자면, **무대 위의 불빛이어야지 진짜 화재가 되어서는 안 되는 것이다.**[14](강조－마에다)

마에다가 아오노의 동시대평을 위와 같이 인용하며 그 주장을 따를 때, 분명히 기쿠치 칸의 소설세계는 '쾌적한 문화생활, 안식지로서의 가정이라는 환상을 신중간층 독자에게 제공'했을 뿐인 것으로 평가되어 버릴 것이다.

---

14 前田愛, 앞의 책, 263쪽.

그러나 과연 그럴까? 이러한 주장에 간과되고 있는 점은, 당시 도래하고 있었던 대중소비사회와 출판 미디어의 확장에 대해 기쿠치 칸의 소설이 어떠한 스탠스를 취하고 있었는가 하는 질문이라고 생각된다. 당시의 부인잡지들이 발신하는 문화적 방향과 그를 그려낸 작가의 창작 행위를 설명하지 않고, 단지 소설 텍스트의 결말을 가지고 마르크스주의적 계급이론으로 '모던걸의 생태와 풍속'을 단순히 반영하여 그린 작품이라고 보는 것은, 그것이 틀린 의견은 아닐 지라도, 매우 제한적인 관점만을 제공해 줄 뿐인 것이다. 따라서 이 글에서는 『수난화』를 대중소비사회의 도래와 '소비성'이란 것이 가져오는 여성성의 근본적인 변화를 모던걸을 통해서 그려낸 작품으로 파악한다. 그 과정에서, 기쿠치 칸의 에크리튜르의 평이함, 자연스러움으로 인해 은폐되어 버린, '소비'를 둘러싼 당시의 여러 이데올로기적 갈등이 보여지며, 기쿠치 칸 자신도 『수난화』의 창작을 통해서 그 '갈등장'에 적극적으로 참가해 간 행위자였던 것이다. 이를 분명히 밝히기 위해서 먼저, 『수난화』의 세 여주인공이 거쳐가는 토폴로지(의미로서의 장소)를 따라 걷는 것에서부터 시작하고자 한다. 그리고 다음으로 『수난화』가 게재되었던 『부녀계(婦女界)』라는 '실용적 부인잡지'를 작품의 서브텍스트로 분석함으로써, 독자대중 속에서 '소비'가 어떠한 의미의 진폭을 가졌는지를 검증한다. 마지막으로 이러한 분석틀 속에서 여성의 신체성을 독자 / 구매자로 인식하는 당시의 사회적 담론과 『수난화』를 대비해 봄으로써, 기쿠치 칸이 모던걸 담론 공간에서 주장했던 것의 사회적 의미에 대해서도 밝혀 가고자 한다.

기쿠치 칸은 『도쿄 행진곡(東京行進曲)』의 주인공을 통해 다음과 같은 주장을 한다.

저는 모던걸을 좀 더 존경해 주었으면 좋겠어요. 모던걸이라니, 겉모습만이 문제인 것은 아니잖아요? 조금이라도 양장이라도 하면, 금방 모던걸이라니, 너무 바보스러워요. 모던걸이란 말은 조금 더 내용적인 의미에서 사용했으면 좋겠어요. 여성으로서, 분명한 자각을 가지고 있을 것, 새로운 연애관과 정조관을 가지고 있을 것, 그것이 진정한 모던걸 아니겠어요? 지금까지는 연애할 때 대개 여성이 수동적이었죠. 남성이 선택하고 여성은 따랐었죠. (…중략…) 저는 그것으로서는 부족하다고 생각해요. 인형처럼, 돈 때문에 몸을 맡기는 여자처럼, 단지 남자 의지대로 좌우되는 것은 정말 못 참겠어요.[15]

위의 세 가지 분석을 통해 기쿠치 칸이 그려낸 진정한 모던걸이란 어떠한 여성을 의미하는 지가 분명해 질 것이다.

3. 대중소비사회의 지도─『수난화』[16]의 토폴로지

『수난화』의 세 주인공, 스미코[寿美子], 게이코[桂子], 데루코[照子]의 결혼 '수난기'와 대중소비사회의 인프라인 철도, 여행, 백화점 등의 무대설정은 『수난화』의 플롯 전개상에서 매우 밀접하게 관계되어 있다. 유라 사부로[由良三

---

15 菊池寛, 「東京行進曲」, 『菊池寛全集』 10, 平凡社, 1929, 274쪽.
16 菊池寛, 「受難華」, 『婦女界』, 婦女界社, 1925.3~1926.12 연재(『菊池寛全集』 第六卷, 高松市菊池寛記念館, 1994). 이하 특별한 표기가 없는 한, 『수난화』 텍스트는 전집에서 인용하며, 본문 중에 쪽수만을 기재한다.

郎는 「기쿠치 칸과 긴자[菊池寬と銀座]」라는 글 속에서, '기쿠치의 소설은 전반적으로 희곡적인 색채가 농후하다. 즉 묘사되는 장면 어떤 곳에도, 배경이나 소도구가 선명하게 안배되어, 각기 독특한 의미를 지니며, 독자는 그 분위기에 빠져들도록 그려져 있다'고 지적하고 있으나, 이러한 설명은 『수난화』를 독해하는 데 있어서도 중요한 시사점을 제공해 준다. 즉, 그녀들이 각각의 남성과 만나고, 헤어지고, 재회하고, 관계가 회복되는 장면에서 설정되어 있는 장소나 운송수단 등이 그녀들의 아이덴티티와 교묘하게 연결되어 있다. 따라서 이 절에서는 먼저 그녀들의 행동 반경과 패턴 등을 가능한 한 동시대에 근거하여 읽음으로서 『수난화』의 지도를 작성해 보고자 한다.

우선 스미코와 마에카와 슌이치[前川俊一]의 만남 장면부터 살펴보도록 하자. 스미코는 한 유명한 은행의 중역인 아버지의 오사카 전근에 따라, 여학교 졸업 전 1년간을 도쿄 시부야에 있는 아주머니 집에서 통학하게 되나, 여름 방학을 오사카에서 보내고 귀경하던 도카이도선[東海道線] 밤열차에서 마에카와와 처음으로 만나게 된다.

스미코는 엄마가 신신당부하던 말을 기억해 냈다. 기차에서는 잘 모르는 남성과 말을 해서는 안 된다. 아무리 친절하게 대해 줄 지라도 응해서는 안 된다. 스미코는 상대편 청년신사가 마음으로부터 친절하게 말해주고 있다는 것은 잘 알았지만, 하지만 어머니의 가르침은 소중했다. (…중략…) 기차 안에서 친절히 대해주는 남자는 오히려 위험하다고, 그녀의 어머니는, 그렇게 말했다. (436~437쪽)

예상 외로 혼잡했던 도카이도선 열차에서 좌석을 얻지 못한 스미코는 마에카와의 친절함에 도움을 받게 되고, 그 후 도쿄에서 우연히도 '시부야에 도착했을 때, 스미코는 내리는 승객들에 떠밀리듯이 개찰구까지 왔을'(440쪽) 때, 마에카와와 재회하게 된다. 먼저 이 인용문에서, '철도'라는 이동수단／공간이 그때까지의 결혼의 필요조건이었던 집안이나 사회적 위치가 아니라, 우연하며 무매개적인 남녀의 만남의 장소로 설정되어 있다는 점을 지적해 두자.

이와 같이 『수난화』의 플롯 전개가 도카이도선 및 전철역으로 설정되어 있다는 점은 주목할 만하다. 이는 1925년 시점에서 도카이도선 및 전철(JR)의 상황이 작품 텍스트의 독해에 중요하게 관계된다는 말이다. 1899년 개통된 도카이도선은, 제1차 세계대전이 가져온 호경기로 인해 물적, 인적 운송이 활발하게 되어 1918년이 되면 그 운송능력이 한계점에 다다르게 된다. 이 문제를 해결하기 위해 도카이도 본선의 합리화가 진행되어, 고우즈[国府津]—아타미[熱海]—누마즈[沼津]를 관통하는 단나[丹那] 터널이 1918년 착공되어 1933년 개통되게 된다.[17] 도심부의 교통량도 1920년을 전후로 하여 비약적으로 증가한다. 전철의 연간 승객 수는, 1921년의 1억 2,400만 명이 1925년에는 2억 3,400만 명으로 증가하고 그 후로는 비슷한 수치를 보인다.[18]

스미코와 마에카와의 우연한 만남은 실로 이와 같은 도시화의 진전 상황 속에서 이루어진 것이다. 게다가 그들이 헤어지는 우에노[上野]역이나 데루코가 약혼자 신이치로[信一郎]를 파리로 환송하는 도쿄역, 그리고 무사시노관[武蔵野館]이 위치한 신주쿠[新宿]역을 더한다면, 당시 가장 승객수가 많았던 전철역들이 작품의 무대로 설정되어 있다는 사실을 알 수 있다. 여기에 데루코가 정조를 잃게 되는 '이노가시라[井の頭] 공원'이 도쿄의 도심과 교외를 잇는 전철(JR중앙선) 상에 일본 최초의 교외공원으로서 1917년 개원한 공원이란

---

17 竹村民郎, 『大正文化 帝國のユートピア』, 三元社, 2004, 66~72쪽.
18 和田博文, 『テクストのモダン都市』, 風媒社, 1999, 81~82쪽.

점도 부가할 수 있을 것이다.

동시대의 공간감각의 변화를 더욱 분명히 말해주는 것이 『수난화』 속의 '여행'에 관한 기술이다. 스미코는 오사카의 한 은행장의 아들인 하야시 겐이치[林健一]와 결혼하게 되어, '다카마츠[高松], 고토헤[琴平], 벳푸[別府], 미야지마[宮島]' 순으로 세토나이카이[瀬戸内海]를 따라 신혼여행을 떠나게 되는 데, 텍스트는 그 상황을 '둘은 사누키[讃岐] 다카마츠의 리츠린[栗林] 공원을 구경하며 걸어 다녔다. 스미코는 처음으로 보는 숲과 호수의 아름다움에 눈을 빼앗겼다. 나무 하나 돌 하나도, 모두 인공적으로 세련되어 보였다. 자연이 교묘하게 가공되어, 자수가 놓인 풍경화처럼, 아름답게 정리되어 있었다'(518쪽)고 묘사한다.

이러한 '여행'의 탄생은 근대 자본주의 사회의 성립과 관련이 있으며, 민속학자 야나기타 구니오[柳田国男]는 전근대적 '타비[旅]'(우리말로 굳이 번역하자면 '나그네길')와 여행을 구별하여 설명하나, 이 설명을 따르면서 사회학자 시라하타 요자부로[白幡洋三郎]는 일본에서 "여행"은 1920년대부터 모습을 드러낸, 밝고 경쾌한 이미지의 "새로운 문화"였다'[19]고 기술한다. 이와 같은 여행에 대한 관심은 1927년 『오사카 매일신문 / 도쿄 히비신문(大阪毎日・東京日日新聞)』 주최의 '일본 신 팔경(日本新八景)' 선정을 계기로 일대 붐으로 확대되어 간다. 그 결과 해안, 호수, 산악, 하천, 계곡, 폭포, 온천, 평야 등이 선정되어 국립공원 지정으로 연결되나, 그 중에서 다음 절에서 언급하는 '벳푸[別府]'가 온천으로 선정되었다는 사실을 지적해 둔다.

'여행'은 일본 국내에 한정되지 않는다. 『수난화』에서는, 데루코에게 구혼

---

19   白幡洋三郎, 『旅行ノススメ』, 中公新書, 1999, 7・66~70쪽.

했다가 거절당한 모치즈키 게이죠[望月啓三]가 '지나(支那)'(중국)로 실연의 상처를 달래기 위해 떠나거나, 남성들이 서양문물을 습득하기 위해 지향하는 프랑스 파리도 이 범주에 넣어야 할 것이다. 작중 여성들은 남성들처럼 자유롭게 여행을 떠날 수는 없지만, 스미코나 데루코처럼 '세계지도' 상에서 항로를 그려보는 등, 공간감각의 변화, 거리감각의 축소가 크게 일어나고 있었던 것이다.

기쿠치 칸이 그리는 동시대적 공간감각이 더욱 세밀하게 묘사되는 것이 '백화점'이다.

어느 날, 스미코는 어머니와 함께 미츠코시[三越]에서 쇼핑을 마치고 휴게실에서 쉬고 있던 곳에, 부인 한분이 그녀들에게 다가와 인사했다. (⋯중략⋯) **너, 요전에 미츠코시에서 만났었던 분이 꼭 너를 며느리로 데려가고 싶다는 연락이 왔는데 ⋯⋯**

—『婦女界』, 1925년 10월호, 507∼508쪽

새해가 왔다. 아직 '소나무장식'이 남아있던 어느 날, 데루코는 아주머니도 동반하지 않고, 긴자의 마츠자카야[松坂屋]에 오랜만에 외출했다. 어머니 부탁으로 동생들의 신발과 모자를 찾아보았지만, 적당한 물건이 없어서 그곳을 나와 이번에는 마츠야[松屋]에 들어갔다. 입구로 들어서니 마침 오케스트라 연주가 시작되고 있어서 많은 군중이 귀기울여 듣고 있었다. 데루코는 2층으로 올라가는 넓은 계단의 융단 위를 들뜬 마음으로 올라갔다. (⋯중략⋯)

"아 감사합니다. 이렇게 사람이 많아서는 견딜 수가 없군요."

"신년 세일을 하고 있으니까요."

"그렇습니까? 저는 잠시 구경이나 하러 들렀다가 이렇게 인파가 많을 줄은."

"그렇군요. 여기는 작년에 오픈했으니까 모르시는 게 당연하죠." (…중략…)

"어딘가 찻집이라도 없습니까?"

"지하에라면 있어요."

─『婦女界』1926년 1월호, 545~546쪽

맑게 개인 초여름 오후였다. 게이코는 아이와 함께 처음으로 외출했다. 스미야 아주머니에게 아이를 업히고, 오랜만에 미츠코시로 쇼핑을 갔다. 게이코는, 처음으로 아이를 위해 플란넬 감의 옷을 샀다. 최고급 유모차를 샀다. 아직 이르다고 생각하면서도 장난감을 두세 개 샀다. 그런 다음 아주머니를 휴게실에서 기다리게 하고, **이번 여름의 유카타[浴衣]**[20] **신상품을 산처럼 쌓아놓고 파는 매장에 들어갔다. 그때 휴게실에 남아있던 아주머니에게로 한 청년신사가 다가왔다.**

─『婦女界』, 1926년 6월호, 609쪽

위의 세 인용문은 현재적 관점에서 보자면 너무나도 흔한 쇼핑 광경으로밖에는 보이지 않으나, 당시로서는 변화해 가는 도시풍속과 여성의 관계를 잘 포착하고 있다는 점에서, 기쿠치 칸의 도시감각의 예리함이 잘 드러나는 곳이라고 할 수 있다. 처음 인용문은 스미코가 어머니와 함께 오사카의 미츠코시로 쇼핑 갔던 장면의 묘사이며, 두 번째 인용문은 데루코가 약혼자를 잃은 상처에서 벗어나 그 계기를 만들어 준 모치즈키와 친해져 가는 장면 묘사, 그리고 마지막 인용문은 게이코가 남편의 결혼 전 과실을 용서하고 화해에 이르게 되는 장면의 묘사이다. 인용 후에 게재 잡지의 권호를 표시한 이유는,

---

20 일본의 여름철 기모노.

소설 텍스트의 시간과 독자(실제)의 시간이 동시적으로(리얼 타임으로) 진행되고 있다는 점을 표시하기 위해서이다.

필자는 여기에서 기쿠치 칸의 동시대적 도시감각의 예리함이 보여진다고 지적하였는데, 그렇다면 일본의 백화점 역사 속에서 이 시기는 어떠한 변화가 있었던 시기이며, 당시의 독자라면 (소설 텍스트에는 직접 서술되고 있지 않지만) 이해하고 있었던 풍경에 대해, 백화점 연구사를 참조하면서 설명하자. '오늘은 제국극장, 내일은 미츠코시(今日は帝劇. 明日は三越)'라는 캐치 프레이즈로 대표되는, 사회적 스테이터스와 위엄을 갖춘 백화점의 고급 이미지는, 관동대지진(1923년)을 계기로 본격적으로 대중을 상대로 하여 일상필수품을 판매해 가는 노선으로 변하게 된다. 이는 백화점이 보다 광범위한 고객층을 타겟으로 한다는 것으로서 각 백화점은 각지에 지점을 만들어 가게 된다. 미츠코시는 도쿄 니혼바시(日本橋)에 있던 본점에 대해 1925년 신주쿠(新宿)에 지점을 만들게 되고, 마츠자카야는 우에노(上野)점에 대해 1924년 긴자(銀座) 지점을 만든다. 또한 이 시기 백화점의 대중화 현상은 '토족입장(土足入場)' 단행으로서도 드러난다. 즉 이전에는 백화점이 손님의 신발을 보관하는 시스템을 취하고 있었으나, 그 비용이나 장소 확보 등이 크게 문제가 되기 시작하여, 손님이 신발을 신은 채 백화점에 들어올 수 있도록 시스템을 바꾼 것이 이 시기였던 것이다. 마츠자카야는 1924년부터, 마츠야는 1925년부터, 오사카 미츠코시는 1926년부터 '토족입장'이 실시되게 된다. 즉 이 시기는 '백화점 그 자체가 대중화되어 가는 가운데, 백화점이 위엄을 보이는 장소가 아니게 되었다고 이해할 수 있'는 것이다.[21]

---

21 初田亨, 『百貨店の誕生』, ちくま學術文庫, 1999, 211~253쪽.

기쿠치 칸은 소설 텍스트의 무대배경으로서 자연스럽게 백화점의 대중화 현상을 묘사하면서, 당시 이미 확립되어 있었던 백화점의 '사교장', '도심 속의 휴게소'의 역할을 활용하는 형태로, 소비 주체로서의 여성을 전경화해 간다. 백화점은 '그녀들'의 공간이며, '그들'의 공간이 아니다. '그들'은 백화점에 구경을 하러 오거나, 가족을 만나러 올 뿐이다. '그녀들'은 백화점에서 느긋하고, 자유롭게 쇼핑을 즐긴다. 이러한 '소비'야말로 기쿠치 칸이 모던걸의 특징으로 제시하는 첫 번째 요소이다.

연인이란, 순진무구한 젊은 여성에게 하나만 있을 뿐 둘 있는 것이 아니다. **"이 것은 이미 팔렸으니까, 저것을"이란 식으로, 대신할 수 있는 것이 아니다.** 그럼에도 결혼 후보자들이, 아니 연인을 대신하려는 자들이 계속해서 다가왔다. 그것이 스미코에게는 바보스럽게 느껴졌다. **비록 상품이라도 자신이 진정 마음에 드는 물건 이 손에 들어오지 않을 때는 하루종일 기분이 좋지 않다. 하물며 평생을 함께 하고 싶 은 남성이 아무리 해도 손에 들어오지 않는다면** 그녀의 생활은 축 늘어진 담쟁이덩 굴처럼 비틀거릴 뿐이다.

― 506쪽

이 인용문은 스미코가 연인 사이로 발전한 마에카와와 그가 처자가 있는 기혼남이란 이유로 헤어지게 된 후 오사카의 부모 밑에서 생활하게 될 때 들어오는 다양한 혼담에 대해 그녀가 보이는 심리적 반응을 묘사하고 있다. 인용문에서 밑줄로 표시한 부분을 주목해서 읽어보면, 그것은 연애나 결혼이 '상품이다 / 상품이 아니다'라는 비유적 서술 속에서 '소비'가 여성의 도덕률에 미친 변화를 날카롭게 포착하고 있는 부분이라고 할 수 있다. 즉 '소비'의 논리를 내면화한 여성에게 있어서 '물건을 사는 자유'는 '남성을 고를 자유'로 전화될 수 있는 것이다. 이것이 소비성을 구현한 모던걸의 두 번째 특징이다. 『수난화』에서 이러한 소비 의식의 내면화는, 스미코의 '남성을 선택할 자유', 게이코의 '부정한 남편과 헤어질 자유', 그리고 데루코의 '자신이 선택한 남성에서 정조를 줄 자유' 등으로 그 형태를 바꿔가며 나타나는 것이다.

이를 개념적으로 표현하면, 『수난화』의 주인공들이 '소비'의 논리를 내면화함으로써 대중소비사회에 종속되어간다(be subject to)는 것은, 사회적 맥락에서 보면 '가부장제'적 논리에서 해방됨으로써 새로운 여성적 주체(subject)로 태어난다는 것을 의미한다.[22] '소비'라는 새로운 문화코드는 소설 텍스트에서 끊임없이 여성 주인공들의 인식으로 변환되며, 그 변환을 통해서 그녀들의 '정조'를 둘러싼 드라마가 구동된다. 스미코, 게이코, 데루코가 직면하는 결혼문제는 각기 '불륜', '남편의 정조', '여성의 혼전 정사' 등 개별적인 문제로 보이지만, 실은 '대중소비사회의 형성과 가부장제'라는 큰 사회적 맥락 속에서 새롭게 문제시되는 '정조'인 것이다. 『수난화』에서 정조는 무거운 가부장제적 규제에서 해방되어, '소비'와 교환가능한 가벼운 문화코드로 변용된다. 그러나 한편으로 그녀들의 개별적 '정조'라는 자기억제(예를 들면 텍스트에서는, '어머니의 가르침'이란 형태로 드러난다)는 '소비'적 지향성과 때로는 격하게 충돌하고 갈등한다. 이러한 '소비'와 '정조'라는 양가가치적인 인과 / 갈등 관계가, 스미코를 중심으로 하면서, 『수난화』를 구동하는 큰 갈등축을 형성하게 되는 것이다.

---

22 "주체(subject)가 된다는 것은, 동시에, 특정한 공공적 질서에 따르는(be subject to) 것을 의미한다. 완전한 무(無) 속에서 주체성이란 것이 갑작스럽게 자생적으로 생겨나는 것이 아니라, 일정한 사회적 문맥(컨텍스트) 속에서만 주체가 생겨난다는 것은, 현대사상에서는 상당히 상식화된 논의이다." 仲正昌樹, 『「不自由」論ー「なんでも自己決定」の限界』, ちくま親書, 2003, 121쪽.

4. 『부녀계(婦女界)』 – '소비'의 사이클

앞 절에서는 『수난화』에 나타나는 대중소비사회 속의 공간감각의 변화를 살펴보고, 그 속에서 '소비'라는 새로운 문화코드가 어떻게 여성의 '정조' 관념의 변화와 관계되는 지를 고찰했다. 이러한 『수난화』가 보이는 여성적 '소비'라는 문화코드가 어떻게 독자대중 속으로 수용되어 가는가에 대해서는, 소설이 게재된 잡지 『부녀계』를 서브텍스트로 고찰하는 것을 통해 더욱 분명해질 것이다. 마셜 맥루한이 지적했듯이, 미디어는 그 자체가 메시지를 전달하는 존재로서 결코 내용을 매개하기만 하는 '투명'한 존재인 것은 아니다. 당연한 말이지만, 텍스트는 미디어를 통과함으로써만 정보수신자의 의미작용을 구현하게 된다. 이 절에서는 『수난화』 속의 '소비'라는 코드가 『부녀계』라는 '실용계 부인잡지'를 통과하면서 유통될 때, 어떠한 의미의 확장 / 변환이 생겨나는가에 대해 밝히고자 한다.

먼저 기쿠치 칸과 『부녀계』의 관계 및 『부녀계』라는 잡지의 성격을 정리해 보자. 『부녀계』는 기쿠치 칸이나 구메 마사오 등 당대의 유행작가를 기용하여 창작란을 충실화함으로써 판매부수를 크게 증가시키게 되나, 기쿠치 칸은 『부녀계』와 계약할 당시, 사장 겸 편집장이었던 도가와 류(都河龍)에게 보낸 편지에서 다음과 같이 언급한다.

『어머니의 벗』에 집필함에 있어, 다음 사항을 인정해 주시길 바랍니다. (…중략…)

처음부터 『어머니의 벗』의 취지에 맞게 쓸 생각이니, 도중에 일절 주문이 없도록,

독자에게 인기가 있든 없든 상관없이, 작가의 입장을 존중해 주시길 바랍니다.[23]

  도가와 류는, 동료였던 하니[羽仁]가 운영하는 『부인의 벗(婦人之友)』의 중류 지식층 여성독자와, 『부인세계(婦人世界)』의 대중적 서민 여성 독자층의 사이에 있는 중간층을, 앞으로의 『부녀계』 독자층으로 정해 작업에 들어갔다. 가사, 육아, 요리 등의 실용기사와 재미있는 읽을 거리를 합체시킨 편집방침이 대성공을 거둬, 1913년 14만 6,500였던 연간 판매부수가 5년 후인 1918년에는 128만 5천부, 1924년에는 291만부로 껑충 뛰게 된다. 게다가 그는 지면 구성에 공을 들였다. 즉 일반 독자에게서 모집한 생활 체험 기록을, 유용한 정보로서 중요시한 것이다. 이러한 독자참가형 페이지 구성이 여성실용잡지의 효시가 되었다고 보아도 좋을 것이다. (…중략…) 또한 『부녀계』의 참신한 점은 기존의 '임시증간'이라는 간행 방식을 그만두고, 특정한 테마를 선택하여 '특별호'를 연간 4회 발행하는 방법을 취해 표지에 그것을 표시한 것. '부인직업호', '일가경제호'라는 식으로. 소설 분야에서도, 장편 연재소설을 유명한 작가에게 맡겨 독자를 오래도록 잡지에 붙들어 두거나, 소설 속 삽화에 공을 들여 흥미를 유발하거나 하는 등, 지면구성에 여러 궁리를 하여 그것이 부수 급증으로 연결되었다.[24]

  위의 두 인용문에서, 기쿠치 칸이 『부녀계』에 장편소설을 연재할 때 그 잡지의 편집방침을 크게 고려하고 있었다는 점, 『부녀계』는 서민적 대중과 중류 지식층 사이의 여성을 독자층으로 설정하여 가정의 실용적 기사와 읽을

---

23 鈴木氏亨, 『菊池寛伝』, 實業之日本社, 1937, 322~323쪽. 『어머니의 벗』은 『부녀계』의 전신 잡지명이다.
24 浜崎廣, 『女性誌の源流 女の雑誌, かく生まれ, かく競い, かく死せり』, 出版ニュース社, 2004, 92쪽.

거리를 제공하였다는 점, 그리고 기쿠치 칸이 『신주(新珠)』를 연재하게 되는 1924년 시점에는 『부녀계』가 월간 판매부수 20만 부를 자랑하는 전성기를 맞이하고 있었다는 점 등이 확인될 것이다.

그렇다면 기쿠치 칸은 어떠한 방식으로 잡지의 편집방침을 고려하여 소설 창작에 반영하였던 것일까에 대해 『수난화』를 중심으로 고찰해 보자. 이를 생각하는 데 있어서, 「모던걸의 멘탈테스트(モダンガールのメンタルテスト)」(『부녀계』, 1926년 10월)라는 앙케이트 기사는 도움이 된다. 여학생, 타이피스트, 점원 등 67명의 여성에 대해 다음과 같은 앙케이트를 실시하고 있다.

① 결혼하고 싶다고 생각합니까? 아니면 독신으로 살겠습니까? ② 가, 어떤 남편을 원하는가? (지위, 직업, 수입, 학력) 나, 어떤 결혼생활이 이상적입니까? (생활형식이나 시어머니의 유무 등). ③ 가, 결혼 전 남녀 교제의 좋고 나쁨. 나, 결혼 후 혹시 남편에게 애인이 생길 경우 어떻게 하겠습니까? ④ 매월 어느 정도의 수입을 희망합니까? (가, 독신의 경우, 나, 결혼한 경우). ⑤ 애독하는 책이나 잡지. ⑥ 좋아하는 작가와 작품. ⑦ 좋아하는 운동. ⑧ 좋아하는 음악. ⑨ 좋아하는 연극 혹은 영화배우 (외국과 일본). ⑩ 양장이 좋습니까, 기모노가 좋습니까? ⑪ 댄스의 좋고 나쁨. ⑫ 폐창(廢娼)운동에 대해 어떻게 생각합니까? ⑬ 사회주의에 대해서는? ⑭ 여성참정권에 대해서는? ⑮ 현재 가정 내의 주부의 위치에 대해 불만은 없습니까? 있다면 그 이유는?

『부녀계』 편집부가 실시한 이 조사는 내용적인 면에서, 당시 여성이 원하는 결혼관, 문화관, 사회인식으로 정리할 수 있으나, 『수난화』는 실로 『부녀계』가 묻는 위와 같은 내용에 대한 답변의 내러티브라고 생각해도 과언이 아니다.

먼저 게이코의 경우부터 생각해 보자. 게이코의 결혼은 '멘탈 테스트'가 묻는 질문에 대해 가장 '이상적인 결혼상'을 구현한다. 법학사 출신의 미츠이[三井]물산 직원이라는 안정된 수입과 학력을 가진 남편과, 맞선을 통한 결혼이지만 연애결혼과 같은 교제를 거쳐서, '남편의 부모와는 같은 곳이긴 하나 집이 완전히 별채로 된 곳에 살기에, 게이코는 시어머니를 모시는 수고는 조금도 없는'(473쪽) 결혼생활을 시작한다. 결혼식 때에는 다카시마야[高島屋]의 예복점 주인이 매일처럼 방문해서는, '이 기모노에는 이 허리끈[帶]과 이 외출복[羽織]', '허리끈장식[帶止め]에는 다이아몬드, 산호, 비취'(470쪽) 식으로 예물을 장만하며, 부부생활에 있어서도 주말마다 연극이나 음악회를 즐기고, '백화점의 쇼윈도에 세워 놓은 듯한'(480쪽) 패션으로 긴자 거리를 걷는 부부로 그려진다.

한편 스미코의 경우는 어떠한가? 스미코는, 구독하는 잡지나 존경하는 여성운동가 등에 대해 서로 '멘탈테스트'(442쪽)를 할 수 있을 정도로 문화적 소양을 갖춘 마에카와와 헤어져, 오사카의 은행장 아들 하야시와 결혼하게 된다. 스미코의 시선을 통해 묘사되는 하야시는, 스미코가 교양 있는 소설을 읽고, 영어를 잘 하며, 피아노를 치고, 신주쿠의 무사시노관[武蔵野館]에서 서양영화를 감상하길 좋아하는 것에 비해, 『코단(講談)××』『△△클럽(倶楽部)』등의 저질 잡지를 즐겨 읽으며, 나라마루・나니와부시(奈良丸・浪花節)[25] 등 저속한 노래를 흥얼거리고, 아이들이나 좋아할 '맛짱'[26]의 활극에 감탄하고,

---

25 나라마루란, 요시다 나라마루[吉田奈良丸]를 말함. 로쿄쿠[浪曲]의 명인. 로쿄쿠는 나니와부시[浪花節]라고도 하며, 메이지 초기에 시작된 연예의 일종으로, 샤미센을 반주로 하여 이야기를 이끌어 간다.
26 오노우에 마츠노스케[尾上松之助]는, 애칭 맛짱(マッチャン)으로 불린 일본 영화 초창기의 대스타이자 감독이다. 가부키를 모태로 탄생한 일본영화의 초기 모습을 잘 보여준다.

pride와 proud를 구별 못해도 아무렇지도 않은 무교양적인 인물로 비춰진다. 그러니까 스미코의 가정에 대한 불만은 남편과의 '문화'적 격차로 설명되고 있는 것이다. 이러한 '문화'란 『수난화』에 있어서, 프랑스 파리(유럽적 고급문화)를 정점으로 하는 '문화적 위계질서' 가운데서 설명되며, 스미코는 신문사 주최의 강연회 등에 참가하고 '소비'를 통해 그러한 '문화'를 획득하려 노력한다.

이러한 '소비'와 '문화'의 관계에 대해, 마에다 아이는 앞의 논문에서, 당시의 대표적 부인잡지 『주부의 벗(主婦の友)』의 '지방 독자 조직' 방식을 언급하면서, '그(이시카와 다케미, 石川武美)의 독창력은 "문화"적인 강연회, 음악회와, 실용적인 전시회를 교묘하게 결합시킨 점에서 나타난다'고 지적하고 있는데, 이렇게 '소비'를 촉진함으로써 '문화'를 제시하는 경향은 잡지사의 독자 조직 방식이었을 뿐만 아니라, 『주부의 벗』이란 잡지 자체의 특징이기도 했다. 그리고 이러한 경향은 같은 '실용적 부인잡지'로 분류되는 『부녀계』에도 해당된다. 달리 말하면, 『수난화』의 여 주인공들이 '소비'를 통해 '문화'를 얻으려 하는 자세란, 게재지였던 『부녀계』 자체가 제시하려는 여성상에 매우 근접한 모습인 것이다. 마에다는 같은 논문에서 '『수난화』는 모던걸의 생태와 풍속을 앞서서 그린 작품'이라고 지적하였는데, 이러한 의미에서 그의 지적은 정확하다고 할 수 있다. 다만 '소비'라는 『수난화』의 코드가 잡지 미디어를 통과할 때 발생하는 의미작용을 시야에 넣고 생각하게 되면, 마에다의 반영론적 소설관은 일정한 한계를 보이게 된다. 즉 기쿠치 칸은 '소비'라는 코드에 직접적으로 관여하며, 끊임없이 새로운 여성상의 내실화로 변환시켜가려는 작가상이 드러나게 되는 것이다.

그렇다면 『수난화』 속의 '소비' 코드는 구체적으로 어떻게 잡지 미디어 속에서 재고찰될 수 있을까? 이에 대해 먼저 에피소드적인 사례부터 살펴보도록 하자. 스미코는 신혼여행지로서 세토나이카이[瀬戸内海]를 선택하여, '무라사키마루[紫丸]'라는 배를 타고, 다카마츠[高松]의 리츠린[栗林] 공원 등을 구경한 다음, '벳푸[別府] 온천에서는, 가메노이[亀の井]라는 숙소에 묵는다'(『부녀계』, 1926년 10월). 이 세토나이카이로의 기행문이 우연히도 『수난화』가 연재 중이던 1926년 8월호에서 10월호까지 '만화 기행문'이란 형식으로 『부녀계』에 연재되고 있다. 이 기행문은 삽화(만화)가 각각의 명소별로 그려져 있는 잡지 편집부원의 실감적인 여행 가이드 기사이다.

또 『부녀계』는 1절에서 언급했던 '일본 신 팔경' 선정에 발맞추어, 1927년 8월호에 '가족 동반 일본 신 팔경 간담회'라는 특집기사를 싣고 있는데, 기쿠치 칸 등의 문학가들이 모여 가족 동반으로 갈 수 있는 여행지에 대해 경험적인 소개를 한 다음, '일본 신 팔경'의 각 명소에 대한 기행문이 연속된다. 그 중의 하나로 작가인 구메 마사오가 '세토나이카이의 현관 벳푸'라는 기사를 쓰고 있다. 이 기사는 '오사카보다 동쪽의 사람들은 반드시 무라사키마루를 타는 것이 좋다. 나는 모지에서 기차로 간 적이 있으나, 그때와 무라사키마루를 타고 갔을 때는 전혀 기분이 다르다'거나 '벳푸 제일의 여관 가메노이' 등의 기술에서도 알 수 있듯이, 문학가가 쓴 기행문이라기보다는 여행 가이드적인 성격이 농후하다. 무라사키마루라는 배이름이나 가메노이라는 여관명이 실명으로 소설과 잡지기사에서 거론되는 것은, 어찌 보면 교통의 발달이 가져온 여행 붐의 한 우연적 결과로 볼 수도 있을 것이나, 『부녀계』의 독자라면 『수난화』의 배경묘사에서 연속적으로 여행지의 풍경을 상상해 보거나(삽화), 혹은 실제 여행의 참고(실용지식)로 삼을 수 있었다는 점은 쉽게 짐작할 수 있다.

이러한 에피소드적인 일례는 『부녀계』라는 미디어의 특성과 그에 보조를 맞춘 『수난화』 에크리튜르의 핵심에 연결되어 있다. 사회학자인 기타다 아키히로北田曉大는 1920년대 후반 이후의 '실용계 부인잡지'와 광고의 관계에 대해 '특기할 점은 무엇보다도 "광고 / 기사"의 의미론적, 물리적 경계를 애매하게 하는 타입의 광고, '이것은 광고다 / 광고가 아니다'라는 식으로, 중층적인 코드 적용을 허용하는 광고의 출현이다'[27]라고 주목할 만한 지적을 하고 있다. 이것은 『부녀계』 잡지 기사의 광고성이란 말로 바꾸어 표현해도 좋을 것이다. 중등교육 이상의 여학생과 직업부인을 대상으로 결혼, 취직, 가사, 육아에 대한 기사의 사이사이에 광고가 배치되어, 독자는 기사에서 광고로, 광고에서 기사로 왕복하며 '소비'의 욕망을 자극받는다. 『부녀계』의 지면 구성에서 광고는 잡지의 앞부분, 기사 중간, 뒷부분에 배치되며, 게다가 뒷부분에는 잡지사 직영 대리점에 의한 '상품 카탈로그'까지 부록으로 첨부된다. 즉 『부녀계』라는 잡지 자체가 '상품 카탈로그'적인 특성을 가지게 되는 것이다.

기쿠치 칸은 이와 같은 잡지의 특성을 충분히 인식하고 있었다. 『수난화』는 1925년 3월에서 1926년 12월까지 연재되나, 1절에서 언급한 바와 같이 스토리의 내적 시간과 실제 시간이 동시적으로 진행된다. 이 시간의 평행 관계는 『수난화』의 에크리튜르를 생각할 때 매우 중요하다. 1925년 3월호 『수난화』의 첫 연재분이 스미코가 졸업하기 전의 교정 묘사에서 시작하는 것으로도 알 수 있듯이, 이러한 시간 설정은 독자를 쉽게 작품세계 내부로 끌어들이게 되고, 그 위에 동시대적인 교통이나 백화점 등의 변모상이 리얼타임으로 작품 속에서 묘사됨으로써 리얼리티가 더하게 되어, 독자가 쉽게 주인공들에게 감정이입하도록 기능한다.

27　北田曉大, 『廣告の誕生－近代メディア文化の歷史社會學』, 岩波書店, 2000, 149쪽.

그뿐만이 아니다. 이 시기의 부인잡지는 3월, 4월호에서는 졸업생들을 대상으로 하는 특집, 4월, 10월호에서는 결혼특집을 경쟁적으로 기획하고 있으나, 『수난화』의 게이코, 스미코, 데루코의 결혼이 각기 1925년 5월호 「결혼의 행복」(4월호에는 「비밀 결혼」), 동년 10월호 「결혼기피증」, 1926년 3월호 「돌아오는 새 봄」 속에서 그려지며, 신혼여행이나 백화점 묘사가 이루어지는 것이다. 이것이 의미하는 바는, 독자는 『수난화』의 이야기 세계에서 『부녀계』의 특집기사를 거쳐, 백화점의 '가을 대 바겐 세일'로 '소비' 욕망을 부추기게 된다는, 소설 텍스트와 잡지 사이의 '소비' 순환성이다. 이에 『부녀계』 1925년 9월호 「도쿄 6대 백화점 시찰」, 1926년 11월호 「5대 백화점 추천 혼례의상」, 「유행을 통해 본 결혼 예물의 종류와 가격 조사」나 매월 보이는 각 백화점의 광고를 시야에 넣는다면, 『수난화』의 '소비' 코드는 한층 강화되는 것이다.

　『수난화』가 추동하는 '소비' 지향은 이것으로 끝나지 않는다. 『수난화』의 인기에 편승하여 소설 텍스트 자체가 『부녀계』 선전에 이용되게 되는 것이다. 『수난화』가 연재될 시기 『부녀계』는 자사 직영 대리점의 상품을 건 '1만 엔 대현상'이라는 독자 참가형 이벤트를 개최하고 있으나, 1926년 3월호 문제가 소설 스토리의 진행에 맞추어 『수난화』 데루코의 장래 예상 ─ 데루코는 자살했는가? 살아 있는가?'이며, 그 결과가 5월호에 '1만 엔 연속 3회 대현상 추첨 기록 ─ 기쿠치 칸씨 및 애독자 입회 하에 집행'으로 보고된다. 그 속에서 6만장에 가까운 엽서에 대해 "'상당히 많이 왔네요"라며 기쿠치 칸씨는 감동하면서, 한 장 한 장 엽서의 내용을 읽고 계셨습니다'는 식으로 보고된다. 동년 8월호에는 같은 형식의 앙케이트 문제로서 『수난화』의 주인공들에 대한 인기투표가 설문되어, 10월호에 4만 명을 넘는 투표자수 가운데 '1만 엔

대현상 제8회 결과발표─스미코가 최고득점을 얻었습니다'고 보고된다. 여기에서 주의해야 할 점은, 같은 10월호 출제 문제가 '1만 엔 대현상 제10회 문제─부녀계 대리점 갖고 싶은 상품 경쟁'이란 것에서 알 수 있듯이, 이 현상 자체가 『부녀계』의 판매부수 향상과 대리점 상품 판매 촉진을 위해 기획되었던 것으로서, 소설가 기쿠치 칸은 『부녀계』 독자를 대상으로 '소비'를 촉진시키는 데 있어서 일정한 역할을 담당하고 있었던 것이다.

이와 같은 작가 기쿠치 칸─『부녀계』─독자의 관계 속에서 '소비'를 고찰할 때, 그 소비를 통해서 획득되는 '서구적 문화'나 일본 내의 '문화적 위계질서' 묘사는, 기쿠치 칸이 모던걸의 사회적 풍속을 반영하여 그렸다고 보기 보다는 오히려 작가가 따랐던 잡지 미디어의 성격으로 보아야 할 것이며, 그 성격이란 스미코의 인물상으로 구현되는 젠더화된 '소비'에의 욕구 추동으로 보는 편이 올바를 것이다.

하지만 이처럼 '소비'를 통해 서구적 문화를 습득하고 가부장제적 구속에서 일탈된 여성을 모던걸로 그렸기 때문에 기쿠치 칸의 소설이 인기가 있었다고 해석하는 것은 일면적인 해석에 불과할 것이다. 기쿠치 칸은 스미코라는 인물의 내적 갈등을 통해 '소비'가 추구되는 가치이면서 동시에 지양되어야 할 가치로서 설명한다.

> 이런 게 생활일까 하고 때때로 생각해. 왠지 조금도 진지해 지질 않아. 난 분명히 평생 한 번도 진정한 생활을 못 하는 게 아닌가 하는 생각이 들어. 이토록 지루한 일도 없다니까. **다소 돈이 있을 뿐, 지루함을 사기 위해 살고 있는 듯한 기분**이 드는 거야.

> ─621쪽

이 부분은 스미코가 데루코에게 자신의 결혼생활에 대해 설명하는 편지문 가운데에서 인용한 것이다. 강조 표시한 부분에서도 알 수 있듯이, 여성이 가부장제적 윤리로부터 해방되고 '문화'의 획득으로 연결되었던 '소비'라는 코드는, 경우에 따라서는 가사나 육아 등 가정생활(스미코와 같은 중상류 계층이 직업여성으로 사회에 진출한다는 것이 예외적이었던 상황을 고려한다면, 여성의 진정한 생활이란 가정 내의 여성으로 한정된다)적 윤리와 충돌하고, 갈등한다. 여성은 가정생활(경제)의 주체이면서 동시에 '소비'적 욕구에 추동되는 존재이기도 한 것이다. 스미코는 이와 같은 '양가가치(ambivalence)'를 구현하고 있으며, 그 사이에서 끊임없이 흔들리고 갈등하는 존재인 것이다. 이러한 점은 앞서 설명했던 동시대적 문맥, 즉 교외로의 도시생활의 연장과 핵가족의 성립이 가져온 여성적 도덕, 윤리의 변화에 부합하고 있다는 사실은 부연할 필요가 없을 것이다. 이에 대해 기타다 아키히로는 1920년대적 여성의 양의성에 대해 다음과 같이 분석한다.

다이쇼大正 말기에서 쇼와昭和 초기에 걸쳐, 소비 주체로서의 여성은 '주부' / '모던걸'의 대립항, 환언하면 가정적 위치 / 일탈성이라는 야누스의 두 얼굴로 갈라져 갔다. 부인 잡지는 한 편의 고기 자투리, 한 장의 종이조각도 아끼는 근면 저축 방법을 설명하는 같은 지면 위에서, 감언이설로 대리점 상품을 선전하는 광고를 통해 없는 돈까지 쏟아 붓게 만드나, 이 반대되는 두 항은 결코 실체적으로 분리되는 존재가 아니며, 어디까지나 여성이라는 '불가해'한 존재 속에 병존하는 속성으로서 파악된다. 그 여성 고유의 양의성을 가장 여실히 보여주고 있는 것이, '주부'가 '모던걸'적 소비에 탐닉하는 순간, 즉 유행이라고 하는 (특수 근대적인) 사회현상의 존재일 것이다.[28]

『수난화』의 스미코가 기타다가 위에서 지적한 '여성 고유의 양의성'을 충실히 체현하고 있는 여성상이란 점은 지금까지의 고찰을 통해서 분명해 졌을 것이다. 기쿠치 칸이 부인잡지 독자에게 압도적인 지지를 받을 수 있었던 이유도, 이처럼 변화해 가는 여성의 사회적 위상을 그가 정확하게 포착하고 있었기 때문일 것이다.

5. '소비'를 둘러싼 이데올로기적 갈등

지금까지 『수난화』의 스미코 상을 중심으로 살펴보면서, '소비'라는 코드가 어떻게 가부장제적 논리에서 벗어난 새로운 여성적 주체 형성에 관계되는가, 그리고 그 과정에서 어떠한 내적 갈등을 동반하였는가에 대해 분석해 왔다. 기쿠치 칸은 대중소설작가이자 사회운동가로서, '문예효용론'을 주장한 것으로도 알려져 있으나, 이에서도 유추할 수 있듯이, 그는 단지 '소비'와 여성성의 관계를 '묘사'한 것에 그치지 않으며, 일정한 방향으로 적극적으로 독자대중을 이끌려고 한다. 따라서 이러한 의미에서 『수난화』의 '소비'라는 코드는 동시대 담론공간 속에서 이데올로기적 작용 / 갈등 관계를 가진다고 할 수 있을 것이다. 이 절에서는 주로 『수난화』 결말부분의 스미코의 선택 ─소설적 갈등구조의 해소 과정 ─을 동시대적 '소비' 담론들과 비교해 봄으

---

28 위의 책, 169쪽.

로써, 기쿠치 칸이 주장하는 '소비'와 모던걸 관계의 사회적 의미에 대해 고찰해 가고자 한다.

『수난화』에서는 '소비'의 논리(선택의 자유)와 정조의 윤리가 서로 인과 / 갈등 관계에 있으며 그것이 스미코의 내적갈등의 축을 형성한다는 점은 이미 앞에서 언급한 바이나, 그 갈등이 정점에 다다랐을 때, 스미코는 '외적 시선'에 의해 가부장제적 규범에서 일탈하는 존재로서 타자화되어 버린다. 스미코는 결혼 후 오사카에서 마에카와와 재회하게 되고, 그녀는 그에게 자신을 '도덕의 세계'에서 끌어내 달라고 요구한다. 하지만 그 밀회 현장을 남편 하야시가 목격하게 되며, 하야시는 스미코를 다음과 같이 매도한다.

> "아니요, 스미코는 말이죠, 저를 완전히 바보취급하고 있어요. 긴자에 쇼핑간
> 다고 하고서는 말이죠, 말도 안 되는 물건을 사고 있지 뭐예요. 하하하."(642쪽)
> "대승당! 시계가게인가? 흥, 약혼 반지를 또 하나 주문한 거야?"(643쪽)

하야시는 스미코보다 한 발 먼저 묵고 있던 호텔에 돌아와, 그곳에 기다리고 있던 스미코의 친구 데루코에게 인용의 전자와 같은 말을 하며, 그때 돌아온 스미코가 보석가게에 들렀다는 변명을 하자 인용의 아래처럼 비꼬는 말을 하게 된다. 이 인용문에서 잘 드러나듯이, 남성에게 있어서, 여성의 특성으로 인식되는 (젠더화된) '소비'성 ― 즉 '구매하는 성'으로 환언할 수 있다 ― 은 이때까지 가부장제적 윤리를 파괴할 수도 있는 위협적인 성격으로서만 그려졌으나, 그것이 일정한 한도를 넘었을 때 여성의 '소비'성은 보수적 남성의 시선에 의해 '판매하는 성=창부'로서 인식되어 버리는 것이다. 이것은 극단적인 표현을 쓰자면, 자본주의 사회를 살아가는 여성이 상품을 구매하기

위해 외출한다는 것은 여성이 스스로의 신체를 상품화할 수도 있다는, 매우 남성적이며 전도된 시선인 것이다. 이렇게 '구매하는 성'을 '판매하는 성'으로 전도시켜 바라보는 시선은, '소비'의 논리를 내재화하여 가부장제적 윤리에 대항하려는 여성을 그 여성의 개인적 문제로 축소시켜, 그 여성을 퇴폐적이며 향락자적인 존재로서 사회적 규범에서 일탈된 '타자'로 인식하는 경향이 있는 것이다. 이러한 '구매하는 성'과 '판매하는 성'의 교환가능성을 모던걸적 '소비'의 위험성으로 바라보는 시선은 단지 보수적 논리에서만 행해지는 비판이 아니다.

가정에 대한 불만을 스미코는 사교적인 활동으로 위로하고 있었다. 어떠한 구실이라도 만들어서 남편과 떨어져 있으려고 노력했다. 그녀는 그러한 사교에서는 천부적인 재능을 발휘했다. 마치 그것이 실패한 결혼에 대한 복수라도 되는 듯이, 그녀는 생기 있게 울분을 해소하고 있었다. 젊은 하야시 부인은, 『선데이 마이니치』나 『주간 아사히』나 여러 사진 잡지에, 몇 번이나 아리따운 모습을, 사교계의 새로운 공작으로 한 페이지 크기의 사진으로 장식했는지 모른다. (…중략…) 그는, 처의 평판을 들을 때마다 희색이 만면해 졌다. 그는 용돈의 과반을 써서 스미코의 의복이나 일상 잡화를 사다 주었다. 그러나 기모노나 겉옷의 문양은 한 번도 스미코의 마음에 드는 것이 없었다. (527~528쪽)

경품으로 신문에 광고되는 것만이 상품인 것은 아니다. 부인잡지의 권두를 장식하는 『영애의 귀감』은, 창녀촌의 집 앞에 붙어있는 여자 사진의 진열과 얼마나 다른 의미를 가질 것인가? 어제까지는 머리를 딴 양장 차림의 경쾌한 여학생이었던 딸을, 졸업증서를 손에 쥔 오늘부터는, 전통적인 가정생활에 대한 순응을 상징하는 의미에서인지, 화려한 기모노를 긴 소매자락으로 장식하고, 머리 모양도 갑자기 아름답게 꾸며 올려, 몇 겹의 옷을 입히고, 여러 자태를 각각의 사진 속에 담은 후에, 가깝고 멀고에 상관없이, 모든 교제범위에 뿌리면서 맹렬한 구혼경쟁에 참가하는 부모들은, "재고 대방출", "특가품 제공"의 광고주들과 무엇이 다를 것인가?

앞의 인용은 『수난화』에서 스미코가 결혼한 직후 그녀의 사교생활을 묘사한 부분이며, 후자는 『부인공론(婦人公論)』의 특집기사 「연애 매매 시대호(恋愛売買時代号)」(1928년 1월) 중 마르크스주의 여성운동가 야마카와 기쿠에(山川菊栄)의 글 「경품 특가품으로서의 여자(景品付き特価品としての女)」 가운데서 뽑은 것이다. 이 두 인용문은 결혼 전과 후라는 차이는 있으나, 『부인화보』나 『선데이 마이니치』 등 당시의 '그래픽 사진 부인잡지'를 다루고 있다는 점에서는 비교대상이 된다.

위의 두 인용문에서 보면, '소비'와 여성성의 관계를 둘러싸고 세 종류의 시선이 날카롭게 대립하고 있음을 알 수 있다. 먼저 남편 하야시의 관점에서 보는 '소비'는 부인을 장식함으로써 가부장으로서의 권위나 지위를 과시하려는 수단으로 해석된다. 그에 비해, 스미코의 '소비'는, 그 가부장제적 기제에서 해방된 '소비'적 주체로서의 여성상을 알리려는 의미를 가진다. 이처럼 '구매하는 성'으로서의 여성 묘사에 대해, 야마카와는 그것을 '판매하는 성'으로 전도시켜 비판하고 있는 것이다. 야마카와의 논리를 따라보면 다음과 같다. 즉, 모든 것을 상품화시켜 버리는 자본주의 경제에 있어서, 남편(부모)이 부인(딸)을 장식하는 것도, 또 여성이 스스로를 꾸미는 것, 즉 소비를 통한 여성의 주체성 획득이란 것은 여성의 '성적 상품화'에 다름없으며, 그러한 현상은 향락성과 퇴폐성을 만연시키는 자본주의 사회의 말기적 현상으로서 비판되고 극복되어야 한다는 것이다. 진정한 여성해방은 자본주의 사회에서는 혁명적 계급 투쟁을 통해서만 달성된다고 주장한 마르크스주의적 관점에서 보면, 당연한 말이지만, 자본주의적 논리를 내면화하여 그를 통해 가부장제적 지배 기제로부터 벗어나려 하는 '소비' 주체적 여성은 인정될 수가 없는 것이다. 대표적인 사회주의 소설가 고바야시 다키지[小林多喜二]는 『당생활자(党生活者)』(1933)라는 소설에서 남성 운동가와 부부인 척하며 그의 가사 일을 돕는 '하우스 키퍼' 가사하라[笠原]를 묘사하여 큰 논란을 불러일으키게 되는데, 이 일례에서 알 수 있듯이 마르크스주의는 결과적으로 가부장제를 유지하고, 경우에 따라서는 그것을 강화하는 방향으로조차 기능하였다.

스미코는 결국 마에카와와 헤어져 가정 '내'에 머무는 선택을 하게 되나, 이것은 마에다 아이가 지적하는 '중소 부르조아의 한계'로서 보아서는 안 되며, 오히려 여성의 주체적 선택 — 기쿠치 칸이 동시대적 모던걸 담론에 참가하고 있는 양상 — 으로 보아야 할 것이다. 이러한 의미에서 『수난화』의 마에카와가 좌익계 지식인으로 설정되어 있는 것은 우연이 아닌 것이다.

> 지금, 스미코의 마음 속에서는, 왠지 모르게 커다란 변화가 일어나고 있었다. (…중략…) 자기를 남기고 해외로 떠나버린 사람. 그 사람에게 비록 사랑이 있었다고 해도, 그것은 따뜻한 사랑이라고는 생각되지 않았다. 결국 **그 사람은, 유물사관적인 사랑 밖에 할 수 없었던 것은 아닐까?**(670쪽)

스미코는 마에카와를 '새로운 사상을 가지고 있음에도 도덕적으로는 매우 낡은 사람'(636쪽)으로, 즉 앞에서 설명한 마르크스주의적 여성관을 가지고 있는 인물로서, 그녀의 선택에서 제외시키고 있는 것이다. 스미코는 이처럼 가부장제에 대한 종속을 거부하고, 마르크스주의라는 이데올로기에도 매몰되지 않으면서, '소비'적 주체로서 살아가는 독자적인 여성의 길을 모색하고 있다. 이러한 여성상이야말로 기쿠치 칸이 제시하는 여성상인 것이며, 그의 소설은 그때까지 경박한 사회현상으로 밖에는 치부되지 않았던 모던걸을 진보적 사회 존재로서 멋지게 육화해 내었던 것이다. 본질적으로 여성에게 억압적으로 기능하는 '큰 이야기'(주의, 운동)로부터 일정한 거리를 두면서, 여성의 시각에서 독자적인 길을 끊임없이 모색했던 것이야말로 그가 여성 독자들에게 절대적인 지지를 받았던 가장 큰 이유였던 것이다.

6. 기쿠치 칸 소설의 현재성

지금까지의 논의를 간략히 정리해 보자. 1920년대 일본사회는 철도와 백화점으로 상징되는 대중소비사회의 도시 인프라를 정비시키게 되고, 신문과 잡지 등 출판 미디어가 대중소비사회의 '신중간층' 형성 과정에서 절대적인 역할을 맡게 된다. 기쿠치 칸이 『문예춘추』를 창간하고 각종 문학상을 제정해가는 것과 '통속소설' 작가로 급부상하는 것은 이와 같은 시대적 흐름과 궤를 같이 하는 것이다. 그리고 『수난화』의 분석을 통해 알 수 있듯이, 작가-미디어-독자의 관계는 우연히 동시대적 사회변동을 작가가 '반영'한 결과인 것이 아니라, '신중간층'의 형성과 그 성향, 그것을 정확히 파악해내는 미디어의 추동에 따라 작가의 상상력에 의해 내러티브화하고, 그것은 동시대적 '소비'라는 코드를 통해 독자들에게 재수렴되는 역학관계를 보여주는 것이었다. 그리고 『수난화』를 내용적으로 보면, 대중소비사회적인 '소비'라는 문화코드는 전통적인 가부장제적 가치관을 근저에서 흔들게 되어, 그를 대신할 여성 윤리를 둘러싸고 격한 논쟁의 장을 형성하게 된다. 기쿠치 칸은 『수난화』에서 '소비'와 '정조' 사이의 위태로운 윤리적 경계에서 갈등하는 스미코 상을 그림으로써 시대의 패러다임 변화에 능동적으로 참가해 갔다. 한편으로는 '소비'를 조장하는 '광고주'의 얼굴을 하고, 다른 한편으로는 그것을 경계하는 계몽가의 얼굴을 하면서.

종래의 기쿠치 칸 연구는 많은 경우 그의 '문학성' 규명에 초점이 맞추어져 있었다. 그의 대중적 '통속소설'이 논해질 때에도, 그의 문학론인 「문예작품의 내용적 가치」에 잘 나타나는 '문예효용론'이 얼마나 당시의 작가들이나 문단에 변혁을 가져왔는가가 주로 주목될 뿐이었다.[29] 그러나 이 장에서 고찰한 바와 같이, 기쿠치 칸의 '통속소설'은 실은 일본 근대사회 속의 여성성의 변용을 고찰할 때 매우 중요한 텍스트로서 기능한다. 그의 통속소설은 『진주부인』(1920)의 '신여성' 상에서, 『수난화』(1925)의 '모던걸', 『새로운 여성의 귀감(新女性鑑)』(1928)의 '노동하는 여성'을 거쳐, 『정조문답(貞操問答)』(1934)의 '전시기 모성'에 이르기까지, 당대의 지배적인 여성상과 그로부터의 일탈, 새로운 주체성(subject)의 획득 과정을 너무나도 자연스런 문체 속에서 표현해 갔다. 그리고 그것은 동시대의 미디어 편성과 이데올로기적 갈등 상황에 기쿠치 칸이 능동적으로 참여해 들어간 결과였던 것이다. 그러한 의미

---

29 대표적으로 다음의 논문들을 들 수 있다. 島田厚, 「菊池寛と讀者」, 『文學』, 岩波書店, 1962.11; 佐藤嗣男, 「菊池寛－大衆とは何か」, 『國文學解釋と敎材の硏究』, 2001.9.

에서 기쿠치 칸의 소설은 일본 근대의 여성성 표상을 연구할 때 주요한 텍스트로 기능할 것이며, 향후 보다 치밀하고 신중한 연구가 요구된다고 할 것이다. 또한 그의 소설이 당시 식민지 조선 사회에서 광범위하게 읽혔다는 사실에서 양국의 근대 여성상 비교 및 한국 '멜로드라마' 장르 형성과 전개 연구에서도 중요한 바로미터로 기능할 것이다.

참고문헌

논저

신하경, 『모던걸－일본제국과 여성의 국민화』, 논형, 2009.

천정환, 『근대의 책읽기－독자의 탄생과 한국 근대문학』, 푸른역사, 2003.

菊池寛, 『受難華』, 『婦女界』, 婦女界社, 1925.3～1926.12(『菊池寛全集 第六巻』高松市
　　　菊池寛記念館, 1994).

菊池寛, 『東京行進曲』, 『菊池寛全集』10, 平凡社, 1929.

菊池寛, 『菊池寛 作家の自伝』10, 日本図書センタ＿, 1994.

北田暁大, 『広告の誕生－近代メディア文化の歴史社会学』, 岩波書店, 2000.

小林秀雄, 「菊池寛論」, 『小林秀雄 第四巻 作家の顔』, 新潮社, 2001.

佐藤卓己, 『「キング」の時代 : 国民大衆雑誌の公共性』, 岩波書店, 2002.

志村三代子, 「菊池寛の通俗小説と恋愛映画の変容＿女性観客と映画界」, 岩本憲児編,
　　　『家族の肖像＿ホ＿ムドラマとメロドラマ』, 森話社, 2007.

白幡洋三郎, 『旅行ノススメ』, 中公新書, 1999.

鈴木氏享, 『菊池寛伝』, 実業之日本社, 1937.

竹村民郎, 『大正文化 帝国のユ＿トピア』, 三元社, 2004.

仲正昌樹, 『「不自由」論－「なんでも自己決定」の限界』, ちくま親書, 2003.

初田享, 『百貨店の誕生』, ちくま学術文庫, 1999.

浜崎廣, 『女性誌の源流 女の雑誌, かく生まれ, かく競い, かく死せり』, 出版ニュ＿ス社,
　　　2004.

前田愛, 「大正後期通俗小説の展開」, 『近代読者の成立』, 岩波現代文庫, 2001.

南博編, 『昭和文化1925～1945』, 勁草書房, 1987.

和田博文, 『テクストのモダン都市』, 風媒社, 1999.

山本芳明, 『文学者はつくられる』, ひつじ書房, 2000.

和田博文, 『テクストのモダン都市』, 風媒社, 1999.

1930년대 식민지 타이완의 '일본어문학'과
일본의 문단 저널리즘

서동주

1. 식민지 출신 작가의 등장

1930년대 일본문단에서 일어난 중요한 변화는 식민지 출신 작가들이 새로운 창작의 주체로 등장한 것이다. 그 시작은 식민지조선 출신 작가 장혁주의 등단이었다. 경북 벽촌의 저수지공사에 동원된 농민들의 비참한 삶과 그들의 저항을 그린 「아귀도(餓鬼道)」가 '개조사(改造社)'가 주관하는 1932년 제5회 '개조(改造) 현상(a prize contest)'에 2등으로 당선된 것이다. 이후 장혁주는 잡지 『개조』를 비롯해 여러 문예잡지에 자신의 창작물을 발표하며 일본문단 안에서 작가로서의 입지를 확고히 해갔다. 그리고 그의 '문학적 성공'은 그 자신에만 국한되지 않았다. 장혁주라는 존재는 조선인 작가지망생의 일본 등단을 촉진하는 계기였을 뿐만 아니라, 그 스스로 양자를 연결하는 역할을 담당하기도 하였다.

일본문단을 향한 식민지 출신 작가들의 움직임은 조선인 작가에 한정된 것이 아니었다. 타이완 출신 작가지망생들도 꾸준히 일본문단의 문단의 문을 두드렸다. 그런 움직임은 먼저 일본어잡지의 창간으로 나타났다. 1933년 3월 당시 도쿄에 유학하고 있던 타이완청년들은 '타이완예술연구회'를 결성하고 기관지로 일본어잡지 『포르모사(*Formosa*)』를 창간했다. 비록 창간의 목적이 일본문단의 진입을 목표로 한 것은 아니었지만, '타이완예술연구회' 자체는 일본 내 프롤레타리아 문학운동과 연계되어 있었다. 그리고 곧이어 장혁주의 등장에 자극을 받은 다수의 타이완 출신 작가지망생들도 일본문단에 모습을 드러냈다. 1934년 10월 일본의 문예잡지 『문학평론』에 양쿠이(楊逵, Yang Kui, 1905~1985)의 「신문배달부」라는 소설이 게재되었다. 이것은 일본에서 발간되는 문예잡지에 실린 최초의 타이완인 소설이었다. 이어서 1935년 1월호 『문학평론』에는 뤼허뤄(呂赫若, Lu Heruo, 1914~1950)의 소설 「소달구지[牛車]」가 실렸고, 드디어 1937년에는 장혁주의 일본문단 진입의 계기가 되었던 '개조 현상'에 룽잉쭝(龍瑛宗, Lung Yingtsun, 1911~1999)이 「파파야 마을[パパイヤのある街]」이라는 소설로 당선되었다.

당연하게도 이들의 등장은 식민지에서 동화정책의 일환으로 실시된 '일본어교육'이 없었다면 불가능했을 것이다. 뿐만 아니라 일본어 서적이 지속적으로 식민지로 유입되는 출판물 유통 환경의 변화도 일본어로 소설을 쓰는 식민지 출신 작가의 등장에 영향을 미쳤다.[1] 실제로 앞서 언급한 작가들은 예외 없이 학교의 일본어교육을 통해 일본어의 세계로 들어왔고, 일본에서

---

1 中根隆行, 『〈朝鮮〉表象の文化誌 – 近代日本と他者をめぐる知の植民地化』, 新曜社, 2004, 237~243쪽; 고영란, 「제국 일본의 출판시장 재편과 미디어 이벤트」, 『사이間SAI』 제6호, 2009 참조.

건너온 문학작품을 읽어가면서 작가로서의 꿈을 키워갔다. 또한 작가가 되기로 결심한 이후에는 일본의 작가들에게 인정받아 일본문단의 일원이 되기를 열망했다. 따라서 일본 내 잡지가 운영한 '현상제도'는 그들에게 일본문단 입회를 실현할 수 있는 유일하고 동시에 확실한 기회로 간주되었다.

이런 공통의 배경에도 불구하고 타이완 작가들의 사정은 식민지조선 출신의 작가들과는 달랐다. 예를 들어 일본어로 소설을 쓰는 이유에 관하여 일부의 타이완 작가들이 보여준 흥미로운 사실은 '일본어'로 '타이완문학'을 창조하겠다는 태도였다. 근대의 '민족문학(national literature)'이라는 관점에서 보면 이례적인 이런 발상은, 예컨대 『포르모사』의 동인들의 글 속에서 찾아볼 수 있다. 이에 반해 장혁주에게 자신의 일본어소설을 '조선문학'의 일부로 보는 생각은 존재하지 않았다. 또 하나 주목할 부분은 일본어로 문학 활동을 전개했던 타이완 출신 작가들의 대부분이 조선인 작가들에 비해 '프롤레타리아 국제주의(Proletariat Internationalism)'을 강하게 의식하고 있었다는 점이다. 타이완 출신 작가들은 타이완의 비참한 현실을 묘사한 자신들의 일본어 소설을 '프롤레타리아 국제주의'의 결과물로 간주했다. 물론 장혁주를 비롯해 식민지조선 출신 작가들도 개인적으로 일본의 프롤레타리아 문학자들과 친분을 갖고 있었다. 하지만 '프롤레타리아 국제주의'를 일종의 창작 상의 규범으로 받아들이는 경우는 드물었다. 반면 타이완 출신 작가들에게 '프롤레타리아 국제주의'는 '일본어 타이완문학'과 자신들의 일본문단 진출을 정당화하는 근거였다.

일본의 문단 안에 나타난 식민지 출신 작가들의 문학은 주로 식민지에서 실시된 일본어교육의 '결과' 혹은 식민지 출신 작가들의 일본문단에 대한 '동경'의 시각에서 분석되었다.[2] 그런데 이런 시각에서는 피식민자의 '민족주의'

가 고려되기 어렵다. 하지만 『포르모사』의 사례에서 보는 것처럼, 타이완 출신 작가들 중에는 '타이완문학'의 확립을 위해 일본어로 쓸 것을 주장하는 부류가 존재했다. 뿐만 아니라 『문학평론』을 통해 등단한 두 명의 타이완 작가들의 작품은 모두 일본인에 의해 자행되는 타이완인에 대한 '억압'과 '착취' 그리고 그로 인한 타이완인들의 '비참한 생활'을 그려내고 있었다. 거기에는 타이완의 '절망적' 현실을 외부 세계에 알린다(고발한다)는 의식이 강하게 작용하고 있었다고 할 수 있다. 즉, 그들에게 일본어 창작과 민족의 현실에 대한 비판적 인식은 대립하기는커녕 오히려 상호보완적 관계를 이루고 있었다.

1930년대 '식민지 일본어문학'의 등장은 식민지 출신 작가들의 '동기'만이 아니라 그들을 '발굴'한 일본의 문학자들과 일본 내 문단 저널리즘의 '전략'에도 주의를 기울일 것을 요청한다. 당연하게도, 식민지 출신 작가들의 일본문단 진입을 그들의 '중앙문단'을 향한 열망만으로 환원할 수 없다. 그런 작가들을 받아줄 수 있는 상황이 일본문단 쪽에 형성되어 있지 않으면 안 된다. 식민지 출신 작가들의 작품들이 대체로 '소재의 특이성'의 측면에서 평가받았다는 사실은 '문학성'보다 '소재'를 중시하는 비평의 기준이 이미 일본문단 안에 조성되어 있었음을 보여준다.[3] 따라서 1930년대 식민지 일본어문학의 출현 배경을 이해하려면 '진입하려는 쪽'과 '받아주는 측' 모두의 '전략'을 살펴보지 않으면 안 된다.

이 글에서는 1930년대 일본의 문단 저널리즘 안에서 '식민지 일본어문학'

---

2 南富鎭, 『文學の植民地主義―近代朝鮮の風景と記憶』, 世界思想社, 2006; 和泉司, 「憧れの「中央文壇」―一九三〇年代の「台湾文壇」形成と「中央文壇」志向」, 島村輝 外編, 『文學年報 2 ポストコロニアルの地平』, 世織書房, 2005; 김계자, 『근대 일본문단과 식민지 조선』, 역락, 2015, 137~161쪽 참조.

3 고영란, 앞의 글; 和泉司, 위의 글 참조.

이 하나의 '장르'로 형성된 배경을 타이완 출신 작가들의 일본어소설에 초점을 맞춰 살펴보고자 한다. 이런 목적을 가진 이글이 제기하는 핵심적 질문은 다음과 같다. 첫째, 1930년대 타이완인 작가들의 일부가 일본어 창작과 일본 문단의 진입을 '자발적'으로 선택한 이유는 무엇인가. 둘째, 이 시기에 일본의 문단 저널리즘 안에서 '문학성'보다 '소재의 특이성'을 중시하는 비평 기준이 특별히 강조된 이유는 무엇인가. 나아가 이러한 논의를 확장시켜 이러한 1930년대 식민지 출신자에 의한 일본어문학이 일본의 식민지에 관한 지식사(知識史)에서 차지하는 역사적 의미를 살펴보고자 한다.

2. 타이완 유학생의 일본어잡지 『포르모사』

1933년 3월 왕바이위안(王白淵, 1902~1965), 우쿤황(吳坤煌), 장원환(張文環, 1909~1978), 우융푸(巫永福, 1913~2008) 등 도쿄에 유학하고 있던 타이완 청년들은 '진실로 타이완인이 필요로 하는 신문예'의 확립을 주장하며 '타이완예술연구회'[4]를 결성했다. 이 '타이완예술연구회'는 '일본프롤레타리아문화연맹'과 연계되어 있던 '타이완문화서클'을 일종의 합법적 형태 재건한 조직이었다. 『포르모사(Formosa)』는 타이완의 '신문예'의 확립을 내걸었던 '타이완예술연구회'의 기관지로 1933년 7월 창간되었다. 제2호는 1933년 12월, 제3호

---

4 台湾總督府警務局, 「台湾社會運動史」, 『台湾總督府警察沿革誌』 第二編 中卷, 台湾總督府警務局, 1937, 58쪽.

는 1934년 6월에 발행되었는데, 발행자금의 문제로 결국 제3호를 끝으로 폐간되었다.

이들 동인들이 표방한 『포르모사』의 창간의 목적은 "진정한 타이완순문예를 창작"하는 것이다. 그렇다면 이들 『포르모사』의 동인들이 주장했던 '진정한 타이완순문예'의 조건은 무엇인가? 예를 들어 동인의 한 사람인 양싱둥[楊行東]은 창간호에 실린 「타이완문학계에 대한 대망」에서 무엇보다 새로운 타이완문예는 내용상으로 타이완의 '특수사정'을 표현한 것이어야 한다고, 그는 말한다. 즉 "타이완문예!! 그것은 무엇보다 타이완이라는 특수한 존재로부터 자연스럽게 나오는 표현이며, 지금 우리 타이완의 문화창조에 공헌할 수 있는 정신력이 있는 문학이자 문예이지 않으면 안 된다."[5]

여기에 그는 새로운 타이완문예는 타이완인에 의해 표현되어야 한다고 덧붙인다. 따라서 "타이완을 배경으로 하는 걸출한 문예"라 하더라도 그것이 "타인"에 의한 것이라면 타이완문예에 포함될 수 없다. 양싱둥에게 "진정으로 철저한 의미의 타이완문예"는 "타이완이라는 존재 속에서 부단히 노력하는 삶을 이어온 자의, 자기 모습의 관조에, 울고, 웃고, 떠드는 그 끊이지 않는 외침 속에서만" 가능한 것으로 간주된다.[6]

이렇게 양싱둥이 전망하는 타이완문예는 '주체'와 '대상'을 철저히 '타이완적인 것'에 귀속시킴으로써 성립하는 것이었다. 그러나 예외적으로 타이완문예의 '언어'에 관해서는 이런 방책을 적용하고 있지 않다. 양싱둥은 새로운 타이완문예의 표현수단은 일본어가 되어야 한다고 주장한다.

---

5   楊行東, 「台湾文芸界への待望」, 『フォルモサ』 創刊号, 1933, 16쪽.
6   위의 글, 16쪽.

화문(和文=일본어)의 문예적 표현! 이것은 우리들이 장래에 가장 크게 활약할 유일한 무기이다. 특수사정 아래 있는 타이완, 그 문예도 또한 여기에 비로소 위대한 저작, 창작이 나타날 것이다. 현재 아직 모방적인 것에 지나지 않는 감이 없지는 않지만, 이미 상당한 성적과 활약을 보고 있다. 아니 장래에 진정한 문예적 분야는 아마 이 권내에만 속할지도 모른다. 우리들은 여기에 화문의 철저한 이해와 창작을 위한 충분한 발명이 있을 것을 필연적이라고 기대해 마지않는다.[7]

양상등의 주장이 보여주는 것처럼, 『포르모사』의 동인들은 새로운 타이완문예가 그 내용에서는 '타이완의 특수사정'을 다루고, '타이완인'에 의해 쓰여야 한다고 말하면서, 문학언어는 타이완화문이 아니라 '일본어'를 상정했다. 달리 말하면 그들은 식민지의 '민족문학'을 제국의 언어적 토대 위해 세우려 했다고 할 수 있다. 당시 '타이완문학'이 '향토문학'을 의미했던 사정을 감안하면, 이들의 민족문학관은 '이례적'이라 말하지 않을 수 없다.

이렇게 '이례적'이고 '일탈적'인 민족문학 인식은 『포르모사』의 동인들이 일본어와 맺고 있었던 세대적 체험과 무관하지 않다. 앞서 언급했듯이 동인들은 예외 없이 일본에 유학 중인 학생들이었다.[8] 물론 그 배경에는 1920년대에 들어와 '타이완교육령'의 발포를 계기로 타이완의 학교교육에서 일본어 학습이 강화되었던 사정이 놓여있다. 그리고 이러한 세대적 경험은 그들에게 일본어로 창작 및 평론의 집필이 가능한 상당한 정도의 일본어 구사 능력을 제공했다.

---

7   위의 글, 21쪽.
8   왕바이위앤王白淵 도쿄미술학교사범과 출신이었고, 우쿤황吳坤煌과 장원환張文環은 각각 메이지대학과 도요대학東洋大學에 재학 중에 있었다. 그리고 우융푸도 메이지대학 재학생이었다.

그런데 여기서 이들의 '타이완문학=향토문학'론이 일본어에 능통한 일부 유학생의 자기만족적이고 자기과시적인 차원에서 제기된 것이 아니라는 점은 확인해 둘 필요가 있다. 이들의 타이완문학론은 1930년 이후 타이완문학의 내용과 조건을 둘러싸고 전개된 '향토문학논쟁'[9]의 일부였다.

향토문학논쟁은 황스후이[黃石輝]가 잡지 『오인보』 9호(1930.8.16)에 「어찌 향토문학을 제창하지 않을 수 있나」를 계기로 시작되었다. 여기서 황스후이는 타이완문학은 '타이완인'이 '타이완말'로 '타이완의 사정'을 묘사할 때, 진정한 '향토문학'이 될 수 있다고 주장하고 있다. 독립 이후 타이완 민족문학 담론의 기반이 되었던 그의 유명한 '향토문학'론은 다음과 같다. "당신은 타이완 사람이다. 당신의 머리는 타이완의 하늘을 이고 있고 발은 타이완의 땅을 밟고 있다. 눈이 바라보는 것은 타이완의 상황이며 귀로 듣는 것은 타이완의 소식이다. 시간을 거쳐 온 것은 타이완의 경험이며, 입으로 말하는 것 역시 타이완의 언어이다. 따라서 당신의 서까래 같은 건필로 꽃을 피우는 아름다운 펜으로 마땅히 타이완의 문학을 써나가야 할 것이다."[10]

황스후이는 타이완문학을 철저하게 타이완의 '풍토'와 '상황'에 근거해 사고하고 있다. 그의 향토문학론이 '타이완 민족주의'에 뿌리를 내리고 있었다. 실제로 그의 의도는 '타이완'을 일본, 중국과 구분하고 그 위에서 타이완문학을 당시 일본문학과 중국문학의 판도에 속하지 않는 것으로 '독립'시키는 것

---

9 '향토문학논쟁'이란 1930년부터 1934년 사이에 앞으로의 타이완 문학이 그려야 할 내용과 문학언어를 둘러싸고 일대 논쟁을 가리킨다. 이 논쟁이 향토문학논쟁으로 불린 것은 논쟁을 촉발시킨 황스후이의 글의 제목이 「왜 향토문학을 제창하지 않는가」였던 것에 기인한다. 이 논쟁의 양상에 관해서는 다음 문헌을 참조할 것. 최말순 편, 『타이완의 근대문학 1 ─ 운동 · 제도 · 식민성』, 소명출판, 2013, 354~363쪽; 서동주, 「식민지 청년의 이동과 근대문학 ─ 타이완 청년의 일본어잡지 『포르모사』를 중심으로」, 『일본사상』 26, 2014, 264~268쪽.

10 黃石輝, 「怎樣不提唱鄕土文學(一)」, 『伍人報』, 1930.8.16(최말순 편, 『타이완의 근대문학』 2, 소명출판, 2013, 170쪽 재인용).

이었다. 하지만 황스후이의 '향토문학'이 오직 타이완 민족주의에만 따른 것은 아니었다. 당시 그는 민족주의자이면서 동시에 사회주의자였다. 사회주의자 답게, 그는 향토문학이 '타이완 말'을 사용해야 하는 또 다른 이유로 '노동하는 광대한 군중'의 존재를 거론한다. 그는 제국일본의 언어와 조국(중국)의 백화문은 모두 '지배계급'의 언어에 불과하며 '노동대중'과 무관한 것으로 간주했다. 따라서 그의 논의 속에서는 오직 타이완의 '노동대중'이 사용하는 타이완 말로 쓰인 문학만이 '향토문학'의 자격을 인정받을 수 있다.

황스후이로 대표되는 '타이완화문'론에 대한 가장 적극적인 반대자는 라이밍훙(賴明弘)이었다. 그도 황스후이와 마찬가지로 타이완의 대중을 중시했지만, 그것을 타이완에 한정하지 않았다. 그의 대중 개념은 '대륙=중국'까지를 포함한 것이며, 거기서 기준이 되는 것은 '타이완=섬'이 아니라 '대륙'이었다. 따라서 그에게 문학은 자연스럽게 중국백화문으로 쓰여야만 했다.

> 타이완 사람은 중국의 한 지역 사람이기도 하다. 타이완 사람들은 여전히 중국에서 전해진 풍속 습관과 문화에서 벗어날 수 없다. 언어 역시 중국의 지역언어에 불과하다. 바꿔 말하자면 (…중략…) 우리 타이완 사람들은 결국 한자를 쓸 수밖에 없으므로 이전 사람들의 노력을 이어받아 무조건 중국 백화문을 받아들여 우리 타이완 신문학 건설의 표현도구로 삼아야 할 따름이다![11]

타이완화문을 주장하는 사람들이 대중의 언어로부터 공통의 문학언어를 만들자는 발상을 취했다면, 중국백화문을 주장하는 측은 중국지식인의 언어

---

11 최말순 편, 『타이완의 근대문학』 2, 소명출판, 2013, 185쪽 재인용.

로 대중의 언어를 계몽하고 통일시키자는 발상에 입각해 있었다. 즉 양자 사이에는 언어의 근대화 방식을 둘러싸고 근본적인 인식의 차이가 놓여 있었다. 특히 중국백화문의 지지자들은 타이완과 중국이 단절되는 것에 우려감을 갖고 있었다. 따라서 그들은 타이완문학을 좀 더 보편적으로 만드는 길은 중국백화문을 사용해 중국사람들도 이해할 수 있도록 하는 것에 있다고 생각했다.

황스후이와 라이밍훙과 달리, 일본 프롤레타리아 문학운동과 연결되어 있던『포르모사』의 동인들에게 '향토문학=새로운 타이완문학'은 '민족성'이 아닌 '계급성'의 논리 위에 구축되었다. 예를 들어 우쿤황은 다음과 같이 주장하고 있다.

> 타이완 또한 세계의 한 작은 지역 중 하나이다. 그러나 일단 세계 역사의 한 페이지에 편입되면 예외란 없다. 타이완 역시 세계적인 경제공황이나 사상적인 파도의 충격을 벗어날 수 없다. 공포와 혼란의 물결 속에서 나날이 빈곤화되는 계급사회의 갖가지 면모들, 즉 끼니조차 제대로 때우지 못하는 농민들의 모습들, (…중략…) 노동자들의 몸부림, 거리를 헤매는 실업자, 몰락한 중산계급, 그리고 이런 현상에 따라 더욱 얽히고 복잡해지는 세기 말의 자살, 강도, 강간 (…중략…) 등의 사회불안 현상이 나타난다. 그리고 또 다른 측면에로는 이런 약소계급 위에 군림하는 통치계급은 이 세계 역사에서 소외된 남쪽 섬의 구석구석을 장악하였다.[12]

이 글은 우쿤황이 「타이완의 향토문학을 논한다」라는 제목 하에 일본어로 작성한 문장의 일부이다. 타이완은 "세계의 일부"라는 말에서 우쿤황이

---

12 吳坤煌, 「台湾の鄉土文學を論ず」, 『フォルモサ』 2号, 1933, 31쪽.

타이완 민족주의와 중국 민족주의 모두에 대해 거리를 두려 했음을 읽을 수 있다. 그는 타이완을 세계적 수준에서 전개되는 계급대립 속에서 '약소계급'에 위치시킴으로써, '대륙'과의 관계에서 타이완의 정체성을 사고했던 민족주의자들과 자신을 구별 짓고 있다. 여기에 나타난 사회주의의 강력한 영향은, 물론 그들이 일본 프롤레타리아 문화운동과 형성하고 있던 연대관계의 결과였다. 나아가 그들은 자신의 문학활동을 '프롤레타리아 국제주의'와 같은 이념을 통해 정당화 했다. 따라서 일본의 문학자들이 이해할 수 있도록 일본어로 쓰는 것은 이러한 국제주의를 실현하기 위한 불가결한 선택으로 간주된다.

이렇게 『포르모사』가 내걸었던 '타이완신문학=새로운 타이완문예'는 유학생들의 고립된 주장이 아니었다. 그것은 이른바 '향토문학' 논쟁에 뛰어들었던 모든 지식인의 목표이기도 했다. 새로운 타이완문학을 '향토문학'이라는 개념으로 호명하는 가운데 그것을 어떤 언어로 할 것인가를 놓고 그들은 격돌했다. 향토문학의 주창자 황스후이는 타이완대중의 언어생활로부터 공통의 문학언어를 구상하려 했다. 반면 중국민족주의를 고수한 라이밍홍은 중국의 백화문으로 타이완문학과 타이완대중을 계몽하는 방식을 주장했다. 여기에 대해 『포르모사』의 동인들 일종의 프롤레타리아 국제주의 관점에서 '타이완문학=향토문학'을 사고했다. 즉, 그들에게 일본어는 민족주의를 비판하는 '무기'이자 타이완문학의 국제주의를 실현할 수 있는 유일한 문학적 '수단'으로 간주되었다.

3. 왜 '일본어'인가?

『포르모사』의 동인들이 '타이완신문예'의 언어를 일본어로 할 것을 주장한 배경에는 사회주의 이념의 영향이 낳은 일종의 '국제주의'에 대한 신념이 자리하고 있었다. 이것은 왜 일본어로 써야 하는가에 대한 '정치적' 이유라고 할 수 있다. 그런데 이것은 일본어 창작이 가져다줄 '문학적' 성과에 대한 기대감과는 구분할 필요가 있다. 그렇다면 이들이 일본어 창작의 정당성을 위해 거론한 '문학적' 이유는 무엇이었을까?

양싱둥(楊行東)은 『포르모사』 창간호에 실린 「타이완문예계에 대한 대망」에서 일본어 창작이 필요한 '문학적' 근거를 다음과 같이 제시한다. 우선 양싱둥은 일본어가 "살아있고 첨단화하는 현대적 감정을 표현하는 데" 적합하다는 점에서 일본어 창작의 필요성을 주장하고 있다. 반면 한문은 "점차 실생활에서 멀어져 불편해진 까닭에, 현대인에게 호소하기가 어렵게" 되었고, 백화문은 "자구(字句)의 성립과 특수한 용자법에 결점이 없지 않다"고 지적한다. 타이완화문에 대해서도 그는 그것에 의한 표현이 "비교적 민중적"이지만 "훌륭한 문학적 저술이 나타나지 않고" 있다고 지적하며, "민중의 반려자인 문자가 이렇게 문예적으로 활발하지 못하다는 사실 하나만으로도 현재 타이완문학계의 실망스런 소식을 감수해야만"[13] 한다고 꼬집고 있다. 즉, 한문, 백화문, 타이완화문은 근대적 문학에 요구되는 인물의 '현대적 심리 묘사'를 실현하는 데 적합하지 않다는 것이다.

---

13 楊行東, 앞의 글, 20쪽.

양성둥은 일본어가 문학의 언어로서 '우월한' 또 다른 이유로 일본어 작품이 보다 많은 사람들에게 읽힐 수 있다는 점을 들고 있다. 예를 들면 타이완 문예가 "타이완적 특색 아래 그 모습을 발전시켜 나갈 것"을 바라지만 동시에 "타이완이라는 작은 지역 안에 머물고 싶지 않다"는 그의 주장에서 더 많은 독자에 대한 그의 관심을 확인할 수 있다. 그는 일본어는 점차 '대중화'될 것이며, 일본어문학은 보다 많은 독자들에게 읽힐 수 있는 기회를 제공할 것이라고 생각했다. 이에 대해 중국의 백화문은 "본도(타이완섬 – 인용자)의 인텔리 정도"가 이해할 수 있을 정도로 그 "활동의 범위"가 제한적이고,[14] 타이완 화문은 중국의 백화문보다 "민중적"이지만 그 범위가 역시 타이완에 국한되고 있다[15]는 점에서 한계가 있다고 지적하고 있다. 어떤 언어가 보다 많은 독자층을 확보하는 데 유리한가라는 기준이 그의 문학언어 선택에 영향을 주고 있음을 확인할 수 있다.

한편 「신문배달부」로 일본문단에 등장했던 양쿠이의 일본어 창작에 대한 생각은 좀 더 복잡하다. 그는 '향토문학논쟁'에 직접 참여하지는 않았지만, 문학의 언어를 둘러싼 논쟁의 배경에는 복수의 말이 착종하는 타이완의 언어 환경이 있음을 분명하게 깨닫고 있었다. 그리고 바로 그런 이유로 타이완 인의 일부는 언어상의 정체성에서 일종의 '분열증'을 겪을 수 있다고 보았다. 당시 타이완 출신 작가들이 안고 있었던 언어적 고민을 양쿠이는 다음과 같이 표현하고 있다.

타이완 주민은 본래 거의 한족이기 때문에 문학 방면에서는 대륙의 식민지였다.

---

14 위의 글, 21쪽.
15 위의 글, 21쪽.

그러나 일본 제국주의가 타이완을 접수한 후 점차 한문 교육을 금지하고, 초중급 교육에서 일본어를 강제적으로 사용하게 하여 언어적인 기형아가 만들어졌다.[16]

달리 말하면 양쿠이는 그 자신이 다름 아닌 '언어적인 기형아'라는 의식을 갖고 있었다. 하지만 이런 굴절된 의식이 근대문학의 언어에 대한 그의 사고를 심화시키는 방향으로 나아간 것 같지는 않다. 왜냐하면 그가 타이완문단에 발휘한 영향력이란 역설적으로 일본어소설을 일본의 문예잡지에 발표하고 일본문단으로부터 '인정'을 받았다는 사실에 의존하고 있었기 때문이다. 그에게 일본어와 일본문단의 '지적 권위'는 새로운 타이완문학을 생각함에 있어서 확고한 것이었다. 그것은 아래와 같은 그의 발언에서 엿볼 수 있다. 여기서 양쿠이는 타이완문단의 '현재'와 '진로'를 이해하기 위해서는 일본문단의 동향을 주시해야 한다는 식으로 문학언어로서 일본어의 중요성을 우회적으로 표현하고 있다.

현재 우리 타이완문단은 중국문단보다도 일본문단과의 관계가 보다 긴밀하다. 우리 타이완문단을 알기 위해서는 우선 일본문단을 알지 않으면 안 된다. 우리들의 진로를 정하기 위해서는 우선 일본문단의 동향을 주시하지 않으면 안 된다. 물론 일본문단을 주시하는 것은 일본문단에 편승하기 위함이 아니다. (…중략…) 우리들의 창작은 아직 상품이 아니다. 우리들이 진실로 우리들의 생각을 철저히 하고, 우리들의 창작활동의 기초를 튼튼히 할 수 있는 것은 바로 지금이다.[17]

---

16 楊逵,『台湾の文學運動』,『文學案內』1933年 10月号, 1933(최말순 편,『타이완의 근대문학 1-운동・제도・식민성』, 소명출판, 2013, 364쪽에서 재인용).
17 楊逵,「芸術は大衆のものである」,『台湾文芸』, 1935年 2月号.

양쿠이는 일본문단을 주시하는 것이 그것에 '편승'하기 위함이 아니라 '타이완문학의 기초를 튼튼히' 하기 위함이라고 말하고 있지만, 여기에서 일본어와 일본문단의 '권위'를 인정하고 거기에 스스로를 '종속'시키는 태도를 읽어내기란 그다지 어렵지 않다. 실제로 여러 선행하는 연구들이 지적한 것처럼 양쿠이를 비롯한 타이완 출신 작가들의 일본어 창작을 추동한 것은 '일본문단'을 향한 강렬한 '동경'과 그 일원이 되고 싶다는 '욕망'이었다. 예를 들어 『포르모사』의 동인인 우쿤황(吳坤煌)은 『포르모사』의 후속지로 창간된 『타이완문예』의 좌담회(1935.4)에서 '장혁주의 등단'을 언급하며 타이완 출신 작가들의 일본문단, 즉 "중앙문단" 진출을 독려하는 발언을 남기고 있다.

최근 정치경제의 급진에 따라 지금까지 관심 밖에 놓였던 타이완의 문화에 주목하는 자가 늘어나고 있고, 그와 동반되어 타이완의 문예도 점차 진보의 경향을 보이고 있다. (…중략…) 타이완의 문예기관이 우후죽순처럼 일어나고 있다. 타이완의 정서를 표방하는 작품도 내지의 잡지에 진출해 중앙문단에 모습을 드러내고 있으며, (…중략…) 일본의 문단수준에 육박해 가고 있다. 또 여러 숨은 동지들은 문예춘추와 개조의 아성을 노리고 있다. 모두가 열심히 분투노력하고 있기 때문에 가까운 장래에 조선의 장혁주와 같은 작가가 그 속에서 산출되리라 확신한다.[18]

이 좌담회는 양쿠이와 뤼허뤄가 『문학평론』을 통해 등단한 이후에 이루어졌다. 하지만 '현상'에 정식으로 입선한 사례가 없음을 의식하여, 우쿤황은

---

18 和泉司, 앞의 글, 142쪽 재인용.

장혁주와 같은 작가가 곧 나오리라는 기대를 드러낸다. 실제로 이런 기대는 1937년 룽잉쭝의 '개조현상' 입선으로 실현되었다. 여기서 타이완 작가들에게 장혁주의 등단은 자신들도 '현상창작'에 입선할 수 있는 가능성의 증표이면서, 동시에 타이완 문단과 '중앙=일본문단'의 '거리'를 가늠하는 일종의 기준으로 작용하고 있음을 확인할 수 있다. 이처럼 장혁주라는 존재를 1930년대를 통해 식민지조선의 작가지망생 뿐만 아니라 타이완의 문학청년에게도 유의미한 '성공사례'로 인식되고 있었다.

그런데 흥미로운 사실은 '더 많은 독자'에 대한 의식은 장혁주에서도 찾아볼 수 있다는 점이다. 예를 들어 1932년 '개조 현상'에 당선된 일본어 소설 「아귀도」의 창작동기를 밝히고 있는 다음과 같은 구절에서 확인할 수 있다.

> 조선민족 만큼 비참한 민족은 세계에 없을 것이다. (…중략…) 나는 이 실상을 어떻게든 세계에 호소하고 싶다. 그러기에는 조선어로는 범위가 협소하다. 일본어는 그 점, 외국어로 번역될 기회가 많기 때문에, 어떻게 해서든 일본문단으로 진출하지 않으면 안 된다고 생각했습니다.[19]

장혁주는 「아귀도」가 더 많은 사람들에게 조선의 '비참한 사정'을 알리고 싶었다는 동기에서 쓰였다고 설명하고 있다. 일본의 독자들에게 읽힐 수 있고 나아가 다른 외국어로의 번역이 상대적으로 용이한 '일본어'의 선택은 불가피했다는 주장이다. 나아가 장혁주는 일본어가 조선이라는 '지역(지방)'을 '(보편적) 세계'와 연결시키는 매개가 된다고 말하고 있는데, 흥미로운 것은 양

19　保高德藏, 「日本で活躍した二人の作家」, 『民主朝鮮』, 1946年 7月号.

싱둥도 유사한 생각을 하고 있었다는 점이다. 예를 들어 양싱둥도 일본어에 의한 타이완문학의 확립을 주장하는 글에서 일본어 창작이 "타이완적 문예를 국민적 문예로 만들고 나아가 세계적 문예로까지 올라"서게 할 것이라는 말했다. 장혁주와 마찬가지로 그에게 일본어는 단순히 예술을 예술답게 만드는 언어가 아니라 타이완이라는 '국부적인 지방'을 '보편적인 세계'와 연결시키는 회로로 인식되었다. 이렇게 식민지 출신의 작가들에게 일본어는 근대적 문학만이 아니라 '세계문학'으로 나아가는 '창'과 같은 것이었다.

하지만 문학적 언어로서의 일본어의 가치에 관한 인식의 유사성에도 불구하고, 이들을 바라보는 당대 민족주의자들의 시선은 전혀 달랐다. 잘 알려진 것처럼 1930년대의 장혁주의 '일본어소설'은 조선문단의 민족주의자들로부터 지속적으로 비판받았고, 그것은 해방 이후 그가 일본으로 '귀화'를 선택하는 데 영향을 주었다. 반면 『포르모사』의 동인들은 일본어 창작을 주장했다고 해서 '반민족'으로 지탄받지 않았으며, 장혁주와는 대조적으로 독립 이후에도 타이완에 머물며 타이완문단에서 영향력을 행사하는 지위를 누렸다. 그렇다면 이런 역사적 '차이'가 어디에서 기인하는 것이지 묻지 않을 수 없다.

이 문제에 관해서는 다음과 같은 두 가지 차원에서 생각해 볼 수 있다. 첫째 조선에서는 '조선어'가 식민지화 이전에 이미 '모어'로 간주된 반면, 타이완에서는 중국어, 타이완어, 일본어 등 복수의 언어가 사용되는 환경 속에서 '모(國)어'의 확립이 지속적으로 지연되었다는 점을 들 수 있다. 타이완의 경우 '모어'가 확립되지 못했다는 사정이 일본어를 '향토문학'을 위한 창작 언어로 받아들이는 것을 가능케 했다고 할 수 있다. 일본의 식민지가 되기 이전부터 이미 타이완은 '다언어' 상황이었다. 다수의 한족들이 사용하는 민남어(閩南語), 비록 일부에 국한되었지만 한족의 언어인 객가어(客家語), 그리고 타이완의 여러 원주민들의 언어가 타이완의 일상생활에서 함께 사용되고 있었다. 그런데 이런 제 언어들은 당시에도 각기 완전한 문자 체계를 갖추지 못했다.[20] 실제로 '타이완화문논쟁' 과정에서 특히 타이완화문이 체계적이지 못하다는 지적이 빈번히 제기되었다는 점은 이런 사정을 반영한다. 한편 한문의 경우 일부 지식인 사이에서 주요한 문자도구로 이용되었지만 그로 인해 '특권계급의 언어'로 간주되는 면이 있었다. 더욱이 5·4운동의 영향으로 근대적 언문일치의 맥락에서 중국의 백화문이 부상했지만, 이 또한 언어로서의 체계성을 충분히 갖추지 못했다. 그런 상황 속에서 일본어교육이 실시되었고, 거기서 성장한 일부 작가들에게 일본어는 체계성이 부족한 기존의 언어를 대신하는 대안적 언어로 비춰졌다.[21] 결국 조선에서는 일본어의 '침투'에 대해 지켜야할 '모어'가 존재했지만, 타이완은 '모어'가 확립되어 있지 않은 상황에서 일본어도 근대적 타이완어의 수립을 위한 선택지로 받아들여질 수 있었다.

둘째, 앞에서 거론한 '모어'의 미확립과 관련하여 조선에서는 조선어를 표현수단으로 하는 '조선문학'이 일종의 '민족문학'으로서 제도적으로 성립해 있었다면, 1930년대 타이완에서는 그런 식의 '타이완문학'은 형성과정에 있었다는 점도 간과할 수 없다. '타이완신문학'의 수립이라는 목표를 둘러싸고 1930년대에 전개되었던 '향토문학논쟁'은 역설적으로 '민족문학'이 제도화 되지 못한 타이완의 문단 상황을 보여준다. 그리고 이러한 상황은 일본어에 대한 타이완 작가들과 조선의 작가들의 인식의 차이를 가져왔다. 예를 들어 최남선, 이광수 등에 의해 '조선근대문학'이 성립한 이후에, 일본어 교육을 받고 성장한 장혁주, 김성민과 같은 작가들은 조선문학을 '세계'에 알리기 위해

---

20 송승석, 「식민지타이완의 이중어상황과 일본어글쓰기」, 『중국현대문학』 60호, 2012, 138쪽.
21 위의 글, 138쪽.

일본어를 선택했다. 달리 말하면 이광수, 주요한, 김동인 등이 일본어를 조선문학을 형성하기 위한 '수단'으로 간주했다면, 장혁주 등에게는 일본어 그 자체가 표현의 '주체'가 되고 있었다.[22] 반면 타이완에서는 근대 '타이완문학'의 성립이 목전의 과제로 부상하는 가운데 일본어도 백화문과 함께 근대적 문학언어의 후보로 거론되었다. 그리고 앞에서 살펴본 것처럼 적어도 『포르모사』의 동인들에게 일본어는 '현대생활'의 '예술적 표현'에서 백화문보다 '우월한' 언어로 간주되는 측면이 있었다. '모어'의 지위가 확고하지 않은 상황에서 일본어는 타이완문학을 근대화하기 위해 필요한 하나의 유력한 선택항으로 간주되었고, 이것이 '일본어 타이완문학'이라는 이색적인 근대문학상(象)의 존재를 가능케 했다고 볼 수 있다.

1930년대 식민지조선에서는 이미 조선어에 의한 조선근대문학이 제도적으로 성립해 있었다. 따라서 장혁주, 김성민과 같은 일본어 창작을 표방하는 작가들은 '조선문학을 세계에 알린다'는 논리에도 불구하고 조선의 문단 내부에서는 조선문학의 독립성을 위태롭게 만드는 존재로 비춰졌다. 반면 근대적 문학언어도 민족문학도 확립되어 있지 않았던 1930년대 타이완에서 일본어는 타이완의 언어와 문학을 근대화하기 위해 수용할 수 있는 선택지의 하나였다. 지켜야할 '타이완적인 것'이 확고하지 않았기에 일본어는 반드시 '문화침략'으로 연결되지 않았다. 오히려 일부에서는 민족문학의 수립을 위한 문학적 수단으로 간주되기도 하였다. 타이완인 작가들과 식민지조선의 작가들과의 차이는 이러한 1930년대 '민족문학'을 둘러싼 식민지 조선과 식민지 타이완의 차이 속에서 이해될 필요가 있다.

---

22 南富鎭, 『文學の植民地主義―近代朝鮮の風景と記憶』, 世界思想社, 2006, 83쪽.

4. '권력'으로서의 저널리즘

1930년대 식민지 출신 작가들의 '월경적(cross border)' 활동을 조망할 때, 1932년 장혁주의 '개조 현상' 입선은 식민지 작가들의 일본어문학, 즉 '식민지 일본어문학'의 출현을 알리는 신호탄이었다고 할 수 있다. 이후 장혁주의 '성공'에 자극받고 고무된 식민지의 문학청년들은 일본의 문예잡지가 시행하는 '현상 제도'에 도전했다. 그 와중에 식민지 타이완도 '현상' 입상자를 배출하게 되는데, 그 주인공이 바로 양쿠이였다.

양쿠이는 「신문배달부」라는 소설로 1934년 『문학평론』이 주관하는 '현상'에 2등으로 당선된다. 가난 때문에 고향 타이완을 떠나 일본에 건너온 '나'의 가혹한 도쿄 생활을 그리고 있는 이 소설은, '나'가 신문보급소에 취직하지만 점주의 부당한 처사로 임금도 받지 못한 채 해고당한 후, 일본인 동료의 조언과 후원 속에서 노동자로서의 권리를 자각해 간다는 이야기이다. '점주'로 상징되는 악덕 자본가에 맞서 타이완 노동자와 일본인 노동자의 민족을 초월한 연대를 주제화하고 있는 소위 프롤레타리아 문학의 계열에 속하는 작품이다. 실제로 양쿠이는 작가가 되기 전에 타이완의 농민운동과 노동운동에 참여한 이력이 있으며, 「신문배달부」가 실린 『문학평론』은 기존의 프롤레타리아 문학운동이 해체된 이후, 도쿠나가 스나오(Tokunaga Sunao)가 중심이 되어 프롤레타리아 문학의 대중성 강화와 '재건'을 표방하며 1933년에 창간한 잡지였다.

그런데 「신문배달부」가 발표된 것은 『문학평론』이 처음이 아니었다. 이 소설은 『문학평론』에 게재되기에 앞서 타이완에서 발행되었던 『타이완신민보』라는 신문에 그 일부가 이미 실렸다(1932.5.19~27). 『타이완신민보』에 실린 것은『문학평론』게재분의 전반부에 해당한다.『타이완신민보』에 전체가 게재되지 못한 이유는 소설 내용에 나타난 강한 사회주의적 색채가 당시 검열에 걸려 후반부의 내용이 게재 금지 처분을 받았기 때문이다. 결국「신문배달부」는『문학평론』에 게재됨으로써 온전한 모습으로 세상에 나올 수 있었다고 할 수 있다.

그리고 이런 검열의 영향 때문인지,『문학평론』게재분의 경우 전반부와 후반부에서 주인공 '나'가 상이한 방식으로 제시되고 있는 점이 특징적이다. 전반부에서 '나'가 '타이완 출신'임을 알 수 있는 정보가 전혀 제공되고 있지 않다. 그런데 후반부('나'의 해고 이후 부분)에 오면 '나'의 회상 장면과 가족이 보낸 편지내용을 통해 '나'가 '타이완 출신'이라는 점이 강조됨과 동시에 식민 권력과 결탁한 일본자본의 침투로 생활의 궁핍함이 심해져 가는 타이완 농촌의 현실이 적나라하게 그려지고 있다. 출신이 모호한 신문배달 노동자 '나'의 고단한 도쿄생활에 관한 이야기는 후반부 이후('나'의 해고 사건 이후부터)부터 '계급문제'에 일본의 타이완에 대한 지배라는 '식민지 문제'가 더해지면서 '비약'되는 인상이다.

그렇다면 이런 '비약'은 왜 일어났으며 그것이 의미하는 것은 무엇일까? 그 '비약'은『타이완신민보』게재 시점인 1932년에 이미 정해져 있었던 것인가, 아니면 그 이후『문학평론』게재를 앞두고 내용이 변경된 사실을 의미하는 것일까? 이즈미 쓰카사(Izaumi Tsukasa)의 분석에 따르면, 전반부와 후반부 사이이 '비약'은『문학평론』게재를 위해 양쿠이가 내용을 개작한 결과로 보인다. 즉 그는 작가 양쿠이가『문학평론』투고를 준비하면서『문학평론』의 지향성에 맞춰 새롭게 '타이완적인 것'을 강조하는 방식으로 소설 내용을 변경했을 것이라고 추론한다.[23] 이즈미도 주목한 것처럼 당시『문학평론』자

체가 '식민지'에 깊은 관심을 두고 있었다는 점을 고려할 때, 그의 '개작설'을
단지 가설이라는 이유로 가볍게 지나칠 수는 없다.

예를 들어 「신문배달부」의 심사평을 보면, 이 소설은 완성도나 표현력에
서 그다지 좋은 평가를 받지 못했다("좀 더 예술화가 필요하지만 작가의 힘으로 지
금은 불가능하다", "이것은 아직 소설이 아니다"). 이 소설이 2등으로 당선된 이유는
계급문제를 식민지 출신 작가가 '진정성'을 갖고 다뤘다는 점에 있었다("노동
자농민의 작품에 관대해야 한다면, 식민지의 그것들에는 더욱 관대하지 않으면 안 된다").
뿐만 아니라 편집장인 도쿠나가 스나오도 다음과 같이 이 소설을 일본인이
기대하는 식민지의 모습을 그려냈다는 점에서 1934년의 기억할 만한 문학적
성취라고 높이 평가했다.[24]

> 양쿠이가 타이완의 농민을 그리고, 구사가리 로쿠로가 조선의 노동자를 그렸
> 다. 이것은 식민지인 스스로가 식민지를 그린 문학이라는 의미에서 올해 가장 의
> 의를 지닌다. (⋯중략⋯) 우리들은 개념적으로 '조선'과 '타이완'을 알고 있다. '조
> 선'의 금강산이나 기생, 타이완 총독이나 큰 바나나 등은 알고 있다. 그러나 조선
> 의 농민이나 타이완 본도 노동자의 생활은 거의 모른다. 일본의 노동자는 그것을
> 알고 싶어 한다. '박람회'나 '풍물사진'으로 보는 우리 일본의 영토는 이미 식상하
> 다. 일본 내지에서도 노동자와 농민들은 조선과 타이완의 노동자 농민의 생활을
> 의외로 알지 못한다. 우리들은 우선 이런 의미에서 양쿠이의 「신문배달부」와 구
> 사가리의 「성장」을 재미있게 읽었다.[25]

---

23 和泉司, 앞의 글, 137~138쪽.
24 德永直, 「三四年度に活動したプロ派の新人たち」, 『文學評論』, 1934年12月号(森口守, 「植民地・
　占領地の日本語文學─台湾・滿州・中國の二重語作家」, 『「帝國」日本の學知第五卷東アジアの文
　學・言語空間』, 岩波書店, 2006, 33~34쪽 참조).

「신문배달부」의『문학평론』게재를 작가 양쿠이의 등단을 위한 어떤 전략의 결과로 보는 관점은 뢰허러의 「소달구지」의 등장을 이해하는 데에도 도움이 된다. 타루미 치혜(Tarumi Chihe)가『문학평론』의 분석을 통해 밝힌 것처럼, 「소달구지」는 원래 「남국풍경」이라는 제목으로 투고되었다. 그런데 소달구지 하나로 생계를 이어가는 타이완 농민이 근대적 운송기관이 유입되자 일거리를 잃고 몰락해 가는 모습을 그린 소설 내용에 비춰볼 때, '남국풍경'이라는 '이국적 낭만성'을 자극하는 제목은 소설의 내용과 잘 호응하지 않는다. 사실 「소달구지」는 1934년 9월부터『문학평론』이 '시골의 생활, 마을의 생활'이라는 주제 아래 '지방색이 풍부한 문학'을 모집한다는 새로운 기획의 일환으로 게재되었다. 여기서 '남국풍경'이라는 최초의 제목이 이 기획에 맞춰 설정됐을 가능성을 짐작하기란 어렵지 않다.[26] 뢰허러의 등단도 양쿠이의 경우와 마찬가지로『문학평론』이 신진작가에게 기대하는 문학적 방향에 철저히 부응하는 전략을 취함으로써 가능할 수 있었다는 점은 분명해 보인다.

당시 '식민지'에 대한 문단 저널리즘의 관심은『문학평론』에 한정되지 않는다. 비슷한 시기에 야스타카 도쿠조(Yasutaka Tokuzo)가 창간된『문예수도』(1933)라는 잡지는 식민지조선 출신 작가들의 글이 단골처럼 실렸다.[27] 특히 1935년부터 문예춘추사 주관으로 시작된 '아쿠타가와상'은 패전 때까지 '식민지 / 외국'을 소재로 한 작품들이 수상작의 대부분을 차지했다.[28] 그러나 역시 1930년대 '식민지 일본어문학'의 기원할 생각할 때, 1927년부터

---

25 德永直, 위의 글 참조.
26 垂水千惠,『呂赫若硏究』, 風間書房, 2002 참조.
27 잡지『문예수도』와 식민지 일본어문학의 관계에 관해서는 다음을 참고할 것. 김계자, 앞의 책, 145~152쪽.
28 川村湊,『異鄕の昭和文學』, 岩波書店, 1990 참조.

시작된 잡지 『개조』의 '현상 제도'의 역할은 결정적이었다. 장혁주의 제5회 '개조 현상' 당선은 '식민지 일본어문학'의 출발을 알리는 사건이라고 말했는데, 그에 앞서 1930년 제3회 때부터 '개조 현상'의 당선작 중에는 '식민지나 외국'을 배경으로 하는 작품이 반드시 포함되어 있었다. 더욱이 이런 결과는 우연이 아니라, '현상'을 운영하는 '개조사'의 방침을 반영한 것이기도 했다. 예컨대 그것은 '현상' 운영을 책임졌던 편집자 사토 쓰모루(Sato Tsutomu)의 다음과 같은 발언에서 확인할 수 있다.

> 응모작품은 매년 여러 지방으로부터 모인다. 멀리서는 남미, 북미, 이태리 근방의 재외 일본인에게서도 온다. 때문에 소재 혹은 지방색이라고 하는 점에서 보면 실로 버리기 아까운 독특하고 재미있는 것이 있다. 그러나 이들 가운데 대부분의 작품이 가작에는 드나 당선에는 이르지 못한 경우가 많다. (…중략…) 소재의 특이성을 생각하면 실로 안타깝다. 도쿄, 그 외 내지(일본)의 도시에서 온 응모작품이 기술적으로는 매우 뛰어나더라도 내용은 심경소설이나 모방작인 것이 많은 것과 비교하면 흥미로운 대조를 이룬다.[29]

사토는 내용이 진부한 일본 내 투고작품에 비해 식민지나 외국에서 투고된 작품들이 비록 문학적 기량은 부족하나 소재의 특이성에서 흥미로운 것이 적지 않다고 말하고 있다, 실제 당선작에 '소재의 특이성'을 어필하는 작품이 꾸준히 포함된 사정에 비춰볼 때, 이런 발언은 편집자의 개인적인 감상으로 치부될 수 없다. 고영란(Ko Yongran)이 언급한 것처럼, 당선작의 내용은

---

29 佐藤積, 「創作募集の経験から」, 『文芸通信』 第3卷 第1号, 1935年1月号.

현상 지원자에게 일종의 '참고서' 역할을 했으며, 실제로 장혁주도 앞선 당선작의 경향을 감안해 「아귀도」를 썼다고 술회한 바 있다. 그리고 그 흐름 속에서 1937년에 드디어 타이완 출신 작가 룽잉쭝의 「파파야 마을」이 '개조 현상'에 입상하게 된다.[30]

이렇게 '식민지 일본어문학'은 근대적 문학을 지향하는 식민지 문학청년의 욕망과 새로운 문학적 소재를 통해 출판시장의 활로를 개척하고자 했던 일본의 문단 저널리즘이 함께 빚어낸 결과물이었다. 하지만 주의할 점은 그렇다고 해서 '식민지 일본어문학'이 등장하고 하나의 '장르'로 정착되는 과정에서 양자가 '대등한' 동반자 관계는 아니었다는 사실이다. 당연하게도 '입상과 등단'의 결정권은 일본문단과 문예 저널리즘 쪽에 존재했다. '타이완적인 것'을 의식적으로 강조했던 양쿠이와 뤼허러의 '선택'은 역설적으로 그들의 문학활동이 식민지적 소재에 흥미를 나타냈던 일본문단의 동향에 과잉 구속되고 있었음을 보여준다. 그리고 그런 맥락에서 '프롤레타리아 국제주의'라는 이념에 의탁해 일본어창작을 정당화했던 타이완 출신 작가들의 인식도 비판적으로 검토될 필요가 있을 것이다. 예컨대 양쿠이의 소설은 타이완인과 일본인의 민족을 초월한 계급적 연대라는 이상을 따르고 있었지만, 현실에서 양쿠이는 일본의 프롤레타리아 문학자에 대해 '지도와 편달'을 요청하며 일관되게 '종속적'인 태도를 견지했다.

결국 1930년대 식민지 출신자에 의한 일본어문학은 '강제'의 산물도 아니지만, 반대로 식민지 출신 작가들과 일본의 문단 저널리즘 간의 대등한 '연합'의 결실도 아니었다. 거기서 일본어와 문단의 존재는 이미 식민지 작가들에

---

30 고영란, 앞의 글 참조.

게 '권력'으로 작동하고 있었으며, 식민지 출신 작가들의 위치는 일본문단의 '식민지 지부'에 가까운 것이었다. 그런 점에서 '식민지 일본어문학'은 1930년 대 문학의 영역에서 전개된 제국의 식민지에 대한 문화지배의 양상을 드러 낸다.

5. 제국의 지식사와 '식민지 일본어문학'

1930년대에 출현한 식민지 출신자에 의한 '일본어문학'은 흔히 '일본어= 국어'의 강제보급이 낳은 결과로 간주된다. 하지만 두 사건 사이에는 '시간차' 가 있다. 일본어 사용이 제국의 공용어라는 이름으로 식민지에서 강요된 것 은 1938년 이후의 일이다. 물론 그렇다고 '식민지 일본어문학'이 제국일본의 일본어 보급 정책과 무관했다는 말은 아니다. 1910년대 이후 식민지의 '교실' 에서 실시된 일본어교육이 없었다면 '식민지 일본어문학'의 창작자들은 배출 되지 못했을 것이다. 그럼에도 불구하고 식민지 출신 작가들이 어떠한 언어 로 어떤 내용의 문학을 만들 것인가라는 식민지 출신 작가들의 선택은 제국 정부의 직접적인 통제의 외부에서 이루어졌다. 오히려 그런 선택은 근대적 문학을 꿈꾸던 식민지의 문학청년과 일본의 상업적 문예 저널리즘 간의 일 종의 '공모(共謀) 관계' 속에서 이루어졌다. 달리 말하면 '식민지 일본어문학' 의 출현은 '식민지'가 새로운 상품가치를 띠게 되었던 1930년대 일본 '문학시 장' 내부의 변화와 관련되어 있었다.[31]

제국정부의 식민지에 대한 문화통제의 산물이 아니라는 사실은 '식민지 일본어문학'이 제국일본의 지배에 대해 비판적인 시각을 드러내고 있다는 점에서도 확인할 수 있다. 특히 이러한 특징은 (식민지조선의 일본어문학과 비교할 때) 타이완의 일본어문학에서 두드러진다. 양쿠이의 「신문배달부」는 식민권력과 결탁한 일본자본의 '수탈'을 통해, 뤼허러의 「소달구지」는 임의적으로 행사되는 일본인 순사의 폭력을 통해, 제국의 지배가 식민지 타이완에 초래한 '빈곤'과 '고통'을 고발하고 있다. 룽잉쭝의 「파파야 마을」도 '일본인'이 되려는 '타이완인'의 분투를 조소 섞인 시선으로 묘사함으로써 제국일본이 내건 '일본화' 전략의 허위성을 폭로하고 있다. 따라서 이 시기의 '식민지 일본어문학'을 1940년대 이른바 '황민화문학'과의 연속성의 차원에서 파악하는 것에는 주의가 필요하다.

그렇다고 하더라도 1930년대 '식민지 일본어문학'이 보여준 비판적 상상력을 곧바로 제국의 지배에 대한 '저항'으로 간주하는 것에도 신중함이 요구된다. 왜냐하면 이 시기 식민지 출신자에 의한 문학은 식민지에 관한 거대한 지식 체계의 일부로 기능했기 때문이다. 이 문제를 생각할 때, '식민지 일본어문학'이 일본의 문단 저널리즘의 전략과 기대에 부응하는 형태로 나타났다는 점을 놓쳐서는 안 된다. 예컨대 그것은 '식민지 일본어문학'이 '식민지 문학'이란 명칭으로 범주화되고, 일본문학의 '하위 장르'와 같은 방식으로 간주되었던 사실에서 확인할 수 있다.[32] 그리고 이런 '식민지 일본어문학'의 제도화 과정에서 식민지 출신 작가들의 견해는 철저히 배제되었다. 입상과 등단의 여부에서 문학의 성격 규정까지, 이 모든 사항에 관한 결정은 제국의 문

---

31 위의 글, 135~137쪽.
32 中根隆行, 앞의 책, 249~262쪽 참조.

단과 문예 저널리즘의 '권력'에 귀속되어 있었다. 그런 점에서 '식민지 일본어문학'은 피식민자의 '자발적'인 일본어창작의 장려를 통해 식민지에 대한 제국의 문화적 지배가 관철되는 양상을 보여준다.

반복되지만, '식민지 일본어문학'은 일본의 문단 저널리즘이 출판시장과 소재의 범위를 확장하기 위해 도입한 '현상 공모'라는 제도에 작가로서의 '성공'을 지망하는 식민지 문학청년의 '자발적' 참여를 통해 출현할 수 있었다. 덧붙여 '식민지 일본어문학'을 '일본어창작'이라는 표면상의 공통점만을 갖고 1940년대 제국정부의 직접적인 문화통제 하에 형성된 '황민화문학'과 동일시해서는 안 된다고 말했다. 하지만 양자의 관계가 단절적인 것은 아니었다. 룽잉쫑과 장원환의 예가 보여주는 것처럼, '식민지 일본어문학'의 담당자 중 일부는 1940년대 '황민화문학'의 제국적 버전인 '대동아문학'이 제창될 때, 그것을 실천하는 식민지 민족의 대표라는 역할을 또한 '자발적'으로 받아들였다. 그리고 이들의 참여와 호응이 제국일본에 의해 '황민화문학'이라는 문화적 국책사업의 '성공'을 보여주는 사례로 선전되었음은 주지의 사실이다.

하지만 이런 '연속성'에도 불구하고, '황민화문학'이라는 '사후적' 관점에서 1930년대 '식민지 일본어문학'을 이해하는 것은 정당화될 수 없음은 재차 강조할 필요가 있을 것이다. 1930년대 '식민지 일본어문학'은 식민지에 대한 제국일본의 지식사(知識史)에서 고유한 역사적 국면으로 간주되어야 한다. 무엇보다 '식민지 일본어문학'은 문학의 창작 주체가 '식민지 작가'였다는 점에서 일본인이 지식 생산의 주체였던 이전 시기와 구별되기 때문이다. 또한 그것은 제국일본의 지배에 관한 그 구조와 성격을 둘러싼 문제와 관련해서도 그 고유성은 인정되어야 한다. 왜냐하면 '식민지 일본어문학'은 '일본어'가 일종의 '규율권력'으로 작동하는 상황에서 상업성을 기조로 하는 저널리즘의 전략이 낳은 새로운 문학적 현상으로서 제국국가의 직접적인 문화통제가 산출한 1940년대의 문학과 구별되기 때문이다.

참고문헌

논저

고영란, 「제국 일본의 출판시장 재편과 미디어 이벤트」, 『사이間SAI』 제6호, 2009.

김계자, 『근대 일본문단과 식민지 조선』, 역락, 2015.

서동주, 「식민지 청년의 이동과 근대문학―타이완 청년의 일본어잡지 『포르모사』를 중심으로」, 『일본사상』 26, 2014.

송승석, 「식민지타이완의 이중어상황과 일본어글쓰기」, 『중국현대문학』 60호, 2012.

최말순 편, 『타이완의 근대문학 1―운동·제도·식민성』, 소명출판, 2013.

_____, 『타이완의 근대문학 2―운동·제도·식민성』, 소명출판, 2013.

和泉司, 「憧れの「中央文壇」_一九三○年代の「台湾文壇」形成と「中央文壇」志向」, 島村輝賀 外編, 『文学年報2ポストコロニアルの地平』, 世織書房, 2006.

川村湊, 『異郷の昭和文学』, 岩波書店, 1990.

佐藤積, 「創作募集の経験から」, 『文芸通信』 第3巻 第1号, 1935.

垂水千恵, 『呂赫若研究』, 風間書房, 2002.

徳永直, 「三四年度に活動したプロ派の新人たち」, 『文学評論』, 1934.

中根隆行, 『〈朝鮮〉表象の文化誌―近代日本と他者をめぐる知の植民地化』, 新曜社, 2004.

南富鎮, 『文学の植民地主義_近代朝鮮の風景と記憶』, 世界思想社, 2006.

森口守, 「植民地·占領地の日本語文学_台湾·満州·中国の二重語作家」, 『「帝国」日本の学知第五巻東アジアの文学·言語空間』, 岩波書店, 2006.

保高徳蔵, 「日本で活躍した二人の作家」, 『民主朝鮮』, 1946.

楊行東, 「台湾文芸界への待望」, 『フォルモサ』 創刊号, 1933.

楊逵, 「芸術は大衆のものである」, 『台湾文芸』, 1935.

근대 러시아 지식장과 역사철학 논쟁

서구주의 비평가의 내면적 초상으로부터

최진석

1. 근대의 지식제도와 문학공론장

근대 사회의 핵심은 무엇보다도 그것이 제도적 구성체라는 사실에 있다. 제도란 무엇인가? 지식사회학의 관점에서 볼 때, 제도는 일상생활을 이루는 다양한 관습과 습관, 사고와 행위의 불규칙적 양상들을 가시적인 규범의 형태로 종합하여 공동체의 구조로서 외화(外化)시킨 결과이다.[1] 자연상태에서는 무질서한 각자(各者)로서 실존하던 인간은 제도를 통해 집합체의 구성원으로 정립되고, 그렇게 규정된 개인들은 역으로 자신들의 집합을 공동체로서 인식한다. 처음엔 생존의 필요와 유용성에 입각해 맺어졌던 개인들의 관

---

1   Peter Berger & Thomas Luckmann, *The Social Construction of Reality. A Treatise in the Sociology of Knowledge*, Penguin Books, 1991, pp.70~85.

계는 절차와 방법의 공식화를 통해 강제적으로 결합되고, 그러한 결합이 객관화된 실체를 사회적 제도라 부른다. 자유로운 개인들 간의 자발적인 약속이라는 사회계약론의 신화와는 반대로, 제도라는 장치의 강제력 없이 근대 사회는 나타나지 않았다.

　대부분의 역사적 공동체가 사회체(socius)로서 존립하기 위해 이와 같은 제도화 과정을 거쳤다면, 근대 사회만이 갖는 고유한 특징은 제도화가 포괄적인 동시에 집약적으로 수행되었다는 사실이다. 사회의 공식적 부면과 비공식적 부면들, 일상생활의 세부까지 파고드는 제도의 강제력이 그것이다. 국가와 자본주의로 표징되는 행정적 관료제 사회의 성립 및 통합적 시장의 형성에서 그 징후는 뚜렷이 드러난다.[2] 국민 / 민족국가(nation-state)가 등장하기 위해서는 관료제와 시장의 두 요소가 필수적으로 동원되어야 했고, 여타의 다른 제도들 역시 이 두 요소에 준거하여 유사하게 구성되었다. 이 원리는 문화적 제도들에도 고스란히 적용된다. 예컨대 근대문학은 상품으로서의 책과 그것의 생산자─작가, 소비자─독자의 기본 구도 위에 세워져 있으며, 이 구도는 상품생산과 거래처로서의 출판사 및 서적시장, 상품평가자로서 비평가와 생산자조합인 문단(文壇) 등의 물질적・관계적 요소들을 통해 보충되고 실체화된다.[3] 창조적 개인으로의 작가나 그 자체로 완전한 자연의 투영물로서의 책이라는 낭만주의적 신화는 여기에 끼어들 틈이 없다. 객관적인 외적 양상에 있어서 근대문학은 정치・경제적 근대성과 유사한 양상을 통해 제도로서 성립하였다.

2　막스 베버, 금종우 외역, 『지배의 사회학』, 한길사, 1981; 칼 폴라니, 홍기빈 역, 『거대한 전환』, 길, 2009.

3　Pierre Bourdieu, trans. Susan Emanuel, *The Rules of Art : Genesis and Structure of Literary Field*, Stanford University Press, 1996, pp.47~112.

근대 제도의 강제력을 이해하는 관건은 그것이 지식(담론)의 형태로서 작동한다는 사실이다.[4] 개인의 성장은 사회적으로 공인된 지식을 학습하는 과정과 동치되며, 이 과정에는 비단 교육체계를 통해 전수되는 지식뿐만 아니라 다양한 사적 관계에 의해 습득되는 관습적 지식도 포함되어 있다. 이러한 지식은 성인의 사고와 행위를 사회적으로 적합한 것이 되게 만드는 적극적인 강제이기에, 일종의 주체화 장치가 된다. 개인은 지식을 통해 사회와 자신의 관계를 규정짓고, 그것을 내면화함으로써 사회를 재생산하는 데 복무하는 것이다. 이렇게 사회에 대한 지식(Knowledge about Society)을 통해 사회적 주체를 형성하는 과정이야말로 근대성의 전략이라 할 수 있다.[5] 흥미로운 점은 사회적 전체성을 반영하고 굴절하는 매체로서 지식장(場)은 표상의 체계로서 나타난다는 데 있다. 표상은 사람들이 알고 있는 것, 또는 안다고 믿고 있는 것은 가시적인 형태로 포착하여 전시하는 이미지 기호로서, 사회란 실상 이러한 이미지 기호들의 전체 체계에 비견될 만하다. 이러한 표상의 체계는 역사적·문화적으로 항상 변화하는데, 근대의 표상체계는 한 사회를 규정지을 뿐만 아니라 다른 사회들과도 유사한 관계들을 조직함으로써 세계사적 보편성을 주장했다.[6] 이른바 '상상의 공동체(국민/민족국가)'라고 언명되는 근대의 특수성은 제도의 보편성을 가리키고, 이 점에서 '표상공간의 근대'는 제도를 통해 조형되는 근대 사회 일반의 특징을 보여준다.

결국 근대 사회는 제도화된 표상들의 총체가 아닐 수 없다. 이미지 기호로

---

4   Michel Foucault, trans. A.M. Smith, *The Archaeology of Knowledge*, Tavistock Publications, 1972, pp. 181~184.
5   이러한 전략은 푸코가 『성의 역사』 제1권에서 봉착했던 딜레마, 즉 권력이 주체를 형성한다는 테제와 결부되지만, 2, 3권을 통해 근대와는 또 다른 주체형성에 대한 논의에 도달했음을 우리는 알고 있다.
6   이효덕, 박성관 역, 『표상공간의 근대』, 소명출판, 2001, 19~20쪽.

서의 표상은 사람들의 지식과 믿음, 감정을 만들어내고, 이로써 구성원들 사이의 동질성 및 비구성원들에 대한 이질성을 감각적으로 생산하여 해당 사회의 정체성을 규정짓는다. 무엇이 사회이고, 개인이란 사회와의 관계에서 어떤 존재인지, 기능과 역할, 위상은 어떠한지, 다시 그러한 개인들의 집합으로서 사회는 다른 사회에 대해 어떤 것인지를 총체적으로 보여주는 것이 근대 사회의 지식장이다. 지성사의 맥락에서 볼 때 근대 사회의 이념은 그것이 전시하는 선험적 가치가 무엇이든 궁극적으로 사회와 개인의 자기의식을 보여주는 증표이며, 이에 따라 이념에 대한 논쟁은 사회의 사회성, 개인의 개인성을 형성하는 지식장의 중요한 사건들로 자리매김된다. 근대 사회에서 논쟁이 개인과 개인, 집단과 집단의 이데올로기적 투쟁일 뿐만 아니라 해당 사회의 현재 위치와 미래의 진로를 계측하는 패러다임 투쟁인 까닭도 이에 다르지 않다.[7] 그러므로 논쟁은 근대 사회의 제도 안에 있어서나 밖에 있어서나 공통적으로 근대성이 구성되고 있음을 고지하는 중요한 징후가 된다.

하버마스에 따르면 17~18세기 서구사회에서 등장한 살롱이나 커피하우스 등은 동시대의 공론장 역할을 담당했으며, 여기서 벌어진 수많은 논쟁들로 인해 근대성을 틀짓는 다양한 정치적·사회적·문화적 이념들이 안출되고 세공되었다.[8] 특히 그 가운데 중요한 역할을 담당했던 분야는 문학이었던 바, 이는 문학에 대한 신화적 관념에 의거한 게 아니라 문학논쟁을 통해 사람들이 사회에 대한 관념과 지식, 표상을 공적으로 드러내고 상징적 우위를 점하기 위한 담론적 투쟁을 벌였기 때문이다. 우리가 근대문학을 '제도'로서 호출한다면, 그것은 사람들이 문학의 공론장을 경유하여 공동체에 대한 이미

---

7 김덕영, 『논쟁의 역사를 통해 본 사회학』, 한울아카데미, 2003, 13~39쪽.
8 위르겐 하버마스, 한승완 역, 『공론장의 구조변동』, 나남출판, 2001, 95~117쪽.

지를 구축하고 자신들의 정체성을 만드는 객관적 과정에 참여했기에 그렇다. 근대의 상상적 공동체는 문학장에서의 이념논쟁을 통해 구축되었다. 아마도 문학비평이라는 장르의 핵심적 역할을 우리는 여기서 찾을 수 있을 듯하다. 제도로서의 문학장을 관할하고 규율하는 속성 이외에도,[9] 문학비평은 문학장을 아우르는 근대적 지식장을 형성하는 데 불가결한 요소로서 작동했고, 이는 다시 왜 문학이 근대 사회의 유력한 지식범주이자 근대성의 핵심적인 요소로서 기능했는지 설명해 준다.[10] 사회적 의사소통의 매체가 문자텍스트에 제한되어 있던 근대 사회에서 문학은 사회에 대한 지식이 표현될 수 있는 대표적인 매체였고, 비평은 그러한 매체에 대한 메타비판적 역할('논쟁')을 수행함으로써 공론장의 (재)생산, 나아가 사회의 (재)생산에 기여했던 것이다.[11] 따라서 근대문학장에서 문학비평의 논리를 세심히 고찰하는 작업은 그 시대의 지식장의 변화를 조감하는 일일 뿐만 아니라 근대성 자체의 형성과정에 대한 연구와 잇닿아 있다.

---

9   제라르 델포, 심민화 역, 『비평의 역사와 역사적 비평』, 문학과지성사, 1993, 39~58쪽.
10 Peter U. Hohendahl, *The Institution of Criticism*, Cornell University Press, 1982, ch. 1.
11 위르겐 하버마스, 한승완 역, 『공론장의 구조변동』, 나남출판, 2001, 114~116쪽; Peter U. Hohendahl, *The Institution of Criticism*, Cornell University Press, 1982, ch. 3. 동아시아에서 제도와 근대, 문학적 공론장의 다양한 유형과 변천, 효과에 대해서는 진재교 외, 『문예공론장의 형성과 동아시아』, 성균관대 출판부, 2008 등을 보라.

2. 벨린스키의 비평과 러시아의 근대

러시아의 근대와 지식장에 관해 이야기하면서 19세기 전반의 비평가 비사리온 벨린스키(1811~1848)를 눈여겨보아야 하는 이유는 어디에 있는가?[12] 1834년, 등단논문인 「문학적 공상」에서 "우리에게 문학은 없다"[13]라는 충격적인 선언을 통해 비평활동을 시작한 그는 18세기 초 표트르 대제에 의해 시작된 근대화 이후의 역사만이 본원적인 러시아의 역사에 속하며, 문학 역시 표트르 이후 서구에서 도입된 문학만이 진정한 문학으로 간주했다. 하지만 이 기준은 액면 그대로 적용되지 않는다. 그에 따르면 18세기 백 년간의 러시아문학은 서구적 장르양식을 베끼고 조합한 이식(移植)의 역사로서 폄하된다. 외적 형식만을 근대화했을 뿐, 러시아 민중과 삶의 고유한 정서를 담아낸 내적인 국민문학을 일구어내지 못했다는 것이다. '위대한 거인'에 의해 강제로 일으켜 세워진 서구로의 길은 사회적 규범과 국가적 제도 전반에 큰 변동을 야기했지만, 본질적인 변화는 일어나지 않은 채 일상의 외장(外裝)만 바꾸어 놓았다. 18~19세기 전환기에 대두된 사회적 문제의식, 즉 계명된 상류층과 무지몽매에 갇힌 민중 사이의 분할은 그 가시적 징표였다(I, 40~41). 따라서 19세기 초 벨린스키가 살아가던 시대는 지난 백년의 노력에 힘입어 비로소 근대적 문학, 즉 국민문학이 꽃피어야 할 시기로서 강조되기에 이른다.

---

12 생애와 주요 활동에 대해서는 Victor Terras, *Belinskij and Russian Literary Criticism : The Heritage of Organic Aesthetics*, University of Wisconsin Press, 1974; A. Lavretskij, *Estetika Belinskogo*, Nauka, 1959(『벨린스키의 미학』)를 보라.

13 Vissarion Belinskij, *Polnoe sobranie sochinenij T.1*, Nauka, 1953(『전집』), pp.23~24. 이하 본문에서 『전집』의 로마자 권수와 쪽수만 밝히겠다.

문학이 근대성을 담는 가장 중요한 형식이라는 인식은 물론 그 자체 근대적인 것이며, 전형적인 서구적 근대성의 일부를 이룬다. 근대성에 관한 그의 인식과 지향은 서구와 러시아 사이의 역사적 거리감을 통해 조성되었으며, 이 거리를 좁혀 '세계의 변방'에 자리한 러시아를 서구라는 '보편을 향한 길'로 진입시키려는 노력으로 규정된다. 그렇다면 서구와 보편, 근대란 벨린스키에게 무엇이었는가?

18세기 러시아에서 근대화는 곧 서구화와 동의어였고, 서구의 지식과 관념, 제도를 적극적으로 수용하여 모방하는 과정이었다. 유럽의 북쪽 변방에 오랫동안 칩거해 있던 러시아인들은 서구라는 타자의 옷을 황급히 갈아입었으며, 국가와 사회는 유럽의 모범에 따라 신속히 변형되었다.[14] 벨린스키와 비슷한 시기에 「철학서한」을 통해 러시아의 후진성을 선포했던 표트르 차아다예프(1794~1856)에 따르면 서구의 길을 걷는 것만이 러시아를 역사적 지체로부터 구해내고, 무(無)역사의 변경으로부터 세계사라는 보편적 도정으로 나아갈 유일한 방법이었다.[15] 벨린스키를 비롯한 지식인들이 문학을 시대의 과제로 선정했던 이유는, 문학이 서구로부터 건너온 제도였으며, 근대에 관한 지식이자 이념을 대표하고 있었기 때문이다. 그러므로 "우리에게 문학은 없다"라는 벨린스키의 언명은 러시아에 아직 근대성이 도래하지 않았으며, 근대성으로서의 지식(문학과 문학비평)이 제도(국민문학)로서 정립되어야 한다는 선언이었다.

18세기의 서구화 과정에서 러시아 정부는 철저히 실용주의적 노선을 고

---

14 18세기 서구화의 전반적인 양상에 대해서는 유리 로트만, 김성일 외역, 『러시아 문화에 관한 담론』 1, 2, 나남, 2011을 참고하라.

15 Petr Chaadaev, "Filosofakie pis'ma", *Polnoe sobranie sochinenij i izbrannye pis'ma*, Nauka, 1991(「철학서한」, 『저작과 서한집』), pp.320~339.

집했고, 군대와 경찰, 사법체제와 관료제 등은 서구적 제도를 점진적으로 도 입해 나갔으나 사상과 풍조에 대해서만큼은 자주 금지령을 내려 봉쇄하고자 했다. 러시아적 전통에 반하는 자유주의적 경향을 경계했기 때문이다.[16] 특 히 철학은 대학교과로서 채택되었다가 곧 신학에 통합되거나 폐과조치 당하 는 일이 종종 일어났는데, 이에 따라 러시아 지식인들에게 철학은 근대성을 향한 통로이자 반(反)전제주의의 기지창과 같이 인식되었다. 문학과 더불어 철학은 벨린스키와 그의 동시대인들에게 서구의 근대성을 대변하는 지식이 었고, 그 대표자는 게오르크 헤겔이었다. 요컨대 1840년대를 전후하여 러시 아 청년 지식인들에게 헤겔은 시대의 첨단을 가리키는 나침반이었고, 해방 의 철학자이자 근대성 자체를 상징하는 것이었다.[17]

헤겔에 대한 벨린스키의 환호와 열정은 근대성에 대한 신념에서 비롯되었 다. 역사는 진보를 향한 도정이라는 세계사의 공식은 러시아가 '역사 바깥의 고아'(차아다예프)일지도 모른다는 의혹과 불안으로부터 러시아인들을 구출해 주었고, 서구인들과 나란히 역사의 도정에 나서는 길은 근대화에 있다는 구체 적 방법을 제시한 것은 헤겔이었기 때문이다. 비평활동 초기에는 전제주의에 대한 사나운 비판을 통해 진보를 향한 길을 주창하고, 이 노선에 따라 러시아 문학은 근대문학이 되어야 한다고 역설하던 벨린스키는, 아이러니컬하게도 헤겔의 사도로서 너무나 충실히 복무했던 나머지 역사의 방향과는 거꾸로 나아가는 '오류'를 범하기도 한다. 1839~40년 사이에 도달했던 테제 '현실과

---

16 James Billington, *The Icon and the Axe. An Interpretive History of Russian Culture*, Vintage Books, 1970, pp. 292~293.

17 그 시기에 헤겔의 전파는 '지적 유행'인 동시에 사회에 전방위적 영향력을 끼친 '시대정신'이었 다. Andrzej Walicki, *A History of Russian Thought. From the Enlightenment to Marxism*, Stanford University Press, 1979, pp. 115~116.

의 화해'는 전제주의적 현실 역시 역사적 진보의 한 과정이기에 받아들여야 한다는 판단에 따른 것이었고, 전제정치의 보수반동성마저 용인할 만한 것으로 긍정되었던 것이다. 어차피 절대정신이라는 진보의 최종적 이념에 비추어볼 때 지금 현재의 폭압적 현실도 전체 과정의 한 '계기'로서 필연적이라는 논리였다. 역사의 도정에서 현재를 규정하는 개별적 순간들은 중요하지 않다. 마찬가지로 사회의 전반적 진로에 비교할 때 개인은 상대적으로 미소한 가치만을 갖는다. 모든 것은 전체의 관점에서 옹호되어야 하며, 전체에 이르는 도정에서 작은 것, 개별적인 것들의 희생은 불가피하다. 벨린스키와 그의 동료들, 즉 서구주의자들에게 '화해'는 현실에 대한 치밀한 분석과 사유의 결과가 아니라 추상적 논리의 일방적 적용이었고, 타자와의 논쟁 없이 도달한 무반성적인 지식이었다.

따라서 '탈헤겔'로 명명되는 벨린스키 비평의 전환은 말 그대로 논쟁과 비판을 통해 근대성의 논리를 자기화하는 길에 다름 아니었다. 우리는 본문에서 이 여정에 대해 서술할 것인데, 두 가지 논점을 미리 지적해 두려 한다. 하나는 벨린스키의 지적 전환은 근대성에 대한 반명제 즉 전체에 대한 부분 및 사회에 대한 개인의 권리를 옹호하고 보전하려는 차원에서 진행되었다는 점이다. 이는 물론 서구적 근대에 대한 대립항을 이루지만, 근본적으로는 서구적 근대가 내포하고 있는 개인주의의 발전을 함축하고 있으며, 그 과정에서 필연적으로 마주치는 '사회의 발견'을 시사한다는 사실이다.[18] 진정한 의미에서 근대적 사회체에 대한 인식은 그 대립항과의 충돌을 통해 드러나며, 벨

---

18 근대 담론장의 형성에 있어 사회가 '발견'되고 '구성'되는 과정이야말로 근대적 주체의 탄생과 밀접히 결부된 사건이다. 20세기 초 한국에 나타난 이 사례를 연구한 저술로 김현주, 『사회의 발견─식민지기 '사회'에 대한 이론과 상상, 그리고 실천』, 소명출판, 2014를 참고할 만하다.

린스키의 전환('탈헤겔')은 궁극적으로 피상적 근대성에서 성찰적 근대성으로의 심화과정이었다. 다른 하나는 벨린스키의 전환이 논쟁을 통한 근대성에 대한 지적 표상(지식)의 교정이란 절차를 밟았다는 사실이다. 서구라는 타자의 표상은 결국 근대성에 관한 지식이었던 바, 근대란 무엇인가라는 물음에 대해 러시아인들 자신의 답변을 찾는 도정은 바로 이 지식을 수정하고 만들어가는 과정이었다. 근대성은 하나의 지적 표상이었으며 헤겔주의든 반헤겔주의든 근대성에 대한 더 적합한 이미지를 찾아내서 자기화하는 과정이 지식인들의 과제였다. 19세기 러시아 지성사의 주제인 서구주의와 슬라브주의의 논쟁은 바로 이 과정을 적시해 주는데, 여기서 우리는 서구주의자 벨린스키의 내면을 관조함으로써 이 과정을 서술해 보고자 한다.

근대성은 결국 근대적 지식에 대한 체계다. 유럽에서든 러시아에서든, 동아시아에서든 근대는 논쟁을 통해 자신의 것으로 삼아야 할 타자성의 표상이었다. 그것은 시대와 지역에 따라, 지식장의 분포와 배치, 작동에 따라 상이하게 작동하는 환유적 이미지에 가깝다. 예컨대 18세기 러시아인들에게 근대는 유럽적 의상과 대화법, 도시와 군대 등을 지시했으며, 19세기의 벨린스키에게는 문학이 그것이었다. 이때 문학은 서구적 정신이 외화된 산물이고, 따라서 철학과 등가의 가치를 지녔다. 문학의 근대성을 획득한다는 것은 곧 근대적 제도가 러시아 땅에서 성취되었음을 뜻했기에 가장 절실한 목표로 설정되었다. 앞서 언급했듯, 사회와 개인이 자신의 정체성을 구상하고 조형하는 과정에 논쟁은 필수적으로 부가되어야 할 방법인 바, 근대적 사회와 근대적 주체로서 자신을 인식하고 형성하기 위해서는 논쟁이 불가결했다. 19세기 러시아 지식인의 전형으로서 벨린스키의 비평활동에 나타난 자의식의 성장을 통해 이 논쟁의 양상들을 짚어보는 게 이 글의 주안점이다.

3. 근대 너머의 근대―개인의 옹호와 사회의 발견

1841년 논문 「레르몬토프의 시편들(Stikhotvorenija M. Lermontova)」을 집필하였을 때, 벨린스키는 이미 자기발전의 한 고비를 마감하고, 새로운 고지에 올라서 있었다. 특히 '탈헤겔'과 '탈화해'로 명명되는 1841~42년간 쓰여진 벨린스키의 서한들은, 많은 연구자들이 공통적으로 지적하듯 그가 올라선 새로운 사유의 입지를 시사해 준다. 여기서 벨린스키는 종례의 보편주의를 격렬히 공격하고 개인성[19]에 대해 열렬한 찬의를 표하고 있다. 물론, 그러한 방향전환은 이미 화해기의 말미부터 단초를 보이던 것이었다. 가령 1840년 10월 4일에 친구 보트킨에게 보낸 편지에는 이런 글귀가 나온다. "이제 내게는 인간의 개별성이 역사보다도, 사회보다도, 인류보다도 훨씬 우월하다네"(XI, 556). 헤겔에 대한 저항도 같은 맥락에서 이루어진 것이었다.

(헤겔에게) 주체는 그 자체로 목적이 아니라 보편의 일시적 표현을 위한 수단에 불과하며, 그래서 보편은 주체에 대한 몰록(Moloch, 희생을 요구하는 신)이나 다름없다. (…중략…) 예고르 표도리치(헤겔에 대한 당대 러시아인들의 존칭), 나는 당신의 철학자의 관모(冠帽)에 고개 숙여 절하며 감사를 표하는 바이올시다.

---

19 러시아어 'lichnost'는 일반적으로 '개성'이나 '인격'으로 번역되어 왔고, 주로 예술가적 자질이나 능력, 혹은 인간의 성품을 가리킨다. 헤겔의 보편성에 반대하여 벨린스키가 내세우는 'lichnost'는 '개인'이나 '개별성'을 지향하는 것으로서 집단성이나 전체성에 대한 대립적 의미를 강하게 갖는다. 하지만 이 단어는 '사회 속의 개인' 및 이에 관한 자기의식을 포함하는 것으로서 실존주의적 단독자와는 다르다. 벨린스키의 영역자들이 'lichnost'를 'personality' 또는 'individuality'로 번역하는 사정은 그와 같으며, 본문에서는 '개인'이나 '개인성', '개별성' 등으로 옮기도록 한다.

하지만 당신의 철학적 속물성에 대해 대단한 존경심을 가지면서도, 다음과 같은 사실을 알려드릴 영광을 갖는 바입니다. 만일 내가 진보라는 사다리의 맨 꼭대기에 올라선다 할지라도, 나는 거기서 당신에게 삶과 역사에 나타난 온갖 희생들, 즉 우연과 미신, 종교재판과 펠리페 2세 등이 자행한 희생에 대한 대답을 요구할 것이란 사실입니다. 그렇지 않다면 나는 기꺼이 사다리 꼭대기에서 바닥으로 머리를 내던져 버리겠소. 나는, 나와 피와 살을 나눈 형제들 각자에 대해 안심하지 못하는 한 행복따위는 바라지 않소이다(XII, 22~23).

— 1841년 3월 1일 보트킨에게 보낸 편지[20]

헤겔에 대한 '반란'으로 묘사되는 인간의 개별성에 대한 옹호와 강조는, 기실 벨린스키가 헤겔주의로부터 물려받은 개념들을 자기화하고 실질적으로 구체화시킨 결과물이었다.[21] '환영적 현실'을 부정하고 이성의 현실성을 촉진시키는 작인(作人)으로서 인간은 추상화된 보편성보다는 구체적인 주체로서의 개별자, 즉 개인을 요구하기 때문이다. 이러한 개인은 집단에 속한 수동적인 지시대상이 아닌, 자신의 의지를 능동적으로 현실에 투사하고 변혁시키는 인간, 당위적으로 주어지는 이념을 지향하며 행위 하는 인간이다. 따라서 개인은 추상화된 관념에 그쳐서는 안 되고, 보편과 개별의 변증법적 운

---

20 플레하노프는 이 편지에 나타난 벨린스키의 탈화해를 순전히 도덕적인 관점에서 해석했다. 반면, 발리츠키는 탈화해를 이론적 전환의 관점에서 해명해야 한다고 주장한다. Andrzej Walicki, *A History of Russian Thought. From the Enlightenment to Marxism*, Stanford University Press, 1979, pp. 123~124.

21 "(헤겔) 철학은 말뜻 그대로 '지양'되어야 했다. 즉, 이 철학의 형식은 비판적으로 폐기되어야 하지만 이 형식을 통해 얻은 새로운 내용은 구제되어야 한다는 뜻이다." 프리드리히 엥겔스, 최인호 외역, 「루드비히 포이에르바하 그리고 독일 고전철학의 종말」, 『맑스·엥겔스저작선집』 6, 박종철출판사, 2002, 252쪽. "청년 헤겔주의자들은 동시에 헤겔적 사유의 근본 형태를 견지한다." 위르겐 하버마스, 이진우 역, 『현대성의 철학적 담론』, 문예출판사, 1994, 77쪽.

동 가운데 이해되어야 한다. 달리 말해, 개인은 '즉자대자적'인 자기의식을 갖춘 '근대적 주체'로서 정립되어야 한다.[22]

이렇게 주체로서의 개인이 부각됨에 따라 개별자의 희생만을 요구하던 보편자의 횡포는 더 이상 용납될 수 없었다. 또한 자율성이 내재화된 능동적 기투의 중요성은 이전까지 '객관성'을 담보로 유지되던 관조적인 세계인식을 허물어뜨리고 현실에 대한 적극적인 개입마저 허용하게 된다.

> 그렇다. 나의 영웅은 이제 헤겔이나 철학자의 관모가 아니다. 괴테 자신도 예술가로서는 위대했지만 개인으로서는 혐오스럽다. 이제 다시 내 앞에는 찬란한 빛에 감싸인 피히테와 쉴러의 거대한 형상이 다가온다. 그들은 인류애(휴머니즘)의 예언자이고, 지상에 임한 신의 왕국의 선포자다. 그들은 책 속의 인식이나 브라만적인 관조자들이 아니라 생동적이고 이성적인 행위(*Tat*)를 수행하는 영원한 사랑과 정의의 사제들이다(XII, 38).
>
> — 1841년 4월 6일 바쿠닌에게 보낸 편지

환영적 현실에 대한 부정 및 행위 주체로서 개인에 대한 인식은 사회성을 향한 지향으로 자연스럽게 이어진다. "나는 새로운 극단에 서게 되었다. 그것은 사회주의의 이념이다"(XII, 66), "사회성, 사회성이 아니면 죽음을!"(XII, 69) (1841년 11월 8일 보트킨에게 보낸 편지)

그렇지만 벨린스키가 주장하는 사회성은 그의 '새로운 입장'이라 할 만한

---

22 이렇게 이해된 개인성(personality)은 1840년대 서구주의자들의 의식에 공통된 사고의 뿌리를 형성하였다. Andrzej Walicki, trans. Hilda Andrews-Rusiecka, *The Slavophile Controversy : History of a Conservative Utopia in Nineteenth-Century Russian Thought*, Notre Dame University Press, 1989, p.411.

개인에 대한 요구와 다른 게 아니다. 그가 전제주의와 화해했을 때 사회와 개인의 관계는 악무한적 줄다리기, 또는 양자택일의 운명처럼 느껴졌으나, 탈화해의 입장에 서자 그 관계는 완전히 다르게 보이기 시작했다. 의식적으로 규정된 부정운동의 주체로서 근대적 개인은 자신의 외적인 현실성을 보장하는 범주로서 사회를 필요로 하는 까닭이다. 주체로서의 개인은 오직 사회 안에서만 존립할 수 있다. 따라서 벨린스키가 주장하는 개인성에 대한 요구는 결코 사회성에 대한 요구와 충돌하지 않는다. 헤겔주의의 지난한 수련과정을 거친 끝에 벨린스키는 사회와 개인을 적대적이고 화해불가능한 대립으로 파악하는 일면성을 '지양'하게 되었다.[23] 사회와 개인은 현실의 상황 속에서 여전히 대립하고 모순을 빚어내지만, 그것은 변증법적 과정으로서 이해되어야 하며, 궁극적으로는 종합을 향한 발전의 필연적인 조건으로 인식되었다.[24]

개인성과 사회성은 개별과 보편의 변증법적 지양의 생산적 결과로서, 벨린스키의 이른바 '40년대' 사유의 근본적인 추동력을 구성한다. 지금까지 많은 연구자들은 이러한 두 가지 근본 요소들을 변증법의 대립개념으로서 인

---

23 Herbert Bowman, *Vissarion Belinskii(1811~1848) : A Study in the Origins of Social Criticism in Russia*, Harvard University Press, 1954, p.143; Andrzej Walicki, trans. Hilda Andrews-Rusiecka, *The Slavophile Controversy : History of a Conservative Utopia in Nineteenth-Century Russian Thought*, Notre Dame University Press, 1989, p.376.

24 "스스로가 특수적 목적으로서 존재하는 구체적인 인격, 인간은 온갖 욕망의 전체를 간직할뿐더러 또한 자연 필연성과 자의가 혼합되어있는 상태에서 시민사회를 이루는 하나의 원리이다. ─ 그러나 또한 이 특수자로서의 인격은 본질적으로 또 다른 특수자와의 관계에 들어서는 바 이럼으로써 이들 특수자는 각기 다른 특수자에 의하여, 그리고 동시에 오직 단적으로 보편성의 형식이라고 하는 또 다른 원리에 의하여 매개된 상태에서만 자기를 관철시키며 또 만족을 누릴 수도 있는 것이다." 게오르크 헤겔, 임석진 역, 『법철학』, 지식산업사, 1989, §182. 즉, 시민사회는 보편성의 형성과정이었다(§186). 벨린스키가 헤겔이 지향했던 시민사회의 개념에 얼마나 접근했는지는 미지수이다. 그러나 그가 보편과 개별의 변증법을 통해 특수자로서의 개인과 사회를 발견하였다는 점은, 그 역시 근대 사회의 성격에 대해 헤겔과 비견될 만한 일정한 통찰에 도달했음을 시사하고 있다.

식하지 못한 채, 각각을 독립적인 맥락에서만 다루어 왔다. 예컨대 소비에트 평단은 개인에 대한 벨린스키의 요구를 반(反)헤겔의 기치를 치켜든 '사회주의적' 투쟁으로 보았고, 그 연장선에서 사회성의 증대를 1860년대 혁명적 민주주의자들의 계보 속에 수렴시키곤 했다. 반면, 서구 평단은 개인성과 사회성의 요구를 상호 배타적인 이데올로기로 취급하여 벨린스키 사상의 논리적 모순이라 지적했다. 그러나 이런 시각들이 공통적으로 놓치고 있는 사실은 탈화해를 통해 벨린스키의 사유에서 헤겔의 흔적을 완전히 소거시켜 버림으로써 사상사의 내적 연속성을 간과해 버렸다는 점이다. 화해를 공식적으로 부정하며 헤겔에 대한 적대와 대결을 선포하였음에도 불구하고, 벨린스키의 사유는 헤겔과의 연관을 완전히 탈각해 버릴 수 없었다. 헤겔철학에 대한 내용상의 부정이 방법적인 측면에서도 동일하게 작동하지는 않았던 것이다. 헤겔의 변증법은 헤겔만의 고유한 사유가 아니라 근대성 자체를 규정짓는 사유의 방법론이었고, 벨린스키가 헤겔을 떨쳐내면서도 구제하고자 했던 것은 바로 이 사유, 방법으로서의 변증법에 다름 아니었다. 이런 맥락에서 볼 때, 헤겔주의의 '안'에서도 '밖'에서도 벨린스키는 개인과 사회를 상호 배타적인 관념으로 구별짓고자 하지 않았음을 알 수 있다. 그는 이 개념쌍들을 화해기의 입장에서 지속적으로 발전시켜 온 규정적인 대립 안에서 다루고자 했다. 헤겔주의의 개념적 구도는 탈화해의 이면에서도 여전히 그의 사유를 이끌었던 밑바탕이었다. 벨린스키가 탈각한 것은 추상화된 헤겔주의였지 헤겔로 표상되는 근대성 자체가 아니었다.[25]

---

25 그리고랸은 벨린스키의 헤겔 이해가 처음부터 잘못된 것이었음을 지적하고, 오히려 화해의 극복(탈화해)에 의해 진정한 헤겔주의가 도래했다고 해석한다. M. M. Grigorjan, "V. G. Belinskij i problema dejtel'nosti v filosofii Gegelja", N. I. Kondakov(ed), *Gegel' i filosofija v Rossii*, Nauka, 1974(「V. G. 벨린스키와 헤겔철학에 있어서 현실성의 문제」, 『헤겔과 러시아 철학』), p.87.

그러므로 개인성과 사회성에의 요구는 분립된 두 경향들이 아니다. 양자는 서로를 견인하고 반발하는 변증법의 역동적 관계에 놓여 있다. 앞서 예거한 편지들과 비슷한 시기에 쓰여진 다른 서간들을 보자.

사회가 없다면 우정도 없고, 사랑도 없으며, 정신적 관심사도 존재할 수 없다. 오직 그 모든 것에 대한 단절만이 있을 뿐이다. 불평등하고 무력한 단절, 이해가 되지 않는 병적이며 비현실적인 단절이 있을 따름이다. 우리 모두의 삶, 우리의 관계는 이러한 쓰디쓴 진리를 훌륭하게 예증해 준다. 사회는 일정한 총합을 이루고 일정한 원칙에 따라 생존한다. 그러한 총합과 원칙은 성원들 각자의 토대이며 대기이고, 음식, 부(富)이면서 또한 구체적인 지식이자 구체적인 삶이다. 인류는 개인의 영혼발전을 위한 추상적 토양이며, 우리는 모두 이러한 추상적 토양에서 자라났다(XII, 49).

내 안에서는 인간 개인성의 자유와 독립에 대한 어떤 야생적이고 맹렬하며 환상적인 사랑이 발전하고 있다. 그리고 그것은 오로지 정의와 용기에 기반을 둔 사회에서만 가능한 것이다(XII, 51).

— 1841년 6월 27~28일 보트킨에게 보낸 편지[26]

---

26 벨린스키의 후기 사유에서 사회와 개인 중 어느 쪽에 우선권이 있는지 정확히 지적하기란 쉬운 일이 아니다. 전술한 바와 같이, 그의 문제의식은 사회와 개인을 이분법적으로 구별하여 선후관계를 확정짓는 데에 있던 게 아니라 양자를 규정된 독립적인 실체로 파악하되 상호 분리시킬 수 없는 변증법적 관계 속에서 이해하는 데 있었기 때문이다. 물론, 시기적으로 1840~1842년이 보편중심주의로 호명된 헤겔주의로부터 이탈하던 시기라는 사실, 그리고 그러한 보편주의가 결과적으로 제정 러시아의 참혹한 현실에 일조한다는 점을 인식하였다는 사실 등은 벨린스키가 개인성의 자각에 더 많은 무게를 실었음을 짐작하게 해준다. 근대성의 근저이자 그 정점에는 이러한 개인에 대한 자각이 필연적으로 가로놓여 있었다. 벨린스키가 사망한 해인 1848년, 맑스는 「공산주의당 선언」을 이렇게 끝맺고 있다. "계급과 계급 대립이 있었던 낡은 부르주아 사회 대신에 각인의 자유로운 발전이 만인의 자유로운 발전의 조건이 되는 하나의 연합체가 나타난다." 칼 맑스, 최인호 외역, 『맑스·엥겔스저작선집』1, 박종철출판사, 1994, 421쪽. 맑스의 이 구절이 근대혁명사의 중요한 관건이었음에 대해서는 다음을 보라. 송두율,

탈화해와 탈헤겔을 감행했던 벨린스키는 결코 보편성 자체를 거부하지 않았다. 그의 사유에서 보편에 대한 지향은 여전히 소중하고 필수적인 위상을 차지했다. 단지 이제는 좀 더 구체적이고 규정적인 개념들인 개인과 사회의 범주를 통해 논의되고 있을 뿐이다. 논문 「레르몬토프의 시편들」은 이렇게 진전된 변증법적 사유의 일단면을 생생히 증거하고 있다.

> 각각의 인간은 정열과 감정, 욕망과 의식의 개별적이고 특수한 세계이다. 하지만 그런 정열, 감정, 욕망, 의식은 어떤 한 인간에게만 속한 것이 아니라, 전체 인간의 보편성 및 인간적 본성의 자질을 이루고 있다. 그래서 보편적인 것이 존재하면 할수록, 인간은 더욱더 생동적이 된다. 만일 보편적인 것이 없다면, 인간은 살아있는 시체에 다름없을 것이다. (…중략…) '나는 인간이다. 그리고 인간적인 그 무엇도 내게 낯설지 않다.'[27] 보편에 참여하고 있는 자에게 개인적인 이득과 생존에 대한 요구는 부차적 관심사이다. 반면, 자연과 인류는 가장 주요한 관심사로 부각된다(IV, 486).

보편과 개별을 매개하는 개념으로서의 '삶'은 결정적인 위상을 차지한다. 삶은 구체적 개인을 구체적인 사회 속에서 살아가도록 만들어주는 환경을 제공하기 때문이다. 그러한 삶은 단순한 자연적 생을 넘어선 인간의 본질적 조건이다. 인간은 그와 같은 삶 가운데서 정신적·물질적 활동을 영위하게

『역사는 끝났는가』, 당대, 1995, 32~33쪽.

27 원문은 "Nihil humni a me alienum puto"로, 로마의 극시인 테렌티우스의 「아델포이」(Adel-phoe, B.C. 160) 제3막 제5장에 나오는 구절이다. 헤겔도 역시 그의 『미학』 서론에서 이 구절을 인용하고 있는데(게오르크 헤겔, 두행숙 역, 『미학』 1, 나남출판사, 1996, 89쪽), 이는 예술의 사명이 결국 인간학과 연관될 수밖에 없음을 시사한다. 벨린스키도 동일한 맥락에서 자신의 논지를 세우고 있으며, 이에 따라 예술을 인간의 보편적인 관심사로 규정짓고 있다.

된다. "삶은 느끼고 사유하며, 고통받고 행복을 누리는 것이다. 다른 모든 형태의 삶이란 그저 죽음과 다르지 않다"(IV, 487). 개인과 사회를 매개해주는 개념으로서의 '삶'은 사회적 현실을 무시하며 지고한 관조만을 향락하는 괴태적인 '내면적 삶'이 불충분한 것임을 보여준다. 인간은 외면적 현실로부터 동떨어져 존재할 수 없다.

온전하고 건전한 성품에는 조국의 운명이 가슴 중에 무겁게 놓여있다. 모든 고귀한 개인은 자신의 동족과 조국을 가슴깊이 의식한다. 개별적인 것으로서 모든 사회는 일종의 살아있는 존재이자 유기적인 존재로서, 그것의 성장기, 건강과 병고의 시기, 고통과 기쁨의 시기, 운명적인 위기와 쾌유 및 죽음의 전환기를 갖는다. 살아있는 인간은 자신의 정신과 심정, 그리고 피 속에 사회적 삶을 담지하고 있다(IV, 488).

벨린스키는 '개별적인 것으로서의 사회'라고 언급하고 있다. 즉, 인류라는 보편을 이루는 구성요소로서 개별적 집합체가 사회라는 말이다. 사회는 그 사회의 구성요소인 개별적 인간(개인)에 대해서는 보편이지만 동시에 그 상위심급으로서의 인류에 대해서는 개별로 다시 범주화될 수 있다. 이렇게 한 개념 내에서도 여러 가지 규정들이 모순적으로 양립하는 동시에 전체적인 작동을 위해 봉사한다는 사유의 구도는, 화해기에 보여주었던 개념의 일률적인 고정성과는 질적으로 다른 것이다. 이제 벨린스키는 충돌하는 개념적 요소들을 생산적으로 재조직하고 재배치할 수 있는 '변증법'을 터득하게 된 것이다.[28]

이 맥락에서 플라톤 이래로 지속되어 온 '인간'과 '시민'의 투쟁 역시 한 가지로 통일될 수 있다. 인간은 자율적인 주체로서의 개인임과 동시에 사회의 구성원으로서 시민일 수 있기 때문이다. "시민은 인간을 박멸시켜서는 안 되며, 인간도 시민에 대해 마찬가지이다. 양쪽의 어느 경우나 극단에 치우친 것이고, 모든 극단이란 한계와 다르지 않다"(IV, 489). 개별과 보편의 변증법적 통일은 인류 전체와 그에 속한 각각의 국민국가 역시 한 가지로 같다는 결론으로 이어진다. "보편적인 것으로부터 부분적인 것이 나오듯이, 조국에 대한 사랑도 인류에 대한 사랑으로부터 나온다. 자신의 조국을 사랑한다는 말은 곧 조국에서 인류의 이상이 실현됨을 목격하길 열망함이다"(같은 곳). 개별과 보편이 동일함을 의식하는 변증법은 이성적 사유의 산물이다. "인간의 본성에는 자신과 가까운 것, 동족과 혈족에 대한 사랑 같은 것이 있다. 그러나 이런 사랑은 동물에게도 있으며, 따라서 인간의 사랑은 그보다 더 나은 것이어야 한다. 동물보다 위에 있는 인간적 사랑의 우월함은 그 이성성에 존재한다. 이성성은 육체적이고 감각적인 것을 정신에 의해 조명하며, 이러한 정신은 보편적이다. (…중략…) 조국에 대한 사랑은 동시에 인류에 대한 사랑이 되어야 한다"(같은 곳).

---

28 "이 변증법 철학은 궁극적, 절대적 진리와 이에 조응하는 절대적 인류상태에 대한 모든 표상을 해체한다. 이 철학 앞에서는 궁극적인 것, 절대적인 것, 신성한 것은 하나도 존재하지 않는다. 이 철학은 모든 것에 대해 그리고 모든 것에서 무상을 보여준다. 이 철학 앞에서는 생성과 소멸, 낮은 데서 높은 데로의 끝없는 상승의 부단한 과정 이외에는 아무것도 없다." 프리드리히 엥겔스, 최인호 외역, 「루드비히 포이에르바하 그리고 독일 고전철학의 종말」, 『맑스 · 엥겔스 저작선집』 6, 박종철출판사, 2002, 246쪽.

4. 러시아의 근대성, "민중은 국민/민족이 되어야 한다!"

보편으로서의 인류와 개별로서의 민족의 통일에 대한 테제는 기실 헤겔의 '역사적 민족' 개념을 변용한 것이었다. 헤겔에 의하면 절대정신이 역사 속에서 현실화되기 위해서는 구체적인 매개를 빌려야 하는데, '세계사적 인물'과 '세계사적(역사적) 민족'이 바로 그것들이다. 여기서 역사적 민족은 단순히 자연적이고 본능적인 삶을 영위하는 집단적 거류민의 수준을 넘어서 실존하는 자기의식적 공동체로서, 진보를 향한 역사적 과정 속에서 획기적인 역할을 담당할 자격과 능력을 보유한다고 상정된다.[29] 벨린스키가 강조하는 '민족'은 그 연장선에 놓인 개념이었다.

벨린스키는 그의 비평활동 초기부터 꾸준히 '민중성'을 개념적으로 사용하였지만, 이 시기의 러시아 사회에서 서구적인 의미의 '국민/민족(natsija, nation)'이라는 관념은 아직 온전히 의미역을 획득하지 못한 상태였다.[30] 그

---

29 "세계사적 민족이 거쳐 간 특이한 역사를 보면 한편으로는 유아적인 미개상태로부터 출발하여 그것이 자유로운 인륜적 자기의식에 다다름으로써 마침내 보편적 역사로 진입하여 그의 전성기에까지 이르는 민족의 원리가 발전하는 모습을 담고 있으면서도, 또한 다른 한편으로는 몰락과 파멸의 시대도 포함하고 있다. 왜냐하면 세계사적 민족의 경우에 더 고차적인 원리의 출현은 곧 그 민족의 고유한 원리를 부정하는 모습을 하고 나타나기 때문이다." 게오르크 헤겔, 임석진 역, 『법철학』, 지식산업사, 1989, §347. 헤겔주의에 근거한 역사의 발전과 개별 민족(국민)의 역할에 대한 논의는 1830~40년대 러시아 지식인들의 주요한 화두이기도 했다. 특히 보편사적 발전에 의해 러시아의 고유성이 잠식당하는 상황은 슬라브주의자들이 크게 두려워하고 회피하려던 요소였다.

30 이광주, 「'민족'과 '민족문화'의 새로운 인식」 및 최갑수, 「프랑스 혁명과 '국민'의 탄생」, 한국서양사학회 편, 『서양에서의 민족과 민족주의』, 까치, 1999를 참조하라. 'nation'을 국민이나 민족으로 옮기는 것은 시대적 조건이나 사회적 상황에 따라 다르기에 일률적으로 옮기기 어렵다. 헤겔이 '세계사적 민족'에 대해 언급했을 때 그가 염두에 둔 것은 게르만인들의 동질적인 문화적 공동체에 더 방점을 찍은 것이었다. 하지만 이 경우에도 민족은 단순히 혈연집단만을 가리키는 게 아니라 문화적 규정에 의해 근대적으로 새로 규정된 집단이기에 혈연관계가 강

의 등단논문 「문학적 공상」에서 주창하였던 민중적 삶이란 낭만주의적 세계관에서 연유한 '삶의 본원적 모습'에 가까운 것으로서, 개념적으로 충분히 정의되지 못하였으며, 더구나 자기의식적인 규정성과도 아직 거리가 멀었다. 청년 벨린스키가 목도했던 그의 시대의 민중적 삶은 순수하고 무규정적인 즉자적 상태에 가까운 것으로서, 계몽된 사회의 이념, 즉 근대성에는 미치지 못한 것이었다. 벨린스키는 문학적 계몽주의를 통해 민중이 근대성의 일정한 궤도에 올라서길 희망하고 있었다.

헤겔주의는 일종의 기폭제이자 근대화를 향한 장치로서 수용되었다. 헤겔철학의 수련을 통해 벨린스키는 개념과 현실의 관계에 관해 숙고했으며, 민중은 단순히 물질적·형식적인 발달만이 아니라 의식적으로 진전된 '민족'으로 전화되어야 한다고 확신했다. 사유나 의식의 매개 없이 본능적인 자연성에 따라 행동하는 인간은 보편사적 발전의 원동력인 이성성을 획득할 수 없다. 화해기의 어느 지점에서 벨린스키 역시 오도예프스키의 '본능'이나 차아다예프의 '역사', 슬라브주의자들이 역사의 근본 요소라고 부르던 민중의 '직접성'을 신봉한 적이 있었다. 개념적으로 잘 설명되지 않는 민중적 일상에는 이성적 파악을 넘어서는 유기적 연관이 있다고 믿은 탓이다. 그러나 유기성에 대한 진전된 통찰을 이루면서 현실과의 화해를 포기한 직후, 나아가 계몽에 대한 자기의식적인 각성에 도달하고 프랑스 사회주의를 만나면서, 벨린스키는 이성과 합리성에 바탕을 둔 역사발전론으로 되돌아서지 않을 수 없었다.[31] 물론 이번에는 헤겔의 이름을 제거한 채 내딛은 발걸음이었지만.

조되는 민족으로만 파악하는 것은 무리가 있다. 러시아의 경우, 사정은 더욱 복잡하여 소수민족과 친족적 민족들을 포괄하는 국민형성이 더 큰 근대적 목표로 설립되었다고 할 수 있다. 이에 본문에서는 맥락에 따라 적절히 '민족'이나 '국민'을 쓰되, 근대의 포괄적 맥락을 염두에 두어야 한다.

벨린스키 사유의 이와 같은 진보는 헤겔주의의 연속선상에서만 가능했으며, 직접성과 의식성이 변증법적으로 교호하는 장면을 연출하고 있다. 이는 1841년의 논문 「표트르 대제 이전의 러시아(Rossija do Petra Velikogo)」에서 확인된다. 이 글은 러시아의 역사를 벨린스키가 새롭게 정초한 역사철학적 견지로부터 조감한 것이다. 그에 따르면 역사는 자연적인 '직접성'의 시기와 '의식적' 현존의 시기로 양분된다. 그 첫 단계는 즉자적인 '민중' 또는 '인민'의 시대로서, 주어진 삶을 본능적으로 살아가는 시기이다. 반면, 두 번째 단계는 반성의 매개를 통해 드러나는 바, 민중 / 인민이 자기의식적인 '국민 / 민족'으로서 정립되는 시기이다. 18세기 초엽 표트르 대제의 개혁은 러시아의 역사에서 그러한 분수령을 표지했다. 표트르 이전의 민중은 신앙과 관습에 있어서 완전히 '동질적'이고 '가부장적'이며 '미분화된' 상태에 머물러 있었는데, 이는 근대 부르주아 국가와도 다를뿐더러 심지어 서구 중세의 봉건제와도 아무런 공통점을 갖지 않는다. 벨린스키는 분석하길, 러시아는 중세의 모습마저 서구와 판이하게 다르다. 왜냐하면 봉건제나 기사도, 혹은 사회의 하부층과 통치권을 이어주는 중간층으로서 귀족층이 존재하지 않았던 탓이다. 매개로서 귀족층의 부재는 서구에서 중세가 수행했던 중요한 역할, 곧 '개인에 대한 존중'과 '자발적 권리의식', 세대를 거듭하는 우수한 '문화의 전승'을 러시아에서 일으키지 못했다(V, 137~138). 오직 표트르의 개혁만이 이러한 정체상태를 뒤흔들어 움직이게 만든 추동력이었다. 그것은 근대 러시아의 탄

31　"이제 내게 지성은 이성(물론 직접적인 이성)보다 높다. 이것이 바로 내가 종교와 사회, 혹은 그 누구의 권위보다도 볼테르의 불경함을 더 좋아하는 이유이다"(XII, 70). (1841년 9월 8일 보트킨에게 보낸 편지) 발리츠키에 의하면, 벨린스키의 '변증법적 역사주의'는 화해기 이후에도 달한 진전이다. Andrzej Walicki, trans. Hilda Andrews-Rusiecka, *The Slavophile Controversy : History of a Conservative Utopia in Nineteenth-Century Russian Thought*, Notre Dame University Press, 1989, p.373.

생을 향한 결정적인 단계였다.

> 표트르의 의지에 의해 갑자기 모든 것이 급속히 돌변해 버렸다. (⋯중략⋯) 이전처럼 상층부는 하층부를 이해하고 있었으나, 하층부는 더 이상 상층부를 이해할 수 없게 되었다. 민중은 귀족으로부터 하급군인에 이르기까지 분화되었다. 하지만 국가적 의미에서 민중(narod)은 더 이상 존재하지 않는다. 국민 / 민족(natsija)이 있을 뿐이다. 이 외국어는 필수적인 용어가 되었으며, 일반적인 용례를 무의식적으로 습득해 버렸고, 러시아어 사전에서 시민적 권리를 획득하고 말았다(V, 122 ~123).

1812년의 나폴레옹 전쟁은 표트르 이래 러시아 민중에게 강제로 부과된 의식성을 그들의 자발적인 내적 원리로 체화하게 만든 계기였다. 외세의 침탈에 맞서 러시아 민중이 스스로를 독려하고 자신의 힘에 대한 확신을 갖게 되었다는 것이다. "민중에게 있어서 직접적이고 자연적이며 가부장적인 상태와 역사적 발전의 이성적 운동 사이에는 얼마나 큰 차이가 있는가!"(V, 135). '민중'의 동의어이자 그것의 발전된 의미로 사용되는 '국민 / 민족'(V, 121)은 결국 근대국가를 구성하는 성원으로서의 'nation', 'citoyen(공민, 시민)'의 외연에 합치한다. 벨린스키는 표트르의 개혁을, 그 전사(前史)의 형태가 어떠하였든, 러시아를 근대의 보편적 세계사에 편입시키는 신호탄으로 간주했다. 당연히 여기엔 그의 계몽주의적 지향이 강하게 자리잡고 있다. 이 점은 슬라브주의자들과 비교해 볼 때 보다 선명히 드러난다.

슬라브주의자들 역시 러시아의 민중이 갖는 역사적 유기성, 단일하고 순수한 통일성, 본능적인 삶의 태도 등에 대한 표상을 갖고 있었고, 이는 청년 벨린스키의 관념과 상당히 비슷한 것이었다.[32] 하지만 벨린스키가 서구주의를 추진하며 민중의 즉자성에 감탄하다가(화해) 곧 반발하여 떠나고 난(탈화해) 후, 슬라브주의자들은 그를 러시아적 유일성을 훼손하고 파괴하는 적대자로 규정하게 된다. 그들의 시야에서 벨린스키는 서구의 분열적 사상을 끌고들어와 러시아의 내적 일치를 교란시키고 더럽히는 '괴수'였던 것이다. 이는 비단 이념적 차원에만 그치는 문제가 아니었다.

러시아 정부의 보수적 관료들이 잡계급(雜階級, raznochintsy)으로부터 상당한 인적 자원을 끌어들인데 비해, 슬라브주의자들은 대지주 출신의 전통귀족들이었고, 그들이 민중에 대해 갖는 관계는 기본적으로 시혜적이고 가부장적이었다.[33] 그들은 타고난 귀족적 덕성으로 인해 민중에 대한 완전한 이해를 확보하고 있다고 자신했으나, 민중이 자신들 귀족을 이해하는 것은 신분적으로 불가능하다고 여겼다. 반면 벨린스키는 상층부와 하층부의 거리는 좁혀질 수 있으며, 이는 문명의 발전에 의해 가능하다는 입장을 철저히 고수했다.[34] 민중은 국민 / 민족이 되어야 한다는 그의 테제는 정확히 이 관점에서 이해되어야 한다. 민중에서 국민 / 민족으로의 이행은 단순한 역사적 변천에 따른 명칭의 변화가 아니었다. 그것은 산발적인 부족적 혈거주의로부터

---

32 이 글에서 자세히 다루진 못하지만, 서구주의-슬라브주의 논쟁의 핵심적인 전제는 두 경향 모두 본질적으로는 서구의 충격에서 발생한 조류하는 것이다. *ibid.*, ch.7. 서구주의는 말할 것도 없이, 슬라브주의 역시 서구라는 타자, 근대성이라는 대타성을 의식하고서야 비로소 자기의 역사적 전통에 대해 관심을 가졌고 서구에 대한 명백한 대립항을 설정할 수 있었다. 달리 말해, 슬라브주의 역시 서구주의와 동일한 지식체계에서 파생되었고, 따라서 서구주의와 동질적인 근대 지식장에 포함되어 있었다. 두 경향 사이의 논쟁이 성립했던 것도 서로 언어의 코드가 동질적이었기 때문에 가능했을 것이다.

33 Elena Tikhonova, *Chelovek bez maski*, Sovpadenie, 2006(『가면이 없는 인간』), pp.145~146.

34 Andrzej Walicki, trans. Hilda Andrews-Rusiecka, *The Slavophile Controversy : History of a Conservative Utopia in Nineteenth-Century Russian Thought*, Notre Dame University Press, 1989, p.401; Victor Terras, *Belinskij and Russian Literary Criticism : The Heritage of Organic Aesthetics*, University of Wisconsin Press, 1974, pp.92~95.

체계적으로 중앙집권화된 근대국가로의 역사적 발전을 지향하고 있었다.[35] "표트르 대제에 이르기까지 러시아는 다만 민중적이었으나 그 개혁자에 의해 이제 국민 / 민족적으로 변모하였다"(V, 124).[36]

"민중은 국민 / 민족이 되어야 한다"는 테제는 후기 벨린스키가 달성한 역사철학적 관점을 대변한다. 그는 역사가 합법칙적 과정이라는 이념을 여전히 고수하고 있었으며,[37] 심지어 1844년 이후 헤겔주의의 유산인 '절대정신'이란 개념을 더 이상 사용하지 않을 때조차 그러했다.[38] 물론, 근대 국민 / 민족국가를 형성하는 매개로서 국민 / 민족 개념은 다분히 발전주의적 도식에 얽매인 것이었고, 그 역사적 시야의 광대함만큼이나 추상적인 면모가 없지 않다.[39] 그러나 벨린스키는 역사의 보편을 표현하는 인류에 대해 개별로서

---

35 막스 베버를 연상케 만드는 벨린스키의 근대화론은 동시대 서구주의자 콘스탄틴 카벨린의 법학사 연구와도 일치한다. 카벨린 역시 이러한 합리화의 과정 속에 근대를 이해함으로써 유럽사와 러시아사의 연계성을 입증하려 노력했다. Andrzej Walicki, *ibid.*, pp. 404~408.

36 벨린스키는 'narodnost(민중성)'와 'natsional'nost(민족성 / 국민성)'를 일관되게 구별 짓지 않았고, 대개는 전자를 더 자주 사용하곤 했다. 후자는 아직 개념적으로 러시아에 정착되지 않은 외국어였기에 일반적인 사용에 제약이 없지 않았고, 이 생경한 외국어는 '외국풍'에 민감하게 반응하던 정부의 정치적 감시에 쉽게 노출될 우려가 있었다. 그렇지만 개념적으로 벨린스키의 지향은 분명 후자를 향하고 있었고, 푸슈킨을 '국민시인', '민족시인'으로 정의했을 때 그가 염두에 두었던 것은 분명 후자였다. 푸슈킨은 러시아문학이 온전히 근대적 국민 / 민족문학으로 정립되었다는 표지였다. 또한 벨린스키가 민중성에 관해 진술할 때도 많은 경우, 그것은 국민성 / 민족성의 함의를 갖고 있었다. Vasilij Kuleshov, *Istorija russkoj kritiki XVIII-nachala XX vekov*, Prosveshchenie, 1991(『18~20세기 초까지의 러시아 비평사』), p. 143.

37 M. M. Grigorjan, *op. cit.*, p. 84.

38 1844년 이후 벨린스키의 미학을 헤겔과의 차별성에 역점을 두어 '현실미학(estetika dejstvitel'nosti)'이라 부르기도 한다. Li ben khun, *Problema khudozhestvennogo obraza v literaturnoj kritike V. G. Belinskogo*, Dissertatsija kandidata, MGU, 1999(『V. G. 벨린스키 문학비평에 나타난 예술적 형상의 문제』), p. 118.

39 근대적 국민 / 민족국가에 대한 열망이 있음에도 불구하고 러시아의 현실에서 그것은 전제주의로 표상되었기에 근대성의 이론적 도식을 곧이곧대로 적용하는 것은 위험스런 기대였다. 분명 역사의 진보를 달성하기 위해서는 서구적 근대국가가 성립해야 했으나, 러시아적 현실의 이율배반으로 인해 벨린스키는 적잖은 인식론적 혼란에 빠진다. 탈헤겔 시대의 그의 비평에 나타난 국가에 대한 열망과 회의는 이러한 사정을 반영한 것이다. 사실 이로 인해 벨린스키 비평의 마지막 시대는 근대적 의식의 정초이자 반근대적 저항의 시기로도 볼 수 있는데, 지금

의 민족을 상정하고 그 하위범주에 재차 보편으로서의 민족과 개별로서의 시인을 위치지움으로써, 비평활동 초기인 셸링기에 축조했던 것과 유사한 세계상을 다시 한 번 완성하게 되었다. 즉, 일관된 사유의 구도를 그려볼 수 있었다. 그렇지만 이번에는 '비합리적'이고 '신비스러운' 영감을 따르는 형이상학(셸링)이 아니라 개념적으로 축조된 체계(헤겔과 탈헤겔)를 통해서이다. 여기서 시인은 고립된 개별자에 그치지 않고, 보편적인 것, 즉 국민적 / 민족적 삶을 표현하는 보편의 담지자로 등장한다. 보편성과 연관된 개별자로서의 시인. 그는 이성적인 주체이며, 이 점에서 셸링기의 시인과는 다른 위상에 놓여 있다.

현실적인 것은 이성적이고, 이성적인 것은 현실적이다. 이것은 위대한 진리이다. 그러나 현실에 존재하는 모든 것이 현실적인 것은 아니며, 예술가에게는 오직 이성적인 것만이 존재해야 한다. 현실에서 예술가는 노예가 아니라 창조자이다. 현실이 예술가를 손에 넣는 게 아니라 예술가가 현실 속에 자신의 이상을 투여하고 그에 따라 현실을 변형시킨다(IV, 493).

예술가는 현실의 이성성을 포착하고 형상화하는 소명을 갖는다. 주의해야 할 점은 벨린스키가 구분지었던 '환영적 현실'이 결코 헛되고 공허한 그릇된 현상의 실제적 존재를 의미하는 게 아니란 사실이다. 오히려 벨린스키에 의하면 현실은 '그 자체로' 아름다우며, "그 본질과 요소들, 그 내용에 있어" 아름다울 수 있다. 다만 현실에는 '형식'이 주어지지 않은 것뿐이다. 그리고

논의의 범위를 벗어나기에 더 서술하지 않겠다.

아직 '정련되지 않은 황금'으로서의 현실에 '우미한 형식'을 부여하는 것이 '과학'(철학)과 '예술'이다(IV, 491). 그런 현실에 과학과 예술이 '올바른 형식'을 제공하지 못한다면 이른바 '환영적 현실'로 전락하는 것이다. 따라서 예술가는 현실 가운데 존재하는 본질적이고 보편적인 지점을 찾아내 묘파해야 한다. "시인에게 그릇되고 우연적인 현상이란 존재하지 않는다. 마치 종(種)과 류(類)의 관계처럼, 현실의 현상들에 관계하는 이상과 전형적 형상들만이 존재할 따름이다"(IV, 492).

과학과 예술에 의해 파악되는 현실은 '현실 자체보다도 더욱 현실에 닮은' 것이다. 현상 중에 가려진 본질만을 가려내서 인식한 결과가 그것들인 까닭이다. 우리는 이미 과학과 예술이 어떠한 변별성을 갖는지 살펴보았는데, 그것은 진리인식의 동일성에 대한 방법적 차이였다. 즉, 과학은 현실의 사실들로부터 그 본질을 '추상화'하는 반면, 예술은 현실로부터 소재를 구하고 이들을 보편적이고 전형적인 것에로 끌어올려 구성적인 전체를 '창조'해낸다는 것이다(같은 곳). 과학과 예술은 동일한 진리를 인식하되 그 방법론이 다를 뿐이다. 그러나 벨린스키는 진리인식의 수단으로서 더 이상 과학(철학)에 의존하지 않는데, 이는 무엇보다도 그가 문학비평가였기 때문이다. 헤겔주의에 처음 매료되기 시작했을 무렵, 예술적 진리인식은 철학적 진리인식보다 불투명하고 불분명한 부차적 방법론으로 격하된 적이 있으나, 헤겔주의를 청산하고 화해를 폐기한 1841년경에는 다시금 예술이 그 권리를 되찾게 되었다. 물론, 진리인식의 복합적 과정에 대한 개념적 훈련을 거친 이 시점에서, 예술이 과학의 위로 올라서는 '역전'은 벌어지지 않았다. 탈헤겔 이후 '예술의 복권'은 예술이 과학과 동등한 진리인식의 방법으로 인정받은 사실을 뜻한다. 그렇다면 과학과 다른 예술적 진리인식의 특수성은 무엇인가?

5. '우리 시대'의 예술가와 역사인식—문학의 과제

시인은 화가이지 철학자가 아니다. 그의 그림과 묘사의 항상적 대상은 '영광으로 가득한 창조'이며, 그것은 현상의 무한성과 다양성을 지닌 세계이다. 시문학은 영혼에 이미지로써 말한다. 시문학의 이미지는 영원한 미의 표현이며, 세계를 건설하는 과정, 즉 자연의 모든 부분적인 현상과 형식 속에서 미의 근본 형상은 반짝거린다. 시문학은 형체없는 알몸뚱이의 추상적인 이념을 허락하지 않는다. 오히려 시문학은 생생하고 아름다운 이미지를 통해 가장 추상적인 개념들을 구현할 수 있다. 잘 세공된 크리스탈을 통해 빛이 드러나듯, 사상은 그런 이미지들을 통해 보이는 법이다. 시인은 모든 것에서 형식과 색채를 목격하며, 모든 것에 형식과 색을 제공하고, 사물이 아닌 것에 사물적 형식을 부여한다. 천상적인 것을 지상적인 것으로 만드는 것이다. 지상적인 것을 천상의 빛으로 빛내라!(IV, 498)

인용된 글은 이른바 '형상적 사유', 또는 '이미지를 통한 사유(myshlenie v obrazakh)'라 명명되는 벨린스키의 예술적 진리인식의 방법론이다.[40] 예술은

---

40 「예술의 이념(Ideja iskusstva)」에서 규정한 예술의 또 다른 정의는 '진리의 직접적 관조'이다. 이는 예술에 대한 헤겔의 정의와 크게 다르지 않은데, 여기서 직관은 종래의 신비스런 분위기를 벗어나 인간의 미학적 감정을 진리로 이끄는 정당한 방법적 절차로서 인정되고 있다. 직관 자체가 진리와 동떨어진 것이 아니었다. 플라톤으로부터 독일 낭만주의, 칸트와 헤겔, 심지어는 맑스주의 비평에서도 인정되는 직관적 인식은, 오히려 지성만으로 이루어진 예술을 미학적으로 열등하며 이성적이지도 못한 것으로 간주했다. 거부되는 것은 보편적 이성에 호소하지 못하는 신비화된 직관일 따름이다. 벨린스키에게 직관은 반성적 의식과 경쟁적으로 발전되는 평행적 개념이다. Victor Terras, *Belinskij and Russian Literary Criticism : The Heritage of Organic Aesthetics*, University of Wisconsin Press, 1974, pp. 164~166. 칸트는 "내용없는 사상들은 공허하고, 개념들 없는 직관은 맹목적이다"고 말한 바 있다. 임마누엘 칸트, 백종현 역, 『순수이성비판』 1, 아카넷, 2006, B, 75.

추상적인 개념들의 논리학이 아닌 구체적 이미지를 통해 진리를 직접 현시하는 방법이라는 정의는 인식론적인 성격을 갖는다. 여기서 이미지란 일차적으로 예술가가 대상에 대해 갖는 고유한 감수성과 특수성을 가리킬 테지만, 이는 또한 추상적 이념을 구체화시킨 개별화된 보편성이기도 하다.[41] 칸트는 개념적으로 확정지을 수 없지만 보편적 동의를 얻을 수 있는 데서 미(美)가 성립한다고 언명함으로써 미적인 것의 특수성을 인정한 바 있다.[42] 즉, 예술적 진리인식의 보편타당성과 더불어 고유한 독립성을 보장한 것이다. 근대성의 현상으로서 이성의 분화는 인간 심성능력의 여러 부분들이 각각 독자적인 발전을 완수하는 길을 터놓았다. 과학(학문)이나 도덕과 마찬가지로 예술(미학)도 독립적인 지위를 얻어 독자적인 발전의 근거를 확보한 셈이다. 예술적 진리인식의 방법으로서 미학의 문제에 관해 고심했던 벨린스키도 이에 대해 명확히 인지하고 있었다. 나아가 문학비평가로서 그는 과학이나 도덕과는 구별되는 예술의 특수성에 민감하지 않을 수 없었다. 비평활동 초기부터 꾸준히 제기되었던 예술의 자립성에 대한 그의 테제는 결코 우연이 아니었다.

> 시문학은 자기 외부에 어떠한 목적도 갖지 않으며, 그 자체로서 목적이 된다. 마치 지식에 있어 진리가 그러하고, 행위에 있어 선(善)이 그러하듯이. (…중

---

41 테라스에 의하면 벨린스키의 이미지 관념은 주로 테오도르 피셔의 미학에서 빌어온 것이다. 그것은 'Gebilde'과 'Symbol'의 두 가지 의미 모두를 지니고 있으며, 이는 또 아우구스트 슐레겔과 셸링의 'Sinnbild'와도 연관될 수 있다. 특히 이미지는 '예술적인 것'과 강한 의미론적 상관성을 갖고 있으며, 영어에는 동일한 외연을 갖는 번역어가 없기에 러시아 미학의 독특한 개념이라 하겠다. Victor Terras, *ibid.*, p.56. 웰렉에 의하면, '이미지를 통한 사유'는 A. 슐레겔과 K. F. E. 트란도르프에게서도 이미 발견되었던 미학적 개념이었다. René Wellek, *A History of Modern Criticism : 1750~1950* Vol.3, Yale University Press, 1966, p.252.

42 임마누엘 칸트, 백종현 역, 『판단력비판』, 아카넷, 2009, §22.

략…) 진리나 선과 유사하게 미는 그 자체로 목적이고, 오직 사람들의 영혼에 작용하는 그 뿌리치기 어려운 매혹과 고명한 힘으로써 만유 위에 정당하게 군림한다(IV, 496~497).

그렇지만 이성의 분화는 즉자적으로 머무르던 인간의 심성능력이 대자적으로 자신을 인식하며 그 능력의 최대한도에 이르기까지 발달하기 위한 계기일 뿐이다. 헤겔은 칸트의 분열을 비판하며 그렇게 단언했고, 벨린스키 역시 분화와 분열을 더 높은 통일을 향한 일시적 상황으로 간주했다. 그것은 역사철학에 있어서나 인식론에 있어서나 마찬가지의 사태였는데, 근대는 모든 것이 보편적 질서 속에 융합되는 '본래적으로 역사적 시대'이기 때문이다(IV, 518). 따라서 이미 살펴본 개인과 사회의 변증법은 예술가-시인에게도 마찬가지로 적용되어야 한다. "시인이 지고(至高)하면 할수록 그는 자신이 태어난 사회에 더욱 더 결부되게 마련이며, 그의 발전과 경향성, 심지어는 재능의 특성마저 사회의 역사적 발전에 더 긴밀하게 연관된다"(IV, 502).

레르몬토프는 바로 이 사태를 명징하게 보여주는 사례였다. 그에게는 푸슈킨에게서 목도되었던 삶에 대한 기쁨과 희망이 엿보이지 않는다. 오히려 '러시아의 현대 시인' 레르몬토프의 서정시들은 읽는 이의 영혼을 우울하게 만들고 심정을 마비시킨다. 그러나 이는 과거 벨린스키가 괴테의 『젊은 베르테르의 슬픔』이나 그리보예도프의 「지혜의 슬픔」을 비난했을 때 지적했던 시적 주관성의 찌꺼기가 아니다. 차라리 여기서 관찰되는 것은 시인이 살아가는 시대의 정신적 상황이다. "그렇다, 레르몬토프는 (푸슈킨과는) 다른 시대의 시인이고, 그의 시는 우리 사회의 역사적 발전의 완전히 새로운 고리이며 사슬임에 틀림없다"(IV, 503). 레르몬토프의 서사시에는 인물 개인의 감정과 정서가 보편적인 민중성과 국민성 / 민족성으로 승화되고 있으며(IV, 507), 그의 서사시가 보여주는 작품의 남성적 성숙도는 예술적인만큼 역시 민중적(국민적 / 민족적)이다(IV, 516~517). 그러한 시인으로서의 레르몬토프는 현대성을 명확히 의식하고 있으며, 오직 그만이 '현대성의 온전한 대표자'로서 현대의 과제를 완수할 수 있다. 사회의 비애와 질병이 그려진 레르몬토프의 작품에서 사회는 자신의 아픔을 위무받고 고통이 경감되고 있음을 발견하는 것이다. 그렇다면 벨린스키가 의식하는 '우리 시대'란 어떤 시대인가?

> 우리 시대는 본래적으로 역사적인 시대이다. 모든 사상, 우리의 모든 질문과 그에 대한 답변, 우리의 모든 활동은 역사적 토양으로부터, 그 위에서 자라난다. 인류는 이미 오래 전부터 신앙으로 충만해 있던 시대를 살아왔다. 아마도 인류에게는, 과거 언젠가 인류가 기쁨을 누리던 때보다 더욱 충만함이 가득한 시대가 도래할 것이다. 그러나 우리의 시대는 의식과 철학하는 정신의 시대, 사유와 '반성'의 시대이다. 질문, 그것은 우리 시대의 알파요 오메가인 것이다(IV, 518).

벨린스키의 이러한 시대규정은 그가 화해기를 통해 심사숙고하고 화해기를 빠져나오면서 얻은 통찰들이 고스란히 보존되어 있는 산물이라 할 수 있다. 즉, 총체성을 역사세계에 투사하여 현대의 분열상을 인정하고 그 특징으로 의식과 사유, 반성을 지목하면서도, 다시금 그것을 잃어버린 총체성을 회복하는 기폭제로 간주하는 것이다. '현대인'은 '욕구의 갈증'과 분열과 갈망을 일으키는 '파괴적인 우수'에 가득 차 있지만, 또한 그런 '병적인 위기'를 넘어서 현재보다 더 나은 '건전한 상황'을 추구하고 있다. 반성과 사유는 비록 지금은 삶의 충만함을 위협하고 있으나, 더 높은 충만함의 '원천'이 되어야 한다는 말이다. 보편으로서의 사회는 '연'(年)단위가 아닌 '세기'를 단위로 살아가기 때문에 삶의 매 순간에만 주목하는 인간은 역사의 진면목을 바로 보기 힘들다. "과거가 어떠하였든지 간에, 우리 시대는 사유의 시대이다. 그리하여 반성(사유)은 우리 시대 시문학의 적법한 요소이며, 거의 모든 우리 시대의 시인들은 그에 충분한 대가를 치러야 한다. 바이런은 「만프레드」와 「카인」에서, 괴테는 특히 『파우스트』에서 그러했으며, 쉴러의 모든 시는 본래적으로 반성적이고 사유적이다"(IV, 520).

반성과 사유를 승인하는 벨린스키의 태도는 역사의 직선적이고 발전적인 진행에 대한 그 자신의 역사철학적 입장이 반영되어 있다. 계기들의 연속으로서 역사를 바라보는 관점은 어떤 국면이든지 동일한 종점(발전, 진보)을 향한 도정으로 환원된다. 문학도 마찬가지다. 역사의 계기적 변천이라는 관점에서 문학 역시 유사한 변화를 겪을 수 있으며, 그것은 그 계기(시대)에 가장 알맞은 형식을 취하게 된다.

우리 시대에는 시인의 개인성과의 모든 관계를 끊어버린 채 삶의 현상을 관조하였던 고대 시인적 의미에서의 시문학(객관적 시문학)이 거의 불가능하다. 우리 시대에는 자기 재능의 근저에 고대적인 관조성을 두고 있거나, 개인성과의 관련을 끊어버린 삶의 현상을 재현하는 능력을 가진 그런 이는 시인이 아니고 더더구나 예술가도 아니다. 반면, 우리 시대에는 시인에게 내면적(주관적) 요소의 부재가 단점인 것이다(IV, 520).

이제 화해기에는 '고대적 의미'에서 '객관적'이라 상찬받던 괴테를 대신하여, 예전에 '주관적'이라 비난받던 쉴러가 더욱 시대에 적합하고 훌륭하다는 평가를 받게 된다. 위대한 시인의 내면적이고 주관적인 요소는 퇴행이나 회고적 향수가 아니라 '휴머니즘의 표시'로서 '우리 시대', 즉 근대성의 진정한 지표이기 때문이다.

위대한 시인은 자기 자신에 대해, 자신의 자아에 대해 말하면서도 보편적인 것, 인류에 대해 말한다. 그의 본성에는 인류의 삶을 넘어서는 모든 것이 있기 때문이다. 그리하여 시인의 슬픔에서 모든 사람은 자신의 슬픔을 알아차리게 되고, 그의 영혼에서 모든 사람은 자신의 영혼을 인지하고, 거기에서 시인뿐만이 아니라 인간, 인류라는 점에서 자신의 형제를 목격하게 된다. 자신과는 비교할 수 없이 높은 본질을 인정하면서, 동시에 모두는 시인과 자신의 동근원성(同根源性)에 관해서도 알게 된다(IV, 521).

레르몬토프의 '주관적' 시들이 '예술적'이고 '보편적'인 이유는, 곧 그에게서 '러시아 사회의 역사적 계기'가 명백히 드러나는 까닭이다. 레르몬토프는 '새로운 세대'의 대표자이며, 전제주의에 의해 소위 '모욕당한 정신'의 시대를 포착한 시인이었다. 물론, 그러한 인식은 비단 레르몬토프가 처음이 아니었다. 푸슈킨 이후 문학에는 '환멸'이 지배적으로 퍼져 나갔고, 이로부터 '삶에 대한 사회의 각성'이 나타났다. 「예브게니 오네긴」은 문학이 사회의 표현이 된 최초의 증거였다. 그리고 레르몬토프에 이르러 의식과 반성, 사유는 시대의 필연적인 계기가 되었으며, 페초린의 이중성은 삶에 대한 애착과 경멸에서 연유한 양가적 혼돈에 다름 아니었다. 푸슈킨과는 '다른 시대의 시인' 레르몬토프는 구세대에 대한 반감을 드러냄으로써 시대의 분열을 숨기지 않았다. 그러나 그가 표현한 '권태와 우울'은 또한 시인의 주관성이 포착한 그 시대의 보편성이기도 했다. 그렇기에 그의 시가 보여주는 격렬한 감정의 토로는, 도덕군자를 자처하는 보수적 비평가들이 힐난하는 것과는 반대로 '인류성의 진정한 승리'(IV, 531)로 여길 만하다. 결국 레르몬토프는 예술가의 주관성이 시대의식과 날카롭게 부딪히면서 역사의 진리를 성취해 나간다는 벨린스키의 새로운 예술적 입장을 실증한 좋은 본보기였던 셈이다.

6. 서구주의-슬라브주의 논쟁과 역사철학
─근대문학과 러시아문학

1842년에 접어들면서 벨린스키의 비평적 시야에는 역사가 주요한 화두로 등장하게 된다. 물론, 역사에 대한 정향은 벨린스키의 후반기에 비로소 부각된 주제는 아니었다. 1836년 차아다예프가 세계사에서 러시아의 위치에 대한 질문을 던진 이래(「철학서한」), 역사와 러시아의 정체성에 대한 의문은 오랫동안 러시아 지식인들의 공통된 화두가 되었다. 그러나 역사에 대한 관심은 실증적인 역사기술학의 차원에 있었기보다, 역사의 근원적 형태와 그 생성 및 진전을 다루는 역사철학의 수준에서 주로 논의되었다. 역사에 대한 러시아인들의 관심은 애초부터 자신들의 정체성과 방향성 문제에 결부되어 있었던 탓이다. 특히 독일 낭만주의와 관념론에 크게 영향 받은 러시아 특유의 정신사적 관심은 역사의 발전양상과 그것을 추동하는 근본이념에 대한 탐구에 집중되었다.

벨린스키 역시 이 분위기에서 많이 벗어나지 않았다. 헤겔기를 벗어난 이후, 보편에 의한 개별자의 일방적인 희생을 강요하는 역사철학에는 회의감을 품었음에도 불구하고, 실증성과 실용성을 목표로 삼는 역사기술학을 반대하면서, 철학적으로 지향되고 연마된 역사철학을 여전히 선호했다.[43] 그는 역사가 어떤 근본적 이념에 의해 이끌어지는 전진적인 유기적 과정이라 생각했으며, 자신의 시대는 이성에 의한 역사의 자기의식이 달성되는 시점이라 굳게 믿었다. 이성의 역사성과 역사의 이성성이 맞물리는 지점이 바로 역사의 지양이 이루어지는 지점, 곧 역사가 의식적으로 자신 속에서 이성을 되찾는 시대라는 것이다.[44]

우리 시대는 본래적으로 역사적인 시대다. 역사의 관조는 강력하고 거부할 수 없이 현대적 의식의 모든 영역으로 침투해 들어오고 있다. 이제 역사는 삶에 대한 모든 지식에서 보편적 근거이자 유일한 조건이 되어 버렸다. 역사 없이는 예술도 철학도 불가능하다. 뿐만이 아니라 이젠 예술 자체마저도 본래적으로 역사적이 되어버렸다(VI, 90).

역사의 지양이 일어나는 시간이 역사의 종말이라 언명한 것은 헤겔이었다. 그것은 역사에서 자유의 의식이 만방으로 퍼져 이성의 자기의식이 실현되는 순간이다. 한때 벨린스키도 그러한 역사의 종말에 대한 테제를 믿은 적

---

43 Victor Terras, *Belinskij and Russian Literary Criticism : The Heritage of Organic Aesthetics*, University of Wisconsin Press, 1974, pp. 107~108.

44 헤겔에 따르면 역사는 '자유의식에 있어서의 진보'이며, 이성적 고찰을 통해 '세계사의 이성성'도 드러날 수 있다. 게오르크 헤겔, 김종호 역, 『역사철학강의』, 삼성출판사, 1990, 212쪽. 보편적 이성의 정신이 실현되었는지를 검증하는 무대가 역사인데, 그런 의미에서 세계사는 '세계의 법정'이다. 게오르크 헤겔, 임석진 역, 『법철학』, 지식산업사, 1989, §340~341.

이 있다. 그가 제정 러시아와 맺었던 화해는 그러한 '이성의 실현', '역사의 지양'에 대한 자기 나름의 해석이자 적용이었다. 벨린스키는 화해를 거부함으로써 '무섭고도 추악한 현실'을 부정하게 되었지만, 그로써 역사의 이성성과 이성의 역사성에 대한 궁극적 이념까지 폐기한 것은 아니었다. 오히려 그 믿음은 1848년 갑자기 유명을 달리할 때까지도 그의 활동을 촉발시킨 원동력으로 남아 있었다. 탈화해를 통해 바뀐 내용은 그러한 '지양'과 '종말'의 시간이 다만 지금-현재가 아니라는 각성이었다. 진보로서의 역사관은 여전히 벨린스키가 고집하던 유일한 견해였으며, 역사는 시원으로부터 멀리 뻗어나와 이제 그 종국에 가까이 다가섰다는 믿음 역시 변하지 않았다. 단, 그러한 종국은 아직 세계사에 완전히 도래하지 않았으며, 유럽에 비해 뒤쳐진 러시아에서 그것은 한 걸음 뒤늦게 도달할 것이었다. 역사의 지양이 이성의 자기실현에 있다면, 그 이성은 곧 앎(지식과 학문)으로서의 이성이 완전히 정초되어야 나타날 수 있기 때문이다.

지금은 모든 것이 이토록 급속히 움직이고 있다... 그렇게 빠른 운동의 원인은 무엇일까? 성숙한 역사의 관조는 최후의 시간에 학문으로서의 역사가 성취된 결과로 출현할 것이다(VI, 92).

'역사주의'로 명명되는 벨린스키의 후기 비평적 원칙은 이렇게 성립되었다.[45] 그리고 1842년 이후로 그의 비평사적 작업은 그 자신이 채택한 새로운

---

45 서구 비평은 벨린스키의 역사주의를 헤겔적 이념의 잔재, 개념적 혼돈의 부스러기 정도로 평가절하해 왔다. 짐작하다시피 이는 소비에트 비평을 의식한 평가이며, 사회적 이데올로기의 우세로 인한 예술의 쇠퇴를 지적하려는 시도이다. Victor Terras, *Belinskij and Russian Literary Criticism : The Heritage of Organic Aesthetics*, University of Wisconsin Press, 1974, p.111. 소비에트

이념적 원칙이었던 역사주의를 러시아문학사에 적용해 보는 과정이었다. 특히 이즈음 불거지기 시작한 슬라브주의자들과의 마찰과 대립은 서구주의자로서의 벨린스키가 가졌던 러시아의 역사와 그 발전에 대한 견해를 확인하기에 부족함이 없다.[46] 우리는 그 장면을 고골의『죽은 혼』을 둘러싸고 벌어진 논쟁에서 살펴볼 수 있다.[47] 표트르의 개혁 이래 국가의 억압과 지도로 인해 지식인들의 공론장이 마련될 여지가 없던 러시아에서 서구주의-슬라브주의 논쟁은 최초의 담론적 교전의 장이었다. 이 논쟁은 또한 러시아 지식인들 사이에서 개인과 사회, 국가와 역사에 대한 정체성의 형성이 고민이 발아했던 최초의 장면을 연출한다. 서구적 지식이 도입되고 근대성의 체계적인 표상이 형성된 이래, 처음으로 그 의미와 역사적 실효성에 대한 의문이 러시아 지식인들에게 던져진 것이다.[48]

비평계가 역사주의를 후기 벨린스키의 사회주의와 유물론 사상의 정립으로 몰아가는 편향성을 피하지 못했던 것은 사실이다. 이로써 벨린스키가 서구사상으로부터 완전히 독립하여 자립적 사유를 구축했다는 주장이 그러하다. Semen Mashinskij, "Na pozitsijakh istorizma", *Sobranie sochinenij, T.5*, Khudozhestvennaja literatura, 1979(「역사주의의 입장에서」, 『벨린스키 선집』), p.514. 우리의 입장에서 볼 때 서구와 소비에트의 평가는 벨린스키 사상의 논리적이고 유기적인 진화를 간과한 낡은 관점이 아닐 수 없다.

46 러시아에서 근대 역사학을 구축한 것은 주로 서구주의자들이었다. 니콜라이 베르쟈예프, 이철 역, 『러시아 사상사』, 문조사, 1980, 67쪽.

47 당시 모스크바와 페테르부르크에서 발간되던 소수의 저널들에서 진행된 논전의 개략에 대해서는 Elena Tikhonova, *op. cit.*, pp.150~156을 보라.

48 러시아 지식장에서 서구와 슬라브(러시아) 사이의 역사철학적 논쟁의 시발점으로 잘 알려진 것은 차아다예프의 「철학서한」과 그 스캔들이었다. 하지만 그것은 당국의 개입으로 차아다예프가 가택연금되고, 책자가 수거되어 봉인됨으로써 지식장에서 전면적인 파장을 불러일으키진 못했다. 따라서 첫 번째 지식논쟁으로 불릴 만한 것은 역시 서구주의-슬라브주의 논쟁이다. 그럼 이때 과연 러시아에 하버마스적 의미에서의 공론장이 존재했는가의 여부가 문제시될 만하다. 사회적 담론이 금지되고 억압된 상황에서 유럽의 살롱이나 커피하우스 등이 발달하지 못한 것은 사실이지만, 좁은 의미에서나마 러시아 지식인들 사이에서 이 논쟁이 터져나왔다는 의의를 인정해야 할 듯하다. 특히 문학공론장에서 이 논쟁은 19세기를 걸쳐 활발히 재생되고 전선을 구축했다는 점에서, 실제 공론장의 크기에 의거해 그 의미를 약화시키는 것은 근시안적 판단이 될 것이다. 몇몇 연구자들에 의하면 러시아에서 공론장의 윤곽과 기능은 실상 18세기부터 조금씩 나타나기 시작했다. Douglas Smith, "Freemasonry and the Public in Eight

1842년 빛을 본 고골의 『죽은 혼』은 러시아 비평계에 엄청난 논전을 불러 일으켰다. 당대의 보수적 논객들은 『죽은 혼』에서 묘사된 러시아 사회의 부정적 측면을 '우미한 문학과 예술'에 대한 악의적인 모욕으로 받아들이고 일제히 고골을 비난했다. 그들에게 『죽은 혼』에 묘사된 러시아는 '있을 법하지도 않고 실현불가능한 현실'이었으며, 그 등장인물들은 하나같이 '혐오스럽고 파렴치한, 저급한 속물들'이었다. 오시프 센코프스키와 니콜라이 폴레보이가 먼저 비판의 포문을 열었고, 슬라브주의자들인 스테판 셰비료프와 콘스탄틴 악사코프는 드러내서 반대하진 않았으나, 그렇다고 『죽은 혼』의 가치를 흔쾌히 인정하지도 않았다.[49]

벨린스키는 고골의 작가적 역량과 『죽은 혼』의 의의를 최초로 긍정적으로 평가한 유일한 비평가였다. 그 해 6월에 발표된 논문 「치치코프의 모험, 또는 죽은 혼(Pokhozhdenija Chichikova, ili mertvye dushi)」은 그 신호탄이었다. 여기서 벨린스키는 '올바른(prjamaja) 비평'의 목적은 진리의 추구에 있으며 그런 비평이야말로 '원칙적인 비평'이라 주장하면서, '편견'을 버리고 '진리'에 입각하여 고골의 작품을 읽으라고 요구한다. 이는 고골이라는 개인이나 『죽은 혼』이라는 작품에 한정된 문제가 아니었다. 그것은 문학과 비평에 대한 '새로운 견해'가 전통적인 '낡은 견해'와 벌이는 대결이자 투쟁을 뜻했다 (VI, 210). 진리를 목적으로 삼는 올바른 비평은 작품을 무정견한 태도로써 읽는 게 아니다. 그것은 진리 자체의 자기목적성을 지킬 뿐만 아니라, '위대한 미래를 약속하는' 작품을 정당하게 평가하고 독려해야 할 '역할'을 맡고 있다

---

eenth-Century Russia", *Eighteenth-Century Studies* 29(1), 1996, pp.25~44.

49 더 자세한 보수적 평단의 반응에 대해서는 다음을 참조하라. Valentin Nedzvetskij, *Russkaja literaturnaja kritika XVIII-XIX vekov*, MGU, 1994(『18~19세기 러시아 문학비평』), pp.78~80.

(VI, 212~213). 말하자면, 비평은 일정한 목적의식적인 지향을 갖고 해석에 임해야한다는 말이다. 그렇다면 그런 목적이란 무엇인가?

> 무엇을 할 것인가! 우리의 문학은 아직 미숙하며 사회적 여론이 아직 견고하지 않아서, 외국문학에서는 오래 전에 말할 필요가 없어진 많은 것들을 말해야 한다. 희망이 존재한다는 것, 즉 우리 문학에서도 조만간 사라질지 모를 희망에 대해, 그것이 있다고 말할 수 있어야 한다(VI, 215).

올바른 비평의 임무는 바로 후진적인 러시아문학을 선진화된 외국문학의 수준으로 끌어 올리는 문학의 계몽에 있다. 러시아문학은 아직 '전세계적이고 역사적인 의의'를 획득하지 못하였고, '지금도 그러한' 탓이다(V, 649).[50] 유기적인 역사적 시대에, 문학의 후진성은 사회의 후진성에서 연유한 것이다. "위대한 재능을 가졌으며 천재적인 시인이자 현대 러시아에서 제 일급의 작가"(VI, 214)인 고골은 그런 현실을 용감하고 올바르게 직시한 최초의 작가였다. 근대화 이후 러시아문학은 꾸준히 성장해오긴 하였으나 아직은 일정한 수준에 이르지 못한 게 사실이다. 고골은 그런 시대적 정황을 사실적으로 보여준 것이며 동시에 문학의 가능한 미래를 열어 보여준 혜안을 지녔다. "우리 문학의 인위적인 시작과 부자연한 발전의 결과는 그것으로부터 단편

---

50 성숙과 서구와 미숙한 러시아라는 역사적 구도는 표트르 이래 러시아 상류층을 내적으로 갉아먹던 딜레마였다. 차아다예프는 이를 담론장에서 지식의 힘을 통해 구체적으로 발언하였고, 서구주의와 슬라브주의의 대립은 이 사실을 인정할 것인가 부정할 것인가에 대한 역사적 자기정체성의 대결이기도 했다. 서구주의자로서 벨린스키의 관점은 나중으로 갈수록 조금씩 완화되어 표명된다. 그러나 러시아 사회가 서구에 비해 역사적으로 미성숙하다는 전제는 배면에서 계속 유지되었다. 이러한 후진성, 혹은 열등감이야말로 벨린스키 비평, 나아가 러시아 근대성의 동력이 아니었을까.

적이고 대단히 모순적인 현상들의 광경을 드러내게 되었다. 우리는 이미 여러 차례 공언해 왔다. 역사적으로 발전된 의식, 언어를 통해 탁마된 민중적 의식의 표현으로서 러시아문학의 존재를 믿지 못하겠다고. 그런데 [고골에게서] 러시아문학의 위대한 미래가 담긴 아름다운 단초를 지금 목격하게 되었다"(VI, 216). 『죽은 혼』은 비록 번개처럼 점멸하는 파편적 '섬광'에 불과하지만, 희망적인 징조임에 틀림없었다.

고골은 현대성의 첨단에 선 작가였다. 그의 '창작'은 '개념과 성취에 있어 무궁'하고, '등장인물의 성격화에 있어서는 러시아 세태의 세부'까지 묘사할 뿐 아니라, '사상적으로도 심원하게 사회적이자 공동체적인 동시에 역사적'이다(VI, 217).[51] 더구나 『죽은 혼』은 이전까지의 고골의 작품들을 무색하게 만들 정도로 '위대한 일보'를 내딛은 것이었다. 그러한 위대성은 어디에서 나온 것인가? 이 자리에서 벨린스키는 예술가의 창조에 있어 초기에 그가 인정하길 꺼려마지 않았던 요소를 분명히 시인하고 있다.

『죽은 혼』에는 그의 주관성이 도처에서 감각할 수 있게, 다시 말해 느껴질 수 있게 스며 나오고 있다. 여기서 우리가 시사하는 주관성이란, 자신의 한계나 일면성에 갇혀 시인에 의해 묘사되는 대상들의 객관적 현실을 왜곡시키는 그런 주관성이 아니다; 그것은 심오하고 광대하며 인도적인 주관성으로, 예술가에게서 열렬한 심정과 공감하는 영혼, 정신적이고 개성적인 이기주의를 가진 인간을 출현

---

51 사전적으로는 대개 '사회적'이란 한 단어로 번역되는 '사회적(sotsial'nyj)'과 '공동체적(obshche stvennyj)'은 전자가 서구어에서 유래한 반면, 후자는 러시아 고유어란 점에서 어원적 차이를 갖는다. 이 두 단어를 고골에게 공통적으로 적용한 이유는, 고골의 시대에서 러시아문학이 전통과 현대, 서구와 러시아, 민중과 국민 / 민족의 역사적 지양에 도달했다는 벨린스키의 믿음 때문일 것이다.

시키는 주관성이다; 그런 주관성은 인간이 냉담한 무관심으로써 그가 그리고 있는 세계에 소외되지 않도록 하고, 인간을 살아있는 영혼을 통해서 외적세계의 현상들을 경험토록 만들며, 또 그를 통해 세계에 살아있는 영혼을 불어 넣도록 만든다(VI, 217~218).

『죽은 혼』의 현실 묘사가 현상의 부정적 왜곡이 아닌 이유는 그것이 예술가의 높은 정신성, 곧 주관성에 따라 그려졌기 때문이다. 벨린스키는 초기에 예술가의 진실한 감정이 예술적 진리로 나아갈 수 있다고 말한 바 있는데, 고골의 '지고한 서정적 파토스'가 작가 개인의 개별성('소러시아적 요소')을 탈각하고 보편적인 차원('러시아 민족시인')으로 승화되었다는 주장(VI, 218~219)은 그런 초기의 입장이 어느 정도 발전적으로 승계된 것이었다. 이제 그것은 주관성에 대한 폭넓은 의미규정이 덧붙여져 심화된 형태를 띠고 다시 표명된다.

7. 서구주의─슬라브주의와 논쟁과 역사철학
─세계사와 러시아 역사

헤겔주의를 거쳐 벨린스키가 확보한 주관성은 그가 처음 비평활동을 할 때 생각했던 것처럼 '한계'나 '일면성'의 지표가 아니라, 현실에 능동적으로 기투하는 '주체성'이었다. 있는 그대로의 투박한 현실만이 반드시 '객관적 현실'은 아니다. 오히려 개인(예술가)의 적극적인 의식과 그의 행위로 촉발된 현실만이 '이성적 현실'일 수 있다. 그러므로 이러한 주체성을 가지고 '비인간화된 현실'에 저항하는 '주관성의 파토스'를 통해서만 '더 높은 현실의 객관성'이 전유될 수 있다는 것이다.[52]

당대 비평계에서 벨린스키의 논평만이 『죽은 혼』을 상찬한 것은 아니었다. 곧이어 슬라브주의자였던 콘트탄틴 악사코프 역시 고골과 그의 작품을 칭찬하기 시작했다. 그런데 슬라브주의자로서 악사코프의 상찬은 벨린스키와 같은 견해에서 비롯된 게 아니었다. 같은 해에 그는 「고골의 서사시에 대한 몇 마디 : 치치코프의 모험, 또는 죽은 혼(Neskol'ko clov o poeme Gogolja : Pokhozhdenija Chichikova, ili mertvye dushi)」이라는 짤막한 소책자를 출간하는데, 여기서 거론한 고골의 특성들이 벨린스키의 반발을 산 것이다. 악사코프에 의하면 고대의 서사시는 '전세계적이고 역사적인 관심과, 위대한 사건, 시대'를 그 '내용'으로 갖고 있었다. 그런데 그리스로부터 서구에로 전승된 고대의 '서사시(epos)'는 지속적으로 쇠퇴를 거듭하여 결국에는 '소설'로, '프랑스의 단편소설'로 '퇴락'하고 말았다는 것이다. 그리하여 서사시가 지니던 심원하고 형통한 '서사적 관조'는 '역사로부터' 사라지고 말았다. 놀랍게도 고골의 『죽은 혼』은 순식간에 그러한 고대적 서사시의 관조성을 회복시켜 버렸다. 그것은 '기적적인 현상'이었다. 고골은 호머시대에나 가능했던 '삶의 총체적인 영역', '총체적인 세계'를 복원했다. "고골의 서사시에는 고대의 호머적인 서사시가 있다."[53]

---

52 객관성의 새로운 의미와 예술가의 주관적 파토스에 대해서는 마쉰스키의 논문 참조. Mashin-skij, *op. cit.*, p.520. 벨린스키-악사코프 논쟁의 다른 측면은 고골의 '유머'에 대한 것이었다. 그에 대해서는 Li ben khun, *op. cit.*, pp.89~90쪽을 참조하라.

53 Konstantin Aksakov, *Estetika i literaturnaja kritika*, Iskusstvo, 1995(『미학과 문학비평』), pp.74~85.

일견 그럴듯해 보이는 악사코프의 견해는 그러나, 벨린스키에 의하면 전혀 이치에 맞지 않는 소리다. 그는 악사코프와 동일한 제목으로 쓴 글에서 이렇게 반박했다. 즉, 고골이 호머와 비슷하고, 『죽은 혼』이 『일리아드』에 유사하다는 말은 그럴 듯하고 심지어 인정할 수 있어도, '역사에 대한 확신을 갖고 있는 우리 역사적인 페테르부르크인들'은 고골이 호머로부터 나왔다고는 인정할 수 없다는 것이다. 어째서 그런가? 벨린스키는 역사와 마찬가지로 문학이 진보의 과정을 보여준다고 생각했다. 근대 소설은 근대적 삶을 반영하는 역사적 산물이기에 프랑스나 독일의 단편소설은 결코 '퇴락'의 결과가 아니었다. 서사시가 소설로 이행하고, 장편소설이 단편소설로 변용되는 것은 문학의 후퇴가 아니라, 역사적 조건에 따른 문학의 변형이었다. 문학의 발전은 역사적으로 성취되는 것이어서, 그러한 과정을 무시하고 생략한 채 호머의 서사시가 고골에게서 덜컥 재현될 수는 없었다. 그것은 역사의 전진적 이행을 부정하는 견해일 뿐만 아니라, 아울러 러시아 사회의 발전을 부정하는 보수적 이데올로기의 표현일 뿐이었다.

벨린스키에 따르면, 오히려 고골은 월터 스코트로부터 나온 것이며, 고골 없이 스코트는 나타날 수 있어도, 스코트 없이 고골은 출현할 수 없다(VI, 254). 월터 스코트는 근대 유럽의 예술에 '역사적이고 사회적인 경향성'을 부여했기 때문이다(VI, 258). 그에 비해 고골은 '위대한 러시아 시인'이긴 하지만, 그 이상은 아니다. 『죽은 혼』도 마찬가지로 그것이 갖는 무한한 의의는 다만 러시아 안에서만 유효하다. 이는 모든 러시아 시인들의 동일한 운명일 터인데, 어느 누구도 자신의 '시대와 나라를 넘어설 수 없기' 때문이다. 심지어는 푸슈킨도 그러한 운명을 피할 수 없었다. "어떠한 시인이라도 역사에 의해 준비되고 다듬어지지 않은 내용을 자기의 내용으로 삼을 수 없다"(VI,

259). 역사적인 조건, 그것만이 문학의 진보를 가능하게 하고 문학의 현재와 미래를 결정짓는다.

러시아 사회와 역사가 그 토대를 마련해주지 않는 이상, 어떤 천재적 예술 가도 자신을 규정하는 조건 이상으로 현실을 표현할 수 없다. 예술가는 단지 운동의 방향만을 지시할 수 있을 뿐인데, 그 점에서 고골은 푸슈킨보다 러시아 사회에 대해 더 많은 의의가 있다. "왜냐하면 고골은 더욱 더 사회적인 시인이고, 따라서 더욱 더 시대정신에 걸맞은 시인이기 때문이다; 그는 또한 자신이 창조한 다양한 대상들에 빠져 혼란스러워하지 않으며, 거기에 자신의 주관적 정신이 존재함을 더 잘 감지한다. 그와 같은 정신이야말로 우리 시대에 시인의 창조를 비추는 태양이 되어야 할 것이다"(같은 곳).

논쟁은 쉽게 끝나지 않았다. 악사코프는 벨린스키의 반론이 자신의 논의를 일방적으로 해석하고 공격한 것이라는 다른 반박문(「해명(Ob"jasnenie)」)을 내게 된다.[54] 벨린스키는 앞서와 동일한 논지의 반박문을 다시 쓰는데, 「고골의 서사시 『죽은 혼』에 관한 해명에 대한 해명」(Ob"jasnenie na ob"jasnenie po pobo여 poemy Gogolja 『Mertvye dushi』)이 그것이다.

여기서 벨린스키는 악사코프의 견해를 철저히 비판하고, 역사와 문학의 상관성에 대한 자신의 입장을 또 한 번 분명히 밝힌다. 그것은 그의 역사철학적 사유가 투영된 것이다. 우선, 벨린스키는 고대의 서사시가 시간의 흐름에 따라 퇴락하고 왜곡되었음을 인정한다. 단, 쇠퇴는 소위 서사적 서사시(epicheskaja poema)에만 국한된다는 조건이 필요하다. 베르길리우스의 『아이네이아스』(Aeneas, B. C. 26~19), 타소의 『예루살렘의 해방』(Gerusalemme Liberata,

---

54 *ibid.*, pp.87~94.

1581), 밀턴의 『잃어버린 낙원』(Paradise Lost, 1667~1678), 클롭슈톡의 『메시아스』(Messias, 1748~1773)가 그런 경우들인데, 이들은 물론 자체적인 가치를 지니지만 자기충족적 작품들은 아니다. 왜냐하면 '현대적인 내용은 현대적인 형식을 부여하게' 마련인데, 이들은 고작해야 호머의 『일리아드』를 모방한 아류들이며, 그러므로 내용과 형식의 현대성이란 규준에 어긋나기 때문이다. 악사코프가 이런 의미에서 '퇴락'과 '왜곡'을 논한 것이라면 벨린스키는 기꺼이 수용할 수 있다. 하지만 그게 아니라면 서구로 전승된 고대의 서사시는 왜곡을 겪지 않았으면, 근대적 세계 속에서 그것은 다른 방식의 표현적 형식을 획득했다고 말해야 한다. 고대 그리스의 서사시는 오직 고대 그리스인들에게만 '그들'의 삶의 표현으로서 '그들'의 형식에 '그들'의 내용을 담고서 존재했던 것이다. 마찬가지로 근대 세계는 근대만의 삶과 내용, 형식을 가지며, 따라서 '자신의 서사시'를 갖는다.[55] 헤겔이 말했듯, 소설은 '근대의 서사시'였다.

새로운 세계의 서사시는 본래적으로 소설에서 나타나며, 이것이 고대 그리스의 서사시와 구별되어야 하는 점이다. 근대의 기독교적 요소들을 제외하면, 서사시와 소설의 차이점은 후자가 근대 세계의 내용 속으로 침투해 들어간 삶의 산문이라는 사실이다. 이는 고대 그리스의 서사시에는 판연히 낯선 특징이다. 소설은

---

55 짐작하다시피 고대 그리스의 서사시로부터 근대의 산문에 이르는 문학사적 전개는 벨린스키 예술관의 총화이자 약점이다. 즉, 문학의 발전을 보편사적 맥락에서 논구함으로써 벨린스키는 러시아문학을 세계문학사 내에 정당하게 위치지었지만, 다른 한편으로 러시아문학의 특수성이 불가피하게 간과되거나 왜곡되었기 때문이다. 가령 그는 'poema'를 별다른 검토 없이 서구의 'epic'과 동일시하고 있는데, 'poema'는 러시아에서 낭만주의 시대에 발달한 '근대적' 장르였다. 벨린스키가 문학의 장르문제를 고려하지 않은 것은 아니었지만, 본문에서는 거시적 관점에서 바라본 세계문학사의 발전이 가장 중요한 해명과제로 여겨졌다. 그에게는 러시아문학을 고립적인 것이 아니라 일반적 관계에 두고 논의할 토대가 우선 요청되었다.

결코 고대 서사시의 왜곡이 아니며, 새로운 세계에서 재현된 예전 그대로의 서사 시도 아니다. 그것은 마치 『일리아드』와 『오딧세이아』가 고대적 삶의 거울이었던 것처럼, 근대적 삶으로부터 역사적으로 표출하고 발전하여 거울이 된 장르라 할 수 있다(VI, 414).

각각의 역사적 시대는 고유한 내용과 형식을 가지며, 그것의 표현으로서의 예술은 자기시대의 최고의 단계이자 동시에 그 한계에 다름 아니다. 계기로서의 시대가 역사적으로 지양됨으로써 예술 역시 새로운 내용에 맞추어 자신의 형식을 개신해 나갈 수밖에 없다. 우리는 이러한 역사철학적 세계관을 헤겔주의라 불러왔다.[56] 헤겔도 역시 세계사의 변전에 따른 예술의 발전을 논한 바 있으며, 그들 각각의 내용과 형식은 자기시대의 규정성에 다름 아니란 점을 누구이 강조하지 않았던가?[57] 그렇지만 벨린스키는 헤겔의 역사적 사유를 곧이곧대로 본따지는 않았다.[58] 그가 소설에 부여한 역사철학적 정당성은 헤겔이 『미학』을 통해 논구한 '부르주아지의 서사시로서의 소설'에 정합적으로 일치하지만, 이런 판단의 근저에는 자신만의 미적 감각과 비평적 비전이 자리하고 있었다.[59] 물론, 근대에는 소설 이외의 다른 형식이

---

56 "헤겔은 역사파악을 형이상학에서 해방시켰으며, 그것을 변증법적이게 만들었다." 프리드리히 엥겔스, 최인호 외역, 「유토피아에서 과학으로의 사회주의의 발전」, 『맑스·엥겔스 저작선집』 5, 박종철출판사, 2003, 453쪽.

57 상징적 예술형식 → 고전적 예술형식 → 낭만적 예술형식으로의 발전이 그것이다. 게오르크 헤겔, 두행숙 역, 『미학』 2, 나남출판사, 1996 참조. 헤겔의 예술사가 관념론적 도식성을 피할 수는 없어도, 당대의 예술철학에서 최고의 수준을 누렸음에 틀림없다. 한 연구자에 따르면 벨린스키도 러시아 예술사를 ① 제르좌빈, ② 푸슈킨, ③ 벨린스키 자신의 시대로 구별함으로써 헤겔식 도식을 재현한 측면이 없지 않다. Natalija Dragomiretskaja, "Belinskij i Gegel'", *V. G. Belinskij i literatury zapada*, Nauka, 1990(「벨린스키와 헤겔」, 『V. G. 벨린스키와 서구문학』), pp. 220~221.

58 벨린스키는 오히려 악사코프가 헤겔주의의 허황된 논리에 물들었다고 주장한다(VI, 416). 이 시기에 벨린스키 자신이 판단한 자신의 사유는 헤겔주의와는 무관한 것이었다.

전혀 불가능하다는 진술은 아니다. 여전히 삶의 산문성이 미치지 않는 시도도 가능하고 고대적인 서사시도 불가능하진 않다. 그러나 후자의 경우, 그것은 마치 어른이 아이로 되돌아가길 바라는 것처럼 '어리석은' 생각에 불과하며, '역사적 관조'에는 낯선 '헛된 공상'과 '쓸모없는 망상'일 뿐이다. '그러므로(ergo)' 『죽은 혼』은 근대의 고유한 예술인 반면, 『일리아드』는 고대의 고유한 예술이기에 전혀 별개의 차원에서 따로 논의되어야 한다(VI, 415~416).

개개의 민족들의 '국지적 역사'가 있듯이 보편적인 '인류의 역사'도 존재한다. 문학도 마찬가지다. 러시아문학사에 대해 '세계문학사'가 존재하며, 그 대상은 '예술과 문학에 나타난 인류의 발전'이다. 그러한 역사는 '생동적'이고 '내적인 연관'을 지녀야 하며, '이전의 것'을 통해 '이후의 것'을 설명할 수 있어야 한다. 그렇지 않은 것은 한낱 '사실들의 나열'에 불과할 뿐 '역사'가 아니다. 유기체적 특징만이 역사를 해명할 수 있으며, 그 점만이 월터 스코트의 소설과 호머의 서사시를 연결시켜 준다. 스코트의 소설은 '이후의 서사시 발전의 필연적인 계기'였던 것이다. 이는 서사시의 최초의 계기가 인도의 서사시였으며 그 다음의 계기가 호머의 서사시였던 것과 동일한 순서이다. "역사에는 비약이 없다. 따라서 그리스의 서사시는 소설로 전락한 게 아니며, 소설로 발전한 것이라 말할 수 있다"(VI, 421). 이렇듯 역사와 문학의 전진적 이행이라는 측면에서 볼 때, 고골은 절대 호머로부터 직접적으로 출현할 수 있는 게 아니었다. 벨린스키의 논의는 악사코프보다 역사적 발전의 이념과 논리에 훨씬 충실했던 셈이다. 그에 따라, 악사코프가 서사시의 '타락'으로 간

---

59 벨린스키는 초기부터 예술가는 시대의 아들이란 점과, 예술사의 발전적 경향을 단정한 바 있다(I, 32). 특히 고골의 산문에 관련해서는 소설과 단편소설이 주도권을 잡게 될 것이라 예언하기도 했던 것이다. 물론, 이때의 판단은 거시적인 문학사조의 변천에 입각한 역사철학적 견지의 소산이 아니라, 실제비평을 통한 직관적 통찰에 가까웠다(I, 261~262; 271~272).

주했던 프랑스 단편소설은 도리어 '계몽되고 교양 있는 세계에서는 널리 읽히는' 산문적 형식이며, '프랑스 문학의 결실'로서 '전세계적이고 역사적인 의의'를 지녔다고 평가받는다. 초기 비평에서는 '삶의 외적 측면'만을 부각시킨다고 폄하되었던 프랑스 문학이 복권되었다.

악사코프가 고골의 창조적 역량을 호머나 셰익스피어에 비견했던 데 대해 벨린스키는 동의를 아끼지 않는다. 그러나 '우리 시대'에 시인의 위대성의 기준은 '창조행위'가 아니라 '이념'과 '보편성'에 있다는 점이 핵심이다(VI, 424).[60] 이렇게 볼 때, 고골은 셰익스피어나 월터 스코트보다 한 수 아래임은 분명하다. 고골의 창작이 보여주는 '직접성'은 그의 '이념에 관계되는 사상가적 측면'을 종종 방해하기 때문이다(VI, 425). 쉴러가 반성적 요소를 획득함으로써 근대의 정신을 표현하게 되었다고 헤겔이 언명한 것처럼, 벨린스키는 고골에게 필요한 것은 주관성의 단초로서의 '반성'이라고 진단한다. '직접적인 창조력'은 시인에게 필수적인 요소이지만, '이념'과 '내용'은 역사발전에 의거한 시대의 요구였다, "이념, 내용, 창조적 이성은 바로 위대한 예술가의 기준이다"(VI, 428~429).

예술가 개인의 창조적 능력과 그것으로 표현되는 보편적 이념 및 내용은 예술작품의 총체성을 이룬다. 그러나 보편성의 강조가 반드시 자기 고유의 내용을 탈각하고 온전히 일반적 관념에만 의존해야한다는 것을 의미하지는 않는다. 각각의 계기는 그것만의 규정을 갖고 있으며, 그에 가장 충실할 때, 자기 내용의 최고점에 이를 수 있기 때문이다. "시인이 천재적일수록 그의

---

60 '창조'에서 '이념'으로의 이행은, 두말할 나위도 없이 셸링에서 헤겔로의 이전을 보여준다. 탈헤겔의 기치는 실상 헤겔적 구도의 심화와 깊이 연관되어 있었다. 단, 벨린스키는 예술―종교―철학의 역사적 지양을 거부한 채, 예술이 철학적 이념에 도달할 방책을 모색했다는 점이 헤겔과 다르다.

작품은 더욱 보편적이 되고, 더욱 민족적이며 더욱 독창적인 것이 된다"(V, 318). 따라서 예술의 과제는 총체성의 이념적 내용을 견지하는 가운데 자신의 특수한 규정을 온전히 발전시키는데 있다. 비평의 역할은 그것을 밝히고 지지하는 데 있다. "진정한 비평은, 러시아 삶의 사회적 형식이 그것의 깊고 근본적인 시원과 모순을 이루고 있는 서사시의 파토스를 드러내야 한다. 러시아 삶의 깊고 근본적인 시원은 이제까지 비밀스럽고 스스로의 의식에 밝혀지지 않은 채 어떠한 규정에 의해서도 해명되지 않았다"(VI, 430~431).

8. 역사와 문학의 변증법—비판의 이념

문학과 역사의 변증법은 벨린스키가 그 자신의 본연의 임무였던 비평에 대해 재차 성찰할 수 있는 바탕을 제공해 주었다. 비평은 예술이 지닌 미학적 의의만을 추구해서도 안 되고 그렇다고 역사와 사회만을 예술의 유일한 준거처럼 간주해서도 안 된다. 미학과 역사는 상호 교호적으로 운동하는 발전의 필연적 계기들이다. 이러한 변증법적 역사철학에 기반하여 예술을 바라볼 때, 비평이 해야 할 과제가 명백해진다. 즉, 그것은 문학과 역사의 발전에 맞추어 문학의 올바른 방향성을 가늠하고 또 지적하는 일이다. 이를 위해 비평은 초월적 입장에 서서 문학과 역사, 예술과 사회를 관조하기만 할 게 아니라, 그 자신의 시대를 직시하여 비판할 수 있어야 한다. 1842년 중반에 작성된 논문 「비평에 대한 연설(Rech' o kritike)」은 이렇게 시작되고 있다.[61]

분석과 탐구의 정신은 우리 시대의 정신이다. 이제 모든 것은 비판(비평)의 소관이 되었으며, 심지어는 비판 자체마저도 비판 아래 놓이게 되었다. 우리 시대는 어떠한 것도 무조건적으로 받아들이지 않으며, 권위를 불신하고, 전통을 거부한다. 그러나 우리 시대는, 그 종말에 이르기까지 오직 파괴할 줄만 알고 건설할 줄은 모르던 지난 시대의 정신에 입각하여 그렇게 행위하는 것이 아니다. 반대로 우리 시대는 확신을 열망하고, 진리에의 갈망으로 고통받고 있다(VI, 267).

벨린스키의 시대인식은 정확히 근대성의 핵심을 포착하고 있다. 즉, 보다 확실한 인식을 위해 모든 것을 의심하고 회의하는 정신이야말로, '전통과의 유대를 단절하고 자기관계의 주체적 설정을 통해 미래를 기투하는'(하버마스) 근대적 정신상이기 때문이다. 벨린스키는 그러한 회의의 냉철함을 '성숙의 지표'라 부른다. 단순히 주어지는 바를 얻기만 하는 게 아니라 그것이 무엇인지 숙고하고 판단한다는 말이다. 그런 점에서 비판(비평)은 시대의 중심적인 역할을 맡지 않을 수 없다. 왜냐하면 아직은 무엇도 확정된 게 없기 때문이다. "실제로 이 시대는 어떤 불확실성, 분열, 개별화, 개별적 열정과 개별적 관심사(심지어는 지적인 면에 있어서도)의 시대이다. 그것은 이행의 시대이고, 한 발은 이미 미지의 미래에 걸쳐 놓고 다른 발은 지나간 과거에 남겨놓은 시대이며, 어디로 가야할지 알지 못한 채 앞뒤로 유동하는 시대라 할 수 있다"(VI, 268). 하지만 다른 한편으로 이 시대는 또한 '경험적'으로나 '지적'으로 충분히

---

61 벨린스키가 자신의 비평적 규준을 선포하였다고 평가받는 이 논문은, 원래 상트-페테르부르크 대학의 철학교수였던 알렉산드르 니키첸코의 동명의 연설에 대한 논평적 글이다. 그러나 벨린스키는 다른 글들에서처럼 이 논문에서도 니키첸코에 대한 논평을 빌어 자신이 갖고 있는 비평의 과제와 임무에 대해 주장하고 있다. 즉, 「비평에 대한 연설」은 본질적으로 벨린스키 자신의 '비평에 대한 연설'인 셈이다. Vasilij Kuleshov, *Russkaja kritika XVIII-XIX vekov*, Prosvesh-chenie, 1978(『18~19세기 러시아 비평』), pp.193~194.

성장해 있어서 중세적 기사('돈 키호테')처럼 무분별한 행동에 자신을 내맡기지도 않는다. 인류의 '축복받은' '환상의' 시대는 지나갔고, 바야흐로 '성숙'의 시대가 도래했다. 모든 것은 사실에 입각하여 온당한 판단에 맡겨져야 한다. 그것이 현대성(근대성)이다.

> 현실, 그것은 현대 세계의 표어이자 최후의 언어이다! 사실과 지식, 확실성의 느낌, 오성의 한계, 그 모든 것과 모든 곳에 있어서 현실은 우리 시대의 최초이자 최후의 언어다(VI, 268).

현실은 실제로 확인할 수 있는 사실이다. 아무도 그 존재를 알 수 없는 '엘도라도'보다는 차라리 실재하는 '모래사막'이 더욱 중요하다는 뜻이다. 현대인에게는 손에 잡히면 사라지고 말 '환상'보다는 차라리 '공포스런 죽음의 현실성'을 느끼는 게 더 나은 노릇이다. 그러나 이는 구차스런 현실에 고스란히 굴복하는 패배주의나, 모든 것을 부질없는 사실들로 환원해 버리는 회의주의가 아니다. 비루한 사실들의 집적으로부터 진리는 솟아오른다. 의심과 회의 속에 좌절하고 마는 태도라면 진리를 찾으려는 시도조차 하지 않을 것이지만, 모든 것을 비판하고 의혹에 붙이는 태도는 실상 진리를 찾으려는 열망으로 가득 차 있는 까닭이다. "우리 시대는 완전한 질문, 완전한 지향, 진리에 대한 완전한 추구와 사랑의 시대이다. (…중략…) 우리 시대는 진리가 기만할까봐 우려하지 않는다. 도리어 인간의 한계를 진리로 오인하는 거짓에 빠질까봐 염려할 뿐이다"(VI, 269).

진리에 대한 본원적인 지향은 '직접적인 관조'와 '감정의 권위'에 의해 유사 이래로 줄곧 방해받아 왔다. 철학사는 이 투쟁의 역사를 대변한다. 고대 그리스 시대에는 환상과 감정이 지배적이었으며, 중세에도 그 영향력은 변하지 않았다. 연금술과 점성술, 로망스와 마술담은 과학이 되지 못한 지식의 형태들이었다. 역사적 근대라고 할 수 있는 16~17세기에 들어서서야 비로소 인간의 지성이 움트기 시작했으며, 환상과 감정에 대한 투쟁은 18세기에 이르러 마침내 지성의 승리로 종결되었다. 그렇지만 지성의 일방적 승리 역시 그 대가를 치러야 했다. 지성은 '극단성'과 '일면성'에 함몰된 자신을 목도하고 '몸서리쳐야' 했던 것이다.[62] "그리하여 19세기에는 이성이 감정 및 환상과의 화해로서 출현하였다. 이성은 자신에게 복종하는 동반자로서 감정과 환상의 권리를 인정해 주었고, 감정과 환상은 이성의 지배적인 영향력 하에서만 현실화될 수 있었다"(VI, 269~270). 따라서 '우리 시대'는 이전의 다른 시대와는 명백히 '차별적'이다. '이성'이 모든 것을 지배하는 시대인 것이다. 이성 이외에는 그 무엇도 '목적'이 될 수 없으며, 자신의 '독립성'과 '현실성'을 얻기 위해서는 이성의 '인정'을 필수적으로 받아야 한다. '의심'과 '회의'는 더 이상 이성의 '적'이 아니며, 진리의 인식에 이르는 이성의 '무기'이자 '도구'로 승인된다. 그런 의미에서 형식으로부터 이념의 '분열', 요소들의 '분산', 즉 분석은 이성의 정당한 '방법'으로 등극하게 된다. 이러한 방법은 오직 한 가지 목적을 위해서만 사용되는데, 이성은 '새로운 미'와 '새로운 삶'을 산출하기 위해 지금 여기의 현재를 '파괴'하는 것이다. 이 과정을 바로 '비판(비평)'이다 (VI, 270).

---

62 벨린스키가 명확히 적시하지는 않았지만, 지성의 과잉과 공포는 필시 프랑스 혁명에서 나타난 자코뱅의 독재를 가리킬 것이다. 지성과 이성 사이의 개념적 구분을 지우고 논의한다면, 이런 인식은 헤겔의 견해와 크게 다르지 않다. 『정신현상학』에서 '이성의 전도'로 언명된 자코뱅의 공포정치는 이성 / 지성이 과부하에 걸려 자기 자신을 파괴하는 극단적 발전을 가리킨다.

비판한다는 것은 부분적 현상으로부터 이성의 보편적인 법칙을 궁구하고 밝혀냄을 의미한다. 이성에 따르고 이성을 통해서 비판하는 행위는, 부분적 현상과 그 이상(理想)이 맺는 생생하고 유기적인 상호관계의 단계에 관해 규정을 내릴 수 있다(VI, 270).

비판은 칸트가 그의 철학을 규정지었던 방법이었고, 근대적 사유를 지시하는 독특한 방법이기도 하다. 벨린스키가 보기에 당대 러시아에서는 '비판'이 다만 험담과 비방만을 뜻하는 것으로 오인되고, 그 의의가 명확하게 규정되어 있지 않은 상태였다. 그렇다면 비판이란 무엇인가? 벨린스키는 비판이 '판단하다(sudit')'라는 그리스어에서 연원하며, 이는 보편적인 의미에 따르는 '판단(suzhdenie)'을 뜻한다고 풀이한다. 그러므로 "비판은 예술작품이나 문학작품에만 해당되는 게 아니다. 오히려 과학, 역사, 인류 등의 모든 대상들이 비판의 도마에 오를 수 있다"(VI, 271). 따라서 벨린스키에게 비판은 근대성을 추동시키는 총체적인 의미에서의 사유와 행위의 지향적 원리라 할 수 있다.[63] '현실성에 관한 의식'으로서의 비판은 '시대정신'을 포착하고 내화하는 근본적인 길이었다.

문학의 차원에서 비판, 즉 비평은 예술과 꼭 같지 않다. 그러나 비평과 예술은 시대의식의 산물이란 점에서 '동등'하다. 전자는 '철학적 의식'이고 후자는 '직접적인 의식'이라는 점에서 '형식'의 차이가 있을 뿐이다. '내용'에 있어

---

63 푸코에 따르면 비판은 '비판적 태도(critical attitude)'로 요약될 만한, 근대 담론의 고유한 힘을 가리킨다. 대중과 지식인들 사이에서 형성된 이러한 태도는 논설과 소설, 역사철학과 정치적 언행 등의 다양한 말하기와 글쓰기 장르들로 구현되었기에, 그 자체 하나의 장르이자 탈장르적 방법으로 표지된다. 미셸 푸코 외, 정일준 편역, 『자유를 향한 참을 수 없는 열망』, 새물결, 1999, 124~125쪽. 벨린스키의 활동은 일차적으로 문학비평의 장르에 속하지만, 그가 겨냥했던 것은 러시아 사회 전체, 역사 전체였다는 점에서 충분히 푸코적 비판에 가 닿을 수 있다.

서는 동일하다. 그런데 비평의 중요성은 다름 아닌 그러한 차이와 동일성에 있다. '우리 시대'는 '본래적으로 사유하고 판단하는 비판의 시대'이기 때문이다. 벨린스키에게 비판은 곧 시대정신이었다. 따라서 예술도 역시 비판의 범주를 벗어나 독단적으로 존립할 수 없다. 예술에 대한 비판으로서의 비평. 이는 시대정신을 의식하는 자라면 누구라도 피할 수 없는 과제다. 나아가 예술에 대한 비평은, 그것이 시대정신을 반영하는 한 시대에 대한 총체적 비판을 포함해야만 한다. 문학예술에 대한 비평이 곧 사회비판의 길과 동렬적 행위에 들어가는 이유가 여기에 있다.

우리 시대의 예술이란 무엇인가? 사회에 대한 분석, 판단이다. 따라서 비판인 것이다. 이제 사유의 요소는 심지어 예술적 요소와도 통합된다. 우리 시대에 예술작품이 만일 시대의 지배적인 정신에 단초를 두는 주관적 각성도 없이 삶을 묘사하고 있다면, 그래서 그것이 고통의 통곡이나 기쁨의 송가가 아니라면, 또 만일 그것이 질문을 던지지 못하거나 대답을 하는 것이 아니라면, 그 따위 예술작품은 죽은 시체나 다름없다(VI, 271).

위대한 작품 자체 못지않게 위대한 작품을 감식하는 능력도 마찬가지로 중요하다. 비평이 단지 감식안이 아니라 현대의 지식에 대한 체계적인 전유인 까닭은 그와 같다. 근대에 대한 지식으로서 비판, 특히 예술에 대한 비평은 유흥적인 도락에 빠져서는 안 된다. "우리는 보다 덜 즐겨야한다. 그보다 우리는 알고자 해야 한다. 지식이 없다면 즐거움도 없다"(VI, 272). 이 시대에 앎에 대한 갈망은 전처럼 '개별적인 소수'에 한정되지 않고 '대중' 가운데 자리 잡고 있다. 대중은 알 준비가 되어있다. 그러므로 앎에 대한 욕구는 지식으로서 정초되어야 한다.

역사주의가 여기서 고개를 든다. 모든 지식이 모두에게 개방되어 행복한 비판의 시대를 살 수 있다면 얼마나 좋으랴?[64] 하지만 19세기 초, 유럽으로부터 한참 뒤쳐져 있는 러시아에서 그런 지식의 조건은 아직 성숙하지 않았다. 시대정신에 입각한 사회에 대한 비판은 금지되어 있다. 우회로가 필요하며, 예술과 문학이 그 역할을 담당해야 한다. 러시아에는 온전한 비판의 임무를 떠안을 철학이 부재하며, 비평에 철학을 대신해서 비판 본연의 임무를 수행해야 한다. 러시아라는 현실의 조건에서는 오직 '예술'과 '문학'이 '사회의 지적 의식'의 표현자로 나설 수 있다. 근대성이라는 '계몽의 기획'이 러시아에서는 비평을 통해 개화되어야 했던 역사적 이유다.

9. 근대성과 계몽의 기획 – 러시아에서 비평이란 무엇인가?

만약 비평행위가 지적 인식의 보급과 확장을 위해 종사한다면, 그것은 곧 예술과 미의 자율성을 해치는 것은 아닐까? 벨린스키는 그러한 우려가 미와 예술에 대한 단선적이고 저급한 이해를 면치 못한다고 질타한다. 왜냐면 흔

---

64 "아무도 하나의 배타적인 활동의 영역을 갖지 않으며 모든 사람이 그가 원하는 분야에서 자신을 도야할 수 있는 공산주의 사회에서는 사회가 전반적 생산을 규제하게 되고, 바로 이를 통하여, 내가 하고 싶은 그대로 오늘은 이 일 내일은 저 일을 하는 것, 아침에는 사냥하고 오후에는 낚시하고 저녁에는 소를 치며 저녁식사 후에는 비판하면서도 사냥꾼으로도 어부로도 목동으로도 비판가로도 되지 않는 일이 가능하게 된다." 맑스 · 엥겔스, 「독일 이데올로기」, 칼 맑스, 최인호 외역, 『맑스 · 엥겔스 저작선집』 1, 박종철출판사, 1994, 214쪽.

히 생각하듯 미와 예술은 '자연'의 소산이 아니기 때문이다. 도리어 자연은 정신과 이성의 산물이고, 그래서 정신과 이성은 자연을 판단할 수 있다. "자연은 죽어 있는 어떤 것이며, 대자적으로 존재하지 않는다. 오직 인간의 정신만이 자연이 실존하며, 자연이 생명과 아름다움으로 충만해 있고, 자연 안에 심오한 지혜가 숨겨져 있음을 안다. 오직 인간의 정신만이 그 모든 것을 인식하고 자신의 앎 가운데 향유하게 된다"(VI, 274). 자연과 다르게, 인식과 의식에 기반해 있기에 정신과 이성은 우월하다. 후자가 대자적으로 자신을 의식할 수 있음에 반해 전자는 그렇지 않은 것이다. 거울이 그 앞에 선 대상을 비추지만 거울 자체를 비추지는 못하는 것과 마찬가지다. 그렇게 자연 앞에 마주선 인간만이 자연으로부터 자신을 의식하고 인식한다. 당연히, 그 원천은 역사적 이성이다. 오랜 시간의 경과를 거쳐 '현대'에 도달한 이성은 시간과 공간을 초월하는 '자연의 제왕'으로 군림할 만하다.

미와 예술은 어떠한가? 예술은 물론 자연을 자신의 소재로 요구하지만 자연 자체는 아니다. 자연은 '정태적'인데 반해 예술은 '자율적으로 발전하기' 때문이다. 벨린스키에게 자율성은 곧 의식성을 뜻했다. 자연의 불변성은 그것이 '수학적 규칙성'에 입각한 탓인데, 회중시계 같은 '무의식성'을 정교한 '의식성'보다 낫다고 말할 수는 없었다. 철두철미한 근대의 지지자로서 벨린스키는 예술이 명징한 의식을 보여주는 매체이기에 지지했던 것이다. 예술은 자연과 동일하지 않으며 정신과 이성의 산물이어야 했다. 따라서 자연미의 정태성으로부터 예술미를 유추하고 판단하는 것은 위험하고 퇴행적이지 않을 수 없었다. 미를 위한 미, 예술지상주의는 그러한 오류에 빠져 있다는 증거다. "그런 계기(미를 위한 미, 예술의 자기목적성)에 머물러 있다는 것은 예술에 대한 이해가 일면에 고착되었음을 반증한다. 모든 살아있는 것은 운동하고 발전한다. 예술에 대한 이해는 항상 죽은 듯 정지해 있는 방정식 나부랑이가 아니다"(VI, 276). 미는 이념이 현상하기 위한 '필연적 조건'으로서만 미이다. "미는 이성의 연인(戀人)이다"(같은 곳).

예술미와 이성의 친연성에 대한 증명은 벨린스키의 비평관을 이해하는 중요한 관건이다. 우리는 이 지점부터 변증법적으로 무장된 문학비평이 추구하는 '계몽의 기획'을 확정지을 수 있다. 그의 미학적 프로그램과 역사주의적 프로그램이 통일을 이루고,[65] 하나의 지식으로 정립되는 지점이 「비평에 대한 연설」이었다.[66] 벨린스키는 시대정신으로서의 비판이 체계적인 지식의 표상을 형성해야 한다고 주장하고, 그 체계를 통해 예술에 관한 비평을 수행할 것을 주문한다. 물론, 이는 근대 이성에 관한 테제의 반복이다. 재삼재사 되풀이 하는 것은 이성의 근본성이 시대의 요청이라는 것이다. "현대적 의식의 표현으로서, 역사적 의미를 지닌 이성적 내용 (…중략…) 우리 시대는 예술을 위한 예술, 미를 위한 미를 결정적으로 거부한다"(VI, 277). 당대의 현실과 유리된 예술가의 '환상적 세계'는 '근대 예술'에 설 자리가 없다. 예컨대 월터 스코트의 역사소설에는 '보편적 삶의 내용'이 나타나며(VI, 417), '부분적인 현상과 관계맺는 역사적 삶'(VI, 277)이 확인된다. 역사—이성—예술의 삼박자가 고루 갖춰질 때, 비평은 비판으로서 시대의 임무를 수행하는 것이다.

---

65 Semen Mashinskij, *op. cit.*, p.515.
66 벨린스키의 시대에 문학비평은 대학의 학제로서 아직 정립되어 있지 않았다. 제정 러시아는 대학이 서구적 자유주의를 유입시키는 위험한 공간으로 늘 의심하고 있었고, 동시대에 유럽에서 서서히 등장하던 인문사회적 교과목들의 개설을 엄격히 제한하고 있었다. 아카데미는 기술적 응용과학이나 신학, 법학 등의 소수 영역에만 한정되어 있었기에, 비판의 과제는 아카데미 '바깥'에서 개시되어야 했다. *ibid.*, pp.528~529. 다른 한편, 「비평에 대한 연설」에서 잔존하는 관념론적 경향을 찾아내는 연구자도 있다. 가령 벨린스키의 다음 진술을 보라. "개벽 이래로 모든 살아있는 형상들의 원상(原象)이 담겨있는 이상적 세계, 형체 없는 세계, 이성의 세계의 아름다움으로부터 모든 실제적인 존재들이 나타난다."(VI, 276) 일견 셸링시기의 형이상학이 엿보이는 듯하지만, 이상(셸링)에 대해 이성(헤겔)이 추가되고 있음을 지적하자.

이 척도에 맞춰서 모든 예술은 철저하게 재평가되어야 한다. "19세기 예술에 역사적 방향성을 부여하는 일은 현대적 삶의 비밀을 천재적으로 해명함을 의미한다. 바이런, 쉴러, 괴테, 이들은 시적 형식의 철학자요, 비평가들이었다"(VI, 278). 예술과 문학에 대한 비평은 역사적으로 진전된 시대정신의 확인에 다름 아니다.

> 생동하는 절대적인 모든 것으로서의 예술은 역사발전의 과정에 종속되며, 우리 시대의 예술은 삶의 의미와 목적에 대한, 또 인류의 행로와 존재의 영원한 진리에 대한 현대적 의식과 현대적 사유의 우미한 형식을 지닌 표현이며, 그 실현이다(VI, 280).

벨린스키가 부르짖는 '현대성'은 인류의 사회적 보편성에 대한 인식이다. 즉, 헤겔이 철학적으로 정식화하고, 하버마스가 '근대의 계몽주의적 기획'이라 명명했던 과제를 의식하는 것이다. 그것은 역사적 계몽주의(18세기)의 정언적이고 추상적이며 절대화된, 분열적인 지성의 전횡이 아니었다. 벨린스키에게 그것은 역사적 발전에 따른 필연적인 귀결이었으며, 논리적 결론이었다. 다시 말해, 그는 역사의 첨단에 서서 지금 여기의 현실이 나타내는 의미와 논리를 묻고 있었다. 따라서 '현대성'에 대한 질문은 현실의 모든 것에 대한 질문이어야 하고, 비판은 그 응답이 되어야 한다. 물론, 러시아인 벨린스키에게 그것은 비평으로서 구체적으로 주어져 있다. 러시아에서 가능한 의식성의 수준은 예술에서 나타났고, 비평은 그것을 평가하는 유일한 방법이었기 때문이다.

비평을 통해 예술이 러시아 사회와 역사에서 갖는 위치와 의의를 찾아낸다면, 이는 곧 러시아가 근대성과 얼마나의 거리를 두고 있는지에 대한 응답의 계기가 될 것이다. 러시아는 과연 얼마나 근대적인가? 이 물음을 던지는 비평은 개별적 분과과학의 일부가 되어서는 곤란하다. 오히려 비평은, 그 뿌리가 시대인식으로서의 비판인 만큼 총체적이며 보편적인 행위로서의 비판을 수행해야 한다.[67]

미학적 측면이 없는 역사적 비평 혹은 역사적 측면이 없는 미학적 비평은 일면적이며, 따라서 그릇된 것이다. 비평은 하나가 되어야 하며, 견해들의 다양성은 단일하고 보편적인 원천으로부터, 단일한 체계로부터, 예술의 단일한 관조로부터 나와야 한다. 이것이 우리 시대의 비평이 되어야 할 바이다. 예전처럼 모든 오류는 산발적이고 일면적이어서는 안 되고, 통일과 보편을 향해 이끌어져야 한다"(VI, 284). 예술과 사회, 시대, 역사의 관련은 결코 수사학적 허장허세가 아니다. 누구에게나 명징하게 증명되어야 할 사실이며, 실상 체험적 삶에서 누구나 곧장 알 수 있는 지식의 대상이다. 예를 들어, 시인을 포함한 모든 인간은 '시공간의 불가피한 영향력'을 체감하지 않는가? 지금 여기서 창작하는 시인과 소설가들, 그들을 비평하는 비평가들, 독자들은 자신이 유럽의 거주민이 아니라 러시아라는 나라에서 살고 있음을 모르는 자가 있을까? 러시아라는 조건에서 어떤 창작이 가능하고, 어떤 창작이 진실로 창조적이고, 어떤 비평이 진실한 것인지 정녕 모른단 말인가?

인간은 자신을 둘러싼 현실 사회의 굴레를 벗어날 수 없다. 그 굴레인 조건을 인식하는 것이 비판의 시대적 임무이며, 러시아 비평의 과제다. 이쯤에서 "인간의 존재를 결정하는 것은 그들의 의식이 아니라, 반대로 그들의 사회적

---

67 이 부분에서 벨린스키는 니키첸코의 비평관을 전문 인용한다. 니키첸코는 비평을 ① 개인적 비평, ② 분석적 비평, ③ 철학적 비평 또는 예술적 비평으로 나누는데, 벨린스키의 요지는 지식의 근저에 놓인 메타담론으로서 비평은 이들을 모두 통일시켜야한다는 것이다(단, ①은 임의성이 너무 커서 제외시키고 있다).

존재가 그들의 의식을 결정한다"는 맑스의 테제를 떠올리는 것은 자연스럽다.[68] 소비에트 평단이 이 시기의 벨린스키를 헤겔이 아니라 맑스와 연관 짓고 싶어 했던 것은 당연한 일이다. 출생과 생활의 조건에 의해 인간은 프랑스인, 독일인, 러시아인으로 결정되며, 따라서 그 사회가 요구한 사고방식과 행동방식을 거스르기 힘들다. 인간은 그에게 주어진 조건만큼 살아갈 수 있으며, 그 조건을 넘어서 존재할 수는 없다. 물론 시대에 결박된 인간의 숙명이 벨린스키의 주제는 아니다. 헛된 망상 속의 퇴행이나 공상적인 도약을 꿈꾸지 말고, 현재의 조건 속에서 진보할 수 있는 또 다른 조건을 찾는 것이 비판이라는 것이다. 역사와 시대는 비약이 아닌 점진적인 이행만이 가능한 발판이다. "인류는 12세기로부터 19세기로 갑자스레 비약할 수 없다"(VI, 285).

이행의 각 단계가 바로 '보편 인간적 진리의 발전계기'이다.[69] 이 '계기'야말로 예술가적 창조력의 '맥동', '지배적인 정열(파토스)', '주도적 동기'가 되어야 한다. 예술가는 자기 시대의 주도적인 맥락을 발견하고 그 계기에 화합하여 작업해야 한다. 그런데 예술가가 이렇게 시대와 역사를 지나치게 의식한다면, 창조적 능력의 감퇴가 이어지지 않을까? 벨린스키는 단연코 '아니다'라고 답한다. 도리어 시대와 역사로부터 유리된 개인의 행위는 '그릇되고' '이기적인' 방식일 뿐이다. 그것은 다른 방식이었다면 사회 안에서 '발전'하고 '진보'할 수 있었을 재능을 '파멸'시키는 행위와 다르지 않다. 근본적으로 예술가와 그의 예술은 역사와 시대의 산물임을 부정할 수 없다.

---

68 칼 맑스, 최인호 외역, 「정치 경제학의 비판을 위하여」, 『맑스 · 엥겔스 저작선집』 2, 박종철출판사, 1992, 478쪽.
69 맑스는 현실적 삶의 의식이 갖는 기반이 헤겔이나 포이어바흐와 다름을 이렇게 강조한다. "낡은 유물론의 입지점은 시민사회이며, 새로운 유물론의 입지점은 인간적 사회 혹은 사회적 인류이다." 맑스, 최인호 외역, 「포이에르바하에 관한 테제들」, 『맑스 · 엥겔스 저작선집』 1, 박종철출판사, 1994, 189쪽.

창조의 자유는 어렵잖게 현대성을 위해 복무할 수 있다. 이 목적을 위해 예술가는 자신을 강제하고 주제를 엮어서 환상을 짜낼 필요가 없다. 자기 사회와 자기 시대의 시민과 아들이 되기만 하면 된다. 사회의 관심사를 자기 것으로 삼고, 사회의 지향성에 자신의 지향성을 합치시키기만 하면 된다. 공감, 사랑, 현실에서 자신의 신념을 버리지 않는 것, 또한 삶으로부터 글쓰기를 유리시키지 않는 건전하고 실천적인 진리의 감정이 필요하다(VI, 286).

이즈음 벨린스키가 염두에 두었던 것은 영원히 지속하는 예술이 아니었다. 역사가 그 진전과정에 있어서 각각의 계기를 갖고, 그 계기 자체에 걸맞은 자족성과 수준을 갖는 것처럼, 예술은 그것을 생산하고 제한하는 계기로서 시대 안에서 자신의 최고점에 도달한다. 벨린스키가 호머의 서사시가 보여주는 관조적 세계관을 인정하면서도 '현대'에서 그것의 가능성을 부인하는 이유가 여기 있었다. 즉, 예술적 가치를 인정하는 일과 그것의 현재적 타당성을 판단하는 작업은 엄연히 다르다는 것이다. 호머 시대에 가능했던 예술적 생산은 그것의 외적 조건과 환경이 변화된 다음에는 더 이상 가능하지도, 유효하지도 않은 일이다.[70] '우리 시대'는 '자기만의 가치'를 가질 것이다. "우리 시대의 재능은 그것이 어떻게 등장하든지 간에, 실용적이고 사회적인 활동이란 측면 즉, 과학과 예술에서 유용하게 쓰임을 받아야 한다. 그렇지 못하다면 재능 따위는 소리소문없이 사라져 버리고 말 것이다"(같은 곳).

---

70 엥겔스는 역사의 일반과정을 이렇게 예시한다. "꼬리를 물고 이어지는 역사의 모든 상태는 낮은 데서 높은 데로 나아가는 인간 사회의 끝없는 발전행정 속에 있는 일시적 단계들일 뿐이다. 각 단계는 필연적이며 따라서 그 단계를 낳은 시대와 조건에 대해서는 정당하다. 그러나 각 단계는 자신의 태내에서 서서히 발전하는 새롭고 더 높은 조건에 대해서는 무기력하고 정당하지 않다." 프리드리히 엥겔스, 최인호 외역, 「루드비히 포이에르바하 그리고 독일 고전철학의 종말」, 『맑스·엥겔스 저작선집』 6, 박종철출판사, 2002, 246쪽.

「비평에 대한 연설」의 2부는 러시아 비평사의 개관에 바쳐져 있다.[71] 그런데 벨린스키에 따르면 비평사는 결국 문학사와 절연될 수 없다. 비평사와 문학사는 '내용'은 '동일'하되 그 '형식'에 있어서만 '차이'를 보이기 때문이다. 예술과 문학을 예술가는 '직접적'으로 이해하지만, 비평가는 '의식적인 사유'를 통해 이해한다. 무엇보다도 내용이 중심에 놓이는 근대에서 형식상의 차이는 서로 다른 대상들 사이의 근본적 통일성을 확증시켜 준다. 문학예술과 비평의 상호작용도 그러한 맥락에서 평가되어야 한다. "예술과 비평의 결합은 날이 갈수록 긴밀해지고 분리불가능하게 되어간다. 그 결과 이제 예술은 이미지를 통한 사유가 되고, 비평은 예술이 되고 있다"(VI, 287).

예술과 비평의 통일은 단순히 장르간의 통합을 가리키지 않는다. '현대성'의 첨단에 위치한 예술과 비평의 일치는 궁극적으로 '문명화 과정'으로서의 역사가 완결되고 있다는 증표에 다름 아니다. 모든 분리된 것들을 통합이 그러하다. 벨린스키에게 표트르의 '개혁'이 야기한 분열은 더 발전된 단계의 통일을 예고하는 준비과정에 지나지 않았다. 개혁은 '인위적'이었고, '순수하게 외적'이었으며, 다분히 '형식적'이었다. 또 '위로부터 아래로의' 일방성에 갇혀 있었기에 '부자연스런 발전'이었음에 틀림없었다. 그러나 그것은 동시에 '계몽의 견고한 기반'을 마련하는 대역사(大役事)였다. 결정적인 것은 표트르의 개혁을 기화로 러시아는 유럽의 '이방인'에서 그 '일원'으로 올라서게 되었다는 점이다. 역사에 존재하지 않던 민족이 역사에 나타나 세계사의 한 부분임을 주장하기 시작했다는 말이다. 러시아문학이 '민족정신의 발전의 결실'이 아니라 '개혁의 결과'라는 언급은 이제 그 뚜렷한 의미를 보인다. 18세기

---

71 전체는 3부로 구성되어 있으나 이 글에서는 따로 구분지어 논하지 않는다.

내내 외적 모방에 불과했던 러시아문학은 분열이라는 모순적 과정을 '자기화'함으로써 '민족적'이고 '자족적'인 단계에 들어선 것이다. 그러므로 표트르의 개혁은 '이성적인 견지'에서 볼 때 정당하다고 말할 수 있다(VI, 289).

문학과 예술 및 비평의 상호관계를 논의하던 벨린스키가 역사까지 들추어가며 말하려는 주제는 무엇인가? 일정한 시대와 그것이 표출하는 문화적 총체성은 동일한 맥락에 놓인 채 나아간다는 게 아닐까. 러시아문학사는 러시아 문명사의 한 궤적으로서 진행될 수밖에 없다. "문명화와 유사하게, 러시아문학의 운동과 발전은 자족성과 민족성의 지향에서 성립되며, 러시아문학의 성취는 이 목적을 향한 발걸음이었다"(VI, 290). 이로부터 그가 등단 초부터 고수했던 러시아문학에 대한 입장은 본원적인 변화를 겪게 된다. "우리에게 문학은 없다"는 단언은 적어도 19세기 이전의 문학은 온전히 근대의 문학, 제도적 장치로서 국민적 / 민족적 삶을 반영하는 문학이 되지 못했다는 통절한 깨달음에서 비롯된 것이었다. 이전까지 문학은 귀족들의 서구적 모방의식이 가미된 도락에 불과했으며, 러시아적이라 부를 만한 요소를 갖추지 못했다. 시간과 공간은 외국마냥 낯설었고, 등장인물들은 러시아인이라 보기 어려웠다. 플롯의 기능도 프랑스나 영국 문학의 플롯을 그대로 본떠 만든 것이었다. 보편적 세계사의 문을 활짝 열어젖힌 근대는 동시에 본래적으로 역사적 시대이다. 근대성은 세계사적 보편성을 지님과 함께 개별적 특수성을 갖춰야 한다. 이런 입장에서 러시아문학의 과제는 서구적 양식의 채용과 모방을 넘어서 고유한 내용을 창출해야 했던 것이다. "우리에게 문학은 없다." 이는 1834년 벨린스키가 도달한 현실 인식의 귀결이었다.

푸슈킨과 레르몬토프, 고골을 발견함으로써 러시아문학은 근대에 도달한 것일까? 1840년대에 접어들며 벨린스키는 자신 있게 '그렇다'고 말할 수 있게 된다. 하지만 이러한 평가는 러시아문학사에 대한 평가의 수정을 동반하며 도출되었다. 러시아문학의 고유성은 국민 / 민족시인 푸슈킨에서 비로소 그 모습을 드러낸 것은 사실이다. 하지만 그것은 제도로서의 근대문학이다. 근대문학 '이전'은 '없는' 게 아니라 실상 잠재적으로 작동하고 있었음이 이 시기의 인식적 변화였다. 푸슈킨 이전의 시인들, 문학인들의 공로는 푸슈킨을 생산하기 위해서는 불가결한 전제로서, '문학적 진전의 걸음걸음'을 구성했다는 사실을 인정하기에 이른 것이다. 그들의 실패는 재능과 자질의 문제가 아니라, 자족적인 문학의 내용을 뒷받침하지 못하는 '사회의 미숙함'에 있었다. 푸슈킨의 성공은 러시아 사회가 그의 시대에 이르러 비로소 예술을 위한 조건, 그 토대를 구축할 수 있었기에 가능했다. 그러므로 푸슈킨이 '예술가라는 의미에서 최초의 러시아 시인'[72]이라는 선언은 동시에 러시아 사회의 성숙도를 증거하는 표현이었다. 단언컨대 예술과 문학의 발전은 사회적 발전의 경향과 함께 이루어질 수밖에 없다.

러시아 시와 문학의 역사는 인위성과 모방성으로부터 자연스러움과 자족성으로의 이행의 노력이자, (죽은) 책으로부터 생생하고 사회적인 것을 향한 변화의 노력이다"(VI, 296).

---

72 벨린스키는 문학생산자들을 '예술가(khudozhnik)', '시인(poet)', '작가(pisatel')' 등으로 달리 부르고 있다. 대개의 경우 동일한 어휘를 반복하지 않으려는 수사적 노력에서 나온 것이지만, 몇몇 부분에서는 엄밀하게 개념적인 차이를 적시해 두고 있다. '예술가'는 순수한 예술작품의 창조자를 가리키며, 문학의 근대성이 전제되었을 때 사용된다. 낭만주의적 천재와 착종되는 부분이 없진 않으나, 일단 근대문학인의 의미에서는 최고의 장인이 여기 속한다. 이에 비해 '시인'과 '작가'는 독일어의 'Dichter'에 상응하는데 '예술가'보다는 덜 중요하게 사용되곤 한다. 그러나 고골에 대해 '시인'이라 부를 때는 거의 '예술가' 푸슈킨에 필적하는 의미를 지니기도 해서, 실제적으로는 차별성 없이 사용되었다. Victor Terras, *Belinskij and Russian Literary Criticism : The Heritage of Organic Aesthetics*, University of Wisconsin Press, 1974, p.179.

이질적인 것을 자기화하는 과정은 '필연적'이고 '유용한' 일이다. 18세기 러시아문학은 몇몇 소수의 귀족문인들 의해 토착화가 진행되었지만, 점차 대중적인 기반을 갖추게 되었다. 특히 18세기 후반에는 사회 내에서 개명된 '식자층'이 증가일로에 있었으며, '대중(public)'의 성장도 목도할 수 있었다. "그들 없이는 어떠한 문학도 가능하지 않았다"(VI, 301). 이런 점에서 문학예술의 발전과 성취는 그 역사적 토대와 더불어 실질적인 토대에 의존한다는 사실이 명징해진다. 칸테미르, 트레치야코프스키, 수마로코프, 헤라스코프, 보그다노비치, 크냐쥔닌 등 18세기 시인들이 아무리 재능 있는 작품을 만들어도, 실제로 그것을 읽어줄 독자대중은 지극히 적었다. 하지만 19세기에 들어서며 러시아 사회는 이 독자들의 두터운 층을 발견한다. 러시아의 근대문학을 말하기 위해서는 바로 이 토대적 바탕이 필수적으로 발견되어야 했다. 후기 벨린스키가 도달한 비평의 사회적·문학적 중요성은 여기서 그 빛을 뿜어낸다. 비평은 역사와 사회, 예술 사이의 총체적인 발전의 맥락을 포착하고 그것을 선도해야 한다고 주장했을 때, 그가 염두에 둔 것은 바로 이 대중의 존재였다.[73]

---

73 귀족이나 부르주아 엘리트, 잡계급적 지식인 사이의 공론장이 갖는 한계는 대중의 발견을 통해 벌충되어야 했다. 하버마스의 공론장에 대한 비판과 검토는 주로 이 지점에서 격발되는데, 벨린스키의 러시아는 그 단초만이 발견된 시대였음을 고백해야 할 듯하다. 러시아에서 진정한 독서대중, 공중의 등장은 19세기 후반에 가서야 더 분명한 형상을 드러냈고, 1917년의 혁명을 통해 역동적으로 발아했다. Evgeny Dobrenko, trans. Jesse Savage, *The Making of the State Reader : Social and Aesthetic Contexts of the Reception of Soviet Literature*, Stanford University Press, 1997, ch. 1. 한편, '독서하는 공중'에 초점을 맞출 경우, 미약하나마 우리는 일반 대중의 사회적 의식, 자기에 대한 태도와 공동체에 대한 지향 등을 언급해 볼 수 있는 게 사실이다. 히라타 유미, 「토론하는 공중의 등장」, 나리타 류이치 외, 연구공간 수유+너머 세미나팀 역, 『근대 지(知)의 성립』, 소명출판, 2011, 221~252쪽.

10. 결어 — 19세기 러시아 지식장의 근대와 반근대

헤겔주의의 안에서나 밖에서나 벨린스키는 초지일관 근대주의자로서 자신의 신념을 표명했다. 아이러니컬하게도 헤겔의 열렬한 추종자였을 때 그는 '현실과의 화해'를 감행했고, 헤겔에게 혐오감을 표하며 대적하였을 때는 현실 너머의 현실을 향한 비판의 모험을 수행했다. 어느 경우에 있어서나 벨린스키의 행보는 근대성의 자장을 염두에 두지 않으면 이해될 수 없는 측면을 갖는다. 그가 진정 추구했던 것은 유럽 철학자의 사상을 학습하고 체화하는 게 아니라, 그것을 방법삼아 자기 나라의 근대화를 달성하는 것이었기 때문이다. 벨린스키의 지적 이력에서 비서구 세계 근대주의자의 전형적인 자취를 찾아보는 것은 어렵지 않다.

'안에서나 밖에서나 여전한 근대주의자'라는 역설적인 레테르는 근대 지식장의 구조로 인해 생겨난 현상이다. 표상들의 체계로서 근대성은 실상 실체를 갖지 않는 가상의 공간, 기의로부터 분리된 기표들의 직조물과 유사하다. 지식—이미지—기표라 부를 만한 이 표상의 체계는 선험적으로 고정된 기의를 갖지 않기에 끊임없이 의미론적 실체를 찾아 나서야 한다. 벨린스키가 진보가 무엇인지 궁구하는 과정에서 현실과 화해하기도 하고 불화를 빚기도 하는 정반대의 행보를 보인 것은, 그의 사유 속에 나타난 기표('진보')의 의미가 정해지지 않았고 계속해서 진동하고 있던 까닭이다. 세계사의 첨단에 러시아가 나서야 한다는 그의 믿음은 근대 / 현대란 무엇인가라는 질문을 낳고, 이 질문을 탐색하는 과정이 그의 비평활동을 규정지었다고 말해도 과언이 아니다. 실상 비판의 근대성이란 이렇게 기의 없는 기표에 특정한 의미에 발생시켜 지식의 체계를 완성하는 과정이었다. 변경의 지식인이었으나 당대엔 가장 '선진적'인 사상인 헤겔철학의 사도로서 벨린스키는 근대와 진보, 문학, 소설 등의 표상들이 총체화되는 지식 체계를 찾아내고자 부심했던 것이다. 하지만 그가 이데올로기적으로 좌나 우의 어느 쪽으로 기울었어도, 이는 궁극적으로 근대성이라는 지식체계 내부의 운동이었다는 사실은 의미심장하다. 서구와 소비에트 평단이 벨린스키의 비평에 전혀 상반되는 해석을 내려왔음에도 불구하고, 그것은 근대성의 자장, 즉 지식에 대한 표상공간으로서의 근대를 보여주는 것이기 때문이다.[74] 그렇다면 벨린스키를 비롯한 근대 지식인들의 활동에서 우리는 아무런 가치론적 차원을 발견할 수 없는 것일까? 어느 쪽을 선택하든, 최종적으로는 근대 지식장의 테두리에 결박될 수밖에 없다면, 도대체 비판(비평)의 의의는 어디에 있는가?

푸코에 따르면 비판은 무엇보다도 태도(attitude)로서 규정된다. 즉 비판은 주어진 상태를 있는 그대로 수용하거나 인정하기보다, 의심하고 회의하며 검증과 판단의 재판정에 붙이는 자세를 말한다. 서구에서는 대략 15~16세기에 시작된 말하고 행동하는 방식으로서의 비판은 "존재, 지식, 제도에 대한 어떠한 관계, 즉 사회와 문화 그리고 다른 이들에 대한" '비판적 태도'로서 규정된다. 이는 무엇보다도 통치성이라는 근대적 국가의 관리방식에 대항하는 방법적 태도로서 '통치당하지 않으려는 기예'를 포함하고 있다.[75] 벨린스

---

74 에피스테메에 대한 푸코의 논의는 유용한 참조점을 제공한다. 그에 따르면 17~19세기에 이르는 서구지성의 발전사는 시간적 연속성이 아니라 공시적 동질성에 의해 새로 짜여야 한다. 즉 17세기의 일반문법과 19세기의 역사비교언어학 사이에는 언어라는 기호를 다룬다는 점 이외에 별다른 공통점이 없다. 차라리 동질성과 체계적 공통성을 갖는 것은 17세기의 일반문법과 박물학, 분류학들이다. 서로 다른 분과영역들이지만, 동일한 시대적 자장 안에서 그 영역들은 동일한 지식체계를 통해 구성되었고, 동질적인 지식장에 속해 있다. 미셸 푸코, 이규현 역, 『맑과 사물』, 민음사, 2012. 벨린스키가 헤겔에 찬성하건 반대하건, 그 시대의 지식장 안에서 그는 근대주의자로서 동일한 기능을 수행하고 있었던 셈이다.

키의 활동과 대조해 보면, 여기서 우리는 기묘한 일치와 불일치를 경험하게 된다. 우선 근대 국가에 대한 벨린스키의 기대를 살펴보자. 근대성의 가장 확실한 표징으로서 국민 / 민족국가에 대한 그의 열정은 표트르의 전제주의 마저 승인하고, 현실과의 화해도 감행하게 만들었다. 이때 그에게 근대란 곧 국가였기에, 불가피하게 차르의 전제주의도 끌어안아야 했던 것이다. 하지만 전제주의와 자신의 근대는 표상적으로 일치할 수 없었다. 벨린스키가 욕망하던 근대는 자유로운 말과 행동의 시대였으나 전제주의는 정반대의 현실이기 때문이다. 그래서 국가를 대신해 그는 민중을 국민 / 민족으로 전화시켜야 한다는 테제로 나아가고, 미적 교육의 이념을 통해 이 과제를 실천하고자 한다. 서구 근대성이 'nation'을 국가와 국민, 민족이라는 삼항 속에 포괄했던 반면, '러시아의 현실'은 벨린스키로 하여금 국가를 제외시키게 만든 셈이다. 어쩌면 여기서 우리는 벨린스키의 근대성과 더불어 그의 반근대성을 엿보게 된 게 아닐까? 근대성의 기수로서, 헤겔의 안에서든 밖에서든 근대주의자로 남아있었으나, 실상 반근대의 전회를 무의식적으로 수행했던 게 아닐까?

앞서 근대주의자로서 벨린스키를 호명했을 때 우리는 이러한 역설적 동일성의 효과가 지식장의 구조에서 나온 것임을 적시했다. 어느 누구도 자신이 속한 역사의 자장, 즉 표상공간으로서의 지식장의 압력으로부터 자유로울 수 없는 것이다. 바로 이 점이 벨린스키를 어떤 의미에서든 근대주의자로 남아있게 만들었다. 이때 비평은 단지 "무엇이 근대인가?"라는 질문에 대해 다양한 표상들을 대체하며 보다 적합한 표상적 지식을 찾는 행위를 가리킨다.

---

75 푸코, 「비판이란 무엇인가?」, 정일준 편역, 『자유를 향한 참을 수 없는 열망』, 새물결, 1999, 125
· 127쪽.

하지만 푸코가 지적하듯, 방법적 회의로서 비판은 통치당하지 않기 위한 기예이다. 통치는 여기서 국가권력과 같은 실제 세력을 지시하기도 하지만, 지식장이 행사하는 에피스테메의 압력을 가리키기도 한다. 근대적 지식장에 귀속된 지식인은 그 지식의 체계가 한정하고 지시하는 경계 너머를 쉽사리 넘볼 수 없다. 헤겔에 찬성하든 반대하든, 헤겔은 근대의 사제이며 벨린스키는 그의 사도였던 것이다. 그러나 근대 지식장의 한 기능으로서 비판은 진리에 대한 척도 없이 진리에 대한 지향만을 갖기에, 즉 기의 없는 기표의 운동만을 표방하기에 지식체계 '너머'를 바라보고 그것을 뛰어넘도록 종용한다. 통치성을 이탈하려는 '탈예속'의 기능이 그것이다.[76] 러시아적 현실이라는 실제적 이유에서 기인한 것이지만, '국가 없는 근대'라는 벨린스키 비평의 기획은 이러한 비판의 기능에서 연원했다고 볼 수 있지 않을까. 그 자신은 의식할 수 없었겠으나, 열정적인 근대주의자로서 벨린스키는 사실상 반근대주의의 길을 열었던 게 아닐까.

전 생애에 걸쳐 계몽주의의 지지자로서 벨린스키는 근대화만이 러시아의 미래를 구원하리라 믿었다. 역사서들이 증언하듯, 이는 이데올로기적 사실이다. 하지만 지식장의 관점에서 볼 때, 그것은 표상체계의 효과라 말할 수 있다. 달리 말해, 벨린스키에게 '진보'의 표상은 서구적 근대와 역사의 변증법(헤겔철학) 이외에는 달리 상상할 방도가 없었다. 자기 시대의 지식구조가 그렇게 조형되어 있었기 때문이다. 그러나 태도로서의 비판, 곧 주어진 어떠한 진리 표상에도 예속되지 않으려는 고집스런 자세로서 비판이 계속될 때, 벨린스키는 '진보'의 통념적 표상에 본질적인 변경을 가하고 근대성 자체의 경

---

76 위의 글, 129쪽.

계를 무의식적으로 넘어가 버렸다. 이것은 역사서에 나오지 않는 진실이다. 비판은 근대적 사유와 행위의 한 양식이지만 동시에 근대에 대항하고 넘어서는 충동으로서,[77] 반근대의 길 역시 예비해 놓았음은 기묘한 역사의 아이러니일 것이다.

---

77 비판을 '태도'로서 규정짓는 것은 그래서 중요하다. 개념이나 범주가 아니라 고집스런 충동과 욕망이야말로 '체계'로서의 근대성을 넘어서는 돌파구가 되기 때문이다. 푸코는 사드 후작의 글쓰기에서 이런 징후를 포착해 냈다. 그 자체로 근대성의 내적 체계에 속하면서도 근대성에 대항하고 넘어서려는 시도로서 사드의 문학. 미셸 푸코, 이규현 역, 『말과 사물』, 민음사, 2012, 186~188쪽.

참고문헌

논저

김덕영, 『논쟁의 역사를 통해 본 사회학』, 한울아카데미, 2003.

김현주, 『사회의 발견. 식민지기 '사회'에 대한 이론과 상상, 그리고 실천』, 소명출판, 2014.

델포, G., 심민화 역, 『비평의 역사와 역사적 비평』, 문학과지성사, 1993.

로트만, Ju., 김성일 외역, 『러시아 문화에 관한 담론』 1, 2, 나남, 2011.

맑스, K·엥겔스, F. 최인호 외역, 『맑스·엥겔스 저작선집』 1~6, 박종철출판사, 1994~
　　2002.

베르쟈예프, N., 이철 역, 『러시아 사상사』, 문조사, 1980.

베버, M., 금종우 외역, 『지배의 사회학』, 한길사, 1981.

송두율, 『역사는 끝났는가』, 당대, 1995.

이광주, 「'민족'과 '민족문화'의 새로운 인식」, 한국서양사학회 편, 『서양에서의 민족과 민족
　　주의』, 까치, 1999.

이효덕, 박성관 역, 『표상공간의 근대』, 소명출판, 2001.

진재교 외, 『문예공론장의 형성과 동아시아』, 성균관대 출판부, 2008.

최갑수, 「프랑스 혁명과 '국민'의 탄생」, 한국서양사학회 편, 『서양에서의 민족과 민족주의』,
　　까치, 1999.

칸트, I., 백종현 역, 『판단력비판』, 아카넷, 2009.

백종현 역, 『순수이성비판』 1, 아카넷, 2006.

폴라니, K., 홍기빈 역, 『거대한 전환』, 길, 2009.

푸코, M., 이규현 역, 『말과 사물』, 민음사, 2012.

푸코, M., 외, 정일준 편역, 『자유를 향한 참을 수 없는 열망』, 새물결, 1999.

히라타 유미, 「'토론하는 공중'의 등장」, 나리타 류이치 외, 연구공간 수유+너머 세미나팀
　　옮김, 『근대 지(知)의 성립』, 소명출판, 2011.

하버마스, Ju., 한승완 역, 『공론장의 구조변동』, 나남출판, 2001.

이진우 역, 『현대성의 철학적 담론』, 문예출판사, 1994.

헤겔, G.W.F., 두행숙 역, 『미학』 1, 나남출판사, 1996.

임석진 역, 『법철학』, 지식산업사, 1989.

Aksakov, K. *Estetika i literaturnaja kritika*, Iskusstvo, 1995(『미학과 문학비평』).

Belinskij, V. *Polnoe sobranie sochinenij T.I*, Nauka, 1953(『전집』).

Berger, P. & Luckmann, Th. *The Social Construction of Reality. A Treatise in the Sociology of Knowledge*, Penguin Books, 1991.

Billington, J. *The Icon and the Axe. An Interpretive History of Russian Culture*, Vintage Books, 1970.

Bourdieu, P. trans. Susan Emanuel, *The Rules of Art : Genesis and Structure of Literary Field*, Stanford University Press, 1996.

Bowman, H. *Vissarion Belinskii(1811-1848) : A Study in the Origins of Social Criticism in Russia*, Harvard University Press, 1954.

Chaadaev, P. "Filosofakie pis'ma," *Polnoe sobranie sochinenij i izbrannye pis'ma*, Nauka, 1991 (『철학서한』, 『저작과 서한집』).

Dobrenko, E. trans. Jesse Savage, *The Making of the State Reader : Social and Aesthetic Contexts of the Reception of Soviet Literature*, Stanford University Press, 1997.

Dragomiretskaja, N. "Belinskij i Gegel'," *V.G. Belinskij i literatury zapada*, Nauka, 1990(『벨 린스키와 헤겔』, 『V. G. 벨린스키와 서구문학』).

Foucault, M. trans. A.M. Smith, *The Archaeology of Knowledge*, Tavistock Publications, 1972.

Grigorjan, M.M. "V.G. Belinskij i problema dejtel'nosti v filosofii Gegelja," N.I. Kondakov(ed), *Gegel' i filosofija v Rossii*, Nauka, 1974(『V. G. 벨린스키와 헤겔철학에 있어서 현실성의 문제』, 『헤겔과 러시아 철학』).

Hohendahl, P.U. *The Institution of Criticism*, Cornell University Press, 1982.

Kuleshov, V. *Istorija russkoj kritiki XVIII-nachala XX vekov*, Prosveshchenie, 1991(『18~20 세기 초까지의 러시아 비평사』).

Lavretskij, A. *Estetika Belinskogo*, Nauka, 1959(『벨린스키의 미학』).

Li ben khun, *Problema khudozhestvennogo obraza v literaturnoj kritike V.G. Belinskogo*, Dissertatsija kandidata, MGU, 1999(『V. G. 벨린스키 문학비평에 나타난 예술적 형상의 문제』).

Mashinskij, S. "Na pozitsijakh istorizma," *Sobranie sochinenij, T.5*, Khudozhestvennaja literatura, 1979(『역사주의의 입장에서』, 『벨린스키 선집』).

Nedzvetskij, V. *Russkaja literaturnaja kritika XVIII-XIX vekov*, MGU, 1994(『18~19세기 러시 아 문학비평』).

Smith, D. "Freemasonry and the Public in Eighteenth-Century Russia," *Eighteenth-Century Studies* 29(1), 1996.

Terras, V. *Belinskij and Russian Literary Criticism : The Heritage of Organic Aesthetics*, University of Wisconsin Press, 1974.

Tikhonova, E. *Chelovek bez maski*, Sovpadenie, 2006(『가면이 없는 인간』).

Walicki, A. trans. Hilda Andrews-Rusiecka, *The Slavophile Controversy : History of a Conservative Utopia in Nineteenth-Century Russian Thought*, Notre Dame University Press, 1989.

trans. Hilda Andrews-Rusiecka, *A History of Russian Thought. From the Enlightenment to Marxism*, Stanford University Press, 1979.

Wellek, R. *A History of Modern Criticism : 1750-1950, Vol.3*, Yale University Press, 1966.

근대 영국 잡지를 통해 본
허버트 스펜서의 사회진화론

이선주

1. 잡지를 통한 스펜서 연구의 필요성

세계역사에서 19세기 중 후반은 국민국가가 여러 폭력을 거쳐 형성되고 문명화되지 않은 지역을 서로 정복하려는 제국주의의 횡포가 극성을 부리는 시대였다. 실제 목적이 험할수록 그것을 정당화해줄 수 있는 대의명분은 긴요하다. 종교적으로는 미개인을 구원한다는 서구 기독교의 전파가 이 시대에 다른 나라로 침범해 들어가는 사람들의 대의명분이었고, 사회정치적으로 이러한 행위를 합법화해주는 담론은 사회진화론이었다. 사회진화론은 토마스 멜서스(Thomas Malthus)가 『인구론(*An Essay on Population*)』에서 말한 명제인, 생물의 개체 수는 기하급수적으로 성장하는데 식량은 산술급수적으로 증가할 뿐인 너무도 불균형한 조건에서 적자생존의 법칙이 세계를 보존시켜 왔다는 원리를 인간사회에 그대로 적용한다. 사회진화론은 적자생존의 법칙에 따라 우수한 개체가 열등한 개체를 이기고 생존하며 자손을 더 번식시켜 왔고 또한 그렇게 되어야만 사회가 진보할 수 있다는 신념을 담고 있다. 사회진화론은 그것이 신념이나 담론이라는 지식의 차원에 머문 것이 아니라 그것을 실제로 사회와 국제정치에 적용하며 실시되었다. 특히 19세기 후반까지는 학문적으로 주로 논의되던 사회진화론이 세계에 전운이 감돌던 20세기 초에는 국가의 지도자가 사회진화론을 대표하는 학자들을 앞장 세워 진화론의 일종의 '적자생존판'을 통치전략으로 실시했다.

사회진화론을 대표하는 학자라 하면 쉽게 허버트 스펜서(Herbert Spencer, 1820~1903)가 오르내리곤 한다. 스펜서가 사회진화론, 혹은 서구학계에서 더 많이 사용하는 용어인 사회 다위니즘(Social Darwinism)을 만든 학자라고 불리게 된 이유를 드는 것은 어렵지 않다. 다윈은 환경의 끊임없는 변화에 따라 우연히 생기는 수많은 변이들 가운데 그 개체에게 유리한 변이가 선택되는 경향이 있다고 하며 이러한 생명의 변이를 지배하는 법칙을 자연선택(Natural Selection)이라고 『종의 기원(The Origin of Species)』(1859)에서 밝혔다. 스펜서는 다윈의 진화론을 따르며 그것을 인간심리와 사회정치에까지 적용하는 연구를 평생 계속하게 된다. 그러나 스펜서는 다윈의 진화론을 인간 사회와 정치에 적용하면서 본래의 다윈의 생각의 특정한 면을 극대화시키거나 변경하면서 적용한다. 그 한 중요한 예가 스펜서는 다윈이 자연의 변이를 낳는 원리로 든 자연선택이라는 은유적 용어보다는 적자생존(survival of the fittest)이라는 용어가 더 정확하다고 생각한다. 다윈은 인위선택과 대비해서 오랜 세월을 거친 자연의 우연적이고 끊임없는 선택이 생명의 다양한 변이를 이끌었다고 생각한 반면에, 스펜서는 모든 생명과 사회를 현재까지 이끌어

온 법칙으로 적자생존을 손꼽는다. 이는 그가 사회진화론으로 경도되고 있다는 뚜렷한 예증이다.

그러나 동시에 스펜서는 호전적인 제국주의자나 20세기 초반의 우생학을 받아들인 그러한 사회진화론자들과는 구분을 지어서 평가되어야만 한다. 스펜서가 확실히 그 이후에 극성을 부리게 되는 사회진화론에 영감을 부여한 측면이 다분히 있고 스펜서가 사회진화론자라는 분류에 들어가는 게 틀리지는 않으나 문제는 그렇게 단순하지 만은 않다. 흔히 사회진화론을 스펜서와 등치시켜버리는 경향에 의해 독일 나치시대에 백만 명이 넘는 유대인을 학살하는 만행의 여파로, 사회진화론과 함께 스펜서도 학자로서 매장당하게 된다. 스펜서의 자유방임적인 경제성향과 보수적인 정치성향과, 20세기 초의 독재적이고 집단주의적인 사회진화론과의 구별점도 인식해야만 현재까지 이루어진 스펜서에 대한 부당한 폄하를 교정할 수 있을 것이다.

특히 동양에서는 사회진화론하면 스펜서라고 쉽게 단정해 왔기 때문에 그의 원전에 충실히 기반한 온당한 평가가 더욱 요구되고 있다. 엄복이 토마스 헉슬리(Thomas Huxley)의 『진화와 윤리(*Evolution and Ethics*)』를 『천연론』으로 번역함으로써 동양에 진화론이 처음 소개된다. 그런데 엄복은 헉슬리의 원전을 그대로 번역한 것이 아니라 엄복 자신이 생각하는 진화론과 사회관을 피력하면서 거의 다시 쓰기를 하는 방식의 번역을 택한다. 그는 더군다나 헉슬리의 생각만을 소개한 것이 아니라 헉슬리의 자연과학적인 객관주의적 입장보다는 도리어 스펜서의 사회과학적인 사회개조적 입장을 소개하며 스펜서의 입장에 적극 지지를 표명한다.[1] 엄복 덕분에 스펜서는 당시 침체에 빠

---

1   엄복, 양일모·이종민·강중기 역, 『천연론』, 소명출판, 2008, 16~21쪽.

져있던 동양이 배워 실천해야 할 주창자로 급부상하게 된다. 중국만이 아니라 일본과 조선에서도 스펜서의 이론은 학문적 이론보다는 정치적 사회적 목표수행으로서 크게 받아들여지게 된다. 스펜서의 이론은 사회정치적 실천이론으로 동양에서 받아들여짐으로써, 스펜서에 대한 그릇된 단순화는 동양에서 더 두드러진다.

이 글은 스펜서의 사회진화론을 살펴보는 데 있어 저서보다는 저널을 중심으로 다룬다. 스펜서가 신문과 잡지에 활발히 기고하던 시기는 대략 1843년에서 1890년대를 망라한다. 그 당시의 신문과 잡지를 일일이 찾아가며 스펜서의 글을 발굴해 낸다는 것은 무척 어려운 작업일 것이다. 그러나 최근 고문서의 온라인 아카이브 작업이 활발히 이루어져서, 19세기 동안에 쓴 스펜서의 글 대부분을 'Periodicals Archive Online'에서 다운로드 받아 편리하게 사용할 수 있다. 테크놀로지가 주는 놀라운 편의성 덕택에 세계 각국의 현대 학자들이 스펜서의 연구를 당시의 신문과 잡지에 실린 원문을 통해 할 수 있는 수월한 길이 열리게 되었다.

위에서 스펜서에 대한 부당한 폄하는 그를 그냥 사회진화론자라고만 단정하는 데서 연유했음을 언급했었는데, 그러한 폄하의 또 다른 이유는 스펜서에 대한 평가가 그의 저서를 직접 읽어보지도 않은 사람들이 그러면서도 단정적으로 말하기를 꺼려하지 않음으로써 내려진 경우가 많기 때문이다. 스펜서는 엄청난 다작의 학자일 뿐만 아니라 한 제목의 책의 분량이 무려 2,000페이지를 넘는 것도 많아서 여러 권으로 분권해서 출판해야만 할 정도였다. 스펜서가 인간의 모든 분야에 있어서의 통합철학 체계를 세울 목적으로 쓰기 시작한 대표적인 책만 들어도 『제1원리(First Principles)』(1862), 『생물학 원리(Principles of Biology)』(1864~67)의 방대한 두 권, 『심리학 원리(Principles of Psychology)』(1870~72)의 방대한 두 권, 심지어『사회학 원리(*Principles of Sociology*)』는 9권으로 그의 사후 7년이 지나서 출간된다. 이렇게 양적으로 너무도 엄청날 뿐만 아니라 각 책 안에는 수백 권의 참고문헌이 언급되고 수많은 세세한 사회적 정치적 과학적 사례와 예증들이 빽빽이 들어 있다. 이러한 방대한 저작으로 인해 상당수의 학자들은, 특히 비영어권의 학자들은 스펜서의 원전을 읽지 않은 채 스펜서를 인색한 사회진화론자로 단정하곤 했다. 이 글은 스펜서의 원전에 충실한 연구를 지향하여 저널에 실린 그의 글을 연구대상으로 삼았다.

스펜서 연구를 저널을 통해 하는 것이 적합한 또 다른 이유는 스펜서는 19세기 중엽과 후반에 걸쳐 저널에 많은 글을 실은 대표적 논객이기 때문이다. 그는 일찍이 1843년에 자유방임정책을 옹호하는『이코노미스트(*The Economist*)』의 부편집장을 지냈고 비옥스브리지 출신으로 과학지식을 섭렵한 학자와 작가들이 활약한『웨스터민스터 리뷰(*Westminster Review*)』에 헉슬리와 더불어 많은 글을 기고했고, 1880년대에는 중산층을 대상으로 한 상당히 수준 높은 월간지인『컨템포러리 리뷰(*Contemporary Review*)』에 과학관련 글이나 당시의 사회정치적인 현안에 대한 글들을 많이 쓴다. 그의 작업 방식은 저널에 먼저 글을 쓰고 비슷한 주제의 글들을 묶어서 책으로 펴내는 방식을 쓴다. 그의 첫 저서『사회정학(*Social Statics*)』(1851)은 "진보적 성향의 비국교도인들의 잡지였던『비순응자(*The Nonconformist*)』"에 쓴 글들을 모아 출판한 책으로 스펜서의 이름을 단숨에 유명하게 만든다.[2] 그의 저서가 너무도 방대한 만큼 저널에 모두 실을 수는 당연히 없었겠지만 저널의 글은 훨씬 논리적으로 핵심을 전

---

2 Carneiro, Robert, ed. *The Evolution of Society : Selections from Herbert Spencer's Principles of Sociology*, University of Chicago Press, 1974. p.x.

달하고 있는 만큼 그의 방대한 저서에 담긴 핵심적인 사상을 저널에 실린 그의 글들이 거의 다 담고 있다고 해도 과언이 아니다.

이 글에서는 먼저, 스펜서의 핵심적 사상을 압축적으로 보여주는 저널의 글들을 통해서 그의 사상의 특성을 정리하고 이 사상들이 흔히 말하는 사회 진화론의 특성과 상당히 연결됨을 살펴본다. 두 번째로는 1893년에서 1895년 삼 년에 걸쳐 『컨템포러리 리뷰』에서 스펜서가 독일의 진화학자 오거스트 바이스만(August Weismann, 1834~1914)과 논쟁한 내용을 살펴본다. 다윈의 영향을 많이 받았지만 스펜서는 다윈과 달리 라마르크(Lamarck)의 획득형질의 유전을 인간 진화의 가장 중요한 법칙으로 제시하는 반면 바이스만은 다윈처럼 자연선택이 모든 유기체의 진화의 법칙이라고 밝힌다. 저널을 통한 두 사람의 일련의 논박은 변이가 어떻게 후손에 전해지는가에 대한 담론의 생성과 진화를 드러내 보인다. 마지막으로는 20세기 초의 호전적인 군국주의와 우생학이 스펜서의 사상을 어떻게 그들의 필요에 따라 작위적으로 선택하여 정치에 이용하는지를 살펴본다.

2. 스펜서의 사상과 사회진화론과의 관련성

19세기 중엽에 사회의 진보나 진화라는 취지를 내세우고 나온 대표적인 저널은 『웨스트민스터 리뷰』이다. 의학을 공부했고 출판사를 운영하던 존 채프만(John Chapman)은 1851년 스트랜드가 142번지 자신의 집에서 『웨스트민스터 리뷰』를 창간했다. 당시 세계만국박람회가 런던에서 개최되었고 불온한 혁명의 바람은 지나갔고 이전의 휘그당이 자유당이라는 당명으로 집권당이 되었다. 경제적 사회적 정치적으로 자유와 진보의 기운이 감돌았다. 영국은 전통적으로 장자상속제에 의해 장자에게 재산이 전부 물려지고 차남이하부터는 자력으로 살 길을 모색해야 했다. 그래서 교육을 받은 많은 차남들은 당시에 새로이 생기기 시작한 전문직으로 입성하였다. 찰스 디킨스의 『데이빗 커퍼필드(*David Copperfield*)』에서 데이빗이 계속 노력하여 속기사에서 기자로, 작가로, 논객으로 변모하며 전문직을 갖게 되듯이 당시에 여러 전문직들이 확립되기 시작한다. 『웨스트민스터 리뷰』 창간에서부터 함께 한 사람들도 이러한 신지식의 전문가들이었다. 진보와 변화의 기치에 매혹된 지식인은 대부분 기존의 학계와 종교계를 지배하고 있는 옥스퍼드나 캠브리지 출신이 아니면서, 중산계급출신의 비국교도들이었다. 대표적으로는 『웨스트민스터 리뷰』의 창간 취지인 「설립취지서(Prospectus)」를 작성한 여성 저널리스트이며 작가인 메리 앤 에반스(Mary Ann Evans)(필명 조지 엘리엇(George Eliot)), 에반스가 쓴 「설립취지서」에 조언을 하며 깊이 관여한 사회평론가 존 스튜어트 밀(John Stuart Mill)과 스펜서가 있다.[3] 또한 자연이 스스로 발달한다는 이론을 밝힌 당대의 획기적인 책 『창조의 자연사에 대한 흔적(*Vestiges of the Natural History of Creation*)』을 쓴 로버트 체임버스(Robert Chambers), 젊은 해군 군의관이었던 토머스 헉슬리(Thomas Huxley), 유니테리언 생리학자인 윌리엄 카펜터(William Carpenter), 자유주의 사회사상가인 헤리엇 마티뉴(Harriet Mar-

---

3   Rosenberg, Sheila, Eds. Joanne Shattock and Michael Wolff, "The Financing of Radical Opinion : John Chapman and *The Westminster Review*", *The Victorian Periodical Press : Samplings and Soundings*, University of Toronto Press, 1982, pp. 174~75.

tineau)와 같은 과학지식과 문학적 식견으로 무장된 진보적 지식인들이 필진으로 깊이 참여했다.

『웨스트민스터 리뷰』의 창간은 처음으로 진보적 진화가 중산계급의 집단적 지지를 얻는 순간이라 할 수 있다. 여러 직업에 종사하는 다양한 필진들이 의견 일치를 본 것은 "진화란 끊임없이 계속되는 완벽한 자연과정이라는 사실 밖에는" 없었다.[4] 각 학자마다 진화에 대해 생각하는 바가 차이가 있었고 진화의 구체적 내용에는 빈틈이 많았다. 과학적으로 올바르며 세련된 진화 개념을 이들은 절실히 필요로 했고 진화의 법칙은 인간의 삶을 유물론적으로 설명해 줄 수 있어야 한다고 생각했다. 이들 필진들은 각자의 분야에서 진화의 전체 상을 맞추며 채워나가고자 했다. 이들이 생각하는 진화의 전체적인 상은 진화란 끊임없이 계속되는 완벽한 자연과정이라는 것이다. 이들 필진들은 진화를 완벽한 발전적인 자연과정으로 보고 이것이 인간사회에도 과학적으로 적용될 수 있으리라는 믿음을 가지고서 출발했다. 자연의 완벽한 진화를 인간사회에 적용하면, 진보, 악폐의 개선, 신분세습이 아닌 능력사회의 지향 등 이었다. 이것은 당시 젊고 진보적인 비국교도 중산계급 지식인들이 만들고 싶은 사회상이었다. 당시 채프먼의 사무실 맞은편에 있는 『이코노미스트』에서 부편집장으로 일하며 채프먼의 출판사에서 이미 『사회 정역학』이란 책을 낸 스펜서는 『웨스트민스터 리뷰』의 필진으로 적극 활동하게 된다(Desmond and Moore 655).

1857년 스펜서도 『웨스트민스터 리뷰』에 실린 「진보의 법칙과 원인("Progress : Its Law and Cause")」에서 이 저널의 취지와 일치되게 자연의 유기체의

---

4 데스먼드, 에이드리언·제임스 무어, 김명주 역, 『다윈 평전』, 뿌리와이파리, 2009, 655쪽.

발달 법칙이 인간사회에도 그대로 적용될 수 있음을 밝힌다. 그는 독일 생리학자들이 유기체의 발달법칙이라고 했던 것이 만물 특히 인간사회에도 공통적으로 보이는 법칙이라고 본다. 그 법칙이란 만물은 "연속적인 분화과정을 통해서 간단함에서 복잡함으로" 나아간다는 것이며 이것을 그는 진화로 본다(465). 인간은 개별적인 개체로부터 사회적인 형태의 인간으로 발전, 진화해간다. 원시적이고 하등한 형태의 사회에서는 개인들이 단순한 군집이었다가 지배층과 피지배층의 분화가 생기고 직업과 노동의 분화가 생겨나고 사회조직과 구조도 점점 복잡한 형태로 발전해 나간다는 것이다. 1850, 60년대에 과학자와 문필가로서의 경력을 쌓아 나가기 시작하던 시기에 스펜서를 비롯하여 헉슬리, 에반스와 조지 루이스(George Lewes)는 『웨스트민스터 리뷰』를 중심으로 진보에 대한 신념을 각자의 전문분야에서 분석해내는 데 몰두한다.

영국에서 1860년대부터 80년대 까지는 저널의 전성시대이다. 물질적 시간적으로 여유가 생긴 중산계급 독자층의 성장과 신속하게 다량의 활자를 찍어낼 수 있는 인쇄술의 발달과 철도노선을 이용한 저널 판매의 유통망 확보와 출판세 인하에 힘입어 많은 저널들이 폭발적으로 창간된다. 몇 실링에 살 수 있는 저렴한 월간지인 『맥밀란스 매가진(*Macmillan's Magazine*)』(1859년 출간), 상당히 높은 대중적 인기를 누렸던 『콘힐 매가진(*Cornhill Magazine*)』(1860년 출간)이 있는가 하면, 좀 더 비싸고 섹션별로 다소 전문적으로 구성을 하는 월간지 리뷰들이 여럿 출간된다.[5] 후자처럼 과학지식과 사회적 현안을 골고루 다루며 상당한 지적 수준이 있는 독자들을 겨냥한 월간지에는 『격주 리뷰(*Fortnightly Review*)』(1865년 출간), 스펜서가 글을 많이 보낸 『컨템포러리 리뷰』

---

5   Lightman, Bernard, *Victorian Popularizers of Science*, University of Chicago Press, 2007, p. 296.

(1866년 출간), 헉슬리가 자신의 고정 과학 섹션을 썼던『19세기(*Nineteenth Century*)』(1877년 출간) 등이 있다. 제임스 노웰스(James Knowles)는『컨템포러리 리뷰』의 편집자로 있으면서 저자들의 폭을 넓히고 이 저널을 "완전히 자유롭고 개방적인 장으로 바꾸어" "충분히 비중 있는 사람들이 표명한 온갖 형태의 솔직한 의견과 신념이 용인되는 것만이 아니라 환영을 받게 한다"는 원칙에 따라 운영하여 잡지의 명성을 높인다.[6] 노웰스는 1877년에는 자신이 직접 출판업자가 되어『19세기』를 만들게 되며 이 두 저널은 서로 경쟁관계를 이루며 발전한다. 노웰스가『19세기』의 창간사에서 독자들의 신뢰를 얻고자 지금까지 자신이『컨템포러리 리뷰』의 편집자로서 지켰던 자유주의적 원칙을 여기서도 그대로 따를 것임을 언급한다. "(컨템포러리 리뷰)를 운영하던 절대적으로 공정하고 파당적이지 않은 원리를 따를 것이다." 스펜서의 사회진화론의 성격을 살펴보기 위해 이 장에서 언급하고 있는 다음의 예닐곱 개의 논문들은 공교롭게도 모두『컨템포러리 리뷰』에 실린 글이다.『컨템포러리 리뷰』의 편집자가 장담했듯이 이 저널이 다양한 필진들에게 독자적인 사상과 신념을 자유롭게 충분히 피력하는 장을 제공했음을 스펜서의 개성적인 주장들은 예증해 준다.

자연처럼 사회도 단순한 동질성에서 복잡한 이질성으로 자연히 자라게 된다고 믿기에 스펜서는 경제적으로는 정부의 간섭을 최소화하는 자유방임주의를 주장한다. 그의 자유방임주의, 즉 경제적 자유주의에 대한 옹호는 1884년에 쓴「새로운 토리주의("New Toryism")」에서 제시되어 있다. 그는 휘그당(Whig) 즉 자유당원(Liberals)으로 간주되는 사람들 가운데 대부분이 새로운

---

6 Small, Helen, Geoffrey Cantor and Sally Shuttleworth, Eds. "Science, Liberalism, and the Ethics of Belief : The *Contemporary Review* in 1877", *Science Serialized*, MIT Press, 2004, pp. 248~49.

유형의 토리당원이라는 역설이 현재 일어나고 있다고 통탄한다. 영국역사에서 토리당은 고대로부터 내려오는 위계적인 신분체제를 선호하고 군주에 대한 절대적 복종을 지지하며 귀족중심주의 정책과 정부통제적인 보호주의 경제정책을 옹호한다. 반면 휘그당은 신분이 아닌 계약제도로 사회 체제를 바라보고 도시의 중산계급의 옹호를 받으며 정부의 규제를 최소화하는 자유방임 경제정책을 지지한다. 1832년 선거법 개정안이 통과되면서 휘그당이 자유당으로 당명을 바꾸며 집권을 하게 되었고 자유당은 여러 규제를 철폐하며 자유주의 경제정책을 실시해왔다. 그런데 스펜서는 1860, 70년대에 들어오면서 자유당이 정부의 간섭을 늘려 자유로운 경제활동을 제재하는 여러 정책을 실시함으로써 "새로운 토리주의"로 가고 있다고 비판하는 것이다.

그러한 정부규제적인 정책의 실례로는 염색공장에 대한 관리법, 12세 이하의 아동 노동을 금지하는 공장법 실시, 빈민원의 빈민에 대한 예방접종 실시 의무화, 가축전염병 예방규제법, 부모들이 자녀를 학교에 보내도록 강제하는 법, 기숙학교・무료 도서관・공중 화장실, 공공 세탁장 같은 공공시설 설치와 그로 인한 지방세 인상을 들고 있다.[7] 스펜서는 경제발전을 위해서는 경제논리에 맡겨두어야지 정부가 개입하여 규제하려 해서는 안된다는 입장이다. 여기서 들고 있는 정부의 법적 규제의 예들은 장기적으로 볼 때는 대중에게 이익이 되는 것이 대부분이고 정부가 마땅히 해야 되는 것들이 대부분이다. 그러나 스펜서는 이러한 일련의 정부의 간섭들은 개인의 자유를 제재한다는 기준에 의해 전부 반대하고 있고, 바로 이러한 점 때문에 스펜서는 도시 상공업 계층의 이익을 대변하는 사상가라고 칭해진다. 스펜서의 이러한

---

7   Spencer, Herbert, "The New Toryism, Spencer", *Contemporary Review*, Jan 1, 1884; 45, *Periodicals Archive Online*, pp. 160~61.

자유방임주의 주장은 사회는 "만들어지는 것(manufacture)"이 아니라 "자라는 것(growth)"이라는 시각에 기초한다.[8]

정부의 개입을 반대하는 스펜서의 주장은 '부적자'에 이르면 더욱 야박스러워 진다. 「다가오는 노예제("The Coming Slavery")」라는 글에서 스펜서는 행복이 "쓸모없는 사람들일 뿐인 부랑자, 주정뱅이, 범죄자, 창녀의 벌이를 나눠 갖는 동업자"[9]들의 몫이 되는 것이 맞는 것인지 의문을 제기한다. 일하지 않는 이들은 사회에 '쓸모없는 사람'이라는 것이다. 약자에 대한 이러한 인식이 일반 사람들이 스펜서를 '야박한' 사회진화론자라고 등치시키게 만들었다. 마찬가지로 1834년 이전의 빈민법에서 이러한 '부적자'들을 먹여 살리기 위해 납세자의 세금으로 임금을 보전해주는 보충임금을 주는 것이 얼마나 부당한지를 말한다. 스펜서는 1834년 새빈민법에서는 '원조를 받을만한(deserving)' 빈민과 '원조를 받을 만하지 않은(undeserving)' 빈민으로 구별하여 후자는 자연의 법칙에 맡겨두고 전자의 사람들만 노동수용소(workhouse)에 수용하여 강제노동을 시키고 먹을 것을 주도록 한 제도를 찬성한다. 찰스 디킨스의 『올리버 트위스트(Oliver Twist)』에서 나타난 것과 같이 이 새빈민법은 많은 온정주의자들의 비난을 거세게 받았으나, 스펜서는 그 이전의 보다 온정적인 빈민법에 비하면 개정법이 낫다고 보는 것이다. 국가가 나태한 개인들을 구제하려 하면 생존경쟁이라는 자연법칙에 어긋나서 도덕적 타락만을 낳을 뿐이라고 스펜서는 본다. 스펜서는 하수구나 공공 화장실 건립과 같은 공중보건이나, 대중들의 각성을 위한 국민교육 같은 데에 국가세금을 쏟아 부으

---

8   Spencer, Herbert, "The Sins of Legislators", *Contemporary Review*; Jan 1, 1884; 45, *Periodicals Archive Online*, p.773.

9   Spencer, Herbert, "The Coming Slavery", *Contemporary Review*; Jan 1, 1884; 45, *Periodicals Archive Online*, pp.461~62.

려는 정책을 비판한다. 현재의 시각으로 볼 때 공중보건 시설 설립이나 의무교육의 실시는 정부의 의무이나, 스펜서는 당시 정부가 공적 세금을 대량 투자하여 추진하려고 하는 이러한 정책을 부정적으로 본다. 정부의 사회복지에의 의무에 대해 스펜서는 생각하고 있지 않은 것이다. 국가발전을 위해서는 개인이 각개 전투하도록 국가는 경제에 개입하지 않아야 한다는 것이 스펜서의 입장이다.

같은 맥락에서 스펜서는 당시 19세기 후반에 세계적으로 부각되기 시작한 사회주의에 대해서도 경고한다. 고대와 중세에 노예제가 있었듯이 사회주의는 "다가오는 노예제"라고 그는 비판한다. 그가 당시 서구 여러 나라에서 불던 사회주의 방향으로의 변화를 '다가오는 노예제'로 기술하는 것은 "모든 사회주의는 노예제를 수반한다"[10]고 생각하기 때문이다. 일반 대중의 지도자들이 자본가계급과 농장주, 공장주를 비난하며 토지 국유화운동과 같은 사회주의를 주장하는 뚜렷한 흐름이 당시 있었다. 스펜서는 이러한 공산주의자들의 주장이 신문들의 옹호로 더 강화되고 있다고 보았다. 스펜서는 신문기자라는 사람들은 독자들의 입맛에 맞추려 하는 경향이 있어 사회주의 방향으로 경제적 변화가 오고 있으므로 받아들이지 않으면 안 된다는 식으로 쓰고 있다는 것이다. 그는 공공을 지향하는 사회주의 정책으로 가게 되면 결국 모든 사람들이 스스로 일할 생각은 하지 않게 되어 국세 부담이 엄청나게 증가하고 결국 국가 통제하의 강제 노동으로 끝난다고 본다. 이러한 강제적 변화는 사유재산을 국가가 소유하고 운영하는 방향으로 가게 할 뿐만 아니라 결국 모든 산업을 국가가 탈취하는 방향으로 우리를 데려갈 것이라고

---

10 *ibid.*, p.474.

강하게 경고한다. 스펜서는 공산주의 사회에서는 공공복지가 이루어지기보다는 오히려 자유가 박탈된 노예제사회로 되돌아가는 것이라고 본다.

『컨템포러리 리뷰』에 실린 그의 대표적인 글들은 대부분 1880, 1890년대에 발표되었다. 이 시기는 생존경쟁식의 자본주의 경제의 병폐가 국가 간에는 제국-식민지로, 한 국가 안에서는 자본가-노동자로 극대화된다. 이 시기에 극도의 불평등에 반발하여 대중 지도자들이 설파하는 사회주의적 주장들이 대중들 사이에서 힘을 얻기 시작한다. 사회주의가 힘을 얻지 못한 나라에서는 최소한 순전히 생존경쟁에 내맡기지 않은 복지정책의 필요성이 대두되고 있었다. 이러한 때에 스펜서는 경제적 번영에 대한 낙관적 전망이 지배적이던 19세기 중엽과 똑같은 입장을 견지한다. 그는 사유재산이 없는 사회주의나 공적자금을 통한 복지국가 양쪽 모두에 대해 비판한다. 인간사회는 자연의 세계에서와 마찬가지로 적자생존의 법칙에 따라 운영되며 그럼으로써 인간사회는 계속 진화, 발전해나간다는 입장이다.

스펜서는 인간사회가 발전적인 진화를 해오는 데 있어 전쟁이 유익한 역할을 해왔다고 본다. 그는 「진화에서의 투쟁("Struggle in Evolution")」이라는 글에서 "과거로부터 아주 오랜 시기 동안 파괴적인 활동에 의해 높은 조직화의 진화가 이루어져 왔다"고 한다.[11] 잡아먹고자 하는 결코 멈추지 않는 노력과 잡아먹히지 않으려는 결코 멈춘 적이 없는 노력이 다양한 감각과 다양한 기관의 발달을 낳았다. 생존투쟁은 쫓는 자만이 아니라 쫓기는 자 둘 다를 완전하게 하는 기제이며 이것이 전체 조직에 작동하여 지금까지 계속 진화를 작동시켜 왔다. 스펜서는 전쟁의 유익성을 첫째는 '가장 적합하지 않은 자'들을

---

11 Spencer, Herbert, "Struggle in Evolution", Ed. J. D. Y. Peel, *Herbert Spencer : On Social Evolution*, Midway Reprint, 1983, p.167.

계속해서 제거해오는 효과에서 찾는다. 가장 덜 발전한 개인이나 종족을 파괴함으로써 인간이 소유하고 있는 생명보존력의 평균을 상승시키고 기능적으로 더 발전된 변이들이 유전되는 상승효과를 내었다고 본다. 전쟁은 또한 사회문화의 발달을 가져왔다고 본다. 전쟁이라는 긴박한 요구에 반응하여 철도나 폭약과 같은 산업기술이 발전했고 또한 사회문화의 발전을 이끈 금속의 발달 등도 전쟁에 힘입은 바 크다고 본다. 전쟁이 물려준 또 중요한 혜택은 대규모 사회의 형성이라고 본다. "무력에 의해서만 조그만 유목집단이 큰 부족으로 용접되고 무력에 의해서만 큰 부족이 작은 국가가 되고 무력에 의해서만 작은 국가가 대규모 국가로 용접된다."[12]

이렇게 보면 스펜서는 전쟁예찬론자일 것 같은데 그는 전쟁이 일정 단계까지만 긴요하다고 본다. 즉 군사형 사회까지에만 전쟁이 인간사회의 비약적 발전을 가져오는 필수 요인이라고 본다. 군사형 사회란 산업사회 이전의 사회를 말한다. 원시사회에서부터 생존경쟁에 의해 약자들이 제거되어 왔고 파괴적인 활동이 보다 대규모적인 전쟁으로 수행되면서는 사회의 규모가 커지게 되어 군사사회가 형성되기 시작하였다. 발달된 군사사회를 대표하는 것은 명령과 무력으로 통치되는 위계적인 봉건사회이다.[13] 군사사회는 성원들에게 근면과 복종의 습관을 심어준다. 사회의 규모가 작고 거주환경이 너무 우호적이면 인생은 노력하는 것과는 멀어진다. 전쟁에서 패한 사회를 접수하면서 개인들이 대규모로 집적된 사회가 형성된다. 주인에 대한 복종의 훈련은 통치자에 대한 복종과, 정부에 대한 복종으로 나아갈 수 있게 습관화된다.

---

12 *ibid.*, p. 169.
13 Spencer, Herbert, "The Militant Type of Society", *Contemporary Review*; Jul 1, 1881; 40, *Periodicals Archive Online*, p. 338.

명령에 대한 복종은 더 나아가 정부가 구현한 법에 대한 복종으로 이어지고 법을 따르는 훈련에 의해서만 도덕법의 규범에도 순종하게 된다. 스펜서는 무력에 의한 통치제인 군사사회에서 무력에의 복종은 습관화되고 유전되어 어느덧 도덕법에의 순종을 가져온다고 본다. 그 도덕법에 의해 문명인들은 동료를 대하는 데 있어 점점 더 폭력을 절제하는 법을 익히게 되고 실제 덜 폭력적으로 변해 간다는 것이다.

폭력을 절제하는 도덕법이 우선하는 사회를 스펜서는 산업형 사회로 본다. 그가 이상으로 삼는 사회는 바로 산업사회이다. 스펜서는 다른 서구국가에 비해 영국은 산업혁명으로 산업사회로의 발전에 선두에 서 있다고 평가한다. 지금까지의 군사사회에서는 실제 육체적인 투쟁과 전쟁이 발전을 이끌었지만 산업사회에서는 산업적인 투쟁만이 사회를 이끌게 된다고 스펜서는 본다. "산업사회에서 정의란 행위와 결과 사이의 정상적인 연관성을 보존하는 것을 의미한다."[14] 산업사회에서는 다양한 부문의 노동의 분화로 산업사회가 필요로 하는 기술을 익힌 사람들이 승리하게 되고 산업사회에 적응하지 못한 '적합하지 않은 자'들은 솎아내어지는 과정을 통해 사회는 발전으로 나아간다. 19세기 후반경에 사회주의자나 혁명가들이 추구하던 사회를 앞서 스펜서가 노예제사회라고 불렀던 것은 시기적으로는 아직 오직 않았지만 사회주의 사회가 건설된다면 그것은 군사사회로의 퇴보라고 보았기 때문이다. 그런 사회는 기존의 군사사회보다 더 호전적인 형태가 될 것이라고 본다. 동시에 당시 19세기 후반의 영국사회에서 여전히 존재하고 있는 많은 문제들 가운데 상당 부분은 이 사회가 산업 사회로 가는 과정 중이나 여전히 군

---

14 Spencer, Herbert, "The Industrial Type of Society", *Contemporary Review*; Jul 1, 1881; 40, *Periodicals Archive Online*, p. 511.

사사회의 문제점이 잔재하고 있기 때문으로 스펜서는 진단했다. 스펜서는 인간과 사회의 발전을 단계적으로 보아 군사사회 다음에 산업사회가 오고 이렇게 환경이 바뀌게 되면 인간의 성격도 호전성과 무조건적 복종으로부터 산업사회가 요구하는 기술과 규칙성으로 진화하게 된다는 것이다. 저널에 실린 스펜서의 대표적인 글들을 중심으로 살펴본 바에 의하면 스펜서의 사상은 비판받을 여지가 많은 이와 같은 사회진화론적인 측면을 다분히 가지고 있다.

스펜서는 이와 같이 생존경쟁과 전쟁을 통해 과거 원시시대로부터 봉건적 군사사회로 사회가 진화되어 왔다고 본다. 군사사회의 복종과 훈련은 인간에게 점차 규범 준수와 도덕심을 심어주게 되었다는 것이다. 전쟁에 기반한 군사사회로부터 기술연마에 기반한 산업사회로 진화하면서 인간의 품성도 그것에 맞게 조절하고 적응한다는 것이다. 스펜서는 생존경쟁에 근거한 자연세계로부터 인간의 산업사회까지가 무리 없이 연결된다고 본다. 전쟁이 사회 형성과 발달에 여러 유익한 역할을 해주었고 일정 수준으로 산업이 발전하게 되면 인간의 동물성이 문화적 속성으로 변모하게 되어 있다고 보는 것이다. 이렇게 자연의 세계와 인간문명의 세계를 일관된 하나의 세계로 보는 스펜서의 낙관적 시각은 헉슬리와 크게 대비된다. 헉슬리는 비슷한 시기인 1893년에 쓴 『진화와 윤리』에서 『웨스트민스터 리뷰』에서 활동하던 때부터 가지고 있던 믿음인 자연의 법칙이 인간사회의 진화에도 적용된다는 생각에 큰 변화를 보여준다. 그는 이 글에서 생존경쟁이 지배하는 자연세계와 인간사회를 확연히 이분화한다. 인간사회와 인간문화가 발전하기 위해서는 자연의 생존경쟁의 원리가 도덕윤리로 대체되어야만 한다고 헉슬리는 주장한다.[15] 이에 비해 스펜서는 50년의 문필생활 동안 내내 자연의 법칙으로 인간사회의 진화를 설명하는 입장을 포기하지 않는다. 이러한 이유들로 인하여 사회진화론 하면 그 대표자로 스펜서의 이름이 후대에 각인되었다.

3. 변이가 자손에게 어떻게 전수되는가에 대한 스펜서와 바이스만의 논쟁

19세기 후반경에 이르면 과학적 비평의 논의들은 변이가 어떻게 후손에게 전해지는가라는 문제로 집중된다. 다윈과 그를 추종하는 헉슬리를 중심으로 한 엑스(X) 클럽의 과학자들인 토마스 헉슬리(Thomas Huxley), 존 틴들(John Tyndall), 조셉 후커(Joseph Hooker), 존 러벅(John Lubbock) 그리고 스펜서의 글과 강연을 통해 생물의 변이와 진화에 대한 생각은 일반인들에게도 널리 받아들여졌다. 그 다양한 변이들 가운데 어떤 변이가 어떻게 자손에게 전달되는가라는 문제에 대해서는 다윈주의자들 가운데서도 의견이 갈라졌다. 다윈은 자연선택에 의해서 변이가 전해진다고 한 반면에 스펜서는 다윈의 진화라는 개념을 모든 인간사회와 심리와 역사에 적용할 정도로 받아들임에도 자연선택이 아니라 인간사회에 대해서는 획득형질에 의해 변이가 자손에게 유전된다고 보았다. 마찬가지로 진화론자인 독일의 생물학자 바이스만은 다윈의 자연선택을 이어받으며 획득형질의 유전은 불가능함을 밝힌다. 두 사람은 1893년부터 1895년까지 삼년에 걸쳐 당시 지적 수준을 어느 정도 갖

---

15 Huxley, Thomas, *Evolution and Ethics; Science and Morals*, Prometheus Books, 2004, pp. 25~42.

춘 중산계층의 독자를 대상으로 출간한 월간지인 『컨템포러리 리뷰』에 변이가 어떻게 전이되는가를 놓고 일련의 논쟁을 벌인다. 아래 주에 논쟁의 순서를 기록하였다.[16] 스펜서와 바이스만은 서로의 논쟁을 통해 변이가 어떻게 후손에게 전달되는가에 대한 각각 획득형질의 유전, 자연선택이라는 입장을 예각화하며 발전시킨다. 두 사람의 논쟁은 다른 학자들의 논의도 촉발하여 논의를 더욱 열띠고 풍성하게 하였다. 이러한 학자들 가운데 특히 조지 로마니즈(George Romanes 1848~1894)라는 유명한 과학자의 논의는 두 사람의 의견에 대한 절충적 입장이고 스펜서의 결점을 보완하는 설명을 하고 있다.

그럼 먼저 이들 학자의 논쟁의 핵심으로 떠오른 다윈의 자연선택이 『종의 기원』에서 가장 잘 드러나고 있는 부분을 인용해 보겠다.

생존경쟁이 있기에 변이는 그것이 아무리 사소하고 그 발생 원인이 무엇이든 다른 생물이나 그들이 서식하는 자연과의 무한히 복잡한 관계 속에서 해당 개체에게 보존되고, 대개는 후손에게 물려질 것이다. 또한 후손은 그로 인해 생존을

---

16 전자데이터베이스인 'Perioridical Archive Online'을 통해 찾아낸 이 논쟁과 관련한 『컨템포러리 리뷰』의 자료는 다음과 같다. 바이스만은 생식질 연속설을 1889년 「유전론」("Essays Spencer, Herbert, "The Industrial Type of Society", *Contemporary Review*; Jul 1. 1881; 40, *Periodicals Archive Online*, pp.507~533. upon Heredity")에서 밝혔다. 이것을 읽고서 스펜서는 「자연선택의 불충분성("The Inadequacy of Natural Selection")」(Jan 1, 1893; 63)을 썼고 이 글에 대한 "후기(postscript)"로 연이어서 「바이스만 교수의 이론("Professor Weismann's Theories")」(Jan 1, 1893; 63)을 발표한다. 스펜서에게 크게 비판을 받은 바이스만은 「자연선택의 완전 충족성("The All-Sufficiency of Natural Selection")」(Jul 1, 1893; 64)으로 획득형질의 유전을 반박한다. 스펜서는 「바이스만교수에게의 답변("A Rejoinder to Professor Weismann")」(Jul 1, 1893; 64)으로 다시 의견을 피력한다. 1894년에 스펜서가 쓴 「바이스만교수에게의 재답변("Weismannism Once More")」(Jul 1, 1894; 66)에 대해 바이스만은 「유전에 대한 재론("Heredity Once More")」(Jul 1, 1895; 68)으로 반박한다. 두 사람의 논쟁을 보고서 당시의 유명한 과학자인 로마네즈(Romanes)와 할토그(Hartog) 등 여러 학자들이 이 사이에 글을 발표하며 논쟁에 참여한다. 마지막으로 『컨템포러리 리뷰』 편집장의 권고로 3년을 끌어온 논쟁을 마치며 스펜서는 「유전에 대한 재론("Heredity Once More")」(Jul 1, 1895; 68)이라는 글을 싣는다.

위한 더 나은 기회를 얻을 것이다. 왜냐하면 어떠한 종이든 많은 개체가 주기적으로 태어나지만 단지 일부만이 생존하기 때문이다. 나는 이러한 원리를 약간의 변이라도 유용하다면 보존된다는 자연선택이라는 용어로 표현했다. 자연선택이라는 용어를 사용하게 된 까닭은 인간들의 선택 작용인 인위선택과 비교해서 제시하고 싶었기 때문이다. 우리는 선택의 힘을 이용해 인간이 엄청난 결과를 얻을 수 있다는 것을 살펴보았다. 우리는 자연이 인간에게 제공한 미세하지만 유용한 변이들을 축적함으로써 생물을 인간에게 유용한 방향으로 변화시킬 수 있다는 사실을 논의했다. 그러나 앞으로 계속 살펴보겠지만, 자연선택은 끊임없이 작용할 준비가 되어 있는 힘이며 인간의 미미한 노력과는 비교도 할 수 없을 만큼 엄청난 것이다. 예술작품이 아무리 훌륭해도 자연작품과는 비교할 수 없는 것과 마찬가지이다.[17]

다윈은 아무리 사소한 차이래도 차이가 있는 곳에서는 변이가 생기기 마련이라고 한다. 여러 변이들 가운데 어느 것이 살아남느냐의 기준은 바로 그 당사자인 그 개체에게 이로운 변이가 선택된다는 것이며 이를 다윈은 자연선택이라 한다. 생존경쟁이 있을 수밖에 없는 환경 속에서 아주 오랜 세월에 거쳐 대부분 우연히 변이들이 일어나고 당사자인 개체는 자신에게 유용한 것을 선택하기 마련이라는 것이다. 다윈은 인간이 사육하며 선택하는 인위선택과 구별하기 위해 자연선택이라는 말을 사용한다. 인위선택과 달리 자연선택은 아주 오랜 세월에 걸쳐 자연의 흐름을 따라 그러한 변이의 선택들이 이루어져서 진화되어 왔다. 자연선택은 아주 오랜 세월에 걸쳐 일어나는

---

17 Darwin, Charles, *The Origin of Species and The Voyage of The Beagle*, Everyman's Library, 2003, p. 586.

자연의 과정이라는 점 뿐 아니라 비록 자연도 현재의 목전의 환경에 유리한 것을 선택해 나아가지만 그것이 인위선택과는 달리 특정한 목적성을 가지고 서 선향적인 지향점을 가지고 있지는 않다. 개체들이 그 환경에서 유리한 변이를 선택해서 변화해나간다면 생존에 더 유리하게 되는 것은 확실할 것 같으나 그것이 그 시점에서는 그리고 그 당사자에게는 유리하다는 것일 뿐이다. 자연선택은 그것이 진보를 향하는 것인지를 전혀 염두에 두지 않는다.

이에 비해 스펜서가 진화론을 반기며 인간사회의 모든 면에 적용하는 이유는 진화는 인간사회가 진보로 나아감을 보증해준다고 생각하기 때문이다. 그런데 여기서 다윈이 말하듯이 우연히 변이들이 생성되고 그것들이 자연 개체에 의해 선택되고 축적되는 그 오랜 세월을 필요로 한다면 진보란 너무도 요원하여 이루어질 수 없다고 스펜서는 본다. 그런데 원시시대로부터 현 산업사회까지에 인간사회는 큰 진보를 이루었다고 스펜서는 확신하기 때문에, 이것을 설명하기 위해서는 자연선택으로는 충분할 수 없다고 본다. 스펜서는 변이가 자손에게 전해지는 효과적인 법칙으로 자연선택이라는 것은 불충분함을 「자연선택의 불충분성("The Inadequacy of Natural Selection")」이라는 글에서 밝힌다. 그는 맹인은 집게손가락이 일반인에 비해 유달리 예민하게 발달되어 있고, 또 인간의 혀가 아주 미세한 차이를 가지는 어려운 발음들을 할 수 있을 정도로 발달되어 있음에 주목한다. 군이 그 발달이 그들의 생존에 아주 유리한 것이 아님에도 그러한 것은, 많이 사용한 기관이나 기능이 유전된다는 라마르크의 "사용—유전("use-inheritance")" 즉 획득형질의 유전으로만 설명된다는 것이다.[18] 또한 적자생존을 이끌려면 환경에 대한 어떤 전체적

---

18 Spencer, Herbert, "The Inadequacy of Natural Selection." *Contemporary Review*. Jan 1, 1893, 63 *Periodicals Archive Online*, pp.154~58.

으로 더 잘 적응한 구조 때문이지 자연선택이라는 말이 시사하는 것처럼 어떤 하나의 특성이 생존에 매우 '중대하게' 이로워서 선택되었다고 생각하기 어렵다고 스펜서는 말한다. 특정 변이가 일어나면 그것과 연관된 체조직이나 기능도 거기에 맞게 조절되는 경향이 있다면, 그리고 그런 경향은 확실히 있으므로, 이러한 상호작용적인 변이는 획득형질의 유전으로만 설명이 가능하다고 한다. 그는 "획득형질의 유전이 있든가 아니면 진보는 없다"[19]고 단언한다.

이렇게 스펜서에게는 획득형질의 유전이 확실한데, 바이스만은 체세포에 생기는 획득형질의 유전이란 불가능하며 유전은 생식세포의 유전결정인자를 통해서만 가능하다고 말한다. 바이스만은 인간에게는 생식세포와 체세포가 처음부터 완전히 분리되어 있고, 생식세포 안의 생식질을 통해서만 유전물질이 다음 세대로 전달된다고 본다. 후에 바이스만의 생식질 연속설은 과학적 사실로 판명된다. 바이스만은 획득형질이 유전되어 변이가 자손에게 전수되는 것이 아니라 다윈이 말했듯이 자연선택에 의해서만 전이가 자손에게 이어진다고 본다.[20] 다윈은 『종의 기원』 7장 "본능" 장에서 분개미(F. Sanguinea) 가운데 불임암컷으로 이루어진 일개미들이 어떻게 노예개미를 부리

---

19 *ibid.*, p.446.
20 다윈은 『종의 기원』에서 자연선택에 의해서 변이가 자손에게 이어진다는 생각을 증명하면서도 획득형질의 유전을 완전히 반대하지는 않으며 그런 요소도 있음을 군데군데 말하고 있는 데 반해 바이스만은 획득형질은 절대 유전되지 않으며 자연선택으로만 변이의 전수가 설명가능하다고 한다. 다윈은 자연선택을 변이의 원인으로 보았고 현재와 같은 정도의 엄청난 변이와 지질의 퇴적이 이루어지려면 지구의 나이가 3억년 이상은 되어야 한다고 생각했다. 1860년대 중반에 물리학자 윌리엄 톰슨은 지구의 역사를 1억 년 미만이라고 증명한다. 이에 다윈은 크게 실망하고 『종의 기원』의 5판(1869년)에서 유용한 변이가 더 많이 생기는 원인을 환경에서도 찾아 넣게 되고 획득형질의 유전적 요소도 군데군데 삽입하게 된다(데스먼드, 에이드리언 & 제임스 무어, 김명주 역, 『다윈 평전』, 뿌리와이파리, 2009, 939쪽). 후대에 지구의 나이는 40억 년을 훨씬 넘는 것으로 판명된다(굴드, 스티븐 제이, 이명희 역, 『풀하우스』, 사이언스북스, 2013, 34~36쪽).

게 되고 불임인 일개미들이 노예개미를 부리면서 어떻게 다른 생식암컷이나 수컷과는 전혀 다른 본능과 외모를 갖게 되는지를 자연선택으로 설명한다. 바이스만은 다윈의 설명을 이어받아 「자연선택의 완전 충족성("The All-Suffi-ciency of Natural Selection")」이라는 글에서 보다 자세하고 더 발전적으로 이 예를 통해 자연선택만이 변이를 낳고 전달함을 설명한다. 일개미들이 불임이므로 그들의 특징이 곧바로 유전될 수는 없는데도 이렇게 그들만의 독특한 외모와 본능을 갖게 되는 것을 획득형질이 아니라 자연선택으로 일관성있게 설명한다. 일개미들이 평소대로 애벌레를 잡아와서 한번은 한동안 곁에 두었더니 그 애벌레를 노예로 부릴 수도 있음을 알게 되면서, 잡아먹는 것보다 노예로 삼는 것이 훨씬 그 가족에게 유리한 것을 알게 된다는 것이다. 일개미의 사례는 자연선택은 변이들 중에 유용할 때 선택이 이루어지는데 어떤 변이가 유리한가는 개체별로 만이 아니라 가족 단위로도 작용함을 보여준다.[21] 일개미의 부모들은 노예들을 부리는 일개미를 많은 수로 유지하는 것이 가족을 위해서 좋음을 알게 되어 독특한 모양을 가진 불임암컷을 많이 낳는, 가족에게 유리한 선택을 하게 되어 현재에 이르렀다고 설명한다.

두 사람의 논쟁을 지켜보고 여기에 참여하기 시작한 사람들 가운데 로마니즈가 있다. 그는 다윈이 캠브리지 대학시절부터 매우 아끼던 후배였고 다윈의 진화론에 큰 영향을 받은 과학자이다. 로마니즈의 이름은 헉슬리의 책 『진화와 윤리』가 그가 기획한 로마니즈 강연의 결과물이라고 한 데서도 우리에게 친숙한 이름이다. 로마니즈는 1892년 옥스퍼드 대학에서 저명인사를 초청하여 강연을 듣는 연례행사를 시작했고 그 첫 강연자로는 정치가 월

---

21 Weismann, August, "The All-Sufficiency of Natural Selection : A Reply to Herbert Spencer", *Contemporary Review*; Jul 1, 1893; 64 *Periodicals Archive Online*, pp.326~33.

리엄 글래드스턴(William Gladstone)을 초청했고 두 번째 연사로 초청한 사람이 바로 헉슬리였다. 스펜서는 1851년부터 헉슬리와 "엑스 클럽" 과학자들과 친밀한 교류를 통해 과학을 연마한 사람이지만 정확히 과학자는 아니었고 오히려 사회과학자라고 해야 할 것이다. 과학의 이론을 많이 익히고 과학에 대한 글도 많이 썼지만 헉슬리가 항상 과학지식인이라면, 스펜서는 실험을 하는 과학자여야 한다는 그런 의미에서의 과학자는 아니었다. 그런 연고로 로마니즈는 스펜서가 퇴보의 원인으로서 자신이 주장하는 용불용설과 바이스만이 주장하는 판미시아 즉 "선택의 중지(Cessation of Selection)" 간의 차이를 명확히 인지하지 못하여 용어를 혼란스럽게 사용하고 있다고 말한다.[22]

바이스만은 앞에서 자연선택의 예로서 노예를 부리는 일개미를 설명하면서, 일개미들이 이렇게 노예를 부리며 살다보면 그들의 본성도 변하게 된다고 말한다. 어떤 부류의 일개미들은 더 이상 일을 하기 보다는 전사개미로서의 역할을 하게 되어 치아를 송곳모양으로 뾰족하고 강력한 무기가 되게 발전시키고 싸우는 본능이 발달되는데, 이것을 그는 "적극적인 선택(positive selection)"이라고 부른다. 그런가 하면 다른 부류의 일개미는 노예를 부리다 보니, 아이를 돌보고 둥지를 짓고 음식물을 찾아나서는 본능이 현격히 없어져 버린다. 이것을 그는 소극적인 선택(negative selection)이라고 칭한다.

로마니즈는 두 사람이 논박하고 있는 퇴보의 원인이 중요하다고 보고, 다시 자신의 말로 정리하며 논의를 전개한다. 바이스만이 말하는 선택의 중지 즉 판미시아는 자연선택이 중지되면서 퇴보의 궤도에 오르는 것을 말한다. 로마니즈는 선택의 중지가 일어나는 것은 이전에 그 기관의 필요한 만큼의

---

22 Romanes, George John, "Mr. Herbert Spencer on Natural Selection", *Contemporary Review* : Jan 1, 1893; 63, *Periodicals Archive Online*, p.504.

발달을 유지할 적극적인 원인이 이제는 부재한 상태에서 더 이상 선택되지 않음으로써 점차적으로 퇴보의 과정을 가게 되는 수동적인 상태라고 말한다 (505).[23] 그것에 반해 스펜서의 사용하지 않아서 그것이 쇠퇴하게 되는 것을 영양의 절약(economy of nutrition)이라고 칭하며, 사용할 필요가 별로 없어진 부위에 영양이 덜 가게 하여 퇴보하게 만드는 자연의 과정을 말한다. 그것은 유리함과 아주 연관된 것인데, 즉 더 진척되면 오히려 유리하지 않은 조직을 고사하게 만드는 '선택의 역전(Reversal of Selection)'으로도 나아간다고 본다. 로마니즈가 퇴보의 원인으로 좀 더 무게를 두는 것을 영양의 절약이지만 바이스만의 선택의 중지도 그 원인이 된다고 본다. 그러면서 필요하지 않게 된 부위에는 영양을 보내지 않아 죽게 하는 영양의 절약은 특히 가축을 사육하는 인위선택에서 분명히 보인다고 말한다.

  필자가 상당히 생물학적인 용어를 남발하며 구체적인 생물학적 설명까지 들어간 것은 근대 저널의 장에서 학자들이 서로의 생각을 논리적으로 전개하고 서로 다른 점을 구별하여 예각화하면서 논의가 어떻게 발전하는지를 보여주기 위함이다. 바이스만은 생식질 연속설을 1889년 발표했지만 독일어로 글을 쓰는 독일 진화론자여서 그의 이론이 널리 알려지지는 않았다가 스펜서가 논쟁의 불길을 당기면서 바이스만의 이론은 오히려 전 유럽에 널리 알려지는 계기가 되었다. 저널을 통한 이들의 논쟁은 형식면에서는 자신의 의견을 상세히 증명하고 이에 대해 다른 평자와 의견 차이를 두고 경합하는 긴 과정을 거쳐 하나의 중대한 이론이 생성되고 변이를 거듭하는 마치 살아있는 생물과 같은 이론 진화의 장을 펼쳐 보인 점에서 중요하다. 또 이들의

---

23 *Ibid.*, p.505.

논쟁이 중요한 것은 이들이 논의하는 주제 즉 변이가 어떻게 자손에게 전달되는가, 퇴보의 원인은 무엇인가에 대한 생물학적인 논쟁의 경합은 곧 당시 인간사회에 그대로 적용되기 때문이다. 변이를 낳는 것이 획득형질의 유전이냐 자연선택이냐, 체세포도 유전하느냐 아니면 오직 유전자가 유전을 결정하느냐는 학문적 논박은 바로 그 당시에 자신들의 뜻대로 강압적인 세상을 만들어가고 싶었던 우생 정치가들과 독재 지도자들이 찾고 있던 이론적 근거로 이용된다. 자연선택이냐 인위선택이냐가 갖는 함축도 중요하다. 일찍이 다윈이 둘 사이의 구별이 그렇게 중요하다고 보았던 것은, 그리고 스펜서는 그 함축을 잘 파악하고 있지는 않은 데 반해, 로마니즈와 바이스만은 둘의 차이의 함축이 중요하다고 보아 그렇게 퇴보의 두 원인의 차이를 뚜렷이 구별하려 한다. 자연선택은 그 자연 그 개체에 유리하게 선택하는 것이고, 인위선택은 사육가, 육종가에게 유리하게 선택하는 것이기 때문이다. 20세기 초반에 생물학을 사회에 적용한 정치는 바로 그것을 실시하는 사람에게 유리하기 위한 인위선택이 강압적으로 자행되는 정치가 된다.

4. 스펜서 사상의 정치적 변용

이 글은 사회진화론의 주창자라고 흔히 생각하는 스펜서가 과연 어떤 면에서 사회진화론의 태동에 영향을 주었고 어떤 면에서는 그런 주장이 과장된 것인지를 스펜서의 과학적 주장들을 근거로 살펴보고자 했다. 이 작업을 위해 본 논문은 스펜서가 신문이나 잡지에 실은 글을 중심으로 연구했다. 흔히 스펜서에 대한 연구는 그의 많은 저서가 인용되지만 실질적으로는 저서에 대한 엄밀한 독서를 소홀히 한 채 너무 일반론적으로 이루어지는 경우가 상당히 많다는 점에서 이러한 연구방향을 설정했다. 스펜서는 다작의 작가이고 그의 저서는 2,000페이지가 넘는 경우도 많고 거의 50년이 넘는 동안 내내 부단하게 저서를 써내려갔다. 또한 그는 당시 벌어지고 있는 사회적 과학적 그리고 정치적 사안에 대해 자신의 의견을 강력한 어조로 피력하는데 때로 일관적이고 논리적인 상세한 논의가 없이 주장의 강력함이 앞서는 경우도 상당히 있다. 그리하여 그의 방대한 저서와 많은 주장들을 읽어나가면서 독자들이 스펜서의 생각을 서로 다르게 이해하는 경우도 종종 발생했다. 20세기 초반의 호전주의적 우생학자들이 스펜서의 이름을 빌려 자신들의 입장을 옹호했던 것도 스펜서에 대한 오해에 상당히 기인한 것이다. 그런가 하면 1890년대의 사회주의 운동가들이 스펜서가 사유재산제도를 반대한 것이라며 자신들과 같은 생각이었다고 주장했던 것도 스펜서에 대한 오해에서 기인한 것이다.[24] 본 논문이 신문과 잡지에 기고한 스펜서의 글을 중심으로 논의를 집중한 것은 이러한 문제점들에 착안한 것이다. 저널의 그의 글은 스펜서의 저작의 압축판이라 할 수 있다. 스펜서는 저널에 실린 글들에 다른 글들을 보충하여 한 권의 책으로 묶어내곤 했다. 저널의 그의 글들은 이렇게 저작의 압축판이어서 그의 논지가 보다 분명히 제시되어 오해의 여지를 좁혀준다. 또한 저널의 글을 읽은 당대의 독자나 특히 학자들은 스펜서와 같은 당대를 대표하는 논객의 글에 매우 활발하게 반응하며 자신들의 의견을 피력

---

24 화이트, 폴, 김기윤 역, 『토머스 헉슬리』, 사이언스북스, 2006, 145~47쪽.

하였다. 당대 사회 정치적 현안에 대한 스펜서의 주장에 대해 독자들도 자신의 의견을 열성적으로 피력했고 그런가 하면 변이가 자손에게 어떻게 이어지는가에 대한 스펜서의 용불용설에 대해서는 당대의 과학자들이 비상한 관심을 보이면 수년 동안 이어지는 학문적 논쟁에 참여했다. 이런 면에서 저널을 통한 연구는 당대의 논쟁의 진화를 살리는 좋은 방법이었다고 생각한다.

스펜서가 획득형질의 유전을 끝까지 포기하지 않듯이, 획득형질의 유전이 그에게 그토록 중요했던 것은 인간사회가 진보로 나아간다는 확신을 그에게 주었기 때문이다. 획득형질의 유전은 많이 사용한 기능이나 근육이 유전된다는 것인데 이는 스펜서에게 진보를 빠르게 가져온다는 믿음을 심어주었다. 오랜 영구한 세월을 필요로 하는 자연선택에 비해 획득형질은 진보를 훨씬 앞당겨 줄 수도 있으나 나쁜 방향으로 많이 사용한 기능이 유전될 수도 있어 획득형질의 유전은 예기치 않게 퇴보를 우려하게도 만든다. 시골을 떠나 대도시의 열악한 지역에 몰려 살게 된 노동자들은 어느 덧 그러한 환경에 젖어 부도덕한 습관이 몸에 배이게 되고, 그것이 그들의 자손들에게 유전된다는 논리가 성립되기 때문이다. 스펜서가 정부가 간섭하지 않으면 않을수록 더 좋은 사회가 되고 산업사회의 기술을 습득한 적자들이 승리하고, 적응하지 못한 부적자들은 내버려두어 자연스럽게 솎아내어지는 "정화과정"을 주창한 것도 이러한 퇴보에 대한 우려와 연결된다.[25] 스펜서는 부적자를 지목했고, 여기에서 강한 암시를 받은 히틀러의 나치주의에서는 유대인을 지목하여 종족 '정화'를 하면서 '진보'를 내세우게 된다.

스펜서는 사회가 원시사회에서 군사사회로 그리고 최종으로는 산업사회

---

25 Spencer, *Social Statics or The Conditions Essential to Human Happiness Specified, and The First of Them Developed*, D. Appleton and Company, 1886, p.322.

로 진보해 간다고 보는 필연적 역사관을 가지고 있다. 원시의 개체적 인간들이 점차 큰 사회로 나아가는 데는 투쟁과 전쟁이 필수적이었다고 본다. 인간사회의 진보에 있어 전쟁은 필연적이라고 보는 것이다. 봉건시대와 왕정시대로 대표되는 군사사회도 존재적 당위성을 갖는데, 왜냐하면 그러한 빈번한 전쟁을 통해 기술과 문화가 발전해왔기 때문이다. 역사상 전쟁이 필연이었고 유익했고, 커다란 사회의 형성을 위해서는 군사사회도 꼭 거쳐야만 하는 단계라는 생각은, 존재가 곧 필연이고 당위라는 스펜서의 세계관을 명백히 보여준다. 그렇게 보기 때문에 그는 당시의 산업사회에서 나타나는 많은 문제들을 아직 군사사회의 잔재가 남아있어 생긴 문제라고 본다. 생전에 스펜서는 자신의 예상과는 달리 영국이 군사사회의 잔재를 빨리 떨쳐 버리기는커녕 식민지에서 인종 학살을 벌이고 제국간의 전쟁으로 세계대전의 전운이 감도는 것을 보면서 말년에는 인간사회가 과연 진보하는 것인가에 회의를 갖는다. 그러나 그가 마지막까지 산업사회를 진보의 최종점으로 보는 것을 수정하지 않은 것은 호전적인 자본주의 산업사회의 막다른 길은 제국주의이고 제국주의의 막다른 길은 세계대전이 될 것임을 보지 못하였음을 시사한다. 스펜서는 인간의 호전성과 전쟁이 일정단계의 진보에 이르기까지만 매우 유효하다고 보고 문명사회에서는 전쟁은 종식되어야 한다고 보았지만, 그의 전쟁 유익설은 1차 대전을 즈음하여 전쟁을 벼리던 독일과 일본 등이 군국주의적 정치관을 형성하는데 기여하게 된다.

스펜서는 느리고 완만한 자연선택을 버리고 획득형질에 기대었지만 인위선택을 인간사회가 나아갈 방향으로 생각한 적은 없다. 그러나 곧 우생학자들과 독재적인 지도자들은 획득형질의 유전을 더 가속화시켜 자신들에게 유리한 방향으로의 진화를 촉진시킬 인위선택을 여러 방면에서 자행한다.[26]

인위선택을 정치적으로 촉발하는 데는 바이스만의 생식질 내의 유전결정인자, 즉 유전자의 발견이 더 큰 영향을 미친다. 유전자가 인간의 변이를, 즉 인간의 미래를 결정짓는다는 믿음은 그 시대에서 할 수 있는 한의 유전자 '조작'을 하게 한다. 프란시스 갈튼(Francis Galton)은 명령적이고 비민주적인 극우파의 우생학을 만들었고 이는 영국보다 미국의 사업가들에서 더 환대를 받았고 그 후 사회진화론이라 통칭되는 여러 인위선택적 생물학은 반세기 넘게 해당 집단을 이롭게 하는 이데올로기적 실천으로서 세계를 휩쓸게 된다. 서양지식을 앞서 받아들였던 일본이 순전히 제국주의적 관점에서 사회진화론을 이웃나라에 적용한 것이 대표적 예이다.

---

26 Young. Robert M., *Darwin's Metaphor : Nature's place in Victorian Culture*, Cambridge UP, 1985, pp. 52~54.

참고문헌

논저

굴드, 스티븐 제이, 이명희 역, 『풀하우스』, 사이언스북스, 2013.

다윈, 찰스, 김학영 역, 『찰스 다윈 서간집 : 진화』, 살림, 2011.

데스먼드, 에이드리언 & 제임스 무어, 김명주 역, 『다윈 평전』, 뿌리와이파리, 2009.

맬서스, 토마스, 이서행 역, 『인구론』, 동서문화사, 2014.

엄복, 양일모·이종민·강중기 역, 『천연론』, 소명출판, 2008.

화이트, 폴, 김기윤 역, 『토머스 헉슬리』, 사이언스북스, 2006.

Carneiro, Robert, ed., *The Evolution of Society : Selections from Herbert Spencer's Principles of Sociology*, University of Chicago Press, 1974.

Crook, Paul., *Darwinism, War and History : The debate over the biology of war from the 'Origin of Species' to the first world war*. Cambridge UP, 1994.

Darwin, Charles, *The Origin of Species and The Voyage of The Beagle*. New York : Everyman's Library, 2003.

Hartog, Marcus, "The Spencer-Weismann Controversy", *Contemporary Review*, Jul 1. 1893; 64, *Periodicals Archive Online*.

Huxley, Thomas, *Evolution and Ethics; Science and Morals*, rometheus Books, 2004.

Lightman, Bernard, *Victorian Popularizers of Science*, University of Chicago Press, 2007.

Small, Helen. "Science, Liberalism, and the Ethics of Belief : The *Contemporary Review* in 1877", *Science Serialized*, Eds. Geoffrey Cantor and Sally Shuttleworth, MIT Press, 2004.

Spencer, Herbert, "The Industrial Type of Society", *Contemporary Review*; Jul 1. 1881; 40, *Periodicals Archive Online*.

_____, "The Militant Type of Society", *Contemporary Review*; Jul 1, 1881; 40, *Periodicals Archive Online*.

_____, "The New Toryism. Spencer", *Contemporary Review*; Jan 1, 1884; 45, *Periodicals Archive Online*.

_____, "The Coming Slavery", *Contemporary Review*; Jan 1, 1884; 45, *Periodicals*

Archive Online.

_____, "The Sins of Legislators", *Contemporary Review*, Jan 1, 1884; 45, *Periodicals Archive Online.*

_____, *Social Statics or The Conditions Essential to Human Happiness Specified and The First of Them Developed*, D. Appleton and Company, 1886.

_____, "The Inadequacy of Natural Selection." *Contemporary Review.* Jan 1, 1893, 63 *Periodicals Archive Online.*

_____, "Professor Weismann's Theories", *Contemporary Review*, Jan 1, 1893; 63 *Periodicals Archive Online.*

_____, "A Rejoinder to Professor Weismann", *Contemporary Review.* Jan 1, 1893, 63 *Periodicals Archive Online.*

_____, "Weismannism Once More", *Contemporary Review*, Jan 1, 1894; 66 *Periodicals Archive Online.*

_____, "Heredity Once More", *Contemporary Review*, Jul 1, 1895; 68 *Periodicals Archive Online.*

_____, *The Man Versus The State with Six Essays on Government, Society, and Freedom*, Liberty Classics, 1982.

_____, "Progress : Its Law and Cause." *Herbert Spencer : On Social Evolution*, Ed. J. D. Y. Peel, Midway Reprint, 1983.

_____, "Struggle in Evolution", *Herbert Spencer : On Social Evolution*, Ed. J. D. Y. Peel, Midway Reprint, 1983.

Rosenberg, Sheila. "The Financing of Radical Opinion : John Chapman and *The Westminster Review*", *The Victorian Periodical Press : Samplings and Soundings*, Eds. Joanne Shattock and Michael Wolff, University of Toronto Press, 1982.

Romanes, George John, "Mr. Herbert Spencer on Natural Selection", *Contemporary Review* : Jan 1, 1893; 63, *Periodicals Archive Online.*

Weismann, August, "The All-Sufficiency of Natural Selection : A Reply to Herbert Spencer", *Contemporary Review*, Jul 1, 1893; 64 *Periodicals Archive Online.*

Weismann, August, "Heredity Once More", *Contemporary Review*, Jul 1, 1895; 68 *Periodicals Archive Online.*

White, Paul, *Thomas Huxley : Making the 'Man of Science'*, Cambridge UP, 2002.

Young. Robert. M., *Darwin's Metaphor : Nature's place in Victorian Culture*, Cambridge UP, 1985.

// 필자 소개 //

장칭(章清, Zhang Qing)
중국 푸단(復旦)대학교 사학과 교수. 푸단대학교에서 역사학 박사학위를 취득했으며 중국교육부 중점연구소의 연구원 겸 상무부주임이자 2013년 장강학자 특임교수로 선발되었다. 주요 연구분야는 중국 근현대사상문화사이며 근대 중국의 지식형성과 사회변화, 중외문화교류 및 사상사, 학술사에 관심을 가지고 연구하고 있다. 저서로는 『学术與社会—近代中国'社会重心'的转移與读书人新的角色』(2012), 『清季民国时期的'思想界'』(2014), 『'胡适派学人群'與现代中国自由主义』(2015) 등이 있다.

김선희(金宣姬, Kim, Seonhee)
이화여자대학교 이화인문과학원 HK연구교수. 동서비교철학을 전공했고 서구 지식의 유입에 따른 동아시아 지식장의 변동과 동서양의 지적 교류 및 상호 변용에 관해 연구하고 있다. 『마테오 리치와 주희 그리고 정약용』 외 다수의 저서가 있고 『하빈 신후담의 돈와서학변』 등의 역서와 「격물궁리지학, 격치지학, 격치학 그리고 과학—서양 과학에 대한 동아시아의 지적 도전과 곤경」, 「19세기 조선 학자의 자연 철학에 관하여—최한기의 기륜설을 중심으로」, 「예와 자연법—크리스티안 볼프의 유교 이해를 중심으로」 등의 논문이 있다.

차태근(車泰根, Cha, Taegeun)
인하대학교 중국언어문화학과 교수. 중국 근대문학을 전공했고, 근대학술사상사를 연구하고 있다. 주요 관심분야는 근대 세계질서에서의 중국 근현대 사상의 형성과 문제점이다. 논문으로는 「청말 민주 / 민권, 전제 개념과 정치 담론」, 「數 : 제국의 산술과 근대적 사유 방법」, 「학술장을 통해서 본 근대 정전」, 「학술과 민족, 그리고 국가상상—중・일 국학운동을 중심으로」 등이 있으며, 『문예공론장의 형성과 동아시아』(공저, 성균관대 출판부, 2008), 『중국 문명의 다원성과 보편성』(공저, 아카넷, 2014) 등의 저서와 『충돌하는 제국』(글항아리, 2016) 등의 번역서가 있다.

스즈키 사다미(鈴木貞美, Suzuki Sadami)
일본 국제일본문화연구센터 명예교수. 일본 근대문학과 문화 연구자이다. 일본의 '문학' 개념과 같이 개념편성사에 대해 괄목할 만한 성과를 거두었고, 문화내셔널리즘, 근대의 초극론 등을 연구하며 근현대 일본이 걸어온 길에 대한 날카로운 비평의 시점을 제시하고 있다. 저서로는 『生命観の探求』(作品社, 2007), 『「日本文学」の成立』(作品社, 2009), 『「近代の超克」その戰前・戰中・戰後』(作品社, 2015) 등이 있으며, 한국어 번역본으로는 『일본의 문학개념』(김채수 역, 보고사, 2001), 『일본의 문화내셔널리즘』(정재정・김병진 역, 소화, 2008) 등이 있다.

김진희(金眞禧, Kim, Jinhee)

이화여자대학교 이화인문과학원 HK교수. 이화여자대학교 국어국문학과를 졸업하고 동대학원에서 박사학위를 받았다. 1996년『세계일보』신춘문예 평론부문에 당선되어 평론가로도 활동한다. 근대 문학론과 문예론, 동아시아 번역론과 비교문학, 동아시아 지식장의 형성과 조건 등의 주제를 연구하고 있다. 저서로는『생명파시의 모더니티』,『근대문학의 場과 시인의 선택』,『繪畵로 읽는 1930년대 시문학사』,『한국 근대시의 과제와 문학사의 주체들』,『동아시아 근대 지식과 번역의 지형』(공저) 등의 연구서와『시에 관한 각서』,『불우한, 불후의 노래』,『기억의 수사학』,『미래의 서정과 감각』등의 비평서,『김억 평론선집』,『모윤숙 시선』,『노천명 시선』,『한무숙 작품집』등의 편서가 있다.

김수자(金壽子, Kim, Sooja)

이화여자대학교 이화인문과학원 HK교수로 재직 중이며 해방 이후 한국 정치·문화사 연구를 기초로 한국의 민족주의의 성격, 근대문화, 근대 지식, 탈식민주의에 대한 연구를 진행하고 있다. 주요 저서와 논문으로는『대한민국 여성 국회의원의 탄생』(나남, 2014),『한국정치의 이념과 사상』(후마니타스, 2009),『현대 정치사상의 파노라마—민주주의의 이상과 정치이념』(공역, 아카넷, 2006),『이승만의 집권 초기 권력기반 연구』(경인문화사, 2005) 등 다수가 있다.

정선경(鄭宣景, Jung, Sunkyung)

이화여자대학교 이화인문과학원 HK교수. 이화여자대학교 중어중문학과를 졸업하고 연세대학교에서 문학박사학위를 받았다. 중국소설과 문화, 동아시아 서사문학과 근대 지식 형성, 비교문학 및 문화에 관심을 가지고 연구하고 있다. 저서로는『신선적시공(神仙的時空)』(북경, 2007),『중국고전소설 및 희곡 연구자료 총집』(2012),『교류와 소통의 동아시아』(2013),『중국고전을 읽다』(2015) 등이 있고, 역서로는『중국현대문학발전사』(2015) 등이 있다.

박숙자(朴淑子, Park, SukJa)

경기대학교 융합교양대학 조교수. 한국 근대소설 전공. 저서로『속물교양의 탄생』(푸른역사, 2012)이 있고 논문으로「100권의 세계문학과 그 적들」,「문학소녀를 허하라」등이 있다. 인간의 감정에 밀착된 문화사 연구에 관심을 가지고 있다.

신하경(申河慶, Shin, Hakyoung)

숙명여자대학교 일본학과 부교수. 일본대중문화 및 일본 근현대문학 전공. 저서로『모던걸 일본제국과 여성의 국민화』(논형, 2009),『전후 일본, 그리고 낯선 동아시아』(공저, 박문사, 2011),『'가미카제 특공대'에서 '우주전함 야마토'까지』(공저, 소명출판, 2013),『근대 일본의 '조선' 붐』(공저, 역락, 2013) 등이 있다.

서동주(徐東周, Seo, Dongju)

서울대학교 일본연구소 HK교수. 일본 근현대문학을 전공했고 문학과 사상을 중심으로 한일 간 근대 지식의 교류사를 연구하고 있다. 최근 저서로는『슬픈 일본과 공생의 상상력』(편저, 논형, 2013),『전후 일본의 지식풍경』(공저, 박문사, 2013),『근대 일본의 '조선 붐'』(공저, 역락, 2013),『근대 일본의 '국문학' 사상』(역서, 어문학사, 2014) 등이 있다.

최진석(崔眞碩, Choi, Jinseok)

이화인문과학원 HK연구교수. 문학평론가. 노마디스트 수유너머N 연구원이며, 계간『문화 / 과학』과『진보평론』편집위원이다. 문화현상의 표층과 심층을 흐르는 동력과 그 사회적 의미 에 대해 관심을 갖고 있다. 지은 책으로『국가를 생각하다』(공저, 2015),『불온한 인문학』(공 저, 2011) 등이 있고, 옮긴 책으로『누가 들뢰즈와 가타리를 두려워하는가?』(2013),『러시아 문화사 강의』(공역, 2011),『해체와 파괴』(2009) 등이 있다.

이선주(李善珠, Lee, Seonju)

이화여자대학교 이화인문과학원 HK연구교수. 이화여자대학교 영문과에서「디킨즈의 소설에 나타난 근대성연구」로 박사학위를 받았고 영국과 미국의 근현대소설을 주로 섭렵했다. 저서 로는『경계인들의 목소리』(그린비, 2013), *When the Korean World in Hawaii was Young, 1903~ 1940*(University of Hawaii Press, 2013),『디킨즈와 신분과 자본』(EIH, 2007)이 있다. 역서 로는『문학비평의 원리』(동인, 2007),『여우소녀』(솔, 2008),『위대한 유산』(지식을만드는 지식, 2012) 등이 있다. 현재는 포스트휴먼시대의 기술과 인공생명, 인공지능의 발전을 인문 학과 접합하는 연구를 하고 있다.

// 초출일람 //

장칭, 「晚淸中国新型传播媒介所建构的"知识场域"」, 이화여자대학교 이화인문과학원 국제
　　학술대회 "근대 지식장과 저널리즘" 발표원고, 2015.6.4~5.

김선희, 「전근대 문헌의 공간(公刊)과 근대적 호명」, 『민족문화』 45집, 한국고전번역원,
　　2015.12.

차태근, 「근대 지식의 두 얼굴 : 저널리즘과 아카데미즘」, 『중국어문논총』 제75집, 2016.6.

스즈키 사다미, 「일본 근대 저널리즘에서 탄생한 새로운 두 장르－1920년대와 1930년대
　　일기와 수필 개념을 중심으로」, 이화여자대학교 이화인문과학원 국제학술대회 "근대
　　지식장과 저널리즘" 발표원고, 2015.6.4~5.

김진희, 「근대저널리즘과 이광수의 문학론－1910년대~1920년대 문학론을 중심으로」,
　　『비평문학』 60호, 2016.6.

김수자, 「『신여성』 여성기자의 여성담론 구성방식」, 『한국근현대사연구』 74, 2015.9.

정선경, 「만청(晚淸) 4대소설과 근대 매체의 만남－문학장의 전환, 그 과도기적 경계성을
　　중심으로」, 『중국어문학논집』 제93호, 2015.8.

박숙자, 「1920년대 사생활의 공론화와 젠더화」, 『한국근대문학연구』 7(1), 한국근대문학
　　회, 2006.4.

신하경, 「'소비'와 모던걸－키쿠치 칸[菊池寬] 『수난화(受難華)』론」, 『모던걸－일본제국
　　과 여성의 국민화』, 논형, 2009.

서동주, 「1930년대 식민지 타이완의 '일본어문학'과 일본의 문단 저널리즘」, 『일어일문학
　　연구』 제96집, 한국일어일문학회, 2016.2

최진석, 「근대 러시아 지식장과 역사철학 논쟁」, 『Trans-Humanities』 Vol.9 No.2, 2016.

이선주, 「근대 영국 잡지를 통해 본 허버트 스펜서의 사회진화론」, 『영어영문학 연구』 57권
　　4호, 2015.